Scarlet
스칼렛
www.b-books.co.kr

Scarlet

스칼렛

www.b-books.co.kr

All over again

처음부터 다시

처음부터 다시

All over again

빛가람 장편 소설

SCARLET ROMANCE STORY

Contents

1장. 운명의 실타래

2016년 가을.

아침저녁으로 제법 기온 차가 났다. 쌀쌀한 새벽 기온에 대비해 두터운 스웨터를 걸치고 나온 다온은 어깨를 움츠린 채 으쓱한 골목길 안으로 걸어 들어갔다. 두 사람이 어깨를 마주 대고 걸어야 할 정도로 협소한 길이 굽이굽이 이어져 있었다.

낮은 담장과 낡은 대문들이 옹기종기 붙어 있는 골목길은 서울 한복판에 아직도 이런 동네가 남아 있었나 싶을 정도로 80년대 정취를 풍기는 곳이었다. 담벼락 위로 솟은 녹슨 철조망과 '체냅니다' 라고 써진 낡은 간판은 드라마에서나 보던 풍경 그대로였다.

"홍경은, 꼭두새벽부터 꼭 이래야겠나?"

"새벽 아니다. 해 떴다. 원래 점빨은 이른 아침부터 맑은 정기를 마셔야 잘 들어서는 법이라고 했다."

"누가?"

"천신녀 덕에 대박 난 우리 큰이모가."

"좋아, 그렇다 쳐. 그렇게 잘나간다는 점쟁이가 왜 아직도 이런 후미진 곳에 사는데? 대기업 사모님도 단골이라며?"

다온은 불신이 가득한 눈초리로 주위를 둘러보았다. 잠결에 억지로 끌려 나와 저조한 기분을 가감 없이 드러내고 있었다.

"모르는 소리. 천신녀가 모시는 분이 이 동네를 떠나기 싫다고 하신다잖냐."

"그렇다고 날 꼭 이 시간에 끌고 나왔어야 했냐. 오늘 새벽에 간신히 마지막 원고 넘겼어. 밤 꼴딱 새우고, 겨우 두 시간 잤다고."

"알았으니, 그만 좀 쫑알거려. 난 정정당당하게 물심양면 쿠폰 쓴 거다. 돈 없으면 몸으로라도 때우겠다던 눈물 어린 우정을 벌써 잊은 거야? 쿠폰으로 우리 사촌 오빠와의 소개팅 자리에 끌고 나가지 않은 걸 감사하게 생각해."

물심양면 쿠폰과 소개팅이라는 말에 불평이 쏙 들어갔다. 취업 준비생으로 가난했던 시절. 선물 사 줄 돈이 없으니 몸으로 때우겠다며 주었던 쿠폰이 3년이나 지난 지금에 와서 이런 식으로 뒤통수를 칠 줄은 몰랐다.

소개팅은 절대 안 돼. 아들 사랑이 끔찍하시다는 큰이모의 활약상은 익히 들어 알고 있었다. 아들에 관해서라면 물불 안 가리신다며 경은의 엄마조차 혀를 내둘렀다. 엿강정같이 끈끈한 모자 사이에 끼어들어 구박받는 며느리가 되고 싶은 생각은 추호도 없었다.

앞서거니 뒤서거니 어깨를 부딪치며 경은이 낡은 초록색 대문 앞에서 멈춰 섰다. 쪽지에 적힌 주소와 대문에 적힌 주소가 일치했다. 담벼락 위로 기다랗게 솟은 대나무 깃대만 봐도 제대로 찾아온 것 같았다.

"실례합니다."

경은이 문을 밀고 마당으로 들어갔다. 여기까지 온 이상, 돌아가자는 설득은 먹힐 것 같지 않았다. 다온은 작은 한숨과 함께 친구의 뒤를 따를 수밖에 없었다.

점집 특유의 음침한 인테리어와 소품이 꽤 인상적이었다. 독특한 향내가 흐르는 신당 안에는 이름도 모르는 신들이 정성스럽게 모셔져 있었다. 화려한 컬러로 도색이 된 신상들이 대부분 자비로운 미소를 띠고 있었다.

반면 벽면 전체는 호랑이가 그려진 액자들이 자리를 차지하고 있었다. 모든 액자에 기하학적으로 커다랗게 그려진 호랑이 눈들이 마치 노려보고 있는 것 같았다. 호기롭게 호랑이 액자를 힐끗거리는 그녀를 경은이 팔꿈치로 냅다 찔렀다.

"아야!"

"왜 자꾸 꼼지락거려? 못 들었어? 복 나간다잖아."

"누가 뭐래? 황금같이 귀한 마감 다음 날 아침에 이게 진짜 잘하는 짓인가 싶어서……."

"지금 늦잠이 문제냐. 바리스타 학원에 등록을 할지 말지, 내 미래가 걸린 일인데. 너도 그 인간을 어떻게든 네 인생에서 떼어 내고 싶다며? 온 김에, 어떻게 해야 강태율을……."

다온은 서둘러 경은의 입을 손으로 막았다.

"야! 여기서 그 인간 이름을 말하면 어떡해?"

"이봐, 이봐. 네가 홍길동이냐? 그 인간 이름도 제대로 못 부르게……. 너랑 나랑 아무리 머리를 맞대고 굴려 봐도 그 인간 머리 하나는 못 당해. 큰이모가 그러는데 여기 천신녀 입이 심하게 거시기 하기는 한데, 대신에 그렇게 용하다잖냐. 우리 이모부 과거를 좔좔 꿰더래. 덕분에 여자 사람 친구입네 하며 드립 치는 것들을 한 방에 정리해 버렸잖아."

"그거랑 나랑은 케이스가 다르잖아. 부적 한 방에 떼어 낼 인연 이었으면 고등학교 졸업장, 아니, 대학교 졸업장과 동시에 진작 떨어져 나갔겠지."

"창시 빠진 년들, 여기가 어디라고 시끄럽게 떠들어?"

거침없는 욕설에 다온은 흐트러진 자세를 꼿꼿이 했다. 오방색 이 물들여진 화려한 무복을 입은 천신녀가 한 손에 팥이 담긴 놋 그릇을 들고 신당 안으로 들어왔다. 점괘를 보다 말고 어디를 가나 했더니 팥을 가지러 간 모양이었다. 상석에 앉은 천신녀는 붉은 팥 을 손에 쥐고 몇 번 흔들고 주문을 외우더니 다온의 머리를 향해 거침없이 뿌렸다.

"엄마야, 뭐 하시는 거예요?"

"여엄병. 도망가지 말고 가만히 있어. 당장은 이렇게라도 기를 불어넣어 주는 거여. 너는 기가 너무 약해. 여자가 기가 너무 약해 도, 팔자가 꼬이는 법이여. 그 팔자 때문에 전생의 꼬인 인연이 현 생에까지 들러붙어서 안 떨어지는 거여."

"전생이요? 애한테 뭐가 보여요? 그 꼬인 인연이 어떻게 생겼어 요?"

경은의 질문에 천신녀는 놋그릇을 내려놓고, 구슬을 들었다. 그 녀가 모신다던 동자승을 부르는지 구슬을 흔드는 손놀림이 빨라졌 다. 다온은 경은이 했던 그대로 팔꿈치로 친구의 옆구리를 찌르고,

입으로는 "죽는다."라며 협박을 날렸다. 알고 보니 경은이 본인 사주를 넣으면서, 허락도 없이 다온의 사주까지 함께 집어넣었다.

"저것이 머다냐. 인물이 훤칠하네. 약관을 훌쩍 넘긴 나이에, 키가 육 척이나 되고, 눈에서는 예사롭지 않은 광채가 뿜어져 나오는 것이 한눈에 구만리 앞길을 바라보는 신기한 재주를 타고난 남자로구나."

구슬이 강렬하게 흔들릴수록, 천신녀의 눈이 뒤집혀 흰자가 보이고 말소리는 주문을 외우듯 격정적으로 변했다. 그 모습에 격앙된 경은의 목소리가 흥분으로 떨려 왔다.

"맞아요, 맞아. 키 크고 훤칠한 남자. 얘 인생을 멋대로 쥐고 흔드는 남자도 딱 그렇게 생겼거든요."

"전쟁터를 누비는지 온몸에 갑옷을 두르고 손에는 커다란 칼을 들었구나. 칼날이 지나가는 곳마다 허허벌판이 핏자국으로 핏빛 바다를 이루는구나."

"맞아요, 맞아. 현생에서는 손에 칼 대신 펜을 들었는데, 그 남자가 쓴 기사 한 줄에 처참하게 떨어져 나간……. 읍읍!"

다온은 부리나케 생각 없이 주절대는 입을 손으로 막았다. 그의 존재를 알아볼 수 있으니 절대 이름이나 직업에 대해 언급하지 말라고 신신당부를 했건만……. 더 이상은 친구가 쓸데없는 소리를 지껄이지 못하게 발로 멀찍이 밀어 냈다.

"그럼 그 꼬인 인연을 어떻게 해야 한 번에 풀어낼 수 있나요?"

"오백 년을 거슬러 온 인연인디, 한 번에 풀어질 인연이면 현세까지 따라왔겄어?"

"오백 년이나요?"

"천 년이든 백 년이든, 이제는 끊어 내야제. 이 생에서 그 고리

11

를 확실하게 못 끊으면 다음 생애까지 악연으로 얽힐 운명이여. 쉽사리 끊어질 연줄이 아니다, 이 말이여."

"그렇게나 질겨요?"

"질기다 뿐이여."

반신반의하는 표정이 역력했다. 천신녀는 의심에 쐐기를 박듯 구슬을 쥔 주먹으로 상을 꽝 하고 내리쳤다.

"글 쓰는 것 좋아하지? 글로 벌어먹고 살 팔자여. 너는 부모복은 있으나, 형제복은 없는 팔자를 타고났어. 허한 마음을 글로 대신 푸는 거지."

다온은 냉큼 상 앞으로 다가와 무릎을 꿇었다. 반신반의했던 마음이 동하는 쪽으로 돌아서는 순간이었다.

"사주에 그런 것까지 나와요? 제 직업이 글 쓰는 것이거든요. 또 어려서는 형제가 없어서 외로움을 많이 탔어요. 그럼 이제 어떡해요?"

"용한 부적을 두 개 써 줄 테니, 네가 베고 자는 베개에 한 장 넣고, 한 장은 그 남자 베개에 넣어 둬. 꽉 막힌 귀부터 트여 줄 거여. 한번 맺은 인연이 무처럼 싹둑 한 번에 잘려 나가기야 하겠어. 약점이라도 잡아서 기선을 제압해야지. 우선은 의인부터 찾아 봐."

"의인이요?"

"니 인생을 쥐고 흔드는 남자면 너보다는 위에 있다는 말이니……. 그 남자보다 더 높은 곳에 있는 사람을 찾아. 꼬인 인연을 풀어 줄 고마운 사람이여. 잘만 풀어 주면, 아가씨 인생은 꽃길이여."

다온은 천신녀가 하는 말 한 마디, 한 마디를 마음속에 곱씹었다. 처음에 경은의 손에 끌려왔을 때는 불신으로 가득 차 있었지만, 두 사람의 직업과 가족사를 줄줄이 꿰는 것을 보며 점괘에 확신을 갖기 시작했다. 마침내 풀리지 않던 실마리가 하나둘씩 풀리는 기분이었다. 묘하게 엮어 들어가는 태율과의 인연이 어디에서 왔는지 이제야 알 것 같았다.

전생부터 꼬인 인연이라 이거지.

"효험 있는 부적은 값이 좀 나가는디……. 어쩔 거여?"

다채롭게 변해 가는 다온의 표정을 살피던 천신녀가 슬쩍 부적 얘기로 주의를 끌었다.

"값이 좀 나간다는 것은 얼마를?"

부적 한 장에 얼마나 하려고. 대수롭지 않게 생각하던 다온은 다음에 들리는 숫자에 움찔했다.

"50."

"50?"

"말도 안 돼. 무슨 부적 한 장에 50씩이나 해요?"

옆으로 물러나 있던 경은도 액수에 깜짝 놀라는 반응이었다.

하고많은 숫자 중에 하필 재수 없게 50이람. 그때도 딱 50만 원 때문에 얽힌 인연이었는데……. 아니지. 이 모든 게 운명이 꼬여서 그런 거라면 충분히 가능한 얘기지.

"여엄병. 아가씨들이 곱게만 자라서 세상 물정을 영 모른갑네. 대충 휘갈겨 쓴다고 부적이다냐? 정성스럽게 기도와 치성을 드려 한 자 한 자 써 내려간 부적이라야 영험함을 갖는 거제. 한쪽에서만 정성을 드린다고 효험이 있간디? 염병할 소리 하려거든 그냥 가. 재수 옴 붙으면 하루 종일 될 일도 안 돼."

돈도 돈이지만, 부적을 태율의 베개 속에 집어넣는 것 자체가 모험이었다. 취업과 동시에 독립했다는 아파트는 물론이거니와 얼마 전에 새로 이사했다는 오피스텔 근처에는 가 본 적도 없었다. 행여나 실수로 발이라도 들여서 잡심부름까지 하게 될까, 노파심에 절대 그의 집만큼은 발걸음을 하고 싶지 않았다.

"꼭 날마다 베고 자는 베개에 넣어야 하나요? 책상 밑이나 뭐 이런 곳은 안 되나요?"

"안 돼. 반드시 날마다 대그빡이 닿는 부위라야 혀."

"대그빡이요?"

"사람의 기는 다 요 대그빡에서 나오는 법이여. 평생 글로 벌어먹고 살 팔잔디, 눈과 귀가 침침하니 글발이 서겄어?"

잡지사 기자니 평생 글로 벌어먹고 살 팔자라는 게 맞는 말이었다.

"한동안은 니 대그빡에 물 묻힐 생각 하지 마. 내가 던진 팥이 그냥 팥이라고 생각하면 오산이여. 그 팥이 침침한 눈을 뜨게 해 줄 테니, 꼬인 전생을 풀어 낼 의인부터 찾아봐."

"아무리 그래도, 날마다 출근해야 하는데 머리에 물을 묻히지 말라시면……."

"여엄병. 언제까지 질질 끌려다니고만 있을 거야? 전생에 소박 맞은 것으로도 모자라서, 이생에서도 그렇게 남자 없이 혼자 청승 떨다 늙어 죽을 거야?"

천신녀의 호통에 다온은 또다시 움찔했다. 이건 또 무슨 말이야. 내가 전생에 소박을 맞았다니. 어쩐지 스물일곱이나 먹도록 지지리도 남자복이 없더라니.

전생부터 배배 꼬인 인연이 옆에 붙어 있으니 오죽했을까. 전생의 그 남자가 구만리를 내다본다는 말에 설득력이 확 와닿았다. 남들과 다른 뭔가를 갖고 태어난 것은 확실했으니까. 진짜 오백 년까지 거슬러 올라가는지는 몰라도, 미래가 마냥 장밋빛일 거라 착각하던 철없던 시절에 맺은 약속으로 인생이 꼬인 것은 확실했다. 시간을 되돌릴 수만 있다면 그녀가 가진 전 재산을 주고서라도 되돌리고 싶었다. 그만큼 다온은 절박했다.

원수 같은 태율의 손아귀에서 옴짝달싹 못하고 지내 온 세월이 자그마치 9년이었다. 태율이 정해 준 족집게 같은 문제집을 풀다 보니 상위권에만 겨우 머물던 성적은 어느새 최상위권이 되었고, 박여진 여사의 소원이라는 유림대에 떡하니 합격하게 되었다.

태율은 그 당시 대학교 3학년 복학생이었다. 대학 입학과 동시에 끝날 줄 알았던 그와의 인연은 어쩌다 보니 학교 학보사로 이어졌다. 꼬박 2년을 사수와 부사수로 시달렸었다. 태율이 졸업하면 가는 길이 달라질 거라는 희망에 버텼다.

아버지와 형을 따라 법대에 갔으니, 당연히 법계로 진출할 줄 알았던 태율이 시청률 탑을 달리는 공중파 방송국 보도국의 잘나가는 사회부 기자가 되리라고 누가 상상이나 했을까. 그 어렵다는 언론고시에서조차 1지망 수석합격이라는 타이틀과 함께.

남들은 잠잘 시간도 없다는 수습 기간 동안에도 태율은 여유를 부리며 그녀의 대학 생활을 꼬치꼬치 간섭했다. 그것만으로는 부족했는지 권유를 가장한 반협박으로 언론고시 준비를 종용했다. 그녀에게는 행인지, 불행인지 졸업 후 2년이라는 기간 동안 언론사 시험에 매번 탈락이라는 쓴 고배를 마셨다. 그래서인지 매거진 월간스톰에 정식으로 입사했을 때 세상의 자유를 다 가진 것만큼 행복했다.

방송국에 입사한 지 1년 만에 굵직한 특종을 내고, 뉴스 시간에 얼굴을 비치기 시작하면서 두터운 팬층을 보유하고, 차세대 메인 뉴스의 앵커 후보라는 칭송을 들을 만큼 잘나가던 태율이 보도국 국장과 맞장을 뜨고 런던으로 파견 근무를 나간다는 소식을 접했을 때는 앞으로 펼쳐질 인생에 꽃길만 있을 줄 알았다.

하루하루 그가 한국을 떠날 날만을 세고 있었다. 그러던 어느 날, 예고도 없이 그가 월간스톰에 편집장이라는 직책으로 나타났을 때의 절망감이란. 그게 딱 석 달 전 오늘이었다. 매일 아침 출근길에 태율의 취향에 맞는 커피를 사다 나를 때마다, 외부 약속이 없는 날은 그와 단둘이 점심 식사를 할 때마다, 세상이 무너져 내린다는 표현을 온몸으로 실감하고 있었다.

"제가 그렇게 남자복이 없나요?"

"네 사주팔자에 결혼 운은 딱 2번이여. 스물여덟 살에 한 번, 스물아홉 살에 한 번. 두 번의 기회를 놓치면 평생 혼자 살 팔자여."

"그럼 안 되죠. 내 꿈이 착한 남자랑 결혼해서 토끼 같은 애들 낳고 알콩달콩 잘 사는 건데."

그나마 두 번의 기회가 온다는 말에 다온은 귀를 쫑긋했다. 의미 없는 썸 타기만 무한 반복 중이었다. 초반에 썸은 잘 타는데 이렇다 할 결과가 없었다. 오죽하면 이번 생에 남자는 없나 보다라며 자포자기로 가는 도중이었다.

겉으로 보기엔 멀쩡하다 못해 넘사벽이라는 강태율이 옆에서 얼쩡거리니, 양다리 아니냐는 오해를 받기도 딱 좋았다. 오죽하면 한 번은 경은이 심각하게 질문을 던진 적이 있었다.

'혹시 강태율이 김다온을 이성적으로 좋아하는 것이 아닐까? 그래서 옆에 끼고 있으려는 게 아닐까?'

천만의 말씀, 만만의 콩떡이었다. 경은은 태율이 자기 엄마를 어떻게 대하는지를 못 봐서 하는 말이었다. 어찌나 사근사근하고 입 안의 혀처럼 굴던지……. 다온을 대할 때와는 천지 차이였다. 냉탕과 온탕의 극명한 온도 차이라고나 할까. 자기 엄마한테 대하는 것에 반만 다정하게 대해 줘도 평범한 여자들은 살살 녹아날 것이 분명했다.

태율은 그저 자신을 숨기지 않고 손쉽게 부려 먹을 수 있는 아랫사람이 필요할 뿐이었다. 그거야말로 진짜 염병할 일이었다. 내 인생은 생각지도 않고, 편하게 부려 먹으려고 옆에 끼고 있다니. 더 이상은 안 돼. 더 늙기 전에 나도 남들처럼 연애도 하고, 사람답게 살아 보자.

다온은 지갑을 열었다. 비상금으로 지갑 안쪽에 30만 원을 가지고 다니긴 했었다. 부족한 20만 원을 채우기 위해 그녀는 옆으로 손을 내밀었다.

"내가 왜?"

"몰라서 물어? 네가 오토바이 무게로 내 호기심만 부추기지 않았어도 편의점에서 알바할 일도 없었을 테고, 그럼 현성 오빠가 이상한 소리를 주절거리는 걸 듣지도 않았을 테고, 그랬더라면……."

그랬더라면 잘난 엄마 친구 아들로만 기억되던 강태율이 그 오빠, 그 선배, 그 편집장님이라는 호칭의 변천사를 겪지도 않았을 거라는 것은 누구보다 경은이 잘 알고 있었다. 빠드득. 이가 갈리는 소리가 굳게 다물린 어금니 사이를 뚫고 나왔다. 경은은 재빨리 핸드백을 뒤졌다.

"여기 50만 원이에요. 천지신명님께 우리 친구 잘 좀 봐 달라고 부탁드려 주세요."

부적과 함께 점집을 나오자, 고즈넉한 골목길에 서늘한 바람이 불었다. 잘게 부서지던 아침 햇살은 진한 회색 구름 뒤로 모습을 감추고 있었다. 노란 은행잎이 바람을 따라 낡은 초록색 대문 밖으로 날아갔다. 은행잎을 따라가는 다온의 표정에도 진한 회색 구름이 끼었다. 올해는 기상청에서 겨울이 빨리 찾아올 거라고 예고했었다.

"얼굴 펴, 김다온. 내년에 결혼 운이 있다잖아. 그러지 말고 이번 기회에 우리 사촌 오빠한테 시집와. 우리 오빠 능력 있는 거 알지? 강남 사는 건물주 외아들이다. 그걸로 더 이상 무슨 설명이 필요해. 내가 식사 자리 한번 마련해 볼게."

"이모네 건물 1층에 커피숍 차리겠다는 야망은 포기해라."

"야, 너는 나를 뭘로 보고. 우리 오빠 진짜 괜찮다니까."

"됐다 그래. 너희 이모가 아들 일이라면 물불을 안 가리고 물어 뜯는다며……. 그래서 별명이 강남 옥수수라며."

"어머, 야. 우리 이모 늙어서 이빨 다 빠졌어야. 요즘에는 갈비도 잘 못 뜯어. 오빠만 놓고 봐서는, 진짜 남 주기 아까워서 그래."

"너희 이모랑 맞장 뜰 배짱 없다. 거기다 너희 오빠도 머리 좋다고 소문난 사람이잖아. 극성맞은 너희 이모가 입에 침이 마르도록 자랑하고 다니셔서, 너도 학교 다닐 때 스트레스 꽤나 받았잖아. 내 인생에서 머리 좋다는 사람은 강태율 하나로 족하다. 평생 기죽어 살기 싫다."

"왜? 너도 머리 좋아. 칠칠치 못하게 뭘 자꾸 까먹고, 흘리고 다녀서……."

"죽을래?"

다온이 눈을 한쪽으로 흘겨 떴다. 누군가에게 허구한 날 듣는 협박인데, 막상 써먹어 보니 다온의 말투에는 별로 권위가 느껴지지 않았다.

"미안, 내가 잘못했다. 죽을 때 죽더라도 점심은 먹고 죽자, 친구야. 속 쓰려 죽겠다."

다행히 바로 꼬리를 내리며 기를 세워 주는 친구의 볼을 다온이 잡아당겼다. 종합병원 산부인과 병동 간호사로 근무 중인 경은은 업무 스트레스를 술로 풀고 있었다.

"으이그, 이 술고래. 그래도 내 기 살려 주는 사람은 너밖에 없다."

탄력 있게 늘어난 볼을 잡은 손등에 차가운 물방울 하나가 떨어졌다. 회색 구름이 기어이 비를 몰고 온 모양이었다. 하늘을 올려다보는 다온의 얼굴이 한없이 처량해 보였다.

"쯧쯧쯧. 기가 잔뜩 죽어서는……. 어쩌다 천하의 김다온이 이렇게 됐냐. 거기서 그 인간만 안 만났어도……."

"그러게. 거기서 그 인간만 안 만났어도……. 우선은 뭐라도 좀 먹자. 대그빡에 기를 불어넣다 보면, 언젠가는 그 인간한테 맞짱 뜨는 날이 오겠지."

다온은 애써 담담한 표정을 지었다. 수백 번도 더 상상해 보았다. 과연 그날, 거기서 강태율을 만나지 않았더라면 내 인생은 어떻게 변해 있었을까. 운명이 꼬이기 시작한 그날을 떠올리는 다온의 얼굴에 진한 먹구름이 몰려들고 있었다.

2007년 초여름.
올해 들어 하위권을 전전하던 서울 베이스 팀이 승승장구하면서

야구장을 찾는 팬들의 발길이 부쩍 늘어났다. 새로운 구단주의 재력에 힘입어 두터워진 선수층과 한 단계 성장한 신인들의 기세에 일찌감치 플레이오프 진출에 대한 기대감으로 응원의 열기가 어느 해보다 뜨거웠다.

덕분에 야구 경기가 있는 날은 올스타 스타디움 정문에 위치한 편의점이 활기를 띠었다. 프로야구 경기 시작 두 시간 전부터 매장 안은 야구장을 찾은 손님들로 북새통을 이루고 있었다. 경기장 내로는 음식물 반입이 금지되어 있어서인지, 간식거리와 음료를 손에 든 손님들이 계산대 뒤로 길게 줄을 늘어섰다.

두 대의 계산대에서는 바코드 찍어 내는 소리가 쉴 새 없이 흘러나왔다. 눈코 뜰 새 없이 바쁜 와중에도 앳된 얼굴의 직원 한 명이 간간이 계산대 한쪽 구석에 올려놓은 영어 단어장에 눈길을 주었다.

"13,700원 나왔습니다."

다온은 기계적으로 지불해야 할 금액을 말하고 과자와 음료수를 봉투에 담았다. 손님이 지폐를 내밀자, 이제는 어느 정도 익숙해진 솜씨로 영수증과 함께 잔돈을 건넸다. 계산을 마친 손님이 영수증과 잔돈을 지갑에 챙겨 넣고, 다음 손님이 물건을 계산대에 올려놓기까지 몇 초의 여유가 있었다. 그 잠깐의 짬을 이용해 영어 단어장의 페이지를 넘기려던 다온은 매장 뒤쪽에서 들려오는 말소리에 흠칫하며 동작을 멈추었다.

"태율아, 칫솔이 어디에 있었지?"

"왼쪽에서 첫 번째 열, 중간에서 세 번째 칸."

"찾았다. 버터구이 오징어는?"

"왼쪽에서 두 번째 열, 뒤쪽 맨 아래 칸."

귀찮은 듯 필요한 것만 대답하는 목소리는 분명 처음 듣는 음성이었다. 아는 사람인가 해서 긴장했던 다온은 금세 평정심이 돌아와 기계적으로 상품의 바코드를 스캐너에 찍었다. 태율이 흔한 이름은 아니지만, 그 이름이 대한민국에서 강태율 혼자만의 소유는 아니겠지.

삑삑삑.

"7,200원 나왔습니다."

"이것도 같이 계산해 주세요. 괜찮지?"

계산대 위로 슬그머니 칫솔, 버터구이 오징어, 캔커피가 올라왔다. 태율이라 불렸던 남자는 별다른 대꾸 없이 지갑에서 여유분의 현금을 꺼냈다. 같이 계산해도 된다는 의미로 해석한 다온은 나머지 물건들을 하나씩 스캔했다.

"귀신같은 자식. 처음 와 봤다면서……. 학교 다닐 때 전교 등수에서 밀릴 때는 열받았지만, 가끔은 이렇게 네 사진 같은 기억력이 편할 때가 있다니까."

"헛소리 집어치워라."

"아, 미안. 알면서도 가끔은 신기해서……."

손님의 대화를 무심코 듣고 있던 다온은 다시 귀가 쫑긋 섰다. 한 번 보고 물건이 진열된 위치를 정확하게 집어냈다고? 단순하게 단골손님이라 물건의 위치를 잘 아는 것이라고 생각했었다. 사진을 들여다보는 것처럼 한 번 본 것을 정확하게 기억해 내는 포토그래픽 메모리를 가진 사람이 있다는 사실을 들어 본 적이 있었다. 하지만 실제로 그런 기억력을 가졌다는 사람을 본 적은 없었다. 호기심을 이기지 못한 다온은 슬쩍 고개를 들었다.

"강태율…… 오빠?"

무심한 눈빛과 정면으로 시선이 마주쳤다. 화들짝 놀란 다온이 이름을 부르자, 옆에 서 있던 곱슬머리 남자가 오히려 당황했다.

"뭐야, 너랑 아는 사람이야? 젠장! 그럼 내가 크게 실수한 거네?"

"너, 코찔찔?"

다온은 무의식중에 고개를 끄덕였다. 흑역사라 할 수 있는 꼬꼬마 시절의 별명을 입에 담는 것을 보니 그녀가 알고 있는 엄마 친구 아들 강태율이 확실했다. 하필 여기서 그를 만나다니. 망할 놈의 호기심. 그놈의 호기심 때문에 여기서 이러고 있으면서 아직도 정신을 못 차렸다.

"너, 아직 고등학생이지?"

영어 단어장을 힐끗 내려다본 태율은 확신에 찬 질문을 던졌다. 아니라고 잡아떼 봤자, 전화 한 통이면 밝혀질 거짓말이었다. 다온은 이내 고개를 끄덕였다.

"보통 이 시간이면 학교나 학원에 있어야 할 시간 아닌가? 너희 집에서도 너 이러고 다니는 거 아셔?"

"네? 아……. 그게…… 그러니까……."

태율이 알 만하다는 얼굴로 그녀를 내려다보았다. 당황해서 더 듬거리는 것만으로 충분한 대답이었다.

"오늘은 몇 시에 끝나?"

"저, 아직 15분 정도 남았어요."

"그럼 끝나고 밖으로 나와. 할 말 있으니까."

계산을 끝마친 태율은 뒤도 안 돌아보고 가게 문을 나섰다. 다온의 대답 따위는 처음부터 고려 대상이 아닌 모양이었다. 학원 빼먹고 여기서 아르바이트하는 것은 절대 비밀인데……. 집에는 말하지 말아 달라고 부탁하려던 다온은 말을 꺼낼 기회조차 놓쳐 버렸다.

지금이라도 쫓아가야 하나. 망설이는 사이, 뒤에서 자기 차례를 기다리던 손님이 바구니에 가득 채운 물건을 계산대 위로 쏟아 내기 시작했다. 같이 온 곱슬머리 친구만 뭔가 미련이 남은 표정으로 계산대 옆을 서성이고 있었다. 똥 마려운 강아지처럼 안절부절못하는 폼이 딱히 해결책을 제시해 줄 것 같지도 않았다.

뭐, 일단은 기다린다고 했으니까. 태율을 믿어 보기로 한 다온은 빠른 손놀림으로 상품의 바코드를 계산대에서 스캔해 나갔다.

태율이 가게를 나가고 정확히 45분 후. 다온은 편의점 문을 박차고 나왔다. 약속된 시간보다 30분이나 늦어 버렸다. 손님들이 갑자기 몰리는 바람에 뭉텅이로 한꺼번에 빠져나간 물건들을 진열해 달라는 매니저 언니의 부탁을 차마 거절할 수 없었다.

늦었다고 설마 가 버린 것은 아니겠지. 걱정으로 주위를 두리번거리는데 다행히 태율은 편의점 앞에 놓아둔 흰색 플라스틱 의자에 앉아 있었다. 휴우, 살았다. 다온은 불안으로 울렁대던 심장을 다독이며 안도의 한숨을 내쉬었다.

5년 만인가. 다온이 중학교에 입학하고 한 번도 못 봤으니 아마 흘러간 시간이 그 정도쯤 된 것 같았다. 나보다 네 살이 더 많았으니, 이제 스물두 살이 된 건가. 태율은 못 본 사이 확연하게 달라져 있었다. 그녀가 기억했던 모습보다 키도 훨씬 크고, 어깨도 넓어지고, 늠름한 남자 어른이 되어 있었다.

직접 만날 기회는 없었지만, 엄마의 수다를 통해 그의 소식은 꾸준히 듣고 있었다. 잊을 만하면 밥상의 주요 화제로 떠오르는 인물이 엄마 친구 아들인 강태율이었다. 고등학교 내내 반에서 1등을 놓치지 않았다더라, 우리나라 최고 명문이라 불리는 한림대에 들어갈 수 있었지만 변호사인 아버지와 형을 따라 유서 깊은 유림대 법대에 수석으로 들어갔다더라. 운동 신경까지 타고나서 대학 들어가자마자 해병대에 자원입대했다더라 등등.

길 가다 마주쳤으면 아마도 모르는 사람처럼 스쳐 갔을까. 아니다. 잘생긴 외모에 이끌려 한 번쯤은 돌아봤을지도 모르겠다. 예전에도 느꼈던 거지만 인물 하나는 타고났다. 웬만한 여자는 저리 가라 할 정도로 두상이 작은데, 그 작은 얼굴 안에 선이 굵은 이목구비가 꽉 들어차 있었다. 감탄을 자아낼 정도로, 어느 한 군데 흠잡을 데가 없었다.

붓으로 그리듯 진한 눈썹과 누군가 손으로 빚은 게 아닐까 싶을 정도로 곧게 뻗은 콧날은 이국적인 분위기와 함께 얼굴 전체의 균형을 잘 잡아 주고 있었다. 길고 풍성한 속눈썹으로 강조된 수려한 눈매는 예전에 기억하던 그대로였다. 그 안에서 별을 뿌려 놓은 것처럼 반짝거리는 다갈색 눈동자. 어린 다온은 예쁘게 반짝거리는 태율의 눈을 가장 좋아했었다.

반면 그 초롱초롱한 눈이 그녀를 볼 때면 짜증으로 자주 찌푸려졌던 기억도 선명하게 떠올랐다. 지금 다온이 차마 태율의 곁으로 성큼 다가가지 못하고 망설이고 있는 이유가 바로 그것이었다.

북적대던 사람들이 다 어디로 사라졌는지, 거리는 꽤 한산했다. 햇볕이 뜨겁지 않으면서 바람은 시원한 날. 야구 경기를 관람하기에 딱 좋은 날이었다. 스타디움 입구에 길게 늘어선 행렬을 지켜보던 태율이 그녀를 발견했다. 그가 거만하게 손가락을 까닥거리자, 다온은 잰걸음으로 다가갔다.

"기다리게 해서 죄송해요. 매니저 언니를 도와 물건 정리 좀 하느라고 늦었어요."

"사과할 것까지는 없고…… 너 무슨 사고 쳤어?"

조심스럽게 사과를 건네는 다온에게 태율은 다짜고짜 심문하듯 다그쳤다. 한여름 태양 볕처럼 이글대는 눈동자가 그녀를 잡아먹을 듯이 노려보고 있었다. 쇠라도 녹일 듯한 기세에 기가 눌린 다온은 생각이라는 것을 할 여력도 없었다.

"별건 아니고요…… 학교 주차장에 처음 보는 오토바이가 있었는데……. 경은이라는 친구가 무게가 궁금하다고 해서…… 그냥 대충 무게만 재 본다는 게……."

"그래서?"

"생각보다 무거워서…… 넘어지는 바람에 살짝 긁히기는 했는데……."

"그래서?"

탁탁. 흰색 플라스틱 의자의 손잡이를 두드리는 손가락에 조바심이 엿보였다.

"수입 오토바이라고…… 수리하는 데, 단가가 좀 세게 나와서……."

"그게 얼만데?"

"100만 원이요. 친구랑 각각 50만 원씩 내기로 했어요."

"100만 원? 그게 별게 아냐? 부모님한테 사실대로 말할 생각은 안 해 봤어? 그렇게 꽉 막히신 분들은 아닌 걸로 알고 있는데."

"그게…… 말할까 생각도 했는데…… 한 번만 더 사고 치면 다시는 용돈 안 준다고……."

날카로운 눈빛에 기가 죽은 다온은 말까지 더듬었다.

"알 만하다. 컸어도 사고 치고 다니는 것은 여전하구나……. 그렇다고 고등학생이 공부는 안 하고 이런 데서 시간 낭비하면 돼?

너희 엄마는 네 성적이 자꾸 떨어진다고, 과외 알바생 구하시던데?"

"저…… 그래서 말인데요. 집에다 여기서 저 봤다는 것은 비밀로 해 주시면 안 될까요? 딱 한 달만 하려고 했어요."

"아까는 어디까지 들었어?"

초조하게 대답을 기다리던 다온은 일순간 멍한 표정을 지었다. 엥? 내가 무슨 말을 들었나? 질문을 곱씹어 보던 다온은 찰싹하고 이마에 손바닥을 내리쳤다. 한쪽 눈썹을 치켜뜨는 신경질적인 모습에 편의점 안에서 그가 친구와 나누던 대화가 떠올랐던 것이다.

"맞다, 아까 오빠 친구가 했던 말. 딱 한 번 보고도 사진을 보는 것처럼 정확하게……."

"못 들은 걸로 해."

서둘러 말허리를 자르는 태율을 보며 다온은 눈을 동그랗게 떴다. 또다시 호기심 가득한 표정이었다.

"그거 포토그래픽 메모리 맞죠? 진짜 신기하다. 현미 이모는 왜 그런 얘기를 안 해 줬을까? 우리 엄마 같으면 동네방네 자랑하고……."

"제기랄. 못 들은 걸로 하랬지?"

버럭 내지른 소리에 다온은 화들짝 놀랐다. 왜 화는 내고 그래. 새삼 죄인 취급을 당하는 것이 억울했다. 다온은 전투 자세를 취하듯 허리에 주먹을 올리고 미간을 구겼다.

"들려서 들은 것을 어떻게 못 들은 걸로 해요? 내가 일부러 들으려고 한 것도 아니고, 저절로 들린 건데."

"그건 현성이가 네가 있다는 것을 모르고……."

"그게 내 잘못은 아니잖아요."

태율이 깊은 한숨을 내쉬었다. 윽박지르기가 안 통하자 타이르는 방향으로 작전을 선회하고 있었다.

"맞아. 소리 질러서 미안하다. 기억력이 남들보다 뛰어난 것은 사실이야. 그렇다고 네가 생각하는 그런 정도는 아니야. 순간 기억력을 끌어내는 능력이 일반 사람보다 탁월한 정도야. 부탁인데, 그냥 모른 체해 줘. 우리 가족들도 모르는 일이야. 당장 이유를 설명하기는 좀 그렇고…… 암튼 다른 사람한테는 말하지 말아 줘. 특히 너희 엄마한테. 나도 네 비밀 지켜 줄게."

다른 건 둘째 치고, 엄마한테 비밀을 지켜 주겠다는 말 한마디에 잔뜩 구겨지던 다온의 미간이 서서히 펴졌다. 초초, 걱정, 분노, 안도. 시시각각 다채로운 감정의 변화가 그녀의 얼굴에 고스란히 드러났다, 사라졌다. 그 변화무쌍한 과정을 태율은 불안한 눈빛으로 지켜보고 있었다.

"진짜죠? 나 여기서 알바했다고 우리 엄마한테 절대 안 이를 거죠? 약속하는 거죠?"

"약속해."

"휴, 다행이다. 저도 오빠 비밀은 반드시 지킬게요. 걱정 안 하셔도 되는 게, 저 입 진짜 무거워요."

"그럼 다행인데……."

불신이 담긴 말투였지만, 다온은 신경 쓰지 않았다. 걱정거리가 사라졌다는 생각에 한결 마음이 가벼워졌다. 한동안은 다시 볼 일 없을 거라는 생각에 마음이 관대해지기까지 했다.

"다시 만나서 반가웠어요. 오빠가 유림대학교 다닌다는 것은 엄마한테 들었어요. 나도 공부 열심히 해서 오빠처럼 유림대학교에 입학하는 것이 꿈이에요. 신문방송학 공부해서 졸업하면 신문 기자가 될 거거든요."

듣기 좋은 칭찬이 태율의 마음을 녹일 것이라고 생각한 다온은 유림대 입학은 그녀가 아닌 엄마의 꿈이라는 말은 생략했다. 그때 야구장 출입구 근처에 서 있던 곱슬머리 남자가 팔을 높게 흔들었다. 손에 야구장 입장권 두 장을 들고 있었다. 노랫소리가 들리는 걸로 봐서 곧 본게임이 시작될 것이다.

"야구 경기 시작하려나 봐요. 빨리 가 보셔야죠. 만나서 반가웠어요. 언젠가 기회가 되면 또 봐요. 오빠, 안녕."

태율은 아무런 대꾸가 없었다. 원래도 저에게는 무뚝뚝한 편이었으니까. 다온은 어깨를 한 번 으쓱이며 무안함을 털어 버렸다. 곱슬머리 남자가 빨리 오라며 크게 소리를 질렀다. '빨리빨리' 라는 외침에 미간을 찌푸리는 태율을 뒤로하고 다온은 버스 정류장을 향해 뛰기 시작했다. 막 출발하려는 버스를 따라잡기 위해 전속력을 내느라 뒤늦게 흘러나온 태율의 인사말은 미처 듣지 못했다.

"그래, 곧 또 보자."

※ ※ ※

"학원 다녀왔습니다. 박 여사, 나 배고파서 쓰러질 것 같아. 점심도 못 먹었어."

다온은 현관문을 열고 들어서면서 주방을 향해 힘껏 소리를 질렀다. 어깨를 묵직하게 누르던 책가방은 거실을 향해 대충 던져 버렸다. 현관 바닥에 철퍼덕하고 주저앉아 발목까지 올라오는 운동화 끈을 푸는데, 한껏 멋을 부린 박여진 여사가 주방에서 걸어 나왔다.

"수고했어, 우리 딸. 점심을 못 먹었어? 어떡해, 얼굴 핼쑥한 것 좀 봐. 엄마가 샌드위치 만들고 있으니까 조금만 기다려."

"엥? 박 여사, 뭐 잘못 먹었어? 그리고 집에서 웬 화장? 저녁 먹고 어디 가?"

"어머, 얘는 짓궂게 엄마한테 박 여사가 뭐니……."

콧소리로도 모자라 심하게 비음을 섞은 엄마의 말투에 다온은 한쪽 눈썹을 치켜떴다. 정이 많아서 남의 부탁을 쉽게 거절하지 못하는 성격이지만, 타고난 왈가닥 기질에 하기 싫은 일 앞에는 불평 한마디를 꼭 곁들이는 엄마였다.

"엄마답지 않게 오늘따라 왜 그래? 내가 이 집 식모냐, 오자마자 밥 타령이게? 등짝 스매시를 맞아야 니가 정신을 차리지? 이래야 엄마잖아."

"어머, 어머. 얘는 내가 언제 그랬다고…… 얘가 오늘따라 왜 이렇게 짓궂어. 호호호……."

"호호호."

평상시의 투덜대는 말투를 흉내 내는 다온을 보며 여진은 어색한 웃음을 흘렸다. 그 모습이 재미있어 호호 하며 따라 하던 다온은 계단을 내려오는 낯선 그림자에 그대로 얼어 버렸다. 그러다 허벅지 위까지 올라간 교복 치마를 발견하고는 허겁지겁 자리에서 일어났다.

"오, 마침 태율이도 내려왔네. 태율이 우리 다온이 오랜만에 보지? 그러고 보니 태율이가 우리 집에 온 것은 처음이지, 아마. 우리가 주로 너희 집에 놀러 갔으니까."

"네. 다온아, 오랜만이다. 잘 지냈지?"

오랜만이라니. 분명 어제도 봤으면서. 얼굴 표정 하나 변하지 않고 천연덕스럽게 거짓말을 하는 그를 보며 다온은 황당하다는 표정을 지었다.

"김다온 뭐 해? 오빠한테 인사해야지."

"안녕하세요."

다온은 반사적으로 고개를 숙였다. 아래를 향한 시선에 기다란 사이즈의 컨버스 한 켤레가 현관 입구에 얌전하게 놓여 있는 것이 들어왔다. 성인 남자의 표준 사이즈에 해당하는 아빠 신발보다 훨씬 커 보였다. 이걸 왜 못 봤지. 봤더라면 그런 촐싹대는 모습은 보이지 않았을 텐데. 다온은 매사 건성인 자신의 성격을 새삼스레 한탄했다.

"전에 엄마가 태율이 학교 다닐 때 반에서 1등을 놓친 적 없다고 말했던 것 기억나지? 대학 들어가면서 엄마 친구들 사이에서 과외 청탁이 끝이 없었거든. 군대 다녀오고, 공부하느라 바쁘다고 거절만 하더니, 황송하게도 이번에 네 과외를 직접 해 주기로 했지 뭐니."

"뭐? 과외 선생님 이미 구했다면서?"

"사실은 엄마가 태율이한테 부탁했다가 퇴짜 맞고 친구를 소개받았거든. 그런데 그 친구가 갑자기 학교에서 큰 프로젝트를 내주는 바람에 시간을 못 낸다나……. 덕분에 태율이가 이렇게 와준 거야. 너는 상상도 못 할 거다. 엄마 친구들이 너를 얼마나 부러워하는지."

혼자만의 감격에 겨운 나머지 여진은 다채롭게 변해 가는 다온의 표정을 미처 알아차리지 못했다. 놀랐다, 실망했다, 경악에 이르는 표정 변화를 지켜보던 태율은 가만히 고개를 저었다.

"과찬이세요. 이렇게까지 말씀하시니 정말 책임감이 느껴지는데요. 최선을 다해 성적을 올려 보겠습니다. 다온아, 올라가자."

"아유, 내 정신 봐. 바쁜 태율이 시간을 너무 뺏고 있었네. 뭐해, 안 따라가고. 오빠가 한참 기다렸어. 너는 과외 선생님 기다리는데 뭐 하느라 이제 와. 나중에 아빠한테 혼날 줄 알아. 오빠랑 올라가서 공부하고 있어. 공부 열심히 하면 엄마가 아빠한테 잘 말해 볼게. 우선은 간식부터 챙겨야겠다."

여진은 주방으로 다급하게 들어갔다. 정식 과외는 다음 주부터였다. 과외 선생이 올 거라는 사실을 전혀 몰랐던 다온은 늦었다는 책망이 억울했다.

"따라와."

태율은 달랑 한마디를 남기고 계단을 올라갔다. 편의점에서도 그렇고, 여기서도. 명령조의 말투가 영 마음에 안 들었다. 약점 좀 잡았다고, 내가 무조건 복종할 거라고 생각하면 착각일걸요. 무럭무럭 자라나는 반항심에 다온은 느긋하게 신발을 벗었다. 그러고는 현관 입구에 대충 놓인 신발들을 가지런히 정리하기 시작했다.

"참, 김다온. 너 엊그제 받은 용돈은 어디다 쓰고, 점심 사 먹을 돈도 없어? 경은이는? 경은이한테라도 빌리지 그랬어."

여진이 가자미눈을 하고 주방에서 고개를 내밀었다. 다온은 황급히 시선을 돌렸다. 위험하다. 같이 사고 친 경은이도 오토바이 수리비에 용돈을 다 털어 넣었다는 사실을 말할 수는 없었다. 뭔가 대답이 엉성하다 싶으면 끝까지 캐묻는 엄마의 성격을 알기에 다온은 정리하던 신발은 제쳐 두고 황급히 계단을 향해 뛰었다.

"돈이 없기는 왜 없어. 내가 깜박하고 지갑을 안 가져가서 그렇지. 과외 선생님 기다리겠다. 나 올라간다."

"그렇게 정신을 어디다 팔고 다니는 거야. 한두 번도 아니고……. 다음에는 친구한테라도 빌려서 사 먹어."

"네."

2층에 도착한 다온은 아래층을 향해 큰 소리로 대답했다. 엄마의 질문이 잔소리로 바뀌었다는 것은 의심이 사라졌다는 증거였다. 안도의 한숨이 절로 나왔다.

"휴우. 하마터면 들킬 뻔했다."

"잘한다. 입 무겁다고 큰소리 뻥뻥 치더니."

태율은 활짝 열린 그녀의 방 한가운데 서 있었다. 키가 큰 태율이 방에 있자, 넓게 느껴졌던 공간이 비좁아 보이는 착시 현상을 일으켰다.

"주인 허락도 없이 함부로 방에 들어가면 어떡해요?"

"건물주의 허락을 받았는데, 뭐가 더 필요해? 앉아."

또 명령이네. 다온은 손가락으로 책상용 의자를 지정한 태율이 방 한쪽에 놓인 일인용 안락의자에 앉는 것을 못마땅하게 지켜보았다.

"성적은 상위권이라고 들었어. 알바는 그만둬. 복학하기 전까지 월, 수, 금, 주에 3일 두 시간씩. 복학하면 월, 목, 하루에 세 시간씩. 일주일에 총 여섯 시간이야. 유림대학이 목표라고 그랬지? 올해 안에 무조건 일 등급으로 끌어올릴 테니 각오해 두는 것이 좋을 거야. 그건 시험 예상 문제집이야. 동그라미 쳐 놓은 문제들 위주로 풀어."

책상 위에는 못 보던 문제집이 나열되어 있었다. 호기심에 수학 문제집을 슬쩍 펼쳐 보았다. 진짜 번호에 빨간 펜으로 동그라미 쳐진 문제들이 있었다. 아는 문제도 있고, 모르는 문제도 있었다.

"풀다가 모르는 문제가 나오면……."

"그때 물어봐요?"

멀찍이 떨어져 있는 태율을 보며 다온은 순진한 얼굴로 질문을 던졌다. 손가락은 이미 모르는 문제를 하나 가리키고 있었다.

"응, 물어봐, 인터넷에."

"……."

황당하기 그지없는 대답이었다. 이 오빠가 장난하나. 공부를 가르쳐 주겠다고 와서는, 혼자 알아서 다 하라니.

"농담이죠?"

"내가 농담하는 걸로 보여?"

정직해 보이는 눈동자에 웃음기라고는 없었다.

"그럼 우리 집에는 왜 왔어요? 내가 비밀 지키나, 안 지키나 감시하러 왔어요?"

"왜 아닐 거라고 생각하지?"

"말도 안 돼. 내가 약속은 반드시 지킨다고 했잖아요. 내 말 못 믿어요?"

"믿어. 다만 얼굴이 열일하는 타입이라."

믿는다는 거야, 못 믿는다는 거야. 다온은 진이 빠졌다. 편의점에서 아르바이트를 한 지 이 주일째였다. 몸에 익숙하지 않은 노동으로 팔다리가 뻐근했다. 가족들 모르게 알리바이를 만드느라 정신적으로도 피곤하고 지쳐 있었다. 어서 빨리 이 불편한 상황에서 벗어나서 침대에 눕고만 싶었다. 신경질적으로 문제집을 휘리릭 넘기는데 흰 봉투가 바닥으로 떨어졌다.

"이 봉투는 뭐예요?"

"돈 필요하다며? 알바비 대신이야. 이자 쳐서 꼬박꼬박 갚아라. 나는 계산 확실한 사람이야. 참고로 누가 옆에서 부스럭대는 것도 질색이야. 딱 이 정도 거리가 좋겠다. 더 이상은 다가올 생각 말고."

지금도 충분히 멀리 떨어져 있다고 생각했는데, 태율이 의자를 방 안의 가장 구석진 곳으로 밀고 갔다.

　"문제집을 풀다가 어려운 게 나와도 물어보지 말라는 게 진담이었어요?"

　"농담 안 한다고 했지?"

　"그럼 오빠가 하는 일은 뭔데요?"

　"감시."

　이어폰을 귀에 꽂고 음악을 트는 그를 다온이 있는 힘껏 노려봤다.

　"내가 그렇게 싫어요?"

　"내가 널 왜 싫어한다고 생각해?"

　"어렸을 때부터 내가 다가가는 걸 싫어했잖아요."

　"내가?"

　"맞잖아요. 나만 보면 멀찍이 피하고, 인상 찌푸리고⋯⋯."

　"너는 사람들이 똥을 왜 피한다고 생각해?"

　여기서 똥이 왜 나와. 다온은 멀뚱한 표정으로 대답했다.

　"똥이야 더러워서 피하겠죠."

　"잘 아네."

　"그럼 내가 더러워서 피한다, 이 뜻이에요?"

　황당함을 넘어 기가 막혔다.

　"내가 기억력이 남다른 것은 알고 있지?"

　"그거랑 이게 무슨 상관이에요?"

　군인인 아버지를 따라 서울로 올라온 것이 네 살 때인가 그랬다. 그 전에는 태율을 만난 적이 없으니, 기저귀 찬 모습을 기억할 리가 없었다. 어린애가 실수해 봤자지 하는 마음으로 호기롭게 던진 질문에 남모를 불안감이 엄습했다. 에이, 아닐 거야. 다온은 물가로 나온 물고기처럼 팔딱대는 심장을 손으로 살며시 눌렀다.

"1995년 12월 24일. 우리 집이 주택으로 이사 가고 처음으로 크리스마스 파티를 하던 날이었어. 감기에 걸렸는지 너는 계속 코를 훌쩍거리더라."

역시나. 다온의 얼굴이 시뻘겋게 달아올랐다. 코찔찔로 불리던 암흑기 시절. 올림픽 경기에 꽂힌 엄마는 그녀를 국가 대표 수영선수를 시키겠다는 당찬 포부를 갖고 있었다. 유치원 무렵부터 비가 오나, 눈이 오나, 다온은 수영장에 매일 출석하다시피 했었다. 덕분에 비염을 달고 살아, 콧물이 마를 날이 없었다. 결국은 그 비염 때문에 수영을 그만둘 수 있었지만.

"케이크 위에 놓인 초콜릿 나무가 탐이 났었나 봐. 넌 케이크 주위에서 벗어나질 못했지. 네 성화에 식사를 하기도 전에 케이크에 초를 꽂았어. 사람들은 너한테 소원을 빌고 촛불을 끄라고 했었지. 비록 네가 재채기가 나오는 바람에 촛불을 끄지는 못했지만……."

별것도 아니네. 재채기 좀 한 게, 뭐 그리 대수라고. 괜히 쫄았네. 움츠러들었던 어깨를 다시 펴는데 이어지는 설명에 다온은 넋이 나간 표정으로 허공을 응시했다.

"재채기 한 번에 초콜릿 나무가 희멀건 콧물을 뒤집어썼더라. 난 여섯 살 난 여자애 비강에 그토록 많은 콧물이 쌓일 수 있다는 사실을 그날 처음으로 알았다. 그 후로 난 초콜릿케이크는 쳐다도 안 봐."

"마…… 말도 안 돼. 내가 기억 못 한다고 그렇게 과거를 날조

하면 안 되죠. 꼬맹이 재채기에 콧물이 나오면 얼마나 나왔다고……."

"너도 안 믿기지? 우리 형이 그때 사진기에 꽂혀 있었던 건 기억하지. 우리 집 앨범에 증거 사진 있으니까, 한번 찾아보든지. 1994년 7월 18일은 어땠게. 바이러스성 장염이 유행이라고 방송에서 한창 떠들어 댈 때였어."

태율은 10년도 훨씬 지난 일을 날짜까지 정확하게 기억하고 있었다. 날짜까지 들이대니 증거 자료라도 되는 것처럼 반박하기도 어려웠다. 그런데 하필…… 똥이 화두로 시작된 대화에 장염이라는 단어가 영 꺼림칙했다. 설마 바지에 설사라도 한 것은 아니겠지.

"학원 갔다 집에 왔는데, 네가 내 방에서 초코파이를 먹고 있었어. 어른들 몰래 먹고 있었다는 것을 그때는 몰랐지. 나가라고 해도 꼼짝을 안 하더라. 할 수 없이 숙제를 하고 학원에 가야 해서 책상에 앉았는데……."

태율은 엄청 심각한 얘기를 꺼내기라도 하려는지 한 템포 호흡을 골랐다. 설마 아니겠지 하면서도 다온은 긴장됐다.

"장염에 걸려 병원까지 갔다 왔다는 애가……."

또다시 말이 끊어졌다. 태율이 주먹을 불끈 쥐었다.

"싫다는 내 무릎에 기어코 올라와서는……."

"잠깐만요!"

다온은 다급하게 말을 막았다. 이 이야기를 들으면 평생 후회할지도 모른다는 막연한 두려움에 휩싸였다. 입이 바짝 말랐다. 쏟아져 나올 말이 두려워, 당장이라도 태율의 입을 손으로 틀어막고 싶을 지경이었다.

"싫다는데도 억지로 내 무릎에……."

"그만!"

'초등학교 3학년 때부터인가, 바쁜 와중에도 아침저녁으로 꼭 샤워를 해야 잠을 자더라구.'

'태율이는 다 좋은데, 너무 깔끔을 떨어서 피곤하다니까. 화장실 청소를 하루라도 안 하면 우리 아들 눈치부터 보여.'

현미 이모가 유일하게 태율에 관해 털어놓던 불평이 머릿속을 배회했다.

"왜 자꾸 그만하래. 믿지 못하겠다면, 그날 찍은 사진도 있으니까 앨범 찾아봐. 네가 그날 내 무릎 위에서 무슨 만행을 저질렀는지……."

"아아아아……. 더 이상은 안 들을래요."

다온은 손으로 귀를 막았다. 그렇게 먹지 말라는 초코파이는 왜 처먹어 가지구…….

청천벽력과도 같은 과거 앞에 18세의 자존심이 와르르 무너져 내렸다. 나만 보면 인상을 찡그리고, 죽기 살기로 피해 다닌 이유가 바로 이런 것이었다니. 그것도 모르고, 볼 때마다 놀아 달라고 바지를 붙잡고 엉겨 붙었으니…… 얼마나 추했을 거야. 그런데 어쩌자고 나는 바지에 똥 싼 기억조차 없을까.

코찔찔은 황송한 별명이었다. 똥싸개가 아닌 걸 감사하게 생각해야 하는 처지라니. 다온은 암담하다 못해 자포자기에 빠져 머리를 마구마구 흔들었다. 10년도 더 지난 일을 날짜 하나까지 정확하게 기억하는 사람한테 깔끔병을 안겨 준 게 바로 나였다. 열여덟 살이라는 나이는 이런 치욕을 감당하기에 너무나도 버거웠다.

사진이라는 빼도 박도 못할 증빙 자료까지 있다는데. 태율이 진짜 맘먹고 인터넷에 올리기라도 하는 날에는…… 사진이 퍼지는 것은 순식간이었다. 평생 꼬리표처럼 따라다닐 치욕이었다.

"너 어디 아파? 갑자기 어지럽게 머리는 왜 흔들고 그래?"

"미안해요, 오빠. 오빠가 하려는 말은 충분히 이해했어요. 비밀은 무덤까지 안고 갈게요. 그리고 공부 열심히 할게요. 인터넷만은 안 돼요."

"뭐?"

태율은 이 애가 무슨 말을 하는가 싶어 미간을 좁혔다.

"알바도 그만두고, 용돈 모아서 이자도 꼬박꼬박 갚고, 공부만 할게요. 대신 앞으로 평생 내 앞에서 어린 시절 얘기는 꺼내지 말아 주세요. 아니, 다른 어느 누구 앞에서도요. 그럼 오빠가 시키는 건 뭐든 다 할게요."

제 손으로 무덤을 파는 줄도 모르고 다온은 엄청난 거래를 제안하고 있었다.

"진짜 내가 어린 시절 얘기만 꺼내지 않으면, 시키는 건 뭐든 다 할 거야?"

다온은 고개를 끄덕이는 것으로도 모자라는지, 간절하게 두 손을 앞으로 모았다. 안쓰럽다 못해 처량하다는 생각이 들 정도로 풀이 죽은 모습이었다. 태율은 안락의자에 깊숙이 몸을 파묻었다. 다온이 철모르던 시절까지 들먹이며 협박한 것은 비겁했다. 하지만 그만큼 절박했다.

입막음을 위해 바쁜 시간을 쪼개 과외까지 하러 왔다. 찾아온 목적은 충분히 이룬 셈이었다. 양심을 찌르는 죄책감은 성적을 끌어올려 줌으로 무마할 생각이었다.

"좋아. 우선은 책상에 앉아서 거기 있는 문제집부터 풀어. 막히는 게 있으면……."

"알아요. 인터넷에 물어볼게요."

태율은 문제 풀이에 어려운 게 있으면 가져오라는 말을 하려던 참이었다. 그의 의도를 오해한 다온은 호기롭게 문제집을 펼쳐 들었다. 우선은 혼자 힘으로 해 보겠다는데 나쁠 거야 없지. 인터넷으로도 해결 방법이 없으면 그때는 알아서 가지고 오겠지. 태율은 마음 편하게 생각하기로 했다.

시작이 어찌 되었든, 나쁘지 않은 전개였다. 어려서는 마냥 순하기만 하더니, 컸다고 대드는 폼이 제법 귀여웠다. 시키는 건 뭐든지 다 하겠다고 했지? 통통 튀는 반응을 지켜보는 것도 재미있을 것 같았다. 소파에 편하게 기대앉는 태율의 입가에 모처럼 만에 만족스러운 미소가 번져 갔다.

2장. 전쟁의 서막을 알려라

2016년 가을.

"잠깐만요. 같이 가요."

다온은 초현대식 빌딩 로비의 대리석 바닥을 구르다시피 달려가며 닫히려는 엘리베이터 문을 향해 냅다 소리를 질렀다. 헉헉거리며 열린 문 앞에 도착했을 때, 번지르르한 대리석 바닥보다 더 반짝거리는 갈색 구두코가 먼저 눈에 들어왔다.

"기다려 주셔서 감사합니다."

"이 시간에 어딜 쏘다니다 오는 거야?"

헉. 예상치 못한 목소리에 다온은 엘리베이터에 타다 말고, 급히 종이봉투를 뒤로 숨겼다.

"잘한다. 회의 시간에 땡땡이나 치고……."

다온이 엘리베이터 안으로 들어가기를 주저하자, 쾅이 반짝거리는 갈색 수제화 뒤에 숨어 있던 커다란 검정 스니커즈가 옆으로 걸어 나왔다. 이 인간이 이 시간에 여긴 왜 있는 건데…….

"코찔찔. 안 탈 거야?"

신경질적인 부름에 다온이 쭈뼛거렸다. 목소리에서부터 짜증이 잔뜩 배어 있었다. 코찔찔로 불릴 때는 가능한 한 건드리지 않는 게 신상에 좋다는 것을 오랜 경험을 통해 알고 있었다. 지금쯤 소개팅이 한창일 거라며 회의실에서 유유자적하게 피자를 먹고 있을 동료들을 떠올렸다. 태율이 편집장으로 출근하고, 얼마 지나지 않아 지시한 일이 회의실 음식물 반입금지 조항이었다.

단톡방에 경고 메시지라도 보내야 하는 것 아닐까. 한바탕 난리가 날 텐데. 태율은 점심 식사 후에 소개팅 약속이 잡혀 있어 편집 회의에 참석할 수 없을 거라고, 큰소리를 뻥뻥 친 것도 사실 다온 이었다. 서른이 넘은 아들이 도통 연애에 뜻이 없자, 어려서부터 이모, 이모 하며 따르던 조현미 여사께서 그녀에게 친히 SOS를 보냈다.

소개팅이나, 선 자리라고 말하면 죽어도 안 나갈 녀석이니, 외부에 스케줄이 있는 적당한 날, 장소와 시간을 알려 달라고. 그럼 나머지는 본인이 다 알아서 할 거라고…….

"회의실에 있을 시간 아니야? 아까 보니 뒤에 뭘 감추는 것 같던데…… 또 김아영 대리가 너보고 간식 사 오래?"

차마 눈을 마주치지 못하는 다온은 연이은 질문에 고개만 주억 거렸다. 친절하게 열림 버튼을 누르고 있는 갈색 수제 구두를 신은 사람 덕에 엘리베이터 문은 계속 열린 채였다.

"잘한다. 회의 시간에 간식이나 사다 나르고. 내가 분명히 PT룸에 음식물 반입하지 말자고…… 가만, 설마 너야?"

검정 스니커즈가 밖으로 나오려 하자 다온은 움찔움찔 뒤로 물러났다. 회의 시간에 간식을 사다 먹는다는 것은 그가 회의에 참석하지 않을 거라는 가정이 있어서였다. 누군가 중간에서 소식을 전한 사람이 있다는 증거였다. 잔뜩 쫄은 얼굴로 스스로 스파이임을 증명하는 다온의 머리 위로 구원의 목소리가 들렸다.

"그만해, 강태율. 다온이가 무슨 잘못이야. 유독 둘째 아들 사랑이 과한 어머니가 문제인 거지. 안 그래, 꼬맹아?"

"태민 오빠!"

친밀한 말투에 다온은 고개를 번쩍 들었다. 갈색 수제화의 주인공은 다름 아닌 태율의 형 태민이었다. 태율보다 두 살 많은 형으로 그녀와는 여섯 살 차이가 나지만 어린 다온을 꽤나 귀여워해서 자주 데리고 놀아 주었다. 그래서 다온은 태민을 태율보다 훨씬 스스럼없이 대했다.

"꼬맹이, 오랜만이다. 부모님은 건강하시지?"

"그럼요. 시골로 내려가시더니 농사짓는 것에 한참 재미를 붙이셨어요. 그런데 오빠는 우리 회사에는 어쩐 일이에요? 편집장님 만나러 왔어요?"

"쿡. 회사에서는 태율이를 그렇게 부르는구나. 나도 지난주부터 이쪽으로 출근하고 있었는데, 몰랐어? 여기 편집장님이 말 안 해?"

"대박. 위층 비어 있는 사무실에 로펌이 이사 온다고 들었는데, 오빠 회사였어요?"

태민이 그렇다며 고개를 끄덕이는데, 태율이 엘리베이터 밖으로 걸어 나왔다. 놀란 다온이 그를 피해 엘리베이터 안으로 들어가려는데, 그대로 목덜미를 붙들렸다.

"2시에 클라이언트랑 미팅 있다며. 형은 먼저 올라가. 나중에 연락할게."

비단결같이 부드러운 말투에 태민은 손목시계를 확인했다. 어딘가 절실해 보이는 다온의 표정이 마음에 걸렸지만, 시간 약속은 철저히 지키는 게 그의 신조였다.

"그래. 다온이 잘못 아니니까 너무 닦달하지 말고……. 꼬맹이, 만나서 반가웠다. 언제 오빠가 맛있는 저녁 사 줄게."

"네, 안녕히 가세요."

싫어도 어쩔 수 없이 다온은 인사를 건넸다. 목덜미를 잡지 않는 손이 모자 쓴 머리를 푹 하고 아래로 내렸기 때문이었다. 행여나 모자가 벗겨지기라도 할까 봐 노심초사하는 다온을 끌고 태율은 새로 도착한 엘리베이터로 향했다.

"너는 도대체 무슨 생각으로……."

"잘못했어요. 다시는 안 그럴게요."

문장이 끝나기도 전에 다온은 냉큼 사과부터 했다. 엘리베이터의 문이 닫혔다. 다온은 10층 버튼을 누르는 기다란 손가락만 뚫어져라 주시했다. 차마 시선을 마주칠 엄두도 안 났다. 납작 엎드리는데 잡아먹히기야 하겠어.

"나는 안 한다고, 안 한다고 했는데…… 이모가 편집장님이 노총각으로 혼자 늙어 가면 평생 책임질 거냐고, 하도 협박을 하셔서……."

"그래서 평생 나를 책임지기 싫어서 소개팅을 주선하셨다?"

"그건 오해예요. 나는 그 여자분이 누군지도 몰라요. 이모가 고양이 상과 강아지 상 중에 고르라고 하셔서, 아무래도 편집장님처럼 까르칠한 분에게는 포근한 곰돌이 상이 어울리지 않을까라고……."

"죽을래?"

좁은 공간에 낮게 깔린 목소리가 음산하기까지 했다. 다온이 과장되게 놀라는 표정으로 콧잔등을 찡그렸다.

"이런, 억울해서 발음이 제대로 샜네. 까리스마라고 한다는 게……."

"입술에 침이나 발라. 그런데 이건 무슨 냄새야?"

키가 큰 태율이 머리 위에서 코를 킁킁거렸다. 시킨다고 시키는 대로, 입술에 침을 바르던 다온은 후다닥 뒤로 물러났다. 점집에 다녀오고 나흘이 지났다. 물론 저녁마다 샤워는 하지만, 머리에 물을 묻히지 말래서 샤워캡을 써서 머리를 감지 않았다. 나흘 동안 안 감아 떡진 머리를 숨기느라 하루 종일 털모자를 쓰고 있었다. 가뜩이나 가려운 것도 참고 있었는데…….

"냄새 많이 나요? 머리에 물을 묻히지 말라 해서……."

"무슨 뜬금없는 소리야?"

다온의 손에 들린 종이봉투를 가로채 안을 살피던 태율이 갑자기 고개를 번쩍 들었다. 태율이 찾던 냄새의 진범은 그녀가 아닌 간식으로 사 온 고로케였다.

"너 머리 안 감았어? 그러고 보니 사흘 전부터 모자를 쓰고 있었던 것 같은데, 설마 그동안 계속 안 감은 거야?"

놀람을 넘어 경악으로 변해 가는 표정에 다온은 모자를 푹 눌러 썼다. 사흘 전부터 모자 쓰고 다닌 것은 또 어찌 알았대. 빌어먹을 놈의 기억력.

"샤워는 했어요."

"가지가지 한다."

엘리베이터가 10층에 도착했다. 성큼성큼 걸어가는 태율을 따라

잡느라 다온은 뛰다시피 걸었다. 지저분한 이미지를 탈피하기 위해 얼마나 열심히 노력했는데. 아무리 피곤해도 자기 전에 꼭 샤워하는 습관은 그것 때문이었다. 여기서 무너뜨릴 수는 없었다.

"진짜 샤워는 했어요. 누가 머리에 물을 묻히지 말래서 머리만 안 감았어요."

"누가?"

"아, 그게……. 누가 그랬다기보다는……. 어디서 읽었는데, 머리를 안 감으면 글발이 산다고……."

점쟁이한테 들었다는 말은 차마 할 수 없었다. 더구나 그를 떼어 내기 위한 점괘 중의 하나라고는. 적당한 핑계거리를 찾아 머리를 굴리는데, 태율이 우뚝 멈춰 섰다.

"지금 그게 팩트를 다뤄야 할 기자 입에서 나올 소리야? 차갑고 냉철한 이성으로 정보를 다루고 독자들에게 진실을 제공해야 할 기자가 그런 미신에 휘둘린다는 게 말이 돼? 감성팔이나 하려고 기자 됐어?"

이게 아닌데. 기세 좋게 한바탕 퍼부을 준비를 하는 태율을 보며 다온은 아랫입술을 깨물었다. 팥의 효험은 언제 나타나는 거야. 찾으라는 의인은 코빼기도 안 보이고, 트집거리만 하나 더 제공하고 있었다.

"언론은 제4의 권력이야. 글을 잘 쓰는 것도 중요하지만, 기자는 자기가 쓴 기사에 자부심과 책임감을 가져야 해. 네가 쓴 글 하나에……."

"여엄병!"

"뭐?"

"……."

태율의 놀란 표정을 보며 다온은 당황했다. 머리를 나흘이나 안 감고 건진 거라고는 입에 찰지게 달라붙는 염병이라는 단어 하나 였다. 머리가 가려울 때마다, 태율에게 쪼임을 당할 때마다, 입 안에서 되뇌던 단어가 끝내 소리가 되어 세상 밖으로 나오고 말았다.

"다시 말해 봐. 방금 뭐라고 했어?"

"여엄……분? 오늘 점심이 너무 짰을까요?"

"죽을래?"

태율이 다리를 벌리고 허리에 양손을 걸쳤다. 오랜 시간 규칙적인 운동으로 떡 벌어진 어깨가 오늘따라 건장해 보였다. 공부는 체력전이라며 태율에게 끌려 유도 도장에 다니던 때가 떠올랐다. 수없이 매트에 내동댕이쳐졌던 암울했던 기억과 함께. 아량이라고는 개미 눈곱만큼도 없는 인간. 한 번은 몰라도, 두 번이나 말실수를 넘어가 줄 인간이 아니었다.

"죄송해요. 머리가 너무 가려워서 나도 모르게 말이 헛나왔어요."

"그 단어, 오늘만 벌써 두 번째다."

"말도 안 돼. 그건 진짜 억지다."

"오전에 내가 인터뷰 기사 사진 보면서 뭐라고 한마디 했을 때…… 입 모양이 딱 이랬거든."

"에이, 잘못 봤겠죠."

정 없는 인간. 뭐 하나 허투루 넘어가는 법이 없어. 영화 의상 디자이너 인터뷰 사진 중에 인물보다 고급스러운 책장에 포커스가 맞춰진 사진 한 장이 있었다. 협찬받은 가구라며, 잘 나오게 해 달라고 하도 부탁을 해서 어쩔 수 없이 인터뷰 대상의 하반신이 잘려 나간 사진이었다.

구차하게 변명을 해 봤자, 돌아올 반응은 뻔했다. 인터뷰 기사의 본질이 뭐냐부터 시작해서 매체의 역할까지 들먹거렸을 것이다. 다온의 입술 끝에 경련이 이는 듯 꿈틀거렸다.

내, 기필코 베개에 부적을 넣고 팔자 한번 고쳐 본다.

"머리가 가려워서 제정신이 아니었나 봐요. 머리를 감으면 맑은 정신이 돌아오려나. 그래서 말인데, 편집장님 새로 이사 간 집이 여기서 차로 15분 거리라면서요. 욕실 좀 빌려줘요. 얌전히 머리만 감고 나올게요."

"무슨 말도 안 되는 소리야. 욕실이 무슨 들고 다니는 우산이냐? 빌려주고 말고 하게."

"선배도 우리 집 욕실 빌려 썼잖아요. 그것도 우리 집 올 때마다, 매번."

"그거야 너희 어머니가 갈 때마다 간식을 주셔서 손 씻으러 잠깐 들어…… 됐다. 글발 살린다고 일주일이나 머리 안 감는 너랑 무슨 정상적인 대화가 되겠냐. 따라오기나 해."

"나흘이에요."

"그거나, 이거나."

"나흘이에요!"

애타는 부르짖음을 무시하고 태율이 등을 돌렸다. 뒤도 한 번 안 돌아보고 가는 매정한 뒷모습에 다온은 주먹을 흔들었다. 잘났다, 정말. 태율이 PT룸 앞에서 멈춰 섰다. 옷매무새를 정리하나 했더니, 양손을 번갈아 가며 코에 대고 킁킁거렸다. 다온의 머리를 만진 손에서 냄새가 안 나는지 확인하는 중이었다.

저 인간이 진짜. 냄새는 털모자가 아니라 종이봉투에서…… 맞다, 고로케! 태율의 기에 눌려 완벽하게 잊고 있었다. 천진난만하게 그녀가 들어오기만을 기다리고 있을 동료들에게 다온은 빠르게 경고 문자를 보냈다.

✗ ✗ ✗

20명을 넘게 수용할 수 있는 PT룸에 지루한 회의가 네 시간째 진행 중이었다. 다온의 사수였던 김아영 대리로부터 창사 10주년 특집기획 아이디어를 듣고 있던 태율이 테이블 상석에서 일어나 창가 쪽으로 걸어갔다. 스물네 개의 눈동자가 철이 자석에 끌려가는 것처럼 자연스럽게 그를 따라갔다. 볕이 드는 창가 옆에 한쪽 다리를 살며시 포개 기대고, 답답한지 넥타이를 느슨하게 푸는 모습에 어디선가 작은 탄식이 흘러나왔다.

대충 말려 손가락으로 빗어 넘긴 것 같은 자연스러운 갈색 머리, 건장한 어깨에 맞춘 것처럼 핏이 제대로 살아 있는 매끄러운 블랙 슈트, 모델처럼 쭉 뻗은 정장 바지 아래로 편안함을 추구하는 검정 스니커즈까지. 언밸런스에서 오는 그만의 독특한 스타일은 분명 남들의 시선을 사로잡을 만큼 매력적이었다.

거기다 예의 바르고 매너 있는 태도에 회사에 출근한 지 일주일도 되지 않아, 같은 빌딩 여사원들의 워너비 남친 영순위로 등극했다. 하지만 사람은 겉모습만 보고 판단해서는 안 된다. 그 안에 탑재된 인성이 무엇보다 중요하다는 것을 다온은 지난 9년의 경험을 통해 확실하게 배웠다.

자기 계산적이고 뻔뻔한 이중인격자. 겉으로는 매너 있고, 직급이나 나이에 상관없이 누구에게나 예를 갖춰 존중하는 것 같지만, 사실은 누구와도 감정 소모를 하고 싶지 않아, 일정한 거리를 유지한 채 철벽을 치는 것이었다.

속사정 모르는 다온의 엄마도 여전히 그를 과외의 신이라 떠받들고 있다. 기껏 문제집마다 동그라미 몇 개 쳐 준 게 다였으면서 비싼 과외비는 매달 꼬박꼬박 챙겨 갔다. 다온이 모르는 문제를 만났을 때마다 인터넷 뒤져 가며 혼자서 아등바등댈 때, 이 인간은 그 옆에서 주식 시장 그래프를 보고 있었다. 현성의 말로는 알바비로 번 돈을 종잣돈 삼아 주식 투자로 수백 배의 수익을 올렸다고 했다.

치사한 인간. 그 많은 돈을 누구 덕에 벌었는데⋯⋯ 밥 한번 사 줄 때마다 어찌나 생색을 내는지. 싫다는데도 자기가 계산해 놓고는, 꼭 다른 걸로 갚으라고 협박하기 일쑤였다. 이제라도 진상 규명을 해야 하나 싶다가도, 돈 몇 푼에 무너질 엄마들의 40년 우정을 생각해서 꾹 참고 있었다.

"나쁘지는 않습니다. 다만 신선하지도 않네요. 어디선가 본 적이 있는, 해외나 타 경쟁사 매체들이 이미 다룬 기획 기사 엑기스를 뽑아 짜깁기 했다는 느낌이 드는 것은 나뿐일까요?"

"죄송합니다."

"나한테 사과하실 필요는 없습니다. 다만 요즘 독자들 눈 높은 것은 아시죠? 하루가 다르게 쏟아지는 매체들 사이에서 우리가 살아남을 방안은 타 경쟁지와의 차이가 아닌 차원이 다른 기획안입니다."

군더더기 없는 냉철한 지적에 일순간 회의실에 묘한 긴장감이 흘렀다. 다이어리에 기획안들을 받아 적고 있던 다온은 슬쩍 회의실에 있는 선배 기자들의 눈치를 살폈다. 이 중에는 월간스톰에서 일한 지 8년 된 베테랑 수석 에디터 박성민도 있었다. 성민이 고개를 끄덕이며 태율의 의견에 동조한다는 분위기를 풍기자, 다른 선배들도 대부분 수긍하는 분위기였다.

동향인 잡지 기자 출신도 아니고, 방송국 사회부 기자가, 그것도 경력이 6년밖에 되지 않은 태율이 편집장이라는 직위를 달고 나타났을 때 보이지 않는 반발이 거셌다. 누구도 예견하지 못한 획기적인 인사 발령이었다. 광고 수익을 노리는 얼굴마담 아니냐는 평이 대부분이었다.

그러나 입사 석 달 만에 태율은 오로지 실력만으로 거센 반발을 잠재우고 있는 중이었다. 인터뷰 대상을 포섭할 때도 사회부 기자 출신답게 넓은 인맥으로 힘을 실어 주고, 굵직한 광고 계약까지 척척 성사시켰다.

거기다 머릿속에 국립국어원이 있는지, 교정지를 한 번 보고 잘못된 철자, 오타, 비문 등을 완벽하게 꼬집어 냈다. 숫자나 그래프도 자료 원본을 슬쩍 한 번 보는 것만으로도 귀신같이 차이점을 지적했다. 태율이 책 한 권을 통째로 외울 수 있는 포토그래픽 메모리 소유자라는 것을 모르는 동료들로서는 그저 신기하다며 혀를 내두르고 있었다.

다들 속고 있는 줄은 꿈에도 모를걸. 평범한 사람들은 죽기 살기로 노력해서 외우는 것을, 한 번만 보면 저절로 머릿속에 저장하는 사람이랑 경쟁이 돼? 운 좋게 타고난 기억력으로 잘난 척하면 안 되지. 처음부터 나 이런 사람이야, 하고 까놓고 말하면 좋잖아. 엉큼하게 완벽주의자에 노력형 인간처럼 과시나 하고 말이지…….

떫은 표정으로 회의실을 둘러보던 다온의 눈길이 마지막으로 태율을 향했을 때였다. 그와 정면으로 시선이 마주치고는 깜짝 놀랐다. 비판은 살벌하게 해도 얼굴에 감정은 전혀 드러내지 않던 그가 오만상을 찡그리고 그녀를 바라보고 있었다.

언제부터 날 지켜보고 있었지? 그런데 저 똥 씹은 표정은 뭐람. 내가 나도 모르게 욕했나? 당황한 다온은 버릇처럼 볼펜 끝을 이빨 사이에 물었다.

"너, 진짜……."

짜증이 잔뜩 섞인 말투로 태율이 몸을 반듯이 폈다. 사람들이 술렁거렸다. 오랜 회의에 지쳐 있던 눈들이 반짝하고 빛났다. 나이 어린 어시스트에게조차 깍듯한 호칭을 붙이던 태율이기에 공적인 자리에서 '너'라는 호칭으로 불린 대상을 찾는 시선들이 분주했다.

"저 말씀이세요?"

먹잇감을 문 하이에나의 시선들이 하나둘씩 그녀에게 몰려들었다. 그중에는 대학 선후배 사이라고 얼버무린 두 사람의 관계를 캐기 위해 눈에 불을 켜고 있는 김아영 대리도 있었다. 스물네 개의 눈동자가 그녀에게 집중되었다. 대하기 어려운 수석 에디터까지 그녀를 바라보자, 황송함에 다온은 어쩔 줄 몰라 볼펜을 모자 안으로 밀어 넣고 박박 긁기 시작했다.

뭐지. 내가 무슨 큰 잘못을 저지른 것 같은데…… 분명 욕도 안 했고, 졸지도 않았고, 나름 표정 관리에도 충실했고……. 의아함에 고개를 갸웃하던 다온은 허겁지겁 오른손에 쥐고 있던 볼펜을 내동댕이쳤다. 여엄병!

"또."

태율의 지적에 다온은 재빨리 손으로 입을 막고 테이블 위로 얼굴을 묻었다. 젠장. 그놈의 팥은 맑은 눈 대신, 염병이라는 단어만 입에 찰지게 붙여 놨다. 당장 머리를 감든지 해야지. 회의 내내 머리가 미친 듯이 가려웠다. 그래서 무의식중에 볼펜으로 머리를 계속 긁고 있었다. 지저분한 것은 질색하는 태율의 눈에 엄청 거슬렸을 것이다.

"죄송합니다. 늦었으니 오늘은 여기까지만 하죠. 10주년 창간 특집이라는 의미에서 지난 10년을 되짚어 보는 것에만 포커스를 맞추지 말고, 빠르게 변해 가는 트랜드 시장에 발맞춰 앞으로 향후 10년을 책임질 주인공들을 찾아보는 것도 흥미로운 기획이지 않을까 생각됩니다. 우리만의 자축이 아니라, 잡지를 구매하는 독자들의 흥미를 유발하는 것이 무엇보다 우선시 돼야 하니까요. 하루 더 시간을 갖고, 금요일 오전 10시에 기획회의 다시 시작하겠습니다."

"알겠습니다. 두루뭉술한 기획안 말고, 구체적인 아이디어 최소 세 개씩은 기획해서 금요일에 다시 모이죠. 해산."

"수고하셨습니다."

"수고하셨습니다."

해산 명령이 떨어지기가 무섭게 다온은 소지품을 챙겼다. 무슨 사연인지 호기심을 풀지 못한 동료들은 입으로는 인사를 건네면서도 도통 자리에서 일어날 생각을 안 했다. 대신 태율이 테이블 한가운데로 내동댕이쳐진 볼펜을 징그러운 벌레라도 되는 것처럼 여러 장의 티슈로 감싸 집어 드는 것을 구경했다. 얼굴이 벌게진 다온이 벌떡 일어났다.

"수고하셨습니다. 저는 자료 조사할 것이 있어서……."

"김다온 기자."

차분하면서도 무게가 잔뜩 실린 목소리였다. 서둘러 나가려던 다온의 다리에서 저절로 힘이 풀렸다. 김아영 대리와 눈이 마주쳤다. 무슨 일이냐며 눈으로 질문을 던지던 그녀가 이어지는 말에 그렇지 않아도 작은 눈을 사선처럼 가늘게 떴다.

"급한 것 아니면 나랑 같이 어디 좀 가죠. 지하 주차장 3층에서
봅시다. 곧바로 퇴근할 거니까, 가방 챙겨 오는 것 잊지 말고."

앞으로 다가온 태율이 정성스럽게 티슈에 싼 볼펜을 그녀의 손
에 쥐여 줬다. 큰 보폭으로 한 걸음의 거리는 유지하고 있는데, 코
로 숨을 참는 모습이 역력했다. 부르르 떨리는 손이 볼펜을 움켜쥐
었다. 이 빌어먹을 볼펜을 확 내팽개쳐, 말어. 미처 마음의 결정을
내리지 못하는 그녀를 남겨 두고 태율은 유연하게 PT룸을 빠져나
갔다.

※ ※ ※

차에 실려 끌려온 곳은 태율이 새로 이사 갔다는 럭셔리한 오피
스텔이었다. 자동차가 회사 주차장을 벗어나자마자 태율은 편의점
에 잠깐 들렀다. 편의점에서 나오자마자, 대충 뒷좌석에 던져 놓은
검정 비닐 봉투의 정체가 짐작이 가고도 남았다.

자동차 열쇠고리에 달린 작은 카드가 키패드에 닿자, 디지털 록
이 해제되는 소리가 들렸다. 됐어. 아니꼽고 더럽지만 여기까지 참
고 온 보람이 있었다. 다온은 태율이 문을 열어 주기를 기다리지
않고, 직접 문손잡이를 돌려 안으로 들어갔다. 행여나 그가 문 앞
에서 마음을 바꿀까 불안해서였다.

대리석 마감재가 바닥에 깔린 실내로 들어서며 다온은 '와우'
하고 마른 숨을 내쉬었다. 높은 천장 아래 시원스럽게 뚫린 전망에
발길이 저절로 탁 트인 거실로 향했다.

"전망 진짜 좋다. 내가 사는 원룸은 앞 건물에 가려서 하늘 구

경 하기가 하늘에 별 따기만큼 어려운데…… 저 소파에 앉아서 커
피 한잔 마시면서 하늘을 보면 분위기 정말 죽음일 것 같아요. 그
렇지 않아요?"

"별로."

"여긴 평수가 어떻게 되려나? 전세는 얼마나 해요? 내 월급으로
는 택도 없겠죠?"

"그렇겠지."

대화를 이어 가려는 다온의 시도는 단답형 대답에 잘려 나갔다.
보통 여자들 같으면 철벽을 치는 태율의 태도에 상처를 받거나 무
안해서 입을 다물겠지만, 다온에게는 지극히 일상적인 일처럼 익
숙했다.

"집 구경 해도 되죠?"

"사생활 침해야."

부탁도 일언지하에 거절당했다. 젠장. 침대로 다가가기 위한 나
름 좋은 시도였는데. 천지신명님, 제발 욕실이 침실에 붙어 있게
해 주세요. 간절한 주문과 함께 핸드백을 양손으로 감싸며 다온이
돌아섰다.

"그럼 이 집에는 왜 데려왔어요?"

"알면서 뭘 물어? 우리 집에서 머리만 감고 가겠다고 한 말 기
억하지? 저기 욕실 있어. 머리만 감고 곧장 사라져."

태율은 현관에서 가장 가까운 문을 가리켰다. 애초에 그녀를 거
실까지 들일 생각조차 없었던 거다.

치사한 인간. 따지고 보면 이 집 지분의 몇 퍼센트는 나한테 있
는 거 아닌가.

태율은 취직과 동시에 본가에서 독립했다. 집을 나가면서도, 부

모님께 손 벌리지 않고 혼자 힘으로 살 곳을 장만했다고 귀가 따가울 정도로 칭찬을 들었다. 대학을 졸업하기도 전에 취업한 학생이 어디서 돈이 났을까? 매달 꼬박꼬박 챙긴 고액 과외비가 종잣돈 역할을 해 줬으니 가능한 일이었겠지. 넓은 거실을 의미심장하게 둘러보는데, 태율이 욕실 문을 열고 재촉했다.

"뭐 해? 머리 안 감을 거야?"

"거기서는 싫어요. 이 블라우스가 이래 봬도 실크거든요? 샴푸 거품이 닿으면 망가진다구요. 차라리 안방 욕실을 빌려줘요. 거긴 이중으로 문을 잠글 수 있어서 마음 편하게 옷을 벗을 수 있을 것 같아요."

"내가 치한이냐? 덮치기라도 할까 봐?"

"누가 꼭 그렇대요?"

"새삼스레 뭘 걱정해? 언제는 내가 바로 옆에 앉아 있는데도, 침대에 떡하니 누워서 코까지 골며 잘만 잔 주제에……."

"내가 언제 코를 골았다고…… 암튼, 그때는 내가 어렸고……."

"지금은 어른이고? 한 번만 더 머리 안 감고 출근해라. 담에는 국물도 없어. 당장 쫓아낼 거야."

"Yes, Captain."

태율의 으름장에 다온은 바로 욕실로 줄행랑을 쳤다. 한번 한다면 하는 성격이었다. 여기서 더 개기다가는 당장 이 집에서도 쫓겨날지 모른다. 침실 근처에는 가 보지도 못했는데, 그럴 수는 없지. 귀한 부적이 젖지 않게 핸드백은 욕실 서랍장에 고이 모셔 놓고, 다온은 서둘러 샤워기의 물을 틀고 머리를 감기 시작했다.

아, 개운하다. 다온은 젖은 머리를 한쪽으로 젖혀 타월로 탁탁 두드리며 욕실에서 나왔다. 그녀가 좋아하는 장미꽃 샴푸 향과 더

불어 집 안 가득 퍼져 있는 구수한 커피 냄새가 기분 좋게 후각을 자극했다.

다행히 바로 내쫓을 생각은 아닌 모양이네. 그래, 그 정도로 무정한 인간은 아니었지.

다온은 고개를 숙여 긴 머리를 한 방향으로 흘러내리게 하고는 타월을 터번처럼 둘러 감쌌다. 긴 머리는 하나로 묶으면 관리가 편한 장점이 있지만, 말릴 때면 시간이 오래 걸린다는 번거로움이 있었다.

보통은 자기 전에 머리를 감았다. 대충 물기만 털어 내고, 젖은 채로 잠자리에 들어도 아침이면 바짝 말라 있었다. 긴 머리를 말리느라 부산을 떨 필요가 없어 편리했다. 오늘처럼 초저녁 시간에 머리를 감는 것은 실로 오랜만이었다. 그래서 젖은 머리카락에서 물방울이 떨어져 바닥에 고이는 것도 모르고 있었다.

태율을 찾아 걸음을 옮기려던 다온은 뒤늦게 욕실에 두고 온 핸드백이 떠올랐다. 아차, 오늘 여기에 온 목적이 거기에 있는데. 서둘러 욕실로 들어갔다 다시 나오느라 정신이 하나도 없었다.

값비싼 보석이라도 다루는 것처럼 핸드백을 가슴에 품고 걸어가다 미끄러운 대리석 바닥에 넘어질 뻔한 것은 어쩌면 정해진 수순 같은 것이었다. 넘어지지 않기 위해 버둥대던 다온이 때마침 옆으로 다가온 태율의 팔을 잡고 매달린 것은 그나마 행운이었다. 아니, 행운이라고 착각했다.

"앗, 뜨거."

비명과 함께 다온이 허리를 뒤로 빼며 펄쩍 뛰었다. 가슴을 타고 내리는 열기에 정신이 없었다. 태율이 뜨거운 커피에 젖은 블라우스를 피부에서 떼어 놓느라 양옆으로 활짝 벌린 것도, 머리에 두르고 있던 타월을 빼앗아 젖은 몸을 닦고 있다는 것조차 의식하지 못하고 있었다.

"어떡해. 이거 진짜 비싼 건데……."

열기가 조금씩 가시면서 어느 정도 정신이 든 다온은 크림색이었던 꽃무늬 레이스가 연한 갈색으로 변해 버린 것을 안타깝게 내려다보았다.

"지금 블라우스가 문제야? 괜찮아? 많이 뜨거워?"

"아니요, 블라우스 말고…… 엄마야!"

다온은 기겁을 했다. 맨살을 더듬는 타월의 존재를 그제야 인식한 것이다. 떨어져 나간 단추 대신 손으로 블라우스를 여미며 태율의 팔을 거칠게 밀쳐 냈다.

"변태. 지금 어딜 주물럭거려요?"

"기자라는 사람이 단어 선택을 해도 꼭…… 니가 물건이냐? 주물럭거리게."

"지금 이 상황에서 직업이 왜 나와요? 그리고 사람한테도 주물럭거린다는 표현을 쓰거든요."

"주물럭거리다. 동사. 물건 따위를 자꾸 주무르다, 비슷한 말로는 주물럭대다."

국어사전을 그대로 외운 것이라는 것을 알기에 반박할 말도 떠오르지 않았다. 다온은 잘난 척하는 태율을 새치름하게 노려보았다. 이 와중에 꼭 이렇게 사람 기를 죽이지.

아무리 그래도 그렇다. 이게 얼마짜리 브래지어인데. 유명 디자이너의 리미티드 에디션이라며 경은이 취직 기념으로 큰맘 먹고 선물해 준 것이었다. 금실이 곱게 수놓아져 있어서 함부로 물빨래하지도 못하는 고가의 제품이었다. 애인이 생기면 입으려고 고이 모셔 놓고만 있었는데…….

머리를 감지 못한 찝찝한 마음에 기분 전환 차원에서 처음으로 꺼내 입은 것이었다. 강태율 눈요기나 시켜 주려고 차려입은 것이 아니었다.

그렇지 않아도 기가 막힌데, 더 기가 막힌 것은 태율은 속옷 차림의 그녀를 보고도 눈 하나 깜짝하지 않는다는 것이었다. 눈요기는커녕, 도리어 마른 북어포처럼 건조한 눈빛은 그녀를 이성으로조차 인정하지 않는다는 분위기였다.

"선배, 남자 좋아하죠?"

"죽을래?"

"그럼 혹시 내가 남자로 보여요?"

"가슴 달린 남자도 있나?"

이씨. 보긴 봤네. 다온의 얼굴이 커피에 덴 가슴 부위만큼이나 시뻘겋게 달아오르기 시작했다. 더 이상은 흠집 날 자존심도 없었다.

"관둬요. 언제는 날 여자 취급이나 했나. 유도장 매트에 날 메다꽂을 때부터 알아봤어. 내가 무슨 짐짝도 아니고, 인정사정없이 퍽퍽."

"오버하지 마. 위험한 순간이 닥치면 네 몸 하나 정도는 스스로 지킬 수 있으라는 의미에서 그런 거야. 요즘은 그나마도 안 하지? 지난달 마감 때 보니 걸어 다니는 좀비가 따로 없던데?"

태율이 입고 있던 스웻셔츠를 벗었다. 그녀가 씻고 있는 동안 와이셔츠 대신 편한 옷으로 갈아입은 모양이었다. 유도복 너머로 운동으로 다져진 근육질 가슴은 몇 번 봤지만, 완벽하게 맨살이 드러난 상반신을 눈앞에서 보는 것은 처음이었다.

도자기처럼 매끄러운 피부와 완만한 역삼각형 모양으로 빠진 어깨선이 과히 나쁘지 않았다. 사실 상대가 태율만 아니었다면 근사하다는 표현을 썼을 것이다. 필요 없는 지방은 단 한 군데도 붙어 있지 않았다. 한눈에 보기에도 탄탄하면서 근육이 과하지 않은 게 언젠가 미술책에서 본 조각상과 비슷했다.

조각가가 빚어낸 완벽한 피조물. 귀신에 홀린 듯 뻔뻔한 시선은 잘 벼려진 칼날처럼 음영이 새겨진 가슴 라인 아래로 옮겨 갔다. 밑그림을 그려 만든 것처럼 유연하게 빠진 선들을 보며 만지고 싶다는 충동을 애써 누르는데, 아름다운 미술품은 눈으로만 감상하라던 미술 선생님의 직언이 떠올랐다.

"다 봤지? 원하면 만져도 돼. 아니, 주물럭거려 보든지."

"마, 말도 안 돼. 내가 언제, 만져 보고 싶다고 했어요?"

"싫으면 말고. 이제 공평하지? 둘 다 서로 벗은 몸 봤으니 딴말하기 없기다."

속마음을 들켜 버벅거리는 다온을 두고 태율이 자리에서 일어났다. 일어서면서 손에 쥔 스웻셔츠는 그녀의 머리 위로 던졌다.

"우선은 이거라도 입고 있어. 나는 밖에 나가서 화상 연고랑 갈아입을 옷 좀 사 올게."

부드러운 질감의 천이 완벽하게 시야를 차단했다. 천만다행이었다. 물색없이 달아오른 볼은 도무지 가라앉을 생각을 안 했다. 거실, 침실, 현관. 그가 움직이는 일련의 과정을 소리를 통해 머릿속으로 따라갔다. 문이 닫히며 이는 경미한 미동에 스르륵, 박스 모양의 셔츠가 바닥으로 떨어졌다. 거칠어진 호흡을 힘들게 뱉어 내며, 다온은 서둘러 복숭앗빛 양 볼을 손으로 감쌌다.

어느새 잠이 들었었나 보다. 무거운 추가 잡아당기기라도 하는 것처럼 몸이 천근만근 무거웠다. 조금만 더 자고 싶다는 유혹과 싸우며 이리저리 뒤치락거리던 다온은 한쪽 눈을 떴다, 다시 감았다. 침실은 여전히 진한 어둠에 둘러싸여 있었다.

아직 한밤중인가. 몇 시나 된 거야. 시간을 확인하기 위해 탁자를 더듬거리던 손바닥이 딱딱한 물건을 찾아냈다. 이건 뭐지. 핸드백? 내가 핸드백을 왜 여기에……. 여기까지 생각이 미치자, 곧바로 이성이 현실을 자각했다. 다온은 벌떡 일어났다.

"미쳤어, 미쳤어."

미쳤다는 소리가 절로 나왔다. 베개에 부적을 넣고, 느낌이 있는지 테스트를 해 본다는 게 화근이었다. 다온의 시각이 서서히 어둠에 적응해 가면서 방 안의 전경이 눈에 들어왔다. 커다란 유리창에 커튼이 쳐진 걸로 봐서, 태율이 들어왔다 나간 모양이었다. 시간을 확인하니 밤 9시였다. 못해도 두 시간 이상은 잔 것 같았다. 얼마나 황당했을까. 변태 취급까지 해 놓고, 태연하게 자기 침대에서 잠까지 자고 있었으니…….

이런 몹쓸 놈의 몸뚱이. 어떻게 뒤통수에 뭐만 닿았다 하면 직빵으로 잠이 드냐. 적군에 폭탄을 설치하러 왔다가, 자진해서 포로로 잡힌 꼴이었다. 이래서야 어느 세월에 제대로 된 사람대접을 받을 수 있겠어.

땅이 꺼질 듯한 한숨 소리와 함께 다온은 매트리스 밖으로 다리를 내렸다. 발밑에 쇼핑백이 놓여 있었다. 내용물을 살펴보려다 부스럭거리는 작은 소리에도 심장이 철렁하고 내려앉았다. 다온은 그냥 태율의 옷을 걸친 채 조심스럽게 방문을 열었다. 태율도 거실 어딘가에서 잠들었을지도 모른다는 생각에 최대한 소리 없이 움직이는데, 주방이 있는 방향에서 찬장을 여닫는 소리와 함께 대화 소리가 들렸다.

"맞선녀가 방송국 후배였다고? 그럼 상대방은 네가 나오는 것을 알고 나왔다는 말이잖아. 이 텀블러 안 쓰지? 그럼 이것도 내가 가져간다."

"그랬을 수도 있고, 아닐 수도 있고. 알았으니까, 대충 챙겼으면 빨리 가."

"아나운서였어? 아님 기자? 코찔찔보다 예쁘던?"

뭐야. 내가 없는 데서는 이름 대신 코찔찔로 통하고 있었던 거야? 다온은 인상을 찡그렸다. 오랜만에 만난 현성에게 한마디 해 주러 다가가려다, 태율의 대답이 궁금해서 우선은 몸을 사렸다.

"가라는 말, 안 들려? 게임 출시가 코앞이야. 짤리기 싫으면 빨리 가라."

"물어본 내가 등신이지. 뻔한 대답일 줄 알면서, 뭘 물어."

혹시나 하고 기대한 나도 등신이다. 아나운서라는데, 어디다 명함을 내밀어. 대답을 들을 것도 없었다. 백 퍼센트 순응하고 존재를 알리려던 다온은 이어지는 말에 다시 숨을 죽였다.

"하기야 진짜 등신은 여기 있었지. 해병대 가오가 있지…… 징글징글 놈. 짝사랑 6년이면 고목나무에서 싹을 틔울 정성이다. 언제까지 바라만 보고 있을래? 다른 놈이 채 가기 전에 그냥 확 고백해."

"헛소리 집어치워라. 경고했다. 특히 다온이 앞에서 입조심해."

"내가 바보냐? 이것도 내가 가져간……. 으악! 너, 뭐야?"

기다란 꽈배기를 입에 물고 주방에서 나오던 현성이 경악에 가까운 소리를 질렀다. 그 소리를 듣고 나오던 태율이 그녀를 발견하고는 이내 얼굴을 종잇장처럼 구겼다.

"대박! 우리 편집장님 짝사랑 중이었어요?"

"야, 누가…… 너 언제부터 거기 있었어? 태율아, 얘 왜 여기 있어?"

"그렇게 됐어. 너는 빨리 가기나 해."

"하아, 김다온. 너 땜에 난 또…….."

힘없이 고개를 숙인 현성이 몸을 한차례 부르르 떨었다. 한동안 안 잘랐는지 부스스한 곱슬머리가 요란하게 흔들렸다. 현성이 뭔가 크게 실수를 할 때마다, 유도 대결을 핑계로 부대자루처럼 패댕이쳐지는 것을 여러 번 목격했었다. 다온은 저도 모르게 나오는 웃음을 참지 못했다. 코찔찔이라 부른 것은 용서해 주기로 했다.

"웃지 마. 난 죽을 판인데……. 모르겠다. 당장은 회사 일로 내 코가 석 자다. 나중에 유도장에서 보자."

현성은 대학 시절 컴퓨터 게임에 빠져 있었다. 명문대 경영학과를 휴학까지 하고 게임에 몰두했었다. 저러다 폐인 되는 것은 아닌가 걱정했는데 다행히 지금은 컴퓨터게임 소프트웨어를 개발하는 회사에 다니고 있었다. 다온이 움직일 생각이 없어 보이는 태율을 대신해서 현관까지 그를 배웅했다.

그녀가 다시 돌아올 때까지도 태율은 밀랍 인형처럼 미동이 없었다. 억지로 눈을 마주하자, 그가 처음으로 시선을 피하며 외면했다. 다온은 흥미로운 장난감을 발견한 아이처럼 눈을 빛냈다.

뭐야, 쪽팔려 하는 거야? 세상에서 제일 잘난 인간처럼 굴더니, 연애는 엉터리인 모양이네.

식탁 위에는 그녀가 좋아하는 제과점의 빵들이 흩어져 있었다. 현성이 핫도그를 고르면서 펼쳐 놓은 모양이었다. 한눈에 봐도 다온의 취향을 고려한 메뉴들이었다. 달콤한 무화가 타르트를 한입 베어 무는데, 태율이 먼저 선수를 치고 들어왔다.

"방금 들은 말은 잊어. 못 들은 걸로 해."

"들은 걸 어떻게 못 들은 걸로 해요? 누구예요? 내가 아는 사람이에요? 학교? 아님 방송국? 짝사랑 6년이면, 방송국 막 입사했을 땐가? 기자? 아나운서?"

"못 들은 걸로 하랬지."

"나한테만 맨날 못 들은 걸로 하래."

아무것도 말해 줄 생각이 없어 보이는 그를 향해 다온은 입술을 삐죽거렸다. 6년이나 된 짝사랑을 현성은 알고, 그녀에게는 내색조차 하지 않았다. 은근 서운한 마음도 들었다.

"선배는 나한테 무슨 비밀이 그렇게 많아요? 내 짝사랑의 역사는 죄다 꿰고 있으면서……. 아니다. 아직 모르는 것도 하나 있다."

"누구? 박성민 수석 에디터?"

"어떻게 알았어요?"

태율은 흠칫 놀라는 다온의 어깨를 일부러 툭 하고 밀치고 지나갔다. 아직 아무에게도 말한 적 없는 비밀인데 그가 알고 있다는 사실에 다온의 눈이 함지박만 하게 커졌다. 귀신이 따로 없네.

"그 사람 앞에만 서면 몸을 배배 꼬는데, 어떻게 모를 수가 있어? 니가 꽈배기냐? 남자 보는 눈은 또 어쩜 그리 한결같은지……."

"내 눈이 어때서요? 요즘 세상에 금테 안경이 어울리는 사람이 그리 흔한 줄 알아요? 지적이면서, 단아하고. 누구랑 달리 피드백도 얼마나 자상하게 해 주시는데요."

"남자가 단아해서 어디다 쓰게?"

태율이 코웃음을 쳤다. 키친 아일랜드 위에서 지갑과 자동차 열쇠를 집어 드는 동작에 단단히 심술이 나 있었다. 다온은 피식피식 번져 가는 웃음을 간신히 참았다. 왜 심술을 부리는지 알 것도 같았다. 짝사랑같이 무의미하고, 보상 없는 감정 소모를 왜 하냐고 그렇게 구박하더니⋯⋯ 6년씩이나 그 무의미한 감정 소모를 하고 있었다는 말이지.

"너무 그렇게 쪽팔려 하실 것 없어요. 그 마음이 어떤지는 나도 아니까. 대신 비밀은 지킬게요. 내 입 무거운 거 알죠? 선배님이 포토그래픽 메모리 소유자라고⋯⋯."

까만 눈썹이 꿈틀하고 위로 움직였다. 검게 번들거리는 눈동자에 싸늘한 기운이 어리자, 다온은 저도 모르게 꿀꺽 마른침을 삼켰다. 서늘한 눈빛에 제압당한 심장이 격하게 나대기 시작했다.

"저⋯⋯ 선배님 피곤하실 테니, 나는 그냥 버스 타고 가는 게⋯⋯."

"죽는다."

어두컴컴한 동굴을 뚫고 나오는 듯한 목소리에 음습함이 가득했다. 다온은 양손을 다소곳이 모았다.

"잘못했습니다. 저는 아무것도 못 들었습니다."

풀이 죽은 다온을 보고 태율은 한숨을 내쉬었다. 푸르스름하게 변해 가는 아래턱을 거칠게 쓰다듬는 손길이 초조해 보였다.

"관두자. 눈치는 젬병에, 머리를 일주일이나 안 감고도⋯⋯."

"나흘이에요."

다온은 곧 죽어도 나흘임을 강조했다. 나흘과 일주일은 엄청난 어감 차이가 있었다. 조금이라도 덜 지저분한 이미지로 남아 보고

자 최선을 다하는 중이었다.

"그래, 나흘. 됐지? 지금 바로 여기 있는 빵들 다 챙겨서 지하
주차장으로 내려와. 5분 늦을 때마다 기획안 한 장이다."

"말도 안 돼. 내가 학보사 부사수도 아니고, 기획안은……."

"5분에 두 장."

"Yes, Captain."

다온은 말이 끝나기가 무섭게 빵을 봉투에 쓸어 담았다. 학보사
시절에 호환마마보다 더 무서운 게 태율이 과제로 내 준 기획 기
사였다. 이야기를 기획하는 훈련을 위함인지, 트집거리를 잡아 그
녀를 닦달하기 위함인지. 퇴짜를 맞을 때마다, 앉은 자리에서 고치
고 또 고치고. 유도 매트에 메다꽂히는 게 백배, 천배 나았다.

현관문 너머에서 엘리베이터 올라오는 소리가 들렸다. 오피스텔
을 나가기 전, 다온은 간절한 염원을 담아 기도했다.

'천지신명님, 제발 기 좀 펴고 살게 해 주세요.'

⚜ ⚜ ⚜

태율의 베개에 부적을 넣은 지 일주일이 넘었다. 뭔가 미세한
지각 변동이라도 있지 않을까 기대했던 다온에게는 실망스럽기 그
지없는 나날이었다. 여전히 하루의 아침은 태율의 문자 메시지로
시작되었다. 컨디션이 좋을 때는 뜨거운 아메리카노, 컨디션이 나
쁜 날은 샷을 추가한 아이스아메리카노, 회식 다음 날은 우유를 듬
뿍 넣은 라떼. 기분에 따라 그날의 커피 취향이 달라졌다.

그리고 그날 이후로 태율의 컨디션은 매일이 아이스아메리카노
였다. 다온은 얼음이 꽉 찬 커피를 편집장실 데스크에 조심스럽게

올려놓고 나왔다. 아무도 없다고 생각했던 사무실 입구에서 도끼 눈을 하고 노려보고 있는 김아영 대리를 발견하고 깜짝 놀랐다. 이 제 막 출근을 했는지, 노트북 가방이며 핸드백을 양쪽 어깨에 무겁 게 메고 있었다.

"좋은 아침입니다, 선배님."

"아침부터 얼굴이 활짝 폈다? 무슨 좋은 일 있어?"

열려진 블라인드를 통해 태율이 슈트 재킷을 옷걸이에 거는 모 습이 보였다. 정장을 입고 오는 날은 대부분 외부와 약속이 있는 날이었다. 즉 오늘 하루, 다온은 자유라는 말이었다.

"좋은 일은요. 오늘은 일찍 출근하셨네요?"

"사실대로 불어라. 지난주에 편집장님이랑 같이 퇴근해서 어디 갔었어?"

"집이요. 믿어 주세요. 머리 안 감은 것 들켜서, 엄청 혼만 났다 니까요."

"머리 좀 안 감은 걸로 선배가 훈계씩이나 한다는 게 말이 돼? 내가 고등학교 때부터 촉이 좋기로 유명했거든? 둘이 무슨 사이 야? 평범한 대학 선후배는 아니지?"

"제 말이요. 저는 진짜 불쌍한 희생양이에요. 말씀드렸잖아요, 철없던 학보사 시절에 제 사수였다고. 약점 몇 개 잡히고, 인생까 지 저당 잡혔다니까요. 그때부터 저를 방패 삼아, 귀찮게 들러붙는 여자들 막 떼어 내고, 장난도 아니었어요. 그러니 선배님도 마음 접으세요. 매너 좋은 겉모습에 속으면 저처럼 인생이 꼬여요."

"무슨 약점인데?"

"그걸 당당하게 제 입으로 말할 거면 제가 아침마다 커피 셔틀 을 왜 하겠어요?"

"설마 술 취해서, 편집장 바지에 막 토하고 그랬어? 아니지?"

상상만으로도 분한지, 아영이 굳게 쥔 주먹을 눈앞에서 흔들었다. 태율이 뉴스에 얼굴을 내밀었을 때부터 팬이었다는데, 조각상처럼 잘 빚어진 실물에 한 번 놀라고, 세련된 옷차림에 두 번 놀랐다나. 완벽한 피사체에 오점을 남기는 행동은 결코 용서하지 않겠다는 기세였다.

토한 것보다 백배는 더 추한 거라면…… 바지에 설사를 주룩주룩 했다고 하면 어떤 반응을 보일까. 살짝 궁금해지려는데 문이 열리고 성민이 사무실로 들어왔다.

"굿모닝. 일찍들 출근했네."

"굿모닝, 팀장님. 모닝커피 하실래요?"

다온이 자기 몫으로 사 온 아이스커피를 앞으로 내밀자, 아영이 잽싸게 가로챘다.

"팀장님 요즘 보약 드신다고, 차가운 음료는 안 드시잖아. 몰랐어?"

"미안해서 어쩌나. 내 몸무게 70 찍는 게 우리 어머니 최대 소원이라서. 나름 최선을 다하고 있는 중이야."

다온은 준수한 외모의 성민을 슬쩍 훔쳐보았다. 분명 근육질의 남성미 넘치는 외형은 아니지만 큰 키와 마른 체형은 어딘가 모성본능을 자극하는 매력이 있었다. 게다가 직각으로 곧게 뻗은 어깨는 무슨 옷을 걸쳐도 패션모델 같은 멋스러움이 묻어났다.

"살찌우는 데는 밀가루 음식이 최곤데…… 점심으로 치즈 듬뿍 얹은 피자랑 파스타 어때요? 커피는 다온 씨가 샀으니, 점심은 팀장님이 쏘는 걸로."

"좋아. 점심은 내가 사지. 김 기자도 같이 가면 좋은데…… 지난주 편집회의 끝나고 회식도 빠지고. 막내 타이틀 벗었다고 벌써부터 빠져서는 말이야. 강 편집은 오늘 스케줄이 어떻게 되지?"

"편집장님은 오늘 외부에서 점심 약속 있으신 것 같아요."

단체 회식이나 외부 스케줄이 없는 날, 태율은 주로 회사 근처 식당에서 점심을 먹었다. 물론 대부분 스케줄이 없을 때의 다온을 대동하고. 초반에는 그와 친해지고 싶어 함께 가려는 여직원들의 보이지 않는 물밑 작업이 거셌다. 그러나 같이 가자고 먼저 제안하는 법이 없고, 같이 가더라도 묻는 질문에 짧게 대답만 하고 마는 목석같은 태율로 인해 분위기만 어색해지기 일쑤였다.

이제는 그마저도 뜸해, 대부분 태율과 다온, 둘이서만 밥을 먹는 추세였다. 그래서인지 동료들은 다온과 점심 약속을 잡기에 앞서 으레 태율의 스케줄을 먼저 점검했다.

"그래? 그럼 얼마 전에 김다온 씨가 가고 싶다고 했던 중식당으로 예약해 둬."

"그런 게 어딨어요? 방금 피자랑 파스타 쏘기로 하셨잖아요."

"오랜만에 같이 점심 먹는 건데, 이왕이면 김 기자 좋아하는 곳으로 가면 좋잖아. 자장면도 밀가루 음식이야. 안 그래?"

"그럼요."

성민의 지적에 다온은 배시시 들썩이는 입술 끝을 야무지게 다잡았다. 섬세하기도 하셔라. 지나가는 말로 해 본 소리까지 기억하고 있었다니. 금테 안경 너머, 아래로 곡선을 그리는 눈매가 매력 넘치게 웃고 있었다. 면접 시험장에서 처음 대면한 순간부터 이 선한 미소가 마음을 편안하게 만들어 주었다.

사실 성민에 대한 마음이 짝사랑까지는 아니지만, 동경에 가까운 호감임은 분명했다. 현실적으로 두 사람의 관계는 가르치는 선생님과 배우는 학생에 좀 더 가깝다고 봐야 했다. 같은 실수를 반복한다고 크게 화내는 법이 없고, 조금만 잘해도 격려와 칭찬을 아끼지 않는 그는 누구보다 좋은 상사이자, 선생님이었다.

"전철역 앞 거상타워 1층에 런치스페셜 잘 나오는 데가 있는데, 거기로 예약해 둘까요? 매콤한 해물짬뽕이 진국이래요."

"좋아. 자, 자. 그럼 오늘도 활기차게 아침을 시작해 볼까. 내일부터 주말이니 바짝 일해 봅시다. 김 대리, 오전 중으로 창립 기념행사 사은품 협찬 목록 좀 부탁해. 김다온 기자는 지난번에 말했던 기획 기사 초안, 가능하면 점심 전에 이메일로 보내 주고."

"네."

월간스톰에 입사하고 처음으로 8페이지에 달하는 분량의 기획 기사를 할당받았다. 아무것도 모르던 어리버리가 수습 딱지를 뗀 게 겨우 엊그제 같은데, 벌써 2년 차로 접어들고 있었다. 취재가 뭔지, 편집이 뭔지, 마감이 뭔지, 이제야 겨우 감을 잡아 가는 중이었다. 그럼에도 여전히 질문을 뽑아내는 능력은 턱없이 부족하고, 임팩트 있는 타이틀을 정하지 못해 몇 시간을 헤매기 부지기수였다.

취재나 인터뷰 기사로 4페이지도 채우기 버거웠던 그녀에게 8페이지에 달하는 기획 기사는 획기적이었다. 인정받고 있다는 생각에 자신감이 들면서 잘하고 싶다는 욕심도 생겼다. 다른 누구보다 강태율에게 잘하고 있다 인정받고 싶었다.

다온은 지난밤에 정리해 놓은 꼭지들을 재검토하기 위해 서둘러 책상에 앉았다. 자기 자리로 갈 줄 알았던 아영이 따라와 옆자리에 앉는 것을 보고도, 못 본 척 노트북을 켰다.

"자기야, 지금 바빠?"

"거상타워에 있는 중식당 이름이 뭐더라. 차이나 뭐라고 했던 것 같은데⋯⋯."

"그러지 말고 부탁 하나만 들어주라. 오래 안 걸려."

"선배, 거기 이름이 뭐죠? 아직 오픈 전이지만, 온라인으로는 예약이 가능하겠죠?"

"각 부서에서 한 명씩 연말 파티 준비에 차출된 것은 알지? 대부분 2년 차들이 차출되었더라. 그런데 우리 부서에서는 4년 차인 내가⋯⋯."

"총무부 꽃돌이가 준비위원장이라고 선배가 자원해서 간 거잖아요."

"누가 뭐래? 암튼 그것 때문에 내가 시간이 턱없이 부족하잖아. 이번 주에 오창인 변호사 기자 간담회가 잡혔거든. 자기도 누군지 알지? 인권 변호사로, 요즘 젊은 층 사이에서 인기 많잖아. 대학에서 초청 강의도 많이 하고. 그래서 부탁인데⋯⋯. 대학생들 블로그 찾아 들어가서 강의에 대한 피드백 자료 좀 찾아보고, 질문 몇 가지만 뽑아 주라. 나도 준비는 했는데, 혹시나 내가 놓친 것이 있나 해서."

아영은 빙 돌려 말하는 'No'라는 대답을 듣지 않았다. 외모는 친아빠를 쏙 빼닮은 다온이 유일하게 엄마로부터 물려받은 유전인자. 싫다고 구시렁거리면서도, 결국에는 'No'라는 대답을 못 한다는 것이었다. 그걸 알기에 아영은 그녀를 물고 늘어지는 것이었다.

"어시 있잖아요. 주경이한테 부탁하세요."

"주경이 황 선배 따라서 취재원 인터뷰 갔어. 윤미는 자료 찾으러 시립박물관으로 바로 출근한다고 했고. 대학생들 블로그야 대부분 찬양 일색이겠지만⋯⋯."

"김다온 기자."

태율이 큰 소리로 그녀를 불렀다. 전화를 두고, 편집장실 유리문 앞까지 나와 있는 것을 보니 다급한 일이 있는 모양이었다. 구세주가 따로 없었다. 다온은 냉큼 자리에서 일어났다.

"네. 저한테 시키실 일 있으세요?"

"안 바쁘면 지금 내 사무실에서 잠깐 보죠. 급한 일입니다."

"네, 편집장님."

두 번 생각할 필요도 없이 다온은 가방에서 다이어리와 핸드폰을 꺼냈다.

"선배, 미안해요. 편집장님이 급하게 지시할 사항이 있으신가 봐요. 다음에는 꼭 도와드릴게요."

"좋아 죽네, 죽어. 하나도 안 미안해하는 것 알거든요. 입술에 침이나 발라."

좋아하는 게 너무 티가 났나 보다. 그럼 싫어하는 것도 티가 났을 텐데. 그런 건 또 싹 무시해요. 다온은 입술을 슬쩍 혀로 쓸며 걸음을 옮기는데, 아영이 그 뒤를 바짝 따랐다.

"대단한 흑기사 나셨어. 지난번 회의 때도 너한테 간식 심부름 시켰다고 눈에서 레이저를 쏘더라. 앞으로는 너한테 뭐 하나라도 부탁하려면 편집장님 눈치부터 봐야겠다."

"에이, 너무 가셨다. 편집장님이 회의할 때는 회의만 하자고 건의하셨잖아요. 뭐 먹으면서 하면 부산스럽고 집중도 떨어진다고. 원래 냄새에 민감하고 지저분한 걸 질색하는 성격이잖아요."

"됐어. 두고 봐. 둘이 무슨 사이인지 내가 꼭 밝혀내고 말 거니깐."

편집장실 바로 앞까지 따라오던 아영이 횅하니 몸을 틀었다. 무슨 일인가 싶어 성민이 자기 자리에서 상반신을 뒤로 내밀었다. 아무것도 아니라며 다온이 손을 흔들어 주고는 얼른 도망치듯 편집장실로 들어갔다.

"부르셨어요? 급하게 시키실 일 있으세요?"

"응. 오늘따라 커피 색이 너무 밍밍해. 1층 카페 가서 샷 하나 추가해 와. 얼음 다 녹기 전에 빨리 갔다 와."

두고 간 상태 그대로 녹고 있는 아이스커피를 바라보며 다온은 황당하기 그지없었다. 얼음이 반 이상 녹아, 처음보다 확연하게 색이 묽어져 있었다.

"이게 급한 일이에요?"

"이보다 급한 게 어딨어? 싫어?"

"싫긴요."

1층 카페까지 다녀오는 것은 10분이면 되지만, 아영이 시킨 일을 하려면 오전 내내 인터넷과 씨름해야 했다. 당연히 싫다고 말할 처지는 아니었다. 그럼에도 다온은 입이 댓 발은 나와서 컵을 집어 들었다.

"다만 사 오자마자 바로 마셨으면 이런 일은 없지 않았을까 하는 소심한 생각은 드네요."

"가기 싫으면 관둬. 나가서 하던 일이나 마저 하든가."

"에이, 누가 가기 싫데요? 그냥 그렇다 이거지."

밴댕이 소갈딱지. 저 시커먼 속 누가 모를 줄 알고. 태율은 심술을 내고 있었다. 6년째 짝사랑만 하고 있다는 비밀을 들켜 손상된 자존심을 이런 식으로 회복하는 중이었다. 누구한테는 몇 년씩이나 고백도 한 번 못해 보고 속만 태우고, 누구는 아침마다 커피셔틀이나 시키고.

얼마나 대단한 여자이기에. 그래 봤자, 눈 두 개, 코 하나, 입 하나 달린 인간 사람이지. 삐죽삐죽 아랫입술을 내려뜨리며 유리문 손잡이를 잡아당기던 다온이 불현듯 의미심장한 미소를 지었다.

아니지. 웬만큼 특별한 사람이 아니고서야, 저 잘난 강태율이 말없이 지켜보기만 했을 리가 없지. 천신녀가 말했던 태율보다 위에 있다는 사람이 바로 그 짝사랑녀가 아닐까?

"편집장님, 뭐 한 가지만 물어봐도 돼요?"

"얼음 녹는다."

문손잡이를 잡은 채로 뒤돌아보는 그녀에게 성의 없는 대답이 돌아왔다. 그래도 다온은 꿋꿋하게 질문을 이어 갔다.

"혹시 유부녀였어요?"

"……."

"아니면 방송국 PD?"

뒤늦게 질문의 의도를 파악한 태율이 자리에서 일어났다. 다온은 움찔했다. 서늘하거나, 무표정이 대부분이었던 태율이 제대로 냉랭한 표정을 지었다. 잘못 건드렸다. 위협적으로 다가서는 그를 지켜보며 다온은 차가운 얼음 창고에 갇힌 것마냥 으스스한 기분이 들었다.

"못 들은 걸로 하라고 분명히 말했을 텐데."

"아, 오해는 마세요. 저는 그냥 도와드릴 만한 게 없을까 해서……."

"경고했다. 그 문제에 더 이상 관심 갖지 말라고…… 어머니가 부탁한다고 내 선 문제에 끼어들 생각도 하지 말고. 한 번만 더 내 스케줄 갖고 장난치면, 그때는 진짜 조용히 안 넘어가. 알았어?"

다온은 침울하게 고개를 끄덕였다. 보통 이런 식의 협박 뒤에는 운동을 가장한 무자비한 메다꽂기가 뒤따른다는 것을 현성 오빠를 통해 익히 봐 왔다. 의인은커녕 본전도 못 찾았다. 협박만으로는 화가 풀리지 않는지 태율이 거칠게 그녀의 손에서 컵을 빼앗아 갔다. 얼음이 녹아 찰랑거리는 커피가 태율의 와이셔츠 손목을 적셨다.

"어머나. 셔츠가 더러워졌어요. 금방 가서 젖은 수건 만들어 올게요."

"됐어. 네 앞가림이나 똑바로 해. 언제까지 남 뒤치다꺼리나 하면서 시간 낭비할래? 싫으면 싫다는 의사 표시를 확실히 해. 치열한 약육강식의 세계에서 너처럼 자기 의사 표현을 제대로 못 하는 사람은 잡아먹히기 딱 좋은 먹잇감이라는 것을 모르겠어? 네 권리는 네 스스로가 찾는 거야. 우유부단하게 끌려다니지 말고."

"제가 언제 끌려다녔다고 그래요?"

"아니야, 그럼? 허구한 날 간식 심부름에, 네 꼭지도 아닌데 자료 조사 한다고 인터넷에 코 박고 있기 일쑤고, 그러다 마감 다가오면 그제야 네 기사 정리하느라 허겁지겁. 아냐?"

날 선 공격에 다온은 당황했다. 분명 틀린 말은 아니었다. 그래도 그렇지, 같은 말을 하더라도 꼭 저렇게 밉상스럽게 표현해야 하나. 내가 인터넷에 코를 박든, 이마를 박든 자기랑 무슨 상관이야. 싫어도 싫다는 말 못 하는 게 어디 하루 이틀 일이야. 오늘따라 새삼스럽게 트집은.

그렇게 정 보기 싫으면 나서서 한마디 해 주든…… 가만. 설마 그런 건가? 아영의 부탁을 거절 못 해 난처해하는 나를 보고 일부러 사무실로 부른 거야? 곤란한 상황에서 벗어나게 해 주려고?

갑자기 밀고 들어오는 생각들이 혼선을 빚자, 다온은 머리를 세차게 흔들었다. 점심 메뉴를 고를 때도 뭐 먹고 싶은지 물어보는 법 없이 다 자기 위주고, 밥값 대신이라며 아침마다 커피 심부름을 시키는 인간이 나를 위해?

에이, 말도 안 돼. 자신 있게 부정하면서도, 만에 하나라는 제로에 가까운 가능성을 무시할 수는 없었다. 뭐지? 나한테 뭐 아쉬운 소리 할 일이라도 생겼나. 다온은 탐색이라도 하듯 태율을 노려보았다.

"깔아라."

다온은 그 한마디에 지그시 눈을 깔았다. 그럼 그렇지. 남들 앞에서는 온갖 매너를 풀로 장착하고 신사임네 내숭 떨면서, 뒤에서는 초딩 수준의 언어를 구사하는 인간한테 뭘 기대해. 아영이 말한 흑기사란 단어가 내내 뇌리에 꽂혀 있었다. 그래서 되지도 않는 망상을 해 보았다.

흑기사는 개뿔! 흑기黑氣다, 흑기黑氣. 어둡고, 불길하고, 습한 기운만 가득한 흑기. 이리로 가도 채이고, 저리로 가도 채이고, 어차피 어두운 흙길 인생이라면⋯⋯.

"기획 기사 제목은 정했어?"

이참에 그냥 확 뒤집고⋯⋯.

"부제는⋯⋯."

"마빡으로 대그빡을 그냥⋯⋯."

"뭐?"

"네?"

갑자기 훅 하고 들어온 질문에 머릿속 생각이 여과 없이 튀어나왔다. 기획 기사라는 말에 무의식이 그대로 대응한 탓이었다.

"방금 뭐라고 했어?"

"마법으로 대자연을?"

"……."

태율이 눈썹을 꿈틀하고 한쪽으로 움직였다. 다온은 쓰디쓴 입맛을 다셨다. 찰지게 달라붙던 염병의 저주에서 벗어났나 했더니, 대그빡이 그 뒤를 이을 줄이야. 나타나라는 부적의 효험 대신 이상한 단어들만 머릿속에 각인되었다.

차마 저 잘난 머리를 대그빡이라고 불렀다는 말은 못 하겠다. 슬금슬금 물러나며 문손잡이를 한쪽으로 잡아당기는데 커다란 컨버스 슈즈가 유리문 모서리를 움직이지 못하게 눌렀다.

"마작으로 대구찜을?"

"똑바로 말해라."

"마산으로 대리운전을……."

"농담해?"

높낮이 없는 건조한 음성이 흘러나왔다. 어찌 된 일인지, 다온의 귀에는 버럭 소리를 지르는 것보다 더 위협적으로 들렸다. 다온은 대답 대신 고개를 옆으로 새치름하게 틀었다.

"말이 되는 소리를 갖다 붙여. 인공지능에 대한 기획 기사를 다루는데, 대구찜이 왜 나오고, 대리운전이 왜 나와? 너 요즘 들어 은근슬쩍 말을 흘리면서 나 엿 먹이더라. 재밌어?"

오죽하면 그럴까. 완벽에 가까운 기억력 앞에 빈틈 많고, 허점투성이 다온은 늘 주눅이 든다. 그래서 다른 사람들 앞에서는 안 하는 실수까지 하게 된다. 이래저래 약점은 늘어가고, 꼬투리 잡힐 것들은 쌓여만 가는 악순환의 연속이었다.

"죄송해요. 명명백백 의도적인 것은 아니고, 잘해야겠다는 압박감에 자꾸 말이 헛 나오는 바람에……."

"너는 내가 불편해?"

담백한 것 같으면서도, 어딘가 끈적거리는……. 한마디로 지독히도 불편한 시선이 그녀를 말갛게 내려다보고 있었다.

기선 제압을 위한 유도 신문인가. 불편해서 손발이 오그라들 것 같다는 말이 목구멍까지 나왔지만 꿀꺽 삼켰다. 시선은 셔츠의 두 번째 단추에 두었다. 넘어가지 말자. 괜히 기죽어 산다고 인정하는 셈이다. 암시하는 것과 인정하는 것은 차원이 다른 문제였다.

"전혀요. 제가 왜 편집장님을 불편하게 생각하겠어요? 우리 인연이 어디 하루 이틀인가요. 나름 막 편해요."

증명이라도 하듯 다온은 주먹을 쥐고 태율의 팔을 툭 하고 건드렸다. 편한 친구 사이에서나 가능한 행동이었다. 그러나 쿨한 겉모습과 달리 꽁한 속마음은 저절로 주먹에 힘을 실어 버렸다. 팔이 흔들리며 태율의 손에 들린 컵에서 커피가 넘실댔다.

"앗, 죄송해요. 세게 칠 의도는 아니었는데……."

깊게 내뱉는 한숨 소리가 정수리를 무겁게 짓눌렀다. 그 무게를 못 이기고 아래로 향한 정수리로 인해 시선은 커피에 얼룩진 소매에 고정되었다.

"이러니 너랑 무슨 정상적인 대화가 되겠냐. 이 조그마한 머리에는 무슨 생각이 그리도 복잡한지…… 됐다. 나가 봐."

"저…… 이 얼룩은 어떡하죠? 오늘 중요한 미팅 있는 날 아니에요?"

"맞아. 저녁에 약속 없지?"

"없어요. 얼룩이 마르면 지저분해 보일 텐데…… 제가 하나 새로 사 올까요?"

"자동차에 여유분 셔츠 있어. 나가는 길에 갈아입으면 돼. 너는 신경 쓸 것 없어. 6시 30분까지 로비로 내려와. 같이 저녁 먹으러 가자."

"네. 네?"

"6시 30분. 무슨 문제 있어?"

"네…… 아니요! 그럼 안녕히…… 아니, 수고하세요."

무슨 말을 하는지도 모르고 다온은 서둘러 밖으로 나왔다. 6시 30분 로비라는 글자만 머리에 아프게 되새겨졌다.

기어이 오늘도 한 끼는 같이 먹게 되는 건가. 그래도 대형 사고 친 것에 비하면 저녁 한 끼가 어디야. 짝사랑과 대그빡의 망언에서 무사히 벗어났다는 사실 하나에 만족하기로 했다. 인간이 많이 유해졌다. 학생 때 같았으면 못해도 기획안 5장감이었다.

그사이에 사무실은 출근한 직원들로 인해 활기찬 분위기가 가득했다. 드문드문 비어 있는 책상을 제외하고, 대부분의 직원들은 각자의 자리에서 바쁜 하루를 시작하고 있었다. 사실 취재 기자라는 직업 특성상 정시 출근은 큰 의미가 없었다. 자료 조사나 취재를 위해 현장으로 바로 출근한 직원들은 늦은 오후 팀별 회의 시간에 맞춰 들어올 예정이었다.

다온은 호흡을 한번 크게 내쉬었다. 편집장실에서 있었던 일은 뒤로 접어 두고, 우선은 본업에 충실할 시간이었다. 점심때까지는 아직 시간이 있었다. 기획 기사 초안만 마무리하면, 아영이 부탁한 블로그들을 둘러볼 여유가 있을지도 모르겠다.

비어 있는 자신의 책상으로 돌아간 다온은 컴퓨터에서 '인공지능의 역습'이란 가제가 붙은 꼭지를 서둘러 열었다.

3장. 해물짬뽕의 저주

어스름이 내려앉은 초저녁, 이른 한파 경보로 두터운 겨울옷을 꺼내 입은 행인들의 발걸음이 어느 때보다 분주했다. 매서운 바람을 피해 어깨를 잔뜩 안으로 움츠린 모습은 보는 사람조차 을씨년스럽게 만들었다. 간혹 우산을 든 사람도 보이는 것이 기상청 예보대로 올해의 첫눈을 기대해 봐도 좋을 것 같았다.

갑작스런 기온의 변화로 독감이 유행이었다. 목 안이 따끔따끔한 것이 감기의 징후가 느껴졌다. 광역버스 정류장의 기다란 퇴근 행렬을 지나치며 코트 깃을 세우는데 갑자기 따뜻한 온기가 남아 있는 목도리가 목을 감쌌다. 다온은 고개를 들어 올렸다. 감기 기운이 있다는 것을 눈치챈 건가. 무심하게 목도리를 둘러 주는 태율의 표정을 살피는데, 추위 때문인지 귀가 유달리 붉어 보였다.

"난 괜찮은데……. 선배님도 추워 보여요. 귀가 빨개요."

"넌 코가 빨개. 마감이 코앞인데, 감기 걸리면 민폐인 것 알지?"

쳇. 툭하면 협박이지. 아픈 것도 서러운 법인데, 눈치까지 봐야 하나. 다온은 서둘러 화제를 바꿨다.

"우리 지금 어디로 가요? 추운데 이왕이면 따뜻한 국물 있는 걸로 먹죠."

"그럼 해물짬뽕 먹으면 되겠네. 가자, 늦겠다."

빠르게 걷는 태율을 따라가며 다온은 미간을 찡그렸다. 뭐야, 설마 중국 음식점? 태율은 저녁은 가볍게 먹는 건강식 위주의 식단을 선호했다. 그 가볍게 먹는 식단에 중국집은 포함되어 있지 않았다. 그래서 저녁도 기름진 중국 음식을 먹게 되리라고는 생각지 못했다. 이미 점심으로 짬뽕을 배 터지게 먹었노라 말하려는데, 태율은 벌써 거상타워로 발길을 돌렸다.

"선배, 잠깐만……. 어?"

거상타워 1층으로 들어서자, 차이나 비스트로 간판 앞에 서 있던 남자가 반갑게 손을 흔들었다. 근사한 크림색 롱코트 안에 진한 회색 정장을 매치해서 입은 남자는 태민이었다. 긴 다리로 성큼성큼 걸어가는 태율을 따라 다온은 뛰다시피 걸었다.

"어서 와. 추운데 걸어왔어? 다온이 코가 빨개졌네."

"형, 오래 기다렸어? 추운데 들어가서 기다리지 그랬어. 예약자 명단에서 내 이름을 찾으라고 했잖아."

"얼마 안 기다렸어. 다온아, 들어가자."

"네."

닮은 듯, 다른 두 남자를 따라 다온은 레스토랑 안으로 들어갔다. 예기치 못한 만남에도 반가운 마음이 앞섰다. 덕분에 하루에 같은 식당을 두 번이나 온 것에 대한 불만은 쏙 들어갔다.

예약자 명단에서 태율의 이름을 찾은 종업원이 세 사람을 안쪽 프라이빗 룸으로 안내했다. 중국풍의 고급스러운 도자기 인형으로 장식된 넓은 홀을 지나는 동안 사람들의 시선이 앞서 걸어가는 두 남자에게 고정되었다. 태율이 187cm라고 했으니, 그보다 조금 작아 보이는 태민은 184cm 정도 되려나.

툭 까놓고 둘 다 잘나긴 했지. 큰 키와 훤칠한 인물은 그 집안의 내력이었다. 선이 진한 쌍꺼풀과 굵직굵직한 이목구비의 태민이 외탁을 했다면, 선이 가늘면서 수려한 이목구비의 태율은 아버지를 조금 더 닮아 있었다. 거기에 어려서부터 스포츠로 단련된 근사한 바디까지.

공부만 잘해서는 사회에서 인정받지 못한다는 현미 이모의 가르침에 두 사람은 방과 후, 학원 대신 스포츠 센터를 다녔다고 들었다. 올림픽 수영 꿈나무로 자랄 뻔했던 다온이 코찔찔이라는 별명을 얻게 된 배경에 그런 이모의 영향력을 배제할 수는 없었다.

"예약하신 대로 코스 메뉴로 준비해 드리겠습니다. 즐거운 시간 되십시오."

중국 전통 의상 치파오를 입은 종업원이 문을 조심스럽게 닫고 나갔다. 테이블에는 음식이 나오면 바로 먹을 수 있게 기본적인 세팅이 되어 있었다. 어디에 앉아야 하나 망설이는 다온을 보며 태율이 옆자리에 있는 의자를 잡아 뒤로 뺐다. 맞은편에 앉아 있던 태민은 찻잔에 따뜻한 차를 따르고 있었다.

자리에 앉기 전, 다온은 목도리를 정갈하게 옷걸이에 걸었다. 비싸 보이는 목도리에 국물이라도 튀면 낭패였다. 뭐든, 약점 잡힐 만한 일은 사전에 예방하는 것이 최선이었다.

"마셔. 몸부터 녹이자."

"오빠를 여기서 볼 줄은 몰랐어요. 진짜 깜짝 놀랐어요."

"그래? 태율이한테 다온이 좋아하는 식당으로 예약하라고 했더니, 여기로 했다고 해서 난 당연히 알 거라고 생각했는데. 하긴 이 녀석이 은근 다정한 반면 무심한 편이긴 하지."

푸웁. 차 한 모금을 입에 담고 있던 다온은 하마터면 그대로 뿜을 뻔했다. 억지로 차를 삼키고 사레가 들린 그녀의 등을 태율이 무표정한 얼굴로 두드렸다. 흔히 있는 일이라는 듯 지극히 자연스러웠다.

"꼬맹이 괜찮아? 차가 너무 뜨거워?"

"아니요. 괜찮아요."

걱정하는 태민을 향해 다온은 손을 내저었다. 차의 온도는 마시기 딱 적당했다. 그저 태민의 지적에 제대로 놀랐을 뿐이었다. '다정한 반면 무심하다.' 바로 그거였다. 다온이 두루뭉술하게 판단하고 있던 강태율의 성격을 제대로 꼬집어 주었다.

태율은 무심한 듯하면서도 대충 지나가는 말로 한마디 하는 것도 허투루 듣는 법이 없었다. 다만 문제는 다정도 병이라고, 다온이 원하지 않는 순간에 그 다정함이 넘쳐 난다는 것이었다.

술로 찌든 속을 풀어 줄 해장국이 간절히 필요한 날, 유명하다는 수제 햄버거집으로 데려가질 않나. 사전 연락도 없이 인터뷰가 펑크 나서 열받아 죽겠는데, 혀까지 델 정도로 뜨거운 돌냄비 우동집으로 데려가질 않나.

대놓고 불평도 못 하는 게 한 번쯤 다온이 광고지나 동료들과의 대화를 통해 먹어 보고 싶다고 했던 맛집들이었다. 매사가 이런 식이었다. 자기 멋대로, 자기 마음이 내킬 때 이유 없이 다정하다는 것. 다정함과 무심함이 상호 보안 작용을 전혀 못 했다.

그래서 속은 터져 죽겠는데, 싫다는 말 한마디 못 한다는 것. 전생에 꼬인 인연이라는 천신녀의 점괘에 믿음이 확 가는 것도 다 이런 연유 때문이었다.

오늘만 해도 그랬다. 저녁에 약속 있냐고 물어보면서, 미리 언질이라도 주면 얼마나 좋았을까. 그럼 점심은 아영이 원하는 이태리 식당으로 가서 화덕에 구운 수제 피자를 먹었을 텐데. 생색도 내고 얼마나 좋아.

나 때문에 일부러 여기로 왔다는데, 이제 와서 점심때 왔었노라 사실대로 말할 수도 없는 노릇이었다. 싫다는 내색도 못 하고, 혼자 머리를 싸매고 있을 때 밖에서 노크 소리가 들렸다.

'네' 라는 대답이 들리기가 무섭게 종업원이 카트에 음식을 싣고 들어왔다. 자연산 송이가 들어간 해물 누룽지탕을 시작으로 냉채, 매운 고추로 풍미를 더한 바닷가재튀김, 전복구이, 새우깜풍기, 보기만 해도 군침이 도는 고급스러운 메뉴들이 속속 등장했다. 기름지고 부담스러운 음식일 거라는 섣부른 편견은 머릿속에서 깨끗이 지워져 버렸다. 이런 고급 진 메뉴에 짬뽕이 끼어들 자리는 없어 보였다.

마지막으로 개인 찬이 담긴 반찬 그릇이 각자의 자리에 놓일 때쯤 태율이 갑자기 종업원의 관심을 끌었다.

"너는 따뜻한 국물이 마시고 싶다고 했었지? 여기 해물짬뽕도 한 그릇 주세요. 형, 괜찮지?"

다온의 얼굴이 급격하게 얼어붙었다. 고급스런 메뉴에 안심하고 있었는데, 웬 짬뽕 타령. 얼마나 급했으면 다온은 종업원을 향해 손사래를 쳤다.

"아니요. 그러지 마세요. 나는 그냥 아무거나 먹으면⋯⋯."

"여기 해물짬뽕 먹고 싶다고 노래를 했잖아."

"내가 언제 노래까지 했다고 그래요?"

"여기 해물짬뽕이 그렇게 대단해? 내가 모처럼 사는 건데 아무 거나는 곤란하지. 그럼 해물짬뽕도 추가해 주세요."

"죄송합니다. 짬뽕은 저희 식당 런치 스페셜 메뉴라 저녁 식사 메뉴에는 해당이 안 되는데……."

종업원이 곤란한 듯 말끝을 흐렸다. 살았다. 진수성찬을 눈앞에 두고 짬뽕이 웬 말이더냐. 메뉴에 없다는 사실에 모두가 순응할 거라 안심하는데, 태율의 표정이 심상치 않았다. 불길하다. 여자의 모성 본능을 자극하는 저 앙증맞은 고양이 눈빛. 그래서 열에 아홉은 무에서 유를 창조하게까지 만든다는 바로 그 눈빛이었다. 본능에 빨간불을 들어왔다. 다온은 황급히 괜찮다며 종업원부터 안심시켰다.

"아니요, 아니요. 전 괜찮아요. 오늘만 날인가요. 아쉽지만, 다음에 먹으면 되죠. 진짜 저는 괜찮아요."

"아닙니다. 정 그러시면, 제가 주방에 특별히 부탁해 보겠습니다."

연분홍 치파오만큼이나 핑크빛으로 얼굴이 달아오른 종업원이 재빨리 응답했다. 야무지게 끌어 올린 입술 끝에 반드시 해내고야 말겠다는 강한 의지 같은 게 엿보였다.

"사실 저, 강태율 기자님 열혈 팬이었거든요. 최대한 빨리 준비해서 올리겠습니다. 필요한 게 있으시면 언제든 벨을 눌러 주세요."

말려 볼 새도 없이 종업원이 나가 버렸다. 황망하기 그지없는 상황에 다온의 얼굴은 급격히 굳어졌다. 최. 대. 한. 빨. 리. 이 다섯 글자만이 머릿속을 맴돌았다. 미쳤어, 미쳤어. 두 번의 부정은 강한 긍정이랬는데. 거기다 아쉽다는 소리는 왜 덧붙여 가지고…….

"우리 동생 인기가 이 정도인 줄은 몰랐는데? 메뉴에도 없는 요리를 서비스받을 정도란 말이지? 앞으로 알아서 깍듯이 모셔야겠는데."

"거기까지만 하시죠. 형이 하는 농담은 하나도 재미없어."

"냉정한 자식. 형이 좋아서 그러는데, 맞장구 좀 쳐 주면 어디가 덧나?"

"잘 먹을게. 형이 사는 거지만, 형도 많이 먹어."

"싱겁기는……. 다온아, 너도 좀 먹어. 빨리라고는 하지만, 메뉴에 없는 짬뽕이 나오려면 시간이 꽤 걸릴 거다. 냉채 좀 먹어 봐. 새콤한 음식이 입맛을 돋워 줄 거야."

"아님 누룽지탕이라도 먹고 있어. 따뜻한 국물이 먹고 싶다며?"

다온의 얼굴이 썩어 가는 것도 모르고, 남자 둘은 서로 앞서거니 뒤서거니 요리를 작은 접시에 담아 그녀의 앞으로 밀어 주었다. 사, 삼, 이, 일.

똑똑.

"해물짬뽕 나왔습니다. 맛있게 드세요."

타이밍 보소. 이럴 줄 알았다. 종업원의 장담은 결코 허투루 내뱉는 말이 아니었다. 바쁜 직장인들이 점심시간을 효율적으로 사용할 수 있게, 최대한 짧은 시간 안에 음식을 조리할 수 있는 최첨단 주방 시스템. 낮에 매니저가 입에 침이 마르도록 자랑을 늘어놓았더랬다. 빌어먹을 최첨단 시대.

"와, 이 집 진짜 빠르네. 앞으로 가끔 이용해야겠는데."

"김다온, 뭐 해? 국물 식기 전에 빨리 먹어."

태율은 친절하게도 그녀의 앞에 있던 일품요리들은 멀찍이 밀어 버리고, 염병할 짬뽕을 바로 코앞에 놓아 주었다. 그것만으로는 성이 안 차는지, 어서어서 먹으라며 수저까지 손에 쥐여 주었다.

이 인간이 오늘따라 왜 이렇게 국물에 집착하는 거야. 마치 그녀에게 짬뽕 국물을 못 먹여 환장한 사람 같았다. 너는 국물로 배 채우라 이건가? 다온은 울며 겨자 먹는 심정으로 그릇까지 통째로 들고 짬뽕 국물을 들이켰다.

"맛있어?"

아, 뜨거! 염병, 썩을, 제기랄……. 터져 나오는 욕을 간신히 삼키며 다온은 고개를 끄덕였다. 속도 모르고, 태율은 전에 없이 뿌듯해 보이기까지 했다.

"다행이네. 많이 먹어."

그래, 인간아! 오늘 내가 짬뽕 국물에 배 터져 죽는 꼴을 봐야 속이 후련하겠지? 내 원 없이 먹어 주마.

다온은 젓가락을 한번 휘리릭 휘두르고는 짬뽕 면발을 전투적으로 빨아들이기 시작했다. 일인당 10만 원이 넘는 고급 정식 메뉴를 눈앞에 두고 직장인 런치 스페셜에나 나오는 9천 원짜리 짬뽕을 먹어야만 하는 내 심정을 누가 알리. 이러니 내가 썩은 동아줄이라도 붙잡는 심정으로 부적에 의존하는 것 아니겠냐고.

울분에 찬 마음에 매운 짬뽕 국물까지 들이붓는데, 그 모습을 만족스럽게 바라보며 두 형제는 본격적으로 식사에 돌입했다. 혈기 왕성한 남자 둘이 작정하고 덤벼드니, 그 많던 접시가 바닥을 보이기 시작한 것은 순식간이었다. 어느 정도 식사가 끝나 갈 때쯤, 두 형제가 나누는 대화 소리가 매운 짬뽕 국물에 둔해져 가던 감각 기관에 차가운 경종을 울렸다.

"형, 요즘 어머니 교회 안 다니셔?"

"무슨 소리야? 아무리 날씨가 추워도 하루도 안 빠지고 새벽 기도까지 다니시는데."

"그런데 왜 그러셨지?"

"왜? 무슨 일 있었어?"

"뜬금없이 내 베개에 부적을 넣으셨더라고."

쨍강. 너무 놀라고 당황한 나머지 손에서 힘이 스르륵 빠져나갔다. 수저를 바닥으로 떨어뜨리고도 다온은 한동안 눈만 깜빡거리고 있었다. 뒤늦게 정신을 차리고 수저를 집으려는데, 태율이 팔을 잡아당기며 자기 몫으로 배당된 수저를 내밀었다. 다행히 혼자만의 생각에 빠져 얼굴 표정까지 확인할 여유는 없는 모양이었다.

"됐어. 이걸로 써."

"고, 고마워요."

"엄마가 네 베개에 부적을 넣으셨다고? 그러실 분이 아닌데…… 네가 뭔가를 착각한 것은 아니고?"

"맞는 것 같아. 침대 시트를 빨려고 보니까, 베개 커버 안에서 부적이 나왔어. 거기다 그런 것을 넣을 사람이 어머니 말고는 딱히 생각나지 않아서 말이야. 요즘 내 결혼 문제에 부적 신경 쓰시는 것 같던데, 그것 때문인가?"

다온은 삐질삐질 이마에서 배어 나오는 땀을 손등으로 닦았다. 몸은 불덩이처럼 화끈거리는데, 머리는 차갑게 식어 갔다. 바보처럼 왜 그 생각을 못 했을까. 다온은 아직까지 한 번도 제 손으로 이불 빨래를 해 본 적이 없었다. 가끔 시골에서 올라온 엄마가 해 주고 가는 터라, 미처 거기까지 생각이 미치질 못했다. 지금이라도 사실을 털어놔야 하나…….

"엄마도 많이 급하시긴 한 모양이다. 그래서 그 부적은 어떻게 했어? 버렸어?"

"아니. 버리기도 뭐하고 해서, 우선은 다시 베개 커버 안에 넣어 뒀어."

"큭. 누가 효자 아니랄까 봐. 그럼 그냥 둬. 효과 없다 싶으시면 포기하시겠지? 자주 찾아뵙고 얼굴 보여 드려. 밖으로만 돈다고 엄마가 걱정 많이 하셔. 그래서 네 결혼 문제도 서두르시는 것 아냐. 혼자 사는 것에 익숙해지면 큰일이라고."

"다 큰 아들 걱정은 뭐 하러……. 그렇지 않아도, 다음 주 중에 한번 집에 들르려고 했어."

"잘 생각했다. 근데 다온이는 땀을 많이 흘리네. 국물이 매워?"

"네? 아, 그냥 좀 더워서……."

뭐가 그리도 재미있는지, 싱글거리며 웃던 태민이 냅킨을 건넸다.

"선본 것은 어떻게 돼 가? 진척은 있고?"

"그때 한 번 본 걸로 족해. 어머니한테도 확실히 말해 뒀어."

"그렇게 성의 없이 한 번 본 걸로 끝내지 말고, 몇 번 더 만나 보지 그래. 사람은 한 번 봐서는 모르는 법이야. 혹시 알아? 그 사람이 네 운명의 짝꿍일지?"

"절대 그럴 일은 없어."

재고의 여지도 없다는 듯 태율은 단호하게 대답했다. 자꾸 만나 보라 권하는 것을 보니 6년째 좋아하는 여자가 따로 있다는 것은 태민도 모르는 눈치였다. 두 사람의 대화에 집중하며 애꿎은 홍합 껍질만 후벼 파는데, 윙윙거리는 진동음과 함께 태율이 앉은 의자가 뒤로 끌리는 소리가 들렸다.

"미안. 중요한 전화라서…… 먹고 있어. 잠깐만 나가서 받고 올게."

문이 닫히는 것을 확인한 다온의 어깨에서 힘이 빠져나갔다. 질식할 것처럼 무겁게 내리누르던 순간이 지나 겨우 숨 쉴 여유 공간이 트이는 기분이었다. 힘없이 수저를 내려놓는데, 빙글거리며 웃고 있는 태민의 얼굴이 시야에 들어왔다.

"이왕 넣을 거면 안 들키게 잘 좀 넣지 그랬어."

"티 많이 났어요? 선배도 눈치챘을까요?"

내가 누굴 속여. 태민이 눈치챘다는 것은 알고 있었다. 놀라 하얗게 질린 얼굴을 다 봤겠지. 조금만 방심해도 생각이 얼굴에 다 드러나는 스타일인데, 오죽했을까. 어차피 태율이 현미 이모에게 따지고 들면 언제든 들통날 비밀이었다.

"아마, 태율이는 눈치 못 챘을 거야. 어머니에 관해서라면 어리석을 정도로 순종적인 녀석이라. 어떻게 해야 어머니를 설득할까, 그것에 온통 정신이 팔려 있을 테지. 궁금해서 그러는데, 부적의 용도를 물어봐도 될까?"

손으로 머리를 감싸고 한숨을 푹푹 내쉬는데, 태민이 소리 내어 웃었다.

"그렇게 심각한 일이야?"

"저한테는 그래요. 점쟁이 말로는 제 기가 너무 약하대요. 반대로 선배는 기가 너무 세고. 맞는 말인 게, 고등학교 때부터 엄청 기죽어 살았거든요. 공부해라, 운동해라, 어찌나 간섭이 심하던지……. 이제는 취업도 했겠다, 선배한테서 벗어나 마음 편하게 살 줄 알았는데, 글쎄 우리 회사 편집장으로 떡하니 나타난 거예요."

"요즘도 간섭해?"

"하루하루 사는 게 죽을 맛이에요. 아침마다 커피 심부름에, 툭하면 이거 먹어라, 저거 먹어라, 이거 해라, 저거 해라. 나를 자기 하수인으로 생각한다니까요. 오죽하면 그 인간…… 아, 죄송해요."

감정이 격해지면서 표현도 격해졌다. 그래도 친동생인데 그 인간이라는 표현은 심한 것 같다는 생각에 다온은 말을 아꼈다.

"괜찮아. 사실 태율이가 아이큐는 높은데, 감성 지수는 낮은 편이지. 그래서 나도 가끔은 밥맛없다고 생각해. 독립도 그래. 형인 나를 제쳐 두고, 상의도 없이 혼자 집을 나가는 게 말이 돼? 그 덕에 나는 지금까지도 볼모로 잡혀서 집에서 독립을 못 하고 있잖아."

"……"

"그래서 점을 보러 간 거야? 사주팔자, 궁합, 뭐 이런 거 보러?"

"그렇죠, 뭐."

"점쟁이가 뭐래? 부적을 사면, 태율이 녀석 상대로 기 펴고 살 수 있대?"

"비슷해요."

다온은 대충 둘러댔다. 언제까지 비밀이 유지될지도 모르는데, 모든 것을 다 털어놓을 수는 없었다. 팔은 안으로 굽는다고, 누가 뭐래도 두 사람은 피를 나눈 형제였다.

"큭. 잘난 상사 모시느라 다온이가 고생이 많네. 아무래도 부적의 효과는 기대하기 어려울 것 같은데…… 어때, 내가 좀 도와줄까?"

"오빠가요?"

"나한테 강태율 사용법이라는 매뉴얼이 있는데 말이야……."

"그런 것이 있어요?"

"깐깐한 태율이 녀석이 내 말이라면 끔벅하잖아. 이게 다 그 매뉴얼을 완벽하게 숙지한 덕이지."

"진짜요?"

일순 조명등이 켜진 것처럼 투명한 눈동자에 반짝하고 빛이 들어왔다. 곧이어 갸름한 얼굴에 비해 유달리 시원스레 뻗은 입 모양이 옆으로 활짝 벌어지며 봄바람처럼 상쾌한 미소가 드리워졌다. 보고만 있어도 기분이 좋아지는 딱 그런 미소. 태민은 지그시 다온의 웃는 얼굴을 바라보았다.

"오늘 처음으로 활짝 웃는다. 그동안 시달렸다는 말이 사실인 모양이네. 좋아, 적극적으로 협조할게. 대신에 너도 나를 조금만 도와주면 좋겠는데 말이야. 특별한 건 아니야. 엄마가 태율이 때문에 속을 좀 태우셔서."

"물론이죠. 현미 이모를 위한 일이라면 뭐든……."

다온은 침을 꿀꺽 삼켰다. 하마터면 시키는 건 뭐든 열심히 하겠다는 무리한 공약을 내세울 뻔했다. 그렇게 시달리고도 아직 정신을 못 차렸지. 국회의원도 아니고, 어째 툭하면 공약 남발이냐고. 게다가 지난주에 선본 것 때문에 경고까지 들었으면서……. 매사 신중에 신중을 기해야 한다.

"도울 수 있으면 도울게요. 물론 제 능력이 허락하는 한도 내에서……."

말을 끝마치기도 전에, 문이 열리고 태율이 들어왔다. 다온은 다급히 표정 관리에 들어갔다. 설마 대화 내용을 엿들은 건 아니겠지. 손끝이 빨갛게 얼어 있는 것을 보니 추운 바깥에 있다 방금 들어온 듯했다. 하기야 들었으면 당장 쳐들어와서, 기자가 미신을 믿는 게 말이 되냐고 닦달을 했겠지. 내심 안심한 다온은 찻잔에 차를 따라 온도를 확인했다.

"외투라도 입고 나가지……. 차가 식었어요. 뜨거운 차로 다시 가져다 달라고 할까요?"

"아니, 됐어. 형, 미안해서 어쩌지? 지면 광고 때문에 홍보 회사 관계자를 만나야 할 것 같아."

"식사도 다 끝났는데, 뭘. 걱정 말고 빨리 가 봐."

"고마워. 이 건물 지하 주차장에 내 차 주차해 뒀어. 김다온, 너는 그거 타고 가."

"괜찮아요. 전철 타고 가면 돼요."

"내 말대로 해. 지하 3층 D-1 라인 앞쪽이야."

태율이 롱코트 안주머니에서 유명한 외국 계열 자동차 회사 로고가 박힌 열쇠를 꺼내서 테이블 위에 놓고는 그대로 룸을 나갔다. 걸어와서 오늘은 차를 안 가져왔나 보다 했더니, 퇴근길 상황을 고려해 미리 주차를 해 놓은 모양이었다. 다온은 주저하며 열쇠 집기를 망설였다.

"진짜 괜찮은데……."

젊은 남자들의 로망이라는 태율의 차는 시동을 걸었을 때, 엔진의 울림부터가 남달랐다. 웬만해서는 강태율 소유의 물건은 망가뜨리고 싶지 않았다. 까딱 잘못했다가는 남은 인생마저 저당 잡힐지도 모르는 일이었다.

"그러지 말고, 타고 가. 이렇게 추운 날은 감기 걸리기 딱 좋아. 태율이도 생각이 있으니까 너한테 차를 맡기는 거겠지."

"하지만 내일은 출근도 안 하는데……. 딱히 차를 돌려줄 방법도 없고……."

태민은 계산서를 집으며 자리에서 일어섰다. 억 소리 나는 차를 운전해야 한다는 다온의 부담감을 아는지, 모르는지 무사태평한 얼굴이었다.

"잘됐네. 우리 집으로 가져오면 되겠다. 그렇지 않아도 엄마가 너 초대해서 밥 한번 같이 드시고 싶다고 하셨는데. 자동차가 집에 있으면 태율이 녀석도 당연히 집으로 올 거고…… 모두에게 좋을 것 같은데. 이로써 거래가 성립된 건가?"

"거래요?"

"강태율 매뉴얼, 필요하다며? 나를 믿어 보는 건 어때? 혹시 알아, 너에게 든든한 동아줄이 되어 줄지."

다온은 멍한 상태로 눈을 깜빡였다. 방금 동아줄이라고 들은 거 맞지? 헛것을 들은 게 아니라면 분명 동아줄이었다. 천신녀의 예언. 태율보다 높은 위치에 있다는 사람. 누가 보더라도 태민은 그보다 서열상 한 단계 위에 있었다. 더구나 태민이 스스로 동아줄이 되어 주겠노라, 자기 입으로 선언한 거나 마찬가지였다.

크고 단단해 보이는 손이 다가왔다. 점괘가 현실로 구현된 순간이었다. 이 손을 붙잡는 순간, 인생의 2막이 펼쳐질 거라는 가슴 뛰는 예감이 들었다. 고민할 게 뭐 있어. 그녀가 부적을 넣었다는 사실을 들키는 것은 시간문제고, 그러면 더 이상 물러날 곳도 없었다. 모 아니면 도다.

다온은 눈앞에 펼쳐진 손을 조심스럽게 마주 잡았다. 힘 있는 손이 작고 연약해 보이는 손을 포근하게 감싸 주었다. 따뜻한 온기가 심장까지 포근하게 감싸며, 뭔가 해낼 것 같다는 용기가 마구마구 샘솟았다.

'딱 기다려, 강태율. 우리의 관계는 지금부터 all over again이다.'

✕ ✕ ✕

딩동, 딩동.

벨 소리와 함께 현관문이 저절로 열렸다. 새벽녘의 푸르스름한 기운을 안고 나타난 경은을 보고도 다온은 크게 놀라지 않았다. 경쾌한 걸음으로 안으로 들어서던 경은은 핼쑥한 몰골로 화장실에서 나오는 그녀를 보며 가볍게 혀를 찼다.

"쯧쯧쯧. 몰골 하고는……. 걸어 다니는 유령이 따로 없다. 또 토한 거야?"

"아니. 울렁거리는 것은 멈춘 것 같은데, 대신에 너무 어지러워."

"도대체 짬뽕을 얼마나 허겁지겁 처먹었기에 밤새 토한 거야?"

짬뽕이란 단어에 한차례 몸을 부르르 떤 다온은 철퍼덕 침대에 드러누웠다. 그리 넓지 않은 평수의 원룸에 가구라고는 침대와 나이트 스탠드, 2인용 식탁 세트, 러브 시트가 전부였다. 경은은 식탁에 대충 약품 가방을 올려놓고, 혈압기와 체온계부터 꺼냈다.

"내 앞에서 그 빌어먹을 짬뽕 얘기는 한동안 꺼내지도 마. 생각만으로도 속이 울렁거린다."

"이 바보야, 점심으로 해물짬뽕을 배 터지게 먹었다는 말을 왜 못 해? 강 선배도 그렇다. 아무리 눈치코치가 없어도 그렇지, 눈앞에 진수성찬을 두고, 너한테 싸구려 짬뽕을 권하는 게 말이 되냐? 네가 아무리 짬뽕을 먹겠다고 우기더라도, 10만 원짜리 정식을 먹으라고 권해야 정상아냐?"

"강태율처럼 돈이 남아도는 인간한테는 10만 원이나 9천 원이나 그게 그건가 보지. 그러는 너야말로, 계속 짬뽕, 짬뽕 할래? 노란 위액에 녹아내린 짬뽕 국물을 네 손으로 치워 봐야, 그 소리가 쏙 들어가지?"

간호사다운 익숙한 솜씨로 혈압을 재며 경은은 앞으로 쏟아 내는 흉내를 냈다.

"우웩. 상상만으로도 쏠린다. 그럼 선배는 그렇다 쳐. 그 형이라는 사람은 뭐 하고?"

"태민 오빠 욕하지 마라. 우리가 함부로 건드릴 수 있는 분이 아니시다."

"뭐냐, 이 쫄깃한 반응은?"

체온과 혈압에 이상이 없음을 확인한 경은은 가방에서 주사기와 포도당 수액을 꺼냈다. 경은은 수습 시절부터 귀신같은 솜씨로 혈관을 찾는다고 해서 병원에서는 원샷원킬로 통했다. 그럼에도 선천적으로 날카로운 주삿바늘을 무서워하는 다온은 재빨리 이불 속으로 몸을 숨겼다.

"나 그거 안 맞을래. 그냥 한숨 자고 나면 괜찮아질 거야. 너야말로 툭하면 토하는 게 일이면서…… 이거 완전 오버야."

"기분 좋게 마시고, 토하는 거랑, 억지로 먹고 체해서 토하는 거랑 같냐? 죽어 가는 얼굴로 그런 말은 하는 게 아니지, 김다온 양. 잔말 말고 왼팔이나 이리 내."

"싫어. 저리 꺼져."

"친구야, 나 지금 우리 병원 5대 불가사의 때문에 열린 머리 뚜껑이 아직도 안 닫혔거든? 여기서 더 나가지는 말지."

"왜, 또?"

다온은 이불 아래서 얼굴만 삐죽이 내밀었다. 경은은 요즘 새로 부임한 레지던트 때문에 골머리를 앓고 있는 중이었다.

"하, 그 미친 시베리아 샤방새. 그 머리로 어떻게 의사 면허에 합격했는지, 진짜 불가사의다. 인간이 밤마다 야식은 잘도 처먹으면서, 말귀는 도무지 못 알아 처먹어요. 오늘은 글쎄, 평소에 장이 예민해서 변비라고는 중학교 수학여행 이후로는 걸려 본 적이 없다는 산모한테 지멋대로 스툴 무브먼트를 오더 한 거 있지? 제왕절개 한 산모가 밤새 설사를 주룩주룩하는 바람에 내가……."

"거기까지만 하자, 친구야."

굳이 안 들어도 얼추 뒷부분은 상상이 되었다. 아무리 비위 좋기로 소문난 경은이지만, 힘든 밤이었을 것이다. 친구의 상한 감정을 건드리고 싶지 않았다. 다온은 다소곳하게 왼팔을 이불 밖으로 내밀고는 눈을 찔끔 감았다. 시원한 알코올 솜이 피부를 건드리더니, 곧이어 뾰족한 바늘 끝이 피부를 뚫고 들어오는 느낌에 심장이 움찔거렸다.

"하여간에 얼굴만 반지르르한 샤방새들이 문제야. 저리 좀 비켜 봐. 나도 좀 눕자."

수액 봉투를 키가 큰 스탠드 등에 걸고, 경은은 침대 안쪽으로 파고들었다. 비좁은 트윈베드라고는 하지만, 어려서부터 같은 침대에서 수다 떨던 버릇이 있어서 크게 불편을 못 느꼈다.

"아까 하던 얘기나 계속해 봐. 그 형이 뭐 어떻다고?"

"생각나? 천신녀가 나한테 꼬인 인연을 풀어 줄 의인을 찾으라고 했잖아. 아무래도 나, 그 의인을 만난 것 같아."

"그 사람이 의인이라는 거야? 강태율이 친형이라며? 그럼 관계가 더 꼬이는 거 아냐?"

"너는 선배가 자기 형을 얼마나 깍듯이 대하는지 안 봐서 모를 거다. 가족이라면 아주 끔찍하지. 그런데 만약 형수라도 생겨 봐. 얼마나 대단하게 떠받들어 주겠냐고……."

"그래서?"

대화는 듣는 둥 마는 둥, 경은은 하품과 함께 기지개를 활짝 펴 고는 알람시계의 알람을 맞췄다.

"내가 밤새 토하면서 생각이라는 것을 좀 해 봤거든……. 내가 강태율의 형수가 되는 것에 대해서 어떻게 생각해? 감히 형수한테 '눈 깔아'라는 말이 나오겠냐고……. 인생 역전되는 것, 한순간 아니겠냐?"

"그 형이 너랑 결혼은 해 준다던?"

"꼬셔 봐야지."

"잘 생각해라. 그 나이에 어디 가서 창시 빠진 년이라는 소리를 또 들을지, 말지…… 망신살이 뻗치는 것도 한순간이다."

창시 빠진 년의 말뜻을 헤아리던 다온은 이내 고개를 옆으로 돌 렸다.

"불가능할까?"

"그 형, 잘생겼어?"

"응."

"포기해. 샤방새들은 날 샜어. 변호사라며? 너 같은 순둥이는 상대가 안 돼. 기죽어 살기 싫으면 정신 바짝 차려. 거기다 강태율 이 지 바지에 초코파이를 주룩주룩 싼 너한테 형수님이라는 소리 를 하고 싶겠냐? 무슨 수를 써서라도 깽판 친다에 얄팍한 내 통장 잔고를 건다."

다온은 금세 풀 죽은 얼굴로 한숨을 내쉬었다. 머리를 뒤척이는데, 베개 커버에 넣어 둔 부적이 마음에 걸렸다. 강태율의 집에 있는 부적은 또 무슨 수로 제거한담.

"그냥 이민이나 가 버릴까?"

"학교 다닐 때 네가 제일 못 하는 과목이 외국어였다. 영어 포함해서…… 그나마 젤 잘하는 과목이 국어였지? 그냥 한국에서 쥐 죽은 듯이 살아."

"평생 강태율 그늘에서?"

"무슨 수가 있겠지. 졸려 죽겠다. 알람 9시에 맞춰 놨어. 세 시간만 자고 일어날게. 피곤해서 이대로는 운전 못하겠다. 너도 빨리 자. 밤새 토하느라 정신줄 놓은 모양인데, 나중에 멘탈 돌아오면 그때 다시 얘기하자."

하품하는 경은을 보는 다온도 따라 하품을 했다. 몸에 좋은 영양제가 투입되고 있다는 인식 때문인지, 밤사이 뾰족해진 신경이 조금씩 가라앉았다. 노곤해진 몸에 본격적으로 졸음이 몰려오고 있었다.

"아무래도 그래야겠다. 나도 졸려. 근데, 친구야……."

"왜?"

"창시 빠진 년은 뭐 하는 년이라니?"

"글쎄……. 뭐가 빠진 것 같은데…… 모냥이 빠졌다는 말인가?"

"그런가. 뭔가 더 센 뜻이 있을 것도 같은데……."

"욕이 다 거기서 거기지. 칭찬도 아닌데 의미는 알아서 뭐 해? 아함……. 이제 진짜 자야겠다."

"미안. 피곤할 텐데 빨리 자……. 춥지는 않아? 담요 꺼낼까?"

돌아오는 대답은 없었다. 색색거리는 숨소리로 보아 벌써 깊은 잠에 빠져든 모양이었다. 나이트 쉬프트를 마치자마자 여기로 왔으니 피곤하기도 하겠지. 다온은 이불을 끌어다 친구의 몸을 덮어 주었다.

빼곡히 들어선 건물들 사이로 선명한 아침 기운이 어둠의 그림자를 비집고 들어왔다. 하루를 시작할 에너지를 모으기 위해 몇 시간이라도 눈을 붙여야 했다. 경은이 베개 밑에 놓아둔 알람시계를 침대 머리맡으로 옮기고, 다온은 차분히 눈을 감았다.

❋ ❋ ❋

조경이 잘 관리된 정원 위로 하얀 눈이 수북이 쌓여 있었다. 새벽부터 지치지 않고 내린 눈은 초록 잔디를 하얀 눈밭으로 만들어 놓았다. 군데군데 움푹 파인 발자국이 일렬로 한 줄을 만들어 놓은 길을 따라가다 보니 아직 선홍색 감이 매달려 있는 감나무가 보이고, 그 아래에서 태민이 기다란 작대기를 휘두르고 있었다.

"감나무가 저렇게 컸었나?"

"네가 이렇게 클 동안 저 나무도 쑥쑥 자랐지. 이게 대체 얼마만이니. 우리 집 거실에서 너를 본 게 언제였는지 기억도 안 난다. 그때는 요만한 말썽쟁이였는데, 꼬마 숙녀가 언제 이렇게 컸는지……."

"그때도 그것보다는 컸어요."

허리 아래로 손을 대는 현미를 돌아보며 다온은 싱긋 웃었다. 풍성한 레이스가 들어간 앞치마를 입고 있는 현미는 장성한 두 아들을 둔 사람으로는 보이지 않을 정도로 젊고 아름다웠다.

이모는 전형적인 현모양처였다. 집안 꾸미고, 요리하고, 사람들 초대해서 대접하는 것을 좋아해서, 예전에는 엄마를 따라 이 집에 자주 놀러 왔었다. 어려서는 고급스럽고 화려한 인테리어를 보며 동화책에 나오는 성에 온 것 같은 이질감을 느끼곤 했는데, 시간이 흘러 손때 묻은 가구들을 다시 보니 아늑하고 정겨웠다.

"우리 집은 예전 그대로지? 자주 좀 와. 삭막한 사내 녀석들만 보다가, 너를 보니 분위기부터가 새롭다. 배고프겠다. 조그만 기다려. 스테이크 오븐에 넣었으니, 금방 준비될 거야."

"아저씨는요?"

"그 양반은 바다낚시 갔어. 월요일에나 올 거야. 늦바람이 났는지, 물고기도 못 잡아 오면서 요즘 그렇게 낚시만 다닌다. 이러려고 은퇴를 한 건지……."

태율의 아버지는 3개월 전에 갑작스럽게 은퇴를 선언했다. 아직은 한창 일할 나이에 무슨 변덕인지 모르겠다며 엄마가 현미 이모의 불평을 전해 주던 기억이 났다. 맡고 있던 소송들만 정리되면 현직에서 물러나겠다고 하신다더니, 그동안 정리가 끝나신 건가.

"아저씨는 이제 완전히 일에서 손을 떼신 거예요?"

"허구한 날 혼자 낚시 다니는 걸로 봐서는 그렇다고 봐야지? 어차피 정년 할 나이도 다가오는데, 한 살이라도 젊을 때 노는 것도 나쁘지는 않다고 봐. 문제는 혼자 저렇게 며칠이고 밖으로만……. 어머나, 어머나, 저게 누구야."

현미의 호들갑에 다온은 고개를 돌렸다. 언제 왔는지 대문으로 통하는 계단 위에 태율이 서 있었다. 빨리도 왔네. 여기로 오는 도중에 차를 픽업하러 오겠다는 태율의 문자를 받았었다. 집으로 가는 중이라는 답장을 보내기는 했는데, 이렇게 빨리 올 줄은 몰랐다.

대문이 열리는 소리를 들었는지 태민도 벌써 그를 향해 걸음을 옮기고 있었다. 태민의 손에는 붉은 감이 여러 개 달린 감나무 줄기가 들려 있었다. 그가 태율의 옆에 나란히 서고, 두 사람은 곧이어 본채를 향해 걸어왔다. 키가 큰 두 사람이 걸음을 옮길 때마다 하얀 눈밭 위에 커다란 발자국이 새겨졌다.

"다음 주에나 올 줄 알았더니……. 모처럼 집 안에 사람이 북적북적하겠네. 내 정신 좀 봐. 이럴 시간에 스테이크 한 조각이라도 더 구워야겠다."

"도와드릴까요?"

"아니, 너는 편하게 있어. 다 큰 사내놈들이 둘이나 있는데, 너까지 부려 먹을 수야 없지. 고기 많이 재워 놨어. 집에 갈 때 가져가."

"사랑해요, 이모."

주방으로 향하는 현미를 따라가며 다온은 두 손을 올려 하트를 만들었다. 도움은 필요 없다고 하지만, 그렇다고 멀뚱멀뚱 서서 구경만 하기에는 눈치가 보였다. 태율이 나타나면서 반사적으로 생긴 불안증 같은 것이었다. 대접받는 손님의 위치에서 뭐라도 하면서 밥값을 해야 할 것 같았다.

이런 하녀 근성도 오늘까지가 마지막이다. 강태율 매뉴얼만 내 손에 들어와 봐. 그때부터 불행 끝, 행복 시작인 거지.

"저 왔어요, 어머니."

"어서 와, 우리 작은아들. 차도 없이 어떻게 왔어? 택시 타고 왔어?"

"네."

8인용 다이닝 테이블에 스테이크 나이프와 수저 세트를 놓는데,

태율이 들어왔다. 엄청 못마땅한 표정으로 다온을 힐끗 쳐다보던 것과는 달리 엄마를 대하는 모습은 다정다감함의 정석 같았다. 큰 아들은 엄마라 살갑게 부르는 반면, 작은아들이 어머니라는 호칭으로 깍듯이 부르는 게 이상하다는 생각이 오히려 어색할 정도였다.

"두세요. 제가 할게요."

오븐 앞에 서 있는 현미를 한 번 안아 주고, 태율은 그녀를 다이닝 테이블에 앉혔다. 현미는 난색을 표하다가도, 어쩔 수 없다는 표정으로 자주색 냅킨을 무릎 위에 펼쳤다. 아들과의 그런 실랑이가 익숙한 듯 오히려 즐거워 보였다. 오븐에서 트레이를 꺼내는 태율의 모습은 꽤나 여유가 있었다. 자주 해 본 일인 듯, 알맞게 익은 스테이크를 금색 물결이 화려하게 둘러진 접시에 담았다.

그사이에 주방으로 들어온 태민이 접시와 세트로 보이는 수프볼에 단호박수프를 담아 서빙했다. 올리브오일에 파인애플을 갈아 넣어 새콤달콤한 향을 살린 샐러드도 샐러드볼에 옮겨졌다. 마지막으로 향신료와 함께 팬에 구운 아스파라거스와 레드포테이토를 사이드에 담고 오로지 간장과 마늘만으로 맛을 낸 특제 스테이크가 앞에 놓이자, 다온의 입에서 감탄사가 새어 나왔다.

"우아. 이걸 언제 다 준비하셨어요?"

"별로 안 걸렸어. 태민이가 장은 다 봐 주고, 고기야 오븐이 굽고, 샐러드드레싱은 항시 만들어 놓은 게 있었고. 그러고 보니 내가 한 거라고는 이 수프밖에 없는 것 같다. 다온이 단호박수프 좋아하지? 태율이한테 들은 것도 같아서. 한번 먹어 봐."

다온은 스푼 가득 단호박수프를 떠먹었다. 고소함에 부드러움까지 곁들어 목으로 술술 넘어가는 맛이었다.

"레스토랑에서 파는 것보다 더 맛있어요. 이런 건 언제 다 배우셨어요? 우리 엄마가 할 줄 아는 요리라고는 김치찌개 아니면 된장국이 전부인데…… 태민 오빠는 좋겠어요. 날마다 이런 맛있는 요리를 얻어먹을 수 있어서."

"그걸 알면 내가 잔소리를 안 하지. 우리 집 사내 녀석들은 고생해서 키워 놨더니, 엄마 귀한 줄을 몰라. 큰 녀석은 야근 핑계로 툭하면 외박이고…… 작은 녀석은 아예 집 나가서 코빼기도 안 보이고. 마음에 드는 녀석이 없어."

"또 이러신다. 언제는 꼬박꼬박 집에 들어오지 말라면서요?"

"그런다고 누가 야근하래? 밤에는 여자랑 놀아. 클럽이라는 데도 좀 가고. 한창 나이에 밤새 서류철에 고개 처박고 쌍코피나 흘리고…… 사무실 식구들 보기에 안 창피하니?"

"엄마!"

"내가 틀린 말 했어? 안 그러니, 다온아? 생긴 건 멀쩡한데, 어째 저 나이 먹도록 두 놈 다 제대로 된 연애를 못 한다니?"

투닥거리는 모자의 대화에 미소 지으며 다온은 수프볼을 깨끗이 비웠다. 하루 종일 비워 두었던 위장에는 첫 끼니로 담백한 수프가 제격이었다.

"두 사람 다 워낙 인기가 많아서 고르느라 늦어지는 걸 거예요. 기다려 보세요. 이 수프 진짜 맛있어요. 어떻게 만드는지 나중에 좀 가르쳐 주세요."

"물론이지. 언제 쉬는 날……. 아니다. 그럴 게 아니라, 차라리 다온이가 우리 집으로 시집오는 것은 어때?"

"제가요?"

"응. 난 다온이라면 무조건 찬성이야. 내가 평생 모아 둔 레시피 노트 물려줄게. 아무 놈이나 한 놈 골라…….”

“어머니.”

조용하지만 단호함이 엿보이는 목소리가 끼어들자 현미가 입을
다물었다.

“농담이 지나치세요. 다온이가 곤란해하잖아요. 식기 전에 식사
하세요.”

태율은 먹기 좋은 사이즈로 썰어 둔 스테이크 접시를 현미 앞에
놓인 접시와 바꿔치기했다.

“내가 다온이를 곤란하게 만들었니?”

“그래요, 엄마. 힘든 결정 앞에, 기껏 레시피 노트가 뭐예요?
30평대 아파트나 물방울 다이아 정도는 배팅을 해 주셔야 다온이
도 결심이 서죠. 참고로 돈은 나보다 태율이가 많아.”

“형!”

태율이 정색을 하고 형을 불렀다. 행여나 다온이 자기를 지목이
라도 할까 봐 경계하는 모습이었다. 웃자고 하는 얘기를 다큐로 받
자는 거야. 막상 정색을 해야 할 사람은 난데, 왜 자기가 설레발이
래. 나도 죽어도 댁은 아니거든요. 하고 싶은 말을 꾹 눌러 참고
있는 다온의 앞으로 한입 크기로 썰어진 스테이크 접시가 다가왔
다.

“나야 꼬맹이가 선택해 주면 감지덕지. 나중에라도 후회하지
않게, 미리 사실을 알려 주는 거야. 결정해, 다온아. 나는 뭐든 받
아들일 준비가 돼 있다.”

자신의 접시와 다온의 접시를 바꿔 가며 태민이 장난스럽게 한
쪽 눈을 찡긋했다. 자상한 매너에 미소로 화답하려는데, 스테이크
고기에서 새어 나온 빨간 핏물이 다온의 시선을 사로잡았다. 이 순

간 밤새 토한 짬뽕 국물이 생각나는 건 왜일까. 비위가 확 상하면서 속이 울렁거리자, 다온은 저도 모르게 인상을 찡그렸다.

"뭐야, 그 싫은 표정은. 난 아니라는 뜻이네? 자존심 상하는데."

"아니에요. 그런 게 아니라……."

차마 사실을 털어놓지 못해 망설이는데 태민이 와인 잔에 포도주스를 따랐다.

"괜찮아, 이해해. 태율이랑 같이 보낸 시간이 얼마인데…… 미운 정, 고운 정 다 들었겠지. 축하한다, 동생. 너도 다온이 마음에 들지?"

서운하다는 말투와 달리 태민은 해맑게 웃고 있었다. 가지런한 치아를 내보이며 웃는 얼굴에 장난기가 가득했다. 배신자. 내가 강태율에 대해 어떤 감정인지 알면서…… 비난 어린 시선을 모르는 척 태민은 두툼한 스테이크 한 조각을 썰어 입으로 가져가며 한쪽 눈으로 윙크까지 날렸다.

"진짜야? 태율이 다온이한테 마음 있어? 그럼 말을 하지. 요즘은 세상이 달라져서 젊은 남자가 여자를 안 데려올 때는 이성보다는 동성에 관심이 있다는 거라고 해서 엄마가 걱정 많이 했어. 그래서 일부러 선 자리도 만들고 그랬잖아."

"그런 거 아니에요. 형이 지금 장난치는 거예요."

"왜에? 다온이 착하고 예쁘잖아. 다온아, 너는 우리 태율이 어때? 자상하고, 속정 깊고, 능력 있고…… 이 정도면 대한민국 최고 일등 신랑감 아닌가? 너희 엄마도 우리 태율이 엄청 욕심냈었어. 우리 둘이 사돈 맺자고 얼마나 얘기했는데. 둘이 마음만 맞는다면 당장에라도 네 엄마한테 연락해서……."

"전 아녀요."

다온이 펄쩍 뛰었다. 엄마가 태율을 사윗감으로 점찍어 둔 것은 사실이었다. 어떻게든 엮어 보려는 엄마와 몇 년에 걸쳐 겨우겨우 단판을 지어 놨는데, 현미 이모까지 거들고 나서면 곤란했다. 다온이 고개까지 절레절레 휘두르며 싫어하는 모습을 보이자 현미가 엄한 얼굴로 태율을 꾸짖기 시작했다.

"강태율! 너 사실대로 말해. 지난번, 선 자리 장소 제공한 것 가지고 다온이 혼낸 건 아니지? 엄마가 그렇게 부탁했었잖아."

"혼낸 적 없어요."

혼냈으면서……. 억울함에 다온의 아랫입술이 함지박만 하게 앞으로 튀어나왔다.

"다온이 얼굴 보니 딱 알겠네. 그렇지 않아도 네 형이 그러더라. 회사에서 네가 다온이 상사라고 막 간섭……."

"아니에요."

다온은 다급한 외침으로 현미의 입을 막았다. 태민 오빠는 무슨 말을 어떻게 한 거야. 놀란 심장이 급격하게 상승 곡선을 타기 시작했다. 가볍게 시작된 화제가 어쩌다 여기까지 흘러온 걸까. 심장을 눌러 오는 압박감에 마음의 평화는 깨진 지 오래였다.

다온이 테이블 밑으로 물 잔만 홀짝거리고 있는 태민의 발을 걸어찼다. 동아줄이 되어 준다면서요? 제발 뭐라도 하시라구요.

"엄마도 참. 태율이가 한두 살 먹은 애도 아니고…… 연애를 하든, 굿을 하든, 둘이 알아서 하게……."

"그게 아니잖아요."

다온이 다급하게 반박했다. 그런 얼토당토않은 얘기를 해 달라고 구호 요청을 한 게 아니었다. 태민이 든든한 동아줄이 되어 줄 거라는 믿음이 흔들리고 있었다. 설마 강태율 매뉴얼이 뻥은 아니겠지?

"다온이 화났어? 내가 주책이지?"

그녀가 자꾸만 성급하게 대화를 차단하자 현미의 낯빛이 어두워졌다. 화기애애한 분위기에 찬물을 제대로 끼얹었다. 그렇다고 빈말이라도 헛된 희망을 품게 할 수는 없었다. 다온은 눈을 질끈 감았다. 우선은 내 살길부터 찾고 보자.

"그런 거 아니에요. 선배는 6년간 짝사랑한 여자가 따로 있어요. 아직 고백도 못 해 봤대요."

"야!"

"뭐?"

깜짝이야. 방아쇠를 당긴 것 같은 두 개의 울림이 공기를 갈랐다. 놀라 벌렁거리는 가슴을 다독이며 진정하려 애를 쓰는데, 어느 시점부터 간당간당하게 붙들고 있던 정신이 철렁하고 밑으로 곤두박질쳤다. 서서히 머릿속이 하얗게 바래며 오로지 한 지점에서 사고가 멈췄다.

태율의 간섭을 피하기 위해 점을 보러 갔다는 게 더 큰 후환을 불러올까, 고이 간직한 짝사랑의 비밀을 누설하는 게 더 큰 후환을 불러올까.

"이런 바보, 등신……."

날카롭게 울리는 음성에 정신이 번쩍 들었다. 대충 답은 나온 것 같았다.

"기껏 그런 이유 때문에 연애도 한 번 못 하고, 시간 낭비만 해 엄마 속을 태우고 있었던 거야? 얼마나 잘난 집 딸이라니? 내가 얼굴 좀 보자. 태민이 너는 알고 있었어?"

"당연히 몰라야겠죠? 서운하다, 강태율. 다온이도 아는 얘기를 왜 나한테는 말 안 했어?"

알았다는 거야, 몰랐다는 거야. 모르는 것 아니었어? 재미있어 죽겠다는 말투가 다온의 혼란을 가중시켰다.

"다온이가 잘못 알고 있는 거야. 어머니, 그런 것 아니에요."

"아니긴 뭐가 아냐. 얼굴 보고 말 것도 없어. 바보 같은 짓, 당장 때려치워. 내 아들이 뭐가 부족해서 짝사랑을 해? 여자는 여자로 잊는 법이라고 했어. 내일부터 엄마가 선 자리 알아볼 테니까 그런 줄 알고 있어."

"어머니!"

맙소사, 내가 무슨 짓을 저지른 거야. 뒷덜미에 싸한 한기가 돌았다.

"난 너 혼자 밖에서 외롭게 사는 거 보기 싫어. 내가 널 어떻게 키웠는데……."

현미의 서슬 퍼런 반응을 보며 다온은 서서히 현실 감각을 찾아갔다. 현미의 세상은 가족을 중심으로 돌아가고 있었다. 내 가족이 먹을 것, 내 가족이 입을 것, 내 가족이 즐거운 것, 나보다는 가족을 위해 시간과 정성을 쏟으며 행복을 찾는 사람이었다.

특히나 현미에게 두 아들은 삶의 구심점이자, 반평생을 바쳐 일궈 낸 자랑거리였다. 태율이 그런 이모의 아들이라는 사실을 간과하고 있었다.

"여기서 결정해. 당장 짐 싸 들고 들어와 살든지, 아니면 결혼 상대 찾을 때까지 선보든지."

"엄마, 태율이한테도 생각할 시간을 주셔야죠. 저녁 한 끼 먹으러 왔다가 무슨 봉변이에요. 너무 그렇게 몰아붙이시면 곤란해요."

태민이 거들고 나섰지만, 현미의 굳은 표정은 누그러지지 않았다. 다이닝 테이블 맞은편에 앉아 있던 태율이 고개를 들었다. 심연처럼 깊은 눈동자가 지그시 다온을 바라보았다. 그녀를 향한 올 곧은 시선이 범상치 않았다. 한때는 밤하늘에 반짝이는 별처럼 예 쁘다고 생각했던 까만 눈동자가 지금은 폭풍우 치기 전 하늘처럼 어두운 장막을 두르고 있었다.

"저…… 이모. 죄송해요. 제가 아무래도 큰 실수를 한 것 같아 요. 확인된 것도 아닌 것을 사실인 것처럼 말씀드려서……."

"선보겠습니다."

망했다. 순간의 잘못된 상황 판단으로 시한폭탄의 뇌관을 제대 로 건드렸다. 엄청난 후폭풍이 예견되는 순간이었다.

"그냥 하는 말 아니지? 얼굴 한번 보고, 시간만 때우다 가는 것 은 용납 못 해. 선보고 최소한 2번은 더 만나야 해."

"네."

"여기 있는 사람들이 증인이다. 지난주에 만난 아가씨랑 그 집 에서는 네가 마음에 들었나 보더라. 당장은 그 아가씨랑 약속부터 잡자."

"그렇게 하세요."

불과 5분 전에 불같이 화를 내던 사람이라고는 믿어지지 않을 정도로 현미의 얼굴이 활짝 펴졌다. 어차피 오늘 화제의 기승전결 은 태율의 결혼이지 않았을까 싶은 의구심이 들 정도였다.

"이모. 그러지 마시고 나중에 차분히 대화로 푸시는 게……."

"대신 저도 조건이 있어요. 만날 장소는 회사 근처로 해 주세요. 한 시간 넘긴다는 보장은 못 해요. 가급적이면 마감 때는 피해 주 세요. 회사 근처에 갈 만한 식당은 다온이가 잘 알 거예요. 장소는 다온이랑 상의하세요."

"선배, 그건 아니죠. 내가 상대방 취향을 모르는데……."

"좋은 생각이야. 젊은 사람 취향이야 나보다는 다온이가 낫겠지."

다온의 반박은 씨도 안 먹혔다. 혹 떼러 왔다, 혹만 더 덕지덕지 붙이고 가는 혹부리 아저씨가 따로 없었다. 자기 무덤인 줄도 모르고, 열심히 삽질을 한 꼴이라니.

"다온이가 도와줄 거지? 우리 한동안은 바빠지겠다. 그치?"

흥분해서 소녀처럼 볼까지 발그레하게 붉히는 현미를 보며 차마 싫다는 말이 나오지 않았다. 저렇게 좋을까? 현미의 철저한 계략에 휘말려 든 것은 아닐까 하던 의심이 서서히 확신으로 굳어 가는 중이었다. 이러지도 저러지도 못하는 와중에, 맞은편의 검은 눈동자가 도전적으로 번득였다.

잘났다, 강태율. 혼자는 죽지 않겠다 이거지……. 에라, 모르겠다. 강태율이 누구랑 결혼하든, 나만 아니면 된다.

"알겠어요. 일 차로 회사 근처 맛집 리스트 뽑아서 보내 드릴게요. 잘됐으면 좋겠네요."

"그러게, 너무 늦지 않게 좋은 소식이 있었으면 좋겠다. 다들 어서 먹자. 오늘은 스테이크가 너무 짜지 않나 모르겠네. 태민이 너는 빨리 먹고, 가서 단감 좀 더 따 와. 다온이 집에 갈 때 챙겨 주게. 가게에서 사 먹는 거랑은 맛이 달라."

"챙겨 주기는 어려울 것 같아요. 새들이 와서 먹었는지, 멀쩡해 보이는 감이 몇 개 없더라고요."

"그래? 미리 다 따 놓을 것을 그랬나…… 단맛이 여물어지기를 기다렸더니…… 할 수 없지. 새들도 먹고 살아야지. 태율이는 모처럼 집에 왔으니 자고 갈 거지? 어머, 다온이 배고팠구나."

빠르게 바닥을 드러내는 다온의 접시를 보며 현미가 깜짝 놀라 한마디 했다.

"더 줄까?"

밥맛은 진즉에 사라지고, 맛을 감상할 여유 따위는 없었다. 그저 빨리 먹고 이 집에서 벗어나자는 마음으로 포크에 잡히는 대로 고기 조각을 입 안으로 욱여넣었다. 질정질정 몇 번 씹지도 않은 고기를 대충 넘겼다. 다온은 마지막 남은 스테이크 조각을 입에 넣고 포크를 내려놓았다.

"잘 먹었습니다. 스테이크가 아주 맛있어요."

"더 먹어. 오븐에 더 있어."

"나중에 싸 주시면 집에 가서 먹을게요. 사실 어제부터 감기 기운이 있어서 빨리 가 봐야 할 것 같아요. 마감도 다가오는데, 약 먹고 푹 자는 게 좋을 것 같아서요."

"그랬어? 그럼 미리 말을 하지. 감기에 좋은 생강차라도 끓여 놓을 건데. 잠깐만 기다려. 고기 재워 둔 거랑 밑반찬 몇 개 싸 줄게. 다온이 집까지 누가 태워다 줄래?"

대충 식사를 마친 현미가 자리에서 일어나자, 태율이 따라 일어났다. 다온은 태율이 등을 보이자마자 태민에게 최대한 불쌍한 표정을 지어 보였다. 여기서 원룸까지는 차로 40분이었다.

기온이 떨어지면서 눈길이 미끄럽기까지 하다면 못해도 한 시간은 걸린다고 봐야 했다. 태율과 비좁은 공간에 한 시간이나 같이 있다가는 기에 눌려 압사당하고 말 것이다. 그녀의 마음을 읽었는지 태민이 피식 웃으며 자리에서 일어났다.

"제가 가요. 저녁에 용석이랑 만나기로 했어요. 겸사겸사 나가는 길에 데려다주고 갈게요. 태율이 너는 어디 갈 생각 말고, 엄마 옆에서 그동안 밀린 효도나 해 드려. 다온아, 여기서 잠깐만 기다려. 외투 챙겨서 내려올게."

"그럼 부탁해."

태율은 뒤도 돌아보지 않고 대답했다. 손이 닿지 않는 이모를
대신해 높은 찬장에서 도시락 통을 꺼내는 것을 보니 다온은 이미
안중에도 없는 모양이었다. 그럼 그렇지. 가족 앞에서 나는 항상
찬밥 신세지.

태민이 2층으로 올라가고 다온은 빈 접시들을 정리하기 시작했
다. 설거지하기 편하게 남은 음식들을 한곳으로 모으는데 장식장
거울에 비친 태율의 옆모습이 다온의 눈길을 사로잡았다.

뭐지, 저 애틋한 분위기는. 우아한 몸가짐의 현미가 다용도실과
냉장고를 부지런히 오가고 있었다. 그런 이모의 뒷모습을 좇는 시
선 끝에 정체를 알 수 없는 애처로움이 담겨 있었다. 사랑이라는
말로 표현하기에는 어딘가 슬퍼 보이는 눈. 전에도 저런 먹먹한 눈
빛을 한 태율을 본 적이 있었던가.

다온의 심장이 꿈틀거렸다. 안쪽 깊숙이 파고드는 저릿함은 단
순히 기에 눌렸을 때 느끼는 압박감과는 또 다른 울림이었다. 애써
숨기고 있던 슬픔의 단면을 주인 허락도 없이 몰래 훔쳐보는 기분
이랄까. 고개를 돌려야지 하면서도, 가슴 밑바닥에서부터 차오르는
이질감에 한참 동안 시선을 거둘 수가 없었다.

4장. 누가 그러더라,
어제의 태양은 오늘도 뜬다고

한 주를 마무리하는 금요일. 공식적인 휴일인 토요일로 넘어가는 늦은 저녁 시간이라서인지, 빌딩 안 사무실은 대부분은 비어 있었다. 한바탕 찬물에 세수를 하고 정신을 차린 다온은 어둠이 깔린 복도로 걸어 나왔다. 에너지 절약을 숙명처럼 여기는 건물주의 신조에 따라 관리인이 복도의 전등을 끈 모양이었다.

다온은 사무실 입구에서 흘러나오는 작은 불빛에 의지해 기다란 복도를 걸어갔다. 눈은 반쯤 감고, 입이 찢어져라 하품을 하는 찰나였다. 불쑥하고 나타난 커다란 인영으로 인해 화들짝 놀란 간이 천 길 낭떠러지로 수직 낙하했다.

"놀라라, 써글……."

힘 풀린 다리와 벌렁대는 가슴을 안고 간신히 벽에 지탱해 쓰러지지 않기 위해 버티는데, 혀 차는 소리가 귓구멍을 후벼 팠다. 이왕 혼날 거, 제대로 된 욕이나 하나 날려 볼 걸…… 실수로 몇 번 욕을 해 봤더니, 이게 은근 스트레스도 풀리고 재미가 쏠쏠했다.

"쯧쯧, 오늘은 써글이냐? 어째 너는 갈수록 입이 험해진다."

"편집장님이 예고도 없이 나타나는 바람에…… 죄송해요. 너무 놀라서 말이 잘못 나왔어요."

"입술에 침이나 바르고 거짓말해. 하나도 안 미안해하는 것 알거든."

인간이 눈치 하나는 귀신이다. 그렇지 않아도 속으로 아무나 하나 걸려라 하는 심정으로 스트레스가 장난 아니었는데…… 다온은 어둠을 틈타 혀로 입술을 슬쩍 쓸었다.

"기사는 제때 넘겼어?"

"네."

"다행이네."

"다 편집장님 덕분이죠."

어두워서 침으로 반짝거리는 입술이 보이지 않아 다행이었다. 최종 원고 마감을 며칠 앞둔 상황에서 다온이 담당했던 외고 꼭지에 문제가 생겼다. 겨울 여행을 테마로 한 시리즈로 진행 중인 꼭지였다. 이번 달은 대중에게 널리 알려지지는 않았지만, 스위스의 아름다운 자연 경관과 지역 문화를 경험할 수 있는 작은 스키장들을 소개하는 기사를 준비 중이었다.

여행 전문가에게 원고 청탁을 하고, 외고 마감 기일 하루 전에 기사를 이메일로 받고 첫 번째 교정 작업까지 마친 상황이었다. 갑작스런 폭설로 인한 눈사태로 기사에 실릴 한 스키장이 폐쇄됐다는 뉴스를 접하기 전까지는 모든 과정이 완벽하게 돌아가고 있었다.

선 문제로 태율에게 찍힌 일도 있고 해서, 이번 마감만큼은 탈 없이 넘어가자는 의지로 밤낮으로 부지런을 떨었다. 태율에게 한 번에 오케이받지 못한 꼭지들을 수정하고 또 수정하느라 야근만 며칠인지.

'전체적인 흐름이 어수선해서 한눈에 내용 파악이 안 되잖아. 불필요한 단어의 나열이 많고, 문장이 길어져서 호흡이 끊겨. 그 순간 독자의 관심도 끊기는 거야.'

'말하고 싶은 것이 뭐야? 나무들의 구성이 오합지졸이라 대나무 숲인지, 소나무 숲인지 정체성을 모르겠어.'

'이 제목에 이 폰트가 적절하다고 생각해?'

1년 차 때나 들음직한 지적을 눈앞에서 듣고도 묵묵히 참고 견뎠다. 폭탄의 뇌관을 건드려 놨으니, 내 앞에서만 터지지 말라고 고사라도 지내는 심정으로 묵언수행 중이었다. 최선을 다했다. 그럼에도 자연재해는 예상의 범주를 뛰어넘는 반전이었다.

서둘러 필자에게 연락을 취해, 대체 가능한 스키장으로 구멍 날 뻔한 기사를 메우느라 하루가 어떻게 지나갔는지 모르게 훌쩍 흘러가고, 마감을 목전에 두고서야 겨우겨우 기사를 넘길 수 있었다.

"편집장님은 퇴근하신 게 아니었어요?"

"택배 받으러 잠깐 아래층에 내려갔다 오는 길이야. 저녁은?"

"김밥으로 대충 때웠어요. 피곤해서 밥맛도 없고……."

말을 하는 도중에 뭔가 불쑥 입 안으로 들어왔다. 맞선녀가 야식을 보냈나 보네. 이번에는 에그 샌드위치인가. 다온은 별다른 대꾸 없이 의무적으로 입 안을 가득 채운 음식을 씹기 시작했다. 매운 양파 맛에 혀가 아른거렸지만 참고 꾸역꾸역 대충 넘겼다.

"맛있네요. 최수빈 씨 음식 솜씨가 갈수록 나아지는 것 같아요."

"그래?"

의심 가득한 말투와 함께 태율의 핸드폰 액정에 불이 들어왔다. 그의 관심이 멀어질까 다온은 서둘러 다음 말을 이어 갔다.

"선배도 한번 드셔 보세요. 놓치면 후회할 맛이라니까요."

"난 됐어. 입 너무 크게 벌리지 마. 양파 냄새 엄청 난다."

써글. 억지로 먹인 사람이 누군데. 이건 액받이도 아니고 밤마다 음식받이가 뭐냐고……. 무안함과 더불어 울컥 치솟는 뭔가가 목구멍까지 치고 올라왔다. 화 같기도 하고 서러움 같기도 하고. 그게 뭐든 알고 싶지도 않았다. 입 안에 남아 있던 샌드위치와 함께 감정의 응어리를 꿀꺽 삼켰다.

그렇지 않아도 오밀조밀한 이목구비 중에 입이 유달리 커서 나름 콤플렉스였다. 지금이야 시원스럽게 웃는 미소가 아름답다고들 하지만, 어려서 철없는 친구들한테 개구리라 놀림받은 기억에 입 크다는 얘기만 나오면 저도 모르게 움츠러들었다. 그런 사람한테 입을 크게 벌리지 말라니…….

이따구 소리를 듣고도 참고 있으니, 어디 가서 창시 빠진 년이라는 소리를 듣는 거다.

"만들어 준 사람 정성은 생각 안 해요? 다음에 만났을 때, 맛이 어땠냐고 물으면 뭐라고 대답할 건데요?"

"네 얼굴에 답이 다 나와 있는데, 뭐 하러 확인 사살까지 해. 내가 말했잖아. 너는 얼굴이 열일하는 타입이라고."

저 잔머리. 그래서 갑자기 잠자고 있던 액정을 켰구나. 같이 죽자는 마음으로 샌드위치라도 한입 먹여서 복수하려고 했더니…….

태율이 첫 번째로 선을 본 맞선녀는 방송국 입사 동기라는 최수빈 아나운서였다. 태율이 방송국을 그만둔 시점과 맞물려 그녀도

NandC 채널이라는 케이블 방송국으로 자리를 옮겼다. 그녀 쪽에서 적극적으로 나서서 선 자리가 마련되었다고 들었다.

현미 이모의 말에 의하면, 최수빈이 요즘 꽂혀 있는 게 두 가지라고 했다. 하나는 요리 강좌, 다른 하나는 바로 강태율. 두 번째 만남 이후로 하루가 멀다 하고 야식거리를 만들어서 택배로 보낼 정도로 그를 향한 마음을 숨기지 않고 있었다.

반면 태율의 반응이 아리송했다. 받아 온 음식의 대부분을 다온에게 억지로 떠넘기는 것을 보면 분명 달갑게 생각하는 것은 아닌 것 같은데…… 보내 준다고 꼬박꼬박 나가서 야식을 받아 오는 것을 보면 아예 관심이 없는 것도 아닌 것 같고…….

애매모호한 태도 때문에 속이 타는 사람은 바로 다온이었다. 샌드위치에 들어갈 양파를 고르는 솜씨만 봐도 음식에 대한 센스가 아예 없는 사람 같았다. 아니면 특이하면서도 자극적인 맛을 좋아하든가.

"선배는 최수빈 씨랑 계속 만날 거예요? 새로운 사람이랑 선볼 생각은 없어요?"

"왜? 언제는 나랑 잘 어울린다고 잘해 보라면서."

"그때는…….."

그때는 최수빈이 도시락이라고 만들어 보낸 첫 음식을 먹어 보기 전이었다. 건강식이라며 정체도 알 수 없는 오만 가지 허브를 넣은 샌드위치. 요상한 향이 오랫동안 입 안에 남아, 오후 내내 간헐적으로 온몸을 부르르 떨어야만 했었다.

오늘은 양파의 매운 맛이 너무 강해 그 외에는 아무것도 느낄 수 없는 에그 샌드위치였다. 내일 아침까지도 위장에서 올라오는 독한 양파 냄새에 시달릴 판이다. 그동안은 만들어 준 정성을 생각해서 억지로 먹어 줬지만, 더 이상은 최수빈이 만든 요리를 감당할 자신이 없었다.

"그때가 바로 일주일 전이야. 일주일 사이에 달라진 게 뭔데?"

"사실대로 말해요?"

"말해."

"최수빈 씨 음식 솜씨요. 그 여자가 만든 요리는 더 이상 못 먹겠어요. 하루라도 더 먹었다가는 내 명대로 못 살 것 같아요."

"요리는 꽤 한다고 들었는데…… 아무래도 건강을 생각해서 몸에 좋은 것만 넣다 보니 입에는……."

"제말 못 믿겠으면, 선배가 한번 먹어 봐요. 죽음의 맛이 따로 없어요."

포장지에 싸인 샌드위치를 펼쳐 코 밑으로 내밀자, 태율이 깜짝 놀라 코를 감싸며 뒤로 물러났다. 빵 사이로 빠져나온 에그 샐러드에서 피클과 버물려진 양파 냄새가 심하게 진동하고 있었다.

"그러게 왜 쓸데없는 소리를 떠벌려서, 일을 이 지경까지 만들어 놔. 그 화학무기, 당장 버려."

태율은 지체 없이 길쭉한 팔만 뻗어, 그녀의 뒷덜미를 잡아끌고는 복도 쓰레기통으로 직진시켰다.

"선배도 이런 걸 아침저녁으로 먹기 싫죠? 그러니까 이제 다른 사람이랑 선봐요."

"사람 만나는 게 말처럼 쉬운 줄 알아?"

"암튼 최수빈은 안 돼요."

"그렇게 싫어?"

"끔찍해요."

"내가 그 여자 만나는 게 끔찍하다 이거지…… 네가 정 그렇게 사정한다면……."

태율은 생각에 잠긴 말투로 한참 뜸을 들였다. 건조한 말투에 운율이 살아나고 있었다.

"사람 목숨 하나 살리는 셈 치지, 뭐. 확실히 해. 네가 사정사정 해서 그만 만나는 거다. 나중에라도 딴소리하기 없기다."

억지스러운 결론이었지만, 다온은 딱히 놀라지도 않았다. 이런 억지가 어디 하루 이틀인가. 책임을 떠넘겨서인지 목소리에 흥이 넘치다 못해, 어둠 속에서 하얗게 빛나는 치아가 그가 웃고 있다는 것을 증명하고 있었다. 참아야 하느니라. 사고를 쳤으니 수습도 내 몫이다. 우선 살고 보자는 생각에 마음을 다스렸다.

"알았어요. 제가 다 책임질게요. 두 번 다시 그 여자만 만나지 마요."

"좋아. 대신 나도 조건이 있어. 기자는 체력이 생명이야. 요즘 들어 찬바람만 불었다 하면 감기를 달고 살더라. 내일부터 당장 운동 시작해."

"내일부터요? 겨우 마감 넘겼는데요? 교정지 나오기 전까지만 이라도 부족한 잠을 보충해야 한단 말이에요."

"수면 부족 같지만 사실은 기초 체력이 약해서 그런 거야. 글발 살린답시고 허황된 미신이나 좇으면서 시간 낭비할 에너지로 운동 해. 맑은 정신을 유지하는 데 도움이 될 거야. 내일 오후부터 체육 관으로 나와."

체육관이라니. 머리에 한차례 천둥이 치고 지나갔다. 유도 매트에 메다꽂히던 서러운 기억들이 파노라마처럼 순식간에 눈앞을 획 획 지나갔다. 허리후리기, 밭다리후리기, 빗당겨치기…… 기술을 전수한답시고 잔인하게 매트로 패대기친 게 어디 한두 번인가. 어떻게든 그것만은 막아야 하는데.

경은이 따라 헬스장에 가입했다고 할까. 감기에 걸렸다고 할까⋯⋯. 빠져나갈 궁리를 하느라 머리를 굴리는데, 순간 다온의 머릿속에 신의 계시처럼 청량한 목소리가 메아리쳤다.

'강태율 매뉴얼이라는 게 있는데, 한번 써먹어 볼래?'

바로 그거야. 다온은 불현듯 회심의 미소를 지었다. 회사 일에 사적인 감정을 끌어들일 생각은 없었다. 공은 공, 사는 사. 이메일에 묵혀만 두고 있던 매뉴얼을 떠올려 보았다.

「태율을 밀어내고 싶다면 애교를 부려라. 기본적으로 닭살 돋거나, 애교 섞인 말투를 싫어한다. 특히 문장에 자기 이름을 넣고 말하는 것에 대한 거부 반응이 강하다.」

「불리하다 싶으면 겁먹은 토끼처럼 눈을 동그랗게 뜨고, 시선을 피하지 말라. 시선을 피하면 지는 거다. 성질 급한 태율이 제 풀에 지쳐 나가떨어질 때까지 묵묵히 기다려라.」

다온의 검은 눈동자가 한차례 크게 물결쳤다. 드디어 비싸게 얻은 비법을 실생활에서 써먹을 때가 왔구나.

그런데 과연 이 유치한 수법이 통하기는 할까. 지난번에 보니 태민 오빠도 썩 믿음직스럽지가 않던데⋯⋯ 그렇다고 뾰족한 묘책이 있는 것도 아니고. 에잇, 몰라. 지금 찬밥 더운밥 가릴 때인가. 여기서 더 망가져 봤자지. 강태율 앞에서 내세울 자존심은 예전에 초코파이와 함께 추억 속으로 사라지고 없었다.

2박 3일의 꿀잠을 포기할 수 없다. 쪽팔림은 한순간이다. 그동안은 열여덟 살 때부터 몸에 밴 상하 관계로 너무 고분고분했다. 매뉴얼을 자연스럽게 사용하다 보면 강태율과의 전쟁에서 적당히 치고 빠지는 요령을 터득할 수 있을 것이다. 승패의 기준은 기선 제압이다. 싫은 일을 강요당했으니, 우선은 망설임과 함께 혀를 살짝 안으로 접고…….

"잉, 다온이 속상하다."

태율이 당황했다. 잘못 들었다고 생각했는지 친히 고개를 숙여 귀를 앞으로 가까이 대 주기까지 했다.

"뭐?"

독하지 않으면서 은근하게 퍼지는 향수 냄새가 피곤에 지친 후각에 기분 좋은 자극을 가져다주며 의욕을 북돋아 주었다.

"히잉, 다온이 딘짜 속상해."

웬만한 비염 환자도 이보다 더 코맹맹이 소리는 못 할 거다. 이번에 태율이 제대로 흔들렸다. 얼마나 놀랐는지, 급하게 뒤로 물러나다 발이 뒤엉켜 휘청거리기까지 했다. 헛웃음이 나오는 걸 입 안의 여린 살을 깨물어 가면서까지 간신히 참았다. 다온은 고양이가 쥐를 구석으로 몰듯이 바짝 다가갔다.

"다온이 그거 꼭 해야 해?"

"……!"

"안 하면 안 돼?"

"흠! 기, 기초 체력이……."

"다온이도 다 알아. 선배가 다온이 걱정해서 이러는 거……."

"흠, 흠!"

진짜 통하는 거야? 벽으로 몰린 태율이 감정을 절제하지 못해 안절부절못하는 게 어둠 속에서도 눈에 훤히 보였다.

"알았어요. 선배가 정 그렇다면…… 다온이 운동할게. 대신 열심히 할 거야. 딘짜, 딘짜 열심히 할 거야."

다온은 절박함을 온몸으로 표현했다. 어떻게든 거리를 두기 위해 몸을 꼼지락거리는 태율의 재킷을 쥐고 야무지게 잡아당겼다. 이왕 잡은 김에 가볍게 안다리후리기를 시도하며, 은근슬쩍 손과 발에 힘을 줘 보지만, 바위처럼 단단한 몸은 꼼짝도 하지 않았다.

아까비. 딱딱한 대리석 위에 메다꽂으면 십 년 묵은 체증이 한꺼번에 내려갔을 텐데……. 아니지. 지금 중요한 것은 그게 아니지. 다온은 안타까운 마음을 서둘러 감췄다. 대신 정승처럼 굳어 있는 태율의 턱 아래로 고개를 들이밀며 해맑게 웃었다.

"선배니임……."

"저, 저리로 좀 가지."

로봇처럼 음색 없는 목소리가 다물린 어금니 사이에서 흘러나왔다. 얼마나 부담스러운지 숨 쉬는 것조차 버거워 보였다.

얼추 작전은 먹힌 것 같은데…… 그런데 왜 짜증을 안 내지? 말하는 사람조차 손발이 오그라들고, 솜털이 바짝 설 정도로 애교를 부렸으면 이쯤에서 화를 내고, 100미터 접근 금지령이 떨어져야 정상인데. 이 정도 애교로는 아직 부족한가?

"뿌잉뿌잉. 다온이……."

번쩍. 일순간 어두운 복도에 환한 불빛이 쏟아져 내렸다. 밝은 빛에 적응하느라 눈을 깜빡이는 다온의 이마를 기다란 손가락 하나가 멀찍이 밀어 내더니, 빛의 속도로 멀어졌다.

"김다온, 거기서 뭐 해? 어머, 편집장님도 같이 계셨네요?"

"큼, 큼. 퇴근하는 길이었습니다. 김 대리님은 퇴근 안 하십니까?"

주먹으로 입을 가리고 목을 몇 번 가다듬자, 태율의 말투가 지극히 사무적으로 돌아왔다. 편한 슬리퍼 대신 킬힐을 장착한 아영이 긴 생머리를 휘날리며 그들에게 다가왔다. 하루 종일 푸석푸석해 보이더니, 어느새 색조 화장까지 입힌 얼굴은 호기심으로 찬란하게 빛나고 있었다.

"성민 선배가 마감 기념 회식 쏜다고 해서 다들 이모네 삼겹살집으로 갔어요. 선배가 김 기자 찾아오라고 해서…… 편집장님도 같이 가실 거죠?"

"오늘은 곤란한데…… 선약이 있어서요. 교정 작업 마무리되는 대로 제가 한턱내겠습니다. 기사 마무리하느라 수고 많았어요. 월요일까지 푹 쉬고 화요일에 봅시다. 김 기자, 시간이랑 주소는 문자로 보내 줄게. 내일 보자."

어, 이게 아닌데. 횅하니 사무실로 들어가는 태율을 향해 다온은 막연하게 소리를 질렀다.

"편집장님, 아시죠? 장난이었어요. 피곤하신 것 같아서 기분 전환 차원에서……."

"어머나, 이게 무슨 냄새야? 김 기자, 입에서 양파 썩니?"

인위적으로 코가 막힌 코맹맹이 소리에 다온은 다급하게 입을 다물었다. 눈앞에서 오염된 공기를 순화시키느라 펄럭대는 핑크색 블라우스를 보며 다온은 순간 망연자실해졌다.

써글. 이거였어? 내 애교에 질려서가 아니라 냄새에 질식할 것 같아서, 숨도 못 쉬고 있었던 거야? 그것도 모르고 턱 밑으로 얼굴을 들이밀고 오두방정을 떨었으니. 이제는 쪽팔린다는 느낌이 뭔지도 가물가물했다. 그저 흑역사의 한 페이지를 또 이렇게 써 내려갔구나 하는 체념만 뒤따랐다.

한편 체념 뒤로 은근 고소하다는 생각이 들었다. 다온은 저도 모르게 실소를 터뜨렸다. 냄새에 민감한 인간이 독한 양파 냄새에 얼마나 질색했을 거야. 덕분에 한 가지 문제는 해결했다. 두 번 다시 최수빈 만난다는 소리는 못 하겠지.

에라, 모르겠다. 문자야 핸드폰 배터리가 나가서 확인 못 했다고 하면 그만이지. 누가 체육관에 나갈 줄 알고. 화내라지. 제풀에 지쳐 나가떨어질 때까지 눈을 동그랗게 뜨고 백치 토끼 흉내를 내지 뭐. 백치 토끼를 잡아먹든지 말든지. 될 대로 되라는 심정으로 어깨를 들썩이는데, 아영이 한심하다는 표정으로 다온을 바라보았다.

"이해가 된다. 젠틀한 편집장님이 오죽하셨으면 김 기자를 그렇게 밀어 냈을까. 난 또 둘이서 키스라도 하다, 들켜서 오버액션 한다고 오해할 뻔했잖아."

"대리님!"

다온이 소리를 버럭 질렀다.

"깜짝이야. 오해 풀었다고 했잖아."

"아무리 그래도 할 말이 있고, 못할 말이 있죠."

"알았어. 독가스 그만 뿜어. 우선은 소주로 그 입부터 해독하자. 그래야 제대로 된 대화가 되겠어."

다온은 힘없이 고개를 저었다. 그나마 남아 있던 체력이 버럭 한 번에 다 빠져나갔다. 닭살 애교. 맨정신으로 두 번은 못할 짓이었다. 삼겹살이라면 자다가도 벌떡 일어나지만, 오늘은 고기가 목에 걸려 넘어갈 것 같지도 않았다.

"오늘은 저도 빠질게요. 피곤해서 그냥 자고 싶어요."

"어딜! 성민 선배가 무슨 일이 있더라도 자기 꼭 데려오랬어, 빠진 군기 바로잡는다고. 이게 다가 아니야. 오늘 내가 연말 파티 준비위원회에서 무슨 말을 들었는지 알면 자기는 깜짝 놀랄 거다. 총무과 꽃돌이가 송일외고 나온 것은 자기도 몰랐지?"

아영은 엄청난 비밀 얘기를 털어놓는 것처럼 속삭이며 궁금증을 유발했다. 다온은 천성적으로 호기심이 많은 편이었다. 특히나 가십에 약했다. 스캔들 기사나 사내 연애라면 맥을 못 썼다. 본인이 연애를 못 하니, 다른 사람들은 어떤 식으로 연애하는지 항상 궁금했다. 게다가 존경해 마지않는 수석 에디터 박성민이 졸업한 학교가 송일외고였다.

"글쎄 우리 팀장님께서……."

아영은 미끼만 던져 놓고 돌아서서, 자신 있게 엘리베이터 하향 버튼을 눌렀다. 낚싯줄을 밀었다, 당겼다 하지 않아도, 다온이 순순히 따라올 것을 알고 있는 것처럼.

"잠깐만요. 사무실에서 핸드백이랑 외투만 얼른 챙겨서 나올게요."

"그건 걱정 마. 주경이 시켜서 이미 선배 차에 실어 놨으니까. 얼른 타기나 해."

"급한 대로 양치질이라도……."

"삼겹살 먹으러 갈 건데 양치질은 무슨…… 그냥 생마늘로 중화시켜. 좋은 말로 할 때 빨랑 타시죠. 입이 근질거려 죽을 것 같으니까. 대신 비밀 지켜라."

한쪽은 듣고 싶어 죽겠고, 다른 한쪽은 말하고 싶어 죽겠고. 더이상의 실랑이는 무의미했다. 다온은 냉큼 엘리베이터에 올라타자마자 손가락으로 지퍼를 채우듯이 입술을 채웠다. 아영은 고개를 한 번 끄덕임으로 거래가 성립되었음을 선포했다.

※ ※ ※

— 둥근 해가 떴습니다. 자리에서 일어나서, 제일 먼저……. 둥

근 해가 떴습니다. 자리에서 일어나서, 제일 먼저……

반복적으로 이어지는 노랫소리에 다온은 베개를 구부려 귀를 틀어막았다. 아침 7시마다 그녀를 깨우는 핸드폰의 알람 소리였다. 소리의 행방을 찾아 손을 뒤척이다, 등이 배기는 딱딱한 느낌에 몸을 천천히 일으켰다. 뻣뻣해진 근육을 풀어 가며 주위를 둘러보고서야 뒤늦게 침대가 아닌 바닥에서 자고 있었다는 사실을 깨달았다.

"아이고, 허리야."

"니가 우겨서 바닥에서 잔 거다. 원망 마라."

"경은이? 네가 왜 여기 있어?"

"몰라서 물어? 내 코트 호주머니에 네 핸드폰 있어. 머리 아프니까, 빨리 저 소리부터 어떻게 해."

피곤에 절은 목소리는 가뭄 뒤의 논두렁처럼 푸석거리고 건조하게 들렸다. 뜬금없이 경은이가 이 시간에 왜 내 집에서 자고 있는지는 나중 문제였다. 다온은 힘겹게 일어나 식탁 의자에 걸쳐진 경은의 코트를 뒤져 핸드폰부터 찾았다.

"내 핸드폰이 왜 네 코트에 있어?"

"하나도 기억 안 나?"

다온은 고개를 절레절레 저었다. 그 순간 숙취 때문인지 어지러움이 몰려오자, 관자놀이를 주먹으로 눌렀다.

"설마 나 필름 끊긴 거야?"

"도대체 술을 얼마나 퍼마신 거야? 너 원래 실수할까 봐, 네 주량 이상은 안 마시잖아. 어제 무슨 일 있었어?"

다온의 주량은 딱 소주 한 병이었다. 주사가 있다는 것을 알고부터는 주량을 넘기는 법이 거의 없었다. 어제 하루 종일 먹은 거라고는 김밥 한 줄과 샌드위치 한 조각이 다였다. 아마도 빈속이나 다름없는 위장 상태와 극도의 피로가 더해져 알코올에 쉽게 져 버린 모양이었다.

"최수빈이 만든 샌드위치에 양파 냄새가 장난 아니었거든. 그래서 해독한다고 소주를 연거푸 세 잔을 마셨어. 갑자기 마셔서 그런지 술이 빨리 올라왔나 봐. 혹시 내가 너한테 전화했어?"

시선을 피하며 소심하게 물어보는 다온을 보며 경은이 침대에서 부스스 일어났다. 몇 번 혀 차는 소리가 들리고, 시중에서 가장 비싸게 팔리는 숙취 해소 음료가 식탁 위에 놓였다.

"왜? 나한테 맺힌 것이 많았나 보지? 걱정돼?"

다온은 취하면 마음속으로만 꽁하니 담아 두고 있던 말들을 상대방에게 퍼붓는 주사가 있었다. 소심해서 차마 맑은 정신으로는 못 했던 말들을 술기운을 빌려 쏟아 내는 것이었다. 다음 날 필름이 끊겨 무슨 말을 했는지 기억도 못 했다. 한번 뱉은 말들을 주어 담는 재주는 없고, 듣는 사람 입장에서는 술기운이라는 변명에 억지로 사과는 받아 줄지언정 잊지는 못하고…… 애써 쌓아 가는 인간관계에 치명적인 주사였다.

대학 시절 몇 번 그런 일을 겪고 나서는, 경은과 함께 합숙까지 하며 주량 파악에 나섰다. 소주는 한 병, 맥주는 세 병. 알딸딸하니 기분이 좋아지며, 스스로를 절제할 수 있는 단계는 딱 그 선까지였다. 그때가 대학교 2학년이었다. 그 후로는 정량이 넘어간다 싶으면 술 대신 물을 마셨다. 그래서 스스로의 자제력을 믿고, 술자리라고 빼는 법이 없었다.

"퇴근하는 길에 너 마감도 끝났겠다, 술이나 한잔하자고 내가 전화했어."

내가 한 것이 아니었구나. 부적값 물어내라고 주접이라도 떨었을까 걱정이 되기는 했었다. 다온은 안심하고 숙취 해소 음료를 병째 들이켰다.

"안심할 것 없어. 그때는 이미 만취 상태였으니까. 전화는 자경이라는 후배가 받더라. 삼겹살집인데, 네가 술에 취해서 어찌해야 좋을지 모르겠다면서."

"자경이가? 그래서?"

"그래서는 뭐가 그래서야? 다행히 너희 회사 근처여서, 전화 끊고 바로 삼겹살집으로 갔지. 창시 빠진 년…… 오죽 칠칠치 못하면 창시가 다 빠졌을꼬? 창시가 전라도 사투리로 창자라며?"

"너도 알았어?"

"그 식당에 있던 사람들은 다 알았을 거다. 핸드폰을 붙들고 불쌍한 내 창시 물어내라며 어찌나 난리 블루스를 추던지…… 쪽팔려서 죽는 줄 알았다."

다온은 다급하게 핸드폰을 켰다. 최근 통화 목록 맨 위에 떡하니 자리한 TQ. 한글 타자에서는 ㅅ과 ㅂ이 된다. 기분 좋은 날은 선배로 읽고, 기분 나쁜 날은 나름의 뜻이 달라진다.

"미쳐, 미쳐. 말리지 그랬어."

다온은 원망을 담아 경은에게 투정을 부렸다. 암담한 현실에 누구라도 원망을 받아 줄 사람이 필요했다.

"이미 벌어진 일을 무슨 수로 말려. 창시 없는 년의 아픔을 니가 아느냐…… 니 창시가 큰지, 내 창시가 큰지, 맞장 한번 떠 보자…… 돈 많은 니 창시는 때깔이 곱냐…… 가관도 아니었다."

핏기를 잃고 사색이 되어 가던 다온의 얼굴이 끝내는 흙빛으로 변했다.

"내가 진짜 강태율한테 그랬단 말이야? 그래서 선배가 뭐래?"

"조용히 듣고만 있던데? 뭔 좋은 소리라고 끊지도 않고, 끝까지 듣고 있더라니까. 내가 보기에 강 선배는 네가 감당할 그릇이 아냐."

"그게 다야?"

"내가 네 대신 미안하다고 사과하니까, 너 깨면 아침밥 꼭 챙겨 먹이라고까지 하더라. 그냥 평생 취해 있어라. 술 깨면, 너 잡아먹힐지도 몰라."

차라리 그럴걸. 당장 오늘 도장에서 무슨 일이 벌어질지도 모르는데 술 깨는 약이라고 넙죽 받아먹었으니. 다온은 터덜터덜 걸어서 침대에 벌렁 드러누웠다. 사고도 대형 사고를 쳤다.

"다른 사람들도 다 들었겠지?"

"네가 누구랑 통화하는지, 별로 신경도 안 쓰던데? 그, 누구냐? 너를 은근 부려 먹는다는 선배……."

"김아영 선배?"

"맞아. 그 선배가 금테 안경 쓰고 지적으로 잘생기고, 부티가 넘쳐 나는, 그래서 꼭 강남 사는 건물주 외아들같이 생긴 남자한테 술 먹고 꼬장 부리는 통에 다들 정신이 없는 것 같더라."

"팀장님은 또 왜?"

"그 남자가 팀장이야? 수석 에디터라는?"

"금테 안경에 지적으로 잘생긴 남자라면, 맞을 거야."

"너네 팀장님, 고등학교 때 남자랑 키스했다며?"

"내가 그것도 말했어?"

흥분해서 벌떡 일어난 다온은 다시 쓰러지듯 드러누웠다. 그렇지 않아도 낮은 천장이 불시에 무너져 내린 것 같은 아찔한 기분에 눈을 질끈 감았다.

"너 말고 김아영 선배."

휴, 다행이다. 아영에게 철석같이 비밀을 지키겠다고 맹세한 것은 둘째 치고, 술기운에 성민에게 이상한 소리라도 지껄였을까 봐 심장이 쪼그라들기 일보 직전이었다.

"꽐라 돼서는 남자랑 키스했다는 소문이 맞느냐, 남자가 좋냐, 여자가 좋냐, 묻고 또 묻고…… 보는 내가 다 질리더라. 그러고 보면 너네 팀장님 참 괜찮은 사람 같아. 보통 사람 같으면 불편해서라도 먼저 자리를 뜰 건데, 마지막까지 남아서 술 취한 직원들 전부 챙기더라. 여직원들이 탄 택시는 번호판 일일이 사진 찍고."

"내가 그랬잖아. 우리 팀장님 진짜 괜찮은 사람이라고."

"그런데 어쩌냐, 한번 찔러 보지도 못하고 마음 접게 생겼으니."

"우리 팀장님이 남자 좋아한다고 누가 그래? 고등학교 때라잖아. 짓궂은 학생이 장난친 거야."

"그렇지? 참, 아까 마신 숙취 음료, 사실은 너네 팀장이 준 거야. 택시 타려는데, 네 호주머니에 슬쩍 넣어 주더라. 그때 나도 심쿵했다."

"진짜야? 그걸 왜 이제야……."

흥분해서 또다시 벌떡 일어났던 다온이 이마에 손을 짚고 다시 드러누웠다. 과격한 동작에 어지럼증이 몰려왔다. 아직 간이 알코올을 완벽하게 해독하지 못한 모양이었다. 하긴 겨우 몇 시간 잤거니, 술 깨려면 시간이 더 필요하겠지.

"아깝다. 야금야금 아껴 먹을걸."

"그게 무슨 보약이라고 아껴 먹어? 그러다 똥 되는 거야.

130

아…… 똥 얘기가 나왔으니 말인데. 나 잠깐 화장실 좀 쓰고 올 게."

냉장고에서 찬물을 꺼내 마시던 경은이 서둘러 핸드폰을 챙겨 화장실로 향했다. 밤낮이 바뀌는 스케줄 때문인지 경은은 만성 변비에 시달리고 있었다. 모처럼 신호가 오는 날은 한번 들어갔다 하면 최소 30분은 기본이었다.

딸깍. 화장실에 불이 들어오고, 문을 닫기 전 경은이 다급한 목소리로 질문을 던졌다. 다온이 잠들 것을 알기에 미리 약속을 받아 내려는 것이었다.

"오늘 저녁에 영화 보러 가자. 7시 10분 어때? 바로 예매한다."

"그래. 만약 그때까지 내가 살아 있으면……."

"우리 사촌 오빠도 영화 좋아하는데, 불러도 되지?"

"사양한다, 친구야. 나는 뇌가 섹시한 남자보다 뇌가 청순한 사람이 좋다."

"잘 생각해라. 뇌가 청순한 부모를 둔 자식들의 뇌는 얼마나 순백색일지……."

헐! 여운이 남는 멘트를 남기고 경은은 화장실로 사라졌다. 혼자 남겨진 다온은 의외로 강한 충격에 휩싸였다. 뺨을 한 대 세게 얻어맞은 기분이었다. 똑똑한 인간에게 치여 사는 것을 대물림할 수도 있다는 생각은 미처 못 해 봤다.

내 딸이 강태율 아들에게 평생 기죽어 산다고? 그건 절대 안 돼지. 멍한 상태로 아무래도 그 사촌 오빠의 존재에 대해 다시 한 번 고려해 봐야겠다는 잠정적인 결론을 내리며 잠 속으로 빠져들었다.

✖ ✖ ✖

다온은 세 평 남짓한 작은 공간으로 조심스럽게 발을 들였다. 여자 탈의실 도어가 안으로 잠겨 있어, 체육관 사무실 뒤편에 자리한 관장님 개인 휴게실을 탈의실 대용으로 사용하라며 안내받은 곳이었다. 나뭇결 문양이 선명한 합판으로 벽을 만들어 놓은 휴식 공간에는 3인용 가죽 소파만 덩그러니 놓여 있었다. 다온은 소파 위에 가방과 도복을 올려놓으며 핸드폰 단축키 2번을 눌렀다. 기나긴 신호음이 가고, 끊어야겠다고 마음을 굳힐 때쯤 통화가 연결되었다.

— 요보때요? 누구때요?

나이 지긋한 중년 여인의 반토막 말투가 스피커를 통해 울렸다. 다온은 서둘러 핸드폰의 스피커 모드를 해제했다. 엄마 핸드폰이 하루 종일 꺼져 있어서, 할 수 없이 집 전화로 걸었다는 것을 깜빡했다. 사방이 벽으로 꽉 막힌 공간을 둘러보며 다온은 핸드폰 아랫부분을 손으로 감쌌다.

"박 여사, 나야."

— 어, 딸. 난 또 니 아빠가 했다.

전화 건 상대가 다온임을 알자, 엄마의 말투는 바로 정상으로 돌아왔다. 얇은 칸막이를 세워 둔 벽 너머로 귀를 기울이며 다온은 최대한 작은 목소리로 속삭였다.

"엄마는 아직도 이러고 놀아? 아빠가 무서워서 집에 전화를 못하겠다잖아."

— 니 아빠 전화 못 하게 하려고 이러잖아. 나라고 이 나이에 채신머리없이 이러고 싶겠냐?

"아빠 요즘도 밖에서 저녁 반찬 뭐냐고 수시로 전화해?"

— 징글징글하다. 그 나이에 먹고 싶은 건 뭐가 그리도 많은지. 그러면서 밖에서 사 온 음식은 귀신같이 알고, 젓가락도 안 댄다. 우리 딸 얼굴 보러 서울도 한번 올라가야 하는데…….

"우리 박 여사님 힘들어서 어떡해?"

한때 남자답고 호탕한 성격으로 명성을 떨치던 아빠였다. 고지식한 면이 없지는 않았지만, 적당히 유머 감각이 있으셔서 엄마에게는 친구 같은 남편이었다. 그러시던 분이 나이를 먹고 남성호르몬이 줄면서 대신 늘어난 것이 바로 식탐이었다.

문제는 반평생 넘게 질리도록 먹은 군대 짬밥의 영향인지, 밖에서 만든 음식은 손도 대지 않는다는 것이었다. 그래서 다온의 엄마는 집에서 식사를 챙기느라 도통 서울 나들이를 하지 못하고 있었다.

— 허겁지겁 먹는 모습을 보고, 복 있게 먹는다고 착각한 내 팔자려니 해야지, 어쩌겠니…… 너는 행여나 식탐 있는 남자랑은 말도 섞지 마. 니 아빠랑 사위가 쌍으로 음식 타령 하는 날에는, 나도 내가 무슨 짓을 벌일지 몰라.

"그건 걱정 마. 엄마 마음에 쏙 드는 남자로 골라 갈 테니까."

되지도 않는 큰소리를 떵떵 치며 다온은 스웨터를 머리 위로 끌어 올렸다.

— 그런 면에서 엄마는 태율이가 그렇게 탐이 나더라. 걔가 어려서부터 식탐이라는 게 없었다. 차려 준 대로 불평 없이 먹고, 배부르다 싶으면 바로 숟가락을 놨거든. 나는 그렇게 음식 앞에서 절제력 있는 남자가 멋있더라.

꿈꾸는 듯한 목소리가 들리자, 다온은 인상을 구겼다. 또 시작이네. 흰색 셔츠 위로 파란색 유도복 상의를 덧입으며 목소리를 낮게 깔았다.

"엄마, 포기해. 나는 나를 코찔찔이라고 부르는 사람이랑 연애할 생각은 죽어도 없어. 그리고 잊었어? 그 선배 마마보이야. 언제는 마마보이랑 결혼하면 인생 한 방에 간다며."

— 어머, 아냐. 걔가 마마보이는 절대 아니다. 그건 엄마가 장담해. 나름 태율이한테 사정이 있어서…… 아니다, 내가 괜히 또 쓸데없는 소리를 한다. 현미가 서운해하겠다.

언젠가부터 엄마가 슬쩍 흘리듯 말하는 태율의 사정. 한때는 그 사정이 뭔지 몹시 궁금해하던 때가 있었다. 그래서 고민 끝에 태율에게 직접적으로 물어본 적이 있었다. 왜 가족에게 특별한 기억력에 대해 숨겨야만 하는지.

돌아온 대답은 허무할 정도로 단순했다. 아들 사랑이 지극하신 어머니의 기대감을 충족시키다 보면 싫어도 다른 길을 가야만 했을 거라나. 그 후로는 태율의 사정에 대해 딱히 궁금해하지 않기로 했다. 워낙 머리가 좋아, 어린 나이부터 미래를 내다보며 설계했나보다 하고 자연스럽게 받아들였다.

하지만 지금은 그 사정이라는 것을 알아내야만 하는 나름의 사정이 생겼다. 도살장에 끌려온 심정으로 유도장에 온 다온이 애타게 엄마에게 전화를 건 목적이 바로 이것이었다. 태율의 약점을 캐는 것, 물론 하나라도 건질 만한 게 있다는 가정하에서 말이다.

"엄마, 요즘 현미 이모가 뭐라고 안 해? 선배 결혼 문제 때문에 속상하다거나……."

— 글쎄. 아저씨가 낚시만 다니신다고 불평하기는 했다만…… 내일도 남해로 바다낚시 간다더라. 2주 예정으로 배를 빌렸다던가.

"우리가 너무 일찍 온 것 아니야?"

— 태율이야 워낙…….

얇은 휴게실 벽을 타고 들려온 현성의 목소리에 다온은 다급하게 통화 정지 버튼을 눌렀다. 엄마가 말하는 중간에 끊을 만큼 당혹스러운 순간이었다. 하필 태율의 뒷조사를 하려는 참에…… 마지못해 엄마의 핸드폰에 다시 연락하겠다는 문자 메시지를 전송하는데, 현성의 말소리가 더욱 또렷하게 들려오기 시작했다.

"다온이는 진짜로 올 거래? 유도라면 끔찍해하는 줄 알았는데."

"나랑 대련하는 게 싫은 거야. 유도 자체는 좋아해."

태율의 대답을 들으며 다온은 버릇처럼 입술을 삐죽거렸다. 그걸 아는 인간이 그렇게 무지막지하게 매트에 내팽개치나. 그의 표현은 정확했다. 팩트만 따지자면, 다온은 유도를 좋아했다. 고도의 기술을 써서 나보다 덩치 큰 사람을 제압했을 때, 거기서 오는 희열이 남달랐다.

다만 문제는 아무리 몸부림을 쳐 봐도 태율과의 대련에서는 단 한 번도 이겨 본 적이 없다는 것이었다. 현성은 장난으로라도 져 주는 척을 하는데 태율은 얄짤없었다. 지독한 패배감이 싫어 그와의 대련이 끔찍이 싫을 뿐이었다.

"잘났다. 적당히 어르고 달랠 줄도 알아야지. 너보다 훨씬 덩치가 작은 여자애를 상대로 매번 이겨 먹으니 기분 좋던?"

"호신술 차원에서 배우는 거였어. 나마저 살살 해 줬으면, 자만해서 무슨 사고를 쳤을 줄 알고. 겁도 없이 치한한테 덤비는 것 못 봤어?"

"쯧쯧쯧, 하나만 알고, 둘은 모르는 자식. 호신술 가르친다는 명목하에 자존심이 다치는 것은 생각도 못 하지? 그러니 다온이가 너를 무슨 감정 없는 로봇 보듯 대하는 거야. 섬세한 여자의 마음을 그렇게 몰라요. 다온이같이 순진한 애를 상대할 때는……"

바스락대는 비닐 소리가 뒷말을 삼켰다. 다온은 칸막이 벽에 귀를 바짝 댔다. 그녀에 대한 이야기를 하는 것 같은데, 웅얼대는 말소리와 시끄러운 비닐 소리에 도대체 무슨 이야기가 오가는지 알아들을 수가 없었다.

탕. 라커룸이 닫히며 내는 울림이 얇은 벽을 타고 이어졌다. 다온은 귀를 떼며 인상을 찌푸렸다.

"계속 놀리다 또 사고 쳐라. 한 번만 더 사고 치면 투자금 다 뺀다고 경고했다."

"Oops, my bad."

투자금을 뺀다고? 성현이 다니는 게임회사의 투자자라도 된다는 건가. 주식 투자로 진짜 갑부라도 된 모양이네. 또렷해진 대화 소리에 신경을 집중한 채 다온은 도복 바지를 집어 들었다.

"다온이 대학 다닐 때, 남학생들한테 은근 인기 많았다. 너도 알지? 웃는 얼굴을 보면 이상하게 따라 웃게 되잖아. 시원스러운 미소가 백만 불짜리지. 처음 편의점에서 만난 날 생각나? 겁에 질린 토끼마냥 눈을 동그랗게 뜨는데, 어찌나 귀엽던지."

저건 또 무슨 소리야. 내가 대학 다닐 때, 남학생들 사이에서 인기가 있었다고? 말도 안 돼. 소개팅을 해도 제대로 된 애프터를 받아 본 적이 없고, 썸을 타던 남학생한테 차이기만 하던 내가? 도저히 믿겨지지 않는 사실에 다온은 이마를 찡그렸다.

"덕분에 내가 고생 많이 했지. 내가 학보사 후배들한테 쓴 술값이랑 밥값만 모았어도, 고급 승용차 한 대 값은 나올 거다. 애들 시켜서 주변 잔가지 처리하느라고 백방으로 노력 많이 했다."

"그러게 왜 쓸데없이 일을 키워. 게다가 학교 앞 호프집마다 내 이름 걸고 외상술 마신 사람이 할 소리는 아니지 않나?"

"그거야, 나보다야 네 신용이 더 좋으니까 어쩔 수 없이…… 어, 두산이 오랜만이다. 여행 잘 다녀왔어?"

"오랜만이에요, 형."

낯선 목소리가 대화에 끼어들면서 그녀에 관한 화제가 거기서 끊겼다. 두서없는 남자들의 대화가 이어졌다. 태율은 더 이상 대화에 참여하지 않아, 두산과 아는 사이인지 확인할 수 없었다. 라커룸이 열리고 닫히는 소리가 반복되고, 두산의 말소리가 멀어져 갔다.

"듣기로는, 최수빈 아나운서 외가가 NandC 채널 대주주라면서? 그럼 해상그룹 최 회장의 외손녀라는 말이네?"

"그건 또 어디서 들었어?"

"우리 대학 학보사 출신들이 그 바닥에 한둘이냐. 전공 분야는 달라도, 내가 그 바닥 소식엔 더 훤할걸. 어때? 최수빈은 실물이 훨씬 예쁘다며?"

"글쎄."

"예쁘긴, 예쁜가 보네. 저 자식 입에서 저 정도 말이 나오는 것을 보면…… 앞으로 어쩔 거야? 진짜 NandC 채널에서 제안한 유럽 특파원직은 고사할 거냐? 이건 그냥 특파원이 아니잖아. 해외에서 3년만 근무하고 돌아오면 바로 상임이사 대우해 준다면서. 업계 최고 대우 아냐? 그 조건에 널 모시고 가려고 안달 난 것을 보면, 그 집에서는 널 이미 사윗감으로 점찍었다고 봐도 무관한 거네. 너를 방송국 간판으로 키우려고 경험 쌓아 주자는 의도 아니겠냐고."

137

"나랑은 상관없는 일이야. 너도 신경 끊어."

"그러지 말고 차라리 이 기회에 노선 갈아타는 것은 어때? 막강 글로벌기업의 패밀리가 되는 것은 물론, 잘나가는 케이블 방송국의 미래 사장이다. 눈이 부시다 못해 아릴 정도로 금빛 찬란한 미래 아냐?"

휘청. 누가 옆에서 민 것도 아닌데, 다온의 다리에서 힘이 풀렸다. 마침 도복 바지에 다리를 집어넣던 중이었다. 중심을 잃은 몸이 한쪽으로 기울었다. 옆으로 쓰러지며 큰 소리를 낼 뻔한 불상사는 간신히 소파의 손잡이를 붙들며 막을 수 있었다.

"그걸 농담이라고 하는 거야?"

"자식, 무섭게 노려보기는. 심심해서 농담 한번 해 봤다. 누가 순정남 아니랄까 봐. 제대로 된 고백도 못 할 거면서……."

지이잉, 지이잉. 소파 위에 올려 둔 핸드폰이 진동하며 작은 소리를 만들어 냈다. 다온은 잽싸게 핸드폰을 집어 발신인을 확인했다. TQ. 통화 거부 버튼을 누르는 다온의 손끝이 미세하게 떨리고 있었다.

"왜? 전화 안 받아?"

"안 받네."

"온다고 했으니까, 오겠지. 코찔찔이가 다른 건 몰라도 약속 하나는 칼같이 지키잖아. 나가자."

핸드폰이 짧게 진동했다. 도착하는 대로 체육관 안쪽에 위치한 기초훈련실로 오라는 태율의 메시지였다. 다온이 얇은 벽 건너편에 있었다는 것을 전혀 눈치채지 못한 모양이었다. 다리에서 힘이 풀린 다온은 힘없이 바닥에 주저앉았다. 숨 막히게 무거운 침묵이 좁은 공간을 가득 메웠다.

말로 설명할 수 없는 복잡 미묘한 감정에 사로잡힌 다온은 한 손을 왼쪽 가슴 위에 올려놓았다. 커다란 돌덩이가 짓누르는 것마냥 손바닥 아래가 답답하게 조여들었다. 빠르게 뛰기 시작하는 맥박과 불쾌한 감정은 다온의 혼란을 부추겼다. 모든 게 뒤죽박죽이었다. 이 순간만큼 태율이 낯선 타인처럼 느껴진 적이 없었다.

그 정도였어? 현성에게 순정남이라고 놀림받을 정도로 그 여자를 사랑하고 있었던 거야? 감성보다는 이성이 앞서는 남자라고 판단했었다. 사랑보다는 일을 우선순위에 둘 남자라고. 난 강태율에 대해 무엇을 알고 있던 걸까? 누구보다 그를 잘 안다고 자만했던 것이 근거 없는 오만이라는 것을 깨달을수록 복잡한 감정의 늪에 빠져들었다.

멍하니 넋을 놓고 있는 사이, 사무실 문이 열리는 소리가 들렸다. 다온은 핸드폰을 쥔 손으로 소파 손잡이를 잡고 일어났다. 계속 얼빠진 사람마냥 넋 놓고 앉아 있을 수는 없는 일이었다. 허리춤에 대충 걸쳐진 바지를 끌어 올리고, 바닥에 떨어진 허리띠를 주워 도복 위에 매었다.

바쁘게 손을 움직이며 머릿속으로는 마감을 떠올렸다. 교정지가 나오면 스위스 하늘의 색도부터 확인해야겠다. 뒤늦게 삽입하느라 위치가 바뀐 마을 사진의 레이아웃도 잊지 말고 체크해야지.

혼란스럽게 뒤엉켰던 머릿속을 일로 대신 채우며, 다온은 눈두덩이를 손바닥으로 문질렀다.

✕ ✕ ✕

파당. 태율이 한 손으로 상대방 소매를 잡고 잡아당긴다 싶은 순간, 덩치 큰 상대가 곡예를 넘듯이 앞으로 날아가 매트에 꽂혔다. 키는 작아도 몸무게로 치면 자기보다 훨씬 무거워 보이는 두산을 손쉽게 제압하는 솜씨에 감탄이 절로 나왔다. 바닥에 누워 있는 상대를 일으켜 세우고, 흐트러진 도복의 옷매무새를 정리하는 그를 보며 다온은 눈을 가늘게 떴다.

남자가 무슨 속눈썹이 저렇게 촘촘히 맺혔어. 남들한테 아이라이너로 눈매를 그려 놓은 것 같다는 오해를 받을 만도 하네. 팔은 원래가 저렇게 길었나. 유달리 농구를 잘한다 했더니, 이유가 있었네. 콧잔등을 찡그리는 것은 언제부터 생긴 버릇이지.

예전에는 앞머리가 지금보다 더 길었던 것 같은데…… 땀에 젖은 머리가 이마를 가리자, 답답한지 대충 쓸어 넘기는 모습은 풋풋했던 스무 살의 태율과 어렴풋이 겹쳐 보였다. 그래서인지 스물두 살이라는 두산과 별로 나이 차이가 나 보이지 않았다.

"뭘 그렇게 심각하게 봐?"

갑자기 시야를 가리는 장막에 다온은 화들짝 놀라 고개를 뒤로 젖혔다. 혼자만의 생각에 빠져 현성이 옆에 앉는지도 몰랐다.

"깜짝이야."

"왜 그렇게 놀라? 죄졌어?"

"아니…… 그냥, 오랜만이라 낯설기도 하고…… 체육관 구경 좀 하느라……."

더듬더듬 변명을 늘어놓는데, 현성이 시야를 가렸던 손을 자연스럽게 그녀의 어깨에 걸쳤다.

"우리 사이에 뭘 숨기고 그래. 태율이만 죽어라 노려보는구먼. 약점 캐는 거지?"

다온은 땀도 맺히지 않은 이마를 손등으로 닦는 척을 하며 어깨

140

에 둘러진 팔을 쳐 냈다. 슬금슬금 엉덩이를 옆으로 빼며 거리를 두는데, 다행히 현성은 크게 개의치 않는 눈치였다.

"매트에서 안 봐준다고 태율이 너무 미워하지 마라. 알고 보면 정 많은 놈이다. 솔직한 자기 마음을 표현하는 데 서툴러서 그래."

"말도 안 돼. 오빠는 선배가 가족들한테 어떻게 대하는지 보고도 그런 말을 해요? 목소리에 꿀이라도 발라 놓은 듯이 살살 녹거든요. 하다못해 사무실 가족들을 대할 때도 얼마나 매너 있고, 정중한데요. 오빠랑 나만 못 잡아먹어 안달이지."

"그건 너랑 나한테만 가식 없는 진짜 본모습으로…… 그러니까 내 말은, 처음에 일부러 정 안 주고 멀리하려다 보니 틱틱거리는 말투가 버릇이 돼서…… 아니다. 이건 내가 왈가불가할 분야는 아닌 것 같다. 암튼 그게 다 깊은 애정 표현이라고 생각해라."

"두 번만 애정 표현 했다가는 사람 기 다 빼 놓겠네."

혼잣말로 구시렁대는 다온의 어깨를 현성이 토닥였다.

"그러지 말고 태율이 잘 좀 봐줘. 생각보다 쉽게 남한테 마음 주고 그러는 놈은 아니니까. 하지만 심지가 굳은 놈이라, 한번 정 주면 절대 배반 안 할 놈이야."

"어련하실까."

6년 짝사랑에 눈이 부시다 못해 아리기까지 한 미래를 포기할 정도면 오죽하겠어.

"이런, 미운털이 단단히 박혔네. 이번 기회에 복수하게 해 줘? 저 녀석 약점이야 내가 잘 알지."

조금 전, 태율과의 대련에서 왕창 깨지고 왔으면서도 여전히 큰 소리를 치는 현성의 말에 다온은 피식 웃음을 흘리다, 바로 입술을 앙다물었다.

"배울 만큼 배운 분이 힘없는 여자를 복수의 도구로 삼지는 말 죠."

"야, 너는 나를 뭘로 보고……."

"내가 한두 번 속았나. 다시는 오빠 말에 안 속아요."

"이번엔 진짜야. 저 자식을 나보다 더 잘 아는 사람 있으면 나와 보라 그래. 태율이 약점은 내가 꽉 잡고 있다니까."

"약점을 잘 아는 사람이 그렇게 맥없이 당해요? 오른쪽으로 파고들기가 주특기라면서, 허무하게 허리가 들려 수레처럼 넘어가나?"

"자식, 봤구나?"

대련을 시작하고 불과 10초 만에 당한 한판승이었다. 부끄러운 치부를 들킨 것마냥 현성은 쑥스러운 미소를 지으며 다온의 앞머리를 헝클어뜨렸다. 다온은 재빨리 고개를 뒤로 젖히며 손길을 피했다. 보통은 자연스럽게 넘어갈 일이지만, 지금은 현성을 대하는 게 어색하고 껄끄러웠다.

한창 연애가 하고 싶었던 대학 3학년 시절, 다온은 소개팅과 관련해서 지독히도 운이 없었다. 지금에 와서 돌이켜 보면 이상했던 점이 한두 가지가 아니었다. 소개팅 장소에 우연히 동기들이 나타나서 판을 깼다던가, 소개팅 마지막 단계에서 약속 장소가 바뀌면서 만남이 어긋난다거나, 소개팅 후로 문자를 주고받던 남자가 갑자기 핸드폰을 잃어버렸다는 핑계로 연락 두절이 된다거나.

그 후로는 자연스럽게 소개팅과는 인연이 없나 보다라는 체념이 굳어 갔다. 물론 연애에 대한 꿈도 자연스럽게 멀어져 갔다. 그런데 그 배경에 현성이 있었다니…… 한때 이 오빠가 나를 좋아했다, 이 말이잖아. 결론에 도달할수록 얼굴은 달아오르는데, 반대로 심장은 차갑게 식어 갔다.

태율은 다 알면서도 내색 한마디 없었다는 거잖아. 평상시 부드러운 곡선을 그리며 웃는 상이었던 다온의 입술이 제대로 한일자로 굳어졌다.

"뭐냐, 뿌루퉁해서는. 뭔가에 단단히 삐진 모양인데?"

거리를 두고 싶어 안달 난 마음을 모르는지, 현성이 장난스럽게 하나로 묶인 머리카락을 쑥 잡아당겼다. 그 덕에 그렇지 않아도 느슨하게 묶인 머리끈이 풀렸다. 폭포수처럼 쏟아져 내리는 머리를 한 손으로 끌어모은 다온이 머리끈을 찾아 두리번거리는데, 파란색 도복이 눈앞으로 다가왔다. 그 순간 현성이 슬그머니 뒤로 빠지며 그녀로부터 거리를 두었다.

"코찔찔, 여기서 뭐 해?"

쿵, 쿵. 차분했던 심장이 박동이 가파르게 상승하기 시작했다. 배신자. 묘하게 감정이 실린 듯한 말투에 뜻하지 않게 다온의 감정이 이입되고 있었다.

"어, 태율아. 다온이 머리끈이 풀려서……."

"이거 말하는 거야?"

태율이 허리를 숙이자 은은한 무스크 향과 더불어 연한 땀 냄새가 코끝으로 파고들었다. 땀에 젖었는데도 상쾌한 향내를 물씬 풍기고 있었다. 묘하게 후각을 자극하는 체취를 무시하려 애쓰는데, 정갈한 손가락이 도복 소매에 매달려 있던 검은색 고무줄을 집어들었다. 그의 손이 직접 피부에 닿은 것도 아닌데 손목이 뜨거운 열에 덴 것마냥 후끈거렸다. 다온은 애써 감싸고 있던 머리카락을 놓고, 팔을 등 뒤로 감췄다.

"고마워요."

"속은 괜찮아?"

"괜찮아요."

환한 조명 빛을 등진 태율이 지그시 그녀를 내려다보고 있었다. 눈이 부셔 그가 무슨 표정으로 그녀를 보는지 알 수 없었다. 그저 의무적으로 대답을 하고 있었다.

"다온이 속은 왜? 아, 그러고 보니 아까부터 뭐 마려운 강아지마냥 안절부절못하는 게 영 수상하다 했어. 애, 혹시 술주정하고 여기 끌려온 거야?"

"최현성. 너는 돈 많은 창자가 무슨 색을 띠고 있을 거라고 생각하냐?"

'돈 많은 니 창시는 때깔이 곱냐……'

어쩜 그리도 까마득하게 잊고 있었을까. 술주정을 흉내 내던 경은의 말투가 떠오르자 다온의 뺨이 순식간에 발그레하게 상기되었다.

"무슨 뜬금없는 소리야? 창자가 돈이 많다니…… 누가 복부 비만이래?"

"몰라? 그럼 됐어. 관장님한테 컴퓨터 백신 프로그램 설치해 드린다고 약속했다면서?"

"내가?"

태율이 뻔뻔하게 아래턱으로 사무실을 가리켰다. 현성의 혼란스러운 시선이 그 뒤를 따라갔다. 누가 봐도 뻔한 속임수였다. 끝까지 나는 눈먼 장님이라 이거지.

"아, 그랬지. 내가 깜빡했다. 피곤해서 그런지 요즘 들어 기억력이 고장 난 신호등처럼 깜빡깜빡한다."

"가 봐. 관장님 기다리셔."

"다온아, 어디 가지 말고 기다려. 모처럼 다 같이 만났는데, 한 잔해야지. 꼭 기다려."

현성이 요란하게 발소리를 내며 사무실로 사라졌다. 누가 기다릴 줄 알고. 현성이 사라진 방향을 향해 입을 삐죽거리는데, 태율이 그녀와 정면으로 마주 보는 자리에 털썩 주저앉았다. 양반다리를 하고 무릎에 주먹을 올리는 모습에 피곤이 묻어났다. 그러거나 말거나 다온은 고개를 뻣뻣하게 위로 추켜들었다.

생각할수록 목뒤가 차게 식어 가며 가슴에는 주체할 수 없는 화가 솟구쳤다. 내 생활은 쥐락펴락 맘대로 휘두르면서, 자기 이야기는 털끝만큼도 공유 안 한다 이거지. 걸핏하면 이미 들은 걸, 못 들은 걸로 하라고 협박이나 하고. 나는 친구도 뭐도 아니다 이거야?

다온은 힐끗 태율의 표정을 살폈다. 꾸짖을 말을 고르고 있는지 생각에 잠긴 표정이었다. 그런다고 누가 먼저 사과할 줄 알고. 술 주정한 것은 하나도 안 미안하다. 잘난 척 끝판왕. 하기야 잘나기는 잘났지.

NandC 채널 같은 대단한 방송국에서 파격적인 조건으로 스카우트 제안을 했다면 그녀가 상상하는 이상으로 능력을 인정받고 있다는 증거였다. 그렇다고 재벌가에서 미래의 사윗감으로 점찍을 정도인 줄은 몰랐다. 곱씹을수록 불쾌했다.

아무리 내가 심심풀이 땅콩만큼 시시한 존재라 하더라도, 최소한 최수빈 아나운서의 배경에 대해서는 말해 줬어야지. 그랬더라면, 내가 선배 인생 책임질 테니 최수빈은 더 이상 만나지 말라는 무책임한 망발은 안 했을 것 아니냐고.

생각해 보면, 사회부 기자 강태율에 대해 아는 것이 아무것도 없었다. 남들과 똑같이 TV 화면을 통해 바라본 모습이 그녀가 알고 있는 전부라고 할 수 있었다. 가끔 기자 생활이 어떠냐고 물어보면 다이나믹하다는 일률적인 대답이 돌아왔다.

그래서 태율이 방송국에서 근무했던 6년의 시간은 그녀에게는 밑그림조차 그리지 못한 텅 빈 도화지 같았다. 어긋나기만 했던 시선이 필연처럼 마주쳤다. 한번 맞닥뜨린 시선은 시계태엽처럼 팽팽하게 허공에서 맞물렸다. 태율의 엄격한 얼굴을 보고도 다온은 시선을 피하지 않았다.

누가 굽히고 들어갈 줄 알고? 오늘은 기필코 맞짱 뜨고 말 거다. 엿들은 것이 탄로 나는 한이 있더라도…….

"내가 재수 없는 이유 세 가지만 대."

뭐? 당황한 다온은 순간 눈동자를 또르르 굴렸다. 꼭 이렇게 허를 찌르며 사람 기를 빼 놓지. 이럴 줄 알았으면 먼저 치고 들어갈 걸 그랬나. 창시 타령도 모자라서, 재수 없어 하는 속마음까지 털어놨나 보네. 침착하자. 어차피 술에 취해서 한 말들이다. 술주정이라고 우기면 그만이다. 다온은 토끼처럼 눈을 동그랗게 뜨고 시선을 마주했다.

"치사하게 술주정한 것 같고 이러기예요? 사람이 술에 취하면 실수도 하고 그러는 거죠. 그러는 선배는 나한테 뭐 잘못한 것 없어요?"

"타고난 머리 하나 믿고 잘난 척하는 것, 돈만 밝히는 돈벌레, 툭하면 명령조로 얘기하는 것. 그 외에 네가 나를 재수 없어 하는 이유를 세 가지만 대라고. 고치려고 노력해 볼 테니까."

그녀의 머릿속을 들여다보기라도 한 것처럼 토씨 하나 틀리지 않고 줄줄 읊어 대는 말에 다온은 저도 모르게 꿀꺽 마른침을 삼켰다.

"그건 어떻게……. 설마 내 일기장 훔쳐봤어요?"

"훔쳐보기는. 보라고 책상 위에 떡하니 펼쳐 놓은 사람이 누구였더라."

고3 시절, 시험 스트레스가 최고점을 찍을 때였다. 과외를 그만두고 싶은 마음에 태율이 재수 없는 이유를 다이어리에 조목조목적어 두고, 일부러 책상에 펼쳐 놓고 나간 적이 몇 번 있었다. 어린 마음에, 그걸 보면 태율이 불같이 화를 낼 거라고 생각했었다.

그러나 학교에서 돌아오면 아무 일도 없었다는 듯이 다이어리는 항상 책꽂이 맨 윗자리에 꽂혀 있었다. 청소하며 엄마가 치웠나 보다 하는 마음에 그 후로는 시도조차 하지 않았다. 그런데 태율이봤단 말이지. 그러면서도 지금까지 한마디 내색도 없었다니…….

하긴, 나한테 내색 안 한 게 어디 한두 개야. 현성이 내 소개팅을 망쳐 놔도 제삼자인 척 방관만 하고 있었잖아. 내가 너무 아둔했던 거지. 동그라미만 몇 개 쳐 주면, 나머지는 군말 없이 알아서하니 얼마나 만만했겠어. 모처럼 만에 전투력이 제대로 상승하고있었다. 까만 눈에 반짝하고 작은 불꽃을 피어올랐다.

"그래서요?"

"타고난 기억력은 후천적으로 내가 어떻게 할 수 있는 게 아니니까, 패스. 돈만 밝히는 돈벌레라는 말은 억울하니, 이것도 패스. 나는 네 성적을 올려 주겠다고 약속했고, 그 약속을 지킨 대가로 정당한 수고비를 받았을 뿐이야. 그 수고비도 엄마 친구라는 명목으로 교통비 정도의 수준으로. 명령조라는 말투는……."

이건 또 무슨 소리야. 태율이 뭔가 열심히 설명을 하지만 나머지 말들은 하나도 귀에 들어오지 않았다. 고액 과외비가 아니라 수고비로 교통비만 받았다는 대목에 다온의 사고가 과부하에 걸렸다.

"선배, 잠깐만요. 교통비 수준이라니요? 엄마가 명문대생 과외비 대느라고 적금까지 깼다고……."

태율이 이맛살을 찌푸렸다. 이마를 긁적이는 모습이 곤란에 빠진 순진한 소년 같았다. 누가 거짓말을 하고 있는 것인지 확인해 볼 필요도 없었다.

"아니었어요?"

"아줌마가 그렇게 말씀하셨어? 그럼 그렇다고 해 두자."

이건 치명타였다. 과외비 대느라 허리가 휜다며 시험 기간마다 그렇게 압박을 주었는데, 그게 다 거짓말이었다고? 그럼 난 지난 9년간 누구를 원망한 건데?

"베개에 부적 넣은 사람, 너 맞지?"

충격으로 굳어 있는 머릿속을 신경에 거슬리는 단어가 비집고 들어왔다. 삐삐삐삐. 뒷골이 쭈뼛거리며 고막 가득 요란한 경보음이 울렸다.

"내가 그렇게 재수가 없었어? 베개에 부적을 넣을 만큼?"

연타로 치고 들어오는 공격에 다온은 백치 금붕어처럼 입술만 달싹거렸다. 매트에 들어서자마자 업어치기로 연이어 한판승을 당한 기분이었다.

"어머니가 새벽 기도 갔다 오시는 길에 전화하셨더라. 왜 베개에 부적을 넣고 자냐면서…… 무슨 고민 있냐고 세 시간 정도 걱정하다 끊으셨다."

삐삐삐…… 삐이이. 금일 16시 30분, 전투력이 쇼크사로 사망하셨습니다. 끈 떨어진 부표처럼 허공을 헤매던 눈동자가 끝내는 태율의 발치에 머물렀다. 누가 봐도 전의를 상실한 패잔병의 모습이었다.

"베개에 부적을 넣은 사람이 어머니가 아니라면 남은 사람은 너밖에 없거든. 너 맞지?"

"……."

"내 베개에 부적을 넣으면, 너한테 좋은 게 뭔데?"

"내 눈과 귀가 침침해서……."

"……."

"무조건 잘못했어요."

"사과를 듣자는 게 아냐. 그냥 이유나 좀 알자. 눈과 귀가 맑아지면 어떻게 되는데?"

"그게…… 그러니까 선배는 기가 너무 강하고, 나는 기가 너무약하다고…… 그래서 선배 기가 조금만 약해지면, 내가 좀 편해지지 않을까 해서……."

"하아. 너 진짜……."

깊은 탄식과 함께 길쭉한 손가락이 다온의 머리를 꿍 하고 밀었다. 언젠가는 탄로 날 비밀 아닌 비밀이었다. 차라리 이렇게라도 알려져서 오히려 마음이 홀가분했다.

"잘못했어요. 잠깐 머리가 어떻게 됐었나 봐요."

태율의 이마에 맺혀 있던 굵은 땀방울이 날렵한 턱선을 타고 도복 안으로 흘러들어 갔다. 한쪽이 벌어진 도복 안쪽으로 땀에 젖어 번들거리는 맨살이 시선을 사로잡았다. 유화를 발라 구워 낸 도자기 표면처럼 매끄러운 가슴 한복판에 대련 중에 긁힌 손톱자국이 선명했다. 누가 매너 없이 대련하면서 손톱을 길렀을까.

파당. 바로 옆 매트에서 나는 소리에 다온은 퍼뜩 시선을 들어 올렸다. 어디에 정신이 팔려 있었던 거야. 날벼락이 떨어지기를 기다리는데, 자조 어린 한숨 소리가 다온의 시선을 사로잡았다.

"널 어쩌면 좋으냐."

"……."

어느 순간부터 태율의 눈빛이 오묘하게 바뀌어 있었다. 건조함을 버리고 그윽하게 바라보는 눈빛에 심장이 먼저 반응했다. 두근, 두근. 수직으로 뻗어 나가는 심장 박동이 갈비뼈 밖으로 터져 나가기 일보 직전이었다.

"김다온."

이름을 부르는 목소리가 다정하다 못해 설탕을 녹여 내듯 달콤하게 들렸다. 내가 모르는 시간 속에, 그는 사랑하는 여자 앞에 이런 모습으로 서 있었을까. 그윽한 눈빛과 달콤한 목소리로 심장을……. 워이, 워이. 다온은 손바닥으로 볼을 두드렸다. 내가 지금 무슨 생각을 하는 거야.

다온은 벌떡 자리에서 일어났다. 두 뺨을 핑크색으로 물들인 채 시선을 아래로 향했다. 뒤따라 일어난 태율이 앞으로 다가왔다. 익숙한 솜씨로 틀어진 옷매무새를 가다듬어 주는 손길이 지극히 자연스러웠다.

방송국에 근무할 때, 그도 누군가의 부사수였고, 또 누군가의 사수였겠지? 그가 훈련시킨 부사수는 어떤 사람이었을까? 체력도 실력이라며 다짜고짜 체육관으로 끌고 갔을까? 인사하는 법부터, 옷매무새 갖추는 법까지, 그녀에게 가르쳐 줬듯이 기초부터 하나하나 일러 줬을까.

"방송국에 근무했을 때 선배 사수는 남자였어요, 아니면 여자였어요? 부사수는요?"

"그건 왜?"

그러게…… 그동안은 한 번도 궁금해 본 적이 없던 것이 왜 이제 와서 궁금해졌을까? 대답할 말을 찾지 못하는데, 태율이 대신 대답을 이어 갔다.

"남자. 부사수도 남자 후배였어."

"다행이다."

대답을 듣는 순간 입술이 저절로 움직였다. 스스로 무슨 말을 했는지 깨닫자, 열에 들뜬 심장이 툭 하고 아래로 꼬꾸라졌다. 미쳤나 봐. 그게 뭐 어떻다고 안도를 해?

강태율 인생에 나는 특별한 사람이라고 인정받고 싶었던 거야? 여자 부사수는 나 하나라는 것을 확인받아 가면서까지? 증명받으면 뭐가 달라지는데? 겉돌기만 하는 심심풀이 땅콩은 아니었다고 위로라도 받으려고?

밑도 끝도 없이 서운하고, 화가 나고. 핀트를 벗어난 질문이 자꾸만 꼬리에 꼬리를 물고 이어지듯, 여러 가지 감정들이 복잡하게 얽혀 들면서 마음을 뒤흔들어 놓았다. 확실히 제정신이 아니었다.

짧은 시간에 너무나 많은 일들이 일어났다. 탈의실에서 들은 얘기만으로도 충격이 컸는데, 엄마의 비리까지 알게 되었으니. 지뢰밭에 굴러도 이것보다는 낫겠다. 여기서 팡, 저기서 팡. 연이은 폭격에 정신이 안드로메다로 날아간 것이 틀림없다.

이런 상황에서는 그 누구라도 온전한 정신을 붙들고 있기 힘들 거야. 감정적으로 치우치는 게 당연한 거야.

다온은 삐뚜름하게 쳐진 입꼬리를 단단히 옆으로 잡아당겼다. 단호하게 태율의 손길을 밀어 내며 멀찍이 뒤로 물러났다.

"이런, 내 정신 좀 봐. 경은이랑 같이 영화 보러 가기로 한 것을 깜빡했어요."

"내가 왜 재수 없는지에 대한 대답은 끝까지 안 할 거라 이거지?"

"무슨 말을 해야 할지 잘 모르겠어요. 경은이가 기다릴 거예요. 가 봐야 해요."

태율의 사소한 행동 하나하나에 의미를 부여하고 있는 자신을 깨달은 순간 이성은 멀리 도망가라고 소리치고 있었다.

"10분만 기다려. 영화관까지 차로 데려다줄게."

"나 때문에 일부러 그럴 필요 없어요."

"금방 씻어. 기다려."

"아니요, 혼자 갈래요."

다부진 거절에 태율이 한쪽 눈썹을 추켜세웠다. 남의 부탁이나 제안을 냉정하게 뿌리치지 못하고 끌려다니던 그녀의 평소 성격을 알기에 적잖이 놀라는 표정이었다. 다온은 어색함을 감추기 위해 흘러내린 머리를 귀 뒤로 쓸어 넘겼다.

"여기서 택시 타면 금방이에요. 현성 오빠가 기다리라고 했잖아요. 그럼 편집장님, 월요일, 아니, 화요일에 회사에서 뵙겠습니다."

부스스한 곱슬머리가 사무실 블라인드 틈새 사이를 기웃거렸다. 호기심 가득한 시선을 애써 무시하고, 다온은 서둘러 여자 탈의실로 향했다.

✖ ✖ ✖

단조로운 빌딩 숲 사이로 디즈니 만화 영화에나 나올 법한 외관의 건물이 모습을 드러냈다. 중세 유럽의 고성을 모티브로 건축된 건물은 식당가와 영화관, 전시관을 한 공간에 집결시켜 놓은 곳으로 요즘 젊은이들 사이에서 핫한 데이트 코스로 손꼽혔다. 택시에서 내린 다온은 혼잡한 사람들 틈바구니에서 경은의 모습부터 찾았다.

"지금 멀티맥스 정문으로 가는 중이야. 너는 어디야?"

— 사실은 있지, 다온아…….

지나가는 여학생들의 와자지껄한 웃음소리에 경은의 말소리가 묻혀 잘 들리지 않았다. 핸드폰을 귀에 가까이 대기 위해 깊숙이 눌러쓴 털모자를 위로 끌어 올리는데, 누군가 어깨를 톡톡 하고 두드렸다.

"어?"

"생각보다 일찍 왔네. 도로가 혼잡해 보여서, 나는 한참 더 기다려야 하나 했더니. 춥지?"

예기치 못한 만남에 눈이 휘둥그레진 그녀 앞에 수석 에디터 박성민이 빈틈없이 말끔한 차림으로 환하게 웃고 있었다. 우연히 만난 것도 놀라운데, 그녀를 기다렸다는 말에 다온은 고개를 돌려 뒤를 돌아보았다.

"팀장님도 영화 보러 오셨어요? 제가 여기 올 거라는 것은 어떻게 알고…… 혹시 제 친구 경은이 만나셨어요? 어젯밤 회식 자리로 저를 데리러 왔던……."

— 다온아, 나 사실은 지금…….

"팀장님, 잠시만요……."

핸드폰에서 경은의 목소리가 들리자, 다온은 양해를 구하고 몇 발자국 앞으로 걸어 나갔다.

"여보세요. 너 어디야? 우리 팀장님 기억나지? 방금 우연히 만났어. 잠깐 인사만 드리고 갈 테니까, 너 먼저 샌드위치 가게 들어가 있어."

— 우리 사촌 오빠 벌써 만났어? 어긋나면 어쩌나 걱정했더니. 잘됐다. 영화 티켓은 이메일로 오빠한테 보냈어.

"무슨 소리야? 지금 우리 회사 팀장님 만났다니까. 너희 사촌 오빠도 오기로 했어?"

— 그게, 친구야, 날 용서해라. 우리 성민 오빠 진짜 괜찮은 사람이다. 인성 바르고, 다정다감하고, 능력 되고. 뭐 하나 버릴 게 없다니까.

"성민 오빠라니…… 설마 우리 박성민 팀장님을 말하는 거야? 내가 아는 박성민 팀장님이 네가 말한 그 사촌 오빠라는 거야? 강남 옥수수라는 큰이모 외아들?"

무슨 말도 안 되는 헛소리냐고 한마디 하려던 다온은 이내 고개를 돌려 성민을 찾았다. 계속 이쪽을 바라보고 있었는지, 눈이 마주치자마자 성민이 손을 흔들며 다정한 미소를 보냈다. 검은색 터틀넥 위로 같은 색의 울코트를 매치한 준수한 모습에 그녀가 상상했던 경은의 사촌 오빠 이미지를 덧대어 보았다.

그럴 리가. 평소에 패셔니스타라는 평을 들을 정도로 성민은 패션 감각이 뛰어났다. 하지만 대부분 그녀도 알 만한 중저가 브랜드나 인터넷 쇼핑몰에서 구입한 옷을 입고 다니기에 재력가 집안의 아들일 거라는 생각은 해 본 적이 없었다.

그러고 보니 저 코트는 Z브랜드 이번 시즌 컬렉션 중에 하나인 것 같은데. 우연히 패션잡지를 뒤적이다가, 멋스럽게 세워진 코트 깃과 독특한 디자인의 단추에 매료되어 눈여겨봐 둔 스타일이었다. 트렌치코트 하나에 천만 원을 호가하는 명품 브랜드였다. 정확한 가격은 떠오르지 않지만, 어마어마한 가격대에 눈이 휘둥그레진 것은 얼추 기억이 났다.

때마침 한 무리의 고등학생들이 장난치며 성민의 곁을 스쳐 지나갔다. 학생과 부딪치며 어깨에 뭐가 묻었는지 코트 자락을 대충 손으로 털어 내는 모습에서 비싼 옷이 망가질까 걱정하는 내색 따위는 전혀 찾아볼 수 없었다.

진짜 저 사람이 말로만 듣던 경은이 큰이모 아들이라고? 강남에 산다는 고층 빌딩 건물주 외아들?

— 야, 강남 옥수수는 잊으라니까. 우리 오빠가 그 별명을 얼마나 싫어하는데. 진짜 우리 이모 힘 다 빠졌어. 얼마 전에도 인플란트 해야 한다고 우리 병원에서 견적 받아 갔어. 내가 같이 가 줘서 잘 안다니까.

"지금 그게 중요한 게 아니잖아. 우리 팀장님이 네 사촌 오빠라고 왜 말 안 했어? 팀장님은 알아, 내가 네 친구인지?"

흥분해서 목소리가 가늘게 떨렸다. 대지진이 난 눈동자가 갈피를 잡지 못하고 흔들렸다. 당황해서 뭘 어디서부터 물어봐야 할지조차 생각이 나지 않았다.

— 미안해. 처음에는 네가 어색해서 인터뷰라도 망칠까 봐 말 못 했고, 나중에는…… 너도 알다시피, 내가 우리 이모 흉을 좀 많이 봤냐. 네가 이상한 편견이라도 갖을까 봐, 차마 말을 못 하겠더라.

"그래서 팀장님한테는 나에 대해 뭐라고 했는데?"

다온은 조바심이 앞섰다. 이상형이네 어쩌네 하는 쓸데없는 소리로 입장 곤란하게 한 것은 아니겠지.

— 친한 친구가 그 회사에 취직했으니 잘 봐 달라고. 그게 다야. 그 후로 가족 모임에서 오빠를 만나면, 친구는 잘하고 있냐고 물어

보는 게 다야. 내가 봤을 때, 두 사람 진짜 잘 어울려. 오빠도 너에 대해 호감 있고. 요즘은 오히려 우리 오빠가 너에 대해 먼저 얘기를 꺼낼 정도라니까. 너도 겪어 봐서 알잖아. 우리 오빠가 얼마나 괜찮은 사람인지. 진짜 남 주기 아까워서 그래. 제발 부탁인데, 너 가져라.

"넌 그걸 말이라고 해? 언제는 얼굴 번지르르한 샤방새는 날 샜다며?"

— 가설에 예외는 있기 마련이야. 참고로 고등학교 때 우리 오빠가 남자랑 키스했다는 것은 오해야. 오빠를 좋아하던 남학생이 오빠 입술에 억지로 키스한 거야. 키스도 아냐. 입술 박치기 같은 거였어.

"시끄럽고. 어디야? 지금 빨리 뛰어와라."

— 미안하다, 친구야. 나, 지금 한강이 내려다보이는 니만 호텔 20층 화장실에 있어. 내 대학 동창 중에 진경이라고 알지? 오늘이 그 집 작은애 돌잔치였거든. 모처럼 만난 친구들과 뒤풀이 중이야. 애가 어쩌나 똘망똘망 예쁘던지. 결혼은 하기 싫은데, 애는 낳고 싶다는 말이 절로…….

"야!"

성급함을 이기지 못한 다온이 버럭 소리를 질렀다. 옆에 서 있던 두터운 패딩 재킷을 입은 여자가 놀라 몸을 움찔하는 게 보일 정도였다. 그러고 보니 핸드폰 너머로 들리는 말소리에 울림이 있었다. 야외가 아니라는 것을 진즉에 눈치챘어야 하는데. 다온은 미처 거기까지 신경 쓸 경황이 없었다. 촘촘한 거미줄에 엮인 것마냥 오후에 받은 충격에서 벗어나지 못하고 있었다.

— 우리 오빠가 너 안 잡아먹어. 아니다. 차라리 잡아먹혀라. 그

천신녀 아줌마 진짜 용하지 않냐? 스물여덟 살에 결혼할 운이 있다고 하더니…… 어떻게 알았대?

"야, 홍경은. 나 농담할 기분 아니야. 완전히 심각해. 오늘 나한테 무슨 일이 있었는지 알면, 이렇게 못 한다."

다온의 머릿속은 복잡한 미로에 갇힌 채 출구를 찾지 못해 헤매고 있었다. 누군가의 도움이 절실히 필요했다.

— 무슨 일이 있었는데?

다온은 핸드폰의 하단 부분을 조심스럽게 손으로 감쌌다. 행여나 누가 엿듣지는 않나 주위를 둘러보는 행동이 기민했다.

"NandC 채널에서 선배를 키워서…… 암튼, 좀 복잡해."

— 뭐야, 궁금증은 있는 대로 부추겨 놓고. 키워서 잡아먹기라도 한대?

"비슷해. 전화로는 말 못해."

— 알았어. 나 내일부터 오전 근무야. 점심시간에 잠깐 나갈 수 있어.

"야, 그럼 팀장님은 어떡해?"

— 뭘 어떡해. 영화 보러 갔으니 같이 영화 보고, 밥 먹으면 되지. 우리 큰이모 집에 차고 넘치는 게 돈이야. 근방에서 제일 비싸고 맛있는 저녁 사 달라고 해. 내일 늦지 말고 꼭 1시까지 와.

"야, 야!"

일방적으로 끊긴 핸드폰을 내려다보며 다온은 황당한 표정을 지었다.

"경은이 못 온다지? 갑자기 일이 생겼다나 봐. 그래서 나보고 대신 영화 보러 가라고 예매 티켓을 보냈더라구. 갑자기 내가 나타나서 놀랐지?"

"……."

가까이 다가온 성민이 손목에 찬 시계를 보며 시간을 확인했다. 분명 다온의 반응이 어딘가 어색해 보일 텐데도 편안한 미소에는 흔들림이 없었다.

"영화 상영 시간에 맞추려면 조금 빠듯하긴 한데…… 저녁 식사는?"

"아, 아직이요."

"그럼 어디 가서 간단하게 샌드위치라도 먹을래?"

"괜찮아요. 배고프지 않아요."

"그래도 영화 보고 나면 9시가 넘을 텐데……. 김 기자, 팝콘 좋아하지? 영화관에서 그걸로 대충 때워야겠다. 끝나면 내가 맛있는 저녁 사 줄게. 경은이가 잘 모시라고 신신당부를 했거든. 그럼, 갈까?"

성민의 재촉에도 다온은 미동 없이 오도카니 서 있기만 했다. 연말이 다가오면서 길거리는 때 이른 크리스마스 장식으로 화려하게 치장되어 있었다. 코끝을 베이는 듯한 차가운 바람이 이른 저녁 거리를 휩쓸고 지나갔다. 크리스마스트리에 매달린 LED 불빛만큼이나 빨갛게 얼어 가는 다온의 코끝을 보며 성민이 미간을 찡그렸다.

"저, 팀장님. 아무래도 영화는 다음에 보는 게 좋을 것 같아요."

"내가 경은이 사촌 오빠라서 어색해?"

"아무래도…… 미리 말씀을 해 주셨으면……."

"친해지면 말하려고 했어. 그런데 도통 친해질 틈을 안 주더라. 나는 나름 노력했는데…… 경은이랑 중학교 동창이라며? 사실은 나도 한은중학교 나왔는데. 내가 중학교 선배인 거네?"

다온은 어색한 시선으로 성민의 코트 깃을 바라보았다. 깃 바깥쪽으로 Z브랜드를 상징하는 이니셜이 수놓아져 있었다.

"사실 경은이한테 들었던 사촌 오빠의 이미지와 지금의 팀장님이 매치가 안 돼서요. 적응하는 데 시간이 필요할 것 같아요."

"내가 이런 말을 했다는 걸, 엄마가 알면 서운해하시겠지만……사실 우리 엄마가 허언증이 좀 있으셔. 말이 씨가 돼서, 말하는 대로 이루어질 거라고 철석같이 믿는 경향이 있으시거든. 경은이한테 무슨 말을 들었는지는 모르겠지만, 지금까지 들은 말 중에 반만 진실이라고 생각하면 될 거야. 예를 들면 전교 석차가 1등이었다는 것은 반 등수로 1등이었다는 정도? 그것도 중학교 때까지만 해당되는 말이고."

"전국 5퍼센트 안에 드는 수재라는 말은……."

"어려서 남들보다 언어 발달이 좀 빨랐을 뿐이야. 좋게 말해서 언어 발달이고, 다르게 말하자면 한마디로 수다쟁이였지. 직장 생활 8년을 걸고 맹세해. 평범한 노력형 인간이야."

"강남 사는 고층 빌딩 건물주 외아들이라면서요?"

"그런 것까지 말했어?"

성민의 미간이 확연하게 좁혀졌다. 시종일관 차분하게 유지하던 말투가 처음으로 흔들리고 있었다.

"혹시 우리 엄마 별명도 말했어?"

"아들 일이라면 물불 안 가리고 물어뜯는다 해서 강남 옥수수였다는 정도?"

하아. 깊은 한숨과 함께 성민이 고개를 푹 숙였다. 그도 그럴 것이, 그 별명 하나만으로도 어른스러운 성민을 철없는 마마보이로 만들기에 충분했다.

"오해야. 김 기자가 무슨 생각을 할지 대충 알겠는데, 난 진짜 아냐. 믿어 줘야 해."

억울한 누명을 쓴 것처럼 쩔쩔매는 모습에 설핏 웃음이 나왔다. 어려운 선생님 같던 그가 처음으로 친근한 동네 오빠처럼 다가왔다. 보이지 않는 벽처럼 두 사람 사이를 가르고 있던 벽이 하나 사라진 기분이었다.

"학창 시절에 우리 엄마가 극성맞은 것은 사실이었어. 중학교 때까지 내가 키도 작고, 왜소한 편이라 큰 애들한테 눌려 살까 봐 엄마가 오버를 좀 하셨지. 고등학교 때 키가 훌쩍 큰 후로는 그런 극성은 내려놓으셨고."

과연? 다온은 반신반의한 표정으로 날카로운 턱선을 올려다보았다. 얼마 전에도 엄마가 지어 준 보약을 먹고 있다고 아이스커피를 거절했던 것을 떠올렸다. 서로가 같은 생각을 하고 있다는 걸 눈치챈 성민은 머쓱한 표정으로 뒷머리를 쓸어내렸다.

"인정할게. 내가 워낙에 살이 안 찌는 체질이라 몸무게로 잔소리하시는 것은 맞아. 특히나 한 달 전에 집에서 독립한 후로 살이 빠졌다고 걱정하셔. 그 정도의 걱정은 세상 모든 부모님들이 하시잖아? 김 기자 부모님도 밥때 넘기지 말라고 날마다 문자 보내신다면서."

"그렇긴 하지만……."

"고등학교 졸업 후로, 모든 의사 결정권은 나한테 있었어. 대학 진학도 그렇고, 진로도 그렇고. 결혼도 마찬가지일 거고. 이상한 선입견으로 나를 바라본다면, 그건 김 기자가 실수하는 거야. 나, 마마보이 아니다. 참고로 나 여자 좋아해."

왼쪽 가슴을 주먹으로 팡팡 때리면서까지 큰소리를 치는데, 다온은 끝내 웃음을 참지 못했다.

"뭐야, 지금 하늘 같은 선배를 비웃는 거야?"

"저는 제 입으로 마마보이라고 한 적 없습니다."

다온은 한결 편안한 미소를 지으며 빨개진 코끝을 훌쩍였다. 집에서 샤워를 하고 바로 나오느라 머리를 말릴 틈이 없었다. 털모자 안으로 대충 쑤셔 넣은 머리카락은 여전히 젖은 상태였다. 화장기 없는 민얼굴은 맑고 깨끗했다. 등 뒤에서 불어오는 차가운 바람이 다온의 목덜미를 스치고 지나갔다. 가냘픈 어깨가 한껏 움츠러드는 모습을 바라보는 눈매가 못마땅한지 옆으로 길게 늘어졌다.

"언제까지 이렇게 추운 데서 떨고 있어야 하는 거야? 감기 걸리기 딱 좋은 모양새다."

성민이 울코트의 버튼을 풀기 시작했다. 특이한 체인 모양의 두 번째 버튼이 풀렸을 때야 그의 의도를 알아차린 다온은 다급하게 뒤로 물러났다.

"그건 싫어요. 경은이 집에서 팀장님 어머님 몇 번 뵌 적 있어요. 팀장님이 나 때문에 감기라도 걸렸다가는, 난 뼈도 못 추릴걸요."

"자꾸 그런 식으로 몰아가라."

성민은 고집스럽게 롱코트를 벗어 입혀 주며 훌쩍거리는 코끝을 손가락으로 가볍게 튕겼다. 아야, 하며 과장스럽게 찡그린 콧잔등을 바라보는 눈빛이 금테 안경 너머에서 묘하게 흔들렸다.

"아프라고 때린 거야. 어떡할래? 영화가 싫으면 바로 밥 먹으러 가도 좋고. 이 분위기에서 서로 마주 보고 밥 먹는 것도 어색하기는 마찬가지일 테지만. 이대로 헤어졌다가는 사무실에서 더 어색해질 거야. 영화야, 밥이야? 싫으면 일주일 야근이라는 옵션도 있는데, 뭘로 할래?"

"우아, 공평등한 상사라고 알고 있었는데. 불리하다 싶으면 권력을 이런 식으로 사용하나요?"

"억울하면 너도 팀장 하든지."

영하의 날씨에 얇은 터틀넥 위로 불어 대는 바람이 매서웠다. 큰 키에 마른 체형이지만 골격이 단단해서 쉽사리 감기에 걸리지 않는 건강 체질이라는 것은 알고 있었다. 그렇다고 남의 귀한 자식을 추위에 떨게 할 수는 없었다.

"좋아요. 영화로 해요. 대신 팝콘은 한은중학교 선배님이 쏘는 걸로."

"후배가 원한다면 언제든지. 동생 친구니까, 편하게 부른다. 다온아, 가자."

"네, 선배님."

다온이 스스럼없이 앞장섰다. 호칭을 뺀 이름이 전혀 어색하게 들리지 않았다. 성민이 입혀 준 롱코트가 아슬아슬하게 발목을 스쳐 갔다. 온몸을 감싸 주는 코트의 포근함은 매서운 추위를 잊기에 충분히 따뜻했다.

※ ※ ※

달달한 그린티 프라푸치노를 한 모금 머금은 경은이 심각한 표정으로 고개를 위로 향했다. 다온도 덩달아 고개를 들어 하늘색을 품은 천정을 올려다보았다. 병원 식당에서 점심을 해결한 두 사람은 경은이 근무하는 산부인과 병동이 있는 본관 건물과 작년에 새로 건축한 신관을 연결해 주는 구름다리 위의 작은 휴식 공간에 앉아 있었다.

"내가 보기엔 로미오와 줄리엣 필이 나. 그렇지 않고서야, 잘난 인간이 뭐가 부족해서 혼자 시름시름 앓고 있겠냐?"

"선배가 시름시름 앓는다고는 안 했다."

"그게 그거지. 6년씩이나 좋아하면서 고백 한 번 못 해 봤다는 게 현실적으로 가당키나 해? 강 선배가 손가락 하나만 까딱해도 발밑으로 쓰러질 여자가 어디 한둘이야? 이건 분명 처음부터 정복하기 불가능한 산이 놓여 있다는 전제가 있어서야."

"이미 결혼한 사람이 아닐까?"

"그건 아닐걸. 가정 있는 여자를, 그것도 6년씩이나 좋아할 파렴치한 성격은 아니지 않나?"

"하긴. 그건 가정을 버리고 나한테 오라는 말이니까. 그럼 이건 일만 개의 가정이 있다는 전제하에 하는 말인데 말이야…… 혹시라도…… 진짜 만에 하나라도…… 그 짝사랑이 나는 아니겠지?"

다온이 주저주저하며 질문을 던지는 동안, 흰 가운을 입은 한 무리의 의사 군단이 그들 곁을 지나쳐 갔다. 경은이 자리에서 일어나 선두에 선 의사를 향해 정중하게 허리를 숙였다. 다시 자리에 앉는 경은의 눈 모양이 마름모꼴로 치켜 올라가 있었다.

"왜? 너였으면 좋겠어?"

"미, 미쳤어? 나는 그냥…… 예전에 네가 한 말도 있고 해서……."

더듬거리지만 조급함이 느껴지는 반응에 경은이 어깨를 다정하게 토닥였다.

"안심해. 너는 절대 아니야. 네 경우는 로미오와 줄리엣 필이 안 살잖아."

"그, 그렇긴 하지. 그런데 좀 이상하지 않아? 좋아하는 여자가 따로 있는데, 왜 굳이 나한테 신경을 썼을까? 생각해 보면 잘해 준 적도 많았거든. 공부는 물론이고, 이사도 도와주고, 때 되면 밥 사 주고, 생일마다 선물도 챙겨 주고."

"듣고 보니 또 그러네. 네가 남들이 모르는 강 선배 약점이라도 잡고 있나?"

다온은 대답 대신 어깨를 한 번 으쓱거렸다. 약점이라고 딱히 떠오르는 것은 태율의 기억력 정도였다. 하지만 그것은 오히려 장점에 속하는 것이고, 남들이 안다고 딱히 손해 볼 일도 아니었다. 워낙 태율이 강경하게 나와서 경은에게조차 말하지 못한 비밀일 뿐이었다.

"아무리 때려 맞추려 해도 너는 아닌 것 같다. 양쪽 집에서 두 사람이 사귄다면 두 손 벌려 환영하는데, 주저할 이유가 뭐가 있어? 아무런 장애물이 없잖아. 네가 나이라도 어려? 사랑하기 딱 좋은 나이야. 여섯 달도 아니고 6년이라며? 그 긴 시간 동안 누가 채 갈까 불안해서라도 진즉에 밀어붙여도 붙였겠지. 게다가 현성 오빠가 너한테 관심 있었다며? 제일 친한 강 선배가 너한테 마음이 있다는 걸 알면서 널 좋아했겠어?"

"그런가?"

"아마 철딱서니 없는 막내 여동생 같은 존재일 거야. 귀찮은데, 자꾸 손이 가는."

"내가 새우과자냐, 자꾸 손이 가게."

다온이 예상했던 그대로였다. 그런데 안심하라는 말에 오히려 기분이 처지고, 마음이 싱숭생숭해지다 못해 속이 쓰리기까지 했다. 깊게 잠든 의식의 밑바닥에, 나름 태율에게 의미 있는 존재라는 자부심이 있었나 보다.

그녀보다 더 특별한 자리를 다른 누군가가 차지하고 있다는 사실이 쉽게 받아들여지지 않았다. 이런 생각을 하는 자신이 모순됐다고 여기면서도 이성이 제멋대로 날뛰는 감정까지 컨트롤할 수는 없었다.

처음 짝사랑이라는 말을 들었을 때만 해도 기분이 이렇게까지 복잡하진 않았다. 감히 6년 동안 했을 짝사랑의 깊이를 가늠해 볼 생각도 못 해 봤다. 스스로의 감정에만 충실한 나머지 놀려 줄 생각에 재미있기만 하더니, 미래를 바꿀 정도로 다른 누군가를 사랑하고 있다는 걸 알고 나니 상황이 달라졌다.

뭔가 억울하면서, 화가 나 밤새 한숨도 못 잤다. 난데없이 뒤통수를 얻어맞았을 때의 불쾌감과는 비교도 할 수 없는 기분이었다.

"혹시 방송국에서 근무했을 때 만난 사람 아닐까? 맞네! 갑자기 방송국을 때려치우고 너희 회사에 들어간 이유가 이 시점에서 설명이 된다. 사실 시청률 보증수표나 다름없는 선배를 자른다는 것은 말이 안 되거든. 그럼 자발적으로 나갔다는 말인데…… 너는 잘나가던 사회부 기자가 방송국 그만두고, 월간지 편집장으로 이직했다는 말 들어 본 적 있어?"

"내가 선배 외에 아는 사회부 기자가 어딨냐?"

본의 아니게 퉁명스런 대답이 튀어나왔다. 얼음이 꽉 찬 콜라잔을 스트로로 휘젓는 손길에 숨기지 못한 감정이 실려 있었다.

"그렇긴 하지. 암튼 우리가 사람을 잘못 봐도 한참 잘못 봤다, 야. 멸종 위기에 놓인 순정남도 못 알아보고 말이야."

"순정남은 무슨……."

"그렇잖아. 과외도 노력 봉사였다면서? 말이 봉사지, 그 먼 거리를 교통비만 받고 왔다 갔다 한다는 게 보통 정성으로 가능해? 우리나라 휘발유값이 보통 비싸? 그때 빌려준 오토바이 수리비도 안 받았잖아. 이 정도면 기네스북에 올려도 좋을 의리 끝판왕 아니냐?"

"무슨 기네스북씩이나……."

"야, 김다온. 오늘따라 왜 이렇게 삐딱해? 강 선배가 다른 여자를 좋아하면 좋은 거 아냐? 두 사람이 잘되기만 하면, 너한테 간섭할 일도 줄어들 거고. 안 그래?"

"누가 뭐래."

"네 반응이 영 그렇잖아. 꼭 심술 난 어린애처럼. 선배가 너한테 아무 말도 안 해 줘서 삐졌어?"

다온은 차가운 콜라를 단숨에 들이켜고는 격앙된 입술을 깨물었다.

"아무리 그래도 이건 아니지 않아? 나한테는 배 내놔라, 감 내놔라 잘도 간섭하면서, 자기 얘기는 한마디도 안 해 주고…… 생각할수록 기분 나쁘지 않냐? 우리 사이가 자그마치 9년이야. 다른 건 몰라도, 오랫동안 좋아하는 여자가 있었으면, 있다고 일언반구라도 해 줬어야지. 내가 잘되게 도움을 줬으면 줬지, 초를 쳤겠어?"

"어련하시려고요. 네가 무슨 짓을 저질렀는지 기억 안 나? 그새를 못 참고 선배 집에 가서, 6년 짝사랑이 어쩌네 하며 나발을 불었다며. 그 일로 강 선배는 영락없이 선 전선에 팔려 가고. 그 정도면 그냥 초도 아니고 강초를 뿌린 거지."

"야, 그때는……."

"내가 틀린 말 했어? 내가 강 선배였어도 너한테는 절대 말 안 했다."

결코 틀린 말이 아니었다. 나 혼자 살아 보겠다고, 남의 가슴 아픈 짝사랑을 신나게 떠벌렸었지. 끝내 대꾸할 말을 찾지 못한 다온은 스트로로 애꿎은 얼음만 거칠게 휘저었다.

"너무 서운해하지 마. 네가 기분 나쁜 것은 당연해. 나라도 기분 나쁘겠다. 1년도 아니고 6년씩이나…… 나름 가까운 사이라고 생각했는데, 배신감이 들기도 할 거야. 누군 안 그렇겠어? 그러니까 너도 이 기회에 비밀 하나 만들자."

따스한 햇살이 작은 테이블을 가로질렀다. 눈으로 빛의 흐름을 따라가던 다온은 나무 의자를 햇볕이 잘 드는 방향으로 옮겼다. 경은도 그녀를 따라 의자를 옆으로 바짝 끌어당겼다. 살살 옆으로 퍼지는 의미심장한 눈웃음에 다온은 살짝 긴장했다.

"무, 무슨 비밀?"

"우리 사촌 오빠 어땠어?"

"뭐, 뭘 어때? 팀장님이 팀장님이지."

"그러지 말고 자세히 좀 말해 봐. 영화는 재미있었어? 저녁은 뭐 먹었어? 오빠가 집까지 바래다줬어? 잘 자라는 문자는 받았어?"

분명 저녁도 먹었고, 집까지 바래다주었고, 잘 자라는 문자도 받았다. 성민의 재치 있는 말솜씨 덕에 복잡했던 머릿속을 잠시나마 비워 낼 수 있던 것도 사실이었다. 하지만 경은이 기대했던 그런 결말은 없었다. 성민은 처음부터 끝까지 친근한 학교 선배이자, 어려운 직장 상사의 중간 어디쯤 머무르며 적당한 거리감을 유지해 주었다.

"뭘 그렇게 꼬치꼬치 캐물어? 남들이 들으면 팀장님이랑 나랑 무슨 소개팅이라도 한 줄 알겠다."

"소개팅이 별거냐? 주선하는 사람의 의도에 따라 소개팅이고 맞선이고 그런 거지. 강 선배는 4년이나 알고 지내던 회사 동기랑 선도 봤다면서."

"경우가 다르잖아. 우린 순수하게 영화만 보러 갔던 거고."

"젊은 남녀가 이렇게 저렇게 새로운 인연을 만들어 간다는 게 중요하지. 안 그래?"

"하나도 안 그래. 네가 자꾸 이러면 부담스러워서 회사에서 팀장님 얼굴을 어떻게 봐? 지금은 선배 한 사람으로 충분히 머리 아프거든. 너까지 얹지는 말자."

"알았어, 알았어. 안 보채. 지금 몇 시나 됐지?"

피곤한지 손바닥으로 눈을 지그시 누르던 경은이 호기롭게 자리에서 일어났다. 벽에 걸린 시계를 보니 점심시간이 거의 끝나가고 있었다. 경은은 서둘러 테이블에 놓인 잔들을 쟁반에 담았다.

"들어가 봐야 되지?"

"응. 가자, 엘리베이터 앞까지는 바래다줄 수 있어."

다온이 커다란 종이 가방을 양손에 들고 일어났다. 병원 식구들과 나눠 먹으라고 사 온 간식거리들로 가득 채워진 가방이었다. 신관 건물을 향해 먼저 앞서가던 경은이 뒤따라오는 기색이 없자, 뒤를 돌아보았다.

"왜? 신관 로비가 전철역이랑 가깝지 않아? 본관으로 갈까?"

"아, 그게 아니라…… 방금 선배네 아저씨를 본 것 같아서."

다온의 시선을 무심히 따라가던 경은이 고개를 한쪽으로 기울였다.

"강 선배 아빠? 저쪽은 암센터인데…… 확실해?"

"아니다. 내가 잘못 봤을 거야. 2주일간 바다로 낚시 여행 가셨

168

다는 분이 여기 계실 리가 없잖아. 늦겠다. 가자."

다온은 어깨를 한 번 으쓱하고는 경은과 보조를 맞춰 걸음을 옮겼다. 사람들로 꽉 들어찬 엘리베이터가 도착했다. 다온의 손에서 종이 가방을 받아 든 경은이 그녀의 등을 살짝 밀었다. 간신히 한쪽 구석으로 파고든 다온이 돌아서서 손을 흔들었다.

핸드폰을 손에 들고 연락하라는 사인을 보내는 경은의 뒤쪽으로 작은 여행 가방을 든 중년 남성이 젊은 의사를 따라 안쪽으로 걸어가는 뒷모습이 보였다.

착각이겠지? 남해로 낚시 여행을 가셨다는 분이 서울 중심가에 위치한 병원에 계실 리가 없잖아. 다 큰 어른이 거짓말을 하고 병문안을 올 이유도 없고. 키 크고 점잖은 중년 신사의 분위기가 아저씨랑 비슷해 보여서 잠깐 시선을 빼앗겼던 거야.

다음 층에서 내려야 할 환자가 바퀴 달린 링거대를 밀며 앞으로 나왔다. 탄식과도 같은 불만이 여기저기서 터져 나왔다. 발이 바퀴에 걸리지 않게 주의하면서 자리를 내주는 다온의 머릿속에서 아저씨를 닮아 보이는 중년 신사의 이미지는 빠르게 사라졌다.

5장. 매뉴얼의 오작동

기자 간담회가 열리고 있는 월드센터 2층은 공연을 위한 소규모 아트홀이 있었다. 어린이 뮤지컬 시작을 알리는 함성 소리와 함께 아트홀과 복도를 연결해 주는 세 개의 출입문이 굳게 닫혔다. 현장 학습을 나온 유치원생들로 시끌벅적대던 복도가 폭풍우가 지나간 바다처럼 일순간 고요해졌다. 군모를 깊숙이 눌러쓴 태율이 닫힌 문을 바라보며 고개를 절레절레 옆으로 흔들었다.

"선배답지 않게, 뭘 그 정도에 얼이 빠져요. 총알이 날아오는 전시 상황에서도 토씨 하나 틀리지 않고 뉴스 보도할 배짱을 가지신 분이 선배 아니었어요?"

오랜 기간 연습을 통해 다듬어진 안정적인 음색의 목소리에 태율은 보이지 않게 눈가를 찡그렸다. 군모를 살짝 위로 올리자, 얼음이 꽉 찬 아이스커피와 따뜻한 아메리카노가 담긴 테이크아웃

컵이 눈앞으로 다가왔다.

"선배 취향을 몰라서…… 먼저 하나 고르세요."

잠시 망설이던 태율은 아이스커피를 선택했다.

"그건 뭐예요?"

수빈이 어정쩡하게 왼손에 쥐고 있는 초코파이를 가리키자, 태율이 손바닥을 펼쳤다.

"어느 꼬마 숙녀가 주고 갔어. 결혼반지 대신이라며."

"어머, 귀여워라. 유치원생한테 초코파이로 프러포즈받은 거예요? 초코파이 프러포즈는 처음 들어 봤어요."

"그런가?"

혼자만의 생각에 빠진 듯 무심하던 입가에 잔잔한 미소가 펼쳐졌다. 순식간에 눈까지 번져 가는 달콤한 미소가 잘생긴 얼굴을 한층 매력적으로 만들었다. 전에 없이 무방비한 모습으로 웃고 있는 그를 수빈은 신기하게 바라보았다.

"무슨 재미있는 일이라도 떠올랐어요?"

"예전에 초코파이를 주면서 크면 나랑 결혼할 거라던 개구쟁이가 생각나서. 어려서는 초코파이라면 자다가도 벌떡 일어나더니, 신기하게 어른이 돼서는 초코파이는 입에도 대지 않더라고. 크면서 입맛이 변했나?"

"그랬을 수도 있죠. 그래서 어른이 된 개구쟁이는 지금도 선배랑 결혼할 거래요?"

"아닌 것 같던데."

"그럴 줄 알았어요. 선배는 여자 마음을 몰라도 너무 몰라요. 여자들이 뭘 좋아하는지, 어떻게 해야 여자를 달래는지도 모르고……."

갑자기 두꺼운 장막이 두 개의 세계를 가르는 것처럼 달콤한 미소가 흔적도 없이 사라졌다. 가면을 두른 것처럼 무표정하게 변해 버린 얼굴을 보며 수빈은 보이지 않는 한숨을 내쉬었다.

옆에 앉아도 되냐는 질문은 생략했다. 비어 있는 태율의 옆자리에 당당하게 주저앉았다. 원목벤치의 딱딱함에 인상을 찡그렸지만, 이내 자연스럽게 그려지는 미소는 우연한 만남에 대한 반가움을 숨기지 않았다.

"오늘은 운이 좋았네요. 월간지 편집장님을 기자 간담회에서 마주칠 줄은 몰랐어요. 이런 행사는 보통 일반 에디터를 보내지 않나요?"

"차를 가져온 사진 기자가 먼저 이동하는 바람에 같이 온 취재 기자가 곤란하게 됐거든. 근처에 볼일도 볼 겸, 겸사겸사 데리러 왔어. 그러는 최수빈 씨는 여긴 무슨 일이야?"

"당연히 취재 왔죠. 저 이제 스튜디오에만 앉아 있던 아나운서 아니에요. 발로 뛰는 취재 기자예요."

태율이 슬쩍 고개를 돌려 수빈을 바라보았다. 활동성을 강조해 캐주얼한 세미 정장 스커트를 입었지만 평범한 회사원이 감당하기엔 턱없이 고급스러운 옷차림으로 한껏 멋을 내고 있었다. 바깥 날씨 따위는 개의치 않는다는 듯이 굽이 높은 하이힐을 바라보는 눈이 설핏 둥글게 휘어졌다.

"기자 간담회는 7층 프레스센터 아니었나? 아직 진행 중인 것으로 알고 있는데."

"맞아요. 나머지는 같이 온 신입한테 맡기고, 나는 선배 찾으러 왔어요. 먼발치에서 선배가 간담회장 주변을 어슬렁거리는 것을 봤거든요."

"왜?"

무성의하기 그지없는 질문이었다. 수빈은 대답하기에 앞서 따뜻한 커피를 한 모금 마셨다. 진하게 로스트 된 원두 향이 유달리 강하게 혀끝에 맴돌았다.

"그냥 편하게 말할게요. 방송국 관계자로서 우리 측 입장을 전달하러 왔어요. 맞선녀로 따라온 것 아니에요. 그렇게 날 세우며 경계할 필요 없어요."

"그 점에 관해서라면 내 의사는 확실히 전했다고 생각했는데, 아니었나?"

"다시 한 번만 재고해 줘요. 회사 입장에서는 연봉 협상도 충분히 고려하고 있어요. 물론 유럽 특파원도 하나의 옵션일 뿐이에요. 선배가 원한다면 경력직 기자로 입사해서……."

"돈 때문이 아냐."

태율은 딱 잘라 말했다.

"하지만 이대로 썩히기에는 선배 재능이 너무 아깝지 않아요?"

태율은 그때까지 손에서 들고만 있던 아이스커피를 입으로 가져갔다. 꿈틀하고 치켜뜬 눈썹 아래 서늘한 기운이 내려앉았다. 수빈은 에둘러 변명을 이어 갔다.

"오해하지 말아요. 지금 하는 일을 비하하는 게 아니라, 선배한테는 박진감 넘치는 사건 현장이 더 어울린다는 뜻이었어요. 정해진 룰과 틀에 따라 움직이는 비좁은 사무실보다는 생생하게 돌아가는 현장에서 피가 끓어오르지 않아요? 그런데도 카메라 앞에만 서면 냉철해지죠. 어떤 악조건에서도 흔들리는 모습을 본 적이 없어요. 내가 아는 선배는 그래요. 뜨거운 피와 차가운 피를 동시에 지닌 남자. 위급한 상황일수록 더 발굴의 진가를 발휘하는…… 그래서 선배를 포기할 수가 없어요."

"최수빈 씨는 여전히 본인이 보고 싶은 것만 보는군."

조용히 듣고만 있던 태율이 별다른 감흥 없이 한마디 끼어들었다.

"그렇게 딱 자르지 말고, 한 번만 더 생각해 줘요. 선배가 방송국 시스템에 환멸을 느끼고 사표를 던진 이유에 대해 알고 있어요. 심혈을 기울여 취재한 꼭지가 방송 직전에 윗선의 지시로 잘린 경우가 어제오늘 일이 아니잖아요. 그게 아직까지 우리나라 언론의 현실이구요. 저희 NandC 채널은 달라요. 시사 토크쇼만 보더라도 추구하는 방향이 기존 언론사와 다르다는 것을 알 수 있잖아요. 우리는 선배 같은 사람이 필요해요. NandC 채널의 눈부신 성장과 함께 선배에게 날개를 달아 줄 수 있어요."

"누가 나에 대해 꽤 부풀려 얘기를 했나 보군. 분명히 말하지만, 내가 방송국을 떠난 것은 이념이나 사상과는 상관없는 지극히 개인적인 이유였어."

수빈은 조심스럽게 태율의 표정부터 살폈다.

"그게 뭔지 물어봐도 돼요?"

"내가 최수빈 씨한테 대답해야 할 의무가 있나?"

"나한테 그 정도는 말해 줄 수 있지 않아요? NandC 채널로 모셔 가려고 무려 2년을 쫓아다녔는데?"

"……."

"그 이유가 설득력이 있다면 더 이상 스카우트 제안으로 선배를 귀찮게 쫓아다니지 않을게요. 물론 이건 순전히 공적인 입장을 말하는 거예요."

얼음이 녹아 묽어져 가는 커피를 내려다보던 태율이 시선을 들어 올렸다. 맑은 호수처럼 잔잔한 다갈색 눈동자에 작은 파동조차 느껴지지 않을 정도로 감정을 절제하고 있었다.

"내 욕심. 끝까지 책임지지 못할까 두려우면서도, 차마 놓지 못하는 미련한 내 욕심."

"사람에 대한?"

차마 여자냐고는 물어보지 못했다. 진심을 듣는 순간 맞선이라는 명분을 만들 기회조차 사라질 것을 알았다. 수빈은 애써 미소 지으며 서둘러 화제를 돌렸다.

"대답하지 말아요. 그런 두루뭉술한 표현에는 설득력이 없으니까. 지금 당장이 아니라도 좋아요. 준비되면 연락해요. 선배 자리는 언제나 공석으로 비워 둘 테니까. 공적인 질문은 여기까지, 지금부터는 맞선녀로 하는 질문이에요. 내가 보낸 간식들은 어땠어요? 선배 성격상 차마 버리지는 못했을 테고…… 먹을 만하던가요?"

수빈이 장난스럽게 말꼬리를 올렸다. 도통 틈을 보이지 않는 태율에게 음식으로 소심한 복수를 했다는 것을 돌려서 말하고 있었다. 처음에는 말뜻을 이해하지 못한 태율이 눈을 가늘게 떴다.

"건강식이라고 하지 않았나?"

"건강식은 맞아요. 독특한 향신료를 써서 맛이 특이했을 텐데. 평범한 한국 사람 입맛에는……."

"……!"

"뭐예요, 이 반응은…… 설마 다른 사람한테 줬어요?"

땅이 꺼질 것 같은 깊은 한숨 소리가 대답을 대신했다. 한숨만으로는 부족했는지, 군모를 벗어 뒷머리를 엉망으로 헤집어 놓는 행동에 수빈은 웃음을 터트렸다. 남 앞에서 쉬사리 감정을 드러내지 않는다는 것을 알기에 사춘기 소년 같은 반응이 신선했다.

"그 사람이 누군지 몰라도, 나랑 선배 엄청 싫어했겠네요."

"내가 재수 없는 이유가 하나 더 늘어난 것은 분명해."

"이거 미안해서 어쩌죠?"

"대신 맛있는 거 사 주면서 살살 달래 봐야지."

찡그린 눈매가 수빈을 지나쳤다. 갑자기 뭔가 재미있는 것이라도 발견한 건가. 명석한 눈동자에 반짝하고 영롱한 빛이 떠올랐다. 찡그렸다는 생각이 무색할 정도로 부드럽게 번져 가는 눈웃음은 보는 사람의 심장을 녹일 만큼 달달했다. 그러고는 순식간에 검정 군모 아래로 사라져 버린 환한 미소. 호기심에 뒤를 돌아보려던 수빈의 어깨가 딱딱하게 굳어졌다.

지금 이 순간, 태율의 망막 안에 그녀의 존재는 까마득하게 사라졌다는 것을 본능적으로 깨달았다. 수빈은 미세하게 떨리는 손가락 끝에 힘을 그러모았다. 까딱 잘못했으면 커피를 쏟았을지도 모른다. 하이힐로 바닥을 차며 자리에서 일어났다.

"신입이 잘하고 있나 모르겠네. 이만 가 봐야겠어요. 예약된 만남 아직 한 번 더 남았다는 것은 기억하죠? 이건 맞선녀로서 하는 말이에요. 연락 기다릴게요."

수빈은 대답을 기다리지 않았다. 꽉 쥔 손바닥에 손톱자국이 아프게 박혀 왔다. 고개를 꼿꼿이 들고 태율이 바라보는 반대 방향을 향해 몸을 틀었다. 그가 차마 놓지 못하는 미련한 욕심을 외면하고자 서둘러 걸음을 옮겼다.

※ ※ ※

건강상의 이유로 2주 연기되었던 오창인 변호사의 기자 간담회는 출판 기념회의 형식을 띠면서 성황리에 끝이 났다. 아영이 준비하던 기획 기사였는데, 취재 스케줄이 겹친다는 이유로 다온이 대신 참석해서 녹취록을 정리해 전해 주기로 했다. 출간될 책에 대한 새로운 질문들이 오가고, 공동 저자들의 인사말과 축하 인사가 길어지면서 간담회는 예정된 시간보다 한 시간 정도 연장되었다.

잡지에 실을 사진을 충분히 찍었다고 생각한 사진 기자는 도심 반대편에서 진행 중인 인터뷰 촬영 때문에 먼저 행사장을 빠져나갔다. 저녁에는 회식을 겸한 어시스턴트 자경의 생일 파티가 있는 날이었다. 늦지 않으려면 서둘러야 했다.

다온은 부지런히 1층 로비를 지나 정문에 다다랐다. 정문의 회전문을 통과하려는데 불쑥 태율이 앞으로 다가와서 대충 목에 두르고 있던 목도리를 꼼꼼하게 정돈해 주었다.

"답답해요."

"감기 걸려서 며칠 고생하는 것보다는 나아. 됐다, 가자."

기자 간담회가 열렸던 월드센터 앞 도로는 교통 체증으로 꽉 막혀 있었다. 다온은 가까이에 보이는 지하철역을 향해 조심스럽게 걸음을 옮겼다.

며칠째 역대급 북극 한파의 영향으로 폭설과 함께 추운 영하의 기온이 이어지고 있었다. 뉴스에서는 겨울철 이상 기후에 대한 일기예보가 쏟아져 나왔다. 낮이면 잠깐씩 얼굴을 내미는 태양에 녹아내린 눈이 밤사이 저온의 날씨를 이기지 못하고 딱딱하게 얼기를 반복하면서 거리 구석구석에 빙판길이 늘어나고 있었다.

극성맞은 한파를 피해 고개를 잔뜩 움츠리고 계단 입구에 섰을 때였다. 진회색 가죽 재킷에 감싸인 팔이 앞으로 내밀어졌다. 태율의 팔에 의지해서 내려가면 훨씬 안정적이라는 것을 알면서도 다온은 모른 척 무시했다.

얼음과 물이 섞여 있는 지하철 계단은 보기에도 미끄러워 보였다. 자동차로 이동할 거라는 생각에 감색 체크무늬 펜슬 스커트와 같은 색상의 얇은 울코트, 그리고 거기에 어울리는 굽 있는 갈색 부츠를 신고 있었다. 난간 손잡이에 의지한 채 넘어지지 않기 위해 신중하게 계단 아래로 내려섰다. 의지와 상반되게 자꾸만 미끄러지는 부츠에 난감해하고 있는데, 든든한 팔이 단단하게 허리를 감싸 안았다. 냉정하게 팔을 뿌리쳐 보지만 태율은 물러설 생각이 없어 보였다.

"혼자 갈 수 있어요."

"생각이 있는 건지, 없는 건지. 이런 날씨에 그런 깔맞춤이 가당키나 해? 얼어 죽기 딱 좋은 차림이다."

"언제는 기자한테는 인맥도 재산이라면서요? 출판 기념회랑 겸하는 거라 초대된 인사들도 많았고, 처음 본 기자들도 많은데, 이왕이면 정돈된 이미지로 기억되면 좋잖아요."

"아무리 그래도 그렇지. 너도 그렇고, 최수빈도 그렇고. 여자들은 도대체 왜 그러는 거야? 이런 날씨에 굽 있는 신발을 신으면 발목 부러지기 십상이라는 것을 모를 나이도……."

"에, 에…… 엥아치!"

그녀를 거의 안다시피 부축하고 계단을 내려가던 태율이 멈칫했다. 군모 아래로 날카로운 시선을 느낀 다온은 코가 가려워 재채기를 한 것처럼 코끝을 실룩댔다.

"하아. 그게 재채기라고?"

"에…… 엥아치!"

다온이 한 번 더 재채기 비슷한 흉내를 내자, 길고 섬세한 손가락이 탄력 있는 볼을 한 번 쭈욱 잡아당겼다. 찬 기운에 노출된 손가락은 얼음처럼 차갑고 서늘했다. 그런데도 당겨진 뺨은 불덩이에 덴 것처럼 화끈거렸다.

"정말 이러기예요. 내가 애도 아니고……."

"하는 짓이 꼭 초등학생이잖아."

"내가 뭘요? 선배가 괜히 찔리는 게 있나 보죠. 예를 들면 앞에서는 다시는 안 만나겠다고 약속하는 조건으로 체육관으로 나오라며 협박해 놓고, 뒤로 가서 몰래 만나고 다닌다거나."

"그래서 내가 양아치다?"

다온은 반항적으로 아래턱을 옆으로 치켜들었다. 그렇지 않아도 성난 가슴에 눈치 없이 기름은 왜 부어. 체육관에 다녀온 후로 한 주가 지나고 있었다. 최종 교정지의 확인 작업을 거치느라 편집장인 태율에게는 어느 때보다 바쁜 한 주였다. 그동안 골난 사람처럼 다온은 태율을 피해 다녔다.

진솔한 대화가 필요하다는 것은 알고 있었다. 비밀을 지켜 주지 못한 것에 대해 정식으로 사과도 하고 싶었고, 나는 선배에게 어떤 존재냐고 따져 묻고도 싶었다. 그럼에도 차마 용기를 낼 수 없었다. 그의 사랑이 기정사실화되면, 그때는 태율이 진짜 낯선 타인처럼 변해 버릴까 덜컥 겁이 났다. 그래서 혼자 쓰린 속만 삭이고 있었다.

그런데 최수빈이랑 시시덕거리는 모습이나 들키고. 태율의 옆에서 환하게 웃고 있는 최수빈을 발견했을 때 느꼈던 감정은 불쾌하다는 표현만으로는 부족했다. 내가 있어야 할 곳을 남에게 빼앗겼을 때 느끼는 억울함 같은 거라고 할까. 그래서 태율에게 내내 투덜거리고 있었다. 왜 그 자리가 네 자리냐고 물으면 대답도 못 할 거면서.

퇴근길 행렬이 계단 아래로 몰려들고 있었다. 이런 날씨에는 잦은 빙판길 교통사고로 늘어나는 교통 체증을 피해 지하철을 이용하려는 사람들이 대부분이었다. 인파에 떠밀리다시피 두 사람은 계단 아래로 발을 내디뎠다. 안전한 평지에 도달한 다온이 승강장을 향해 천천히 걸음을 옮기자, 태율이 옆에서 나란히 보조를 맞추었다.

"최수빈은 우연히 만난 거야. 같은 분야에서 일하는데 오다가다 부딪히는 건 이해해 줘야지."

"우연은 무슨…… 깔깔거리며 분위기만 좋더구만."

다온이 먼저 개찰구를 통과했다. 타야 할 차선의 플랫폼에 가까워지자, 전철이 도착하고 있다는 안내 방송이 흘러나왔다. 저절로 발걸음이 다급해진 다온의 팔을 태율이 잡아당겼다.

"왜요? 이러다 약속 시간에 늦겠어요."

"복잡한데 꼭 전철을 타야겠어? 그냥 택시 타고 가자니까."

"도로 상태 못 봤어요? 예상보다 늦게 끝나는 바람에 사무실에 들렀다 가려면 시간이 빠듯해요. 이런 날은 전철이 제일 빨라요."

퇴근 시간과 맞물린 탓에 플랫폼은 사람들로 인산인해를 이루었다. 파도처럼 밀려드는 사람들 물결에 다온이 떠밀려 앞 사람의 등에 부딪치자, 태율이 그녀의 허리를 끌어당겨 옆에 세웠다.

"이것 봐. 사람에 치여서 제 몸 하나도 제대로 못 가누면서. 오늘은 다른 날이랑 지하철 사정이 다르잖아. 어린애도 아닌데, 생일 선물은 내일 줘도 되잖아."

"안 돼요. 생일 파티에 가장 중요한 선물이 빠지면 어떡해요.

더구나 사무실 식구들이 정성을 모아서 마련한 건데."

"태블릿이라고 그랬지? 그럼 가는 길에 새로 하나 사자."

"이미 사 놓은 것은 어떡하고요? 한두 푼도 아니고. 아영 선배가 카드로 산 거라, 선배가 직접 가서 리턴하지 않으면……."

"리턴할 필요 없어. 그건 그냥 너 가져. 새 태블릿이 필요하다고 했잖아. 내가 미리 주는 크리스마스 선물이라고 생각해."

다온은 목도리를 끌어 올려 얼굴의 절반을 가리며 시무룩하게 입술을 내밀었다. 전에 같으면 웬 횡재냐며 좋아했겠지만, 지금은 사정이 달라졌다. 당연하게 받아들였던 친절이 더 이상은 그녀의 몫이 아닌 것 같아 씁쓸하면서, 마음 한쪽이 텅 빈 것 같은 상실감이 들었다. 서운한 표정을 가리기 위해 서둘러 열차가 오는 방향으로 고개를 틀었다.

"미안하지만 늦었어요. 이미 전철 왔어요."

열차가 도착하고, 스크린 도어가 열렸다. 자포자기와 같은 한숨을 내쉰 태율이 다온의 어깨에 팔을 두르며 보호하듯이 끌어안았다. 두 사람은 파도에 밀리듯 비좁은 공간으로 떠밀려 들어갔다.

한참을 이리저리 밀려다녔다. 간신히 자리를 잡고 섰을 때는 높이 솟은 어깨에 얼굴을 묻고 매달리다시피 서 있었다. 간격을 벌리기 위해 물러나려던 다온은 가까이에서 들려오는 수군거림에 그 자리에 멈춰 섰다.

모자를 깊게 눌러쓰고 목도리로 얼굴의 절반을 가렸다지만, 큰 키의 균형 잡힌 몸매와 선이 뚜렷한 미남형의 얼굴은 남의 시선을 끌기에 충분했다. 괜히 실랑이라도 벌였다가, 누군가 태율을 알아보기라도 하면 곤란했다.

다리에 힘을 주고 최대한 중심을 잡았다. 기대지 않으려 노력해도, 열차가 흔들릴 때마다 반동을 못 이긴 다온의 몸은 태율의 품 안으로 깊숙이 파고들기를 반복했다. 서로의 숨결을 느낄 만큼 가까운 거리였다. 익숙한 체향이 후각을 자극하기에 충분한 거리였다.

무시하자. 마음을 다잡아 보지만 남성적 매력을 물씬 풍기는 향에 흠뻑 취해 들어갔다. 온몸의 세포가 그를 향해 신경을 곤두세우고 있었다. 무의식의 세계는 새삼스레 태율을 남자로서 강하게 인식하고 있었다. 버둥댈수록 더 깊은 곳으로 끌려 들어가는 늪에 빠진 것처럼 그의 존재감은 그녀의 의식 세계를 지배해 나갔다.

다온은 아랫입술을 지그시 깨물었다. 하루아침에 모든 것이 엉망진창이 되었다. 화났다, 서운했다. 수시로 변해 가는 감정 상태를 판단하기에 그녀의 정신 건강이 썩 여유롭지 못했다.

태율의 간섭에서 벗어나고 싶어 부적을 산 게 불과 한 달도 되지 않았다. 그런데 지금은 그가 영영 멀어질지도 모른다는 사실에 적응하느라 골머리를 썩고 있었다. 시원섭섭해도 모자랄 판에 배신감이라니. 앞뒤가 하나도 맞지 않는 변덕에 머리가 지끈거릴 지경이었다.

이 모든 사달의 원흉인 강태율이 미웠다. 남의 인생을 끝까지 관리해 주지도 못할 거면 적당히 하고 말았어야지. 남들한테 사귀는 사이 아니냐고 오해를 받을 정도로 간섭하고, 참견하더니 연애는 딴 여자랑 한다 이건가.

내가 누구 때문에 아직까지 제대로 된 연애도 한 번 못 해 보고 있는데. 가랑비에 옷 적시듯 사람을 길들여 놨으면 책임을 져야지.

적어도 양심이 있으면 최소한 경고는 해 줬어야지. 앞으로 내 관심은 다른 여자를 향할 예정이니, 너는 네 갈 길 가라고.

그럼 아침 일찍부터 커피 메뉴 고르느라고 고심하지도 않았을 테고, 점심은 응당 강태율과 먹는다고 회사에서 따 아닌 따가 되지도 않았을 테고, 그가 누군가를 진정으로 사랑해 왔다는 말에 충격을 받고 세상이 뒤흔들리는 것처럼 복잡한 감정에 휘둘리지도 않았을 것 아니냐고.

며칠째 잠도 제대로 못 자고 이게 뭐야. 나는 다크서클이 턱 밑까지 내려와 컨실러를 덕지덕지 바르고 왔는데, 자기는 세상 완벽한 외모로 여자랑 노닥거리기나 하고. 사랑이 아니면 차선책으로 해외 특파원이라는 돌파구가 있다 이거지?

생각하면 생각할수록, 강태율이 밉고 화가 났다. 몇 년씩이나 사람을 옴짝달싹 못하도록 길들여 놓고, 그것이 허울 좋은 망상이었다? 언제든 떠날 준비가 되어 있었다? 그럼 나는? 혼자 남겨진 나는 어쩌라고? 그냥 무책임하게 버려두고 가겠다고?

'밉다, 미워. 진짜 밉고, 화가 난다.'

퍽. 부글부글 끓어오르던 감정이 끝내는 어린아이 같은 유치함으로 폭발했다. 갈색 부츠의 동그란 코가 바로 앞에 있는 정강이를 최대한 아프게 걷어찼다.

놀란 태율이 움찔하며 상반신을 숙여 고개를 밑으로 향했다. 초등학생이냐고 욕하고 싶으면 욕하라지. 이제는 하나도 안 무섭다. 반항적으로 고개를 한껏 치켜든 다온의 눈앞으로 검은색 군모가 덮친다 싶은 착각이 들었다. 그리고 입술에 말캉말캉한 뭔가가 닿았다, 떨어졌다.

놀라 동그랗게 뜬 다온의 눈이 자동적으로 태율의 입술을 향했다. 느슨해진 목도리를 콧잔등까지 끌어 올리는 태율의 시선도 다온의 부드러운 입술을 향해 있었다. 검은색 목도리 위로 뾰족하게 뛰어나온 귀가 달궈진 화덕처럼 붉어진 것이 눈에 보였다. 그리고 다온의 얼굴에도 화르륵 열꽃이 피어올랐다.

말랑말랑한 입술의 감촉은 뜻하지 않는 곳에 여운을 남겼다. 우연한 접촉 사고였겠지? 가파르게 뛰는 심장은 정지선을 모르고 내달리기 시작했다. 어색하게 흔들리는 두 개의 시선이 서로를 서툴게 외면했다.

차가운 날씨에 얼어붙었던 발가락이 녹으면서 간질간질 꿈틀거렸다. 두근두근 요동하는 성난 가슴을 끌어안고, 다온은 엄한 발가락만 꼼지락거렸다.

※ ※ ※

다온은 사무실에 들러 노트북이 든 가방을 내려놓고, 예쁘게 포장한 선물을 챙겼다. 책상 서랍에 넣어 둔 생일 카드도 잊지 않았다. 미래가 불확실한 어시스트지만 정식 에디터가 되기 위해 열정을 쏟는 자경에게 선배들이 적어 준 따뜻한 글귀가 물질적인 것보다 훨씬 큰 선물이 될 걸 알고 있었다.

사무실 의자에 걸쳐 둔 두꺼운 패딩 재킷을 울코트 위에 겹쳐 입었다. 마지막으로 텅 빈 사무실을 한 번 둘러본 다온은 서둘러 지하 주차장으로 내려갔다. 마감에 대한 압박이 없어서인지 모처럼 만에 사무실 가족 모두 한자리에 모였다고 들었다.

지하 주차장 출입문을 나서자, 기다렸다는 듯이 차체가 낮은 자동차 한 대가 다가왔다. 낮의 번잡한 도로 상황을 피해 주차장에 차를 두고 갔던 태율이 운전석에 앉아 있었다.

보조석 문이 안에서 열렸다. 차 안의 공기는 영하로 떨어진 바깥 날씨와는 대조적으로 후끈거리기조차 했다. 자리에 앉자마자 선물을 담은 봉투와 핸드백을 뒷좌석으로 밀어 넣은 다온은 안전벨트를 잡아당겼다. 긴장해서인지 한 번에 잘만 들어가던 버클까지 말썽을 부렸다. 태율의 도움으로 벨트를 매고, 다온은 어색한 시선을 재빨리 유리창 너머로 돌렸다.

"사무실에 남은 사람은?"

"없어요."

"배고프지?"

"괜찮아요."

"음악 들을래?"

"좋아요."

태율이 인기 가요 채널에 주파수가 맞춰진 오디오의 버튼을 눌렀다. 다온이 자주 듣는 라디오 채널이었다. 전철에서부터 다온은 말수가 확연하게 줄어들었다. 몇 번인가 더 대화를 시도하려던 태율은 소극적인 반응에 그마저도 포기하고 운전에 집중했다.

생일 파티가 열리는 장소는 자경의 부모님이 경영하시는 숯불갈비집이었다. 입구에 다온을 내려 준 태율은 주차를 위해 식당 뒤편에 자리한 주차장으로 향했다. 다온은 단체 손님 예약석이라는 팻말이 붙은 방으로 안내되었다. 뿌연 연기와 더불어 숯불구이 향이 가득한 방으로 들어서자, 자경이 가장 먼저 그녀를 반겼다.

"선배님. 어서 오세요. 늦어서 못 오시는 건 아닌가 걱정했어요."

"무슨 서운한 말씀. 다른 날도 아닌 네 생일인데, 반드시 와야지. 생일 축하해. 이건 사무실 식구들이 준비한 것, 이건 내 개인 선물."

"우아, 이렇게까지 신경 써 주지 않아도 되는데…… 다들 너무 고맙습니다. 사랑해요, 선배님들."

"축하해, 자경아."

"생일 축하해. 내년에도 꼭 근사하게 파티하자."

축하 인사가 이어지고, 자경은 일일이 사람들과 눈을 맞추며 손가락으로 하트를 만들어 발사했다. 다행히 너무 늦지는 않았는지, 각 테이블마다 한창 식사가 진행 중이었다. 다온은 빽빽이 들어찬 테이블에서 비어 있는 자리를 찾았다.

점심은 행사장에 마련된 핑거 푸드로 대충 때웠다. 태율의 옆에서는 긴장해서 배가 고픈 줄도 모르겠더니, 연기에 실려 온 돼지 갈비 냄새가 굶주린 식욕을 자극하며 입 안 가득 군침을 돌게 했다.

"김다온, 이쪽이야."

소리 나는 방향으로 고개를 돌리자, 입구에서 가장 멀리 떨어진 테이블에 앉은 성민이 이리로 오라는 손짓을 했다. 테이블 위에는 깨끗한 상차림이 마련되어 있었다. 성민도 방금 전에 왔는지 깨끗한 불판 위에서는 고기가 알맞게 익어 가고 있었다.

곧이어 태율이 방문을 열고 들어오자, 종업원이 뒤따라 들어왔다. 종업원은 깨끗한 불판과 양념된 고기를 담은 쟁반을 들고 어디로 갈지 망설이고 있었다. 네 개로 나눠진 테이블 중에서도 다온과 마주 보는 반대편 테이블에 앉아 있던 아영이 벌떡 자리에서 일어나 손을 흔들었다.

"여기요, 여기. 불판이랑 고기는 여기로 주세요. 편집장님도 이

리로 오세요. 자경이네 고기 맛 끝내줘요. 이모, 여기 소주 2병이
랑 맥주 4병도 더 주시구요."

아직까지는 발음이 분명한 아영이 묵직한 나무 의자를 뒤로 밀
었다. 입구에 어정쩡하게 서 있기만 하는 태율을 직접 데리러 가기
위해서였다. 앞에 놓인 빈 술병을 보니 혀가 풀리기까지 얼마 남지
않아 보였다. 태율의 시선이 불안하게 흔들리며 방 안을 둘러보았
다. 다온은 직감적으로 그가 구원해 줄 누군가를 찾고 있다는 것을
알았다.

태율은 술을 한 모금도 입에 대지 못했다. 그래서 회식 자리에
서 술에 취한 아영이 억지로 떠넘기는 술잔을 거부하느라 몇 번
곤란을 겪은 적이 있었다. 보통은 이런 경우라면 당연하다는 듯이
다온이 나서서 그를 구해 주곤 했다. 하지만 지금 이곳에서 가장
옆에 앉기 싫은 사람이 강태율이었다. 다온은 얼른 고개를 돌리고
성민이 내민 고기를 냉큼 받아먹었다.

"편집장님, 뭐 하세요. 이리 오시라니까. 야, 최 기자. 빨리 고
기 안 굽고 뭐 해? 편집장님 배고프시겠다."

한바탕 우당탕 의자가 넘어지고, 테이블 위에 반찬 그릇들이 덜
그럭거리는 소리가 들렸다. 그 모든 소음들을 무시하고 다온은 묵
묵히 불판에서 구워지고 있는 고기에 집중했다. 설핏 팔이 붙잡힌
태율이 억지로 자리에 앉혀지고, 아영이 일회용 위생 장갑을 끼는
모습이 시야에 들어왔다. 겹겹이 쌓은 야채에 고기가 얹어졌다. 그
위를 쌈장에 파묻힌 생마늘이 올라갔다.

그 모습을 본 다온은 부채처럼 펼친 손을 눈썹 아래로 붙이고
고개를 숙인 채 슬며시 입꼬리를 말아 올렸다.

태율은 나름 식사 예절을 따지는 사람이었다. 씹지도 못할 양의

쌈을 입 안에 욱여넣고 보기 흉한 꼴을 보일 성격이 절대 아니었다. 게다가 싫어하는 생마늘까지. 위생 장갑까지 준비한 정성을 생각한다면 거대한 쌈을 안 받아먹을 수도 없고, 그렇다고 넙죽 받아먹을 수도 없고, 저 시련을 어찌 감당하려나.

다온도 몇 번 당해 봐서 알았다. 아영은 술에 취하면 엄청 고집이 세졌다. 끝까지 물고 늘어지는 사람을 상대로 질 수밖에 없는 게임이었다. 슬쩍 곁눈질로 보니 태율은 난감하다는 표정으로 고기쌈을 노려보고 있었다.

아, 고소해. 모처럼 가슴을 묵직하게 누르고 있던 체증이 쑥 하고 내려가는 기분이었다. 이왕이면 생마늘이 엄청 매웠으면 좋겠다.

한결 기분이 가벼워진 다온은 눈앞에 놓인 돼지갈비를 만족스럽게 바라보았다. 성민이 잘 익은 고기들을 골라 먹기 좋은 크기로 썰어 접시에 담아 준 것들이었다. 숯불 향으로 풍미를 더한 돼지갈비는 꿀맛이었다. 다른 반찬이 따로 필요 없었다. 원래 식성대로 흰밥에 고기를 올려 크게 한입 먹으려는데, 성민이 기다랗게 자른 당근 한 조각을 내밀었다.

"김다온, 그동안 쭉 지켜봤어. 고기 먹을 때 야채는 아예 거들떠도 안 보더라. 이것부터 하나 먹자."

제일 싫어하는 당근을 보고 입을 꾹 다문 다온은 완강하게 고개를 저었다. 성민의 눈매가 저절로 부드럽게 휘어졌다.

"다 큰 어른이 편식을 하면 어떡해. 건강을 생각해서 고루고루 먹어야지."

어쩜. 성민이 하는 말은 평상시 태율이 항상 하던 잔소리와 토씨 하나도 틀리지 않고 똑같았다. 경험상 이런 경우는 주는 대로 먹고 넘어가는 편이 신상에 이로웠다. 괜히 반항이라도 했다가는 한 개만 먹어도 될 것을 두 개를 더 먹게 되는 경우가 허다했다.

다온은 눈을 질끈 감고, 아 하고 입을 벌렸다. 당근의 독특한 향도 고기와 함께 대충 씹어 넘기면 견딜 만했다. 딱딱한 느낌이 입술을 먼저 자극했다. 먹기 싫은 티를 팍팍 내면서, 끝에서부터 조금씩 잘라 먹기 시작하던 찰나였다.

"여러분, 여러분. 제 손에 든 황금색 카드가 보이십니까?"

아영의 외침에 다온은 귀를 쫑긋 세웠다. 설마 하는 심정으로 실눈을 떠서 보니 아영이 눈에 익은 신용카드를 신나게 흔들고 있었다. 일반 신용카드보다 두 배는 두꺼운 위용을 자랑하며 눈부신 금빛으로 반짝이고 있었다.

"법인카드? 오, 노우. 이건 바로 여기 계신 편집장님의 개인 신용카드. 실력뿐만 아니라 정까지 출중하신 우리 편집장님께서 보너스로 소갈비를 쏘시겠답니다. 오늘 회식은 편집장님 카드로 결제합니다. 숨 막히는 마감도 끝났겠다, 고삐 풀린 망아지처럼 마음껏 먹고 놀아 봅시다."

"와아아아."

"편집장님 최고예요."

"아아!"

흥분에 찬 환호성 사이에서 성민의 작은 비명 소리가 들렸다. 다온은 급하게 당근을 베어 문다는 것이 성민의 손가락까지 덥석 이로 물고 있었다.

미쳤어, 미쳤어. 당근인지, 사람 손인지도 구분 못 하는 나도 제정신이 아니지만, 겁도 없이 이 많은 음식값을 계산하겠다고 나선 것으로도 모자라서, 소갈비를 쏘겠다는 태율은 이미 정신 줄을 놓은 게 분명했다. 그깟 쌈 하나 안 먹겠다고 한 달 월급을 털어 넣어?

미안한 마음에 아픈 성민의 손가락을 쓰다듬으며 태율을 째려보는데, 오히려 태율이 그녀를 잡아먹을 듯이 노려보고 있었다. 따가운 시선에 고개를 먼저 돌린 사람은 다온이었다. 어둡게 가라앉은 눈동자에 담긴 의미를 단박에 알아차린 것이다.

이씨. 이럴 줄 알았어. 결국에는 처음부터 구해 주지 않은 내 잘못이라 이거지. 다온은 다급하게 핸드폰을 꺼내 문자를 날렸다.

[지금 제정신이에요? 오늘 회식은 예산에 잡혀 있었던 건데, 왜 선배가 덤터기를 써요? 그깟 쌈 좀 먹으면 어때서?]

[먹기 싫어. 그리고 내 돈이야.]

곧바로 날아든 답장에 다온은 기가 막혔다. 이성적인 태율이 가끔씩 말도 안 되는 똥고집을 부릴 때가 있었다. 딱 지금 같은 경우였다.

[선배 돈인 걸 내가 몰라요? 소갈비가 일 인당 얼마인 줄이나 알고…….]

"김다온."

핸드폰 위에서 부지런히 문자를 찍어 대는 다온의 손등을 사각의 플라스틱 모서리가 톡톡 하고 건드렸다. 무슨 일인가 싶어 고개를 드니 그녀가 좋아하는 선한 눈매가 뒤집어 놓은 반달처럼 환하게 웃고 있었다.

"고기 탄다. 안 뒤집을 거야?"

"아, 고기."

미처 마무리 짓지 못한 문자를 두고 불판에서 지글거리는 고기를 뒤적이는데, 성민이 자리에서 일어났다. 위로 치켜든 카드가 조명을 받고 유려한 황금색으로 반짝하고 빛을 반사했다. 불안감에 사로잡힌 다온은 미간을 찌푸렸다. 태율이 회사에 입사한 순간부터 두 사람은 보이지 않는 경계선 뒤에서 서로를 견제하고 있었다.

"사랑하는 스톰 가족 여러분. 편집장님께서 여러분의 팀워크를 위해 친히 나서 주셨는데, 팀장인 제가 뒤에서 구경만 하고 있을 수는 없겠죠? 우리 팀의 사기진작을 위해 짐을 같이 나눠 가질까 합니다. 여기를 편집장님이 맡아 주신다면, 2차는 제가 확실하게 모시겠습니다."

우아아아아. 열화와 같은 함성이 터져 나왔다. 이곳에 모인 사람들 중에 황금카드의 의미를 모르는 사람은 없었다. 모 은행에서 VIP 고객만을 상대로 제공한다는 프리미엄 신용카드. 비용은 신경 쓰지 말고 즐기라는 선언이었다. 다들 웃고 환호하는 가운데 태율만이 유일하게 침착한 미소를 유지하고 있었다.

내 구역을 지키려는 수컷들의 영역 다툼. 꽃 같은 미소를 짓는 두 사람의 눈빛이 정면으로 마주쳤다. 팽팽하게 잡아당기는 줄다리기처럼 한 치의 양보도 없었다. 파파팍. 다온은 보이지 않는 불꽃이 허공에서 무수히 타오르고 있다고 확신했다.

장장 두 시간에 걸쳐 자경네 소갈비는 거덜 났다. 그사이 절반가량의 직원들은 자리를 뜨고 테이블은 두 개로 좁혀졌다. 지금 테이블 위에서는 2차를 어디로 갈 것인지에 대한 막장 토론이 벌어지고 있었다. 배는 충분히 부르니 분위기 좋은 와인 바로 가자는 의견이 대세였지만, 문제는 꽁꽁 얼어붙은 도로 사정으로 발이 묶였다는 것이었다. 덕분에 회식비를 내기로 한 태율과 성민의 발도 자동으로 묶여 있었다.

자경이네 식당은 번화가에서 조금 벗어난 아파트 상권에 위치해 있었다. 걸어서 괜찮은 바를 찾아가기에는 날씨가 호락호락하지 않고, 대리기사를 불러 차를 가지고 움직이기도 애매했다. 무심한 시간만 정처 없이 흐르고 있었다.

밤이 깊어질수록 태율은 가면을 둘러쓴 사람처럼 성긴 미소만을 유지하고 있었다. 불안하게 태율의 눈치를 살피던 다온은 넌지시 다른 의견을 피력했다.

"뾰족한 수도 없는데, 그냥 해산하죠. 오늘만 날인가. 다음 달 회식에 2차 가도 되지 않나요?"

"무슨 말도 안 되는 소리. 편집장님이랑 팀장님이랑 다 함께 있을 기회가 어디 그리 흔한가?"

"당연하죠. 기회가 왔을 때, 뽕을 뽑아야죠."

"굳이 멀리 갈 필요 있어? 술이야 여기도 넘치게 많으니, 차라리 우리 여기서 2차 합시다. 자경아, 우리 늦게까지 있어도 되는 거지?"

"물론이죠. 엄마한테 안주거리 준비해 달라고 할게요."

"아냐, 안주는 됐어. 배 터지기 일보 직전인데, 술 마실 배는 남겨 놔야지. 바깥 날씨도 꾸물꾸물하고, 모처럼 소맥에 진실게임 어때요?"

"무조건 콜."

반쯤 잠이 든 자세로 테이블에 턱을 괴고 있던 아영이 눈을 뻔쩍 뜨고 콜을 외쳤다. 이대로 헤어질 수 없다는 직원들도 서둘러 찬성을 외쳤다. 태율의 미간이 한일자로 깊게 파였다. 질문의 중심에 그가 있을 거라는 것을 예상한 눈치였다.

공적인 회식 자리가 아니면 태율은 뒤풀이 장소에 거의 모습을 드러내지 않았다. 그래서 직원들과 일적인 대화 외에 사적인 대화를 나눌 만한 기회가 많지 않았다. 진실게임은 개인적인 궁금증을 물어볼 수 있는 절호의 찬스였다.

누군가의 제안으로 테이블이 순식간에 깨끗이 정리되었다. 가장 신이 난 사람은 아영이었다. 아영은 한 소주회사에서 진행하는 이벤트에 참석해 소맥 자격증까지 취득한 이력이 있었다. 깨끗한 맥주잔이 일렬로 나열되고, 그녀의 화려한 손목꺾기에 소주잔이 풍덩 하고 수직 낙하를 했다.

방금 전까지 술에 취해 비틀거리던 사람이라고는 상상도 할 수 없는 정확도였다. 아영의 사수였던 최재식 과장이 자청해서 사회자로 나섰다.

"진실 여부는 양심에 맡기기로 하고, 질문자는 누구부터 할까요?"

여기저기서 빠르게 손이 올라왔다. 손이 먼저 올라온 순서에 의해 첫 질문자가 정해지고 다음은 지목받은 상대가 질문하는 릴레이 방식이었다. 초반이라 그런지 가벼운 농담 같은 질문들이 몇 차례 오고 갔다. 소개팅이 어땠냐는 질문에 남자의 매너가 꽝이었다고 대답한 아영에게 차례가 돌아갔다.

"오케이. 쿨하신 편집장님한테 물어보고 싶은 것이 많지만, 우선은 자상하신 팀장님부터……."

술에 취해 발음은 어눌했지만, 성민을 바라보는 눈빛만큼은 먹이를 노리는 독수리처럼 살아 있었다.

"지난주 토요일에 어떤 여자랑 심상치 않은 분위기로 영화를 봤다는 제보가 있습니다. 데이트가 맞나요? 팀장님, 연애하죠?"

"뭐예요, 팀장님. 우리 모르게 비밀 연애 하시는 거예요?"

"너무해요, 팀장님."

항의가 빗발치는 가운데 다온이 눈에 띄게 당황했다. 아무런 경계 없이 방심하고 있던 터라 입술 끝이 어색하게 떨리는 것도 눈치채지 못했다. 직접 나서서 우연한 만남이었다고 설명하면 간단한 일이었다. 그런데 이상하게 태율이 신경 쓰여 아무 말도 못 하고 있었다.

경은이 만나러 간다며 바래다준다는 것을 거절해 놓고, 성민과 영화 본 걸 알면 진짜 데이트라도 한 줄 알고 오해하겠지? 직감이 그렇게 말하고 있었다.

다온은 팔꿈치로 성민의 옆구리를 살짝 찔렀다. 빨리 나서서 해결하라는 무언의 압력이었다. 곁눈질로 보니 성민은 의중을 알 수 없는 아리송한 미소만 띠고 있었다. 아까운 시간이 흘렀다. 이제 직원들은 데이트를 기정사실화하고 자기들끼리 숙덕거리 시작했다. 다급해진 다온은 테이블 아래에서 성민의 발목을 부츠로 툭 하고 찼다.

마침내 성민이 그녀를 향해 고개를 돌리더니 여심을 홀리는 특유의 미소로 환하게 웃어 주었다. 이제야 제대로 된 설명이 나오겠구나 안심하고 있는데, 성민은 오해를 풀어 주는 것이 아닌 벌주를 선택했다.

어, 이건 아닌데. 성민은 주량이 약한 편이었다. 분위기를 위해 술잔은 들되, 겨우 입술만 적시는 수준이었다. 그런 그가 주저 없이 벌주를 쭉, 들이켰다. 말릴 새도 없었다. 놀라 어안이 벙벙해진 다온은 바닥을 드러낸 맥주잔과 그의 목을 번갈아 가며 바라보았다. 술이 들어간다 싶으면 가장 먼저 목에서부터 반응이 나타났다. 아니나 다를까, 순식간에 하얀 피부 군데군데 붉은 기운이 번져 가기 시작했다.

'왜?' 소리 없이 입술만 움직이는 그녀에게 성민은 장난스럽게 한쪽 눈을 찡긋했다. 장난기 많은 평소의 성격을 알지만, 결코 즉흥적인 사람은 아니었다. 직원들의 볼멘소리만큼이나 다온의 가슴도 벌렁거렸다. 모처럼 분위기를 띄워 주기 위해 그랬으려니 하면서도 놀란 심장이 쉽사리 진정되지 않았다.

"심상치 않다는 기준이 뭔지는 모르겠지만, 판단은 여러분께 맡기겠습니다. 자, 이제 내가 질문할 차례죠? 강 편집장님께 꼭 물어보고 싶었던 것이 있었습니다. 공중파 방송국 사회부 기자로 꽤나 명성이 자자했던 걸로 알고 있는데, 시사월간지 편집장으로 직업을 급선회하신 특별한 이유가 있나요?"

우연인 듯 태율의 흔들림 없는 시선이 다온을 향했다. 청명한 다갈색 눈빛이 한 단계 깊어졌다. 저럴 때는 뭔가를 깊게 고민한다는 뜻이었다. 대답하기 곤란한 질문일지도 모른다는 생각이 들었다. 술을 마실 줄 모르는 그를 위해 이번만큼은 흑기사가 되기로 마음먹은 순간이었다.

"천 번을 넘게 고민해 봤습니다. 과연 내가 욕심을 내도 되는 건지, 죽을 때까지 후회하며 살 자신이 있는 건지……"

짙고 낮게 깔린 남성적인 목소리에 일순간 분위기가 숙연해졌다.

"자신이 없었습니다. 이게 잘하는 선택일까에 대한 확신도 없었습니다. 다만, 아무것도 하지 않으면 죽을 만큼 후회하리라는 것은 알고 있었습니다. 그래서 한 번쯤은 용기를 내 보기로 했습니다. 죽을 만큼 후회하게 되는 순간이 오기 전에……"

왁자지껄하던 실내는 전쟁의 폐허처럼 깊은 정적에 휩싸였다.

누구 하나 섣불리 목소리를 내는 사람도, 술잔을 달그락거리는 사람도 없었다. 방금 들은 말에 숨겨진 진의를 파악하고자 서로 눈치만 살피고 있었다.

다온은 주먹을 아프게 쥐었다. 본능적으로 깨달았다. 태율은 지금 세상을 향해 선전포고를 하고 있었다, 죽이 되든 밥이 되든 그의 사랑을 차지하기 위해 세상과 맞짱 한번 떠 보겠다고. 손톱이 연한 살을 파고들었다.

'왜 그 여자여야만 하는 건데, 왜 나는 안 되는 건데…….'

무의식을 헤집고 나온 질문들. 두려움이 불시에 심장을 관통했다. 질투. 그녀가 겪고 있는 감정의 변화를 설명할 수 있는 유일한 단어는 바로 질투였다. 무시무시한 해일이 밀려오는 것처럼 차가운 한기가 정수리부터 온몸을 쓸어내렸다.

충격에 빠진 다온은 주체할 수 없이 가슴이 떨려 왔다. 이거였구나. 애써 외면해 오던 감정의 실체와 마침내 조우하고 말았다. 투정하고 화를 냈던 행동들은 흔들리는 감정을 부정하기 위한 방어기제였다는 것을 끝내는 깨닫고야 말았다.

"저도 김다온 기자에게 질문 하나만 하겠습니다."

사전에 미리 약속이라도 한 것처럼 호기심 어린 시선들은 일제히 다온을 향했다.

"김다온."

지독히도 매력적인 저음이 그녀의 이름을 불렀다. 지끈. 저릿하게 짓누르는 왼쪽 가슴의 반응이 생경했다. 그윽하게 가라앉은 눈빛은 주변의 모든 공기마저 장악하고 있었다. 세상과 단절된 것처럼 다온의 망막에는 오로지 다갈색 눈동자만이 존재했다.

"너는 왜 초코파이가 싫어?"

다온은 가늘게 뜬 눈을 끄먹거렸다. 순간 귀를 의심했다. 내가 잘못 들은 거겠지? 맞아, 분명 잘못 들었을 거야. 세상을 향해 인생을 건 선전포고를 한 사람이 기껏 초코파이 얘기나 하고 있을 리가 없잖아. 이 시점에서 빌어먹을 초코파이가 나와서는 안 되는 거잖아.

"잘못 들었나 봐요. 무슨 말인지 하나도 모르겠어요."

인내심 없는 아영이 자경에게 손으로 사인을 보냈다. 눈치를 살피던 자경이 어렵게 다온의 팔을 흔들었다.

"저, 선배님. 편집장님이 왜 초코파이가 싫으냐고 물으셨는데……."

분명 초코파이라고 했다. 하얗게 질린 얼굴이 울긋불긋한 철쭉처럼 벌겋게 달아올랐다. 진짜 궁금해서 묻는 건가. 놀리는 건가. 그것도 아니라면 지하철역에서 버릇없이 양아치라고 불렀다고 복수하는 건가. 어떻게 해석해야 하는 거지. 오만 가지 생각들이 뒤죽박죽으로 뒤섞이며 그렇지 않아도 복잡한 머릿속을 휘젓고 다녔다.

"괜찮아?"

성민이 오만상을 찌푸리는 그녀를 보고 걱정스럽게 물었다. 숨 죽인 시선들이 대답을 기다렸다. 불안정한 호흡이 턱 밑까지 밀고 올라왔다. 쪽팔리기 전에 이대로 도망칠까? 다온은 간신히 고개를 주억거렸다.

아니야. 언제까지 끌려다닐 수는 없어. 내리쬐는 조명등에 시야는 아찔하다 못해 아득해졌다. 화장이 지워지거나 말거나, 초점이 흐려지는 눈을 손등으로 박박 문질렀다. 덕분에 찬물을 한 바가지 뒤집어쓴 것처럼 정신이 번쩍 들었다.

다온은 깊게 심호흡을 하고, 혼란으로 어그러진 마음을 추슬렀다. 파르르하게 떨리는 손을 무릎 위에서 야무지게 그러모았다. 아직 늦지 않았어. 더 흔들리지 전에 이쯤에서 정리하는 거야. 과거와의 악연은 여기까지. 약점 따위에 질질 끌려다는 것도 여기까지.

차라리 잘된 거야. 그녀가 그토록 벗어나고 싶어 했던 강태율의 본모습으로 돌아와 줘서 고맙다고 넙죽 절이라도 하고 싶었다. 태율에게 흔들려서는 안 되는 이유를 가슴에 새겨 넣어야 하는데, 입안이 깔깔해졌다. 마음속 속삭임 따위는 무시해 버리자.

다온은 힘없이 움츠러들었던 어깨를 꼿꼿하게 세웠다. 한 템포 호흡을 고르고, 경계 서린 눈으로 정면을 주시했다. 길게 늘어선 벌주가 그와의 사이에 경계선을 그어 주며 어설프게나마 용기를 불어넣어 주었다. 눈 깜짝할 사이에 맥주잔을 들고 한입에 털어 넣었다. 턱 밑으로 흘러내린 술은 냅킨으로 꼼꼼하게 닦았다. 여유로움을 치장하고, 아래턱은 거만하게 앞으로 내밀었다.

"편집장님도 초코파이가 싫죠?"

"아니."

"거짓말."

"무슨 근거로?"

"나한테 그랬잖아요. 기억 안 나요? 1994년 7월 18일. 날짜까지 정확하게 기억할 정도로 잊을 수 없는 끔찍한 기억이 있잖아요."

"기억에 남는 것은 사실이야. 하지만 끔찍하다고 한 적은 없는 것 같은데?"

"하지만 그날……."

"당사자는 기억하지 못하는 것 같지만, 그날은 어떤 귀여운 꼬맹이가 초코파이를 주면서 나한테 프러포즈한 날이야. 난생처음 받은 프러포즈였어. 입술이며 손에 초코파이를 잔뜩 묻힌 꼬마는 싫다는 내 얼굴을 붙들고, 맹세의 뽀뽀까지 했었어. 그날 내 책상이며 옷은 초코파이로 엉망이 되었지만."

순간 다온의 까만 눈동자가 방황하듯 허공을 헤맸다. 내가 날짜를 혼돈했나? 그럴 리가 없는데. 그 날짜는 머릿속에 콕 박혀서, 아무리 잊으려 해도 잊을 수가 없었는데.

"그럴 리가 없어요. 분명히 그날 만행을 저질렀다고 했어요. 어린애가 얼굴과 옷에 초코파이 좀 묻혔다고, 그런 게 만행이 될 수는 없잖아요."

"그 점에 관해서는 사과할게. 여동생이 없어서, 열여덟 살 여고생을 어떻게 다뤄야 할지 몰랐어. 나름 기선 제압은 하고 싶었거든."

"말도 안 돼. 그럼 왜……."

흥분으로 목소리를 높이려던 다온이 어색하게 말꼬리를 흐렸다. 그럼 왜 오해하게 됐냐고 따지려는데, 억지로 입을 틀어막은 건 다른 누구도 아닌 다온 자신이었다는 사실이 떠올랐다. 사고에 과부하가 걸렸다. 결코 이런 반전을 기대한 것이 아니었는데. 황망한 다온은 주먹으로 관자놀이를 꾹꾹 눌렀다.

입 안이 바짝 말랐다. 나쁜 인간, 이중인격자. 툭하면 가르치려 들고, 자기 기분 내킬 때만 친절하고, 또, 또…… 부지런히 강태율에게 흔들려서는 안 되는 이유를 가슴속에 되새겨 보지만, 매번 '진실은……' 이라며 고개를 드는 악마의 속삭임에 힘없이 무너지고 있었다.

"진짜로 알고 싶은 게 뭐예요?"

"그냥 궁금했어, 어른이 된 김다온은 왜 초코파이를 싫어하는지."

태율이 싱긋 웃었다. 따스한 봄 햇살을 연상시키는 미소는 마법의 주문이었다. 빙하기처럼 꽁꽁 얼어 있던 분위기가 단번에 해동되었다.

"대박. 결론은 그 꼬맹이가 김 기자였다는 거네. 1994년이면 김 기자가 몇 살이야?"

"진짜 대박이다. 나는 그것도 모르고, 편집장님이 우리 회사로 오신 이유가 김 선배 때문이라는 줄 알고 바짝 긴장했잖아요."

"누가 아니래. 나는 술이 다 깼네. 앙큼하다, 김다온. 나한테는 단순한 학보사 선후배 사이라더니…… 어쩐지 유독 두 사람 사이가 돈독하다 했어. 청혼하고 뽀뽀까지 했으면 갈 데까지 간 거네."

"결혼해, 결혼해."

장난처럼 시작된 구호가 파도를 타고 작은 공간을 가득 메웠다. 다온은 더 이상 아무것도 귀에 들어오지 않았다. 족쇄가 끊어졌다. 간신히 지키고 있던 마지노선이 허무하게 무너져 내리고 있었다. 이제 흔들리는 마음을 붙잡아 줄 거리낌조차 사라져 버렸다.

지지기반을 잃은 땅이 그녀를 송두리째 흔들기 시작했다. 자칫 발을 잘못 디디면, 짝사랑의 늪에 빠져 영원히 헤어 나오지 못할지도 모른다는 절망감에 사로잡혀 앞에 놓인 테이블을 손으로 꼭 붙잡았다.

⌘ ⌘ ⌘

초코파이의 여파로 진실게임은 흐지부지 끝이 났다. 한두 잔 술잔이 더 오가고, 회식은 마무리되었다. 주차장으로 차를 가지러 간 태율을 제외한 나머지 사람들은 식당 앞 도로변에서 택시를 기다렸다.

순차적으로 도착하는 택시를 타고 동료들이 먼저 출발했다. 떠나는 사람들을 향해 기계적으로 손을 흔들던 다온은 갑자기 어깨를 누르는 느낌에 고개를 돌렸다. 뒤에 서 있던 성민이 힘이 드는지 그녀의 어깨에 이마를 기대 왔다.

"미안. 잠깐만 이대로 기대고 있을게."

"어지러워요? 제가 부축해 드릴게요."

다온은 재빨리 겨드랑이 사이로 파고들어 허리에 팔을 둘렀다. 벌주를 두 잔이나 마시고, 간신히 버티고 있던 성민의 정신력이 서서히 한계에 다다르고 있었다. 두 다리로 서 있는 것조차 버거워 보였다. 식당 안에서 뒷정리를 돕고 있는 자경이라도 불러야 하나 망설이는데, 다행히 익숙한 자동차가 다가왔다.

운전석에서 내린 태율의 도움으로 성민이 어렵사리 자동차 뒷좌석에 자리를 잡았다. 다온은 냉큼 자동차 반대편으로 돌아가서 성민의 옆에 나란히 앉았다.

"너는 앞에 타."

차 안으로 고개를 내민 태율이 퉁명스럽게 지시했다. 다온은 명령하는 말투를 무시하고, 힘없이 무너지는 성민의 얼굴을 어깨로 받쳤다.

"김다온, 내 말 안 들려?"

"바람이 차요. 팀장님 감기 걸리겠어요."

울긋불긋하던 혈색이 흔적도 없이 사라진 성민의 피부는 창백하다 못해 하얀 백지 같았다. 목에 닿은 이마가 얼음장처럼 차가웠다. 이마와 볼을 차례로 만지며 체온을 가늠하던 다온이 조심스럽게 얼굴에서 안경을 벗겼다.

꽝. 거칠게 닫힌 차 문으로 인해 작은 공간이 거세게 흔들렸다. 곧이어 태율이 운전석에 앉았다. 한차례 룸미러를 통해 뒤를 바라본 날카로운 시선은 어딘가 모르게 단단히 골이 나 있었다.

차가 출발하고, 이후로 태율은 운전에만 집중했다. 미끄러운 도로 상황에 주의를 기울이는 것이겠지만, 의도적으로 그녀를 투명인간 취급한다는 느낌을 지울 수가 없었다. 말을 듣지 않는 그녀 때문에 화가 난 건지, 술에 취한 성민을 떠안게 된 것에 화가 난 건지. 진실이 무엇이든 깊게 파고들고 싶지 않았다.

태율의 말 한마디도 허투루 지나치지 못하고 의미를 부여하게 된 지금은 그녀를 외면해 주는 것이 오히려 고마울 뿐이었다. 어색한 침묵이 흘렀다. 창밖의 전경에 온 신경을 집중하던 다온은 차가 웅장한 외관의 오피스텔 단지로 들어서자 고개를 돌렸다.

"여기는 선배네 집이잖아요. 팀장님 아파트는 우리 동네라고……."

"나도 분명히 들었어. 박 팀장님이 한 달 전에 너희 동네로 이사 갔다고. 그 동네에 대형 아파트 단지만 열 개가 넘어. 의식 없는 사람을 너희 동네로 데려간다고 뾰족한 수가 나오겠어?"

"그럼 선배네 집으로 모시고 가게요?"

"다른 선택 있어?"

"경은이…… 아니에요. 그냥 가요."

순간 경은이에게 주소를 물어볼까도 싶었지만, 이 기회에 두 사람이 친해지는 것도 나쁘지 않겠다는 생각이 들어 입을 다물었다. 지하 주차장으로 진입한 차가 주차 공간에 주차했다. 카드 키를 받은 다온이 앞장서고, 성민을 등에 업은 태율이 뒤를 따라 건물로 들어섰다.

번거로우니 멀리 떨어지라는 말에 안절부절못하고 종종걸음으로 앞장서던 다온이 아파트 현관문에 도착해서야 처음으로 입을 열었다.

"문은 어떻게 열어요?"

"비밀번호 눌러. 19940718."

"잠깐만요. 199407……."

띠띠. 번호를 되새기며 숫자를 누르려던 손가락이 허공에서 멈칫했다. 숫자가 주는 의미를 뒤늦게 깨달은 다온이 뒤를 돌아보았다. 왜 하필 이날을…….

태율의 잔뜩 찡그린 이마에 땀방울이 송골송골 맺혀 있었다. 성민의 몸무게를 온몸으로 지탱하느라 힘들어하는 모습에 다온은 서둘러 번호를 누르고 문을 열었다. 문이 열리자, 신발도 벗지 않은 태율이 성큼성큼 안으로 들어갔다.

다온이 따라 들어갔을 때는 태율이 손님용 침대에 성민을 눕힌 후였다. 구두를 벗겨 방 한쪽 구석으로 던지며 태율은 무너지듯 침대 모서리에 걸터앉았다.

"의식 없는 남자가 얼마나 무거운지 깜빡 잊고 있었다. 벌주 한 잔에 이렇게 뻗을 줄은 몰랐어."

"나도 팀장님이 취한 것은 처음 봤어요. 아마 팀장님도 이 정도로 뻗을 줄은 몰랐을 거예요. 아침에 일어나면 내가 왜 쓸데없는 객기를 부렸을까, 엄청 후회하실걸요."

"신중한 사람이 객기를 부릴 때는 그만한 이유가 있겠지."

낮게 조아리는 말투가 나름 의미심장했다. 다온은 한쪽 눈썹을

203

찡그렸다. 무슨 뜻이냐고 물어볼까 하다 그만두기로 했다. 가능하면 이 불편한 분위기에서 한시바삐 벗어나고 싶었다.

"낯선 곳에서 깨어나면, 당황하실 거예요. 놀라지 말라고 메모라도 남겨야겠어요."

다온은 손에 들고 있던 금테 안경을 나이트 테이블 위에 올려두고 가방에서 수첩을 꺼냈다. 수첩에서 종이 한 장을 찢어 간단한 메모를 적는 모습을 태율이 말없이 지켜보고 있었다. 긴장으로 어깨에 힘이 들어가서인지 글자가 삐뚤빼뚤 엉망이었다. 종이를 구기고, 새로 한 장을 다시 찢었다.

"적당히 하고 가자. 늦었어. 집까지 바래다줄게."

피곤에 잠겨 탁해진 목소리가 그녀를 재촉했다. 다온은 무슨 말을 썼는지도 모른 채 대충 써 내려간 메모지를 안경 밑에 두고 일어났다. 차분하게 문장을 다듬을 마음의 여유가 없었다. 머릿속은 이미 정리되지 못한 감정들로 차고 넘쳤다. 방 안의 풍경처럼 모든 것이 낯설고 어색하기만 했다. 생각을 정리할 수 있는 혼자만의 시간이 절실히 필요했다.

엘리베이터를 탈 때까지도 두 사람은 별다른 대화를 주고받지 않았다. 좁은 공간을 꽉 채우는 그의 존재감에 눌려 숨이 막힐 것 같았다. 숨소리조차 신경이 쓰여 숨도 크게 쉬지 못하고 얼어 있는데 태율이 먼저 입을 열었다.

"궁금해 죽겠다는 얼굴이던데, 용케 안 물어보네."

"뭘요?"

허를 찔리자, 되묻는 말투가 저절로 시비조가 되었다. '왜 현관 비밀번호가 그날이에요?' 차마 꺼내지 못한 질문이 머릿속을 어지럽히던 참이었다. 귀신이 따로 없네. 다온은 마른 입술을 꼭 깨물었다.

"무슨 말인지 하나도 모르겠어요."

"그래? 그럼 안 궁금한 걸로 하지, 뭐."

딱 잡아떼는 다온을 보며 피식, 태율이 여유로운 미소를 흘렸다. 모든 것을 다 꿰뚫어 보고 있다는 식의 자신만만한 표정이 묘한 긴장감을 불러일으켰다.

"현관 비밀번호는 바꿀 거야. 그러니까 도둑고양이처럼 몰래 들어갈 생각 하지 마."

"……."

"나 몰래 우리 집에 들어가서 내 부적을 훔쳐 가겠다는 헛된 꿈도 버리는 게 좋을 거다. 네가 찾지 못할 곳에 깊숙이 숨겨 뒀으니까."

어색하게 굳어진 어깨가 눈에 띄었을까. 성질을 돋워서 분위기를 풀어 보려는 의도라면 제대로 먹혔다. 삐뚜름하게 처졌던 다온의 눈매가 서서히 위로 올라갔다.

"그 부적이 왜 선배 거예요? 내 돈 주고 샀으니, 내 거잖아요. 돌려줘요."

"싫어. 내 손에 들어온 이상, 내 거야. 혹시 알아, 그 부적이 주술이라도 부려 줄지."

"유치하게 왜 이래요? 미신이라면서요? 팩트만 논하라고 무안 줄 때는 언제고……."

"그때는 내가 그 정도로 잘난 척하는 인간인 줄은 몰랐거든. 덕분에 요즘 반성 많이 했다. 너한테 더 이상 밉보이기는 싫어."

두근. 여운이 할퀴고 간 자리에 미련의 농도가 진해졌다. 가슴 안쪽 어디가 자꾸만 따끔거려 다온의 말투가 더욱 뾰족해졌다.

"그럼 그냥 버려요. 어차피 효과도 없는데……."

"그건 더 싫은데. 난 내 물건 함부로 버리지 않아."

엘리베이터가 지하에 도착했다. 습한 공기를 머금은 냉기가 순식간에 옷 속으로 파고들었다. 어깨를 잔뜩 움츠린 다온이 먼저 복도로 나갔다.

"관둬요. 버리든지 말든지…… 이제는 상관 안 해요. 어차피 우리 관계의 룰은 깨졌으니까."

"무슨 뜻이야?"

앞서 나가는 다온을 태율이 손쉽게 따라잡았다. 경쟁이라도 벌이듯 빠르게 걷던 발걸음이 유리문 앞에서 멈췄다. 스스로 멈춰 선 건지, 태율이 멈춰 세운 건지 분간이 되지 않았다. 섬세한 손가락이 패딩 재킷의 지퍼를 턱 밑까지 끌어 올렸다. 옷에 남아 있던 숯불갈비의 향과 태율의 손가락 끝에 감도는 비누 향이 오묘한 조합을 이루며 코끝을 간질였다. 다온은 코를 실룩거리지 않기 위해 볼에 잔뜩 바람을 집어넣었다.

"내가 또 뭘 잘못한 거야? 볼에 심술이 한가득인데."

"사람들 앞에서 어린 시절 얘기 하지 않기로 했잖아요. 약속을 깬 건 선배였어요. 나도 이제부터 선배가 하는 말은 하나도 안 들을 거예요."

"……아! 그런 게 있었지. 아직까지도 그 룰이 유효한지는 몰랐네."

무심한 말투 끝에 실소가 터졌다. 다온의 목에 엉성하게 둘러진 목도리를 다시 풀어, 두 번이나 휘둘러 감을 때까지도 웃음이 멈추질 않았다. 그 웃음소리가 벗겨 낸 진실 하나가 무거운 돌덩이가 되어 다온의 가슴을 묵직하게 눌렀다.

"춥다. 여기서 기다려."

태율이 유리문을 열고 나가자, 코끝에 걸린 비누 향이 사라졌다. 기다리라는 말을 무시하고 다온은 주차장으로 나갔다. '삑' 소리와 함께 어두컴컴한 주차장 한쪽에 헤드라이트 불빛이 들어왔다. 바퀴가 매끄러운 주차장 바닥과 마찰하며 내는 소리가 유난히 날카롭게 들렸다.

다온은 뻑뻑해진 눈을 손으로 비볐다. 이로써 한 가지는 확실히 정리가 되었다. 처음부터 두 사람 사이에 룰은 존재하지 않았다. 갑과 을이라는 정해진 틀에 그들의 관계를 애써 끼워 넣고 있던 사람은 다름 아님 그녀 자신이었다.

벗어날 거라 입버릇처럼 떠들어 대지만, 실과 바늘처럼 하나의 카테고리 안에 당연하다는 듯이 두 사람을 집어넣은 것도 바로 자신이었다. 친구나 애인도 아닌 애매모호한 관계, 본인 스스로에게조차, 태율의 옆에 서 있는 자신의 위치를 설명해 줄 명분이 필요했을 테니까.

주황색 불빛이 가까워지면서 심장의 두근거림도 확연이 달라졌다. 익숙한 두근거림. 그녀의 심장은 그를 향해 꽤 오랫동안 같은 모양으로 뛰고 있었다. 언제부터였을까. 습관처럼 길들어 버린 느낌이기에 시작이 언제였는지를 따지는 것 자체가 우스웠다.

세상에 나 같은 바보가 또 있을까. 변화를 알면서도 고집스럽게 외면하고 있었던 그녀는 세상천지 바보였다. 너무나 익숙해지면 둔해지는 건가. 아마 변화가 두려웠다는 것이 진실에 가까울지도 모르겠다.

세월이 가져다준 시간만큼, 너무도 당연하게 우리라는 틀에 끼워 맞춰진 관계. 서로의 시간 속에 자연스럽게 스며든 삶은 작은 변화조차 거부하고 있었다.

그래서 지금 그녀가 겪는 이 혼란이 어떤 결과물이 가져올지 두렵고, 불안하기만 했다. 다시는 예전으로 돌아갈 수 없겠지? 코끝이 찡해졌다. 본능은 이미 답은 알고 있었다. 아득해지는 시선 끝에 스며든 불안이 사라지길 기다리며, 다온은 목도리를 얼굴 위로 끌어 올렸다.

6장. 운명의 수레바퀴에도 허점은 있다

"인권 변호사로서 이름을 날리며…… 멘토의 역할을…… 김다온, 김다온."

띄엄띄엄 들리던 말소리 끝에 이름이 불리자 다온은 깜짝 놀라 자세를 바로 했다. 십일 자형 테이블의 상단에 서 있던 아영이 프로젝터 화면을 향해 리모컨을 흔들고 있었다.

"노트북에서 다음 화면으로 이동 부탁해. 배터리 문제인가? 여기서는 리모컨 작동이 안 돼."

"네."

다온은 대답과 동시에 노트북에서 아영의 기획안을 다음 장으로 넘겼다.

"초반의 기획 의도에서 벗어나긴 하지만, 예판과 동시에 베스트셀러로 떠오른……."

손톱이 정갈하게 다듬어진 손에 의해 넥타이 매듭이 와이셔츠의 두 번째 단추 아래로 느슨하게 당겨졌다. 답답해 보이던 단추를 넥타이 매듭 바로 윗부분까지 풀어 헤치는 동작은 간결하고 깔끔했다. 한두 차례 목을 좌우로 잡아당기는 동작에 흰색 와이셔츠 사이로 매력적인 쇄골이 모습을 드러냈다. 장기간 햇볕에 그을린 피부는 순백색의 셔츠와 비교되었다. 다온의 시선은 저절로 셔츠 깃 사이로 보이는 건강한 피부색에 고정되었다.

어려서도 피부색이 까무잡잡했었나? 그랬던 것도 같기도 하다. 워낙 밖에서 운동하는 것을 좋아했으니까. 커서도 마찬가지였다. 운동에 별다른 재주가 없어 기피하는 그녀와 달리 태율은 실내건 실외건 특별히 가리는 스포츠 종목이 없었다. 계절마다 즐겨 하던 스포츠의 종류도 다양했다. 운동을 좋아하는 것은 형인 태민도 마찬가지였다. 시간이 날 때면 함께 테니스를 치기도 하고, 겨울 이맘때쯤이면 두 사람은 주말마다 야간 스키를 즐기러 서울 근교 스키장을 자주 찾았다.

가지를 치고 뻗어 나가던 사고가 태민에게 이르자, 다온은 아침 출근길에 우연히 1층 커피숍에서 만나 나눈 대화를 머릿속에 떠올렸다.

'기획 기사 준비는 잘하고 있어?'

'네. 오빠가 소개해 준 차 대표님 덕에 어느 정도 가닥은 잡힌 것 같아요. 고마워요.'

'중간에 전화 한두 통 넣은 것뿐인데, 뭘. 요즘 편집장님은 어때? 여전히 티격태격 중인가?'

'모르겠어요. 아무래도 오빠가 준 강태율 매뉴얼이 나랑은 안 맞는 것 같아요. 기선 제압은 포기해야 할 것 같아요.'

'벌써? 애교 작전이라도 부려 보지. 그거라면 통할지도 모르는데.'

'그것도 벌써 써먹어 봤죠. 씨도 안 먹혀요. 저도 닭살 돋아서 두 번은 못 하겠어요. 문장에 이름 넣고 말하는 애교는 진짜 최악이었어요. 말하는 저도 손발이 오그라드는 줄 알았다니까요.'

시무룩한 그녀의 반응에 태민이 박장대소했다. 어찌나 크게 웃어 대는지, 커피 주문하던 사람들의 시선이 일제히 그녀에게 쏠렸다.

'왜, 어려서는 문장에 항상 이름을 넣어서 얘기했잖아. 율이 오빠, 다온이 인형 놀이 하고 싶어, 율이 오빠, 다온이 초콜릿 먹고 싶어, 이렇게. 기억 안 나?'

과거를 회상하는 태민의 입술 끝이 부드럽게 위로 휘어졌다.

'그럴 때마다 태율이 녀석은 너한테 꼼짝 못 하고 붙잡혀서는…… 초등학생 주제에 어른인 척하던 녀석이 바비인형 찻잔을 입에 대고 새침을 떠는 꼴이 어찌나 우습던지…….'

"김다온. 야, 김다온!"

아영의 성마른 외침에 다온은 퍼뜩 정신을 차렸다. 방심하고 있었더니, 고새 집중력이 흐트러졌다. 분산되었던 정신을 추스르며 시선을 노트북으로 향했다. 화면에는 아영이 발표 중이던 기획안과는 전혀 상관없는 내용이 슬라이드 쇼처럼 펼쳐지고 있었다.

"죄송합니다. 바로 정정하겠습니다."

넋 놓고 있느라 손가락이 제멋대로 움직인 줄도 몰랐다. 회의 시간에 단 한 번도 해 본 적이 없는 실수였다. 다온은 서둘러 노트북을 통해 화면을 정정했다. 태율의 예리한 시선이 따갑게 느껴졌지만, 모르는 척 고개를 들지 않았다. 곧이어 아영의 발표가 이어졌다.

"TV 여행 프로그램이 인기를 얻으면서 관광과 레저를 결합한 형태의 여행 상품이 좋은 호응을 얻고 있는 추세입니다. 아직 대중에게 보편화되지 않은 것들로 골라, 해마다 늘고 있는 각 도시별 레저 스포츠 대회를 지역 먹거리 문화와 결합하여 소개할 계획입니다. 이번호에는 계절에 맞게 겨울 스포츠와 관련된 특집 기사를 준비하고 있습니다."

"레저 스포츠 대회를 지역 문화와 결합해서 소개한다라…… 참신한 기획이 될 수도 있을 것 같습니다. 다만 비용 문제라든가, 누구나 손쉽게 즐길 수 있는 레저 스포츠를 찾다 보면 이미 다른 매체에서 다뤄진 기사들을 답습하는 오류를 범할 수도 있습니다. 겨울이면 떠올릴 수 있는 눈꽃축제나 봅슬레이 눈썰매, 송어축제 등, 인터넷을 뒤지면 누구나 쉽게 접할 수 있는 행사들 같은 경우라면 굳이 돈을 주고 잡지를 사 보면서까지 정보를 얻을 필요는 없겠죠?"

프레젠테이션 화면을 다음 페이지로 넘기려던 다온은 슬쩍 고개를 들었다. 아영이 눈짓으로 화면을 넘기지 말라는 신호를 보냈다. 다음 페이지에는 방금 태율이 열거한 축제와 관련된 사진들이 자료 화면으로 준비되어 있었다. 당황한 표정이 분명한 아영이 헛기침을 했다.

"물론입니다. 각 지역 문화 홍보센터 및 새봄여행사와의 협력으로 차별화된 내용으로 준비하고 있습니다. 세부 사항이 구체화되는 대로 업데이트하겠습니다."

"좋습니다. 처음 기획 의도에 중점을 맞춘 다양하고 신선한 정보를 기대해 보죠. 이달의 핫이슈 코너는 어떻게 진행이 되고 있습니까?"

"1세대 아이돌 가수에서 재벌가의 며느리로, 그리고 이제는 뮤지컬 제작자로 변신을 시도한 신유진 씨에 대한 인터뷰 기사를 준비하고 있습니다. 신유진 씨가 직접 제작자로 참여하는 뮤지컬 '사관과 신사'가 다음 달 초, 문화회관에서 첫 공연을 올립니다. 뮤지컬 배우로서의 첫 데뷔작이기도 합니다. 재벌가 며느리의 이미지를 벗고 제작자로, 그리고 뮤지컬 배우로 제2의 인생을 도약하는 모습을 기사에 담을 예정입니다."

태율이 회의 내용을 수첩에 메모했다. 마지막 인터뷰 기사에 대해서는 가타부타 언급이 없었다. 발표된 모든 기획안에 코멘트를 달던 태율이 처음으로 침묵하고 있었다. 아영의 얼굴이 급격히 어두워졌다. 4개월이라는 시간은 서로의 스타일을 파악하는 데 충분한 기간이었다. 기획안이 엎어지겠다는 예감으로 동료들이 슬쩍 태율의 눈치를 살폈다.

태율은 편집장의 권한으로 스캔들이나 이슈가 될 만한 인터뷰 대상이나 기사 내용은 기획 단계 혹은 마감을 넘긴 상황이라도 과감하게 걸러 냈다. 전직 사회부기자라는 이력 때문인지 그의 정보력은 정치, 경제, 사회 전반에 걸쳐 광대하면서, 다른 어떤 매체보다도 한발 앞서 나가는 기동력이 있었다.

초반에는 힘들게 준비한 꼭지가 무용지물이 되는 것에 대해 반발이 심했다. 하지만 한두 번의 시행착오 끝에, 이제는 대부분의 에디터들은 그의 정보력을 믿고 신뢰하는 추세였다.

"알겠습니다. 다른 의견 없으면 기획안대로 진행하기로 하고, 오늘 기획회의는 여기서 마치도록 하겠습니다. 외고필자와 취재원이 정해지는 대로 진행 사항 업데이트 부탁드리겠습니다. 다들 수고 많으셨습니다. 김아영 대리, 개인적으로 할 말이 있는데요. 내

방에서 잠깐만 보죠."

아영이 콧구멍을 벌름거렸다. 화가 났다는 증거였다. 대단한 이
유가 아니라면 쉽사리 순응하지 않겠다는 기세였다. 그에 반해 소
지품을 정리하는 태율의 자세는 지극히 평온했다. 티끌 한 점 없는
와이셔츠의 단추를 단정하게 채우고, 의자 등받이에 걸쳐 둔 슈트
재킷을 반으로 접어 팔에 걸치는 동작이 자로 잰 듯 정확했다. 자신
감에 찬 사람만이 가질 수 있는 여유라고나 할까. 그 기세에 눌렸는
지, 아영은 이내 침통한 표정으로 수첩과 태블릿을 집어 들었다.

잘하면 컴퓨터에 보관되어 있는 기획안 두 개가 통으로 날아가
게 생겼다. 겨울 스포츠 축제에 대한 기사는 부지런히 발품을 팔면
해결되겠지만, 신유진 기획안이 날아간다면 나름 비상사태였다. 새
로운 인터뷰 대상을 찾고, 며칠 내로 인터뷰 날짜까지 잡으려면 비
상연락망을 총 동원해야 했다. 태율을 따라 회의실을 나가는 아영
의 어깨가 유난히 처져 보였다.

"뺀질이 김아영, 이번 달에는 고생 좀 하겠다."

PT룸을 나가자마자 최 과장이 다온의 곁으로 다가왔다.

"신유진 측에서 먼저 인터뷰 요청을 해 왔다고 신나 하더니……
그냥 뮤지컬 홍보려니 생각했는데, 뭔가 다른 꿍꿍이 속셈이 있었
나 봐. 남편이랑 무슨 문제 있나? 재산 편법 상속에 대해 말이 나
오는 것도 같던데, 김 기자는 뭐 아는 것 없어?"

"과장님이 모르시면, 저야 당연히 모르죠."

"편집장이 무슨 말 안 해? 둘이 어려서부터 친하다며, 집안끼리
도 잘 알고. 그 정도면 비밀 얘기도 주고받고 할 거 아냐."

"어려서부터 아는 사이인 것은 맞는데, 그 정도로 친하진 않아
요. 그리고 저 입 가벼워요. 아시잖아요."

때마침 최 과장의 핸드폰으로 문자가 전송되었다. 무방비한 얼굴로 액정을 확인하던 최 과장이 허, 하며 탁한 숨을 내뱉었다.

"그건 모르겠고, 우리 팀에 진짜 입 싼 사람이 있다는 건 방금 알았네. 난 이제 죽은 목숨이야."

최 과장은 갑자기 세상이 무너진다는 최후통첩이라도 받은 얼굴로 핸드폰만 뚫어지게 바라보았다. 우리 팀이라는 말에 호기심이 생긴 다온은 슬쩍 곁눈질로 액정을 살폈다. 회식, PC방, 거짓말. 몇 개의 단어만 유추해도 대충 무슨 일이 벌어진 건지 상상이 됐다.

최 과장은 디자인팀 신 대리와 결혼 3년 차 사내 커플이었다. 같은 직장에 근무하다 보니 서로의 스케줄에 관해서는 모르는 게 없었다. 결혼 후, 회사와 집밖에 모르는 최 과장의 유일한 일탈이 PC방이었다. 요즘 온라인 게임에 미쳐 있는 최 과장은 금요일 회식이 예정보다 일찍 끝나자, PC방으로 직행했다. 부인에게는 회식이 늦게 끝난 걸로 해 달라며 신신당부를 했었다. 상사의 부탁이니 다온에게 거절은 선택 사항이 아니었다.

주말 내내 머릿속은 엉킨 실타래처럼 꼬여 있었다. 어떻게 해야 할지 갈피를 잡지 못한 상황에서 아무도 만나고 싶지 않았다. 그녀의 의지가 아닌 다른 누군가의 말에 따라 마음이 흔들리는 것이 싫었다. 그것이 비록 제일 친한 경은이라도.

핸드폰도 꺼 놓은 상태로 스스로를 고립시켰다. 밀린 독서라도 하면서 머리를 비워 볼까 싶었지만, 주말 동안 읽은 페이지 수는 겨우 50페이지를 넘기지 못했다. 멍한 상태도 읽은 문장을 읽고 또 읽기를 반복했다. TV를 틀어도 상황은 마찬가지였다. 내용은 눈에 들어오지 않고, 사람들이 떠드는 소리는 그저 벌레가 윙윙대는 것처럼 신경을 갉아먹고 있었다. 무엇을 하건 사고의 귀결점은 언제나 태율이었다.

월요일 아침은 더 최악이었다. 태율을 직접 대면해야 한다는 상 상만으로도 심장이 쪼그라들었다. 무슨 정신으로 출근 준비를 했 는지도 몰랐다. 금요일 회식은 먼 달나라 이야기 같았다. 전철에서 회식에 관련된 문자를 받고 답장을 보낸 것 같은데, 정확한 내용은 기억에도 없었다.

이래저래 아침부터 사고의 연속이었다. 태민과의 대화는 복잡한 머리에 혼란스러움만 잔뜩 안겨 주고, 회의 시간에는 딴생각에 빠 져 생전 안 하던 실수를 하지 않나, 이제는 하다 하다 부부 싸움을 일으킨 장본인이 되어 있었다.

"죄송해요. 제가 실수한 것 같아요. 아침부터 정신이 없었어요."

"설마 김 기자였어? 나는 김아영인가 했더니…… 진짜 실망이 야. 다른 사람은 몰라도, 김 기자는 믿었는데……."

키는 작아도 덩치는 곰 같은 최 과장이 새침하게 고개를 옆으로 틀었다. 수염까지 덥수룩한 남자가 애잔하게 한숨을 내쉬자, 다온 은 더 미안해졌다.

"우리 마누라 성격을 모르는 사람도 아니고…… 덕분에 나는 한동안 아침밥은 구경도 못 하게 생겼다."

"진짜, 진짜 죄송해요. 제가 잠을 좀 못 자고, 제정신이 아니었 어요. 대신에 제가 신 대리님 화 풀릴 때까지, 과장님 아침은 책임 질게요. 회사 앞 푸드 트럭 샌드위치 좋아하시죠?"

"됐어. 나는 돈이 없나?"

"돈이야 당연히 과장님이 저보다 많으시죠. 먹고는 싶은데, 줄 이 너무 길어서……."

한동안 삐져 있을 것 같던 최 과장이 돌연 고개를 돌렸다. 표정이 상당히 의뭉스러웠다. 불현듯 떠오른 불길한 예감에 다온은 몇 걸음 뒤로 물러났다.

　"추운데 고생할 필요 있어? 그러지 말고, 소개팅 한 번만 해라. 작은집 사촌 동생이 로스쿨 출신이라고 말했지? 가족 모임 때마다 작은어머니가 하도 부탁을 하셔서 그래. 어려서 작은집 도움을 많이 받았거든. 그렇다고 김 기자가 부담 가질 필요는 없어. 형식적인 거야. 커피 딱 한 잔이면 돼. 그렇게 퉁치자."

　"어떻게 부담을 안 가져요. 다른 사람도 아니고 과장님 사촌 동생인데……."

　"툭 까놓고 말해서 내가 그 자식 소개팅 주선만 벌써 다섯 번째야. 자식이 번듯한 직장 있다고, 얼마나 여자 얼굴을 따지고 드는지. 진짜 딱 한 번이면 돼. 작은어머니한테도 이번이 마지막이라고 엄포를 놨어. 그래도 이왕 마지막인데, 김 기자 정도면 내 체면이 설 것 같아서 그래. 내가 이렇게 부탁할게."

　최 과장 사촌 동생이 얼굴을 엄청 따진다는 것은 소문으로 익히 알고 있었다. 사실 몇 달 전에 소개팅 자리에 불려 나간 우리 회사 최고 미녀 디자인팀 안 대리도 애프터를 못 받았다고 들었다. 그 소문이 회사에 퍼진 이후로, 최 과장이 소개팅을 구걸하고 다니는 것을 목격한 적이 한두 번이 아니었다.

　그래도 같은 부서라고 편집부에서는 소개팅 얘기를 꺼내지 않더니, 기어이 다온한테까지 차례가 온 것을 보면, 집에서 시달리긴 꽤 시달린 모양이었다. 다온은 잠시 생각을 가다듬었다. 안 대리가 애프터를 못 받을 정도면, 다온이 애프터를 못 받을 확률은 100퍼센트였다.

커피 한잔이라는 전제 조건이 붙었으니, 가볍게 퇴근길에 만났다, 헤어지면 크게 부담스러운 자리도 아니었다. 아침에 모닝 샌드위치를 사기 위해 푸드 트럭 앞에서 줄서서 시간 낭비하는 것보다는 훨씬 나은 거래 조건이었다.

"진짜 커피 딱 한 잔이면 되죠?"

"물론이야. 이번엔 딱……."

"딱 거기까지만 해."

카리스마 있는 목소리가 말허리를 잘랐다. 돌아보니 회의실에 가장 늦게까지 남아 있던 성민이 긴 다리를 이용해 복도를 성큼성큼 걸어오고 있었다. 최 과장이 위험을 느끼고 뒷걸음질을 쳐 보지만, 어느새 다가온 성민은 압도적인 키를 이용해 최 과장의 어깨를 위에서 누르더니, 단박에 한쪽 팔을 등 뒤로 꺾었다.

"김다온, 너는 내가 입사 첫날 해 준 말 잊었어? 선배한테도 싫다는 말을 제때 사용할 줄 알아야 한다고 했었지. 지금이 바로 그런 때야. 그리고 최재석, 소개팅 문제로 편집부 식구들 괴롭히지 말라고 내가 경고했어, 안 했어?"

"아, 아! 알았으니까, 이거 좀 놓고 얘기해요. 김 기자, 이번 부탁은 없던 걸로…… 아, 악!"

"평생."

"평생 없는 걸로……."

뒤로 꺾인 팔 때문에 등을 활처럼 구부린 최 과장이 아프다며 발을 동동 굴렀다.

"들었지, 김다온?"

냉정한 얼굴로 성민이 대답을 강요했다. 걷어 올린 셔츠 소매 아래 툭 튀어나온 힘줄이 꽤 위협적이었다. 다온은 고개를 한 번 끄덕였다. 평생 소개팅 주선을 하지 않겠다는 건지, 부탁 자체를 안 하겠다는 건지, 애매모호한 약속이지만 성가신 일 하나가 줄어들었다는 사실에 크게 만족했다. 성민이 손에서 힘을 뺐다. 악력이 느슨해진 틈을 타, 최 과장이 후다닥 뒤로 물러났다.

"너무하네. 아침부터 열받은 일 있어요? 사정 얘기는 들어 보지도 않고, 무조건 팔부터 꺾고⋯⋯."

"안 들어도 뻔하지. 거짓말하라고 시킨 사람이 잘못이지, 사실을 사실대로 말한 사람이 무슨 잘못이야? 한 번만 더 이런 걸로 트집 잡아서 후배들 괴롭히면, 다음에는 진짜 팔에 깁스하게 해 준다."

"괴롭히긴요. 잘되면⋯⋯ 가만, 이거 좀 과잉 반응인데⋯⋯ 설마, 아니죠? 영화관에서 목격된 여성의 인상착의가 여기 있는 김다온이랑 비슷하다는 제보가 있기는 했는데⋯⋯."

"나도 제보 하나를 받았는데 말이야⋯⋯ 신 대리가 너 한 번만 더 새벽에 들어오면, 바로 신용카드 정지시킨다더라. 취재원 만나러 춘천 간다며? 오늘 중으로 돌아오려면 서둘러야 하지 않겠어?"

성민이 손목에 찬 시계를 가리키며 친절히 시간을 확인시켜 주었다. 시근덕대던 최 과장의 숯검댕이 눈썹이 제대로 굳어졌다.

"미치겠다. 비상금도 다 털렸는데⋯⋯."

최 과장이 뛰기 시작했다. 가방을 챙기기 위해 사무실로 뛰어들어가는 모습을 한심하게 지켜보며 성민은 가볍게 혀를 찼다.

"집 안 곳곳에 비상금 숨겨 놨다고 자랑하더니. 여자가 결혼하면 숨겨진 사냥개 본능이 나타난다더니, 그게 영 틀린 말은 아니었나 보네."

흠. 다온은 갑자기 터져 나온 웃음을 참기 위해 입술을 꼭 깨물었다. 낮은 중얼거림에 응당 떠오르는 이미지가 있었다. 여자 사람 친구입네 하며 드립치는 사람들을 한 방에 정리해 버렸다고 했던 가. 천신녀 집에서 경은이 했던 말을 생각해 보면 사냥개라는 표현이 그렇게 과장된 것만은 아니라는 생각이 들었다.

"참을 것 없어. 무슨 생각 하는지 아니까."

웃음을 참느라 짓이겨지는 입술을 보며 성민이 미간을 그러모았다.

"아버지는 왜 그런 쓸데없는 말을 내 머리에 주입시켜서는…… 큰일이다. 우리 엄마 이미지가 그쪽으로 굳어지면 진짜 곤란한데."

"걱정 마세요. 저희 엄마도 그 방면으로는 만만치 않으세요. 아빠랑 내가 입버릇처럼 하는 말이 있어요. 엄마 촉이 세상에서 제일 무섭다고."

불투명한 유리창 너머 검은 그림자가 너울거렸다. 구조상 유리벽을 사이에 둔 공간은 편집장실이었다. 태율을 연상시키는 기다란 실루엣이 움직이자, 다온은 서둘러 고개를 돌렸다.

"김 기자는 엄마 안 닮았지?"

"어떻게 알았어요? 경은이가 그래요?"

"나도 그 정도 촉은 있어."

눈치 없다며 빙 돌려 말하는 것을 단박에 이해했다. 다온은 새침하게 뜬 눈을 옆으로 흘겼다.

"눈빛이 살아나는 것을 보니, 이제야 내가 알던 김다온답네. 회의 내내 딴생각에 빠져 있는 것 같던데, 어디 아픈 건 아니지?"

"죄송해요. 다음부터는 주의하겠습니다."

"아픈 게 아니라면 됐어. 회식의 여파가 남아 있는 건가 걱정했어."

탐색하던 시선이 이내 부드럽게 풀렸다. 성민이 안경을 콧잔등 아래로 끌어 내렸다. 얇은 안경알에 가려진 다크서클이 그제야 다온의 눈에 들어왔다. 잠을 푹 못 잔 듯 피곤해 보였다.

"팀장님은 괜찮으세요? 술병 안 나셨어요?"

"참, 일찍도 묻는다. 메모에는 토요일 아침에 전화하라고 해 놓고, 핸드폰은 꺼져 있고……."

"……!"

아. 소리 없는 탄식과 함께 다온의 입이 둥글게 벌어졌다. 변명의 여지가 없을 정도로 까마득하게 잊고 있었다. 예의를 갖춰 대하겠지만, 결코 사근사근한 성격은 아닌 태율에게 성민을 맡겨 두고 가려니 마음이 편치 않았다. 그래서 뻘쭘한 상황과 대면하기 전에 격려 차원에서 전화하라고 했던 건데.

"이쯤 되면 진짜 서운한데. 사자와 호랑이가 친해졌으면 좋겠다는 메모만 달랑 남기고 가서는……. 맹수 굴인 걸 알면서도 집어넣고 갔다는 말인데, 다음 날 생사에는 아예 관심도 없으셨다?"

"죄송해요. 제가 깜박하고 핸드폰을 꺼 놨어요. 속은 괜찮으세요?"

"다른 의미로 속이 쓰리기는 한데, 괜찮아. 강 편집이 끓여 준 해장국 덕에 위는 말짱해졌어. 강 편집 요리 잘하더라."

태율이 요리를 한다는 건 금시초문이었다. 더구나 해장국이라니. 보이지 않게 서로 으르렁대던 성민을 위해 아침밥까지 했다고? 놀람과 당황이 무방비한 표정에 다 드러나는 것도 모르고, 다온은 커다란 눈을 끔벅거렸다.

"뭘 그렇게 놀라. 강 편집이 아침도 안 주고 내쫓을 줄 알았어?"

"네."

망설임 없는 대답이 튀어나왔다.

"강 편집이 요리는 한 번도 안 해 줬구나?"

"전혀요."

"그럼 강 편집이 아침에 얼마나 자상한 성격으로 변하는지도 모르겠네?"

"설마요."

"진짜였네. 아침밥 해다 바친 사람은 내가 처음이라더니. 은근 기분이 괜찮은데. 강 편집의 첫 남자라……. 김다온한테 상처받은 자존심을 강 편집이 보상해 주는 기분이랄까."

성민이 씩 웃었다. 아주 만족해하는 표정이었다. 어떻게 보면, '20년도 넘게 알고 지낸 너도 못 해 본 걸, 나는 겨우 넉 달 만에 해냈다' 라며 뽐내는 것 같았다. 치기 어린 기세로 하늘을 찌를 듯 높게 치켜든 아래턱이 까닥거렸다. 하수는 나를 따라오라는 거만한 제스처였다. 덩달아 다온의 입가에도 커다란 미소가 걸렸다.

"오후 스케줄이 어떻게 돼?"

"취재원이랑 인터뷰 약속이 하나 있어요."

짱구처럼 둥글게 튀어나온 뒤통수를 향해 다온이 대답했다. 목소리 톤이 훨씬 밝아져 있었다.

"그럼 퇴근 시간에 맞춰서 지하 주차장에서 기다릴게. 저녁 같이 먹자. 꼭 해야 할 말이 있어."

"네."

다온은 무의식적으로 고개를 끄덕이다, 앞서가는 그가 보지 못한다는 생각에 이내 목소리를 높였다. 지하 주차장에서 기다린다는 것은 단둘이서만 저녁을 먹자는 뜻이었다. 단둘이서 저녁을 먹자는 말에도 별다른 거부감은 들지 않았다. 성민이 하고 싶은 말이 뭔지는 모르지만, 오히려 머리를 싸매고 있던 기획안에 대한 조언을 들을 수 있는 기회라는 생각에 기대감이 생겼다.

영화관에서의 만남 이후로 성민과는 한층 가까워졌다. 사회 초년생과 수석 에디터라는 장벽이 허물어지면서 미처 보지 못했던 개구쟁이의 진면모가 보이기 시작했다. 오랜 친구인 경은을 통해 들었던 사촌 오빠의 이미지까지 겹쳐지자, 오래전부터 알고 지낸 것 같은 편안함까지 더해졌다.

성민은 어떠한 상황에서도 사람의 마음을 편안하게 만들어 주는 특별한 재주를 가지고 있었다. 까다로운 취재원과 외고필자를 다룬 경험이 많아서인지, 사람의 마음을 움직이는 법을 알았다. 그 마법이 통했는지 다온의 마음도 한결 가벼워졌다. 농담 같은 대화가 오가는 사이에 마음을 짓누르던 고민을 잠시나마 내려놓을 수 있어서 좋았다.

모처럼 화색이 만연한 얼굴로 사무실로 들어서려던 참이었다. 앞선 성민이 주춤하며 옆으로 물러나는 것을 봤지만, 개의치 않고 걸어가다 정면으로 태율과 마주쳤다.

불투명 유리창을 통해 편집장실에 있는 태율을 봤다고 생각했기에, 눈앞에 나타난 그를 보고 당황했다. 너무나 갑작스럽게 일어난 일이라 보호막을 세울 겨를이 없었다. 차갑게 얼어 버린 미소는 낮과 밤의 극명한 조화처럼 다온의 변화된 감정을 표출하고 있었다.

반짝거리던 다갈색 눈동자에 일순간 짙은 어둠이 내려앉았다. 사나운 기세에 기가 눌린 다온이 슬그머니 시선을 피했다. 벌써 아영과의 면담은 끝난 건가. 제발 아무 말 없이 지나쳐 주기를 바라는데, 태율은 같은 자리에 서서 그녀를 뚫어지게 바라보고만 있었다. 그 기세가 얼마나 드센지 피부가 따가울 지경이었다.

인내심 없는 다온이 먼저 왼쪽으로 움직였다. 반대편으로 지나쳐 가길 기대했던 태율은 그녀가 움직이는 방향을 따라 움직였다. 다온은 다시 오른쪽으로 움직였다. 이번에도 태율은 오른쪽으로 따라왔다. 시비 거는 사춘기 소년처럼 다온이 왼쪽으로 가면 왼쪽으로 가고, 오른쪽으로 가면 오른쪽으로 따라 움직였다. 벗어나려 시도할수록 거리만 좁혀졌다.

끝내 진회색 슈트 재킷이 시야를 몽땅 가리자, 다온이 버럭 소리를 질렀다.

"왜요?"

"왜요? 회의 시간에는 다 죽어 가는 얼굴이더니, 지금은 희희낙락, 살판났다? 주말에 무슨 일 있었어?"

평상시와 다름없는 꾸짖는 말투가 분명한데, 느낌이 달랐다. 훈계하기보다는 일부러 싸우자며 시비를 거는 것 같았다.

"별건 아니에요. 생각할 것이 많아서, 잠깐 정신이 나갔었나 봐요."

"박 팀장님이랑 시시덕거릴 정신은 남아 있고?"

성민을 물고 늘어지는 말투는 분명 시비조였다. 과대망상이다, 과대망상이다. 회의 시간에 멍청하게 굴었다고 화가 난 거다. 이성이 눅눅해져 가는 심장을 다독였다.

"죄송합니다. 주의하겠습니다. 이제 가도 되죠?"

옆으로 물러서려는 다온의 앞이 또 막혔다.

"오늘은 왜 커피 안 줘? 아침에 문자 확인 안 했어?"

"말했잖아요. 이제부터 편집장님 커피셔틀 안 한다고."

"누구 맘대로?"

"그거야 당연히 내 맘이겠죠."

이번에는 밑도 끝도 없는 커피 타령이었다. 진짜 싸우자는 거야, 뭐야. 퉁퉁 부르튼 얼굴을 들자, 너무도 진지한 눈빛이 그녀를 내려다보고 있어 깜짝 놀랐다. 한일자로 굳게 다물린 입술은 잔뜩 심술이 나 있었다. 태율의 뽈난 입술은 당장에라도 나를 좋아하는 네 마음은 내 것이라며 소유권을 주장할 것 같았다.

가슴 안쪽이 따끔거렸다. 내 맘대로 추측하고, 내 맘대로 해석하고. 이 정도 과대망상이면 병이다. 다온은 노트북을 가슴 앞에서 꽉 끌어안았다. 더 큰 망상에 빠지기 전에 현실로 돌아올 시간이었다.

"할 말 다 했죠? 그럼 비켜 주세요. 취재원과 약속 있어요. 늦장 부리다 늦겠어요."

"최수빈하고 저녁 약속이 잡혔어. 양아치라고 불러도 할 말이 없다. 어머니와 그쪽 집안과의 신의도 있고, 미리 예정된 3번째 만남이라 나도 어쩔 수가 없었어. 약속 못 지켜서 미안하다고 미리 사과하는 거야. 나는 할 말 다 했어. 이제 가도 돼."

태율은 지시 사항이라도 전달하는 것처럼 뻣뻣한 자세였다. 당당하게 자기 할 말만 하고는 바로 옆으로 물러나며 손목시계를 들어 시간을 확인했다. 순모 재질의 슈트 소매 아래 삐죽이 빠져나온 고풍스런 시계가 화려한 자태를 뽐냈다.

비켜 달라고 해서 비켜 줬으니, 갈 길을 가야 하는데 돌기둥처럼 굳어 버린 다리가 움직이지 않았다. 뒷골이 당겼다. 울컥울컥 화가 치밀어 올랐다. 결론은 데이트 나가려고 저렇게 빼입었다 이거네. 저 말을 하기 위해 그렇게 뜸을 들이고. 그것도 모르고 혼자 북 치고, 장구 치고……

누구는 쫙 빼입고 데이트 나가는데, 누구는 방구석에 처박혀서 우물이나 파고 있고. 상처받은 자존심이 끝을 모르고 추락하고 있었다. 지금이라도 자존심을 지키자 다짐하지만, 주책없는 입술이 먼저 움직였다.

"재수 없는 엥아치."

"뭐?"

이맛살을 제대로 찌푸리는 태율을 보니 그나마 마음의 위로가 되었다. 다온은 당당하게 턱을 치켜들었다. 도전은 시작됐다.

"나 이제 선배 하나도 안 무서워요. 선배가 가란다고 가는 게 아니라, 내가 바빠서 가는 겁니다. 식사 맛있게 하라는 말은 안 해요. 그동안 내가 당한 게 있으니. 이상한 허브가 잔뜩 들어간 세상에서 제일 맛없는 식사였으면 좋겠다는 바람이거든요. 탈이 나서 배도 아팠으면 좋겠어요. 최수빈이 아주 못생겨졌으면 좋겠어요."

어안이 벙벙해 바보처럼 눈만 끄먹거리는 태율을 보자니 속까지 다 후련했다. 도전장에 마침표를 찍는 기분으로 눈앞을 지나며 재채기를 크게 했다.

"엥……아치!"

※ ※ ※

고급스런 휘장이 새겨진 칵테일 테이블을 사이에 두고 다온은 웨딩플래너 차민선과 머리를 맞대고 있었다. 태민의 소개로 알게 된 민선은 잘나가는 웨딩 컨설턴트 회사의 CEO 겸 웨딩플래너로 활약하고 있었다. 민선이 태블릿에 저장된 사진들을 하나씩 넘기며 설명을 보태면, 다온은 꼼꼼하게 취재 수첩에 들은 내용을 기재했다.

"기사를 어떤 방향으로 잡아서 진행할지는 대충 갈피가 잡힌 것 같은데…… 최소 6개월 고정 꼭지를 목표로 한 기획안이라, 문제는 주인공인 신혼부부들을 어떻게 포섭하나인데……."

"그건 걱정하지 말아요. 내가 카운슬링해 주는 커플들에게 어느 정도 확답은 받아 뒀으니까. 요즘 젊은 세대들은 매체에 노출되는 것에 별로 거부감이 없어요. 오히려 이벤트 형식으로 특별한 추억을 쌓고 싶어 하는 개성 넘치는 커플들이 많다고 할까. 잡지사에서 결혼식 취재할 때 사진 촬영도 같이 하죠? 웨딩 촬영은 협찬해 주는 거죠?"

다온은 머리부터 발끝까지 최고급 명품으로 둘러싸인 민선이 협찬 얘기를 꺼내자 빙그레 웃으며 고개를 끄덕였다. 스몰웨딩의 붐이 일기 시작하면서, 민선은 재능 기부 차원에서 형편이 어려운 커플들을 대상으로 무료 카운슬러 역할을 자처하고 있었다.

"물론이죠. 저희 실장님이 이 분야에서는 최고예요. 결혼식 당일 촬영분은 따로 저장해서 담아 드릴게요."

"오케이. 소중한 추억을 기록으로 남기고, 전문 포토그래퍼가 공짜로 사진까지 찍어 준다면 서로 원원하는 거죠. 외국의 경우는 결혼 준비 전 과정에 대한 정보를 공유하는 사이트가 많잖아요. 아직까지 우리나라는 스몰웨딩에 관한 관심은 있는데, 거기에 대한 정보는 부족한 편이에요. 그래서 비용 절감 차원에서 검증되지 않은 디렉팅 업체에 맡겼다가 오히려 낭패를 보는 경우도 많고. 내 경험을 믿어 보는 것이 손해는 아닐 거예요."

세련된 몸가짐과 자신감 넘치는 말투는 성공한 사업가로서의 여유를 보여 주고 있었다. 민선이 운영하는 웨딩 컨설턴트의 주요 고객은 소위 상류층이라 불리는 정재계 인사들이었다. 그녀의 손에 의해 탄생한 화려한 결혼식은 매체를 통해 꾸준히 보고 있었다. 1년 스케줄이 이미 꽉 찼다고 들었다. 태민의 입김이 없었다면 약속을 잡는 것조차 불가능했다.

"당연하죠. 대표님 경험에서 우러나온 기획력과 노하우라면 무조건 믿고 가야죠."

"아이디어는 무궁무진해요. 스토리가 있는 메인 테마를 정하고, 거기에 부가되는 디테일을 준비해 나가다 보면, 장소 섭외며 음식, 조명 등 세부 사항과 관련된 지출 목록에 대한 명확한 정보를 얻을 수 있죠."

적은 돈으로 효율적이면서, 개성 넘치는 나만의 결혼식을 준비하는 것. 다온이 준비하고자 하는 꼭지의 최종 목적이 바로 그것이었다. 몇 달째 기획만 하고 있던 것이었는데, 순수한 취지에서 도와주겠다는 조력자를 찾기가 쉽지 않았다. 태민이 초등학교 동창이라는 민선과 다리를 놔 준 덕에, 마침내 정식으로 기사화하게 되었다.

다온은 만족스러운 미소와 함께 다이어리를 한쪽으로 덮었다. 이로써 태민이 그녀 인생에 든든한 동아줄임이 확실해진 순간이었다.

"이대로 진행하면 될 것 같아요. 덕분에 한숨 났어요. 숨 돌릴 틈 없이 바쁘다고 들었는데, 시간 내 주셔서 정말 감사합니다."

"천만에요. 내 부족한 재능이 도움이 될 수 있다면, 그것만으로 감사하죠. 공장에서 찍어 내는 것 같은 일률적이고, 형식적인 웨딩 문화는 정말 문제가 많아요. 비록 나도 그 덕에 밥벌이를 하고 있지만……."

"저도 대표님 의견에 전적으로 동의합니다. 보여주기식 허례허식은 당연히 지양되어야 한다고 봅니다. 그런 의미에서 언제 시간한번 내 주세요. 식사라도 대접해 드리면서 제대로 된 대화를 나누고 싶어요. 그리고 이것은 오늘 바쁜 시간 내 주신 것에 대한 제작은 정성이에요. 별거 아니지만 받아 주시면 정말 감사하겠습니다."

다온은 가방에서 기프트 카드를 넣은 탱큐 카드를 꺼내 조심스럽게 앞으로 내밀었다. 기획 단계에 앞서 취재원을 만나면 감사 표시 차원에서 준비하는 작은 선물이었다.

"어머나, That's so sweet! 정성이라니까, 이번만 받는 거예요. 순수한 재능 기부의 의미를 퇴색시키지 말자구요. 대신에 우리 밥은 태민이한테 얻어먹어요."

"네."

"추운데 멀리까지 오게 해서 미안해요. 다음 주에 결혼하시는 신부님의 해외 출장 일정이 변경되는 바람에 스케줄이 조정되었거든요."

"전혀요. 덕분에 이런 곳도 와 보고. 눈이 호강했어요."

다온은 소지품을 주섬주섬 챙기며, 백화점 VVIP 라운지를 둘러보았다. 텔레비전 드라마에서나 보던 라운지였는데, 실제로 와서 보니 드라마에서는 대충 흉내만 내다 만 말 그대로의 세팅장에 불과했다는 것을 실감했다. 벽에 걸어 놓은 액자며, 다과 세트, 테이블의 고급스러움은 감히 흉내 근처에도 가지 못했다.

"그랬다면 다행이구요. 기회가 된다면 다음에는 정식으로 현재백화점 VVIP 라운지로 초대할게요. 거기 케이크가 정말 맛있어요."

띵. 문자 알림에 민선이 핸드폰을 확인하더니 고개를 출입구 쪽으로 돌렸다.

"고객님이 도착하셨네요. 만나서 반가웠어요. 또 봐요."

다온은 민선이 내민 손을 마주 잡고 작별 인사를 건넸다. VVIP 라운지로 통하는 엘리베이터는 그들만을 위한 VVIP 회원 고객 전용 주차장으로 연결되어 있었다. 멤버십이 없는 다온은 지하 주차장까지 엘리베이터를 타고 내려갔다, 복도 건너편에 있는 엘리베이터로 갈아타고 로비가 있는 1층으로 이동해야 했다.

화려하게 단장한 2명의 중년 여성이 그녀보다 앞서 엘리베이터를 향해 걸어가고 있었다. 두 사람이 손에 들고 있는 종이 가방들은 백화점 명품관에서만 볼 수 있는 수입 브랜드들이었다. 뒤에 사람이 있다는 것을 모르는지 대화 소리가 거리낌이 없었다.

"모처럼 쇼핑했더니 피곤하다. 내일 골프 모임이 몇 시라고 했지? 강 대표도 와? 한동안 뜸했잖아."

"모르겠어. 은퇴하더니 골프 대신 낚시에 취미를 붙였나 봐. 내일 가 보면 알겠지."

"강 대표 와이프는 여전히 한 미모 하지? 수빈이는 그 집 둘째랑 잘될 것 같아?"

"오늘 저녁에 만나기로 했다는데, 두고 봐야지. 혼자만 애달아하는 것은 아닌지 몰라."

"너랑 최 서방도 대단하다. 친아들도 아니라면서?"

"언니!"

동생 같은 여자가 다급한 외침으로 입을 막았다. 힐끗 주위를 둘러보더니 옆에 선 다온의 눈치를 살폈다. 다온은 무심한 표정으로 손에 든 취재 수첩을 펼쳤다. 옆에 서 있어서 표정이 보이지는

230

않았지만, 그녀의 옷차림에 나름 안도하는 기세였다.

VIP 고객이라기보다는 직원에 가까운 수수한 차림새는 누가 봐도 VVIP 라운지에 앉아 있는 화려한 분위기의 사람들과는 따로 논다는 분위기였다. 눈대중만으로 자신들과 같은 부류가 아니라는 것을 확신했는지, 차분한 대화 소리가 이어졌다.

"언니, 어디 가서 절대 그런 얘기 하지 마. 그 엄마 알면 난리 나. 친아들보다 더 싸고돌면서 얼마나 애지중지 키웠는데."

"너랑 나랑만 있으니까 하는 얘기지. 툭 터놓고 그게 숨긴다고 숨겨질 일이니? 아무리 미국에서 공부랑 연수 끝나고 8년 만에 귀국하면서 일곱 살짜리 아들을 데려왔다고는 해도, 같이 공부했던 로스쿨 동기들은 다 알 것 아냐. 주변 사람들이 쉬쉬해 주니까, 모른다고 착각하는 거지."

"착각해서 그러겠어, 그냥 친아들로 키우고 싶은 거겠지. 솔직히 소문나면 우리한테도 좋을 것 없어."

엘리베이터가 도착하고, 세 사람이 차례대로 탑승했다. 다온은 커다란 가방에서 펜을 꺼내 수첩에 정리해 둔 질문들을 적어 나갔다.

"그렇긴 해. 그거 하나 빼놓으면 나무랄 것 없는 배경이지. 알아주는 법조인 집안에, 강 대표 인품이야 소문났고, 주변에서 입에 침이 마르게 칭찬할 정도면 능력도 인정된 셈이고, TV에서 보니 인물은 두말할 것 없고…… 말하고 보니 손이 귀한 우리 집안에 데릴사윗감으로 나쁠 것도 없겠다."

"우리라고 생각이 없어서 승낙했겠어. 부모 잘 만나서 개망나니 짓 하고 다니는 애들보다야 백배, 천배 나아. 무엇보다 나는 아직까지 여자관계가 깨끗하다는 게 마음에 들어. 그러니까 특히나 강 대표 와이프 앞에서 입조심해. 그쪽 집안이 대대로 그 바닥에서는 알아주는 인맥이야. 남동생이 얼마 전에 대법원 판사로 임명됐잖아. 건드려서 좋을 것 하나도 없어. 다들 그래서 더 쉬쉬하는 거야. 그 와이프 순해 보여도, 한번 돌아서면 얼마나 차갑고 냉정한 사람인데."

"그렇긴 해. 순해 보이던 사람이 한번 돌아서면 무섭게 변하더라. 김 원장네 둘째 아들은 이번에는 결혼할 거래니? 자기가 무슨 카사노바도 아니고, 무슨 파혼을 두 번씩이나 한다니?"

"처음부터 부모가 반대한 연애를 해서 그래. 다 왔다, 내리자."

엘리베이터가 지하 주차장 3층에 도착했다. 문이 열리자 젊은 남자가 텅 빈 복도에서 기다리고 있었다. 운전기사인지 정중한 매너로 손에 들린 커다란 종이 가방부터 챙겼다. 문이 닫히기 직전에 복도로 나온 다온은 그들이 걸어가는 반대 방향으로 몸을 틀었다.

겨우 한두 걸음 걸어가는 데도 다리가 후들거렸다. 떨리는 손으로 간신히 붙잡고 있는 수첩을 내려다보았다. 외래어 같은 이상한 문양이 한쪽 페이지를 가득 메우고 있었다. 복잡하게 엉킨 사선 모양이 그녀의 혼란을 가중시키고 있었다. 다온은 종이 한쪽을 미련 없이 찢어서 복도에 세워진 휴지통에 버렸다.

몸에 밴 습관에 따라 선물받은 펜은 잃어버리지 않게 가방 안주머니에 넣었다. 취재 수첩도 가방 깊숙이 찔러 넣었다. 프로그램이 인지된 로봇처럼 몸이 자동으로 움직이는 게 신기했다.

아닐 거야. 나랑 상관없는 사람들의 이야기일 거야. 내가 그 집에 놀러 간 게 몇 년인데. 다른 것도 아니고, 그 정도의 사연이라면 내가 까마득히 모를 리가 없잖아. 현미 이모가 유일하게 마음을 터놓고 속마음을 얘기하는 사람이 엄마라고 했는데…… 내가 몰랐다는 게 오히려 이상하지.

미국 로스쿨 출신의 강 대표가 아저씨 한 분일 리가 없잖아. 수빈은 흔한 이름이고, 길거리에 가다 보면 발에 차이는 게 최씨이고…….

총총거리는 걸음으로 몇 걸음 복도를 걸어가던 다온은 이내 벽에 등을 기대었다. 가방에서 핸드폰을 꺼내려는데 자꾸만 손이 헛손질을 했다. 긴장해서인지 손바닥에 자꾸만 땀이 차올랐다.

아무래도 천신녀가 부적을 잘못 쓴 것 같다. 이 모든 게 빌어먹을 부적 탓이다. 인생이 엉망으로 꼬이고 있었다.

※ ※ ※

청동색 기와지붕 아래로 가느다란 빗줄기가 스며들었다. 바람을 타고 온 차가운 물방울이 이마에 툭 하고 떨어졌다. 다온은 빨갛게 얼어붙은 손가락을 들어 속눈썹으로 흘러내려 오는 물방울을 털어냈다. 이번 겨울은 해가 유난히 짧다는 생각이 들었다.

택시에서 내리자, 하늘은 이미 어둠으로 뒤덮여 있었다. 어두운 하늘에 시커먼 비구름이 몰려 있는지도 몰랐다. 택시를 잡아탄 용기로 무작정 식당 안으로 쳐들어갈 걸 그랬다. 잠시 밖에서 숨을 고른다는 게 실수였다. 바깥의 추운 날씨에 몸이 움츠러들듯 자신감도 위축되고 있었다.

태율과 나눈 마지막 대화를 떠올린 다온은 머리를 한 대 쥐어박았다. 최수빈이 아주 못생겨졌으면 좋겠다니…… 모르는 사람이 들었으면 심술 난 초등학생이 읊어 대는 대사라고 생각했을 것이다. 질투한다는 걸 눈치챘겠지. 그런 유치한 말만 하지 않았어도 태율을 대면하는 게 좀 더 쉬웠을 텐데.

그렇다고 밖에서 계속 서성거리며 시간을 낭비할 수도 없었다. 물줄기가 가방 안으로 스며들어 취재 수첩까지 젖으면 큰일이었다. 시간이 지날수록 기와지붕을 때리는 빗소리가 굵어졌다. 그 속에 섞여 들어간 구성진 가야금 소리에 다온은 고개를 옆으로 돌렸다.

오래된 한옥을 개조해 만든 한정식 식당 출입문 밖으로 길게 뻗어 나온 우산대에서 파라솔을 연상시키는 대형 우산이 펼쳐졌다. 우산을 받쳐 든 식당 종업원이 먼저 모습을 나타냈다. 그 뒤를 이어 젊은 커플이 우산 안으로 걸어 들어갔다.

다온은 긴장했다. 최수빈이 오지 않을 걸 알면서도 놀란 심장이 경각심을 불러일으켰다. 이 와중에 자존심 따위가 뭐라고. 여기까지 무슨 심정으로 왔는지 그새 잊은 거야. 차갑게 얼어 있던 얼굴에 비장함이 스쳤다. 당당하게 나무문을 밀고 안으로 걸어 들어가는 발걸음에 힘이 실렸다.

예약자 리스트에서 명단을 확인한 종업원이 안내해 준 곳은 청실홍실이었다. 이름을 골라도 꼭. 마음에 들지 않는다는 표정으로 이맛살을 찌푸린 다온은 문을 두드렸다. 똑똑. 노크 소리에 단정한 목소리가 안에서 응답했다. 다온은 심호흡 한 번과 함께 문을 열고 안으로 들어갔다. 태율은 찻주전자를 들고 찻잔에 차를 따르고 있었다.

"왜 네가……."

"최수빈 씨 대신으로 왔어요."

"……."

"찻잔 넘쳐요."

찻물이 넘쳐 테이블보를 흠뻑 적셨다. 태율은 찻잔이 찻물로 차고 넘치는 것도 모를 정도로 찻주전자를 기울이고 있었다.

"네가 왜 여기에 있어?"

여전히 겉모습은 냉정을 유지한 태율이 찻잔을 멀찍이 밀었다. 다온은 패기 있게 찻잔이 놓인 테이블 앞에 앉았다.

"계속 궁금했거든요. 현관 비밀번호를 왜 그날로 설정했어요?"

밑도 끝도 없는 질문에 아치형 눈썹이 한쪽으로 비틀렸다. 잠시 생각을 고르던 태율이 대답했다.

"그 대답이 궁금해서 여기까지 찾아온 거야?"

"뭐, 겸사겸사. 여기 음식이 맛있다고 소문이 났기에, 뭐 얼마나 대단한지 궁금하기도 하고……."

"……."

태율의 미간에 두 줄 주름이 잡혔다. 흐트러짐 없는 정자세는 정직한 대답을 듣기 전까지는 풀어지지 않을 기세였다. 다온은 찻잔을 들고 긴장으로 말라 가는 입술을 적셨다.

"내가 그랬잖아요. 책임지겠다고. 그래서 책임지러 왔어요."

"여긴 어떻게 알고 왔어?"

"현미 이모한테……."

일순간 울컥하고 올라오는 먹먹함에 목이 잠겼다.

'강 대표가 태율이를 집으로 데려왔을 때가 우리 나이로 일곱 살이었을 거야. 어린 시절 친구 아들이라는데 먼 친척이 맡아서 키우고 있었나 봐. 처음 봤을 때 커다란 사슴 눈에 뼈만 앙상한 것이 눈물이 날 정도로 안쓰러웠다나. 어린 게 엄마를 잃은 충격 때문인지 먹으면 자꾸 토했다나 봐. 꿀 먹은 벙어리처럼 말도 한

마디 안 하고. 정식으로 맡아 줄 집을 찾을 때까지만 임시로 데리고 있기로 했는데, 현미가 안쓰러운 마음에 입양을 결심했나 보더라. 그때부터 현미가 태율이 먹일 것은 손수 해 주겠다며 요리학원까지 다니면서 온갖 정성을 쏟아부었어. 부잣집 딸로 곱게 자라서 손에 물 한 방울 안 묻혀 보던 애였는데…… 배 아파 낳은 자식한테도 그렇게는 안 했을 거다. 몇 시간을 공들여 만든 음식을 먹고 토해도 불평 한마디 없었어. 장을 봐다 새로운 걸 시도하고…… 지성이면 감천이라고, 온갖 정성을 들이니, 애가 토하는 것도 멈추고 살도 오르더라. 서서히 가족한테 마음도 열고. 현미가 쏟은 정성을 알면 차마 자기 입으로 친엄마가 아니라는 말은 못 했을 거야. 엄마도 현미가 태율이를 어떻게 키웠는지 아니까, 차마 너한테도 친아들이 아니라는 말은 못 하겠더라. 그래서 엄마는 태율이를 보면 마음이 짠해. 구박도 좀 하고, 짜증도 내고 해야 애가 숨 쉴 구멍이 있지. 태율이가 대학 졸업하고 독립해 나간다고 했을 때 엄마가 적극적으로 현미 설득했어. 숨쉴 구멍을 좀 주라고.'

엄마가 해 준 말이 가시처럼 심장 안쪽을 콕콕 쑤시고 있었다. 감정이 복받쳐 오르자 다온은 손에 든 찻잔을 한입에 들이켰다. 찻물에 남아 있던 따뜻한 기온이 먹먹함을 휩쓸고 내려가 주었다.

"내가 현미 이모한테 선배 데려가겠다고 했어요. 그러니 앞으로 억지로 선보느라 시간 낭비할 필요 없어요."

"무슨 뜻으로 하는 말이야?"

"내가 시간을 벌어 줄게요. 그동안 선배는 마음 편하게……."

다온은 숨을 고르고, 가슴에 안고 있는 가방을 방패막이처럼 꼭 끌어안았다. 제 입으로 태율의 짝사랑을 찾아가란 말은 죽어도 하고 싶지 않았다.

"마음에도 없는데, 의무적으로 선보는 것 싫어했잖아요. 현미 이모도 한동안은 결혼하라고 강요하지 않을 거예요."

"그러니까 그게 무슨 뜻이냐고 묻잖아."

"현미 이모한테 내가 선배랑 사귄다고 말했어요. 그러니까 최수 빈이도 만나지 말고, 다른 여자들이랑 맞선 볼 필요도 없어요. 기 꺼이 내가 이용당해 주겠다고요. 선배는 그냥 나랑 연애하는 척 만……."

"나는 가짜 연애는 안 해."

태율이 말허리를 잘랐다. 다온은 마른침을 꿀꺽 삼켰다. 방금 차를 마셨는데도 입 안이 가뭄 후의 논바닥처럼 바짝 말라 들어가 는 느낌이었다.

"연애하자고는 안 했어요. 그냥 척만 하자는 거지."

"그러다 결혼이라도 밀어붙이면 어쩌려고?"

"못할 것도 없죠."

지독히도 태평스러운 말투였다. 심장은 쿵쾅쿵쾅, 난리 블루스 를 추는데 겉으로는 아무렇지도 않은 척 애써 담담함을 가장했다. 속내를 꿰뚫어 볼 것 같은 날카로운 눈동자가 그녀를 예리하게 탐 색하기 시작했다.

"너, 나 좋아해?"

거짓말은 통하지 않는다는 것을 본능적으로 깨달았다. 다온은 바람 앞에 흔들리는 촛불처럼 불안하게 떨리는 눈길을 아래로 내 려떴다. 식당 문을 열고 들어오면서 자존심 따위는 땅끝 깊은 곳에 묻어 버렸다. 지금은 그저 거절당할지도 모른다는 불안감에 목소 리가 잔뜩 굳어 있었다.

"좋아하면 안 돼요?"

"……."

무거운 침묵이 흘렀다. 무게를 이기지 못한 심장이 압사당하기 일보 직전이었다.

"네가 알고 있는 내 모습이 전부가 아니라면 어떻게 할래?"

오랜 침묵을 깬 목소리는 조심스러웠다. 다온은 말간 눈을 들어 올렸다. 최대한 감정을 억누르는 음성에 앙상하게 말랐다던 어린 꼬마의 모습이 연상되었다. 누가 바늘로 찌르는 것도 아닌데 가슴 안쪽이 따끔거렸다.

"선배 어린 시절 얘기는 엄마한테 들었어요. 친아들이 아니라서 조심스러운 거라면 난 상관없어요. 난 선배의 배경이 아닌 선배라는 사람 자체를 좋아하는 거니까."

태율의 눈빛이 다각도로 변했다. 거센 풍랑이 몰아치듯 복받치는 감정이 소용돌이치던 곳에 일순간 모래 폭풍이 휩쓸고 간 사막의 황량함이 스쳐 갔다. 그리고 깊이를 알 수 없는 고뇌가 다갈색 눈동자를 검은 흑요석처럼 변화시켰다.

신기루 같았다. 만지면 사라져 버릴 것만 같은. 기분 탓이겠지. 기분 탓일 거야. 그녀가 미처 알지 못하는 위험한 비밀이 그 안에 숨겨져 있다는 불길한 예감이 꿈틀거렸다. 하지만 폐부 깊숙이에서 자라나는 의구심은 혼돈을 밀어낸 다갈색 눈동자에 차오르기 시작한 따뜻한 열기에 흔적도 없이 사라져 버렸다.

"지금 시작하면 멈추지 못할 거야. 다시는 예전으로 돌아갈 수 없어. 널 두 번 다시 여자가 아닌 여동생으로 대할 자신이 없으니까. 감당할 수 있겠어?"

"무, 물론이에요. 나는 뭐든 감당할 준비가 되었어요."

"좋아. 그럼 해 보자."

"뭘요?"

처음에는 그가 하는 말의 의미를 전혀 이해하지 못했다. 격한 반대에 부딪칠 줄 알았는데, 순순히 따라오겠다니. 다온은 반신반의했다. 놀림받는 것은 아닌가 의심마저 들었다.

"연애하자며?"

"진짜 연애를요? 그럼 6년 짝사랑은요? 이대로 포기할 거예요?"

태율의 입가에 옅은 웃음이 번졌다.

"6년인지 7년인지, 숫자 따위는 따져 본 적 없어. 왜 너였는지는 나도 몰라. 어느 순간부터 네가 내 마음속에 들어와 있었어. 애교 많은 꼬맹이일 때는 귀여웠고, 새침 떠는 고등학생일 때는 재미있었고, 스물 살이 넘은 넌 그냥 사랑스러웠어. 여자로 성장하는 널 보면서 나도 모르는 사이에 가슴이 떨렸던 것 같아. 생각해 보면 그냥 난 처음부터 네가 좋았어."

분명 사랑 고백이었다. 귀로 듣고도 믿겨지지 않았다. 심장이 울렁대다 못해 갈비뼈 밖으로 튀어나오기 일보 직전이었다. 환청을 듣고 있는 것은 아닐까. 확인받고 싶었다.

"지금 짝사랑이 나였다는 말이에요?"

태율이 차분하게 고개를 끄덕였다. 부풀어 오르는 심장이 희망으로 가득 찼다.

"진짜로 나였어요?"

다온은 검지를 들어 가슴 한복판을 눌렀다. 태율이 또다시 고개를 끄덕였다. 찰나의 눈빛이 진심을 담고 있었다.

"그럼 왜 이제까지는 아닌 척했어요? 처음부터 말해 주면 좋았잖아요. 그럼 우리 둘 다 이렇게까지 빙 돌아올 필요도 없었을 테고…….”

“너한테 내 마음을 강요하고 싶지는 않았어. 네가 누구를 선택하든 네가 행복하면 그걸로 충분하다고 스스로를 다독였으니까…… 결코 본심은 그게 아니면서…… 네가 다른 남자를 칭찬할 때마다 발톱을 드러내며 깎아내리던 유치함이 그 증거였지.”

생각만으로도 질투가 나는지 부드러웠던 눈빛이 순간 격하게 일렁거렸다.

“또 한편으로는 조심스러웠어. 우리 어머니. 겉으로는 뭐 하나 부족해 보이지 않지만 나름 상처가 많으신 분이야. 표면상으로 완벽한 부부처럼 보이지만, 성정이 차가운 아버지 때문에 많이 외로워하셨어. 어머니는 타인에게 내보인 약점은 독 묻은 화살이 되어 돌아온다고 철석같이 믿고 계셔. 그래서 유일하게 마음을 터놓고 지내는 분이 바로 다온이, 너희 어머니야.”

다온은 그가 무슨 말을 하고 싶은지 충분히 이해했다. 태어나 자라 온 환경이 전혀 다른 두 분이 어쩌다 친해졌는지는 모르지만, 현미 이모가 엄마를 정신적으로 많이 의지한다는 것은 그녀도 알고 있었다. 두 사람이 사귀다 헤어지기라도 하면 분명 어느 한쪽은 상처를 받게 되어 있었다. 그러다 보면 엄마들의 오랜 우정도 틀어질 가능성이 있었다.

태율이 거기까지 걱정하고 있었다는 게 새삼 마음이 아팠다. 자신의 감정을 철저하게 억누르고 살아왔던 태율의 아픔에 가슴이 얼얼해졌다. 코끝이 찡해졌다. 섣부른 동정심으로 그녀의 진심을 퇴색시키고 싶지 않았다. 다온은 찻잔에 마지막 남은 찻물을 부어 마셨다. 차갑게 식은 물의 온도가 시간이 꽤 흘러가고 있음을 말해 주었다.

탁. 다온이 찻잔을 테이블에 내려놓음과 동시에 태율의 핸드폰이 울렸다. 발신자를 확인하는 태율의 눈에 언뜻 불안이 스쳤다.

"네, 어머니."

전화를 건 사람은 현미였다. 태율은 묵묵히 듣고만 있다가 죄송하다는 사과를 덧붙였다. 통화 내내 태율은 그녀를 바라보고 있다. 감정이 절제된 얼굴에서 무슨 생각을 하는지 읽을 수 없지만, 간간이 이마를 찡그리는 모습에 다온은 애꿎은 찻잔만 손톱으로 긁고 있었다. 핸드폰 너머로 책임감이며 상대에 대한 예의란 단어가 들렸다. 무슨 말이 오가는지 대충 상상이 되었다.

엄마가 몇 번이나 털어놓으려다 말았던 태율의 속사정. 처음부터 관심을 갖고 적극적으로 물어봤더라면 얼마나 좋았을까. 그랬더라면 먼저 다가가서 따뜻하게 감싸 안을 수 있었을 텐데. 치기 어린 반항심으로 똘똘 뭉쳐 내 생각만 했던 지난 시절이 부끄러웠다. 강해 보이는 겉모습에 속아, 여린 속마음까지 헤아리지 못한 자신의 부족함이 한없이 원망스러웠다.

서글프게 현미 이모를 바라보던 태율의 눈빛. 마음이 갈기갈기 찢겨지는 아픔을 느낀 순간 모든 것들이 단순해졌다. 그녀가 생각할 수 있는 유일한 것은 그저 태율이 지금보다 더 행복해졌으면 좋겠다는 것이었다.

태율이 짝사랑하는 여자에게 다가가지 못하는 이유가 입양이라는 배경 때문이 아닐까. 어림짐작만으로 마음이 급해졌다. 내 자존심 따위는 문제가 되지 않았다. 나는 상처받아도 상관없다고 생각했다.

당장은 귀찮게 들러붙는 최수빈부터 해결해 주고 싶었다. 그래서 상의도 없이 현미에게 두 사람이 일주일 전부터 썸 비슷한 단계에 있다며 선전포고 비슷한 선언을 했다. 단순하게 선이라는 압박에서 벗어나 자유롭게 생각할 시간이라도 벌어 주고 싶었다.

좋아하는 여자를 따로 두고 최수빈과 데이트 약속을 했다는 건 무책임한 행동이었다. 상호 인간관계를 존중하는 현미에게는 변명의 여지가 없었다. 초조하게 통화가 끝나기만 기다리던 다온은 곧이어 들려오는 말에 함지박만 하게 벌어지는 입술을 간신히 붙들었다.

"네, 제가 다온이를 많이 사랑합니다. 이번 주 내로 같이 찾아 뵙겠습니다."

※ ※ ※

띠리릭. 잠금장치가 해제되었다. 문손잡이에 손을 올려 두고 다온이 돌아섰다. 서로의 마음을 확인하고 겨우 한 시간이 지났다. 평상시와 사뭇 다른 분위기에 어깨에 잔뜩 힘이 들어갔다. 다온은 낯간지러운 시선을 어디에 둬야 할지 몰라, 넥타이핀만 뚫어지게 바라보고 있었다.

"저, 라…… 라……."

"라?"

"라이터 있어요?"

큼. 정수리 위에서 성마른 기침 소리가 들렸다. 젠장, 글로 먹고 사는 사람이 기껏 생각한 단어가 라이터라니. 최수빈이 메뉴까지 정해 놓은 곳에서 밥을 먹는다는 게 왠지 껄끄러웠다. 차만 마시고 한정식집을 나온 두 사람은 저녁을 굶은 상태였다. 말 그대로 순순하게 라면이라도 먹고 가라는 말을 하고 싶었는데, 상투적인 표현으로 변해 버린 어감에 차마 입이 떨어지지 않았다.

"라이터는 왜?"

"아, 그게 캔들 라이터를 못 찾겠어서……."

"라이터는 없는데."

대답하는 말투가 경직되어 있었다. 담배도 안 피우는 사람이니 당연히 그런 것이 있을 리가 없겠지. 분위기가 더 어색해졌다. 식당을 나온 이후로 두 사람 사이에는 어색하면서도 묘한 기류 같은 게 흐르고 있었다. 전에 없던 성적 긴장감이 더해졌다고 할까. 다온은 이 어색함을 타개하기 위해서라도 대화를 이어 가야 한다는 압박감에 짓눌렸다.

"그, 그렇죠. 담배도 안 피우는데. 그럼 선배, 라……."

미쳐. 여기서 라가 또 왜 나와. 그냥 자연스럽게 들어와서 같이 저녁 먹자고 하면 될 걸. 답답한지 태율이 넥타이 매듭을 아래로 당기며 넥타이핀을 잡아 뺐다. 시선을 둘 곳이 사라지자, 다온은 마음이 급해졌다.

"라이스크림이랑 라면 먹고 갈래요?"

"……."

어색한 정적이 흘렀다. 다온은 침을 꼴깍 삼켰다. 얼마나 크게 삼켰는지 목울대가 움직이는 게 느껴질 정도였다. 라이스크림은 또 뭐야. 억지로 우겨서 아이스크림이라고 하자. 그런다고 기껏 생각해 낸다는 것이 아이스크림이랑 라면이라니. 이러면 표현력이 순결해지나.

태율은 아무 생각도 없는 것 같은데, 혼자 오만 가지 상상력으로 분위기를 퇴폐로 몰아가고 있었다. 꼭 무슨 일이 있기를 바라는 사람처럼. 쪽팔림을 아는 고개가 절로 땅으로 떨어졌다. 흠흠. 목이 타는지, 마른기침으로도 다듬어지지 않는 경직된 목소리가 땅으로 꺼져 가는 자존심을 간신히 붙잡아 주었다.

"그럼, 그럴까. 여기까지 와서 다시 나가기도 그렇고……. 너추워지면 따뜻한 국물 마시고 싶어 하잖아. 대신 라면은 내가 끓일게. 계량컵은 있어? 아니다, 계량컵은 없어도 되겠다. 계란은 있지? 파는? 없으면 내가 가서 사 올까?"

"괜찮아요. 집에 다 있어요."

다온은 벌어지려는 입술을 치아 사이에 물며 웃음을 삼켰다. 쓸데없는 말이 많아지는 것을 보니 태율도 나름 긴장하고 있었다. 뭐든 능수능란할 것 같던 그가 서툰 모습을 보이자 긴장의 끈이 절로 느슨해졌다.

"그런데 우리 언제까지 추운데 밖에 서 있어야 하는 거야?"

웃음을 참느라 꿈틀대는 볼을 차가운 손가락이 콕, 찔렀다. 다온은 서둘러 문손잡이를 잡아당겼다.

"아, 죄송해요. 들어오세요."

당당하게 문을 열고 안으로 들어서던 다온은 그대로 굳어졌다. 헤어지기 싫다는 생각에만 골몰한 나머지 집 안이 어떤 상태인지 까맣게 잊고 있었다. 깔끔하다 못해 머리카락 한 올 떨어져 있지 않던 태율의 오피스텔과 비교하면 눈앞에 펼쳐진 광경은 전쟁터가 따로 없었다.

미처 정리하지 못한 택배 박스가 현관을 점령하고, 책, 잡지책, 머그 등, 주말 동안 집에만 뒹굴었던 흔적이 집 안 곳곳에 방치되어 있었다. 유일한 위로라면 주말에 청소라는 것을 해서 묵은 먼지가 사라졌다는 점이었다.

양해를 구할 여유도 없었다. 다온은 부츠를 벗자마자, 유리창 앞에 세워 둔 빨래 건조대로 돌진했다. 일주일간 입었던 언더웨어들이 적나라하게 건조대 위에 펼쳐져 있었다. 화려한 레이스와 과감한 색감의 언더웨어들. 유일하게 월급을 아낌없이 투자하는 자신만의 독특한 사치 성향이라 할 수 있었다.

누구한테 보여 주기 위한 것은 아닌데, 이상하게 화려한 속옷을 입으면 전장에 나가기 전에 갑옷을 두른 것처럼 자신감이 붙었다. 그래서 단정하고 활동성을 강조하는 수수한 옷차림 안에 이런 화려한 속옷이 숨겨져 있다는 것을 아는 사람은 극히 드물었다.

다온은 엄청난 스피드로 거둬들인 언더웨어들을 대충 손에 잡히는 스웻셔츠 안에 뭉텅이로 쑤셔 넣었다. 넣고 보니 털 뭉치처럼 부풀어 오른 커다란 스웻셔츠가 낯이 설었다. 아, 하필 태율의 옷에…… 돌려줘야지 하면서 어쩌다 보니 아직 그녀의 수중에 있었다.

그녀의 속옷으로 가득 찬 스웻셔츠를 보고 있자니 민망해서 얼굴이 화끈거렸다. 벌겋게 달아오르는 볼을 진정시킬 사이도 없이 태율이 다가오는 소리가 들렸다. 급한 마음에 당장은 눈에 띄지 않는 침대 밑으로 옷들을 집어 던지고 몸을 돌렸다.

걸어 들어오면서 주웠는지 태율은 주말의 흔적들을 손에 들고 있었다. 다온은 얼른 책과 잡지책을 받아 식탁 위에 올려놓았다. 두꺼운 합판에 벽돌을 쌓아서 만든 책장은 이미 책과 잡지들로 가득 채워져 빈 공간이 없었다. 태율은 빈 머그잔을 주방 싱크대 안에 놓았다. 그러고는 처음 들어와 보는 원룸을 호기심 어린 시선으로 둘러보며 슈트 재킷을 벗었다.

비좁은 공간에서 태율의 존재감은 묘한 감흥을 불러일으켰다.

처음 그가 과외를 하기 위해 그녀의 방에 서 있을 때가 생각났다. 그때도 그는 주변의 모든 것들을 작아 보이게 하고, 소인국의 거인처럼 커다란 존재감을 뿜어냈었다.

태율은 천천히 방 안을 거닐었다. 벽에 걸린 가족사진을 보고, 책장에 꽂힌 책들의 제목을 하나하나 살피는 모습은 박물관에 견학 온 사람처럼 경건해 보였다. 위협적인 요소가 하나도 없었다. 그런데도 다온의 신경은 전쟁터에 피난 나온 사람처럼 잔뜩 날을 세우고 있었다. 날 선 신경이 그의 눈짓, 몸짓, 손짓 하나에 경계 태세를 갖췄다.

태율이 책장 맨 위 칸에 꽂힌 의학 서적을 꺼냈다. 그 어느 때보다 빠르게 돌아가는 머리는 그가 호기심 어린 표정으로 집어 든 서적이 경은이 두고 간 산부인과 관련 의학 서적임을 기억해 냈다. 저절로 머릿속에 인체의 신비에 관한 페이지가 떡하니 펼쳐졌다. 가임기 남녀의 신체 비밀에 관한 적나라한 묘사가 압권이었다.

다온은 소리 나게 싱크대 서랍을 열었다. 다행히 태율의 관심이 책에서 그녀에게로 옮겨 왔다. 다온은 찬장 안에 얼굴을 묻고 긴 한숨을 내쉬었다. 그동안 태율의 옆에서 아무렇지 않게 밥 먹고, 웃고, 떠들었다는 사실이 신기할 지경이었다.

"배고프죠? 우선 여기 앉아 계세요. 라면 금방 끓일게요."

부산스럽게 싱크대 아래 찬장에서 냄비를 꺼내고, 냉장고에서 계란과 파도 꺼냈다. 라면은 붙박이 찬장 맨 위 칸에 있었다. 키보다 높은 곳에 위치한 선반까지 손을 뻗기 위해 발꿈치를 들어 올렸다. 막 라면 봉지의 모서리에 손이 닿았다 싶었는데, 커다란 손이 정수리를 살포시 아래로 눌렀다. 고개를 들어 보니 기다란 팔이 힘들이지 않고 라면 봉지를 꺼내고 있었다.

"종이컵 있어?"

"저기 찬장 안에 있어요."

"알았어. 여기서부터는 내가 알아서 할게."

"아니에요. 내가 할게요."

"장담하는데, 너보다는 내가 나을걸. 그러니까 너는 저기 가서 편하게 앉아 있어."

말할 때마다 등 뒤로 작은 진동이 전해졌다. 은은하게 퍼지는 머스크 향을 한 아름 코끝으로 머금었다. 간질거리는 심장의 떨림이 생경했다. 떨림을 들킬까 봐 다온은 냉큼 뒤로 물러나 식탁 의자에 앉았다.

태율이 흰색 와이셔츠 소매를 위로 걷어 올렸다. 팔을 움직일 때마다 잘빠진 등 근육이 미친 존재감을 뽐냈다. 다온은 남자다우면서 섹시한 뒷모습을 뭐에 홀린 듯이 바라보았다.

요리를 잘한다던 성민의 말을 믿어도 될 것 같았다. 종이컵에 물의 양을 맞추고, 능숙하게 핸드폰을 꺼내 타이머를 재는 것을 보니 한두 번 끓여 본 솜씨가 아니었다. 태율이 뭔가를 찾아 고개를 두리번거렸다. 다온은 후다닥 책을 펼쳤다. 글자가 눈에 들어올 리 없지만, 새삼스레 반한 얼굴을 들킬까 봐 책에 깊숙이 코를 박았다.

찬장이 열리고 닫히는 소리가 반복적으로 들렸다. 어느 순간 달그락대던 소리가 잠잠해졌다. 맛있는 냄새에 고개를 들어 보니 예쁜 그릇에 담겨진 라면이 식탁에 차려져 있었다. 김이 모락모락 올라오는 라면은 한가운데 터지지 않은 노른자가 예쁘게 담겨 있어 보기에도 먹음직스러웠다. 먼저 국물을 한 입 떠서 맛을 본 다온은 엄지와 검지를 말아 오케이 사인을 보냈다.

반응을 기다리던 태율이 만족스러운 미소를 지으며 하나 남은 의자를 끌어당겼다. 다온은 그가 앉기를 기다렸다 고들고들한 면발을 입으로 가져갔다. 이번에는 진심에서 우러난 탄성이 흘러나왔다. 적당히 익은 면발은 특유의 고소한 맛이 있었다. 지금까지 먹어 본 라면 중에서 단연 최고의 맛이었다.

본격적인 식사에 앞서 다온은 손목에 차고 있던 고무줄을 이용해 머리를 대충 하나로 묶었다. 긴장해서 배고픈 것도 잊고 있었는데, 한번 음식이 들어가니 제대로 식욕이 동했다. 의식적으로라도 태율이 있는 방향으로는 고개를 돌리지 않기 위해 먹는 행위에만 집중했다.

뜨거운 국물 덕에 조금씩 긴장이 풀리더니 몸이 후끈거렸다. 콧잔등에 땀이 밴지도 모르고 있었다. 하얀 티슈가 눈앞에서 왔다 갔다 하자 다온은 고개를 들어 올렸다. 그제야 태율이 가만히 앉아서 그녀가 먹는 모습을 지켜만 보고 있었다는 것을 알아차렸다.

"선배는 안 먹어요?"

"먹을 거야. 저 퀼트 침대보는 엄마가 만들어 주신 거야?"

태율이 젓가락을 든 손으로 퀼트 이불이 덮인 트윈 베드를 가리켰다.

"맞아요. 여기 식탁보랑 세트로 만들어 주셨어요. 시골로 내려가시고는 한동안 적응하느라 바빠서 못 하시더니, 요즘 다시 시작하셨다나 봐요."

전혀 줄지 않는 태율의 그릇을 보고, 다온은 냉장고에서 마른반찬 몇 가지를 꺼내 식탁에 펼쳤다. 그중에는 태율이 잘 먹던 오징어채무침도 있었다.

"적응 잘하고 계신다니 다행이야. 아주머니가 해 주신 김치찌개 먹어 본 지도 꽤 됐다. 가끔 생각났는데. 이번 토요일에 시간 있지? 말 나온 김에 인사드리러 가자."

"토요일에 우리 집으로요?"

질문이 너무 갑작스러웠다. 다온은 대답을 망설였다.

"아무래도 먼저 정식으로 인사드리고 교제를 허락받는 게 좋을 것 같아서. 왜, 반대하실까 봐 걱정돼?"

태율이 토종꿀과 집에서 만든 고추장에 버무린 오징어채를 집어 입에 넣었다. 살포시 웃는 게 예전에 자주 먹던 맛을 기억해 낸 표정이었다.

"사실은 아까 어머니한테 문자 왔었어. 우리 집에 오기 전에 너희 집에 먼저 가서 허락받고 오라고. 내 생각에도 그게 맞는 것 같아. 아버님이랑 오래전에 약속한 것도 있고."

다온은 걱정이 앞선 나머지 태율이 아빠와 뭔가를 약속했다는 것까지는 신경 쓰지 못했다.

"엄마는 두 손 벌려 환영하실 거예요. 다만 아빠가 어떻게 나오실지 몰라서……."

"각오하고 있어. 하나뿐인 딸을 훔쳐 가려는 재수 없는 놈이라고 생각하시겠지."

정확한 표현에 다온은 찔끔했다. 엄마가 또 다 일러바쳤구나. 다온이 망설일 수밖에 없는 이유도 다 저지른 죄가 있어서였다. 부모님이 시골로 이사 가기 전까지, 다온은 아빠와 함께 포장마차에 자주 갔었다. 거기에서 안주와 함께 주로 씹히던 대상이 바로 태율이었다.

주야장천 잘난 척 재수 없다며 씹어 대던 다온과 엄마에게 태율이처럼 교양 있게 먹어 보라며 끊임없이 비교당하던 아빠는 죽이 잘 맞는 파트너였다.

욕할 때는 언제고 갑자기 태율이 좋다고 하면 뭐라고 반응하실까. 엄마에 이어 저까지 넘어간 걸 아시면 충격받으실 것이 분명했다. 배신자라고 분노하시겠지. 그 화가 온전히 태율에게 향할 것이 눈에 선했다.

갑자기 입맛이 사라졌다. 어차피 맞을 매라면 빨리 맞는 게 나을지도. 반드시 거쳐야 할 통과 의례였다. 하루라도 빨리 해치우는 게 나을지도 모른다.

"알았어요. 엄마한테 물어볼게요. 대신에 아빠가 문전 박대 하더라도 이해해 줄 거죠? 군대식 PT체조로 교묘하게 괴롭힐지도 몰라요."

이건 순전히 경험에서 우러나온 조언이었다. 태율은 이미 다 안다는 식으로 자신감 넘치는 미소로 대답을 대신했다. 어떤 박해도 기꺼이 헤쳐 나갈 의지가 엿보여 절로 안심이 되었다.

"우리 아빠 프랑스산 와인 좋아해요. 너무 비싸도 안 돼요. 한 끼 식사와 곁들여서 부담 없는 가격으로."

"적당한 것으로 준비할게. 이제는 곰비 없이도 잘 자나 봐?"

곰비는 다온이 고등학교 때까지 품에 안고 자던 작은 곰 인형이었다. 침대보 외에 아무것도 놓여 있지 않은 침대를 슬쩍 돌아다본 다온의 얼굴에 잔잔한 미소가 어렸다.

"내 나이가 몇인데요. 고등학교 졸업하면서 곰비도 졸업했어요. 그런데 아직까지 곰비를 기억해요?"

오징어채무침이 순식간에 바닥을 드러냈다. 다온은 냉장고를 열고 칸칸이 쌓인 반찬 통들을 뒤적거리다 이내 이마를 손으로 찰싹 때렸다.

"아, 맞다. 선배한테는 기억하냐고 묻는 것 자체가 이상한 거지. 기억하려고 마음만 먹으면 뭐든 기억해 내는 사람인데. 그런데 집에는 여전히 비밀이에요? 이제는 말해도 되지 않나? 다 큰 어른인데, 이제 와서 전공을 바꾸라고 할 것도 아니고."

"……."

다온은 냉장고 안쪽에 들어 있던 유리로 된 반찬 통을 꺼냈다. 반찬을 덜어 내는데 정신이 팔려 태율의 얼굴이 급격히 어두워지는 것도 모르고 있었다. 새로 꺼낸 오징어채무침을 앞으로 밀어 주는데 젓가락 한 쌍이 식탁 위로 내려왔다. 먹는 행위 자체에 흥미를 잃었는지, 단호하게 식탁 모서리 옆으로 돌아앉은 몸이 거실을 향했다.

태율이 벽에 걸린 액자를 바라보고 있었다. 대학 졸업식에서 찍은 다온의 가족사진이었다. 활짝 웃고 있는 그녀의 가족을 바라보는 눈빛이 불안정하게 흔들리고 있었다. 다온은 마음이 불편해졌다. 딱히 콕 짚어 설명할 수는 없지만, 비밀을 품고 사는 이유가 어린 시절과 연관된 것은 아닐까 하는 불안감이 생겼다.

"먹기 싫어요? 미안해요. 내가 괜한 얘기를 꺼내서……."

"내가 네 입장이라도 당연히 이해하기 힘들 거야. 미안하다. 모르는 척하라고, 억지로 강요해서. 너한테만큼은 왜 그래야만 하는지 말해야 한다고 생각해. 그런데 엄두가 안 나. 아직은 용기가 부족한 것 같아."

"……."

다온은 선뜻 말이 나오지 않았다. 상처를 끄집어내는 것이 과연 옳은 선택일까 확신이 없었다.

"나는 내 가족에게 마음의 빚이 있어. 평생 갚아도 모자랄……

가능하다면, 아주 오랫동안 지금처럼 살고 싶어. 어머니의 아들로, 형의 동생으로. 그들과 다른 내 모습을 들키지 않은 채……."

독백처럼 대화를 이어 가는 내내, 태율의 표정은 얇은 살얼음판 위를 걸어가는 사람처럼 불안해 보였다. 훌훌 털어 내지 못하는 과거가 그의 안에 존재하고 있었다. 그녀는 전혀 알지 못하는 꼬맹이 강태율의 과거. 가족의 일원으로 살아남기 위해 그는 여전히 혼자 만의 싸움을 치르고 있었다.

어디서 그런 용기가 났는지 모르겠다. 다온은 태율의 앞으로 다 가갔다. 목에 팔을 두르고 그늘이 드리워진 눈빛을 가슴으로 감싸 안았다.

"하기 싫은 얘기는 안 해도 돼요. 다시는 그 얘기 꺼내지 않을 게요. 누구나 가슴속에 비밀 하나쯤은 묻고 사는 법 아닌가? 하기 어려우면 평생 안 해도 돼요."

"……."

머리가 눌린 등이 새우처럼 동그랗게 굽어 있었다. 그 모습이 또 애처롭게 모성 본능을 자극했다.

"나는 상관없어요. 그래도…… 혹시라도 들어 줄 사람이 필요하 면, 나한테 와요. 외롭게 혼자 버티지 말고. 다른 건 몰라도, 들어 주는 것은 자신 있어요."

다온은 우는 아이를 달래는 마음으로 한 손을 펼쳐 굽어진 등을 위에서 아래로 부드럽게 토닥여 주었다. 나머지 한 손으로는 끌어 안은 뒤통수를 꽉 안아 주었다. 손에 감기는 머릿결이 고운 비단처 럼 부드러웠다. 부드러운 감촉에 이끌린 손가락이 머리카락을 손 끝에 돌돌 말았다.

앞으로 굽은 어깨가 눈에 띄게 굳어지더니 자꾸만 뒤로 물러났다. 이런 식의 위로가 어색한 거겠지. 옆으로 비틀린 자세도 불편할 거라는 생각에 다온이 적당히 벌어진 다리 사이로 파고드는데, 갑자기 억센 손이 허리를 붙들고는 뒤로 확 떠밀었다.

무리하게 떠밀려 난 다온은 헛발질하듯 몇 발자국 뒤로 밀려났다. 태율은 허리를 붙잡은 손마저 미련 없이 거두어 가더니, 후다닥 주방 구석으로 도망치듯 물러났다. 눈 깜짝할 새에 두 사람 사이에 식탁 테이블만큼의 거리가 생겨났다.

"갑자기 그렇게 밀어 내는 법이 어디 있어요? 놀랐잖아요."

"규칙 1. 지금부터 우리 둘만 있는 밀폐된 공간에서는 최소한 이만큼 거리 유지하기."

"그런 말도 안 되는 규칙이 왜 필요해요?"

불퉁한 목소리로 대거리를 하며 다가오는 다온을 향해 태율이 긴 팔을 내밀었다. 임의적으로 만들어진 장벽에 옆으로 길게 늘어진 입매가 금방이라도 폭발할 듯이 실룩거렸다.

"진짜 왜 이래요. 사람 무안하게."

"규칙 2. 앞으로 사전 협의 없는 스킨십은 무조건 금지야. 특히 아까처럼 안는 건 절대 안 돼."

"그게 무슨 스킨십이라고. 나는 그냥 선배한테 위로가 필요할 것 같아서 안아 준 것뿐이거든요. 그리고 우리 연애하는 것 아니었어요? 연애하는데 포옹하고 키스는 기본 아니에요?"

"아버님한테 정식으로 교제 허락받기 전까지는 포옹도 안 되고, 키스도 안 돼. 머리카락 만지는 것도 금지야."

다온은 키스는커녕 뽀뽀도 할 마음이 없었다. 오히려 태율이 덮치기라도 하면 어쩌나 긴장하고 있던 차에, 이상한 규칙들을 나열하니 도리어 반발심이 생겼다.

"뽀뽀는요?"

"뽀뽀도 안 돼."

"손은 잡아도 돼요?"

"당분간은 손도 안 돼. 단둘이 있을 때 신체 접촉은 일체 금지."

"말도 안 돼. 대련 핑계로 몸으로 부대낀 게 한두 번도 아니고, 지난번, 전철에서도 거의 안다시피 하고. 우리 관계 정도면 라면 먹다 바로 키스해도 전혀 이상하지 않거든요."

"나는 너의 어머니가 만들어 주신 오징어채 먹다가 키스할 생각 전혀 없어."

"누, 누, 누가……."

표정 하나 바뀌지 않고 사람을 변태 취급이다. 기가 막혀 말까지 더듬거렸다. 누가 진짜 키스하자고 했나. 그런데 문제는 자꾸 상상이 된다는 거였다. 빼빼로 게임도 아니고 기다란 오징어채를 입으로 서로 물어뜯다 입술까지 덮치는……. 그럼 혀 사이에 낀 오징어채는 뱉어야 하는 거야, 삼켜야 하는 거야.

다온은 세차게 고개를 저었다. 아서라. 힘들게 만들어 준 음식으로 이런 상상이나 하고 있다는 것을 엄마가 알면 등짝 스매싱을 당하고도 남지. 이게 다 태율의 기세에 말려들고 있다는 증거였다. 나만의 페이스를 잃어서는 안 된다.

"말이 그렇다는 거죠. 나도 첫 키스에 대한 환상이 있어요. 라면 냄새 나는 입으로 키스할 생각은 전혀 없거든요. 우선은 산뜻하게 양치질부터 하고……."

가만, 그러고 보니 아까부터 태율의 귀가 유난히 빨갰다. 하얀 셔츠와 비교하니, 붉음의 농도가 확연했다.

"우리 집 추워요? 선배 귀가 완전 빨개요."

"너는 코가 빨개."

일 초도 안 돼서 방어적인 대답이 돌아왔다. 매서운 칼바람을 맞으며 다온의 옷매무새를 매만져 줄 때면 의례적으로 비슷한 대답이 돌아오고는 했었다. 다온은 홱 고개를 돌려 거울에 비친 얼굴을 확인했다. 따뜻한 실내에 있는 지금, 다온의 코는 지극히 자연스러운 피부 톤을 유지하고 있었다.

물색없는 대답에 스스로도 어이가 없는지, 이제는 흰 셔츠 밖으로 드러나는 목까지 벌겋게 달아올랐다. 돌이켜 보면 별로 춥지 않은 날도, 또랑또랑한 눈으로 올려다보는 그녈 내려다보는 태율의 귀가 자주 빨개지고는 했었다. 그때는 열받거나 흥분해서 그런다고 생각했는데, 아무래도 흥분했다의 진짜 의미를 잘못 해석하고 있었나 보다.

의외의 반전이었다. 부끄러워서 귀가 빨개진 거라니. 첫 생방에서도 떠는 법이 없었다던 이 남자한테 이런 약한 구석이 있었을 줄이야. 부끄럼 많은 예민한 성격이라고 누가 상상이나 했겠어. 히죽히죽, 자꾸만 웃음이 번졌다.

"나 이제 양치질할 건데. 이것도 규칙 위반이에요?"

"죽을래?"

태율의 미간에 실금이 갔다. 풉, 웃으면 안 되는데. 약점을 발견했다는 사실에 그저 신이 났다. 웃음을 참기 위해 단호하게 눈을 부릅뜨지만 길게 퍼져 가는 입술 선을 따라 고른 치아가 모습을 드러냈다.

"규칙을 어기면 어떻게 되는데요? 줄야근, 뭐 이런 유치한 복수는 아니죠?"

"왜 아냐. 남해 무인도 섬 탐사기획. 김아영 대리가 10주년 특집호에 실릴 기획 기사에 헬퍼 필요하다고 하던데."

직권 남용을 해서라도 스킨십을 막겠다는 말에 내재되었던 똘기가 발휘되었다. 다온은 성큼 한 걸음 내디뎠다. 헉, 숨을 몰아쉬며 근육을 긴장시키는 게 빳빳하게 다림질된 셔츠 아래로 적나라하게 보였다. 경계를 무너뜨리고 싶다는 묘한 도전 정신까지 생겼다.

"상관없어요. 초과 근무 시간이 무서우면 기자 생활을 어떻게 버텨요? 게다가 새로운 정보에 대한 호기심이야말로 기자의 사명이죠. 다른 참신한 벌은 없어요?"

한 발 더 다가갔다. 코끝이 마주 닿을 만큼 가깝고도 위험한 거리였다. 태율이 움찔거리며 거리를 벌리려 하지만, 이미 등은 벽에 가로막혀 있었다. 위태롭게 흔들리는 눈동자가 덫에 걸려 겁먹은 들짐승을 연상시켰다. 다온은 과감하게 가슴 한가운데를 손가락으로 찔렀다.

흡. 호흡을 삼키는 목젖이 지진을 일으켰다. 얇은 천을 통해 단단한 근육에 힘이 잔뜩 들어가는 게 느껴졌다.

"끄응. 후회할 거다. 아버님한테 허락만 떨어지면 백배, 아니, 천배로 갚아 줄 거야."

힘들게 입을 여는 태율에게서 앓는 소리가 먼저 나왔다. 다섯 손가락이 피아노를 연주하듯 가슴 위에서 경쾌하게 움직였다.

"우리 아빠 그렇게 호락호락한 사람 아니에요. 최소 6개월은 각오해야 할걸요."

"나는 경고했다."

"어쩌죠, 나는 하나도 겁 안 나는데."

다온은 난생처음으로 태율과의 관계에서 우위를 점했다는 사실에 흠뻑 취해 있었다. 아빠의 대쪽 같은 성격으로 미루어 보아 최소 6개월이라는 시한은 보장받은 거나 다름없었다. 6개월이 아니라, 비록 하루살이 인생일망정 이런 짜릿한 기회를 놓칠 수는 없었다. 천하의 강태율을 손가락 하나로 꼼짝 못 하게 제압할 기회가 그리 자주 오는 것은 아닐 테니까.

다온은 강철처럼 단단한 가슴 위에 손가락 끝을 세웠다. 예민한 손끝의 감각으로 가슴 한가운데 가느다란 골을 찾아냈다. 손가락이 움푹 팬 라인을 따라 아래로 내려갔다. 그것도 아주 천천히. 꿀꺽. 마른침을 삼키는 소리가 그녀의 귀에까지 들렸다. 다온은 웃음을 삼켰다. 이러고도 손도 잡지 않겠다고? 어디, 얼마나 버티나 두고 보자.

더욱 과감해진 손가락이 물결을 타듯 숨죽인 복근을 지났다. 허리 라인으로 접근할수록 정수리에서 들리는 숨소리가 거칠어졌다. 거만하게 들려진 시선이 목 위에서 불끈거리는 경동맥을 지나, 엄격하게 다물린 입매를 살폈다. 얼마나 힘을 주었는지 입술 옆으로 기다란 주름이 패어 있었다.

버텨 보겠다 이거지? 여전히 미동이 없는 태율을 자극하기 위한 손가락이 복부를 훑고 허리춤에 매달린 가죽 벨트에 이르렀다. 차가운 금속 버클이 주는 감촉에 다온의 자만심이 처음으로 주춤했다. 그녀가 세워 둔 마지노선은 바로 여기까지였다. 계산 착오였다. 태율이 이 정도로 자제력이 강한 줄은 몰랐다. 만만치 않은 고집도 계산에 넣었어야 하는데.

내적 갈등이 일어났다. 여기서 멈춰야 하나. 더 아래로 내려가는 것은 결코 현명한 생각이 아니었다. 금단의 구역에 함부로 손을 댈 만큼 겁을 상실한 것은 아니었다. 승리의 기쁨을 만끽하는 것은 좋지만, 불꽃에 스스로를 던져 넣는 불나방이 될 필요는 없었다.

하지만 이미 벌어진 일이었다. 수습하기에는 너무 늦었다. 처음으로 승기를 잡은 싸움이었다. 여기서 허무하게 포기하면, 그의 기세에 말리는 꼴이었다. 기에 눌린 과거를 답습하고 싶지 않았다.

용하다던 천신녀가 했던 말을 기억하자. 기를 끊어 줘야 한다고 했어. 주술을 부리는 부적도 있고, 든든한 의인에 아빠까지 있는데 뭐가 걱정이야. 거칠던 숨소리가 미약해지고, 간헐적으로 들리던 숨소리조차 사라진 것으로 보아, 태율이 얼마 못 버틸 거라는 확신도 있었다.

모르겠다. 아빠 허락도 못 받았는데, 잡아먹히기야 하겠어. 뭐라도 되겠지. 다온은 두 눈을 질끈 감았다. 호흡을 한 번 삼키고, 금속 버클 위에서 맴돌던 손가락을 아래로 뚝 하고 떨어뜨렸다.

예스! 강한 아귀의 힘이 손목을 잡아채자 다온은 눈을 번쩍 떴다. 갈 곳 잃은 손가락이 허공을 헤매고 있었다. 이겼다. 그러나 기쁨은 한순간이었다. 눈을 뜸과 동시에 트레이드마크처럼 시원스럽게 뻗어 나가던 미소가 그대로 얼어붙었다. 시종일관 거만하게 실룩거리던 입술이 예의를 갖추듯 반듯하게 다물렸다.

잡힌 손목을 내려다보는 게 아니었다. 머쓱해진 시선이 셔츠 깃 언저리에 머물렀다. 남자 양복바지 앞섶이 생각보다 여유 공간이 없다는 것을 오늘에야 제대로 알았다. 천을 뚫고 나올 기세로 불룩하게 튀어나와 있는 물건의 정체를 모를 만큼 순진하지도 않았다.

산부인과 전공 서적을 밤낮으로 공부한 경은의 가르침 덕에, 다온도 성에 관해서라면 의학 서적을 기초로 한 방대한 지식을 보유하고 있었다. 특히나 의학 서적에 나온 알짜배기 그림들을 두루 섭렵해, 보이지 않는 곳에 무슨 일이 벌어지고 있는지 충분히 짐작할 수 있었다. 그러나 상상하는 것과 눈으로 확인하는 것은 천

양지차였다.

도망쳐. 소리 없는 아우성과 함께 팔을 잡아 빼는데, 붙잡힌 손목이 앞으로 홱 당겨졌다. 벌어진 다리 사이로 한쪽 허벅지가 겹쳐지더니, 두 개의 몸이 원래부터 하나였던 것처럼 이어졌다. 다온은 그대로 숨이 멎었다. 온몸의 피가 얼굴로 몰리는 기분이었다. 정수리로 날아오는 습기 찬 바람에 온몸의 솜털이 곤두섰다.

의식하지 않으려 노력했지만, 얇은 블라우스 위로 딱딱한 물건이 짓누르는 감촉이 생생했다. 가슴의 고동 소리가 엇박자로 빨라졌다. 이건 상상이야. 선행 학습이 만들어 낸 환상이라는 것을 알면서도 둔탁하고 날카로운 뭔가가 피부를 찌르는 느낌에 전기에 감전된 것처럼 찌르르한 전율이 아랫배를 관통하며 다리 사이가 욱신거렸다.

들키면 안 되는데. 고집스럽게 아래턱을 치켜들지만, 검고 긴 속눈썹이 파르르하게 떨리고 있었다. 발그레하게 상기된 볼은 그녀 역시 몸에서 일으키는 화학 반응에 굴복되고 있음을 증명했다.

"날 자극한 사람은 너야. 나중에 딴소리하지 마."

낯선 음색이었다. 목 안 깊숙이에서 갈라져 나온 음색은 관능에 대한 열망으로 깊게 가라앉아 있었다. 목덜미로 파고드는 숨소리마저 촉촉했다. 팽팽한 긴장감에 다온은 훅 하고 숨을 들이마셨다.

"놔줘요."

"3초 줄게. 지금이라도 잘못했다고 빌면, 용서해 줄지도 모르지."

"난 잘못한 것 없어요."

자신감을 잃어버린 목소리가 떨려 왔다. 분명 이겼다고 생각했는데 패자로 전락된 순간이었다. 손목을 비틀자, 오히려 허리가 양

팔에 감겨 빈틈없이 당겨졌다. 아랫배를 감싸고 도는 강렬한 감각이 아찔했다. 이대로 이성이 무너질 것만 같았다.

"하나."

"……."

"둘."

"잘……."

딩동, 딩동. 비굴한 목소리가 방문객을 알리는 벨 소리에 묻혔다. 허리를 감싸던 팔이 느슨해졌다. 다온은 힘껏 가슴을 밀며 도망치듯 뒤로 물러났다. 그가 정해 준 규칙만큼의 안전거리가 생겨났지만 마음만 먹으면 언제든지 무너뜨릴 수 있는 거리였다. 누군지는 몰라도 때마침 나타나 준 구원자에 고맙다고 절이라도 하고 싶었다. 하마터면 한 번만 살려 달라고 빌 뻔했다.

"이 시간에 올 사람은 엄마랑 아빠뿐인데……."

다온은 여운을 남기듯 말꼬리를 길게 늘어뜨렸다. 아버지의 존재를 부각시킴으로 새롭게 방어막을 세울 생각이었다.

디디디딕. 성격 급한 방문객은 벨 소리로 존재를 알리자마자, 바로 도어록의 비밀번호를 눌렀다. 이 시간에 비밀번호를 누르고 들어올 사람은 경은과 부모님뿐이었다. 경은이는 분명 야간조라고 했는데. 설마, 진짜로 엄마가 연락도 없이 올라오신 건가. 급한 성격에 충분히 그러실 수도. 다온은 서둘러 머리끈을 풀었다. 찰랑거리며 흘러내린 머리가 자연스럽게 상기된 볼을 가렸다.

"쫄기는."

태율은 훨씬 차분해진 모습으로 걷어 올린 소매를 아래로 내렸다. 막상 부모님 앞에서 흐트러진 모습을 들킬까 잔뜩 쫄아 붙은 그녀를 비웃고 있었다. 영민해 보이는 갈색 눈동자가 너는 내 상대가 안 된다고, 한 번만 더 건드리면 이번처럼 가볍게 넘어가지 않을 거라며 경고장을 날리고 있었다.

억울했다. 순수했던 의도가 퇴색되었다. 위로해 주는 사람을 변태로 몰아붙인 사람이 누구더라. 사그라져 가던 똘기가 슬그머니 고개를 내밀었다. 두고 보면 알 테지. 잠자는 사자의 코털을 건드린 사람의 최후가 어떤 것인지. 한 번만 살려 달라고 무릎 꿇을 사람이 과연 누가 될지. 방문객을 맞으러 가기에 앞서 다온은 다시한 번 전의를 불태웠다.

당차게 문을 열고 들어온 사람은 경은이었다. 그녀가 허벅지까지 올라오는 부츠의 지퍼를 내릴 동안, 태율은 재킷의 단추를 채워자칫 민망할 수 있는 순간을 완벽하게 모면했다.

한쪽 부츠를 신발장 옆에 세워 두려던 경은이 움찔했다. 구석에 얌전히 놓인 커다란 남자 구두를 발견한 것이다. 뒤늦게 거실로 나온 태율을 발견한 경은이 놀라 눈을 동그랗게 뜨더니, 이내 코를 킁킁거리며 집 안에 퍼져 있는 라면 냄새를 맡았다. 단정한 이마에 가느다란 주름이 새겨졌다.

"아침에 데리러 올게. 따뜻하게 입고 나와."

태율은 한쪽으로 고개를 까닥함으로 인사를 대신한 경은을 지나쳐 그대로 밖으로 나갔다. 우정에 충실한 나머지, 친구를 구박한다는 이유 하나만으로도 경은은 태율을 끔찍이 싫어했다. 반면 태율은 경은이 자기를 싫어하든 말든 신경조차 쓰지 않았다. 그래서 더미움을 받는지도 모른 채.

"어떻게 된 거야? 밤 근무 아니었어?"

다온이 눈치를 보며 질문을 던졌다. 경은은 여전히 한쪽 부츠를 손에 들고 있었다.

"성민 오빠가 네가 연락이 안 된다고 하도 걱정을 해서. 핸드폰 도 꺼져 있고. 걱정돼서 와 본 거야."

아차. 성민과의 저녁 약속. 완전히 잊고 있었다. 배터리가 줄어 드는 핸드폰을 충전시켜야 한다는 사실도 깜빡하고 있었다. 태율 에게 온 정신이 팔려 있으니 세상 것들은 하나도 머릿속에 들어오 지 않았다.

"미안. 배터리 충전하는 것을 깜빡했어."

"표정을 보니 대충 알겠다. 주말 내내 왜 바빴는지도. 무사한 것 봤으니 됐어. 간다."

시니컬한 반응을 보니 단단히 삐진 게 분명했다. 경은이 손에 들고 있던 부츠에 한쪽 다리를 마저 끼웠다. 찌익. 지퍼가 허벅지 중간까지 거침없이 올라갔다. 망설임 없이 문손잡이를 돌리는 경 은을 보며 다온이 다급하게 외쳤다.

"경은아, 한 번만 봐 줘. 너한테 말하려고 했었어."

병원에 늦지 않으려면 서둘러야 한다는 것을 알기에 차분하게 붙잡지도 못했다. 처음으로 둘 사이에 비밀이 생겼다는 것에 서운 해할 경은의 심정을 알기에 무작정 사귄다는 말부터 꺼내기가 조 심스러웠다. 어디서부터 설명해야 하나.

"주말은 오해야."

경은이 마지못해 고개를 돌렸다. 토라진 눈동자가 천장을 한 번 훑고 내려왔다. 잘 삐지 않는 성격인데, 한번 삐지면 풀어지는 데 최소 한 달이었다. 미적미적 말을 아끼는 모습에 다온은 애가 탔 다.

"믿어 줘."

"……."

"진짜야. 오늘이 처음이야."

"하나만 묻자. 내가 궁금한 것이 있으면 잠을 못 자는 성격이라…… 어떻던? 쫄깃하던?"

질문 자체는 담백했다. 다른 의도는 생각할 수 없을 만큼. 다온은 고개를 크게 한 번 끄덕였다. 평상시와 다름없이 스스럼없는 말투에 감격한 나머지 눈썹이 의미심장하게 위로 한 번 치켜 올라갔다 내려왔다는 것에는 별다른 의미를 두지 않았다.

"그럴 리가 없는데. 그 정도로 솜씨가 좋았단 말이야?"

"응. 타이밍을 맞춰서 하니까. 탱탱한 게 오래가서 좋더라."

립글로스를 발라 촉촉한 입술이 위아래로 벌어졌다. 경은이 바보처럼 입을 헤벌린 상태로 몇 초가 흘렀다. 색조 화장 없이 비비크림만 바른 얼굴에 어렴풋이 홍조가 드리워진다 싶더니, 입술 끝에 야릇한 미소가 걸렸다.

"창시 빠진 년."

경은은 그 한마디를 남기고 미련 없이 돌아섰다.

7장. 술래잡기

　현성이 유도복의 옷깃을 힘주어 끌어당겼다. 태율의 중심이 앞으로 쏠렸다. 기회를 놓치지 않고 밑으로 누우며 들어간 현성이 발바닥을 배에 대고 머리 뒤로 힘껏 넘겼다.

　파당. 건장한 남자의 몸무게를 흡수하며 매트가 둔탁한 소리를 냈다. 등이 먼저 바닥에 닿은 태율은 이내 팔다리를 넓게 뻗고 매트에 몸을 뉘었다. 태율을 넘긴 현성도 일어날 생각이 없어 보였다. 조명등이 한 곳만 켜진 체육관에는 남자들의 거친 숨소리만 흐르고 있었다.

　"이번에는 또 뭐야?"

　"뭘?"

　"누가 나 좀 신나게 패 줬으면 좋겠다는 듯이 일부러 허점을 내보이고 있잖아. 몸에 사리가 마구마구 쌓여서 미칠 것 같아? 다온이가 갈수록 섹시해 보여?"

"미친놈."

"내가 널 몰라? 이 밤에 날 불러내서 이러고 있을 때는 **뻔한 거** 아냐."

태율도 그 점은 인정했다. 그를 세상에서 제일 잘 아는 사람은 가족도 다른 누구도 아닌 현성이었다.

그와의 각별한 인연은 중학교 때로 거슬러 갔다. 중학교 3학년 겨울방학, 우연히 **뺑소니** 교통사고를 같이 목격한 것을 계기로 두 사람은 친구가 되었다. 3년 내내 같은 반이었으면서도 1, 2등을 다 투던 경쟁 의식 때문인지 현성은 그에게 말 한번 살뜰하게 건넨 적이 없었다.

사고는 차량이 많이 다니지 않는 아파트 진입로 근처에서 일어났다. 사고를 낸 차량은 외제 승용차였다. 주택가임에도 속도를 늦추지 않고 질주한 차량은 폐지가 쌓인 리어카를 끌고 가던 할머니를 치고 달아났다. 술에 취한 운전자가 음주운전을 은폐하기 위해 **뺑소니**를 친 사건이었다.

그때는 지금처럼 CCTV가 보편화되지 않은 시절이었다. 낡고 오래돼 때묻은 파카와 추운 날씨에도 해진 운동화를 신은 할머니의 상황이 너무나 안타까웠다. 보험 처리를 위해서라도 목격자의 진술이 절대적으로 필요한 상황이었다.

목격자들의 진술이 엇갈리는 가운데 당시의 상황을 카메라로 찍어 낸 듯이 정확하게 서술한 태율로 인해 경찰은 **뺑소니** 차량의 운전자를 손쉽게 잡을 수 있었다. 그 일이 있고 나서 현성은 태율을 세상에 둘도 없는 친구처럼 대했다. 제대로 꽂혔다나. 그의 넉살에 동화되었는지, 시간이 지나면서 태율도 차츰 마음을 열게 되고, 어느덧 속마음을 터놓고 의지하는 유일한 친구가 되어 있었다.

현성이 벌떡 일어나 양반다리를 하고 앉았다. 땀에 젖은 부위의 곱슬머리가 유난히 곱실거렸다.

"비밀 누설이라는 지은 죄가 있어, 샌드백 노릇을 해 주고는 있는데…… 더 이상은 나도 못해 먹겠다. 그러니 잘 들어. 여자의 심리에 관해서라면 너보다는 내가 훨 나을걸. 너는 눈에 콩깍지가 씌어서 아무것도 못 보잖아. 다온이 같은 타입은 백날 밥 사 주고, 목도리 사다 바쳐도 절대 몰라. 순진해서 튕기면 튕기는 대로 바로 나가떨어지는 타입이지."

"그런가?"

태율이 관심을 보이자, 현성은 신이 나서 떠벌렸다.

"솔직히 네 잘못도 있어. 그동안 웬만큼 싸가지 없이 잘난 척했냐. 위해 주는 건지, 구박하는 건지 아리송해할 만도 해."

"내가 뭘 또 그렇게 잘난 척했다고 그래."

태율이 누운 상태로 도복 소매를 잡고 이마의 땀을 닦았다. 유도복 사이로 땀에 젖어 번들거리는 가슴이 서서히 규칙적인 호흡을 찾아가고 있었다.

"존재 자체가 잘난 척인 애들이 있어, 딱 너 같은. 그러니까 지금부터라도 살살 부드럽게 대해 봐. 더 이상 튕겨져 나가지 않게."

"어떻게 해야 부드럽게 잘해 주는 건데?"

"몰라서 물어? 네 어머니한테 살살거리듯이 딱 그만큼만 해."

모처럼 흥미롭게 귀를 기울인다 싶던 태율이 이내 얼굴을 굳힌 채, 팔을 들어 눈을 가렸다. 파란색 도복 아래 고집스럽게 다물린 입술 아래로 아래턱이 당겨졌다. 더 이상의 대화는 거부하겠다는 뜻이었다. 그 작은 변화를 놓치지 않은 현성이 깊은 한숨을 내쉬었다.

"내가 또 말실수한 거야?"

"……."

한번 다물어 버린 입술은 쉽게 열리지 않는다는 것을 현성은 알고 있었다. 그래서 태율이 듣든지 말든지, 이번만큼은 마음에 있는 말을 다 하고야 말겠다는 각오로 주절거리기 시작했다.

"그만큼 했으면 됐어. 23년간 미안해했으면 충분하지 않아? 툭 까놓고 네 잘못도 아니잖아. 일곱 살짜리 어린애가 할 수 있는 선택은 아무것도 없었어. 애초에 그 집으로 들어간 것부터가 네 의지와는 전혀 상관없는 결정이었어. 그래서 그동안 미안한 마음에 네가 원하는 것들 다 포기하면서 살았잖아. 형의 영광을 뺏고 싶지 않아서, 법조인의 길도 포기하고. 어머니 말이라면 죽는 시늉이라도 해 가면서 실망시키지 않기 위해 최선을 다했어."

"……."

"네가 네 가족을 진심으로 위하고 사랑하는 것은 알아. 하지만 다온이를 사랑하는 것은 별개의 문제야. 죽어도 포기 못 하겠어서 다온이 곁을 맴도는 거잖아. 내가 장담하는데, 다온이 너 안 싫어해. 진짜 싫어하는 남자 옆에서는 그렇게 예쁘게 웃을 수 없어."

"……."

"그냥 가슴에 묻고 살 자신도 없잖아. 너만 말 안 하면 돼. 너만 입 다물면 아무 일도 일어나지 않은 채 평생 살아갈 수 있어."

묵묵히 듣고만 있는 태율을 보며 답답함을 이기지 못한 현성은 자리에서 일어나 휴게실로 들어갔다. 유리창을 통해 냉장고를 뒤적거리는 모습을 보며 태율은 서걱거리는 가슴을 손바닥으로 지그시 눌렀다. 차마 현성이에게도 털어놓지 못한 비밀 하나가 묻혀 있는 곳. 차분하게 뛰던 심장이 압력을 견디지 못해 불규칙적으로 요동치기 시작했다.

마음에 묻으면 평생 이대로 살 수 있을까. 모두가 평온하고, 아무도 상처받지 않는 채, 서로 사랑하고 사랑받으며…… 감히 내가 그렇게 살게 해 달라고 하늘에 빌어도 될까.

태율의 친모는 미혼모였다. 태율은 태어나자마자 엄마의 사촌 오빠 부부에게 맡겨졌다. 그들 부부의 아들로 출생신고가 되고, 네 살이 될 때까지 그분들의 사랑과 보호를 받으며 자랐다. 엄마가 공부를 다 마치면 데리러 올 거라는 말을 듣고 자랐기 때문에, 막상 친엄마가 데리러 왔을 때는 엄마의 존재를 거부감 없이 받아들였다고 들었다.

친엄마는 미국에서 로스쿨을 졸업하고, 미국에 본사를 둔 인터내셔널 은행 법무팀에서 변호사로 근무했다. 엄마는 항상 바쁜 사람이었다. 미국 본사와의 시차 때문에 퇴근 시간이 일정하지 않았다. 해외 출장도 잦아서, 어린 태율을 돌봐 주는 사람은 따로 있었다.

태율의 특별한 재능을 가장 먼저 알아본 사람은 엄마였다. 그럼에도 무슨 연유인지 그녀는 태율을 초등학교 입학하기 전까지, 어린이집은 물론 어떤 교육 시설에도 보내지 않았다.

그래서 태율은 여덟 살이 되고 초등학교에 입학할 날만 손꼽아 기다리고 있었다. 어느 날인가, 외국으로 출장 간다던 엄마가 한동안 돌아오지 않았다. 나중에 돌봐 주는 할머니의 손을 잡고 투명한 커튼이 쳐진 병실을 찾아가서야 기다리던 엄마를 만날 수 있었다.

환자복을 입은 엄마는 태율에게 두 가지 말을 당부했다. 나중에 어떤 아저씨가 데리러 오면 얌전히 따라가라는 것과 새로 만날 가족들에게 절대로 특별한 기억력을 들켜서는 안 된다는 것이었다.

그가 사물을 기억하는 능력이 남들보다 탁월하다는 것을 알게 되면 그 사람들이 널 아주 싫어하게 될 거라는 말을 몇 번이고 강조했다. 마지막으로 살갑게 안아 주면서, 그 집에서 사랑받는 아이로 자라고 있으면 언젠가 엄마가 다시 데리러 오겠다는 말도 덧붙였다.

며칠 후에 집으로 낯선 아저씨가 찾아왔다. 엄마와의 약속대로 태율은 그 아저씨를 따라 새로 살게 될 집으로 갔다. 빛이 눈부시게 쏟아져 내리는 정원이 있는 크고 예쁜 집이었다. 그 집에서 어른들이 나누는 대화를 듣고서야 친엄마는 그를 데리러 오지 않을 거라는 것을 알게 되었다.

인정할 수 없었다. 엄마가 데리러 오겠다고 약속했고, 엄마는 반드시 약속을 지키는 사람이었다. 사랑하는 엄마가 이 세상에 있지 않다는 것도, 그가 홀로 남겨졌다는 것도, 그에게 낯선 새엄마가 생겼다는 것도.

현실에 대한 거부 반응은 몸으로 나타났다. 뭐든 먹으면 토했다. 힘이 쭉 빠질 때까지 토하는 과정은 고통스러웠다. 침대에 누워 영양제 주사를 맞으며 하루를 버틴 날도 있었다. 태율은 나날이 앙상해졌다. 이 집에서조차 쫓겨날지도 모른다는 두려움과 기억력을 감춰야 한다는 압박감은 또 다른 스트레스였다. 태율은 가장 쉬운 방법으로 입을 꼭 다물고 사람들과의 대화를 거부했다.

그런 그를 위해 새로 생긴 엄마는 무던히도 헌신적이었다. 음식을 먹고 토해, 침대 시트를 버려도 결코 화내는 법이 없었다. 토사물로 새로 사 준 옷이 더럽혀졌어도 괜찮다면서 꼭 안아 주었다. 회사에 나가지도 않았고, 하루 종일 집에서는 맛있는 냄새가 났다. 형이 생긴 것도 좋았다. 독서를 좋아하는 그를 위해 책을 사다 주고, 자기 방에 있던 비싼 장난감을 아낌없이 나눠 주었다.

봄이 오면 꽁꽁 얼어붙은 산봉우리의 얼음이 녹아내리듯, 시간이 지나면서 어린 태율은 차츰 새로운 가족이 베풀어 준 사랑에 동화되어 갔다. 토하는 횟수가 줄어들고, 살이 보기 좋게 붙기 시작하면서 말수도 늘어났다. 반면 가족에게 사랑받는 만큼 미움을 받고 싶지 않다는 두려움이 어린 마음을 지배하고 있었다.

또래에 비해 이해력이 빠르고 똑똑하다는 것은 숨길 수 없었다. 하지만 사진처럼 사물을 기억해 내는 능력에 대해서만큼은 숨기는 요령이 생겼다. 방 정리를 할 때도 장난감의 위치를 달리하고, 시험 문제도 꼭 하나는 오답을 써서 제출했다.

일상에 젖어 방심하고 있을 때, 경각심을 부르는 사건이 터졌다. 어른들의 성화에 떠밀려 이제 막 초등학교에 입학한 다온이를 데리고 어린이 도서관으로 책을 빌리러 간 적이 있었다. 동화책과 만화책이 비치된 열람실을 둘러보고 난 후였다. 대출하고 싶은 동화책의 목록을 읊어 대는 다온이에게 무의식중에 머릿속에 저장된 열람실 구조를 떠올리며 책들이 비치된 책꽂이 위치를 알려 주었다.

옆에서 반납된 책들을 책꽂이에 정리하고 있던 도서관 사서가 놀란 얼굴로 포토그래픽 메모리에 대해 아느냐고 물어 왔을 때야, 뭔가 실수했음을 깨달았다. 다온이 그게 무슨 말이냐고 묻고, 사서는 사진을 찍듯 기억을 저장하고, 필요할 때 쉽게 기억의 저장 창고를 뒤져서 정보를 꺼내는 사람의 능력을 두고 하는 말이라고 설명했다.

다행히 초등학교 1학년이 이해하기에는 어려운 표현력이었다. 집으로 돌아가는 길에도 다온의 관심은 오로지 대출받은 만화책에

쏠려 있었다. 도서관 사서와 나눈 대화는 완전히 기억 속에서 지워진 듯 보였다.

그 일이 있고 며칠 후에, 태율은 왜 자신이 철저하게 그의 재능을 숨겨야 하는지에 대해 알게 되었다. 엄마가 그를 이 가정에 보내면서 그토록 염려했던 것이 무엇이었는지, 그의 정체성이 알려진 순간 미움받을 수밖에 없는 필연적인 이유에 대해서도.

그 후로 태율은 어린이 도서관에는 발길도 하지 않았다. 언젠가 포토그래픽 메모리에 대한 단어를 듣고 그를 떠올릴지도 모른다는 불안감에 어린 다온이를 피해 도망 다니기 시작했다. 버림받지 않기 위해, 자신을 더 철저하게 숨기는 훈련을 해야만 했다.

뒤꿈치를 끌며 걷는 특유의 발자국 소리에 태율은 현실로 돌아왔다. 이온 음료를 양손에 든 현성이 발로 옆구리를 툭 하고 건드렸다. 언제 심각한 대화를 나눴냐며 말투가 날아갈 듯 가벼웠다.

"밤새 이러고 누워 있다고 해결책이 나오겠냐? 한바탕 굴렀더니 배고프다. 씻고 밥이나 먹으러 가자."

현성의 말대로 밤새 고민한다고 평생을 따라다닌 불안이란 놈이 씻은 듯이 사라지지는 않을 것이다. 불륜을 저지른 남녀 사이에서 태어난 아이가 감당해야 할 삶의 무게. 유산처럼 부모의 죄를 물려받은 아이가 숙명처럼 짊어지고 가야 할 마음의 빚. 그 불안정한 삶을 지탱하게 해 준 사람이 바로 다온이었다.

삶이란 그에게 있어 미완성의 퍼즐 같은 것이었다. 열심히 맞춰 보지만, 늘 어느 한구석에 작은 구멍이 뚫려 있는. 그 아이로 인해 처음으로 부족한 조각을 찾아 완벽한 퍼즐을 맞출 수도 있겠다는 희망이 생겼다. 전에는 감히 꿈조차 꾸지 못했던 온전한 삶에 대한 설계가 시작되려 하고 있었다.

완벽하게 행복하길 바란다면 하늘의 분노를 살지도 모른다. 그래도 감히 빌어 본다. 다른 것은 욕심내지 않을 테니, 다온이 한 사람만 온전히 허락해 달라고.

오늘로써 한 가지는 분명해졌다. 어떠한 선택의 순간이 오더라도 다시는 다온이를 저버리는 일은 없을 것이다. 세상을 등져야만 하는 선택의 순간이 온다면 그의 선택은 다온이었다. 두 번 다시 뒷걸음질 치지 않는다. 그가 가진 모든 것을 걸고서라도 다온이만큼은 반드시 지켜 낼 거라 감히 하늘에 맹세해 본다.

현성이 팔을 내밀었다. 태율은 어깨 위로 내밀어진 손을 붙잡고 홀쩍 일어났다. 잔뜩 힘이 들어간 손이 보이지 않는 먼지를 털어 내듯 도복을 툭툭 털었다. 그와 함께 운명에 선전포고를 하듯 꼬리표처럼 따라다니는 불안이라는 놈도 툭툭 털어 내고 있었다.

※ ※ ※

이른 출근길이었다. 태민은 태율의 핸드폰에서 흘러나오는 컬러링에 귀를 기울였다. 지하 주차장에서 출발한 엘리베이터에 탑승객이라고는 둘뿐이었다. 컬러링이 멈추고, 밝고 산뜻한 음성이 들렸다. 거기에 대응하는 태율의 목소리도 어느 때보다 밝았다.

"어디만큼 왔어? 벌써? 운이 좋았네. 나도 회사로 출근하는 중이야…… 홍보회사에 문제가 생겨서 오전 약속이 취소됐거든. 점심 같이 먹자…… 가만, 소리가 실내는 아닌 것 같은데…… 설마, 너 기어이 푸드 트럭 앞에서 줄 선 건 아니지?"

시종일관 화색이 돌던 얼굴에 먹구름이 끼었다. 태민은 다양하게 변하는 얼굴 표정을 흥미롭게 관찰했다. 싫다는 감정을 스스럼없이 표출하는 태율을 보는 게 반가우면도, 어딘가 조금은 낯설었다.

"아니긴 뭐가 아냐. 옆에서 자동차 소리 다 들리거든……. 김다온, 너는 남 뒤치다꺼리가 취미야? 나랑 한 약속은 벌써 잊었지? 알았어. 나중에 다시 얘기해."

서둘러 통화를 마친 태율이 1층 버튼을 눌렀다. 버튼을 누르고 얼마 지나지 않아 엘리베이터의 문이 열렸다. 몇몇 출근길 직장인들이 엘리베이터를 타기 위해 밖에서 대기하고 있었다. 두꺼운 외투와 목도리, 장갑으로 중무장한 복장만 보더라도 바깥 날씨를 짐작케 했다. 몇몇 사람들이 알은체를 하며 인사를 건넸다. 태율은 인사를 받는 둥 마는 둥 급하게 서두르며 로비로 향했다.

"아니라고 딱 잡아떼? 어디래? 신화빌딩? 아니면 유니스퀘어? 지금 우리가 범인 신병 확보하러 가는 중인가?"

"……."

"증거 인멸하고 도망치기 전에 잡으려면 우리 뛰어야 하지 않아? 은근 스릴 있네. 차라리 검사가 될 걸 그랬나."

"형은 출근 안 해?"

"출근을 왜 안 해? 살살해. 그렇게 닦달하니까, 다온이가 점집까지 쫓아가는 것 아냐. 오죽하면 부적까지 사다 안겼을까 싶다."

태민이 옆에서 보조를 맞춰 걸으며 변죽을 울리고 있었다. 금요일인 오늘 오후에 다온이네 시골집으로 부모님을 뵈러 갈 예정이었다. 가기 전에 선물을 챙겨 가라는 말에 본가에 들러 자고, 태민과 같이 출근하는 길이다.

밤새 놀리는 것으로도 모자라, 출근길에서조차 그를 놀려 먹는 재미에 사활을 건 사람 같았다. 가능하면 무시하려 했지만 지나치던 사람들이 대화 소리에 흥미를 기울이자, 태율은 끝내 걸음을 멈추고 돌아보았다.

아침 일찍 광고 회사의 홍보팀과 미팅이 잡혀 있었다. 출발 직전에 미팅이 취소되는 바람에 태민을 옆에 태우고 회사로 출근했다. 일정이 취소되었다는 연락을 한 시간만 일찍 받았어도, 다온이를 데리러 갔을 텐데.

용돈까지 차압당하고, 집에서 밥도 못 얻어먹는다는 최 과장의 생일이 오늘이었다. 생일 선물 대신으로 일주일간 푸드 트럭 샌드위치를 사 달라는 말을 하는 그를 목격하고 한 대 치고 싶은 것을 간신히 참았다. 절대 안 된다며 못을 박았건만, 결국엔 'No'라는 대답을 하지 못하는 다온이 추운 데서 고생하고 있을 거라 생각하니 마음이 급했다.

"형은 아침 일찍 대표님하고 미팅 있다고 하지 않았어?"

"대표님 미팅이야 오늘도 있고 내일도 있지만, 재미난 싸움 구경은 날마다 있는 게 아니잖아. 다온이가 네 약점 잡았다고 큰소리 뻥뻥 치던데…… 가서 누가 이기는지 봐야지."

"다온이 혼자 착각하는 거야. 그것도 어차피 오늘로 해결 날 일이야. 진짜 안 가?"

"너야말로 안 가고 뭐 해? 코찔찔이 감기라도 걸려서, 코 훌쩍거리면 가슴 미어져서 어쩌려고."

태율이 나직하게 한숨을 쉬었다. 태민이 이렇게 정도를 넘어서 유치하게 나올 때는 한 가지 이유였다. 뭔가 아쉬운 소리를 꺼내고 싶은데, 거절당할까 봐 뜸을 들일 때. 경험상, 원하는 대답을 들을 때까지 계속 유치한 말장난을 걸어 올 것이 자명했다.

"그냥 뜸 들이지 말고 해. 형이 진짜 하고 싶은 말은 따로 있잖

아. 무슨 말인지 들어는 볼게. 들어준다는 보장은 못 하지만."

"짜식, 다온이한테 빠져서 정신 나간 줄 알았더니, 눈치 하나는 여전하네."

태민이 잠시 숨을 골랐다. 선뜻 말을 꺼내지 못하는 모습에 어느 정도 감이 잡혔다. 그래서 아버지가 화두로 나왔을 때, 태율은 무던함을 가장할 수 있었다.

"최근에 아버지 뵌 게 두 달 전이었지? 네가 집에 오는 날은, 아버지가 출타하신 날이 많아서……."

"그럴 거야."

태율이 고개를 끄덕였다. 은퇴하시고, 낚시 여행을 이유로 주말에 집을 비우시는 날들이 대부분이었다.

"요즘 아버지 건강이 예전 같지 않아. 사실 은퇴도 그것 때문에 앞당기신 거고. 많이 약해지셨어. 그래서 말인데, 너, 나, 아버지, 이렇게 강씨 집안 남자들끼리 바다낚시 한번 갔다 오자. 너 결혼하기 전에 우리끼리 단합 대회라도 하자는 거지."

"……."

결혼식 얘기가 오가는 시점도 아니었다. 태율의 마음 같아서는 당장이라도 결혼식부터 올리고 법적으로도 완벽한 가족이 되고 싶지만, 다온의 입장도 고려해야 했다. 제대로 된 연애 기간도 없이 시댁이라는 부담을 떠안겨 주고 싶지는 않았다. 상황을 누구보다 잘 알면서, 말도 안 되는 핑계까지 갖다 붙이는 것을 보면 태민은 그만큼 절실하다는 뜻이었다.

"사실 우리 집에서 아버지만 은근 왕따야. 나이 들고, 병들면 결국에는 가족밖에 더 있어? 엄마랑 아버지 사이가 좀 남다르잖아. 우리라도 중간에서 다리 역할을 잘해 드려야지."

"어디가 많이 편찮으신 거야?"

질문하는 목소리가 조금은 경직되어 있었다. 진실을 캐기 위해 뚫어지게 쳐다보자, 그 시선이 버거운지 태민은 고개를 돌려 넓은 로비를 둘러보았다.

집에서 같이 살 때도 그랬지만, 태율은 아버지와 그리 살가운 사이가 아니었다. 독립을 하고 난 후로 아버지와 같이 있는 시간은 명절이나 가족 식사 자리뿐이라고 해도 과언이 아니었다. 단둘이 대화를 나눌 기회도 없었고, 가끔 문자로 안부를 주고받는 것 외에는 교류가 거의 없다고 봐야 했다.

가족에게 있어서 아버지라는 존재는 상징적 의미에 가까웠다. 일에 파묻혀 사시던 아버지가 퇴근하고 집으로 돌아와 대부분의 시간을 보내는 곳은 독립된 공간에 위치한 개인 서재였다. 간혹 아침 식사 시간에 식탁에서 얼굴을 마주하는 게 한집 안에서 그를 마주하는 유일한 시간이었다.

혼자 있는 것을 좋아하는 아버지도 가정이라는 울타리 안에는 항시 머물러 있었다. 어머니가 개최한 파티나 가족 단위의 모임에서 온화한 미소로 남편이나 아버지로서의 역할을 충실히 이행해 주었다. 어머니가 가장으로서 아버지에게 바라는 가장 큰 역할이기도 했다. 그래서인지 어머니는 아버지의 개인주의적 성향에 대해 일체 터치하지 않으면서 가정의 평화를 유지시켰다.

사실 아버지에 관해서라면 모든 면에서 조심스러웠다. 처음 만났을 때부터 아버지는 쉽사리 다가가기 어려운 사람이었다. 큰 키와 다부진 입매에서 풍기는 엄격함은 일곱 살짜리 어린애가 보기에 범접하기 어려운 태산 같았다. 그 엄격함은 태율이 음식을 먹지 못하고 아픈 모습을 보여도 전혀 누그러지지 않았다. 이따금 방으로 들어와 큰 손으로 어깨를 토닥이며 내보인 따뜻함이 그가 기억하는 유일하게 자상했던 모습이었다.

처음 몇 년은 다가가고 싶어도 선뜻 대하기 어려운 사람이라 거리감을 두었다. 일면식도 없는 타인을 가족으로 떠맡아 준 것에 대한 고마움에 더욱 조심스러웠다. 초등학교 5학년이 되고, 남들과는 다른 유전인자를 물려준 사람이 아버지라는 것을 알게 되고, 고마움은 미움으로 바뀌었다. 원망을 퍼붓고 싶은데, 다른 가족들에게 버림받을지도 모른다는 두려움이 커서 모든 감정을 안으로 삭이는 데 급급하다 보니, 미워하는 마음은 어느새 의도적인 무관심으로 변해 갔다.

그래도 아버지는 아버지인 걸까. 건강이 나빠지셨다는 말에 마음이 조급해지며, 근심이 얼굴로 드러났다.

"그런 얼굴 할 필요 없어. 심각하게 걱정할 정도는 아냐. 예전보다 조금 약해지셨다는 의미니까. 나이가 있으시니 조심해서 나쁠 것은 없지. 아무튼, 형으로서 명령하는 거야. 다음 주 주말은 그런 줄 알고 비워 둬."

분명 뭔가가 더 있었다. 하지만 묻지 않았다. 태민도 그가 묻지 않을 거라는 걸 알고 있을 것이다. 매사 거리낌 없는 태민이 그 앞에서 유일하게 조심스러워하는 화제가 바로 아버지였다. 오래전부터 태율은 어렴풋이 짐작하고 있었다. 태민이 그와 아버지의 생물학적 관계를 눈치채고 있는 것은 아닐까 하고.

하지만 그와 마찬가지로 태민도 비밀을 가슴속에 묻고 살망정 결코 입 밖으로 꺼내지는 않을 것이다. 진실이 세상 밖으로 나오는 순간, 어머니가 지켜 온 세상이 모래성처럼 허무하게 무너질 거라는 것을 두 사람 모두 잘 알고 있기 때문이었다. 두 사람은 암묵적으로 침묵했다. 무슨 일이 있더라도 어머니의 세상은 반드시 지켜 드리고 싶다는 그들만의 방식이었다.

※ ※ ※

이른 아침의 추위가 살갗으로 파고들었다. 해마다 맞는 겨울이 지만, 피부를 에이는 듯한 추위에는 도무지 적응이 되지 않았다. 양털 부츠를 신었는데도 발이 꽁꽁 얼어붙는 기분이었다. 푸드 트 럭에서 산 샌드위치가 들어 있는 봉투를 손에 들고 급하게 걸어가 던 다온은 고개를 들어 하늘을 올려다보았다. 높은 빌딩 숲, 희끄 무레한 하늘빛에 갇힌 태양은 아직 제 모습을 드러낼 생각이 없는 모양이었다.

바람을 정면으로 맞으며 걸어가서인지 칼바람에 노출된 귀가 찢 겨 나갈 듯이 아렸다. 다온은 복슬복슬한 털모자를 귀 아래로 잡아 당겼다. 태율이 어제 퇴근길에 선물해 준 것이었다. 좋아하던 모자 를 잃어버리고 상심해하는 그녀에게 무심하게 선물 상자를 내밀던 그를 떠올리자 입이 귀에 걸렸다.

신경 안 쓰는 것 같으면서 미처 생각지 못했던 작은 부분까지 세심하게 챙겨 주는 모습에 심쿵한 적이 몇 번째인지. 따지고 보면 태율은 크게 달라진 것이 없었다. 과거에도 그랬고, 현재인 지금까 지도, 한결같은 모습으로 그녀의 부족한 부분을 묵묵히 채워 주고 있었다. 그녀가 그의 마음을 미처 깨닫지 못하고 있었을 뿐이었다.

외부 출장 때문에 오전에는 사무실에 없을 줄 알았던 태율의 전 화를 받고 나니 발걸음이 더욱 빨라졌다. 푸드 트럭 앞에서 줄 서 있는 건, 또 어찌 알았을까. 눈치 빠른 태율이 믿어 줄 것 같지는 않지만, 다 같이 입을 맞추고 무조건 아니라고 시치미를 떼면 별수 있겠어. 샌드위치 봉투야 휴지통에 갖다 버리면 완전 범죄 아니겠냐고.

성격 급한 엄마의 성화에 토요일로 예정되었던 부모님 댁 방문이 하루 앞당겨졌다. 한 주일의 피로도 제대로 못 풀고, 또 가서 부모님 눈치 보느라 벌설 것을 생각하면 벌써부터 미안한 마음이 앞섰다. 그래서 오늘 하루라도 투덕거리는 일 없이 잘 지내고 싶었다.

한쪽 귀에 대고 있는 핸드폰에서는 신호 대기음이 흐르고 있었다. 이 시간에 경은에게 전화를 거는 것이 어느새 하루 일과의 시작 같았다. 화요일 아침부터 시작되었으니 금요일인 오늘까지 무려 나흘이나 받지 않는 전화기를 붙들고 씨름하고 있었다. 딱딱한 기계음이 8번 울렸다. 이제 음성 사서함으로 넘어갈 차례였다.

— 아침부터 왜 자꾸 전화질이야?

기계음을 상대로 적당한 인사말을 떠올리고 있던 다온은 갑자기 들려오는 목소리에 핸드폰을 고쳐 들었다.

"받았구나."

— 그래, 받았다. 네가 밤낮으로 전화하는 통에 핸드폰 배터리가 두 배로 빨리 소모되어 할 수 없이 받았다, 어쩔래?

"미안, 미안. 문자를 보내도 확인을 안 하니까, 어쩔 수 없었어. 내가 무조건 잘못했어, 한 번만 봐줘. 보고 싶다, 친구야."

— 어련하실까. 꼬들꼬들한 맛에 빠져서 내 생각이나 났겠어? 욕을 바가지로 할 때는 언제고, 아주 급행열차를 타셨더라. 좋겠다, 타이밍 잘 맞추는 애인을 두셔서.

다온은 눈앞에 경은이 있는 것처럼 손을 획획 휘저었다. 손이 움직일 때마다 샌드위치가 들어 있는 봉투에서 고소한 버터 향이 올라왔다. 잠자리에 들고, 경은이 한 말의 의미를 곱씹어 보고서야 무슨 오해가 있었는지 깨달았다. 음성 사서함에 수차례 메시지를 남겼지만, 여전히 오해는 풀리지 않고 있었다.

"야, 오해야. 나는 선배가 끓여 준 라면의 면발을 두고 한 말이었어. 진짜 라면만 먹었어. 나도 그날에서야 선배가 오랫동안 날 좋아하고 있었다는 것을 알았어. 진짜야. 믿어 줘야 해."

— 그걸 나보고 믿으라고? 양복까지 쫙 빼입었더구먼. 사랑 고백 하고 너희 집에서 라면을 먹였다고?

"그렇게 됐어. 사연이 좀 복잡해."

— 오죽 급했으면.

"그런 거 아냐. 내가 손이라도 제대로 잡아 봤으면 이렇게 억울하지도 않겠다. 부모님한테 교제 허락받기 전까지 스킨십 금지래. 아직 키스도 한 번 못 해 봤어."

— 에라이, 그건 더 못 믿겠다. 수도승도 아니고. 니들이 무슨 조선 시대에서 왔냐?

"누가 아니래. 남자 친구가 생기면 제일 먼저 영화관으로 달려가서 손잡고 영화 감상하는 게 내 소소한 꿈이었는데. 둘만 있을 때는 1미터 접근 금지라서 영화관도 못 가 봤다니까."

축 처진 목소리에 아쉬움이 가득했다. 제대로 된 키스 맛을 모르니, 그런 건 아쉬운 줄도 몰랐다. 다만 스킨십 금지라는 명목으로 데이트다운 데이트를 한 번도 못 해 보고 있다는 게 가장 안타까웠다. 테이블을 마주하고 밥을 먹거나, 자동차로 원룸 건물 앞까지 바래다주기. 연애 전과 비교해도 전혀 모양새가 다름없는 패턴의 만남이 이어지고 있었다.

— 진짜인가 보네. 물고 빨고 난리도 아닐 시점에 키스도 안 해 봤다고? 혹시 허우대만 멀쩡했지, 아래쪽에 문제 있는 것 아냐? 거기가 너무 작아서 결혼할 때까지 비밀로 한다거나, 부실하다거 나……. 네가 몰라서 그렇지, 요즘은 젊은 남자들 중에 발기부전 으로 치료받는 사람들 많다.

아랫배를 묵직하게 찌르던 감각이 아직도 생생했다. 경은이 걱 정할 문제는 절대 없을 거라고 자신 있게 대답할 수 있었다.

"걱정 마. 그건 확실히 아니야. 우리 부모님을 어려서부터 봐 왔잖아. 아무래도 더 조심스러운 거겠지."

— 너희 아빠 강 선배 싫어하잖아. 허락받으려면 못해도 몇 달 은 걸릴 텐데?

"네가 생각해도 그렇지? 난 한 6개월 본다."

핸드폰 너머에서 숨넘어갈 듯한 웃음소리가 들렸다.

— 그럼 게임 오버는 아버님 허락이 떨어져야 진짜 게임 오버인 거네? 아직 우리 오빠한테도 승산은 있는 게임이네.

"너야말로 오버야. 네가 이모네 빌딩 1층에 커피숍을 내겠다는 야망은 알겠는데, 그렇다고 가장 친한 친구를 그런 식으로 팔아먹 으면 안 되지."

— 그건 두고 보면 알겠지. 너 성민 오빠가 우리 고등학교 졸업 식에 왔다는 것도 기억 못 하지? 우리 오빠는 그날 네가 입었던 아이보리색 코트랑 빨강 털장갑까지 기억하더라.

"대박. 팀장님이 날 기억해?"

— 응. 그때의 기억이 강하게 남아서…….

"앗, 선배다."

놀란 목소리가 경은의 말을 잘랐다. 다온은 본능적으로 커다란 나무 뒤에 몸을 숨겼다. 방금 회사 건물 밖으로 나온 사람은 분명 태율이었다. 미팅 장소까지 갔다가 돌아오는 것이 아니었나. 회사에 도착하려면 못해도 한 시간은 걸릴 거라는 생각에 저도 모르게 여유를 부리고 있었다.

─ 왜? 무슨 일이야?

"어떡하지, 경은아? 더 늦게 올 줄 알았는데. 나 여기 이러고 있다가 들키면 혼나는데……."

─ 너는 아직도 그러고 사냐? 무서워서 연애는 어떻게 해? 차라리 더 늦기 전에 성민 오빠로 갈아타라. 사실은 우리 오빠가 면접 보러 온 너를 기억하고…….

"쉿. 조용히 해 봐. 이쪽으로 오는 것 같아. 끊어야겠어."

─ 야, 끊지 마.

가까이에서 인기척이 들렸다. 다온은 핸드폰 스피커 부분을 최대한 손바닥으로 감싸 소리가 빠져나가지 않게 했다. 가슴이 콩당콩당 제멋대로 뛰고 있었다. 당장이라도 태율이 그녀를 덮칠 것만 같았다.

─ 야, 왜 자꾸 말을 끊어. 우리 오빠가 면접 보러 온 너한테 반했다는 중요한 얘기를 하려는 찰나에.

"그 말을 나보고 믿으라고?"

─ 믿어. 사실이니까.

"설마 팀장님이 나한테 첫눈에 반해…… 어!"

거짓말처럼 눈앞에 성민이 나타났다. 한쪽 어깨에서 시작된 널찍한 갈색 가죽끈이 가슴 위를 사선으로 가로지르고 있었다. 가방을 앞으로 맨 성민은 양손 가득 샌드위치가 든 봉투를 들고 있었다. 신화빌딩 옆 골목에 들어선 푸드 트럭에서 그를 보지 못했으니, 아마도 더 먼 거리에 위치한 유니스퀘어 빌딩에서 오는 길일 거다.

— 진짜야. 우리 오빠가 너 좋아한다니까. 내가 비밀 지키느라 입에 사리가 쌓일 지경이었다니까. 너도 우리 오빠가 이상형이라고⋯⋯.

"박 팀장님."

— 박 팀장님? 우리 성민 오빠? 강 선배가 아니고? 나는 죽었다. 나한테 아무것도 못 들은 거다.

물고 늘어지던 전화가 일방적으로 끊겼다. 다온은 얼떨떨한 표정으로 핸드폰을 아래로 내렸다. 액정 화면의 최신 통화 기록에 경은의 이름이 올라왔다. 성민은 어딘가 부자연스러운 자세로 멈춰서 있었다. 액정 화면을 쳐다보는 눈가의 미소가 어색하게 굳어 있었다.

버터가 듬뿍 들어간 모닝 샌드위치라면 질색을 하던 성민이었다. 빵이 버터를 녹인 불판에서 지글거리며 내는 냄새를 싫어했다. 최 과장 생일은 자기가 알아서 챙길 테니 신경 쓰지 말라더니, 그녀 대신 샌드위치를 사 올 줄은 몰랐다. 저 많은 양을 사려면 못해도 30분 넘게 트럭 옆에서 기다리고 있었을 텐데.

다온의 시선이 비껴갔다. 인정하진 않았지만, 어렴풋이 성민이 그녀를 다른 시선으로 보고 있을지도 모른다는 생각을 해 본 적이 있었다. 이기적이었다. 어색해지는 것이 싫었다. 편안함에 익숙해 일부러라도 내 편한 방식으로 해석하고 있었다.

"경은이?"

"아, 네."

"경은이가 좀 수다스럽지?"

짧게 오가는 질문에서조차 어색함이 느껴졌다. 성민은 경은과의 통화에서 무슨 얘기가 오고 갔는지 이미 눈치채고 있었다.

"아, 저…… 그게……."

"어쩌다 보니 경은이한테 선수를 빼앗겼네. 첫눈은 아니고, 두 번째 봤을 때라고 해 두자. 고등학교 졸업식장에서 반했다고 하면 내가 양심이 없는 놈 같잖아."

"……."

"불편해하지 않았으면 좋겠는데. 너무 무리한 부탁일까?"

"저는 괜찮지만……."

"됐어, 그럼. 그냥 평상시처럼만 대하면 돼. 나도 원래의 내 자리를 지킬 테니까."

마음을 정리하겠다는 뜻일까. 불안정한 시선이 갈피를 못 잡고 있는데 갑자기 나무 뒤에서 검정 가죽 장갑이 다가왔다.

"꼼짝 마라, 현행범."

손에 들린 비닐 봉투가 푸드득거리며 소리를 냈다. 놀란 다온이 돌아보았다. 샌드위치가 든 봉투를 낚아채며 장난스럽게 윙크하는 태민의 뒤로 태율이 서 있었다.

"물증까지 완벽한데. 김다온, 너 거짓말하다 딱 걸렸다. 박 팀장님도 같이 계셨네요. 봉투를 보니 사무실 식구들 파티 하겠는데요."

"지금 출근하시는 길입니까?"

"오빠, 선배."

남자 셋이 인사를 나누었다. 다온은 고개를 살짝 숙이며 인사를 건네는 태율의 표정을 살폈다. 태율은 촉이 좋은 사람이었다. 두 사람이 내뿜는 어색한 분위기만으로도 달라진 관계의 변화를 감지

했을지 모른다. 느낌인지는 몰라도 다온을 지나 성민에게로 향하는 태율의 시선 끝에 찬바람이 쌩쌩 불었다.

애꿏은 타이밍이었다. 하필 이때 등장할 건 뭐람. 거짓말을 했다가 들킨 것만으로도 충분히 곤란한데, 고백 아닌 고백까지 듣게 된 이 마당에. 새삼스레 심장이 벌렁거렸다. 이제야 모든 감정이 현실감 있게 다가왔다. 팀장님이 고등학교 졸업식에서 본 나를 기억하고, 면접 때부터 쭉 지켜보고 있었다면 단순히 관심을 표하는 차원이 아니었다. 2년도 넘는 시간 동안 한 사람을 마음에 두고 있었다면 꽤나 깊은 감정이었다.

사촌 오빠랑 선보라며 꾸준히 보챘던 것도 다 성민의 마음을 알고 있는 경은이 계략을 꾸민 것이었다. 회식을 핑계로 함께 밥 먹는 횟수가 잦아진 것도, 영화관 앞에서 만난 것도, 같은 동네에 산다는 이유로 우연 혹은 필연처럼 출퇴근길에 만남이 잦아진 것도, 이 모든 것들이 성민이 가까워지고 싶은 마음을 표현하는 방식이었다.

태율은 눈치채고 있었을까. 아마도 그랬겠지. 유독 성민에게 날을 세웠던 이유가 이해된다. 성민도 태율의 마음을 눈치채고 있었겠지. 그래서 두 사람 모두 보이지 않는 경쟁 구도를 형성하고 있었던 것이다.

다온의 눈빛이 마구마구 흔들렸다. 의도치 않게 두 사람 모두에게 죄를 지은 기분이었다.

"선배, 그러니까 이게 어떻게 된 거냐면⋯⋯."

"생각보다 빨리 도착했네. 러시아워 시간이라 막힐 줄 알았더니. 박 팀장님도 일찍 출근하셨네요. 어제 회식하셨다고 들었는데, 해장은 하셨습니까?"

"아쉬운 대로 샌드위치로 대신할까 합니다. 오늘 같은 날은 강 편집이 끓여 준 뜨거운 해장국 생각이 간절합니다."

"입에 맞으셨다니 다행이네요. 매콤한 것 좋아하시면, 다음에는 얼큰한 해장국 레시피를 찾아보겠습니다."

"두 번씩이나 신세 질 수는 없죠. 지난번 신세 진 것에 대한 답 례도 아직 못 했는데. 대신 답례로 커피와 샌드위치, 어때요?"

일상의 대화를 주고받는 태율과 성민의 말투는 친근하면서 호의 적이었다. 하지만 서로를 향한 의례적인 미소는 냉소적으로 휘어 있었다. 다온이 사 온 봉투에서 모닝 샌드위치를 꺼내 먹고 있던 태민은 그런 두 사람의 기 싸움을 흥미롭게 지켜보고 있었다.

"좋습니다. 나도 한 가지 확실히 매듭지어 두고 싶은 것이 있었 는데…… 가시죠."

"그런가요. 마음이 통했네요."

성민이 아래턱으로 옆 빌딩을 가리켰다. 고개를 한쪽으로 꺾는 모습이 상당히 도발적이었다.

"저도 같이 가요."

"너는 안 돼."

"김 기자는 안 돼."

따라나서겠다는 다온의 말에 두 사람이 동시에 대답했다. 일 얘 기라면 굳이 아침 출근길에 그것도 회사 빌딩이 아닌 옆 건물 커 피숍을 이용할 이유가 없었다. 딱 봐도 다온과 관련된 얘기를 하려 는 거다. 본인에 관한 얘기를 그녀가 없는 자리에서 하는 것은 반 칙이었다. 볼에 부루퉁하게 바람이 들어갔다.

"여기서 한가하게 커피 마시면서 노닥거릴 시간이 있을까? 최 과장님 10시 15분 기차로 춘천 간다고 하던데? 고생해서 생일 선물까지 준비했는데, 그냥 가시면 서운해하실걸. 형, 이것도 부탁할 게. 식기 전에 배달되면 더 좋고."

태율이 천연덕스럽게 성민의 손에서 샌드위치 봉투를 받아 내밀었다. 태민이 반 정도 남은 샌드위치를 한입에 욱여넣었다.

"이건 내가 안전하게 사무실까지 배달해 드리겠습니다. 모닝 샌드위치는 따뜻할 때 먹어야 제맛이죠. 김 기자, 가자."

경쾌한 말투와는 달리, 태민은 미련이 가득한 얼굴로 샌드위치 봉투를 받았다. 태율과 성민이 나눌 전쟁 같은 대화를 놓쳐 아쉬워 죽겠다는 표정이었다. 태민이 뒷모습을 보이자, 남자 둘은 옆 빌딩을 향해 걸음을 옮겼다. 그녀를 데려갈 의사는 전혀 없어 보였다.

발밑으로 작은 돌멩이가 굴러다녔다. 다온은 돌멩이를 두 사람이 간 방향을 향해 날렸다. 타원을 그리며 날아간 돌멩이가 태율의 모직코트 아랫부분을 맞고 땅으로 떨어졌다. 그러나 어느 누구도 돌아보는 사람이 없었다.

다른 도리가 없었다. 같은 사무실에 근무해야 하는 두 사람이 그녀로 인해 갈등한다는 사실이 영 불편했지만, 당장은 샌드위치 배달이 우선이었다. 커다란 나무둥치를 돌며, 다온은 마지막으로 고개를 돌렸다. 두 남자는 일정한 거리를 유지한 채 걷고 있었다. 어른 한 명이 충분히 들어갈 만한 간격이었다. 앞으로도 그 간격은 영원히 좁혀지지 않을 거라는 슬픈 예감이 들었다.

❋ ❋ ❋

어둠에 잠긴 시골집 마당에 진돗개 짓는 소리가 우렁찼다. 곧이어, 마당에 깔린 자갈 위로 자동차 바퀴 끌리는 소리가 났다. 과일을 정갈하게 깎아 접시에 내오던 다온은 불투명한 유리창 너머로 자동차 헤드라이트 불빛을 찾았다.

선물로 사 온 애플망고를 들고 마을회관으로 자랑하러 간 엄마를 기다리는 중이었다. 시골에서는 보기 귀한 과일이었다. 오래전부터 태율을 사윗감으로 점찍었던 엄마는 꿈이 현실로 이루어졌다는 사실에 감격한 나머지 식사를 마치자마자 바로 밖으로 나가셨다. 그런 엄마를 태율이 따라나섰다.

"그렇게 좋아? 언제는 매의 눈으로 꼬투리 잡아서, 옆에 있으면 숨 막힌다면서?"

포크를 들고 배 한 조각을 집어 올리던 아빠 현석이 입가에 미소를 숨기지 못하는 다온을 향해 심술 난 목소리로 타박했다. 저녁을 먹는 내내 엄숙한 태도로 분위기를 잡던 아빠는 태율이 나가자마자, 원래의 인간미 넘치는 모습으로 돌아와 그의 뒷담화를 시작했다. 내용은 새로울 것도 없었다. 개인적인 교류가 거의 없었으니, 아빠가 아는 태율에 대한 이미지는 모두 다온의 입을 통해 나온 것들이었다.

"아빠도 참…… 내가 언제 또 숨 막힌다고 그랬어요. 그냥 인간이 잘난 맛에 산다. 그래서 그 앞에서 실수하지 않을까 눈치가 보인다, 뭐 그 정도였지."

"솔직히 말해 봐. 그놈이 연애하면 직장 생활 편하게 해 준다고 구슬렸지?"

"에이. 내가 한두 살 먹은 앤가. 구슬린다고 연애하게. 그동안 내가 선배를 잘 몰랐어요."

"알고 보니 다른 놈이다?"

다온은 귤을 까서 한 조각 입에 넣었다. 달달하면서 상큼한 맛이 입 안에 가득 퍼졌다. 그녀의 얼굴에 만족스런 미소가 번져 갔다.

"어쭈, 좋다며 웃는 것 좀 봐. 솔직히 말해. 아빠랑 그놈이랑 물에 빠지면 누구부터 구할 거야?"

"당연히 아빠죠. 세상의 반은 남자지만, 아빠는 세상에서 한 분이잖아요. 연애할 남자야 언제든지 구할 수 있다지만 혈육의 정은 어디 그런가? 난 무조건 아빠가 먼저야."

태율이 중학교 때까지 도내 수영대회에서 메달을 휩쓸었다는 사실은 슬그머니 목 안으로 내리눌렀다. 학년이 높아지면서 학업과 운동을 병행하기 쉽지 않았다. 학업에 전념하기를 바라는 현미 이모의 결정을 존중해 국가 대표로 키워 보고 싶다던 감독의 제안을 과감하게 거절한 전력을 아빠는 모를 거라 믿었다.

"그렇지? 아직은 아빠가 우선순위지?"

"당연하죠."

다온은 시원스럽게 뻗어 가는 아빠의 미소를 따라 환하게 웃었다. 고른 치아를 드러내며 활짝 웃는 미소가 판박이였다.

"그렇지? 아직은 내가 이 집에서 갑이지? 그것도 모르고, 강씨가 어딜 와서 거들먹거려. 사내놈이 음식 깨작거리는 것도 그렇고, 인물값 하게 생긴 것도 그렇고…… 뭐 하나 내 맘에 드는 게 하나도 없어."

"대신에 선배가 잘하는 것도 은근 많아요. 엄마한테도 잘하고…… 음식도 잘해요. 라면을 기가 막히게 끓인다니까요. 아빠도 선배가 끓여 준 라면 먹어 보면 깜짝 놀랄걸요."

"그깟 라면이 무슨 대수라고. 우리 딸 눈칫밥 먹인 게 몇 년이야."

"아냐, 아냐. 내가 눈치가 둔치잖아. 그래서 잘해 주려는 관심을 오해했던 거예요. 알고 보면, 선배만큼 생각 깊고 착한 사람도 없어요. 나를 오랫동안 좋아했는데, 괜히 사귀다 헤어지기라도 하면 엄마들 상처받을까 봐, 좋아한다는 티도 못 내고 속으로 전전긍긍하고 있었나 봐요."

"내 그럴 줄 알았다. 아빠인 나는 믿고 맡기는 귀가 시간을, 그 놈이 단속을 하기에 영 수상쩍다 했어. 물어볼 때는 죽어도 아니라는 식으로 딱 잡아떼더니……."

"아빠는 알았어?"

다온이 유치원에 다닐 때쯤, 할머니 건강에 이상이 생겼다. 그래서 가족이 서울 할머니 댁으로 이사를 했다. 할머니가 공기 좋은 시골 고향마을로 이사를 가시고, 엄마는 다온의 학업을 이유로 서울에 남기로 결정했다. 아빠는 직업군인이라는 특성상 지방 부대를 옮겨 다니셨다.

자라면서 군부대 관사에서 생활하는 아빠와는 떨어져 지내는 날들이 대부분이었다. 주말이나 휴가 때, 서울 집에 머무르던 아빠가 어쩌다 마주치던 태율을 자세히 관찰했다는 사실이 신기했다.

"당연하지. 어떤 놈이 우리 귀한 딸한테 눈독을 들이나, 나야말로 매의 눈으로 살펴봤지. 처음부터 확실하게 선을 그었기에 망정이지, 벌써 무슨 사달이 나도 났을 게다. 네 엄마한테 사내놈은 믿어서는 안 된다고 그렇게 주의를 줬는데도, 내 말은 귓등으로도 안 듣더라니…… 큰일 날 뻔했잖아."

쾅쾅. 마당으로 통하는 현관문이 흔들렸다. 인심 좋은 시골로 이사 오고, 밤늦은 시간이 아니라면 항상 열려 있던 문이었다. 다온이 과일을 깎고 있을 때, 아빠가 자물쇠를 잠근 것이 분명했다.

290

"호랑이도 제 말 하면 온다더니…….."

"다온아, 문 열어. 추운데 누가 문을 잠갔어?"

문 너머로 엄마의 외침이 들렸다. 목소리만으로도 황량한 논밭을 휩쓸고 온 맹추위와 전쟁을 벌이고 있다는 것을 알 수 있었다. 아빠가 천천히 자리에서 일어났다. 허리를 꼿꼿이 편 아빠는 문을 힐끗 노려봤다.

집밥이 체질에 맞는지, 전역 후에 뱃살이 생겼다. 아무리 잘 먹어도 살이 안 쪄서 말라 보이던 전과 비교하면 풍채 좋은 몸이 보기 좋았다. 엄마가 귀찮다고 불평하면서도 매끼 따뜻한 집밥을 대령하는 데는 이유가 있었다. 그리고 그 집밥을 볼모로 아빠의 발언권이 많이 약해지셨다.

"10분간 문 열어 주지 마. 추운 데서 벌 좀 서라지."

안방 문이 닫히자, 다온은 현관으로 달려갔다. 입가에 미소가 번졌다. 발언권이 약해진 것을 인정하고 소심하게 복수하는 아빠가 귀여웠다.

문이 열리자, 차가운 바람에 장작불 타는 냄새가 실려 들어왔다. 엄마를 따라 들어온 태율이 나무로 짠 바구니를 내밀었다. 그 안에는 엄마가 농사지어 수확했다는 구운 고구마가 들어 있었다. 마당에 설치된 화덕을 보고 군고구마 타령을 한 보람이 있었다.

"군고구마다. 엄마, 땡큐."

고소한 향이 코끝에 퍼졌다. 긴장해서 저녁으로 뭘 먹었는지 기억도 나지 않았다. 대충 몇 수저 먹는 둥 마는 둥 했더니 허전하던 참이었다. 입 안에 침이 고였다. 다온은 제일 커 보이는 고구마를 집어 들었다 냉큼 바구니로 내동댕이쳤다.

"앗, 뜨거."

"저런, 덜렁이. 방금 화덕에서 꺼내 온 거라……."

화덕에서 방금 나온 고구마는 맨손으로 만지기엔 아직 뜨거웠다. 평상시처럼 덤벙대는 모습에 잔소리를 하려던 엄마는 젊은 커플의 다정한 모습을 보고 이내 입을 다물었다.

반으로 가른 군고구마에서 하얀 김이 올라오고 있었다. 태율은 껍질을 벗겨 후후 불더니, 다온의 입에 노랗게 익은 고구마를 넣어 주고는, 맛있게 받아먹는 모습을 뿌듯하게 바라보았다. 꼭 어미 새가 새끼에게 먹이를 먹여 주는 것처럼 자연스러우면서 사랑스러운 모습이었다. 밤새 긴장했던 엄마의 입가가 처음으로 부드럽게 풀렸다.

사실 저녁 내내 예의를 갖춘 정중한 태도를 버리지 않는 태율을 보며 은근 걱정하고 있었다. 실없는 소리 한마디 없이 각이 잡힌 모습이 사랑에 빠진 남자가 맞나 싶을 정도로 냉정해 보였다. 도저히 여자에 빠져 인생을 건 남자처럼 보이지 않았다.

다온이를 위해 물도 챙겨 주고, 피곤하지 않냐며 다독이는 모습에 안심이 되었다가도, 누구에게나 하는 예의 바른 미소로 다온이를 대하는 모습을 보고 있으면 그냥 편해서 사귀기로 한 것은 아닐까 하는 의심마저 들었다. 조심한다고는 해도 눈빛과 행동에서 사랑을 감추지 못하는 다온과는 대조되기에 더욱 그랬다.

다온이 커다란 고구마 하나를 다 먹었다. 입가에 묻은 잔재를 손가락으로 살뜰히 닦아 낸 태율이 '물?' 하고 입 모양을 만들었다. 다온이 고개를 끄덕였다. 물을 가지러 가기 위해 몸을 돌리던 태율이 당황한 표정을 지었다. 말없이 옆에서 지켜보고 있던 엄마의 존재를 그제야 기억해 낸 모양이었다. 옆에 다른 누군가가 있다는 것도 잊을 만큼 다온이 맛있게 먹는 모습에 빠져 있었다는 증거였다.

엄마의 얼굴에 만족한 미소가 떠올랐다. 과장된 말과 행동보다 뒤에서 살뜰히 챙겨 주는 모습이 그녀가 오랫동안 봐 오던 태율의 진면모였다. 우중충한 회색 그림자처럼 마음 한쪽을 어둡게 만들었던 의심이 깡그리 사라졌다. 괜히 걱정했네.

현미는 태율을 감성보다는 이성이 앞서는 아들이라고 평가했다. 하지만 그녀는 태율이 냉철한 이성보다 뜨거운 심장을 가진 남자라는 것을 믿어 의심치 않았다. 그 심장을 차지한 주인공이 내 딸이라는 사실이 자랑스럽기 그지없었다.

엄마는 물 대신 마을회관에서 얻어 온 단호박 식혜를 건넸다.

"여기 식혜. 대추나무 집 할머니가 네가 단호박 식혜 좋아한다고 했더니 만들어 주신 거야. 잠자기 전에 너무 많이 마시지는 말고. 나는 아버지 잠자리 봐 드려야겠다. 나이를 먹더니 이상한 고집만 세져서는……."

"벌써 주무시려고?"

"시골에 살면 일찍 자고, 일찍 일어나는 습관이 생겨. 잠깐 기다려."

안방으로 들어갔던 엄마가 두꺼운 요를 들고 나오셨다. 태율이 요를 받아, 바닥에 넓게 펼쳤다. 봄을 연상시키는 분홍색 꽃무늬가 아기자기했다. 광택이 나는 부드러운 재질에 끌려 다온이 요 위에 누워 보았다. 침대만큼 편안하지는 않아도 솜층이 두꺼워 충분히 푸근했다.

"흠흠흠!"

안방에서 아빠의 헛기침이 들렸다.

"들어간다. 거실에 외풍 세다. 태율이 감기 걸리지 않게 잠자리

잘 챙겨 주고."

엄마가 서둘러 문을 닫아 아빠의 시야를 가로막았다.

"문을 닫으면 어떡해. 밖에서 둘이 뭘 할 줄 알고?"

"그만 좀 해요. 다 큰 어른이에요. 현미가 자기 아들 구박한 줄 알면 우리 집에 보내고 싶겠어요? 요즘은 혼수로⋯⋯."

"안녕히 주무세요."

시야는 가로막혔어도, 벽을 통해 대화 소리는 충분히 들렸다. 다온이 큰 소리로 인사를 건네자, 대화 소리가 끊어졌다. 태율이 일어나라며 손짓했다. 민망한 상황을 맞닥뜨리기 전에 빨리 방으로 들어가라는 뜻이었다.

일어나는 대신 다온이 요 한쪽을 손으로 툭툭 쳤다. 긴장으로 굳어 있던 등이 펴지면서 착 감기는 편안함도 좋았지만, 태율이 눈치 보며 쩔쩔매는 모습을 구경하는 재미가 쏠쏠했다.

"여기⋯⋯ 엇!"

털썩. 싫다고 뻐길 줄 알았던 태율이 바로 옆에 몸을 뉘었다. 날카로운 콧날이 눈앞에서 어른거렸다. 같은 공간에 누워 하늘을 바라본 적은 있었지만, 서로의 숨결을 느낄 만큼 가까운 거리에서 얼굴을 마주 대고 누운 적은 처음이었다. 놀란 몸이 한껏 움츠러들었다.

"뭐예요?"

"뭘?"

그녀가 속삭이자, 태율도 속삭임으로 대답했다. 둥그렇게 말려 올라간 풍성한 속눈썹이 당황으로 깜박거렸다. 금방 꼬리를 내릴 거면서 지치지도 않고 도발하는 다온을 상대하자면 태율은 더욱 대범해져야만 했다. 당돌하게 옆으로 누우랄 때는 언제고, 복숭아 톤으로 하이라이트를 준 볼의 색조 화장이 무색하게 잘 익은 석류처럼 붉어졌다. 일자로 곧게 뻗은 콧날 아래 자그마한 콧방울이 벌렁거리는 모습이 귀여웠다.

태율은 앙증맞은 콧날에 가볍게 버드키스를 날렸다. 까만 눈썹이 팔랑거렸다. 속눈썹 아래 맑은 눈동자가 갈 곳을 찾지 못해 헤매고 있었다. 태율이 손으로 아래턱을 잡아 얼굴을 정면으로 바라보게 했다. 놀란 입술이 살며시 벌어졌다. 벌어진 입술 사이에서 달콤한 식혜의 향이 느껴졌다. 그 순간 태율은 참을 수 없는 갈증을 느꼈다.

새벽이슬을 머금은 풀잎처럼 촉촉한 입술을 혀로 핥고, 입 안에 남아 있는 단맛을 한 방울도 남김없이 들이마시고 싶은 유혹에 빠졌다. 입술이 자석에 끌린 것처럼 앞으로 당겨졌다. 위기의식을 느낀 다온이 잽싸게 몸을 반대편으로 굴렸다. 구르다 뒤통수가 테이블 다리에 부딪칠 뻔한 것을 태율이 손바닥으로 보호해서 막아 줬다.

나름 부딪치는 강도가 꽤 컸다. 뒤통수와 테이블 다리 사이에 낀 손바닥을 느낀 다온이 미안해서 쩔쩔맸다.

"괜찮아요? 많이 아파요?"

귓가로 쏟아지는 자극적인 속삭임에 태율은 로봇처럼 뻣뻣하게 고개를 저었다. 딱딱한 나무에 부딪친 손바닥보다는 다른 곳이 괜찮지 않았다. 태율이 푹신한 요에 등을 대고 반듯하게 누웠다. 다리 사이로 불경스러운 모양이 모습을 나타냈다.

"자극할 생각이 아니라면 손은 놓고 얘기해. 밤늦게 집에서 쫓겨나고 싶지는 않으니까."

"김다온, 아빠 피곤하다. 일찍 자자."

"네! 지금, 아얏!"

대답과 동시에 자리에서 벌떡 일어나던 다온이 끝내는 테이블 모서리에 이마를 찧었다. 아픈지도 몰랐다. 그저 머쓱해져서 이마를 손으로 문지르며 방문 앞까지 도망쳤다.

　"왜 그래? 어디 다쳤어?"

　"어딜 가요. 가만히 좀 있어요. 태율이가 어련히 알아서 챙길까. 언제는 예쁜 손녀딸 하나 있으면 심심하지 않겠다면서요? 나는 혼수로 예쁜 손녀딸이나 하나 만들어 줬으면 좋겠다 싶어……."

　"아무것도 아니에요. 안녕히 주무세요."

　쾅! 더 이상 뒷감당할 자신 없는 다온은 방문을 소리 나게 닫고 안으로 줄행랑을 쳤다. 혼자 남겨진 태율은 한쪽에 고이 접혀진 이불을 끌어다 다리 사이에서 텐트를 치고 있는 불순한 녀석부터 감췄다. 다온이는 모르는 것 같지만, 옆으로 누웠을 때 브이 라인으로 파인 스웨터가 아래로 당겨지며 화사한 브래지어가 자태를 드러냈었다.

　다온의 화려한 속옷 취향은 계산에 넣지 못했다. 오피스텔로 그녀를 처음 데려간 날 봤던 화려한 브래지어와 같은 건가. 적당하게 부풀어 있는 언덕을 감싸고 있던 과감한 디자인의 브래지어를 눈앞에서 마주했을 때의 아찔함이란.

　그날도 그랬고, 지금도, 터질듯이 팽창한 녀석으로 인해 허리 아래쪽에서 알싸한 고통이 느껴질 정도였다. 다온이 순진한 얼굴로 대거리를 하지 않았더라면, 힘겹게 붙잡고 있던 이성의 끈이 그날 맥없이 풀려나갈 뻔했었다.

　"엄마라는 사람이 이렇게 철이 없어서야……."

　"나는 철없어도 좋으니 태율이 눈치나 그만 줘요. 태율이가 당신 때문에 우리 다온이랑 결혼 안 한다고 하면 그때는 밥이고 뭐고, 없을 줄 알아요."

"그 정도 눈치에 싫다고 나가떨어질 싱거운 녀석이면 애초에 눈
독도 안 들였어."

"눈독만 들이면 뭐 해요? 우리 집 식구로 삼으려면 공을 들여야
지."

"됐어. 불이나 꺼."

"태율이 하는 것 못 봤어요? 매너 좀 보고 배워요."

"배울 게 따로 있지……."

그 후로도 한참 동안 안방에서는 승자 없는 말싸움이 이어졌다.
애초에 승자가 정해질 수 없는 칼로 물 베기식의 투덕거림이었다.

그에 대한 이야기는 가급적이면 듣지 않으려 노력했지만, 얇은
벽을 타고 오는 말소리를 듣지 않을 재주는 없었다. 현석의 말을
듣고 있자면, 태율을 싫어하는 것 같으면서도 하나뿐인 딸을 믿
고 맡길 수 있는 남자라는 기본적인 신뢰가 밑바닥에 깔려 있었
다. 그 믿음을 끝까지 저버리지 않기를 바라는 희망 사항과 함
께. 신뢰를 잃지 않기 위해 무던히 노력한 게 헛되지 않은 것 같
았다.

불순하게 들끓던 육체가 차분해졌다. 체육관에서 한 시간을 넘
게 뛰고, 한겨울 찬물 샤워를 해도 쉽게 가라앉지 않던 신체 반응
이 눈에 띄게 잠잠해지고 있었다. 경건함과 열망 사이에서 혼돈되
었던 마음이 다행히 경건함에 무릎을 꿇은 것이다. 태율은 부드러
운 이불을 턱 아래까지 끌어당겼다.

대화 소리가 이어졌다. 화제는 내일 아침 메뉴가 뭣인가에서 형
님네 칠순 잔치에 뭘 입고 가느냐로 이어졌다. 대한민국 어디에서
나 쉽게 찾을 수 있을 것 같은 평범한 가정. 그러나 평범함에 세

월을 녹여 결코 쉽게 허물어지지 않을 단단함으로 무장하고 있었다.

온돌 바닥이 추위에 굳어 있던 몸을 따스하게 덥혀 주었다. 벽을 사이에 두고, 다온과 다온의 부모님이 계셨다. 쉽게 잠들기는 어려운 밤이었다. 그러나 몸과 더불어 따뜻해지는 마음에 기분은 말할 수 없이 가벼웠다.

※ ※ ※

겨울 해가 뉘엿뉘엿 시골집 지붕 너머로 기울어 가고 있었다. 다온은 열심히 꼬리를 흔들어 대는 진돗개 진돌이의 머리를 쓰다듬어 주며 작별 인사를 했다. 올 때마다 동네 한 바퀴를 돌며 산책을 시켜 주는데 오늘을 그럴 여유가 없었다.

새벽 약수터에서 비닐하우스 농원까지, 하루 종일 끌려다녔더니 황금 같은 휴일이 눈 깜짝할 사이에 흘러가 버렸다. 하루 더 있다 가라는 엄마의 성화가 있었지만, 매끼 머슴밥으로 고문하는 엄마로부터 태율을 구출해 줄 필요가 있었다.

"이 전복은 도착하자마자 냉동실에 넣어야 해. 전복죽도 잘 끓인다며? 죽 끓일 때 하나씩 넣어 먹어. 자연산이라 마트에서 산 거랑은 맛이 다를 거야. 이 전복장은 냉장고에 넣고 반찬으로 먹으면 되고…… 이건 내가 직접 만든 무화과잼, 사과잼. 다온이랑 한 병씩 나눠 가지고…… 아, 이건 김장 김치. 올해 배추 농사가 잘됐어. 입에 맞았으면 좋겠는데……."

엄마는 이름표가 붙은 스티로폼 박스를 가리키며 설명을 이어 갔다. 활짝 열린 자동차 트렁크 앞에 선 태율은 엄마의 지시에 따라 박스를 트렁크 안으로 차례대로 실었다.

"여기에 든 가루는 내가 만든 천연 조미료야. 냉동실에 두고, 요리할 때 조금씩 넣어 먹으면 풍미가 진해져. 엄마한테는 따로 택배로 보냈어. 그러니까 이것들은 태율이 너희 집에 두고 먹으면 돼. 저건 조기 말린 거랑 반건조 오징어, 이건 밑반찬 종류……."

"이 사람아, 그만하면 됐어. 문자로 하면 될 것을…… 해 떨어지기 전에 시골길은 벗어나야지."

고구마 박스를 뒷좌석에 싣던 아빠가 끝내는 한 소리 했다. 뒷좌석은 이미 스티로폼 박스로 여유 공간이 없었다.

"괜찮습니다. 도로포장과 내비게이션 시스템이 잘되어 있어서 어두워져도 문제없습니다."

"그건 자네 생각이고. 캄캄한데 동물이라도 갑자기 도로로 뛰어들면 어쩌려고. 여기가 서울인 줄 알아? 이런 정신 상태가 해이한 친구한테 내 딸 목숨을 맡겨도 되려나 모르겠네. 다온아, 너는 그냥 내일 아침에 고속버스 타고 가. 아빠가 버스 정류장까지 차로 바래다줄게."

"무슨 소리예요? 편한 교통편을 두고 왜 사서 고생을 해요? 이 양반이 어제부터 웬 심술 보따리인지 모르겠네. 다온아, 얼른 타. 태율이도 얼른 타."

엄마가 마당에서 진돌이와 놀고 있는 다온을 차로 떠밀었다. 태율도 등이 떠밀려 운전석에 올라타야 했다. 나머지 박스는 아빠의 몫으로 남았다. 룸미러로 보니 아빠는 투덜대면서도 박스를 꼼꼼하게 트렁크에 채워 넣고 계셨다. 다온의 원룸으로 배달될 것도 같이 섞여 있으니, 싫어도 어쩔 수 없었다.

다온에게 다가오려는 아빠의 팔을 엄마가 끌어당겼다. 움직이지 못하게 팔짱을 단단히 끼고는 어서 가라며 손을 흔들었다. 태율이 차에서 내려 정중하게 인사를 했다. 내색은 안 하지만, 이 불편한 상황에서 한시라도 빨리 벗어나고 싶을 것이다. 하루 종일 어른들 눈치 보느라 한순간도 긴장을 놓지 못하고 있었다.

"도착하면 전화드릴게요. 사랑해요, 엄마, 아빠."

유리창 너머로 빼죽이 고개만 내민 다온이 손을 흔들었다. 차가 출발하고, 부모님 집 지붕이 보이지 않을 때까지 다온은 고개를 내밀고 있었다.

"춥다. 그만 들어와. 유리창 닫는다."

창문이 닫히고 고개를 정면으로 향한 다온은 한참을 침묵했다. 기분이 이상했다. 아직 정식으로 교제 허락도 받지 못했는데, 정든 부모님의 품을 떠나가는 것처럼 마음이 울컥했다.

"서운해? 대신 우리가 자주 찾아뵙자."

태율이 다정하게 머리를 토닥였다. 코끝이 찡했다. 눈가에 눈물이 맺히려는 것은 눈꺼풀을 깜빡이는 것으로 간신히 막았다. 헤어지는 순간마다 아쉬움은 남았다. 하지만 오늘은 꼭 어디 먼 길 떠나는 것처럼 가슴이 먹먹했다. 시집을 가게 된다는 게 이런 기분일까. 이런 마음을 태율이 알게 되면 놀림만 받을 게 뻔했다. 그럴 바엔 화제를 바꾸는 게 나았다.

"내가 뭐랬어요. 우리 아빠 만만한 분 아니라고 그랬죠? 앞으로도 한동안 문전박대 각오해야 할 텐데…… 자주 찾아뵐 자신 있어요?"

"그건 두고 보면 알겠지. 그때가 되면 너야말로 각오해야 할 거야. 내가 제대로 벼르고 있거든."

"치, 그런 협박 하나도 안 무섭거든요."

사실 다온은 살짝 겁을 먹었다. 아랫배를 찌르며 누르던 감각이 지금도 생생했다. 태율은 원하는 것은 숨기지 않았다. 아빠의 허락이 떨어지는 날이 디데이가 될 것이라며 공공연하게 선언하고 있었다. 제대로 벼르고 있다는 말이 맞았다. 성인 남성 3명과 대련하고도 지치지 않던 체력을 생각해 보면, 그녀가 상상하는 것 이상의 뭔가가 있을지도 모른다는 생각이 들었다.

그리고 그 기대감 비슷한 감정은 새로운 관계의 변화라는 의미에서 부끄러움을 동반했다. 엎치락뒤치락하며 몸으로 부대끼던 유도와는 또 다르겠지. 하지만 그것도 먼 훗날의 일이었다. 아빠의 까칠한 반응으로 봐서 흔쾌히 교제 허락이 떨어지기까지 최소 6개월은 기다려야 할 것이다. 부끄러운 고민은 그때까지 미뤄 두면 되는 것이다.

자동차가 마을 어귀를 벗어났다. 철도 건널목 앞에서 차가 멈췄다. 짐을 실은 화물 열차가 빠르게 지나가고 있었다. 건널목을 지나면 큰길이 나온다. 큰길을 조금 더 달리면 고속도로 진입로였다. 서울이 가까워지면서, 서울에 두고 온 일들이 떠올랐다.

"그런데 어제 팀장님이랑은 무슨 얘기 했어요?"

궁금한 것을 꾹 참고 있었다. 조심스러운 화제이기에 뒤로 미뤄 두고 있었는데, 서울에 도착하기 전에 알아야겠다는 생각이 들었다. 오해한 부분이 있다면 명확하게 짚고 오해를 풀고 싶었다. 매일 사무실에 부딪칠 사람들인데, 뭐든 좋은 방향으로 해결을 봤으면 싶었다.

'빈틈 보이지 마십시오. 파고들어 갈 틈이 보인다 싶으면, 바로 돌진할 겁니다. 미리 선전포고 하는 겁니다. 나중에 양심 없

는 놈이라고 욕해도 상관없습니다.'

'그럴 일은 없습니다. 마음을 정리한다는 뜻으로 이해하겠습니다.'

'내 마음이 갈 방향은 내가 정합니다. 다온이의 선택을 존중해 주기 위해 잠시 뒤로 물러서는 거니까, 착각하지 마십시오.'

태율은 성민과 나눴던 대화를 곱씹었다. 친근하게 이름을 부르던 성민을 떠올리자, 못난 질투심이 날을 세웠다. 그동안 다온이 관심을 주던 이성이 박성민 팀장이 처음은 아니었다. 그러나 태율이 젊음을 투자했던 회사를 박차고 나올 만큼 가슴 밑바닥까지 불안정하게 흔들어 놓던 사람은 성민이 처음이었다.

다온이 정식으로 기자 타이틀을 달고 마감 파티에 참석한 날, 태율도 회사 사람들과 같은 공간에서 회식을 한 적이 있었다. 우연한 만남을 가장했지만, 사실은 잡지사 회식 장소를 미리 알고 태율이 손을 쓴 것이었다. 그녀의 이상형과 100퍼센트 일치한다는, 존재만으로도 빛이 난다는 수석 에디터가 어떤 인물인지 궁금했었다.

직접 눈으로 확인한 박성민은 남자가 보기에도 매력이 넘치는 사람이었다. 어렴풋이 가지고 있던 위기의식에 불을 확 댕길 만큼. 여러 명의 사람들이 뒤섞여 있는 속에서 무심한 듯 다온을 챙기던 성민의 눈빛이 꽤나 거슬렸다. 팀원들 개개인을 자상하게 챙기면서도 시선의 끝자락에는 항상 다온이 있었다. 조금만 관찰한다면 성민이 어떤 마음으로 다온을 바라보고 있는지 쉽게 눈치챌 수 있었다.

시간이 지날수록 초조해졌다. 각자의 바쁜 일정에 만남의 횟수가 손에 꼽을 정도로 적어질수록 불안의 강도는 진해져 갔다. 다온의 입에서 성민에 대한 언급이 많아지고 그에 대한 호감도가 높아 가면서 태율은 중대한 결정을 내릴 수밖에 없었다.

완벽하게 책임질 수 없다면 시작도 하지 말아야 한다는 이성의 외침은 위기의식에 사로잡혀 깡그리 묵살되었다. 잘나가던 방송국을 그만두고, 얼굴마담이라는 오명을 무릅쓰고 잡지사 편집장으로 입사하게 된 것도 바로 성민을 견제하기 위함이었다.

"신경 꺼. 너와는 관계없는 일이야."

"그럼 얘기해 줘도 되잖아요. 일 얘기는 아닌 것 같던데……. 저, 혹시 팀장님이 나에 대해서 뭐라고 안 했어요?"

"신경 끄라고 했다. 네가 지금 신경 써야 할 사람은……."

띠링. 문자 알림이 울렸다. 핸드폰을 켜고 메시지를 확인한 태율이 한쪽 입꼬리를 위로 한껏 끌어 올렸다. 미간에 주름을 잡고 심각한 분위기를 연출하던 사람의 얼굴에 함박꽃이 피었다. 급작스런 분위기의 전환은 전혀 강태율답지 않았다. 다온은 경계 태세를 갖췄다.

"읽어 봐. 네 머릿속에서 박 팀장의 존재를 완벽하게 지워 줄 테니까."

"뭔데요?"

"직접 눈으로 보고 확인해."

문자 메시지의 발신자는 아빠였다.

[두고 간 명함은 잘 받았네. 군인은 명예를 존중하네. 내 입으로 한 약속이니, 인정하겠네. 그렇다고 안심하지는 말게. 매의 눈으로 지켜보겠네.]

"이게 무슨 뜻이에요?"

"오늘 밤에 각오를 단단히 해야 한다는 뜻일걸. 내가 널 안 재

303

울 생각이거든."

다온이 동그랗게 뜬 눈을 깜박였다. 문자의 내용을 제대로 해석하지 못해 혼란스러운 판에, 잠을 재우지 않겠다는 협박이 주는 의미가 제대로 다가온 모양이었다. 문자 메시지를 읽고, 또 읽으며 그 뜻을 해석하기 위해 머리 굴리는 모습이 귀여웠다. 태율은 핸들을 쥔 손에 힘을 주었다.

당장이라도 차를 갓길에 세우고 품 안에 안고 싶은 충동을 간신히 억눌렀다. 몸이 닿는 순간 힘들게 지탱하고 있던 열망이라는 놈이 자신을 집어삼킬까 두려웠다. 육체적 욕망에 눈이 멀어 앞뒤 분간 못 하고 덤벼드는 사춘기 소년은 되고 싶지 않았다. 시골집에서 걱정하고 계실 부모님을 생각해서라도 안전하게 서울에 도착하는 것이 먼저였다.

건널목 차단기가 올라갔다. 태율이 기어를 바꾸고 서둘러 차를 출발시켰다.

"약속을 지킨다는 건, 무슨 뜻이에요? 언제 아빠랑 약속했어요?"

"네 고등학교 졸업식 다음 날이었어. 늑대처럼 속이 시커먼 놈들은 네 근처에 얼씬도 못 하게 하라고 부탁을 하셨거든. 대신 살면서 힘든 일이 있으면 언제든지 찾아오라면서. 상부상조 알지? 증표로 명함 한 장을 받았지."

"그걸 아직까지 갖고 있었어요?"

"어른이 주신 거라 차마 버리지 못하겠더라. 이렇게 요긴하게 써먹을 줄은 몰랐어."

싱글벙글 웃는 모습을 보며 다온은 불안감에 사로잡혔다. 목 아래를 가로지르는 안전벨트가 답답했다.

"말도 안 돼. 이건 숫제 짜고 치는 고스톱이잖아요. 허락받을 걸 알고 있으면서 왜 아닌 척했는데요? 나는 그것도 모르고……."

"꽤나 도발적이었지. 덕분에 재미있었어."

"진짜 말도 안 돼. 아빠가 이렇게 쉽게 나를 배신할 리가 없어요."

"아버님이 그때부터 날 눈독 들였다는 걸 네가 간과한 거지. 널 위한 최선의 선택을 하신 거야."

"몰라요. 이건 페어플레이 정신에 어긋나요. 난 속았어요."

푸하하. 태율이 큰 소리로 웃음을 터뜨렸다. 청량감 있는 웃음 소리가 다온의 심장으로 파고들었다. 그의 예견이 맞아떨어졌다. 문자 메시지와 함께 박 팀장의 존재는 머릿속에서 흔적도 없이 사라져 갔다. 오늘이 디데이였다니. 도망칠 수도, 도망치고 싶지도 않았던 그 순간이 이렇게 빨리 올 줄은 몰랐다. 서울에 도착하면……. 상상만으로도 얼굴이 한껏 달아오르고 하복부에 뜨거운 기운이 몰렸다. 민망함을 떨치지 못한 다온은 애꿎은 안전벨트만 만지작거렸다.

✵ ✵ ✵

"음음…… 음, 잠깐만요."

맞붙어 있는 입술을 간신히 떼고 다온이 대화를 시도했다. 트렁크에 남겨 두고 온 짐만 한가득이다. 우선은 냉장고로 들어가야 할 음식들만 선별해서 들고 올라왔다. 문을 열고 들어오자마자 태율이 덮치는 바람에 음식이 든 박스들도 발에 차이고 있었다.

"전복은 어떡해요."

"얼음 포장이라 앞으로 두 시간은 끄떡없어. 참고로 지금 바깥 날씨가 영하야. 두고 온 박스까지 걱정할 필요 없다는 뜻이야."

다가오는 입술을 피해 고개를 틀자, 곧바로 커다란 손이 뒤통수를 잡아 고정시켰다. 입술이 포개지기 직전에 다온은 빠르게 말을 이어 갔다. 어떻게든 태율에게 이성을 심어 줄 시간을 벌고 싶었다.

"이건 너무 갑작스러워요. 샤워도 해야 하고……."

"나중에, 나중에 해."

말을 할 때마다 입술이 사부작거린다. 통통하고 부드러운 입술이 겹쳤다 떨어질 때마다 짜릿한 전율에 몸이 떨렸다.

"오늘을 대비해서 준비해 놓은 속옷은……."

"벗기고 싶어 안달 난 사람한테 속옷이 무슨 의미야. 난 속옷 안에 숨겨진 것을 맛보고 싶어."

노골적인 표현에 다온의 피부가 숯덩이처럼 달아올랐다. 심장이 미친 듯이 뛰었다.

"엄마한테 전화부터……."

"서울 도착하자마자 바로 문자드렸어."

"아무래도 음식은 냉장고에 먼저……."

"쉿! 너는 쓸데없는 생각이 너무 많아."

입술이 포개졌다. 무방비 상태로 밀고 들어오는 공격에 더 이상 대화는 불가능했다. 부드러운 혀가 입 안을 쓸었다. 말캉말캉한 혀가 요술을 부렸다. 서로의 혀가 물고 빨 때마다 달콤한 꿀물이 입 안에 솟구쳤다. 마셔도 마셔도 끝이 없을 것 같은 갈증이 샘솟았다.

꿀은 달콤하면서도 자극적이었다. 어느 정도의 목마름은 해소시

커 주지만 완벽한 만족감은 주지 않았다. 꿀을 탐할수록 더 큰 욕심이 났다. 이 갈증의 끝에 무엇이 있을지 끝까지 가 보고 싶었다. 하반신으로 저릿한 감각이 몰려들었다. 다리 사이로 흐르는 묘한 전율과 묵직한 통증에 엉덩이가 바짝 당겨졌다. 뜨거운 열기가 아랫배에 불을 지피고 있었다.

다온은 무의식중에 손을 위로 뻗어 태율의 목을 끌어당겼다. 채워지지 않는 갈증에 애가 탔다. 본능이 수줍음을 날려 버렸다. 애간장을 녹이며 입 안을 휘젓는 혀를 더 깊이 받아들이기 위해 뒷머리를 손으로 잡고 눌렀다. 어느새 적극적으로 변한 그녀의 호응에 태율이 반응했다. 든든한 팔이 허벅지와 허리를 지탱하며 그녀를 훌쩍 들어 올렸다.

그녀의 상반신이 태율과 동등한 위치에 섰다. 태율이 가벼운 인형을 안 듯 하며 거실을 가로지르는 동안에도 두 사람의 입술은 서로를 탐하느라 정신이 없었다. 몸이 흔들리며 다리 사이에 마찰이 생겼다. 아찔한 전율이 척추를 따라 전신으로 퍼졌다. 샤워도, 속옷도 무의미해졌다. 첫날밤을 위한 준비 따위는 애초에 의미가 없었다. 속옷이 축축하게 젖을 만큼 뼛속까지 그를 갈망했다.

침대에 눕혀졌다. 재킷과 스웨터가 침대 바닥으로 떨어졌다. 가슴을 가리던 브래지어마저 태율의 손에 의해 순식간에 벗겨졌다. 봉긋하게 솟은 가슴을 내려다보는 태율의 눈에 짙은 열망이 어렸다. 다온은 아랫입술을 질끈 깨물었다. 시선에 노출된 피부가 간질거렸다. 몸이 뜨거웠다.

몸이 예민하게 달아오를수록 허벅지 사이로 채워지지 않는 고통이 커져 갔다. 아랫배를 짓누르는 욱신거림은 완벽한 결합을 통해서만이 도달할 수 있는 절정을 향한 열망을 키웠다. 허리가 뒤틀렸다. 미지의 세계에 대한 기대와 갈망이 온몸을 송두리째 휘어 감았다.

그를 애타게 갈구하는 순간 이미 첫 경험에 대한 두려움 따위는 깡그리 사라졌다. 부드러운 입술이 가슴 선을 따라 천천히 움직이며 정점을 향해 나아갔다. 촉촉한 혀가 예민해질 대로 예민해진 유두를 건드렸다. 구슬을 굴리는 것처럼 이리저리 혀로 굴리더니, 바짝 선 유두를 힘껏 빨아 당겼다.

전기에 감전된 것처럼 짜릿함이 허벅지 안쪽을 자극하며 발끝에 힘이 모아졌다. 하복부에 열기가 몰렸다. 다온은 신음을 흘리며 태율의 머리를 힘껏 껴안았다.

어둑한 방 안에 가는 빛줄기들이 쏟아지고 있었다. 벌써 해가 중천에 떴다. 태율은 침대 머리맡을 손으로 더듬거려 리모컨을 찾았다. 최대한 조심한다고 했는데도, 움직임을 감지한 다온이 몸을 뒤척였다. 태율은 새우처럼 등을 웅크린 다온의 몸에 맞춰 허리를 구부렸다. 잘 맞춰진 퍼즐 조각처럼 두 몸이 완벽하게 하나로 겹쳐졌다. 새근대는 숨소리에 귀를 기울이고, 매끈한 맨살이 주는 자극에 몸을 맡겼다.

리모컨을 손으로 만지작거리며 태율은 고민에 빠졌다. 다온이 어서 깨어나 마음껏 껴안고 뒹굴고 싶다는 마음이 반이라면, 밤새 괴롭혔으니 푹 자게 해 주고 싶다는 마음이 반이었다. 그러나 고민은 오래가지 않았다. 다온에 관해서라면 충동이 자제력을 넘어선 지 오래였다. 태율은 이내 리모컨을 작동시켰다.

사사삭. 블라인드가 옆으로 밀렸다. 눈부신 정오의 태양이 방 안을 환하게 비추었다. 이불 위로 드러난 하얀 어깨가 꿈틀하고 움직였다. 태율은 밀크처럼 부드러운 어깨에 가볍게 입술을 비볐다.

"잘 잤어?"

"지금 몇 시예요?"

"11시가 넘었어. 몸은 괜찮아?"

다온은 여전히 잠에 취한 상태였다. 잠을 떨쳐 버리기 위해 기지개를 켰다. 전날 체육대회라도 치른 것처럼 온몸이 노곤했다. 허리를 쭉 펴자, 얼얼한 감각이 하복부를 들쑤셨다. 격렬했던 밤이 남기고 간 후유증이었다. 처음이라 많이 아플 줄 알았는데 생각보다 나쁘지 않았다. 전희가 주는 쾌감을 생각해 보면 충분히 감내해 낼 수준의 아픔이었다. 다만 하룻밤에 두 번은 무리였지 싶었다.

"견딜 만해요."

"미안. 조심한다고 했는데."

"누구나 처음은 아픈 거라고 했으니까. 차차 나아지겠죠."

"다음은 어제보다 훨씬 좋을 거야, 그다음이 기대될 만큼. 약속할게."

풋. 다온이 웃음을 터뜨렸다. 태율의 넘치는 자신감은 분야를 가리지 않았다. 태율이 장난스럽게 베개 위로 흘러내린 머리카락을 한 움큼 잡아당겼다.

"왜 웃어? 내가 또 잘난 척 떠벌리기만 한다고 생각하는 거지? 못 믿겠으면 지금이라도 증명해 줘?"

태율이 허리에 손을 둘러 자기 쪽으로 끌어당겼다. 따뜻한 체온이 전신을 감쌌다. 고양이처럼 나른하게 허리를 웅크리던 다온은 일순간 긴장했다. 엉덩이 아래를 압박하는 물건의 정체가 뭔지 단박에 알아챘다. 새벽녘까지 지칠 줄 모르던 체력을 생각해 보면 그리 놀랍지도 않았다.

경험이 없는 그녀를 배려한다고는 하지만, 허무하게 자제력을 잃고 그녀를 몰아붙인 게 한두 번이 아니었다. 이 정도로 정력이 넘치는 남자인 줄은 꿈에도 몰랐다. 일주일간의 도발을 어찌 참았을까. 하룻강아지 범 무서운 줄 모르고 나댄 자신이 한심했다. 더 이상 무리했다가는 내일 회사에 기어가야 할지도 모른다. 다온은 침대에서 벗어날 핑곗거리를 찾아 머리를 굴렸다.

"맞다, 전복."

몸을 일으키던 다온은 드로즈 외에는 아무것도 걸친 게 없다는 것을 깨닫고, 다시 이불 속으로 쏙 들어갔다. 그것도 태율이 그녀의 몸을 씻기고, 자기 것을 직접 입혀 준 것이었다. 서로의 몸을 속속들이 안다고 하더라도, 밝은 대낮에 벗은 몸으로 돌아다닐 정도로 강심장은 아니었다.

"걱정 마. 네가 자고 있는 동안 가지고 온 짐은 싹 정리해 뒀어. 아침 일찍 시골 부모님께 문자드렸고, 우리 집에도 문자했고, 오늘 하루 푹 쉬라는 답장도 받았고. 이제 됐지?"

허리가 당겨졌다. 매끈하게 빠진 옆구리를 어루만지던 손이 소담하게 솟은 가슴 위를 거침없이 누볐다. 자극이 커질수록 하복부에 작은 불꽃이 피었다. 이대로 넘어가면 큰일이다. 정신을 어수선하게 할 만한 필살기가 필요했다.

"히잉. 다온이 배고프다."

가능한 발음을 짧게 끊었다. 태율이 움찔했다. 다온은 기회를 놓치지 않고 가슴을 감싼 손을 아래로 끌어 내렸다.

"다온이 딘따 딘따…… 아얏!"

꿈틀꿈틀 앞으로 기어가려던 다온은 목이 물리자 깜짝 놀랐다.

"차라리 욕을 해. 미안한 말이지만, 너는 애교에 별로 재능이 없어."

"욕한다고 혼냈을 때는 언제고…… 태민 오빠 말로는 선배가 어렸을 때는 내 애교에 꼼짝을 못 했다던데요."

"형이 잘못 안 거야. 나는 어린아이의 천진난만한 미소에 넘어간 거야. 그러니까 다른 사람 앞에서는 가급적 웃지 마. 특히 박성민 팀장 앞에서."

"사람이 직장 생활을 하는데 어떻게 안 웃어요. 설마 앞으로 인간관계까지 간섭하고 그럴 건 아니죠? 별것도 아닌 일에 질투하고, 그럼 정말 실망이에요."

쪽, 물린 자국에 소리 나게 입을 맞춘 태율이 침대에서 일어났다.

"그럼 평생 나한테 실망하겠는데. 알고 보면 내가 질투 대장이거든. 밥 먹고 싶으면, 그런 표정은 삼가는 게 좋을 거야. 점심 대신 널 먹으면 어떨까 고민 중이었으니까. 입을 만한 옷을 찾아볼게. 준비되면 주방으로 나와. 어머님이 주신 반찬만으로도 근사한 점심 한 끼는 될 것 같아."

태율이 방을 나갈 때까지 다온은 눈을 꼭 감고 있었다. 날것 그대로 자연인의 몸으로 활보할 그를 차마 눈 뜨고 볼 자신이 없었다. 가벼운 천 뭉치가 머리 위로 떨어졌다. 곧이어 사방이 고요해졌다. 다온은 실눈을 떠서 주위를 둘러보았다. 혼자 남겨진 것을 확인하고는 이불 속에서 기어 나왔다.

몸에 새겨진 붉은색의 흔적들이 햇볕 아래 적나라하게 드러났다. 밤새 태율에게 물리고 빨린 흔적들이었다. 조상이 뱀파이어가 아니었나 의심이 들 정도로 물고 빠는 것을 좋아했다. 피부가 입술 안으로 빨려 들어갔을 때의 감각이 되살아나자, 민망함에 서둘러 스웨터를 머리에서부터 둘러썼다.

스웨터가 무릎 바로 위까지 내려왔다. 바지는 필요 없을 것 같았다. 욕실로 들어가서 양치질을 하고 세수를 했다. 수건을 찾아 주위를 둘러보다 한쪽 구석에 놓인 빨래 건조대를 발견했다. 샤워하러 들어왔을 때는 보지 못했던 거다. 자상하기도 하지. 건조대 위에 얌전히 놓인 브래지어와 팬티를 보니 민망하기도 하면서 행복감이 물밀 듯이 밀려들었다.

다온은 거실로 나갔다. 집 안에 고기 굽는 냄새가 가득했다. 가스레인지 앞에선 태율이 부지런히 장어를 뒤적이고 있었다.

"우아! 장어구이다. 엄마가 장어도 싸 주셨어요?"

"아니. 내가 사다 둔 거야. 먹고 싶다고 했잖아."

"뭐야. 내가 이 집에서 밥을 먹을 거라는 걸 확신하고 있었다는 뜻이잖아요."

"이리 와. 보고 싶었어."

태율이 양팔을 넓게 펼쳤다. 주방 입구에서 서성이던 다온이 넓은 품 안에 쏙 들어갔다. 딱딱하기만 할 거라고 생각했던 가슴은 커다란 곰 인형에 안겨 있는 것처럼 안락하고 포근했다. 태율이 어깨를 덮고 있는 머리카락을 뒤로 넘기며 드러난 목에 입술을 비볐다.

"내가 뭐 도울 건 없어요? 반찬이라도 놓을까요?"

"괜찮아. 너는 그냥 내 옆에서 체온만 나눠 주고 있으면 돼."

태율이 가스레인지 앞으로 돌아섰다. 다온은 허리에 팔을 두르고 그가 시키는 대로 등에 딱 달라붙어 체온을 전달했다.

"그런데 나, 선배한테 궁금한 것 있어요."

"뭔데?"

"언제부터 내 미소가 순진해 보이지 않기 시작했어요?"

"무슨 뜬금없는 소리야?"

장어가 지글지글 먹음직스럽게 익어 갔다. 다온은 접시에 담겨진 장어 한 조각을 집어 호호 불었다.

"어려서는 내 말을 곧잘 들어줬을지 모르지만, 언젠가부터 날 귀찮아했잖아요. 초등학교 다닐 때라 나도 기억하고 있어요. 나만 보면 쌩하고 도망 다니기 바빴어요. 어느 날은 선배가 대문을 열고 들어오다가, 계단에 앉아 있는 날 보고 일부러 돌아서 나간 적도 있어요. 아니라는 발뺌하지 말아요. 내가 선배 올 시간에 맞춰 기다리고 있었기 때문에 똑똑히 기억하고 있어요."

바쁘게 움직이던 등 근육이 딱딱하게 뭉쳤다. 긴장했다는 증거였다. 불판에 남은 고기를 접시에 담고, 레인지 후드까지 차분하게 끈 태율이 천천히 돌아섰다. 대답할 말을 찾아 시간을 벌고 있다는 느낌을 지울 수가 없었다.

"그 집에 있는 것은 아무것도 욕심내서는 안 된다고 생각했었어. 사람도, 물건도. 어떻게 보면 너는 어머니의 사람이었고……."

"……."

"네가 귀찮아서 피했던 건 결코 아니었어. 그것 때문에 상처받았다면 미안해."

"아니에요. 난 단지, 내가 선배를 오해하지 않았더라면 내 마음을 좀 더 일찍 깨닫지 않았을까 하는 아쉬운 마음에 꺼내 본 말이었어요. 불편한 과거를 떠올리게 해서 미안해요."

"네 말이 맞아. 네가 날 오해하고 있다는 것을 알면서도 묵인한 것도 사실이야. 네가 나를 싫어하는 동안은 너를 멀찍이 두고 바라보는 게 쉬웠거든."

언젠가는 그 집에서 떠날 것을 준비하고 있던 사람 같았다. 그당시 태율은 어린 사춘기 소년에 불과했다. 무엇이 어린 소년의 마음에 경계심과 함께 높은 벽을 세워 두었는지 알고 싶었다. 그렇게까지 해야 할 정도로 어머니라는 존재가 어렵기만 했냐고 물어보고 싶었다. 하지만 다온은 이내 시선을 엄마의 반찬으로 채워진 식탁으로 옮겼다.

원인이 무엇이었든 결과적으로 그는 떠나지 않았다. 성인이 되고도 그는 가족의 곁에 남아 있는 것을 선택했다. 그는 신중한 사람이었다. 확신이 없었다면 그녀도, 가족도 선택하지 않았을 것이다. 과거는 과거일 뿐이다. 누가 뭐래도, 이제 다온은 현미 이모가아닌 태율의 사람이었다. 두 사람이 같은 곳을 바라보고, 같은 미래를 꿈꾸고 있다는 사실이 중요했다.

"상관없어요. 시간은 흘렀지만, 이렇게 커플이 됐잖아요. 이제재미없는 과거 얘기는 그만하고 밥 먹어요. 장어구이는 뜨거울 때먹어야 제맛이죠."

다온이 쪼르르 식탁 의자에 앉았다. 완벽한 순간을 실체조차 없는 불안으로 망치고 싶지 않았다. 불안정한 시선을 어디에 둬야 할지 몰라 어색하게 반찬 그릇을 일렬로 정리하기 시작했다. 태율이전기밥솥에서 밥을 퍼 왔다. 다정한 미소를 입가에 띄우고 있지만, 입꼬리 언저리가 굳어 있었다. 어린 시절을 화제로 올리는 것이 그에게는 껄끄러운 일이었다.

다온은 집에서 보내 온 만능간장에 장어를 찍어 흰밥에 올렸다. 밝은 목소리로 분위기를 전환했다.

"맛있겠다. 첫 끼니가 칼로리 높은 음식이라 양심에 걸리긴 하지만, 그래도 잘 먹겠습니다."

"바쁜 오후가 될 거야. 체력 보충하려면 많이 먹어 둬."

"살찌워서 잡아먹으려는 건 아니죠?"

"잡아먹힐까 봐 겁나? 잡아먹고 싶어도 잡히는 게 없어서 식사 대용으로는 나도 별로야."

다온은 고기와 밥을 한입에 몰아넣었다. 우적우적 씹으면서 헐 렁한 스웨터 사이로 보이는 가슴골을 슬쩍 내려다보았다. 딱히 크 다, 작다 고민해 본 적은 없지만, 상당히 공격적으로 돌출되어 있 던 최수빈의 옷맵시와 비교되기는 했다.

"쳇. 나도 갑자기 선배가 색골로 변하는 것 같아 마음에 안 들 어요. 그동안은 어떻게 참았는지 신기할 정도예요. 아니지, 콘돔까 지 쟁여 놓은 걸 보면 의심을 해 봐야 하는 것 아냐?"

"까분다. 빨리 먹기나 해."

순식간에 밥 한 공기가 비워졌다. 다온은 나른한 포만감을 느꼈 다. 여기에 따뜻한 카푸치노 한잔이면 더 이상 바랄 게 없었다.

"기름진 음식 먹고 난 뒤로는 카푸치노가 진리인데. 우리 커피 마시러 나가요. 나간 김에 영화관 데이트 어때요?"

"금요일 인터뷰 녹취록 아직 정리 안 했지?"

"어떡해, 까먹었다. 인터뷰 끝나자마자 바로 시골로 내려가는 바람에……."

인터뷰가 있는 날은 그날 바로 녹취록을 정리하고 기사의 가이 드라인을 잡는 것이 다온이 세워 둔 원칙이었다. 아무리 일이 늦게 끝나더라도, 인터뷰의 분위기를 잃지 않기 위해 녹취록은 정리하 고 잠자리에 들었다. 학보사 시절 태율에게 교육받은 대로 하다 보니 자연스럽게 몸에 익은 습관이었다.

다온은 빈 그릇을 싱크대로 옮기며 슬쩍 태율의 눈치를 살폈다. 주어진 숙제를 제대로 안 해 혼나기를 기다리는 심정이었다. 습관이 무섭다는 게, 이럴 때 쓰는 말 같았다. 하룻밤 사이에 만리장성을 쌓는다고는 하지만, 혼날까 눈치를 살피던 습관이 하루아침에 없어지는 게 아니었다.

"내 눈치 볼 것 없어. 사정을 모르는 것도 아니고. 노트북 가방 거실에 뒀어. 오후에 차분하게 정리하면 될 거야."

"선배는요?"

"걱정하지 마. 오늘은 안 잡아먹어. 힘들어하는 사람을 덮칠 만큼 양심 없는 놈은 아냐. 긴장 풀어."

다온이 밖으로 나가려 했던 의도를 정확하게 간파당했다.

"나도 밀린 이메일 확인해야 해. 끝나면 너희 집에 잠깐 들렀다 오자. 내일 출근하려면 갈아입을 옷 필요하잖아."

"여기서 자고 바로 회사로 출근하라구요?"

"싫어?"

"싫고 좋고의 문제가 아니라…… 요즘 아영 선배가 부쩍 우리 사이를 의심하는데, 같이 출근이라도 하면 위험할 것 같아서요. 가뜩이나 선배가 우리 회사에 취직한 이유가 나 때문이라면서……."

"맞아, 너 때문."

"장난치지 말구요."

말장난에 넘어갈 생각은 없었다. 비록 그게 달콤한 솜사탕처럼 유혹적이라도 해도.

"내가 아침부터 커피 심부름을 왜 시켰을까? 우리 집에 커피머신이 없어서?"

태율이 빌트인 오븐 옆에 놓인 전자동 커피머신을 손으로 가리켰다. 타이머를 맞춰 두면, 원하는 시간대에 원두를 직접 갈아 내려 주는 최신형 커피머신이었다. 간단하게 버튼만 누르면 에스프레소, 아메리카노는 기본에 뽀얀 거품이 이는 카푸치노 기능까지 가능했다.

　"저런 게 있었어요? 그것도 모르고 나는 아침부터 선배 문자 받고 해석하느라, 얼마나 골치를 썩었는데요."

　"보고 싶다는 단순한 문자를 네 멋대로 해석하니까 골치가 아플 수밖에."

　"8시까지 뛰어와, 8시다, 8시까지 늦지 않게 와라. 이런 문자를 무슨 수로……."

　"보고 싶다는 말을 그것보다 어떻게 확실히 해. 물론 네 얼굴을 보고 하루를 시작하고 싶다는 욕심 외에 다른 의도도 있었지만."

　"무슨 의도요?"

　"출근할 때마다 매번 누군가에게 붙잡혀서 수다 들어 주느라 회의에 지각하고 벌금 냈지?"

　"에이, 겨우 2천원 가지고……."

　"금액이 문제가 아니잖아. 남한테 휘둘리지 말고, 네 의견을 분명히 하라는 말이야. 싫다는 말을 못 해서 이리 치이고, 저리 치이고. 남이 네 착한 성격 알고 이용하는 게 싫어."

　위이잉. 요술을 부리는 것처럼 커피머신이 자동으로 작동했다. 태율이 미리 타이머를 지정해 둔 모양이었다. 원두가 갈리는 특유의 고소한 향이 주방을 감싸고, 투명한 유리컵에 진한 블랙커피가 내려앉았다. 다온이 샐쭉한 표정으로 냉장고에서 우유를 꺼내는 태율을 바라보았다.

"그럼 점심 메뉴는 왜 선배 마음대로 정하는데요?"

"뭘 먹고 싶은지 물어봤다간 내 취향에 맞는 메뉴만 읊어 댔을 걸. 아냐?"

말문이 막혔다. 뭔가 반박을 하고 싶은데, 마땅히 반박할 말을 찾지 못했다. 그녀에게 선택권이 주어졌다면, 그의 취향에 맞는 메뉴를 고르느라 커피 메뉴 고르는 것보다 갑절은 스트레스를 받았을 것이다.

다온은 끝내 피식, 웃고 말았다. 좋아서 웃고, 감동받아서 웃고. 사랑에 빠진 사람들의 표정이 왜 그렇게 밝아 보이는지 이제야 이해했다.

현성이 하는 말을 귀담아들을 걸 그랬다. 틱틱거리는 말투며, 못 잡아먹어 안달 난 행동들, 모두가 그녀를 향한 독특한 애정 표현이었다니. 무심하다고 생각했던 것들이 사실은 모두 그녀를 살뜰히 보살피려는 배려에서 비롯되었다.

"왜 웃어?"

"우리 둘 다 바보 같아서요. 그래도, 나 때문에 방송국을 그만둔 건 현명하지 못했어요."

"방송국을 그만두기로 한 것은 나에게는 새로운 도전을 의미했고, 난 그 결과에 만족하고 있어."

밀크프로더가 하얀 우유 거품을 만들어 냈다.

"분명한 건, 네가 나와 함께 있음으로 내 삶이 완벽하게 완성되었다는 거야. 막연한 미래에 기대를 거는 것보다, 지금 내 손에 쥐고 있는 소소한 행복을 누리면서 사는 게 좋아."

확신을 심어 주는 말에 그림자처럼 따라다니던 불안이 씻은 듯이 사라졌다. 큰 욕심은 없었다. 태율의 말처럼 나에게 주어진 소소한 행복을 마음껏 누리며 살고 싶었다. 그러기 위해서는 마음을 좀먹는 불안이라는 놈을 말끔히 지워 버려야 했다. 더 이상 과거의 그림자로부터 초조해하고 싶지 않았다.

다온은 의자를 밟고 올라가 태율의 등에 매달렸다. 목에 팔을 두르고 허리를 두 다리로 칭칭 감쌌다. 태율이 흔들렸다. 우유 거품에 계피 가루를 뿌리려던 팔이 흔들리며 계피 향이 공기 중에 날아다녔다.

"계피 향으로 목욕하고 싶지 않다면, 나한테서 떨어지는 게 신상에 이로울걸."

"우리 이대로 결혼할까요? 지금보다 더 행복하게 만들어 줄 자신 있는데."

"……."

태율은 대답 대신 팔을 등 뒤로 돌려 그녀의 몸을 든든하게 받쳐 주었다.

"왜 아무 말이 없어요? 남 눈치 안 보고 출근도 같이 하고, 퇴근도 같이 하고. 주말이면 이렇게 하루 종일 같이 있을 수 있고. 나는 좋을 것 같은데……."

"나쁠 건 없지. 내가 밥을 하면, 네가 설거지는 해 줄 거고. 청소는…… 이건 영 아니던데. 일이 반으로 줄어들지, 늘어날지는 그때 가 봐야 알겠다. 그만 내려와. 커피 마시자."

진심을 담아 한 청혼을 농담으로 치부했다. 다온은 내려오라는 말을 무시하고, 목을 감싼 팔에 힘을 주었다. 아무렇지 않은 척은 하고 있지만, 거절당할까 두려워 차마 얼굴을 마주할 자신이 없었다.

"그러지 말고 진중하게 생각해 봐요. 내가 잘해 줄게요."

"무슨 프러포즈를 목을 조르면서 해? 이러면서 어떻게 잘해 줄 건데?"

"그건 차차⋯⋯."

부릉, 부릉. 태율의 핸드폰에서 울리는 요란한 엔진 소리가 대화를 방해했다. 태민이 자신의 번호에 설정해 놓은 컬러링이었다. 잠시 무시할까 고민하던 태율은 마음을 바꿨다. 서로의 사생활을 존중해 급한 용건이 아니면 주로 문자로 소식을 전하고 있었다. 기분 나쁜 예감에 다온을 받치던 팔에서 힘이 빠져나갔다.

"여보세요. 형?"

— 태율아. 여기 신세대병원이야. 아무래도 네가 와 줘야 할 것 같아. 서둘러.

안부조차 전하지 못할 만큼 다급한 목소리였다. 태율은 긴장했다.

"아버지한테 무슨 문제가 생긴 거야?"

— 자세한 건 와서 들어.

"어머니는?"

— 지금 오시는 중이야.

"알았어. 최대한 빨리 갈게."

달라진 분위기를 감지한 다온이 걱정스러운 눈으로 그를 바라봤다. 창백하게 굳은 얼굴에서 심각성을 깨달았다.

"아저씨한테 문제 생겼어요?"

"응. 지금 신세대병원에 계신가 봐. 자세한 것은 나도 몰라. 미안한데, 지금 나가 봐야겠다. 늦을지도 모르니까, 집에 가 있을래?"

신세대병원. 경은이 근무하는 병원이었다. 암 병동에서 본 사람이 설마 아저씨? 좋지 않은 예감이 들었다.

"내가 알아서 할게요. 별일 아닐 거예요. 빨리 가 봐요. 병원에 도착하면 무슨 일인지 알려 줘요."

다온은 일부러 환한 미소로 태율의 등을 떠밀었다.

태율은 차를 몰고, 곧장 신세대병원으로 향했다. 휴일이라 도로는 한산했다. 병원에 도착하고 나서야, 아버지가 계시는 곳이 중환자 무균실이라는 연락을 받았다. 태율은 면회 시간이 제한된 중환자실을 찾아 빠르게 걸음을 옮겼다.

한가했던 도로와 달리 병원은 사람들로 북적거렸다. 신관 주차장에 주차한 태율은 구름다리를 건너 구관으로 걸어가고 있었다. 병원 로비에서 소아암 환자를 위한 자선 행사가 열리고 있었다. 어린이 합창단의 노랫소리가 유달리 맑고 청아했다. 암흑에 둘러싸인 암담한 마음에 조금이나마 안정을 주는 소리였다.

소리를 찾아 고개를 갸웃거리던 태율은 순간 멈칫했다. 로비에 세워진 무대 아래 구경꾼 무리를 스쳐 가는 사람. 심장이 무섭게 뛰기 시작했다. 머리를 망치로 한 대 맞은 것 같은 충격이었다. 일순간 다리에 힘이 풀려 넘어지지 않기 위해서 난간을 붙잡고 서 있어야 할 정도였다. 몇 초의 시간이 흘렀을까. 태율은 미친 듯이 뛰기 시작했다.

가까운 상향선 에스컬레이터를 타고 올라가는 계단의 반대 방향으로 정신없이 뛰어 내려갔다. 부딪치는 사람들에게 양해를 구할 겨를도 없었다. 1층에 내려서자마자 태율은 여인이 사라졌던 방향을 향해 달렸다. 어디로 사라진 거지. 심장은 고장 난 브레이크처럼 펌프질을 멈추지 않았다.

음료수 박스에 무릎을 부딪쳤다. 흰 가운을 입은 의사와 어깨를 부딪치고, 정신 나간 사람처럼 사람들 틈바구니를 헤집고 다녔다. 여자 화장실 입구에 도달할 때까지도 여인의 모습은 찾을 수 없었다. 처음부터 존재하지 않았던 것처럼 아무런 흔적이 없었다.

태율은 식은땀이 흐르는 이마를 손으로 짚었다. 사람들이 힐끔거렸다. 수군거리는 소리에 차가운 이성이 깨어나기 시작했다. 짧은 순간이지만, 그가 왜 이곳에 있는지조차 인식하지 못할 만큼 혼돈에 빠져 있었다. 손끝이 떨려 왔다. 흔들리는 눈빛으로 주먹을 아프게 움켜쥐었다.

잘못 본 거야. 비슷한 사람을 보고 착각한 것이 분명해. 20년 동안 생사조차 듣지 못한 사람이 이렇게 서울 한복판을 활보할 리가 없잖아. 한국이 지긋지긋하게 싫어서 살아서는 돌아올 생각이 없다며 떠난 사람이야. 돌아왔을 리가 없어.

정신 차려, 강태율. 병원에 대한 좋지 않은 기억이 허상의 그림자를 덧씌운 거야. 태율은 스스로를 다독였다.

스피커에서 구성진 대금 연주가 흘러나왔다. 무대는 어느새 한복을 차려입은 전통 음악 연주자들이 채우고 있었다. 예정된 면회 시간이 다가오고 있었다. 낭비할 시간이 없었다. 태율은 왔던 길을 되돌아가는 대신 비상계단을 뛰어 올라갔다.

아버지의 오랜 지인이라는 병원 이사장의 배려로 어머니는 특실에 입원해 계셨다. 너무 울어 탈수 증상까지 보이는 어머니는 당장이라도 시들어 버릴 꽃처럼 위태로워 보였다.

"아버지 보고 왔지? 좀 어떠시던?"

"아직 수면 상태에 계세요. 열이 떨어지지 않아 걱정이에요. 항암제 때문에 면역력이 많이 약해진 상태라 항생제가 자기 역할을 제대로 해 줄지가 문제라더군요."

태율의 목소리는 평상시와 달리 긴장한 기색이 여실했다. 생각보다 심각한 상황에 동요된 마음을 감추지 못하고 있었다.

"폐암 환자가 바다낚시를 다니면 어쩌자는 건지…… 죽기로 작정한 사람이 아니라면 말이야."

"……."

폐암 환자에게 폐렴은 치명적이었다. 그것도 수술조차 불가능한 폐암 4기 환자의 경우에는 더더욱. 변명의 여지가 없었다.

"괜찮겠지? 이러다가도 벌떡 일어나시겠지? 엄마 무서워, 태율아."

"이겨 내실 거예요."

태율은 주삿바늘이 꽂혀 있는 창백한 손등을 조심스럽게 쓰다듬었다. 두려운 마음은 그도 마찬가지였다. 하지만 어머니 앞에서만은 강인해져야 했다.

"어쩜 네 아버지는 나한테 끝까지 이렇게 모질어? 어떻게 그 지경이 될 때까지 말 한마디를 안 해. 남이라도 이렇게 잔인하지는 않을 거야. 내가 살면서 뭘 그렇게 잘못한 거니? 독한 인간, 몹쓸 인간."

투명한 눈물방울이 베개를 적셨다. 태율은 어머니의 눈가에 흘러내리는 눈물 자국을 손가락으로 쓸며 가만히 안아 드렸다. 어머니는 아버지를 진심으로 사랑하고 계셨다. 무던히 등만 보이시는 아버지였음에도 옆을 지켜 주신다는 것에 감사하고 있었다. 그러던 분이 처음으로 원망을 쏟아부으신다. 가슴이 아팠다. 죄스러운 마음이 더해졌다.

"네 형도 나빠. 알았다면 무조건 병원에 입원시켰어야지. 암 환자를 혼자 돌아다니게 하면 어쩌자고…….."

"아버지는 자존심이 강한 분이세요. 현실을 받아들이고, 마음을 정리할 시간이 필요하셨을 거예요."

"아무리 그래도…….."

어머니의 목소리가 점점 힘을 잃어 갔다. 진정제의 효과가 나타나고 있었다. 태율은 영양제가 투명한 관을 통해 규칙적으로 떨어지는 것을 걱정스럽게 바라보았다.

어머니가 잠든 것을 확인한 태율은 힘없이 의자에 주저앉았다. 한꺼번에 많은 일들이 휘몰아쳐 오자 무엇부터 바로잡아야 할지 정리가 되지 않았다. 아버지. 가슴이 미어졌다. 항상 강인한 모습으로 기억되었던 아버지가 병약한 환자의 모습으로 인공호흡기에 삶을 의지하고 계셨다. 하늘이 무너지는 기분이었다. 아버지가 이토록 약해질 수 있다는 것은 상상조차 해 보지 못했다. 그만큼 어리석었다.

아버지를 잃을지도 모른다는 공포에 직면한 지금에서야 그가 놓치고 있던 것들에 대해 깨닫게 되었다. 아버지를 원망했다. 아버지도 알고 있었을 것이다. 그래서 그에게 가까이 다가오지 못하셨는지도.

원망하는 마음 한편에는 그를 거둬 준 것에 대한 감사의 마음도 존재하고 있었다. 한 아이가 성장하기에 이보다 나은 환경은 없었을 것이다. 물질적인 풍요뿐만 아니라 황송하리만큼 많은 사랑을 받고 자랐다. 용기가 생기는 날, 고맙다는 말을 전하고 싶었다.

아버지는 항상 같은 곳에 계셨다. 멀지도 가깝지도 않지만, 손을 뻗으면 언제나 닿을 수 있는 곳. 언제까지나 그곳에 계실 거라고 착각했다. 그래서 언제든 용기 내서 다가가면 그를 붙잡을 수 있을 거라고. 너무나 이기적인 발상이었다. 결과적으로는 그가 아버지를 더욱 외롭게 만들었다는 사실이 날카로운 송곳처럼 가슴을 후벼 팠다.

태율은 힘없이 고개를 아래로 떨구었다. 얼굴을 받친 손가락 사이로 쉼 없이 후회의 눈물이 쏟아져 내렸다.

8장. 가려진 진실

　칠흑 같은 어둠에 쌓여 있을 거라 생각했던 집 안에 따뜻한 사람의 온기가 느껴졌다. 달콤한 쿠키 향이 거실 전체에 은은하게 퍼져 있었다. 태율은 문틈 아래로 빠져나오는 불빛을 찾아 걸어갔다. 소리 내지 않기 위해 조심스럽게 문손잡이를 돌렸다.

　침실 문이 열리자 환한 불빛이 그를 맞았다. 태율의 시선은 곧장 침대 위에서 새우처럼 등을 구부리고 잠들어 있는 다온을 찾아냈다. 안도감과 함께 꽉 막혔던 숨통이 조금씩 트이는 기분이었다. 밤새 병원에 있을 예정이라 집으로 돌아가라고 말은 해 두었지만 혹시나 하는 기대감을 가슴에 품고 있었다.

　심장이 먹먹해졌다. 평화로이 잠든 얼굴을 보는 것만으로도 슬픔으로 가득 찼던 마음에 온기가 돌았다. 축 처졌던 걸음걸이에 힘이 들어갔다.

일을 하면서 그를 기다린 모양이었다. 침대 위에 펼쳐진 노트북과 다이어리를 한쪽으로 치웠다. 취재 대상의 지난 인터뷰 스크랩 자료도 한쪽으로 밀었다. 태율은 다온의 옆에 살며시 앉았다. 샤워를 했는지 머리카락을 타월로 둘둘 말고 있었다. 몸무게를 이기지 못한 매트리스가 기울자 다온이 잠에서 깨어났다.

"어, 왔어요?"

"깼어? 미안. 옷만 갈아입고 다시 나가 봐야 해."

나가야 한다는 말과는 달리, 태율은 외투를 벗고 다온의 옆에 누웠다. 장미 향 샴푸 냄새와 뒤섞인 체향이 그리웠다. 다온이 품 안으로 파고들었다. 태율은 그녀의 몸이 생명수라도 되는 것처럼 꼭 끌어안았다. 작은 몸에서 흘러나온 훈훈한 열기가 차갑게 얼어 있던 몸과 마음을 녹여 주었다.

"아저씨 상태는 어때요?"

"좋지 않아. 여전히 중환자실에서 인공호흡기에 의존하고 계셔."

"어떡해…… 이모는요?"

"힘들지만 버티고 계셔. 바로 옆에서 돌봐 줄 수 없어서 더 안타까워하시는 것 같아."

"내일 아침 일찍, 엄마가 올라오신다고 했어요. 나도 엄마 모시고 병원에 갈게요."

태율이 고개를 끄덕였다. 옆에 계셔 주는 것만으로도 큰 위로가 될 것이다.

"한동안 회사에 출근하지 못할 거야. 박성민 팀장님이 편집장 대행 업무를 맡아 주기로 했어."

"회사 일은 신경 쓰지 말아요. 뭐 좀 먹었어요?"

다온은 수염이 올라와 까슬까슬한 턱을 손으로 쓰다듬었다. 겨우 하루의 반이 흘렀는데, 턱선이 날카로워진 느낌에 마음이 아팠다. 전복죽을 끓여 뒀다. 엄마 집에 온 것 같은 편안함을 느끼게 해 주고 싶어 쿠키도 구웠다. 뭐라도 해 주고 싶은 마음에 몸을 일으켜 보지만, 태율에 의해 저지당했다.

"그냥 이렇게 조금만 있자. 꽤 힘든 하루였어."

그가 아파한다. 가늘게 떨리는 목소리에 감출 수 없는 슬픔이 묻어났다. 다온은 품 안으로 더욱 파고들었다. 슬픔을 잊게 해 주고 싶었다. 위로를 전하고 싶은데, 아무것도 할 수 없다는 사실이 안타까웠다. 그나마 이렇게라도 옆에서 체온을 나눠 줄 수 있음에 감사했다.

"아저씨는 괜찮을 거예요. 이겨 내실 거라고 믿어요."

"그렇겠지? 그럴 거야. 아버지는 반드시 이겨 내실 거야."

"그럼요. 잠깐이라도 눈 좀 붙여요. 그래야 내일도 버티죠."

얇은 티셔츠로 감싼 어깨 위로 태율이 얼굴을 묻었다. 온몸으로 전해져 오는 떨림의 흔적을 다온은 애써 모른 척했다.

※ ※ ※

수면 상태로 사흘을 버티신 아저씨는 끝내 깨어나지 못하셨다. 장례 절차는 일사천리로 진행되었다. 한 사람의 인생이 이렇게 쉽게 정리된다는 사실이 허무할 정도였다.

빈소는 신세대병원 장례식장에 마련되었다. 갑작스러운 부고에 문상객의 행렬이 끊이지 않았다. 친인척과 오래된 지인들을 비롯하여, 법조계 사람들, 태율이 다니던 방송국 직원들, 잡지사 동료들까지 다녀갔다.

　가족들은 밤낮으로 빈소를 지켰다. 많은 이들이 애도를 표했다. 진심으로 애통해하는 조문객들을 보며 고인의 삶이 결코 헛되지 않았다는 사실에 작은 위로를 받았다.

　내일이면 발인이었다. 이틀째 밤이 되면서 조문객의 발길이 눈에 띄게 줄어들었다. 상주인 태민은 겨우 한숨을 돌리며 빈소 한쪽에서 휴식을 취하고 있었다. 상복을 입은 현미는 깊은 슬픔에 젖어 있었다. 이제는 눈물조차 말랐는지, 넋 나간 표정으로 영정 사진만 하염없이 바라보는 모습은 보는 이들로 하여금 안타까움을 자아냈다.

　검은 양복 차림의 태율이 다온의 엄마 여진이 앉아 있는 테이블로 다가갔다. 다온은 음식을 나르던 쟁반에 빈 그릇과 수저를 담아 그들에게로 다가갔다.

　"어머님. 죄송한데 저희 어머니가 뭐라도 좀 드셔야 할 것 같아요. 아무것도 드시지 않으셨는데, 저러다 쓰러지실까 봐 걱정이에요."

　"그러지 않아도 걱정돼서 내가 죽을 싸 왔다. 네 것이랑 태민이 것도 있으니 뭐라도 먹고 힘을 내야지. 다온아, 너는 여기서 태율이 좀 챙겨. 곧 쓰러지게 생겼다."

　여진이 테이블 위에 놓인 보온병을 들고 일어섰다. 옆으로 보온병 두 개가 더 있었다. 다온은 커다란 보온병에서 따뜻한 죽을 따라 수저와 함께 내밀었다. 영양가는 많으면서 위장에 무리가 없는 곡물과 견과류를 골라, 잘게 다져 사골국에 끓여 만든 죽이었다. 태율은 같이 내민 대추 인삼차를 먼저 마셨다.

　"어머님이 계셔서 다행이야."

　여진이 억지로 현미를 끌고 상주가 쉴 수 있게 만들어진 공간으로 들어가는 것을 보고서야, 태율은 수저를 들었다. 다온도 그 말에 동의했다. 가족들은 아무도 현미의 고집을 꺾지 못하지만, 여진만이 유일하게 그녀의 고집을 꺾었다. 먹어라, 싫다, 맞고 먹을래, 그냥 먹을래. 옆에서 보면 누가 더 유치하게 고집을 부리느냐는 신경전 같았다.

오랜 기간 쌓아 온 우정이 버팀목이 되어 주었기에 가능한 일이었다. 여진의 살가운 보살핌 덕에 현미는 쉬기도 하고, 음식도 먹으며 힘든 시간을 버티고 있었다.

"피곤하지 않아?"

"쉬엄쉬엄하고 있어. 오빠는 괜찮아?"

어느 순간부터 다온은 편하게 말을 놓고 있었다.

"아직까지는."

"얼굴이 핼쑥해졌어. 태민 오빠도 그렇고. 죽이라도 다 먹어요."

"도통 입맛이 없네."

한두 수저 죽을 떠먹은 태율이 수저를 내려놓았다. 다온이 속상해 미간을 찌푸렸다. 그러자 태율이 수저를 들고 나머지 죽을 꾸역꾸역 입에 넣었다.

"됐지? 이제 한 번만 웃어 봐."

"내 미소가 죽 한 그릇 가치밖에 없어? 한 그릇 더 먹어. 그럼 고려해 볼게."

다온이 그릇에 죽을 마저 담아 내밀었다. 태율은 목에 뭔가 걸려 있는 듯한 느낌에 아무것도 넘기지 못할 것 같았다. 하지만 다온의 웃는 얼굴을 보기 위해 억지로 죽을 삼켰다. 바닥을 보인 그릇에 만족한 다온이 잘했다며 환하게 웃어 준다. 위로가 담긴 미소에 헛헛했던 마음이 조금은 따뜻한 바람으로 채워졌다.

"비싸게 굴기는."

"비싼 미소 필요하면 언제든지. 대추 인삼차 마저 마셔. 아빠가 오빠 생각해서 달여 오신 거야."

"아버님은?"

"엄마 심부름. 이따 다시 오실 거야."

음식 재료를 사러 시장에 가셨구나. 태율의 심장이 뭉클해졌다. 다온의 가족이 베풀어 준 사랑을 어떻게 보답해야 할까. 아마 평생 갚아도 모자랄 것이다. 어머니가 왜 다온의 엄마를 그토록 믿고 의지하는지 감히 이해가 되었다.

여진은 시골에서 올라오신 후로 단 하루도 빠지지 않고, 낮에는 병원에서 태율의 가족을 챙기고, 밤이면 비좁은 원룸에서 다음 날 먹일 음식을 준비하셨다. 밖에서 파는 음식이었다면, 아마 현미는 입에도 대지 않았을 것이다. 먹기 싫어도 밤새 고생한 정성을 알기에 억지로라도 먹는 시늉을 하셨다. 그래서 지금까지 쓰러지지 않고 버틸 수 있었다.

태율은 달고 씁쓰름한 대추인삼차를 연이어 두 잔을 마셨다. 지금으로서는 고마운 마음을 표현할 수 있는 유일한 방법이었다.

"잘 마시네. 아빠가 좋아하시겠다."

다온은 기쁜 얼굴로 보온병의 뚜껑을 닫으며 태율의 어깨 너머를 기웃거렸다. 아마도 형을 찾는 거겠지. 목표물을 발견했는지 다온이 얼굴 근육에 힘을 주었다. 아래턱에 귀여운 홈이 파였다. 여간 까칠하지 않은 태민을 상대하기 위해 전투력을 키우고 있는 중이었다.

태민은 갑자기 찾아온 이별에 책임감을 느끼고 있었다. 아버지의 마지막 부탁을 차마 거절하지 못했다고는 하나, 아픈 환자를 홀로 방치해 둔 것은 무책임한 행동이었다는 때늦은 후회와 죄책감에 괴로워하고 있었다. 그런 태민을 위로하며 달래는 역할을 다온이 맡아 주었다.

태율의 입술이 부드러운 호선을 그리며 올라갔다. 천방지축인 줄 알았더니 어르고 달래는 나이 많은 누나의 역할을 제법 잘해 내고 있었다. 명치를 누르던 돌덩이가 다온이 덕에 조금은 가벼워졌다. 태율은 다온을 따라 일어났다. 빈소를 향해 고개를 돌리던 그가 막 장례식장으로 들어서는 사람에게 시선을 빼앗긴 것은 그 순간이었다.

설마 지금에 와서…….

태율은 충격에 평정심을 잃었다. 놀란 눈동자 속 동공이 커다랗게 확장되었다. 침착하던 갈색 눈동자가 성난 풍랑 속에 암초를 만난 사람처럼 거침없이 흔들린다. 하얀 석고상처럼 변해 버린 얼굴에서 고집스럽게 위로 휜 눈썹만 부각되었다.

"오빠, 괜찮아? 어디 아파?"

"……."

갸름하지만 남자다운 턱선이 꿈틀하고 움직였다. 거친 숨을 한 번 몰아쉬고 태율은 주먹을 힘껏 쥐었다. 며칠째 깍지 못한 손톱이 손바닥 한가운데를 파고들었다. 잘못 본 거다 하면서도 본능은 이런 사태를 예견했는지도 모른다.

두려움이 심장을 좀먹었다. 짓눌린 압박감을 이기지 못한 위장이 움츠러들기 시작했다. 아주 오래전 그날의 기억처럼. 날카로운 송곳이 위를 쥐어짜는 것만 같았다. 쓰디쓴 인삼차가 식도를 타고 올라왔다. 구토감을 간신히 참고 있는 태율의 얼굴이 파리하게 질려 갔다.

다온이 창백한 이마에 손을 올렸다. 움푹 팬 눈가가 미세하게 떨리고 있었다. 이마를 더듬거리던 손이 눈가를 쓰다듬자, 눈꺼풀이 내려가며 빛을 차단시켰다.

"무슨 일이야? 얼굴이 창백해졌어."

다정했던 목소리가 걱정으로 어두워졌다. 그럼에도 여전히 따뜻함을 간직한 손길이 조급하게 내딛던 심장 박동에 제동을 걸었다. 태율은 천천히 눈을 가리고 있던 손을 아래로 끌어 내렸다. 공기 중에 퍼진 진한 향냄새를 뚫고 전해져 온 은은한 장미 향이 후각을 자극한다. 팽팽하게 부풀어 오르던 긴장감이 서서히 해제되었다.

"오빠?"

태율은 떨리는 눈꺼풀을 들어 올렸다. 진갈색 눈동자에 서늘한 기운이 어렸다. 흔들리지 마. 태율은 스스로에게 주문을 걸었다. 지금부터 카메라 앞에 서 있는 거야. 나를 내려놓고, 내가 해야 할 역할에 충실하면 되는 거야.

거울 앞에서 연습한 차분한 미소가 입가에 걸렸다. 감정에 치우치지 않는다. 그에게는 지켜야 할 사람들이 있었다.

"괜찮아. 조금 어지러워서. 지금은 괜찮아졌어."

"진짜 괜찮아? 잠을 제대로 못 자서 피곤해서 그래?"

"그런 것 같아. 저녁에 쉬면 나아질 거야."

"그래. 밤늦게라도 좀 쉬어. 나는 주방에 가서 깨끗한 그릇 좀 찾아올게."

다온이 주방 안쪽으로 사라졌다. 향냄새가 진해졌다. 태율은 절도 있는 걸음으로 빈소를 향했다. 단정한 단발머리의 여인이 향로에 향을 피우는 모습을 바라보는 눈동자에 검은 장막이 내려앉았다.

✖ ✖ ✖

저 사람은 분명……. 조문객을 맞으러 나가려던 현미는 그대로 다시 주저앉았다. 갑작스런 충격에 다리에서 힘이 빠져나갔다. 온몸이 덜덜 떨렸다. 망연자실해서 옆에서 다독이는 소리가 귀에 하나도 들리지 않았다.

비스듬히 열린 문 사이로 세월의 흔적이 빗겨 간 여인을 멍하니 바라만 봤다. 슬픔을 담은 얼굴은 여전히 청초하고 아름다웠다. 모든 것이 그대로였다. 머리를 하나로 지끈 동여맨 생기발랄했던 대학원생이 세련된 어른이 되어 있을 뿐이었다.

최연정. 할 수만 있다면 평생 잊고 살고 싶던 이름이었다. 아니, 살기 위해 기억에서 지워야만 했던 이름이었다. 이름을 떠올리니, 과거의 기억들이 하나둘씩 되살아나기 시작했다. 가슴에 묻고 살았던 과거의 망령들과 함께.

그녀는 남편과 비슷한 시기에 로스쿨을 다니던 학생이었다. 워낙 출중한 외모와 당당한 성격에 유학생들 사이에서 인기가 많았다. 유학생들의 모임에 잘 참여하지 않아서 개인적인 만남은 적었지만, 남편과는 같은 스터디 멤버 소속이었다.

스터디를 이유로 두 사람이 함께하는 시간이 많았다. 남편은 기계처럼 감정이 메마른 사람이었다. 연정을 대하는 태도는 지극히 사무적이고 무심했다. 현미는 안심했다. 아니, 방관했다. 방관할 수밖에 없었다. 남편은 아내를 포함한 어느 누구에게나 무심했으니까.

그러던 남편이 점차 달라졌다. 혼자 아등바등하는 연정에게 시선을 주기 시작했다. 여러 명이 함께 공부하지만, 남편의 시선 끝에는 항상 연정이 있었다.

334

불안했다. 일하고 공부하느라 힘들어하는 후배를 안쓰러워 챙겨주는 거라고 스스로를 다독였다. 하지만 진실을 언제까지나 외면할 수는 없었다. 남편은 감정을 표현하는 것이 서툴렀다. 감정을 숨기는 것도 서툴렀다. 다른 누군가에게 마음을 송두리째 빼앗겼다는 것을 숨기지 못할 만큼.

비참했다. 내가 가진 모든 것을 버려서라도 최연정이 되고 싶었다. 자존감은 땅끝까지 떨어졌다. 하지만 현미는 끝까지 모른 척했다. 그래야만 했다. 돌이 갓 지난 태민에게 이혼 가정이라는 아픔을 주고 싶지 않았다. 자존심 따위는 버려야 했다. 속은 썩어 문드러져 가도, 겉은 웃어야 했다. 남들이 부러워하는 완벽한 가정을 지켜야만 했으니까.

한국으로 돌아오고, 모든 것을 기억 저편에 묻었다. 남편에 대한 서러움도, 사랑받지 못한 여자의 상처 난 자존심도, 연정에 대한 원망도. 그래야 버틸 수 있었으니까.

하지만 잔인한 운명은 끝까지 그녀 편이 아니었다. 남편의 죽음을 받아들이기도 버거운 현실에 30년도 지난 과거의 망령이 그녀를 발가벗기고 있었다. 다시금 비참했던 과거의 구렁텅이로 빠져들어 가려 하고 있었다.

미국에 산다는 사람이 여기는 어떻게 알고 왔을까. 나 모르게 계속 연락이라도 주고받았다는 말인가. 마지막 순간까지도 나는 허울만 좋은 아내였다는 뜻인가.

현미는 힘겹게 자리에서 일어났다. 확인받아서 뭘 어쩌자는 건지도 몰랐다. 그저 연정을 만나 진실을 들어야 한다는 생각에 사로잡혔다.

※ ※ ※

어둠이 깔린 주차장. 태율은 날렵하게 빠진 스포츠카 앞에 서서 번호판을 확인했다. 서울 시내에서 흔히 볼 수 있는 모델이 아니라 찾는 데 어려움은 없었다. 운전석 문이 안에서 열렸다. 문이 열리면서 실내등이 켜졌다. 단정한 단발머리가 먼저 눈에 들어왔다. 잠시 머뭇거리던 태율은 운전석에 몸을 맡겼다.

"20년 만에 만난 엄마가 별로 반갑지 않나 보구나."

새로 뽑은 자동차 시트에서 묻어 나오는 가죽 냄새, 그것을 완화시키기 위한 방향제. 옷에 밴 진한 향냄새가 한데 뒤섞였다. 태율은 머리를 어지럽히는 독한 향들에 미간을 찌푸릴 수밖에 없었다.

"건강은 어떠세요?"

"완치 판정을 받고 그 상태를 유지하고 있으니 건강하다고 봐야겠지? 내가 갑자기 나타나서 놀라진 않았니?"

"한국에 들어오신 줄은 몰랐어요."

"나도 이렇게 갑자기 들어오게 될 줄은 몰랐다. 방송국은 왜 그만뒀니? 뉴스에서 네 모습 보는 게 참 좋았는데."

특별한 높낮이 없이 조근조근 말하는 말투는 태율이 기억하는 그대로였다. 어깨선 위에서 찰랑거리는 짧은 단발머리도 그대로였다. 입가에 깊게 팬 주름만이 떨어져 지낸 세월을 증명하고 있었다. 가슴 안쪽이 욱신거렸다. 그리움과 원망이 공존하는 마음. 섣불리 말을 꺼내기 어려웠다.

"난 잘 지내고 있다. 이혼 전문 변호사로 자리도 잡았고, 결혼은 안 했지만 친구처럼 지내는 남자도 있어."

"잘됐네요."

"내 걱정은 하지 않아도 돼. 이 차, 마음에 드니? 세일즈하는 사람이 그러더라, 요즘 젊은 사람들이 가장 갖고 싶어 하는 차라고. 네 마음에 들었으면 좋겠는데."

"제 것이 아닌 것에는 관심 없습니다."

"그렇게 딱 잘라 말하지 마. 너한테 뭐라도 해 주고 싶어서……."

"왜 오신 겁니까?"

태율은 차갑게 연정의 말을 끊었다. 선물 따위나 받자고 나온 자리가 아니었다. 끝내는 원망하는 마음이 먼저 선수를 치고야 말았다.

"나를 원망하는구나…… 그럴 거라고 생각했어. 하지만 이것만은 알아주렴. 나는 네 안위가 항상 우선순위였다는 것을. 나에게도 쉽지 않은 결정이었다. 네 아버지가 한국으로 들어와 줄 수 있겠냐며 연락을 해 오지 않았다면, 용기 내기 어려웠을 거야."

"아버지가요?"

놀란 음성이 날카롭게 변했다.

"사과하고 싶다고 하더라. 이제라도 잘못된 것을 바로잡고 싶다고. 나한테서 널 빼앗아 간 것을 진심으로 후회한다고 하시더라."

"날 보낸 건, 엄마의 결정이었어요."

"네 아버지가 조건을 걸었었다. 어린 널 맡아 주는 대신, 네 인생에서 영원히 빠져 달라고. 가족이 흔들리는 것을 원하지 않는다고. 그 당시는 백혈병 환자가 완치되고 생존할 확률이 지금보다 훨씬 낮았지. 사형 선고를 받은 것이나 다름없는 상황에서 네 아버지의 조건이 오히려 고마웠다. 그래서 네가 날 완전히 잊을 수 있게 죽은 사람으로 해 달라고 했었어."

"살아서 날 찾아왔잖아요."

"그랬지. 널 다시 데려갈 생각이었으니까. 먼발치에서 가족과 함께 스키 타러 가는 널 봤어. 구릿빛으로 까무잡잡하게 탄 너를 보고 깜짝 놀랐지. 그토록 행복하게 웃는 널 처음 봤어. 형 옆에서 수다가 끊이지 않더구나. 내 옆에 있을 때는 음침하고 병약해 보이던 아이가…… 사진으로 보던 것과는 또 다른 느낌이었어. 완벽하게 사랑받고 있더구나. 미혼모의 자식이라는 굴레도 없이, 완벽한 가정에서 잘 자라고 있었어."

"……."

몰랐다, 엄마가 그런 마음으로 그를 찾으러 왔다는 것을. 열두 살의, 겨울방학이 끝나가는 어느 날, 죽은 줄 알았던 엄마가 찾아왔다. 치료받으러 미국으로 떠날 거라고 했다. 다시는 돌아오지 않는다는 말과 함께. 친아버지의 존재를 알려 준 것도 엄마였다.

따라가겠다며 울며 매달렸었다. 처음으로 엄마가 붙잡힌 손을 차갑게 쳐 냈다. 충격이었다. 지울 수 없는 상처였다. 최연정, 그녀가 오롯이 그 이름 석 자로만 불리기를 원한다며 차갑게 내뱉던 말이 잊혀지지 않았다.

냉정함을 가장한 떨리는 목소리. 금방이라도 눈물 한 바가지를 쏟아 낼 듯 붉게 충혈되었으면서도 독하게 부릅뜬 눈. 아프게 아랫입술을 깨물던 모습이 어제 일처럼 눈에 선했다. 어른의 마음을 헤아리기에 열두 살은 너무 어린 나이였다.

"차마 데려갈 수가 없었어. 언제 암세포가 재발할지도 모르는데, 내 이기심으로 네 행복을 빼앗고 싶지 않았어. 혼자 떠날 수밖에 없었다. 너만 행복하다면 영원히 돌아오지 않을 생각이었어. 네 아버지가 용서를 구하지 않았더라면, 여전히 용기 내지 못했을지도 모르지."

"용서를 구해요?"

돌아가신 분에게 새삼 분노가 치밀어 올랐다. 인생을 정리할 시간을 갖고 싶다는 의미가 이런 것이었나. 연정을 한국에 불러들여서까지 뭘 확인받고 싶으셨을까. 키워 주신 어머니에게 상처가 될 것을 아시는 분이 왜 그런 무모한 결정을 내렸는지 이해가 되지 않았다.

"무책임하게, 자기 마음 편하자고 용서를 구하면 용서가 되는 건가요? 남아 있는 사람들이 받을 상처 따위는 안중에도 없이?"

"돌아가신 분한테 그렇게 말하는 거 아니다. 좋은 분이셨어. 내가 아주 많이 사랑해서 따라다녔어. 네가 태어난 것도 그분은 몰랐어. 나중에 알고, 아주 많이 미안해하셨어. 내 선택이었어. 그래서 원망하지 않았어. 젊고 예쁜 나이니 좋은 사람 만나기를 바랐다더라. 아플 때 옆에서 돌봐 줄 수 있는 사람을. 당신이 할 수 없는 일을 다른 누군가가 해 주기를 간절히 바랐다고."

연정의 목소리를 덤덤했다. 이미 슬픔에 연륜이 더해져 이별의 아픔을 담담하게 받아들이고 있었다.

"너한테도 용서를 구하고 싶다고 하셨어. 천륜을 끊은 것을 평생 후회했다고 하시더라. 원래의 네 자리를 찾아 주고 싶으셨다고, 너한테 당당하게 재산을 물려주고 싶다고, 그렇게라도 너한테 용서를 빌고……."

"젠장!"

퍽. 분노에 찬 주먹이 핸들을 내려쳤다. 빌어먹을 출생의 비밀.

악착같이 비밀로 묻어 뒀던 출생의 비밀이 수면 위로 떠오르면 누군가는 상처를 받는다. 그걸 모르지 않는 분이 왜 이런 일들을 벌이시는지.

"그따위 재산이 뭐라구요. 먹고살 돈은 나도 충분히 벌어요. 그 잘난 머리를 물려줘서 오히려 평생 쓰고도 모자랄 만큼 벌 수 있다고요."

"돈이 문제가 아니야. 너를 친아들로 인정하지 못했다는 죄책감이 커서일 거야."

"이제 와서 친아들로 인정받으면 뭐가 달라지는데요? 아무것도 모르고 키워 주신 어머니가 받을 상처요? 나로 인해 그분이 받을 배신감은 어떤 식으로 치유가 되는데요?"

성난 외침이 폐쇄된 공간에 울려 퍼졌다. 태율이 느끼는 절망감이 고스란히 느껴지자, 연정은 머리를 기대고 눈을 감았다. 꼿꼿한 자세가 처음으로 흐트러졌다.

"그분을 많이 사랑하는구나."

"……."

"그래. 좋은 분이시지. 내가 그분에게 지은 죄가 많아."

"……."

"나한테도 기회를 주면 안 되겠니? 키워 준 정성에 비할 바는 아니지만, 나도 네 엄마야. 크게 욕심내지 않을게. 네가 살아가는 모습을 가까이에서 지켜보기만 할게."

힘없는 목소리가 떨려 왔다. 초반의 당당함은 자취를 감췄다. 앞으로 웅크린 어깨가 초라해 보였다. 결국에는 그녀도 매몰차게 거부당할까 봐 두려운 것이다. 세월이 흐르면서 변한 것은 얼굴에 새겨진 주름만이 아니었다. 태율은 답답함에 넥타이 매듭을 아래로 끌어 내렸다.

이렇게까지 몰아붙일 생각은 아니었는데. 어느 누구에게도 상처 줄 자격이 없었다. 이제 와서 무슨 선택을 할 수가 있단 말인가. 무력감이 전신을 휘감았다.

"내일 떠날 예정이야. 널 곤란하게 하려는 의도는 아니었다. 떠나는 사람에게 마지막으로 작별 인사는 하고 싶었어. 용서한다고, 그러니 편하게 가라고 말해 주고 싶었다. 연락처를 남겨 두마. 조급해하지 않을게."

태율은 어떤 말도 약속할 수가 없었다. 혼란스러웠다. 생각을 정리할 시간이 필요했다. 차 문을 열고 밖으로 나갔다. 연정이 보조석에서 나와 운전석으로 걸어오는 것을 침착하게 바라보았다. 연정이 태율을 올려다보았다. 품 안에 쏙 들어갔던 아들은 이제 자라 손을 높이 뻗어야 머리가 닿을 수 있을 만큼 커 버렸다.

"우리 아들 한 번만 안아 봐도 될까?"

연정이 그를 안았다. 무심한 세월의 흐름은 많은 것들을 변화시켰다. 커져 버린 키만큼 다가갈 수 없는 마음의 거리가 생겼다. 친엄마가 넓은 등을 몇 번이고 토닥일 동안 태율은 어색하게 서 있었다.

기억 속 엄마는 지금보다 훨씬 큰 사람이었다. 왜소하게 마른 어깨가 눈에 들어왔다. 저릿한 아픔이 가슴 안쪽에 차올랐다. 살가운 엄마는 아니었지만, 그의 안위를 우선순위로 삼았다는 말을 믿어 의심치 않는다.

목에 가시가 걸린 것처럼 따끔거렸다. 약해진 엄마의 모습에 마음이 흔들렸다. 친엄마에 대한 동정심이 커질수록, 키워 주신 어머니에 대한 죄책감도 커져만 간다. 낳아 주신 분과 키워 주신 분 사이에서 아무것도 할 수 없는 자신의 위치에 좌절할 수밖에 없었다. 태율은 무너지는 감정을 들키지 않으려 일부러라도 차가운 목소리로 작별 인사를 건넸다.

"안녕히 가세요. 건강 챙기시구요."

"그래. 너도 건강하렴."

운전석에 앉은 연정이 멀어져 갔다. 태율은 주차장에서 차가 빠져나가는 것을 아프게 지켜보았다. 살이 에이는 추운 겨울밤이었다. 어디선가 불어온 바람이 눈보라를 휘날렸다.

"저 여자가 왜 널 안아? 네가 왜……."

살얼음 위를 걷는 것처럼 위태로운 목소리가 등 뒤에서 들렸다. 차가운 바람이 와이셔츠 목깃으로 파고들며 등줄기에 서늘한 소름이 돋았다. 태율은 뒤돌아섰다.

"어머니."

"네가 왜 저 여자랑…… 네가 왜 저 여자랑……."

고장 난 녹음기처럼 현미가 같은 말을 반복해서 되풀이했다. 얇은 상복만 입은 그녀는 바람 앞의 등불처럼 파르르 떨고 있었다. 하얗게 질린 얼굴은 금방이라도 쓰러질 사람처럼 위태로웠다. 태율이 검은 양복 재킷을 벗어 어깨를 감싸려 하자, 현미가 신경질적으로 뿌리치며 소리를 질렀다.

"네가 왜 저 여자랑 같이 있어? 말해 봐. 네가 왜 저 여자랑 같이 있어?"

반은 정신이 나간 사람 같았다. 히스테릭하게 소리를 지르는 현미의 모습에 태율은 공포 비슷한 감정을 느꼈다. 추위에 벌벌 떠는 몸을 억지로 안았다. 조금만 힘을 주면 꺾일 것 같은 몸이 싫다며 몸부림을 쳤다. 솜방망이 같은 주먹이 가슴을 때렸다. 차라리 아프게 때릴 힘이라도 남아 있었으면 좋았을걸. 품 안에서 벌벌 떨며 약하게 내지르는 소리가 그의 심장을 난도질했다.

"네가 왜? 네가 왜……."

흐느적거리던 몸에서 일순간 힘이 빠졌다. 의식을 잃고 뒤로 꼬꾸라지는 것을 태율이 팔로 안아 지탱했다. 볼에서 흘러내리는 눈물의 흔적이 그의 가슴까지 아프게 적셨다.

"엄마!"

"이모!"

주차장 건물 안에서 태민과 다온이 뛰어나왔다. 장례식장에서 갑자기 사라진 현미를 찾아 병원을 헤매느라 이마에 땀방울이 맺혀 있었다. 기절한 현미를 태율이 안아 들었다. 태민이 재킷을 벗어 체온이 떨어지는 몸을 감싸 주었다.

"어떻게 된 거야? 엄마, 왜 이래?"

"시간 없어. 빨리 안으로 모셔야 해. 체온이 급격하게 떨어지고 있어. 이대로 두면 저체온증으로 위험해."

"오빠, 무슨 일이에요?"

"나중에, 나중에 설명할게."

태율은 쏟아지는 질문을 묵살하고 앞만 보고 걸었다. 다온이 앞장섰다. 응급실 문을 통과할 때쯤, 세 사람의 입에서는 거친 숨소리만 뿜어져 나왔다.

✕ ✕ ✕

태율은 아버지의 서재에 서서 마당을 내려다보았다. 진회색 롱코트를 입은 중년 남성과 검은색 코트를 입은 태민이 눈 덮인 앞

마당을 조심스럽게 걸어가고 있었다. 남자는 아버지가 물러난 로펌의 현 대표직을 맡고 있는 변호사였다.

발인식이 있던 날도 눈이 많이 내렸다. 떠난 자의 슬픔을 대변이라도 하듯 하늘에서 끊임없이 눈발을 휘날렸다. 장지에서 내려다본 세상은 온통 하얀 담요에 덮여 있었다. 고인의 지나온 삶이 무채색 세상 속으로 사라졌다. 오색찬란한 삶의 여정은 이제 오롯이 남겨진 자들의 몫이었다.

어머니는 끝내 아버지의 마지막 가는 길을 지켜보지 못했다. 극도의 체력 저하로 인해 입원 조치가 필요했다. 심신 안정을 위한다는 명목으로 병실 문에는 면회 사절이라는 팻말이 붙었다. 가족조차 면회가 불가능했다. 장례 절차를 모두 마치고 이틀째가 되는 오늘, 어머니는 집으로 퇴원하셨다.

그리고 오늘, 생전에 아버지가 작성하셨다던 유언장 발표가 있었다. 시기적으로 이른 감은 있지만, 어머니가 발표 날짜를 서둘렀다고 들었다. 은퇴하기 전까지 아버지는 대한민국에서 내로라하는 로펌의 대표였다. 성공한 변호사로서 꽤 많은 부동산과 현금을 축적해 놓았다. 대부분의 유동 자산과 주택은 어머니 앞으로 상속되었다.

태민에게는 집 근처의 5층짜리 상가 건물이, 태율에게는 먹자 골목으로 인기를 얻고 있는 대학가 5층짜리 건물이 상속되었다. 같은 상가 건물이지만, 건물의 가치를 철저하게 무시한 유언이었다.

"이렇게 보니 너는 네 아버지를 참 많이 닮았어. 외모도 그렇고, 머리 좋은 것도 그렇고."

차분한 음성에 태율은 천천히 뒤로 돌아섰다. 어머니는 서재 한

가운데 자리한 안락의자에 앉아 있었다.

"그 여자를 안다. 유학 시절에 네 아버지와 같은 로스쿨 학생이었지. 같은 한국 유학생이라 나랑도 안면이 있었어. 젊은 여자가 아르바이트하면서 그 힘든 공부 하는 것도 그렇고, 그렇게 예쁜 여자는 처음이었어. 집에서 애나 키우는 나랑은 다른 세계의 사람 같았어. 누군가가 몸서리치게 부럽다고 느낀 적도 처음이었어."

"……."

"나랑은 중매결혼으로 맺어진 네 아버지가 그 여자에게 흔들렸다는 것도 알았어. 알면서도 모른 척했다. 네 아버지를 놔주고 싶지 않았거든. 내 아들에게는 완벽한 가정이 필요했으니까."

몰랐다. 이제야 비로소 어머니가 주차장에서 연정을 보고 히스테릭한 반응을 보였던 이유가 설명이 되었다.

"겨우 돌 지난 태민이를 방패막이 삼았다. 그 후로 나에게는 자식이 전부였어. 한국으로 돌아오고, 어느 날인가 네 아버지가 너를 데려왔지. 아들을 키우는 엄마로서, 부모를 잃고 힘들어하는 널 보면서 참으로 안타까웠어. 반듯하게 자란 것 같아서 더 마음이 갔지. 널 혼자 세상에 남겨 두고 떠나야 했던 네 부모님의 마음은 얼마나 아팠을까. 조금만 사랑을 나눠 주면 험난한 세상에 뿌리 내리고, 쓸 만한 사람으로 자라지 않을까. 사실 내 마음이 너무 허전해서, 아무것도 보이지 않았어. 자식이 한 명만 더 있었으면 좋겠다는 마음에 욕심을 부렸지. 욕심이 화를 불러올 거라는 것은 생각도 못 하고……."

어머니는 태율이 아버지의 친아들임을 기정사실로 받아들이고 있었다. 앙상하게 마른 얼굴이 태율의 마음을 아프게 헤집었다.

"태민이처럼 어리광도 부리고, 억지도 부리면서 날 친엄마처럼 대해 주면 좋겠다는 마음에 욕심을 냈어. 그래서 널 힘들게 할 때도 많았을 거야."

"어머니."

태율은 차마 가까이 다가가지 못했다. 항상 눈을 보고 얘기하시던 어머니가 오늘은 철저하게 그를 외면하고 있었다. 두려움이 목구멍까지 차올랐다.

"가거라. 원래 네가 있어야 했던 자리로 돌아가."

"어머니, 제가 있어야 할 곳은 여기예요. 어머니가 지금 무슨 생각을 하시는지 모르지만, 오해하시는 거예요."

싸늘한 시선이 처음으로 태율을 향했다. 경멸을 숨기지 않는 눈빛에 태율은 울컥하고 목이 멨다.

"내가 뭘 오해하고 있었는데? 네가 네 친엄마가 살아 있다는 것을 알고 있었다는 것? 그래서 끝까지 나를 어머니라 부르며 거리를 뒀다는 것?"

어머니는 분노하고 계셨다. 그의 진심을 오해하고 계셨다. 오해를 풀어 드리고 싶은데, 그가 어머니를 기만해 왔다는 사실은 숨길 수 없는 진실이었다. 그가 아버지의 친아들임을 철저하게 숨기고, 친엄마가 살아 계시다는 것을 알면서도 모른 척 살아왔다. 차마 용서해 달라는 말조차 나오지 않았다.

"언제까지 나를 속일 생각이었니?"

"……."

"부정조차 하지 않는구나."

"……."

"너를 많이 아꼈다. 네가 잘되기를 바랐어. 지금도 그 마음에는 변함이 없어. 이 마음이 퇴색되지 않기를 바라. 그러니 가거라. 다시는 보고 싶지 않아."

어머니가 의자에서 힘없이 일어났다. 무릎에서 저절로 힘이 빠져나갔다. 태율은 무릎으로 기어 어머니 앞으로 다가갔다. 20년 동안 두려워하던 순간이 마침내 현실로 나타나고야 말았다.

"어머니, 제발 그러지 마세요. 제가 다 잘못했어요. 다 제 책임입니다. 용서해 주세요. 어머니의 아들로 살고 싶었습니다. 어머니한테 받은 은혜를 갚으면서 평생 어머니 아들로 살고 싶었어요. 그래서 진실을 말하지 못했어요. 화내세요. 나쁜 놈이라 욕하고, 평생 화내셔도 됩니다. 제가 다 감내하겠습니다. 유산은 필요 없습니다. 재산 같은 것은 욕심내 본 적도 없습니다. 그러니 제발 가라는 말만 하지 말아 주세요."

"유산은 받아. 네 아버지 마음을 이해 못 할 것도 없지. 다만 내 사람들은 그냥 두고 떠나라."

"어머니!"

청천벽력 같은 말이었다. 태율은 어머니의 손을 붙잡고 매달렸다. 그를 내려다보는 어머니의 시선은 처음 보는 타인을 보는 것처럼 냉랭했다. 그가 알고 사랑했던 어머니의 모습이 아니었다.

아니, 사실은 알고 있었다. 온화한 모습 뒷면에 감춰진 차가운 모습. 그렇기에 조심하고 또 조심했었다. 어머니가 한번 마음이 떠난 것에 대해 얼마만큼 냉정해질 수 있는지, 얼마만큼 잔인해질 수 있는지, 이미 알고 있었다.

온기가 느껴지지 않는 차가운 손이 그를 뿌리쳤다. 손에서 느껴지는 냉기가 너무나 차가워서 심장이 얼어붙는 것 같았다.

"지난 세월의 내 삶은 보기 좋은 허울이었어. 진짜라고 믿고 싶은 거짓투성이에 내 전부를 바쳤어. 내가 여기서 뭘 더 잃어야 하니?"

"어머니, 다른 것은 아무것도 욕심내지 않겠습니다. 제발 떠나라는 말만……."

"다온이 엄마는 내 유일한 친구다. 내가 많이 가졌다고 질투하지도 않고, 내가 부족하다고 비웃지도 않는 유일한 친구야. 내 아픔을 유일하게 털어놓을 수 있는 친구. 그런 친구마저 너한테 **빼앗**기면, 난 죽어. 그것마저 **빼앗**아 가지 말아다오."

금방이라도 쓰러질 듯이 파리한 겉모습과 달리 차분하게 내뱉는 목소리에는 일말의 망설임도 없었다. 여러 번 예행연습을 통해 다져진 말투 같았다. 그만큼 어머니의 마음은 견고했다.

"어머니, 제발요. 제가 가진 것을 다 포기하겠습니다. 마음이 풀리실 때까지 죽은 듯이 살라면 그렇게 하겠습니다. 제발 다온이를 떠나라는 말만은 하지 말아 주세요. 저한테는 그 애가 전부입니다."

"나에게도 마찬가지야. 이건 한때 아들로 생각했던 너에게 하는 마지막 부탁이다. 내 친구가 내 밑바닥까지는 몰랐으면 한다."

어머니가 차갑게 돌아섰다. 그저 차갑다는 말 외에는 어떤 표현도 떠오르지 않았다.

"두 번 말하지 않겠다. 당장 이 집에서 나가거라."

한 발 한 발 어머니가 힘겹게 앞으로 걸어 나갔다. 불안정하게 걸음을 옮기는 어머니는 언제 땅으로 떨어질지 모르는 마른나무의 잎사귀처럼 위태로워 보였다. 아버지의 영역인 서재. 죽어도 발길을 들이고 싶지 않았을 공간에 그 여자의 아들과 함께 있었다. 불륜의 결과물인 줄도 모르고 아낌없는 사랑을 줬던 그의 앞에서 쓰러지지 않기 위해 안간힘을 쓰는 모습은 어쩌면 어머니가 내보일 수 있는 마지막 자존심이었을 것이다.

태율은 앞으로 내밀어진 손을 힘없이 거두어들였다. 퍼런 핏줄이 불거진 손등이 희미해져 갔다. 세상이 희뿌옇게 변해 버린 이유가 각막을 가리는 투명한 물방울 때문이라는 것도 깨닫지 못했다. 그저 한 번만 돌아봐 주기를 바랐다. 한 번만 돌아봐 주면, 붙잡을 용기가 생길 것 같았다. 하지만 어머니는 무정하게도 한 번도 뒤돌아보지 않았다.

거짓으로 시작된 인연을 성큼 잘라 내려는 듯 앞만 보고 걸어갔다. 태율은 절망했다. 거짓으로 가득 찬 과거에 갇힌 그는 서재에서 한 발자국도 내디딜 수가 없었다.

✄ ✄ ✄

뜨겁게 달궈진 노트북 전원이 마침내 꺼졌다. 여행 사진으로 사진첩을 낸 베스트셀러 작가가 된 전직 아나운서의 인터뷰 기사가 마무리되었다. 아름다운 자연이 빚어내는 풍광과 이국적 분위기의 도시 사진은 보는 것만으로 숨통이 트이는 기분이었다.

당장이라도 사무실을 박차고 나가 자유를 만끽하고 싶었다. 출근 전쟁도 없고, 마감 전쟁도 없는 파라다이스의 세계. 다온의 입에서 저절로 한숨 소리가 새어 나왔다. 불행히도 그녀가 처한 현실은 그리 녹록하지 않았다.

벽시계의 커다란 시곗바늘이 10시를 향해 달려가고 있었다. 장례식 일정 때문에 잃어버린 시간을 보충하느라 하루가 멀다 하고 야근의 행진이 이어지고 있었다. 다온은 바퀴 달린 의자를 뒤로 밀며 기지개를 활짝 폈다. 몇 시간째 타자를 치느라 고생한 양쪽 팔을 휘젓는데, 잘생긴 얼굴이 시야를 가로막았다.

"어, 오빠."

깜짝 놀라 벌어진 입술 사이로 달콤한 페퍼민트 향을 머금은 입술이 겹쳐졌다. 사탕의 달달함을 고스란히 전해 준 키스가 쌓였던 피로를 단번에 녹여 주었다.

"또 팀장님 캔디 훔쳐 먹었구나."

"다들 퇴근했나 봐?"

"팀장님이 저녁 사신다고 했거든. 오빠는 오늘 집에 간 것 아니었어? 그래서 오늘은 당연히 못 볼 거라고 생각했었는데."

"네가 너무 보고 싶어서."

"방금 나도 오빠 생각했는데. 여행 사진 보면서 오빠랑 같이 가고 싶다는 생각을 했거든."

태율이 팔을 넓게 펼쳤다. 다온은 의자에서 일어나 그리웠던 품으로 파고들었다. 부드러운 스웨터의 감촉이 볼을 간질였다. 품 안은 생각했던 만큼 포근하고 따뜻했다. 가슴에 볼을 비비는 그녀의 목에 입술을 묻은 태율이 허리를 두른 팔에 힘을 주었다. 어찌나 세게 껴안는지, 숨이 막혀 가슴을 손으로 밀어 내야 할 정도였다.

"진짜 내가 많이 보고 싶었구나?"

"우리도 여행 갈까? 여행 가자. 페루 마추픽추 가고 싶다고 했잖아. 떠나는 김에 남미를 거쳐 유럽까지 훑고 오는 건 어때? 이번 기회에 둘이서 세계 여행을 다니는 것도 나쁘지 않겠다. 여행작가가 꿈이라며?"

"꿈은 당장은 현실성이 없으니까, 꿈인 거지. 회사는 어쩌고? 마감이 코앞인데?"

"휴직계 내지 뭐. 잘리면 할 수 없고. 나 돈 많아. 한동안 놀고 먹을 만큼은 벌어 놨어."

다온은 빙그레 미소 지었다. 태율이 하겠다고 마음만 먹는다면 그녀가 꿈꿔 왔던 이상을 현실로 만들어 줄 수 있을 것 같았다. 역사의 흔적이 고스란히 남아 있는 관광지에서부터 사람의 발길이 닿지 않는 오지까지 태율과 구석구석 누빌 수 있다면. 하긴 텅 빈 들판 길을 걸어간다고 해도 그와 함께라면 꿈을 꾸는 것처럼 행복할 것이다.

"꼬시지 맙시다. 당장 사표 내고 싶어지니까."

"나는 사표 내라고 하는 말인데."

"치이, 누가 모를 줄 알고…… 자기는 휴가 내고, 나만 일하는 것 같아 괜히 미안하니까 하는 말이잖아. 내가 오빠를 몰라? 오빠 같은 효자가 현미 이모를 두고 여행을 가겠다고? 나한테 미안해할 것 없네요. 다른 어느 때보다 이모한테 오빠가 필요하다는 걸 알고 있으니까. 내 걱정 말고, 이모랑 시간 보내. 방치해 뒀다고 원망 안 해."

"나, 네가 생각하는 것만큼 좋은 놈 아니야."

태율의 얼굴이 급격히 어두워졌다. 아버지 때문이라고 지레짐작한 다온은 서둘러 두툼한 재킷과 목도리를 목에 둘렀다. 큰일을 치렀으니 마음이 허할 거라면서 엄마가 온갖 약재가 들어간 삼계탕을 끓여 놓고 가셨다. 든든하게 배라도 불러서 아버지의 빈자리를 달래 주라는 뜻이었다.

"오빠는 나름 최선을 다했다고 생각해. 지금은 혼자 남은 이모만 생각하자."

"김다온."

급하게 노트북과 다이어리를 가방에 넣은 손이 붙잡혔다. 너무나 꽉 잡혀서 아플 정도였다. 다온이 미세하게 미간을 찌푸렸다. 평상시 같으면 금방 알아차렸을 태율이지만, 지금은 그저 뚫어질 듯이 허공만 바라보고 있었다.

"나는 네가 생각하는 것보다 훨씬 이기적인 놈이야. 세상 사람들이 배은망덕한 놈이라고 손가락질해도 상관없어. 처음부터 내 선택은 정해져 있었어. 누가 뭐래도 흔들리지 않아. 목에 칼이 들어와도, 난 흔들리지 않아. 절대 흔들리지 않아."

"오빠, 아파."

아프다는 말에 손에서 힘이 빠져나간다 싶더니, 양손이 오히려 그녀를 거칠게 끌어안았다. 누가 빼앗아 갈까 두렵기라도 한 사람처럼 팔 안에 그녀를 힘껏 가뒀다. 이상했다. 장례식장에서도 이렇게까지 초조해 보이지 않았었다. 어딘가 심리적으로 쫓기는 사람처럼 불안해 보였다.

"오늘따라 이상해. 집에서 무슨 일 있었어? 유산 상속과 관련된 거야?"

"처음부터 유산 따위 받을 생각 없었어. 내 것이 아닌 것에 욕심내고 싶지 않아."

아침에 전화 통화를 통해 유산 상속에 관한 이야기를 들었다. 그는 분명 유산은 받지 않을 거라고 말했다. 키워 주신 은혜만으로 충분하다는 그의 말에 다온도 충분히 동의했다.

"알고 있어. 그럼 왜 이러는데? 누가 오빠를 힘들게 해?"

"……."

대답 대신 태율은 그녀를 끌어안은 팔에 힘을 주었다. 정수리로 토해 내는 숨소리가 거칠었다. 분명 그는 불안하게 흔들리고 있었다.

"누군데? 말해 봐. 내가 혼내 줄게."

큰소리를 내 봤다. 그를 이 지경까지 흔들어 대는 불안의 정체는 모르지만, 그녀가 옆에 있으니 안심하라고 말해 주고 싶었다. 더 이상은 외롭게 혼자 버틸 필요가 없다고 위로해 주고 싶었다. 다온은 손을 태율의 등 뒤로 돌렸다. 어릴 때 울고 있던 그녀를 엄마가 위로해 줬던 대로 토닥토닥 태율의 등을 부드럽게 쓸어 주었다. 불안정했던 호흡이 차분해질 때까지 토닥임을 멈추지 않았다.

"외국으로 나가서 공부 더 해 보고 싶지 않아? 예전에는 미국 가서 저널리즘 공부하고 싶다고 곧잘 그랬잖아."

아, 내가 그랬었나. 너무 오래전 일이라 기억조차 가물가물했다.

"그건 어디든 도망치고 싶던 고3 때 얘기지. 경은이가 그러는데, 학교 다닐 때 내가 제일 잘하던 과목이 국어였대. 나는 내가 제일 잘하는 국어로 글 쓰는 이 직업이 좋아. 그리고 우리 부모님한테는 내가 유일한 자식이잖아. 식구가 한 명 더 늘었다고 좋아하시는데, 너무 멀리 가면 서운해하실 거야."

뜬금없는 질문에 솔직한 대답이 먼저 튀어나왔다. 갑자기 왜 이런 질문들을 하는지 그의 생각을 먼저 헤아렸어야 하는데. 뒤늦은 후회가 밀려들자, 다온은 탐색하듯 태율의 표정부터 살폈다.

"오빠는 멀리 가서 살고 싶어?"

"아니. 그냥 예전 일이 생각나서 물어본 거야. 난 네 옆이면 어디든 상관없어."

"진짜지?"

"그럼."

다온이 애달아 하는 것을 깨달았는지 태율이 부드럽게 미소 지었다. 아까보다 훨씬 편안해 보이는 얼굴에 다온은 내심 안심했다.

"나도 오빠 옆이면 어디든 상관없어. 오빠는 영원히 내 옆에 있을 거지?"

"물론이야. 아무도 우릴 갈라놓을 수 없어. 내가 절대 허락하지 않을 거야. 반드시…….."

"어머, 어머, 어머…… 대박!"

히스테릭한 아영의 비명이 태율의 말을 잘랐다. 당황한 다온이 버둥대자, 태율은 순순히 물러났다. 평범한 사내 연애여도 남들의 눈치를 봐야 했다. 하물며 같은 사무실에서, 그것도 편집장과 에디터의 관계라면 사람들의 관심은 정도를 넘어서기 마련이었다.

무심한 행동 하나에도 꼬투리가 잡히고, 작은 오해에도 허황된 소문이 무성할 것이 분명했다. 이것이 다온이 비밀 연애를 고집하는 이유였다. 태율은 그녀가 느끼는 압박감을 이해해 주었다.

"말도 안 돼. 두 사람, 진짜 사귀는 사이였어? 낮에도 아니라며 팔짝팔짝 뛰더니…… 내가 그랬잖아요, 팀장님. 두 사람 이상하다고. 장례식장에서 보니까, 보통 사이가 아니더라니까요. 집안에서도 이미 허락받은 분위기에……. 맞다, 장례식. 어머, 어떡해. 내가 괜한 말을…… 죄송해요, 편집장님."

"괜찮습니다. 인사가 늦었네요. 바쁠 텐데 먼 길 와 주셔서 감사했습니다."

두서없이 떠들어 대느라 입구에 망연하게 서 있는 아영을 제치고, 성민이 성큼성큼 사무실 안으로 들어왔다. 그의 손에는 도시락이 든 종이봉투와 음료수가 들려 있었다. 종이에 적힌 상호명은 옆 빌딩에 새로 오픈한 고급 일식집이었다. 혼자 야근하는 다온이 못내 마음에 걸려 저녁을 따로 챙겨 온 모양이었다.

"괜찮습니까?"

태율의 안색을 살피던 성민이 한마디 툭 내던졌다. 핼쑥한 얼굴에서 유독 광대뼈가 도드라져 보였다. 하루 종일 밥 한 그릇 못 얻어먹은 것 같은 사람에게 전의를 불태울 만큼 야비하지는 않았다. 태율이 고개를 한 번 끄덕였다. 괜찮아 보이지는 않지만, 괜찮다는 사람 걱정할 만큼 각별한 사이도 아니었다.

"그럼, 됐습니다. 김다온. 두 사람분은 될 거야. 퇴근하는 길이면 이것 가져가서 먹어."

"여기 비쌀 건데. 이렇게까지 신경 써 주시지 않아도 되는데……."

"잊었어? 나 건물주 외아들이잖아. 돈 걱정은 나한테 사치야."

"대박. 팀장님 건물주 외아들이었어요? 무슨 건물인데요? 원룸, 다세대?"

호들갑스러운 반응에 성민이 피식, 웃음을 흘렸다. 아영의 관심이 그에게로 쏠릴 것을 이미 예상했다는 뜻이었다.

"우리는 이만 가 보겠습니다. 뒷수습 부탁드립니다."

성민은 아직 다온에 대한 미련을 버리지 못하고 있었다. 마음에서 완벽하게 지우기까지는 시간이 필요했다. 그래서 두 사람의 연애를 회사 내에서 기정사실로 떠벌리고 다니는 것이 달가울 리가 없었다. 그 마음을 태율은 정확히 꿰뚫어 보고 있었다. 아영의 입막음을 그에게 떠넘기고 떠나는 태율이 얄미웠지만, 마음에 걸리는 것이 있어 동조하기로 했다.

장례 일정이 끝나고 바로 회사로 복귀할 줄 알았던 태율이 무급 휴가를 신청했다. 회사에 입사하고 겨우 4개월이 지났다. 휴가가 장기화될수록 태율의 입지는 좁아질 수밖에 없었다. 기획회의에서 보여 준 열정만을 가지고 태율을 판단하기에 섣부른 감이 있지만,

그가 지금까지 봐 온 태율은 책임감이 강한 남자였다.

갑자기 밀어닥친 가족의 부재로 힘든 시간을 보내고 있으리라 예상은 했지만, 그럴수록 일에 매달리며 상실감을 극복할 사람일 거라 생각했었다. 어디가 아픈가. 아니면 회사에 복귀하기 힘든 개인 사정이라도 생긴 걸까. 마지막에 보여 준 근심 어린 눈빛이 꽤나 신경 쓰였다.

이 모든 기우가 쓸데없는 오지랖이기를 바랐다. 성민은 아영을 상대로 전투 태세를 갖추기에 앞서 달달한 사탕 하나를 까서 입에 넣었다.

$$\times \quad \times \quad \times$$

피를 말리던 마감이 지났다. 사건 사고가 많았던 달인 만큼, 이번 달 마감은 시간과의 전쟁이었다고 해도 과언이 아니었다. 다온은 세면대 위로 흐르는 차가운 물줄기를 얼굴에 끼얹었다. 쏟아지는 잠을 쫓아내기 위해서였다. 얼음장처럼 차가운 온도 때문인지 손가락 끝이 빨갛게 변했다. 덕분에 정신은 맑아졌다.

다온은 마른 수건으로 얼굴의 물기를 깨끗하게 닦아 냈다. 교정지가 나오기까지는 나흘의 시간이 있었다. 이 시간 동안은 두문불출 중인 태율과 모처럼 만에 둘만의 시간을 보낼 계획이었다.

수건과 칫솔 세트를 세면 가방에 넣고, 다온은 핸드폰에서 태율의 번호를 눌렀다. 마지막으로 그와 통화한 것이 언제였는지 머릿속으로 헤아리는 중이었다. 야근하는 그녀를 찾아온 것이 일주일 전이니, 아마도 5일 정도가 지난 듯했다.

불현듯 혼자 여행을 떠난 태율은 가끔 문자 메시지로만 생존 소식을 알렸다. 그러나 지난 이틀간은 그것조차 전무했다. 현성의 말로는 핸드폰을 물에 빠뜨렸기 때문이라고 하는데, 새로 핸드폰을 장만하고도 남을 시간이었다.

마감에 치여 잠잘 시간도 부족한 그녀를 배려하기 위함이라고 스스로에게 위안을 삼아 보지만, 불쑥불쑥 찾아오는 불안감을 잠재우기에는 역부족이었다. 몇 번 울리지도 않은 컬러링이 곧바로 음성 사서함으로 연결되었다. 의도적으로 전화를 피한다는 느낌을 지울 수가 없었다.

왜지? 어디가 아픈 걸까. 아니면 현미 이모 건강이 많이 안 좋으신가. 그것도 아니라면 투자했다는 게임 업체에 무슨 문제라도 생긴 걸까. 그녀의 전화를 피할 이유가 전혀 없었다.

피하는 게 아니라면, 전화를 받지 못할 피치 못할 사정이라도 생긴 건가. 아, 모르겠다. 피곤에 찌든 머리로는 도저히 답을 찾을 수 없었다. 그러니 직접 대면하고, 물어볼 수밖에.

다온은 집으로 찾아가겠다는 문자 메시지를 전송하고 화장실을 나왔다. 복도를 걸으면서도 시선은 핸드폰의 문자 메시지 창에 고정되어 있었다. 제발, 읽어라. 제발, 읽어라. 입으로 주문을 거는데, 어스름한 복도가 갑자기 환해졌다.

오빠? 마감 스케줄을 꿰고 있는 태율이 마중 왔을지도 모른다는 희망에 다온은 고개를 번쩍 들었다. 하지만 심각한 얼굴로 이쪽을 향해 달려오는 사람은 아영이었다.

"김다온, 그 소문이 사실이야?"

"무슨 소문이요?"

주변을 둘러보고 아무도 엿듣는 사람이 없다는 것을 확인하고도 아영은 귓속말을 이어 갔다.

"강 편집 사표 냈다며? NandC 채널 해외 특파원으로 발령받고 유럽 지사로 나갈 거라며? 번갯불에 콩 볶아 먹니? 거긴 무슨 인사 발령이 속전속결이야? 이미 오래전부터 계획된 건가? 그럼 다온이 너도 같이 가는 거야?"

"선배도 참. 무슨 헛소문을 듣고 와서는……."

"총무과 꽃돌이한테 들은 거야. 완전 믿을 만한 정보통이잖아. 다음 달에 우리 팀장님이 편집장으로 승진할 거래. 지금 한창 연봉 협상 중이라고 하던데? 너는 몰랐어?"

"……."

"강 팀장 휴직이 아니라 사직…… 어머. 다온아, 괜찮아?"

다리에 힘이 빠진 다온이 스르륵 바닥으로 미끄러졌다. 그거 다 헛소문이에요. 큰 소리로 대꾸하고 싶었다. 하지만 무력해진 몸은 흙더미 아래 깔린 것처럼 자유로이 입을 열 수도, 숨을 쉴 수도 없었다.

'여행 갈까?'

'외국으로 나가서 공부 더 해 보고 싶지 않아?'

자꾸 어딘가로 떠나자던 태율. 불길한 예감이 들었다. 덜덜 떨리는 손이 핸드폰에서 태율의 번호를 찾다, 그대로 폰을 바닥으로 떨어뜨렸다.

"미안, 미안. 내가 실수했어. 네 말대로 헛소문일 거야. 애인이 모르는데, 가긴 어딜 가? 걱정하지 마. 다 누군가 강 편집을 질투해서 만들어 낸 악의적인 헛소문이야. 내가 당장 강 편집한테 전화해 볼게. 빨리 와서 너 데려가라고 해야겠다."

아영이 바닥에 떨어진 폰을 주워 태율에게 전화를 걸었다. 벨소리가 음성 사서함으로 넘어갔다. 몇 번을 시도해도 결과는 마찬가지였다. 아영이 이번에는 그녀의 핸드폰을 꺼냈다. 태율의 번호를 찾는 손이 심하게 떨리고 있었다. 다온이 떨리는 손을 꽉 쥐었다. 아영마저 흔들리니, 두려움이 배가 되었다.

"선배…… 나 택시 좀……."

"그래. 여기서 이럴 게 아니라 직접 가서 물어보면 될 걸. 일어설 수 있겠어? 아니다, 잠깐만 기다려. 내가 가서 팀장님 모셔 올게. 팀장님이 데려다줄 거야."

"그냥 택시……."

"택시보다는 팀장님이 움직이는 게 더 빠를 거야. 기다려. 가방 챙겨 올게."

하얗게 굳은 얼굴은 시체처럼 혈색이 없었다. 이대로 뒀다간 초상이라도 치르겠다는 생각에 아영은 정신없이 복도를 내달렸다.

✕ ✕ ✕

탕탕. 도어벨 소리가 멈추면 주먹으로 현관문을 두드리는 소리가 이어졌다. 이다음은 도어록이겠지. 일련의 반복 과정을 지켜보는 현성은 그저 안타까운 한숨만 내쉬었다. 모니터에 비치는 다온은 곧 쓰러질 것처럼 지치고 힘들어 보였다. 생기라고는 찾아볼 수 없는 파리한 얼굴이 카메라를 응시할 때는 짠한 마음에 당장이라도 문을 열어 주고 싶은 충동을 느꼈다.

"그만해, 김다온. 강 편집 지금 집에 없어."

"있어요. 현성 오빠가 그랬어요, 오빠는 어제부터 집에만 처박혀 있다고. 오늘따라 도어록까지 말썽이야."

띠띠띠띠. 디지털 도어록 누르는 소리에 잠시 대화 소리가 끊어졌다. 도어록의 비밀번호는 바뀌어 있었다. 그걸 모르지 않을 텐데, 다온은 인정하고 싶지 않은 것 같았다.

"오늘은 그만 가자, 김 기자. 여기서 이런다고 달라질 건 아무것도 없어. 이틀 연속 야근했잖아. 식사도 제대로 못 챙기고. 집에 가서 한숨 자고 다시 오자. 이렇게 약해진 몸으로 계속 이러고 있다가는 진짜 큰일 나."

"싫어요. 팀장님이나 가요. 난 오늘 오빠 만나 확인할 게 있어요."

"집에 없는 사람을 무슨 수로 만나. 내가 내일 강 팀장 찾아 줄게. 사람 풀어서 수소문하면 금방 찾을 수 있을 거야."

성민이 다온의 팔을 잡아당겼다. 다온이 안 가겠다며 버텼다. 작은 실랑이가 벌어졌다.

그 모습을 본 현성은 저도 모르게 "저 자식이……." 하며 손을 앞으로 뻗었다.

"하지 마."

깊게 가라앉아 땅끝까지 파고 들어갈 것 같은 목소리가 경고했다. 현성은 어지럽게 널브러진 술병들 사이에서 눈빛만 살아 있는 태율을 돌아보았다. 꼴이 말이 아니었다. 덥수룩하게 자란 수염에 씻지 않아 엉망으로 기름진 머리까지. 세상 깔끔하던 태율은 며칠째 알코올 중독자처럼 술의 기운을 빌려 잠이 들고, 자고 일어나면 술만 마셔 대고 있었다.

"그래. 차라리 저 남자가 다온이를 데려가는 게 낫겠다. 저렇게 나뒀다가는 밤이라도 샐 기세야. 애 하나 잡고, 줄초상 치르게 생겼어. 술병 봐라. 이렇게 잘 마시는 술을 그동안은 어떻게 참았대?"

"시끄럽게 굴지 말고 너도 가."

태율이 독한 양주를 얼음이나 물에 희석시키지도 않고 병째 그 대로 들이켰다. 현성은 가슴이 싸해졌다. 저러다 진짜 죽을 수도 있겠다는 생각에 거칠게 양주병부터 빼앗았다.

"이 미친놈아. 차라리 소주를 마셔."

"말로 할 때 가. 나가면서 카드 키 놓고 가는 것 잊지 말고."

"미쳤냐? 필요할 때마다 와서 쉬었다 가라며 네가 준 키를 내가 왜 포기하냐? 독한 놈. 술독에 빠져 정신줄 놓은 줄 알았더니, 현관 비밀번호는 언제 바꿨대. 다온이 올 줄 알고, 미리 바꾼 거지?"

"제발 가라."

현성은 소파에 쓰러지듯이 눕는 태율을 짠하게 내려다보았다. 다온의 이름이 나올 때마다 얼굴에 드러나는 아픔은 보는 사람의 마음까지 애잔하게 만들었다. 이제 모니터 화면은 진한 어둠에 잠겨 있었다. 그사이에 성민이 다온을 데리고 간 모양이었다. 다행이다 싶으면서도 집요하게 울리던 벨 소리가 뚝 끊기자, 서운함에 명치를 차인 기분이었다.

"꼭 이렇게까지 해야만 했냐? 다른 방법은 없어?"

"……."

"어머님도 참 독하시다. 어떻게 사흘을 굶을 수가 있지? 기어이 너희 둘을 떼어 놓아야, 밥이 넘어가신다던?"

"닥쳐."

"왜? 그래도 키워 주신 어머니라고 욕하니 듣기 싫어? 그럼 가서 말해. 네가 어떤 심정으로 지금까지 살아왔는지. 죽은 듯이 살아왔잖아. 실수라도 할까 봐, 술도 한 모금 입에 못 대고, 사랑하는 여자까지 외면하면서 살아왔잖아. 이제 겨우 살 만해졌는데······ 어머니가 화나신 것도 이해는 해. 배신감에 아프고, 자존심도 많이 상하셨겠지. 그렇다고 이건 아니잖아. 이건 너한테 죽으라는 거잖아. 너 평생 다온이 안 보고 살 자신 있어?"

대답이 없었다. 그럴 줄 알았다며 현성은 발밑을 구르는 맥주 캔 하나를 발로 걷어찼다. 맥주 캔이 날아가며 안에서 쏟아져 나온 맥주가 나무 바닥과 벽지를 적셨다. 엉망진창으로 망가져 가는 주인을 따라 집 안 꼴도 엉망으로 변해 가고 있었다. 겉만 말끔하게 치운다고 세상이 달라질 것도 아니었다.

태율은 팔등으로 눈을 가리고 있었다. 그 아래로 투명한 물줄기가 흐르고 있었다. 사나이는 아파도 티 내면 안 된다며, 낚싯바늘을 허벅지에 꽂고도 큰소리치던 강태율이 울고 있었다. 심장이 찢겨 나가는 고통을 견디지 못해 소리 없이 울고 있었다.

현성은 소파 옆에 털썩 주저앉았다. 지독히도 운 없이 태어난 놈. 세상을 다 가진 것처럼 보였던 놈이 사실은 세상에서 제일 공허한 마음을 안고 살아가고 있었다. 말 많다고 구박하면서도, 지치지 않는 수다에 가끔 피식 웃어 주는 미소가 좋았다. 옆에서 시끄럽게 떠들어 대며 공허한 마음을 어떻게 해서든 채워 주고 싶었다.

현성은 말없이 맥주 캔을 땄다. 미지근한 맥주 맛이 영 별로였다. 수다 떨 맛도 나지 않았다. 세상 어떤 달콤한 말로도 태율을 위로하지 못했다. 그것을 알기에, 현성은 흐느낌조차 내지 못하는 친구 곁을 묵묵히 침묵으로 지켜 내고 있었다.

✕ ✕ ✕

띠리릭. 안쪽에서 잠금장치가 해제되었다. 절대로 열릴 것 같지 않던 문이 열리고 있었다. 이 문 뒤에 무엇이 기다리고 있을까. 벨을 누른 사람답지 않게 다온은 허옇게 질린 얼굴로 슬며시 뒷걸음질 쳤다.

"왔으면 들어와."

덤덤한 목소리에는 낯선 차가움이 서려 있었다. 서러움이 울컥하고 목 안쪽까지 차올랐다. 눈가가 벌써부터 시큰거렸다. 다온은 무너지려는 감정을 추스르기 위해 손에 든 반찬 통을 가슴으로 꼬옥 끌어안았다.

"오늘 새벽에 온 거야? 전화 여러 번 했었는데⋯⋯."

"번거롭게 뭐 하러 이런 걸 들고 왔어. 그냥 집에 두고 먹지."

번거롭게. 말 한마디가 따끔한 가시가 되었다.

"엄마가 오빠 먹이라고 만들어 주신 거라⋯⋯ 아직 아침 안 먹었지? 삼계탕인데, 데우기만 하면 돼. 우리 이걸로 아침 먹고⋯⋯."

"아침 생각 없어. 약속이 있어서 곧 나가 봐야 해."

"어디 가는데?"

질문하는 목소리가 심하게 떨려 왔다. 밀어내고 있다. 아무리 둔한 다온이라도 느낄 수 있었다.

"우선 앉아. 뭐라도 마실래?"

"⋯⋯."

대답이 없어도 태율은 커피머신을 작동시켰다. 목이 메인 다온은 대답할 수 없었다. 등을 보이고 서 있는 그가 한없이 매정해 보였다. 주책없이 눈물이 나왔다. 눈가로 흘러내리는 눈물을 재빨리 손등으로 훔쳤다. 약한 모습으로 동정심을 자극하고 싶지 않았다. 두 사람 사이에 문제가 있다면 제대로 알고 헤쳐 나가고 싶었다.

다온은 식탁 의자에 앉았다. 태율과 마주 보는 위치에서 대화를 나누기를 기대했다. 뽀얀 우유 거품이 가득한 커피 잔이 앞에 놓였다. 다온은 양손을 무릎 위로 모은 채 커피 잔을 응시했다. 마음속에 응어리진 게 너무 많아서 무엇부터 꺼내 놓아야 할지. 꽤 긴 시간 동안 정적이 흐른 것 같았다. 여전히 태율은 의자에 앉지 않았다.

"할 말이 있어."

다온은 태율의 손을 억지로 잡아끌며 맞은편 의자에 앉혔다. 의자에 앉자마자 그는 슬며시 잡힌 손부터 뺐다. 지끈. 이번에는 날카로운 아픔이 심장을 제대로 관통했다.

"나도 사실은 하고 싶은 말이 있었어. 나부터 할게. 날 낳아 주신 친엄마가 미국에 살고 계셨어. 그분이 날 찾아왔어. 큰 병에 걸리셨고, 많이 약해지셨어. 나를 필요로 하셔. 그분 곁으로 가야 할 것 같아."

원고를 읽는 것처럼, 태율은 막힘없이 말을 줄줄이 이어 갔다. 흡사 감정이 없는 로봇 같았다.

"……"

"미안하다. 갑작스럽게 이런 얘기를 꺼내게 돼서."

상상조차 해 본 적이 없던 일이었다. 선뜻 대답할 말을 찾지 못했다. 말문이 막혀 망설이는 그녀에게 태율은 혼자만의 결론을 통보하고 있었다.

"아무래도, 평생 옆에 있어 주겠다는 약속은 못 지킬 것 같아."

보이지 않는 말의 힘은 섬뜩한 칼날이 되어 숨통을 겨냥했다. 숨이 턱 하니 막히며 몸속에서 산소가 몽땅 빠져나가는 기분이었다. 머릿속이 하얗게 변했다. 다온은 두려움에 퍼렇게 질린 입술을 질끈 깨물었다. 침착해야 해. 다온은 그가 하는 말에 담겨진 숨은 뜻을 이해하고자 죽을힘을 다해 노력했다.

"친엄마가 살아 계신 것은 언제부터 알고 있었어?"

"입양되기 전부터. 날 키울 수 있는 형편이 아니었어. 버림받았다는 생각은 안 했어. 그분의 사정을 이해했으니까."

태율이 냉정하게 대답했다. 부가 설명조차 없었다. 다온의 이해조차 바라지 않았다. 철저하게 나쁜 놈이 되려 하고 있었다. 차분하게 생각을 정리할 상황이 아니었다. 다온은 그저 그를 잡아야 한다는 간절함에 매달렸다.

"한국으로 모시면 되잖아. 내가 잘 모실게. 우리 부모님도 도와주실 거야. 오빠 친엄마잖아. 현미 이모도 사정 얘기 들으시면, 충분히 이해하시고……."

"내가 그러고 싶지 않아. 길러 주신 어머니 눈치 보면서, 아프신 친엄마를 방치하고 싶지 않아. 지금까지 충분히 방치해 뒀어. 어머니에게는 가족도 있고, 너희 어머니도 있고, 태민이 형도 있어. 하지만 나를 낳아 주신 분에게는 나뿐이야. 미국으로 들어가면 한동안은 한국으로 돌아올 수 없을 거야."

두 줄기의 눈물 자국이 볼을 타고 흘렀다. 울지 않겠다며 아무리 눈을 깜빡여도 소용없었다. 고장 난 수도꼭지처럼 투명한 물줄기가 턱 밑으로 뚝뚝 떨어졌다.

"나도 가. 오빠가 가는 곳이면 나도 갈게. 같이 가서 돌봐 드리자. 내가 잘할게."

"네 부모님은? 부모님 안 보고 살 수 있어?"

"내가 보러 오든지, 부모님이 가끔 우리를 보러 오시면……."

"그렇게 되면 또다시 난 평생 죄인의 심정으로 살아야겠지. 날 위해 희생해 준 너에게, 하나뿐인 외동딸을 빼앗아 갔다고 원망하는 네 부모님에게. 그게 얼마나 영혼을 갉아먹는 고통인지 넌 모를 거야."

"그렇게 단정 짓지 마. 우린 충분히 행복할 수 있어. 외국으로 이민 가는 사람들도 많아. 나는 희생하는 게 아니고, 오빠랑 행복해지려고……."

"새 출발하고 싶어."

단어 하나하나가 날카로운 칼날이 되어 그녀의 심장을 난도질했다. 그럼에도 칼날을 휘두르는 상대는 미안해하는 기색조차 없었다.

"나랑 같이……."

"너랑 같이 있으면 난 과거라는 족쇄에서 벗어날 수가 없어. 친엄마의 존재까지 숨겨 가며, 어머니 눈밖에라도 날까 전전긍긍, 눈치 보며 내 자신을 낮춰야 했던 초라했던 내 과거. 지긋지긋해."

"그렇게 말하지 마. 모든 상황을 너무 극단적으로 몰아가고 있잖아. 오빠답지 않아. 가족을 사랑했잖아. 현미 이모도 알아? 이모가 아시면 절대 허락하지 않으실 거야."

"허락하셨어."

다온의 눈동자가 커다래졌다. 동그랗게 뜬 눈망울에 절망이 차올랐다.

"믿지 못하겠어. 이모가 오빠라면 얼마나 끔찍했는데. 엄마도 그랬어. 태민이보다 오빠를 더 애지중지 키웠다고. 그런 이모가 이렇게 쉽게 허락했다고?"

믿고 싶지 않았다. 두 사람이 서로를 얼마나 위했는데. 이모가 이렇게 쉽게 그를 포기할 리가 없었다.

"비밀을 안고 사는 내내 불행했다는 걸 알고 계시니까. 평생 거짓을 안고 사는 것이 얼마나 영혼을 갉아먹는 것인지, 어머니는 이해하시니까."

"불행……했어?"

"최태율이 아닌 강태율로 살아야 했으니까. 내가 아닌, 어머니가 원하는 아들로 살아야 했으니까."

"……."

불행했다는 한마디는 다온을 끝없는 나락으로 추락시켰다.

"다온아, 네가 보내 줘. 네가 나를 붙잡으면, 난 이대로 주저앉을 수밖에 없어."

"난 못 해."

다온은 고개를 세차게 저었다.

"난 죽어도 오빠 안 보내."

"부탁이야. 단 하루를 살더라도 마음 편한 곳에서 편하게 살고 싶어. 허상으로 만들어진 강태율이 아닌 원래의 나로 돌아가고 싶어."

"오빠는 지금 착각하고 있어. 강태율로 23년을 살았어. 이게 오빠의 모습인데 어디로 돌아가겠다는 거야?"

"아무도 나를 강윤성의 아들로 기억하지 못하는 곳."

"……."

아무도 그를 강윤성의 아들로 기억하지 못하는 곳. 다온은 주먹으로 머리를 한 대 쥐어박힌 것 같았다. 휘청하며 온몸에서 힘이 빠져나갔다. 의자에 앉아 있지 않았다면, 그대로 바닥으로 무너졌을 것이다.

대한민국 어디나 그를 알아보는 사람들이 있었다. 지금도 사람들은 그를 사회부 기자 강태율로 기억한다. 하지만 그는 예전의 강태율로 살고 싶지 않다고 한다. 그녀가 사랑했던 바로 그 강태율이 되고 싶지 않다고 한다.

이건 핑계일 거야. 다온은 애써 고개를 저으며 현실을 부정했다. 태율은 그녀에게 화가 난 거다. 그래서 이런 식으로 화풀이를 하고 있는 거다. 내가 뭘 잘못했지? 분명 뭔가가 단단히 꼬였는데, 꼬인 매듭의 시작점이 어디인지 감이 오지 않았다.

"박 팀장님 때문이야? 신경 쓰지 않아도 돼. 그냥 단순한 호감 같은 거야. 누구나 한 번쯤은 이성에게 그런 감정 느낄 수 있잖아. 시간이 흐르면서 자연스럽게 정리되는, 그런 감정."

"……."

"아니면 박 팀장님이 내 이상형이라고 한 것 때문에 나한테 실망했어? 알잖아, 한때 내가 오빠를 오해했다는 것을. 그때는 내가 철이 없어서 오빠랑 반대되는 성향을 가진 사람이라면 무조건……."

"너한테 화난 적 없어."

태율이 딱 잘라 말했다.

"화났어. 그래서 이러는 거잖아."

"김다온."

"내가 생각이 짧았어. 회사에는 휴직계 낼게. 우리 여행 가자. 남미도 좋고, 유럽도 좋아. 아니면 미국으로 유학 갈까? 저널리즘 도 좋고, 그냥 영어 공부라도 좋아. 오빠가 하라는 대로 다 할게. 그러니 자꾸 이상한 말만 하지 마. 나 너무 무서워."

"김다온. 네가 이럴수록 더 힘들어져. 예전으로 돌아가고 싶지 않아. 네가 사랑했던 강태율은 이제 없어."

"오빠, 강태율 맞아."

다온은 버럭 소리를 질렀다. 겉모습은 강태율이 분명한데, 자꾸만 강태율이 아닌 다른 사람처럼 말을 한다. 강태율이 아닌 다른 사람의 삶을 살겠다고 한다. 큰 아픔을 겪고, 제정신이 아닌 게 분명하다. 따끔하게 한 대 때려서라도 정신을 차리게 해야 했다.

다온은 손바닥을 펼쳐 높이 쳐들었다. 눈이 뻔쩍 뜨일 정도로 뺨을 세게 맞으면 정신이 들겠지. 그러다 이내 관절이 하얗게 튀어나올 정도로 주먹을 쥐었다. 눈이 퀭하니 들어가 보일 정도로 마르고 거칠어 보이는 얼굴에 손을 올리던 호기마저 사라지고 없었다.

불행했다는 말은 가시가 되어 목 안을 아프게 할퀴고 있었다. 쿡쿡 쑤셔 대는 목 안의 가시는 억지로 삼키는 서러움과 함께 심장까지 굴러떨어졌다. 가시가 심장을 날카롭게 찌른다. 지끈거리는 심장은 누군가 손으로 후벼 파는 것처럼 아팠다. 차라리 이대로 갈기갈기 찢겨 나가 버렸으면. 감정 따위는 느끼지 못하는 종이 쪼가리가 되어 버렸으면.

다온은 주먹으로 가슴을 내리쳤다. 헉헉거리는 심장이 숨을 못 쉴 정도로 아파서 치고, 치고 또 쳤다. 살고자 발버둥 치는 그녀를 태율은 그저 안타까운 시선으로 바라만 보고 있었다. 예전처럼 달려와 안아 주지도, 아프냐며 달래 주지도 않는다.

그의 차가운 시선에 심장은 피멍이 들었다. 멍든 심장은 이제 여러 조각으로 부서져 가고 있었다. 애달픔, 서러움, 울분, 배신감.

우리가 나눴던 사랑이 이렇게 하찮은 것이었었나. 우리의 사랑이 족쇄가 될 만큼 그렇게 버거운 거였나. 우리가 함께한 시간들이 벌써 아픈 과거라고 불릴 만큼 의미 없는 것이었나. 우리가 꿈꾸던 미래는? 영원을 기약하던 말들은? 마음을 뒤흔들던 고백은?

거짓말쟁이. 비겁자. 배신자.

"알았어. 오빠가 원하는 대로 해."

고통을 견디지 못하는 심장은 서러움 대신 분노를 채워 넣기 시작했다. 그가 그녀를 쉽게 버릴 수 있다면, 그녀라고 못할 것도 없었다. 행복을 찾아가겠다는 사람에게 족쇄가 되고 싶지 않았다. 기꺼이 잊어 주겠노라 큰소리라도 치고 싶었다. 다온은 의자를 박차고 일어났다. 그 순간 주위가 핑그르르 돌았다. 부축하기 위해 다가오는 태율을 완강히 거부했다.

주책없이 턱 밑으로 눈물이 떨어졌다. 이미 흥건하게 젖은 손등으로 턱 밑을 거칠게 쓸어 냈다. 마지막으로 보여 주는 모습이 이런 약해 빠진 모습이라는 게 화가 났다.

"갈게."

"집까지 바래다줄게."

"괜찮아. 나 혼자 갈 수 있어."

"잠깐만 기다려. 얼굴이 너무 안 좋아. 키 가지고…… 아니, 택시라도 불러 줄게."

"됐어. 내 일은 내가 알아서 해."

다온은 기다리라는 말을 무시하고 현관으로 직행했다. 한시라도 빨리 이 비참한 상황에서 벗어나고 싶었다. 대충 운동화를 구겨 신었다.

"김다온, 내 말 들어. 혼자 가다 쓰러지기라도 하면……."

뒤따라온 태율이 그녀의 팔을 붙잡았다. 다온은 뒤도 돌아보지 않고 매몰차게 뿌리쳤다.

"그래서, 뭐? 그렇게 해서 오빠 발목 잡을까 봐 걱정돼? 걱정 마. 보내 줄 거야. 보내 준다고 했잖아."

"얼굴이 백지장처럼 하얗잖아. 출근 시간이라 택시 잡기 힘들 거야. 내가……."

"싫어, 싫다고 했잖아. 나 이제 오빠 말 안 들어. 나한테서 신경 꺼. 나랑은 상관없는 사람이잖아. 이래라저래라 간섭할 자격 없어."

"간섭하는 게 아니라……."

쾅. 눈앞에서 문이 닫혔다. 시야가 막혔다. 냉철함을 유지했던 눈동자가 부지불식간에 슬픔으로 젖어 들었다. 눈 깜짝할 사이에 눈시울이 붉게 물들고, 뿌옇게 차오른 물방울이 시야를 가로막았다. 태율은 무의식중에 문손잡이를 돌리다, 메탈이 주는 서늘한 기운에 현실로 돌아왔다.

그녀가 떠났다. 그의 세상은 그녀의 세상과 영원히 단절되었다. 두려웠던 이별이 마침내 현실이 되고야 말았다. 이제 와서 문을 열고 나가서 뭘 어쩌자고. 이걸로 된 거 아니야? 네가 기획했던 연극의 무대는 바로 이런 것이었잖아. 그녀 스스로가 이별을 고하게 만드는 것. 그래서 후회도 하고, 미련도 갖고, 발버둥 치며 아파하다, 결국엔 그를 잊어 가는 것. 그를 미워하는 것.

문손잡이를 잡은 손이 힘없이 아래로 떨어졌다. 손잡이에 피가 묻어났다. 멍하니 내려다본 손바닥에서 피가 흘러나오고 있었다. 어찌나 주먹을 세게 쥐었는지, 손바닥에 박힌 손톱이 연한 살을 뚫고 상처를 냈다. 통증도 느끼지 못했다.

육체가 주는 고통은 단 하나뿐인 심장이 찢어지는 고통에 비하면 아무것도 아니었다. 손바닥에서 새어 나오는 붉은 피는 심장을 뚫고 흘러나오는 검붉은 피에 비하면 아무것도 아니었다. 크억크 억. 신음 소리인지 울음소리인지도 모르는 소리가 굳게 다물린 어금니를 뚫고 나왔다. 태율은 두 손을 감싸 입을 막았다.

비릿한 피 냄새가 역류했다. 화장실로 달려갔다. 배 속에 있는 모든 것들을 쏟아 냈다. 위장이 뒤틀리며 남아 있는 미련 한 톨까지 토해 냈다. 쓰디쓴 위액이 비릿한 피 냄새를 잠재우고야 간신히 숨을 쉴 수 있었다.

처음부터 욕심내서는 안 된다는 것을 알고 있었다. 그의 욕심이 화를 불러오리라는 것을 알고 있었다. 그래서 욕심내지 않으려 참고 살았다. 조금만 더 참을걸. 그 욕심의 결과가 이렇게 그녀를 무참히 망가뜨릴 거라는 걸 알았더라면…… 죽을힘을 다해 참았을 것이다.

하얗게 질린 얼굴로 이별을 말하던 상처 입은 눈동자를 잊을 수 있을까. 그녀의 영혼이 부서지고 있었다. 그의 영혼이 망가져 가고 있었다. 이건 그저 시작에 불과하다는 것을 태율은 알고 있었다. 그들은 죽을 만큼 아파할 것이다. 그리고 산산이 부서질 것이다.

태율은 허무하게 바닥으로 무너졌다. 영혼이 빠져나간 심장은 울음조차 토해 내지 못했다.

✕ ✕ ✕

쾅쾅쾅.

다온은 굳게 닫힌 문을 붙들고 애원했다. 뼛속까지 얼어붙을 정도로 추운 날이었다. 장갑을 끼지 않아 빨갛게 부르튼 손으로 애타게 문을 두드렸다.

"오빠, 문 좀 열어 봐. 내가 잘못했어. 나한테 화나서 이러는 거 알아. 내 잘못이야. 아침에는 내가 제정신이 아니었어. 알잖아. 가끔 흥분하면 또라이 기질이 나오는 거. 다신 안 그럴게. 제발 나랑 얘기 좀 해."

정신없이 오피스텔을 벗어나고, 몇 시간 동안 길거리를 배회했다. 출근길 사람들 틈에 끼어 목적지 없이 걷기만 했다. 답답한 속이 뻥 뚫리고, 머릿속이 깨끗하게 비워질 때까지 걷고, 또 걸었다. 턱 밑까지 숨이 차오르고, 몸에 비축되어 있던 에너지가 모조리 빠져나갈 때까지 거리를 헤매고 다녔다.

더 이상 한 발자국도 움직일 수 없는 한계점에 도달했을 때, 걸음을 멈추었다. 어딘가 잠시나마 쉴 곳을 찾았을 때는 바로 이 오피스텔 앞이었다. 본능은 그녀를 다시 그에게로 돌려보냈다. 본능은 알고 있었다. 그녀는 이미 뼛속까지 그에게 속해 있다는 사실을. 그가 없는 삶은 추운 겨울의 연속일 것이다. 상상만으로도 차갑고 매서웠다.

"제발 부탁이야. 내가 할 말이 남아 있어서 그래. 생각해 보니 내가 잘못한 게 너무 많더라. 아빠를 약점으로 오빠를 도발한 것도 잘못했고, 장례식장에서 먹기 싫다는 음식을 억지로 먹인 것도 미안해, 내 물건도 제대로 못 챙겨서 오빠 귀찮게 만들어서 미안하고, 또…… 암튼 다 미안해. 오빠가 나한테 실망했다는 거 알아. 고칠게. 뭐든 오빠가 싫다는 것은 다 고치려고 노력할게. 그러니까, 제발 이 문 좀 열어 줘. 제발……."

"다온아, 그만해."

어깨를 감싼 팔이 그녀를 끌어당겼다. 곧이어 따뜻한 온기가 남아 있는 재킷이 비에 젖은 강아지처럼 바들바들 떨고 있는 몸을 감쌌다. 딱딱. 치아끼리 부딪쳤다. 다온은 어금니를 꽉 깨물었다.

"현성 오빠."

"태율이 여기 없어. 그 자식이 말 안 해? 오후 비행기 타고 한국 떠난다고."

"무슨…… 몇 시간 전에도, 오빠는 이 집에……."

"나쁜 자식. 끝내 너한테 말도 안 하고 갔구나. 내가 시간을 두고 생각해 보라고, 그렇게 설득했는데."

평상시에는 장난기 가득하던 현성이 그녀를 외면했다. 싸늘한 예감에 뒷목의 솜털이 곤두서며 심장 박동이 빨라졌다.

"거짓말이야. 커피머신도 그대로 있고, 냉장고의 우유도 그대로 있고……."

"나한테 뒷정리를 부탁하고 갔어. 들어와. 우선 언 몸부터 녹이자. 이대로 뒀다간, 너 된통 아플 거야."

현성이 카드 키를 이용해 문을 열었다. 다온은 신발도 벗지 않은 채 거실을 가로질렀다. 거실도 주방도, 그녀가 아침에 봤던 모습 그대로였다. 침실 문을 활짝 열었다. 푸른 하늘을 연상시키는 침대 시트도, 협탁 위에 놓인 매거진도 기억 속 모습 그대로였다. 이 집에서 보낸 마지막 날, 잠들기 전에 보고 매거진에 꽂아 둔 책갈피도 그대로 있었다.

침실 한구석에 그녀의 흔적이 여전히 남아 있다는 사실에 안도하던 찰나였다. 휑해 보이는 방 안쪽으로 저절로 시선이 쏠렸다. 다급하게 걸음을 옮겼다. 옷걸이 하나 남김없이 빠져나간 텅 빈 드레스 룸. 한쪽 벽면을 차지하던 한 세트의 슈트케이스가 보이지 않았다. 다온은 절박한 심정으로 수납장을 뒤졌다. 상판이 유리로 된 수납장에는 작은 보푸라기 하나 남아 있지 않았다.

태율이 떠났다. 그가 그녀의 삶 속에서 사라져 버렸다. 다온은 눈앞이 아득해졌다. 눈빛은 두려움으로 물들었다. 다온은 힘없이 벽에 기댄 채 바닥으로 떨어졌다.

여전히 방 안에는 그의 체향이 어른거렸다. 그녀가 좋아했던 디오더런트의 향과 적절히 뒤섞인 향수 냄새. 지금 당장이라도 문을 열고 그가 뛰어 들어올 것만 같았다. 농담이었다고. 갈수록 버릇이 없어지는 것 같아 군기 좀 잡아 보려고 장난친 것이었다고 특유의 웃음으로 안심시켜 줄 것만 같았다.

이 모든 게 꿈이었으면…… 그래. 어쩌면 지독한 악몽을 꾸고 있는 건지도 몰라.

다온의 눈꺼풀이 무겁게 내려앉았다. 꿈이기를 간절히 바라는 본능이 그녀를 어둠의 세계로 인도하고 있었다. 어디선가 아득하게 현성의 목소리가 들렸다. 다급하게 부르는 그녀의 이름이 낯선 외계어처럼 느껴졌다.

잿빛 어둠이 그녀의 정신세계를 완전히 집어삼킬 때까지, 다온은 이 모든 것이 꿈이기를 빌고 또 빌었다.

9장. 거짓이 할퀴고 간 자리

    도심 한복판에 만들어진 개울을 따라 연분홍 철쭉이 만개했다. 다온은 수줍게 핀 꽃망울을 살며시 만져 보았다. 계절이 하나 바뀌었다. 내리쬐는 볕이 따스해서 저절로 어깨에 힘이 들어가는 그런 날이었다. 태율이 없는 세상은 영원히 추운 겨울일 줄 알았더니.

    다온은 고개를 들어 하늘을 응시했다. 하얀 뭉게구름이 점점이 떠다니는 푸른 하늘은 시골집에서 올려다보던 것과 별반 다를 것이 없었다. 그런데도 가슴 안쪽이 시큰거리는 이유는 아마도 그녀가 서 있는 이곳이 서울이기 때문일 것이다.

    '김다온, 빨리 안 가고 뭐 해?'

    귓가를 파고드는 그리운 목소리. 지끈. 격통이 심장을 짓누른다. 다온은 심호흡을 하며 손바닥을 왼쪽 가슴 위에 올렸다. 그리고 심장 한가운데 맺힌 멍울을 지그시 눌렀다.

태율과 연관된 사물이나 장소를 만날 때면 으레 습관처럼 나오는 증상이었다. 아직 그를 보낼 준비가 되지 않은 마음이 상상력으로 만들어 낸 흔적 같은 것이었다. 기억은 놓치고 싶지 않은 과거를 되돌이표처럼 반복하고 있었다.

'이러니까 허구한 날 잔소리를 듣는 거야.'

"시끄러워. 당신이야말로 왜 허구한 날 지적질이야. 당신은 꺼져."

다온이 큰 소리를 냈다. 혼잣말로 호통치는 그녀를 힐끗 쳐다보던 사람들이 이내 무심하게 제 갈 길을 갔다. 귀에 꽂은 이어폰으로 전화 통화라도 하나 보다 지레짐작하는 모양이었다.

도시에 온통 뿌연 구름이 꼈다. 눈을 질끈 감았다, 떴다. 또르르. 볼 위로 눈물이 흘렀다. 도시는 다시 본연의 천연색으로 반짝거리고 있었다. 다온은 손등으로 눈물 자국을 빠르게 걷어 냈다. 시간이 흐르면서 달라진 것 하나는, 불쑥불쑥 찾아오는 슬픔을 다스리는 요령이 생겼다는 거다.

이제는 어느 정도 익숙해질 만도 하건만, 이별의 아픔은 여전히 그녀를 헤어 나올 수 없는 겨울의 끝자락에 가둬 두고 있었다.

다온은 차분하게 심호흡을 했다. 가슴 터지게 그리움이 차오를 때면 숨을 쉬는 것도 버거울 때가 있었다. 이럴 때면 음악이 도움이 되었다. 다온은 핸드폰에 저장된 뮤직 파일 중에 가장 격동적인 노래를 선택했다. 볼륨을 크게 키웠다. 가사의 내용이 무슨 뜻인지 모를수록 좋았다. 그저 고막을 때리는 시끄러운 비트 음이 기억이 만들어 낸 환청을 지워 주길 바랐다.

음악 소리에 맞춰 걸음을 옮겼다. 경은이 맹장수술 후 입원해 있다는 병원은 전철역에서 그리 멀지 않는 곳에 위치해 있었다. 친척 중의 누군가가 운영한다고 들었는데 생각보다 규모가 큰 종합병원이었다. 왜 그녀가 근무하는 병원이 아니었을까 생각했다. 그러다 경은이 얼마 전에 병원에 사표를 냈다는 사실을 떠올렸다.

이모네 빌딩 1층에 커피숍을 내겠다는 말은 농담이 아니었다. 더 늦기 전에 꿈을 찾겠다며 바리스타 학원에 등록한 것이 벌써 두 달 전 일이었다. 학원 영수증을 들고 찾아온 경은을 본 것이 그때가 마지막이었으니, 두 달 만인가. 회사를 그만두고 시골로 내려간 후로는 시간의 흐름을 이렇게 깨닫고는 했다.

병원 앞 꽃집에 들러 수국 한 다발을 샀다. 경은은 꽃을 좋아하지 않았지만, 유리창 너머로 예쁘게 장식된 수국을 그냥 지나칠 수 없었다. 다온은 꽃다발을 가슴에 안고 병원 로비를 지나 엘리베이터 앞에 섰다.

'잘한다. 선물받을 사람 취향을 고려해야지.'

'주삿바늘이 뭐가 무서워? 10초만 참아. 10일 동안 고생하는 것보다는 낮잖아.'

'코찔찔, 안 탈 거야?'

"김 기자, 안 탈 거야?"

환청을 비집고 낯선 목소리가 의식의 세계로 파고들었다. 다온은 천천히 고개를 들었다. 엘리베이터 안에 성민이 서 있었다. 예의 그 사람 좋은 미소를 띤 채.

"팀장님이 여긴 어떻게……."

"경은이 면회 온 거지? 나도 경은이 보러 왔어. 타."

다온은 얼떨결에 문이 닫히려는 엘리베이터 안으로 들어갔다.

'다른 남자들 앞에서 웃지 마. 특히 박 팀장은 절대 안 돼.'

귓바퀴에 울리는 속삭임을 무시하고, 다온은 예의 바르게 웃었다.

"저 이제 기자 아니에요. 그렇게 부르지 마세요."

"나도 이제 팀장 아니야. 그러니까 너도 팀장님이라고 부르지 마."

"죄송해요. 이제 승진해서 팀장님이 아니라 편……."

다온은 흐린 미소와 함께 차마 마무리하지 못한 단어를 입 안으로 삼켰다. 편집장이라는 호칭은 태율을 연상시켰다. 탁해진 눈빛을 재빨리 감췄다. 목 안이 칼칼해졌다. 손가락으로 머리카락을 쓸어 올리며 마음을 다스렸다. 성민 앞에서만큼은 의연한 모습이고 싶었다.

"농담이야. 그냥 편하게 불러."

"그럼 선배님이라고 부를게요. 괜찮죠?"

"물론. 서울 올 거면 미리 연락을 하지 그랬어. 내가 용산역으로 마중 나갔을 텐데. 전철 두 번 갈아타고 오느라 불편하지 않았어?"

내가 용산역에 내려서 전철을 두 번 갈아타고 온 것은 어떻게 알았을까. 의문이 담긴 시선에 성민은 슬쩍 시선을 회피했다. 경은이구나. 퇴근 시간도 아니고, 한창 바쁠 시간에 병문안 왔다는 것도 사실은 핑계일 테지.

다온은 안색이 어색하게 굳어 가는 것을 깨달았다. 가슴에 안은 꽃다발이 부스럭거리며 소리를 냈다. 성민은 눈치껏 뒤로 한발 물러났다. 그는 항상 이런 식이었다. 정해진 선을 넘지 않은 채, 그녀가 다가오기를 기다리고 있었다.

"병실에 먼저 가 있어. 나는 온 김에 외삼촌한테 들러서 인사하

고 갈게. 지난번에는 취재차 왔다가 그냥 가는 바람에 엄청 깨졌거
든. 나중에 보자."

5층 문이 열리고, 성민이 내렸다. 엘리베이터 문이 다시 닫힐
때까지 성민은 제자리에 서서 손을 흔들었다. 시종일관 다정한 미
소를 잃지 않았다. 마음이 착잡했다. 태율의 그림자로 꽉 찬 심장
은 다른 사람에게 내줄 빈자리가 없었다. 그럼에도 누군가의 마음
을 저당 잡고 있다는 것은 커다란 부담이었다.

다온은 무거운 마음으로 병실을 향했다. 이번만큼은 경은에게
똑 부러지게 말할 생각이었다. 중간에서 프락치 노릇 그만하라고,
쓸데없는 희망 고문으로 성민을 흔들어 대지 말라고.

일인실 병실은 비어 있었다. 침대에 달린 이름표에는 경은의 이
름이 적혀 있었다. 어제 수술했다는 사람이 벌써부터 어딜 싸돌아
다니는지. 밖으로 나가 찾아볼까. 잠깐 고민하던 다온은 대신 꽃집
에서 사 온 꽃병에 물을 채웠다. 침대 위에 핸드폰을 두고 간 것으
로 봐서, 금방이라도 문을 열고 들어올 것 같았다.

다온은 꽃병에 수국을 담아 볕이 잘 드는 유리창 앞에 두었다.
유리창 너머 바쁜 도시의 전경이 한눈에 들어왔다. 하늘 높은 줄
모르고 뻗어 나간 고층 건물, 도로변을 가득 메운 자동차 행렬, 앞
만 보고 걸어가는 사람들의 바쁜 걸음걸이. 서울은 그대로였다. 무
생물임에도 살아 숨 쉬는 생명체처럼 반짝반짝 빛을 냈다.

하지만 그걸 바라보는 다온의 마음은 을씨년스럽기만 했다. 모
든 것은 그대로인데 그녀만 달라진 것 같았다. 그녀가 마지막으로
떠나온 서울이 너무 추웠기 때문일지도 모른다. 냉혹한 계절은 가
슴 시린 기억만을 남겨 두었다.

가슴 한복판이 무거운 추가 달린 것마냥 답답했다. 다온은 지끈

거리는 관자놀이를 손바닥으로 지그시 눌렀다. 서울에 도착하고부터 전에 없던 두통에 시달리고 있었다.

가볍게 한숨을 내쉰 다온은 비어 있는 침대에 앉았다. 맞은편 벽에 걸린 TV 화면에서는 아침 드라마 재방송이 한참이었다. 할머니가 좋아하는 드라마라 전에 본 적이 있었다. 출생의 비밀로 시작해서, 여주가 끊임없이 당하는, 흔히 말하는 고구마 열 개는 먹은 듯한 답답함을 안겨 주는 내용이었다. 답답함은 그녀의 현실만으로도 충분했다. 서둘러 채널을 돌렸다.

— 지금 유럽은 난민 수용 문제로 골머리를 앓고 있습니다. 체코, 헝가리, 폴란드, 슬로바키아, 동유럽 4개국은 각국 정상회담을 걸쳐 유럽연합의 난민 강제 할당을 거부하기로 합의했습니다. 지중해에 면해 있어, 난민에 있어서 유럽의 관문이 된 이탈리아와 그리스 등 남유럽 국가의 난민 수용 부담을 덜기 위해 EU는 이 2개국에 도착한 난민을 다른 회원국이 분담해…….

"누구야? 저 인간이 왜……."

이동식 링거대를 끌며 병실 안으로 들어서던 경은은 침대에 앉아 TV 화면을 뚫어지게 바라보는 다온을 보고 입을 다물었다.

— ……프랑스 파리에서 NandC 뉴스 강태율입니다.

팟. TV 화면이 꺼졌다. 다온이 차분하게 리모컨의 전원 버튼을 누르고는 침대에서 일어났다.

"벌써부터 걸어 다녀도 돼?"

"빌어먹을 변비 때문에. 배는 고픈데, 가스는 안 나오지…… 담당 의사가 걸으면 장운동에 도움이 된다고 해서 한 바퀴 돌고 오는 길이야."

경은은 이동식 링거대를 침대 옆에 세우고는 친구의 표정부터 살폈다. 다온이 눈가에 그렁그렁 맺힌 눈물을 손등으로 털어 냈다. 경은은 그럴 줄 알았다면 가볍게 혀를 찼다.

"속도 좋다. 다른 채널도 많은데, 싸가지로 쌈 싸 먹은 것으로도 모자라, 번개 대신 지랄맞은 인간이 나오는 뉴스는 뭐 하러 찾아서 봐?"

"일부러 찾아서 본 거 아니야. 어쩌다 보니 그런 거지. 밥은 먹고 사나 걱정했는데, 잘 지내는 것 같아 다행이야. 생각보다 좋아 보이네."

"저게 생각보다 좋아 보이는 정도냐? 어디서 시술이라도 받았는지 5년은 더 젊어 보인다. 저런 얍삽하게 삐쩍 마른 얼굴이 뭐가 좋다고…… 섹시미가 철철 넘친다고 간호사들이 좋아 죽더라."

"얼굴살은 좀 빠져 보이네. 원래 사람이 얼굴에 살이 빠지면 어려 보이잖아."

죽일 놈이라며 싸잡아 욕을 해도 부족할 판에 태율을 감싸고도는 반응에 경은은 눈을 마름모꼴로 치켜떴다. 못마땅해 죽겠다는 표정이면서도 실연당한 친구가 안쓰러운지 냉장고에서 과일을 직접 갈아 만든 주스를 꺼내 내밀었다.

"창시 빠진 년."

"죽는다."

"분하지도 않냐? 어쩜 인간이 저렇게 뻔뻔해? 친엄마 봉양하러 미국 간다며? 파리가 미국이냐? 강씨로 살기 싫다는 인간이, 방송에 대고 지가 강태율이라고 떠들어 대는 게 말이 되냐는 말이야."

"직업이잖아."

"세상에 직업이 해외 특파원 하나야? 저 인간, 원래 거짓말에 능했냐?"

"글쎄. 나름의 사정이 있었겠지."

눈에 빤히 보이는 거짓말. 저렇게 금방 탄로 날 거짓말까지 해 가며 그녀를 떠나야 했던 진짜 이유. 뜨끈한 뭔가가 목울대를 치고 올라왔다. 다온은 얼음처럼 차가운 주스를 마셨다. 다행히 차가움과 뜨거움이 교차되며 끓어오르던 감정을 차분하게 잡아 주었다.

"무슨 사정? 너 떼어 내고, 부잣집 데릴사위로 들어갈 사정? 아니면 키워는 줬지만 재산은 한 푼도 못 주겠다니, 나도 봉양만 하는 자식은 싫소 하고 딴 나라로 도망친 사정?"

"그러지 마. 선배를 그렇게 나쁜 놈으로 몰면 네 속은 편해져?"

"당연한 거 아냐? 네가 누구 때문에 시골구석에 처박혀서 폐인처럼 살고 있는데? 욕이라도 실컷 해야 답답한 속이 뚫릴 것 같다."

"그럼 그렇게 해. 어차피 너한테 선배는 나쁜 놈이잖아."

"그렇게 말하는 너한테는 좋은 놈이고?"

다온은 흐릿하게 웃었다. 차라리 태율이 진짜 나쁜 놈이었으면 좋았을걸.

"그 표정 무슨 뜻이야? 너 설마, 그 인간이 돌아오면 다시 받아 주겠다든가 할 생각은 아니지? 그럼 나, 너 다신 안 봐. 너 진짜 대한민국 국가 대표 등신이라고 인증하는 거야."

"선배 안 돌아와. 돌아올 것 같았으면, 그렇게 떠나지도 않았어."

경은이 코웃음을 쳤다.

"너만 평생 사랑할 것처럼 굴었어. 언제 또 변덕을 부릴 줄 알고?"

다온은 단호하게 고개를 저었다. 그도 언젠가는 돌아오겠지. 그가 돌아온다고 하더라도, 그녀의 세상은 아니었다.

다온은 등을 돌리고 유리창 너머 바쁘게 움직이는 서울 시내를 바라보았다. 시계 속 톱니바퀴처럼, 제각각의 모습으로 바쁘게 돌아가는 세상. 한때는 그녀와 태율도 저 세상 속에 속해 있었다. 그때는 몰랐다. 정교하게 맞물린 톱니바퀴처럼 태율과 다온의 삶이 얼마나 단단하게 연결되어 있었는지.

바퀴 하나가 빠져나가 버린 톱니바퀴는 제구실을 하지 못한다. 제자리에서 갈 방향을 잃고 멈춰 버린 톱니바퀴. 다온은 버려진 톱니바퀴처럼 그가 떠난 세상에 홀로 멈춰 서 있었다. 그리고 그 세상에서 혼자 굴러가는 법을 배우기 위해 애쓰는 중이었다.

"나 노력 중이야. 강태율이 없는 삶을 살아 보려고. 혼자서도 잘 사는 법을 터득해 보려고."

다온은 담담한 목소리를 내기 위해 필사적으로 노력했다.

"이제야 깨달았어. 내가 얼마나 바보같이 살았는지. 네가 그랬지? 칠칠치 못하게 내가 뭘 잘 흘리고 다닌다고……. 난 살면서 그게 크게 불편하다는 걸 몰랐어. 왜냐면 내가 놓친 것들을 선배가 뒤에서 다 챙겨 줬거든. 비가 오는 날도 굳이 우산을 챙기지 않아도 됐어. 선배는 항상 날 위해 비를 피할 우산을 준비해 뒀거든. 무더워서 땀을 많이 흘리는 여름에도, 콧물감기를 달고 살던 추운 겨울에도, 선배는 항상 나에게 필요한 것들을 알아서 챙기곤 했어. 그게 습관이 되었나 봐. 보호받는 줄도 모른 채 보호받고 사는 것이. 선배가 내 삶에 드리운 그림자가 얼마나 큰지도 모르고, 마냥 의지하고 살았어."

'생각이 있는 건지, 없는 건지. 이런 날씨에 그런 깔맞춤이 가당키나 해? 얼어 죽기 딱 좋은 차림새다.'

목소리가 깊게 잠겨 들었다. 잠긴 목을 가다듬기 위해 다온은 헛기침을 했다.

"선배가 없으니까, 나는 아무것도 할 수 없는 바보가 되어 있는 거야. 그의 그림자에 갇혀 앞으로 한 발자국도 걸어 나갈 수 없는 바보."

경은은 떨고 있는 가냘픈 어깨를 뒤에서 안아 주었다. 오늘따라 유난히 왜소해 보이는 뒷모습이 안쓰러웠다.

"네가 왜 바보야. 너는 지금 심한 실연의 상처에서 회복되어 가는 중이야. 대한민국의 정상적인 스물여덟 살 싱글 여성이라면 이미 두 번은 겪었을 실연의 상처를 너는 한 번에 몽땅 겪고 있는 거지. 그래서 남보다 배는 더 힘든 거라고. 이 덜떨어진 인간아."

"그러게. 내가 좀 유난스럽다. 시간을 줘. 이겨 낼 거야."

경은은 어깨를 안은 팔에 힘을 주었다. 앙상하게 잡히는 어깨뼈의 감촉에 다시금 태율을 향한 분노가 치밀어 올랐다. 끝까지 책임도 못 질 거면, 적당히 챙겨 주고, 적당히 사랑해 줄 것이지. 좋을 때는 영혼이라도 바칠 것처럼 행동해 놓고, 그렇게 허무하게 버리고 가면, 남은 사람은 어쩌라고.

시린 코끝을 타고 눈물이 팽 돌았다. 태율이 떠나고 난 후, 다온은 비참한 도망자 신세가 되었다. 먹지도, 자지도 못하고, 태율의 그림자에서 벗어나기 위해 몸부림치고 있었다. 그를 떠올리게 하는 장소는 가지도 못했다. 회사는 물론, 자신이 살던 원룸에서도 자유롭지 못했다. 혼자 남겨진 다온이 할 수 있는 일이라고는 그의 잔재가 남아 있는 모든 곳으로부터 도망치는 일이었다.

결국에는 삶의 터전이었던 서울을 떠날 수밖에 없었다. 그런데 태율이 버젓이 TV에 얼굴을 내밀었다. 이 정도로 저급한 인간인

줄은 꿈에도 몰랐다. 떠난다고 했으면 최소한 눈앞에서는 사라져
줘야 사람의 도리 아닌가. 왜 굳이 전 국민이 보는 TV에 얼굴은
들이밀고 사람 속을 뒤집어 놓는지 이해가 되지 않았다. 꼭 날 잊
지 말고 기다리라며 사정이라도 하는 사람처럼.

"누가 이해 안 해 준대? 죽지 않을 만큼만 앓아. 대신에 강태율
은 네 인생에서 완전히 삭제하는 거다. 마지막 남은 미련 한 조각
까지 다 버리고 와. 한 번 버린 사람이, 두 번은 안 버리겠어? 한
번 떠났던 사람이, 두 번은 안 떠나겠냐고. 한 번이 힘들어. 두 번,
세 번은 습관이야."

"충분히 알아들었어. 나도 두 번은 사양이야. 그러니까 너도 팀
장님 그만 부추겨. 프락치처럼 중간에서 내 소식 전하지 말라고 경
고하는 거야. 한 번만 더 오늘 같은 일 꾸며라. 죽는다."

"야, 내가 뭘 꾸몄다고……."

"결국에는 팀장님만 힘들어지실 거야."

"그 정도 의지도 없이 덤볐을까. 원래 사랑으로 받은 상처는 사
랑으로 회복하는 거랬어."

"내 마음이 상처받았다고 다른 사랑으로 위로받을 생각 따위 없
어. 그건 팀장님에 대한 예의가 아니잖아."

"사람 일은 모르는 거야. 자꾸 만나다 보면 정이 들고, 언젠가
는……."

"불안정한 사랑에 내 미래를 맡기는 짓은 이제 사양할래. 팀장
님 좋은 분이셔. 하지만 단 한 번도 팀장님을 남자로 좋아해 본 적
없어. 그러니까 너도 확실히 해. 다시는……."

뿌우웅. 뜻하지 않은 순간에 방귀가 터졌다. 경은이 잽싸게 뒤
로 물러나며 야호, 하고 환호성을 질렀다. 공기 중에 스멀스멀 퍼

져 가는 방귀 냄새에도 전혀 겸연쩍어하지 않았다. 오히려 부산스럽게 허공을 팔로 휘저으며 다온의 정신을 빼앗아 갔다.

"읍쓰. 미안. 타이밍도 기가 막히지. 오전 내내 기다려도 안 터지던 가스관이 하필 이 순간에 터지냐."

"말 돌리지 마. 너 잔머리 굴리는 거, 다 알거든?"

"억울한 사람 잡지 마라. 잔머리 굴릴 힘도 없다. 배 아파서 엊그제부터 쫄쫄 굶었어. 우선 뭐라도 먹고 기운을 차려야지. 모처럼 너도 서울에 왔는데, 우리 성민 오빠한테 전화해서 맛있는……."

"홍경은!"

다온의 눈초리가 사납게 올라갔다. 내켜 하지 않던 다온을 억지로 서울로 불러들인 목적은 하나였다. 경은은 찔린 표정으로 어깨를 으쓱하더니 이내 침대에 앉는 척하며 핸드폰을 집어 환자복 위에 걸쳐 입은 크림색 카디건 호주머니에 집어넣었다.

다온이 미처 모르는 것이 있었다. 경은이 중간에서 오작교 역할을 그만둔다고, 여기서 포기할 성민도 아니었다. 아주 오래전부터 싹터 온 감정은 다온이 상상하는 것 이상으로 뿌리가 깊고, 단단했다. 접으란다고 쉽게 접을 수 있는 단계를 넘어섰다는 말이었다.

"알았어. 병원식 먹으면 되잖아. 하필 오늘 점심 메뉴도 미역국이던데…… 산부인과 병동에서 미역국이라면 질리게 봤는데……. 아이고, 갑자기 배는 또 왜 이리 아파. 조금 걸었다고 장운동 제대로 됐나 보다. 간만에 소식 왔다. 나는 화장실 간다."

경은은 이동식 링거대를 끌고 화장실로 향했다. 부축해 주겠다며 따라 들어온 다온을 내쫓는 경은의 미간에 가느다란 줄이 생겼다. 홀쭉하게 말라 강풍이라도 불면 날아가게 생긴 몸은 환자인 경은보다도 병약해 보였다.

경은은 변기 뚜껑을 깔고 앉아 핸드폰을 꺼냈다. 나중에 욕을 바가지로 먹더라도, 사람은 먼저 살리고 봐야 했다. 경은은 손가락이 휘날리게 성민에게 문자를 보냈다.

※ ※ ※

시간은 느리게 흘렀다. 나뭇가지 위에서 만개하던 꽃잎이 지고, 어느새 도시는 푸르른 녹음으로 뒤덮였다. 조금만 움직여도 온몸이 땀으로 흠뻑 젖고서야 다온은 여름이 왔음을 실감했다. 계절의 변화를 몸으로 체험하는 것처럼 그녀의 삶에도 조금씩 변화가 찾아왔다. 궁상떨던 삶에서 벗어나 현실에 적응하려고 노력하는 중이었다.

그런 의미에서, 오늘은 기념할 만한 날이었다. 서울로 이사하는 날이다. 그런데 하필 오늘은 불쾌지수도 평상시보다 배는 높은 날이었다. 오후에 비가 올 확률이 70퍼센트라고 했다. 가만히 앉아만 있어도 땀이 비 오듯 흐르는데, 3층 건물 꼭대기에 위치한 옥탑방으로 이삿짐센터 사다리차에 가구와 박스들이 차례대로 옮겨지고 있었다.

이삿짐은 단출했다. 한 사람이 살기에 필요한 기본적인 가구와 살림살이들이 옮겨지는 데는 채 30분도 걸리지 않았다. 주방 살림이 담긴 상자가 이삿짐으로 발 디딜 틈이 없는 거실을 지나, 비좁은 주방 입구에 놓였다. 마지막 상자였다. 이사 하루 전날 미리 배달된 냉장고에 반찬 통을 담고 있던 다온은 재빨리 호주머니에서 하얀 봉투를 꺼냈다.

"더운 날 고생 많으셨습니다. 아래층 커피숍이 저희 친구가 하는 가게예요. 미리 말해 뒀으니, 거기서 시원한 음료 드시면서 땀 좀 식히다 가세요. 보시다시피 저희 냉장고가……."

"아닙니다. 감사합니다. 우리는 다음 스케줄이 있어서 가 봐야 합니다. 다음에 또 이사할 일 있으시면 언제든 연락 주세요. 그럼 새집에서 행복하세요."

정리되지 않은 박스 더미를 남겨 두고 이삿짐센터 직원이 떠났 다. 남은 반찬 통을 냉장고에 마저 정리한 다온은 발 앞에 놓인 박 스를 한쪽으로 밀고 거실로 나왔다. 사실 주방이나, 거실로 구분 짓기도 애매한 공간이었다. 식탁을 놓을 공간이 없어 밥을 먹으려 면 거실 바닥에 밥상을 펼쳐 놓고 먹어야 했다.

대신에 주방과 거실을 합쳐 놓은 것보다 큰 평수의 침실이 마음 에 들었다. 예전에 살던 원룸과 달리 침실 문을 닫으면 안락한 공 간이 생성되었다. 책장과 책상을 넣어 서재로 만들면, 글 쓰는 일 에 집중할 수 있는 완벽한 조건이었다.

다온은 비어 있는 책장이 덩그러니 놓인 침실 바닥에 벌렁 드러 누웠다. 주문한 책상은 내일 도착할 예정이었다. 한동안은 침대 없 이 바닥에서 자야 했다. 살림살이를 새로 장만하느라 통장 잔고가 바닥이었다.

등줄기를 타고 땀이 흘러내렸다. 얇은 반팔 티셔츠는 이미 땀으 로 흥건하게 젖어 있었다. 짧은 커트 머리도 땀범벅이었다. 아쉬운 대로 선풍기 바람이라도 불어 주면 좋은데. 에어컨은 바닥난 통장 이 감히 엄두도 낼 수 없는 항목이었다.

"뭐야. 할 일은 산더미인데, 여기서 농땡이나 부리고 있는 거 야? 외고 마감 기일이 내일인 건 알지?"

"어, 선풍기다."

기적처럼 성민이 선풍기를 들고 문가에 나타났다. 회사에서 일하다 왔는지 와이셔츠 소매를 팔꿈치까지 걷어 올린 모습이었다.

　"너는 일주일 만에 보는 나는 안중에도 없고, 선풍기만 반가운 거야?"

　"안녕하세요, 선배님."

　"쟤가 요즘 그래, 오빠. 똥인지, 된장인지도 모르고 공짜라면 물불 안 가리고 덤빈다니까. 우리 카페 기피 대상 1호잖아."

　성민의 뒤를 따라 경은이 들어왔다. 입으로는 구박하면서도, 손에는 시원한 수박 주스가 든 테이크아웃 컵과 클럽하우스 샌드위치를 들고 있었다. 요즘 경은이네 카페에서 가장 핫한 아이템이었다. 바쁜 점심시간임에도 다온의 끼니를 챙겨 주기 위해서 일부러 올라온 것이다.

　"세상에, 찜질방이 따로 없다. 이 무더위에 저 많은 짐들은 언제 다 정리할래? 그러게 포장 이사 하라고 했잖아. 아저씨들이 박스까지 풀고 갔으면 벌써 짐 정리 끝났겠다."

　"포장 이사는 비싸잖아."

　성민이 선풍기의 전원 코드를 꽂았다. 시원한 바람이 불었다. 다온은 귀신에 홀린 사람처럼 선풍기 앞으로 다가갔다. 짧은 머리 아래 시원스럽게 드러난 목덜미는 봄부터 이어진 등산으로 건강하게 그을려 있었다.

　"나, 내일을 알 수 없는 프리랜서야. 거기다 2주일 전까지만 해도 백수였어."

　"그럼 에어컨이라도 달아. 성민 오빠가 이사 선물로 사 준다잖아."

　"야!"

"왜!"

꾸짖는 다온을 향해 도리어 경은이 버럭 소리를 질렀다.

"죽을래?"

"살라고 이런다. 너만 좋자고 이래? 피곤할 때마다 가끔 나도 올라와서 낮잠이라도 자면 좋잖아. 이 집, 내가 얻어 줬거든. 그럼 복비 대신 그 정도는 해 줄 수 있잖아."

"그럼 네가 작은 거 하나 사다 거실에 달면 되겠네. 그렇지 않아도 원고 늦어져서 눈치 보여 죽겠는 사람한테……."

선풍기 바람을 따라 다온의 목소리가 불만스럽게 흩어졌다. 신세 지기 싫다고 하면서도, 매번 성민에게 신세 지고 있는 자신의 처지가 썩 내키지 않았다.

"나도 월급쟁이 사장이거든. 그것도 가게 적자라고 투자자에게 날마다 쪼이는 바지 사장. 원래 비즈니스라는 게 처음에 오픈하면 한 6개월은 적자 운영일 수밖에 없거든. 광고도 해야 하고, 메뉴 개발도 해야 하고. 그걸 모르는 분도 아니면서 그렇게 쪼신다."

다온의 머리를 한쪽으로 밀고, 선풍기 앞으로 머리를 들이민 경은이 슬쩍 성민을 째려보았다. 그러거나 말거나 성민은 심각한 표정으로 벽에 걸린 온도계의 온도를 확인했다.

"더 이상은 안 되겠다. 김다온, 씻고 카페로 내려와. 점심이라도 쾌적한 공간에서 먹는 게 좋겠어. 우선은 원고부터 끝내야지. 짐은 그 후에 풀어. 비라도 쏟아지고 나면 좀 낫겠지."

성민이 비어 있던 책장의 중간 칸을 차지하고 있는 수박 주스와 샌드위치를 집었다. 흰색 와이셔츠에 감싸인 등이 땀으로 젖어 들고 있었다.

"경은이 너도 빨리 카페로 내려가. 지금 한창 바쁠 때잖아. 투자자 운운하기 전에, 사장인 네가 자리를 비울수록 매출의 20퍼센트가 감소하고 있다는 것만 알아 둬. 쓸데없이 알바생 한 명 더 쓸 궁리나 하지 말고."

"뭐래. 청년 실업 백만 시대라더니…… 일자리를 찾지 못한 젊은이들을 위해 정부가 직접 고용 창출에 나서야 한다고 열변을 토할 때는 언제고……."

궁시렁궁시렁. 고개를 한쪽으로 틀고 혼잣말처럼 떠들어 대는 목소리가 꽤나 컸다. 일부러 들으라고 하는 말처럼. 성민의 따뜻한 눈빛이 서늘하게 가라앉았다. 인내심이 사라져 가고 있었다. 허허거리며 사람 좋은 미소만 보이던 사람이 경은과 비즈니스 파트너가 된 후로 자주 인내심을 잃어 가고 있었다.

"스무디 기계 새로 들여야 한다고 하지 않았나?"

"가, 가, 간다고, 누가 안 간대?"

성민이 까칠하게 입을 열자, 경은이 냉큼 자리를 박차고 일어났다. 그러면서 기어코 한마디 덧붙이고 갔다.

"갑과 을로 묶인 이후로 난 이 오빠가 내가 알던 그 오빠가 싫다. 나중에 보자, 친구야."

성민이 마른세수를 하듯 얼굴을 손바닥으로 쓸어내렸다. 한증막 같은 더위와 습기가 불쾌지수를 높이고 있었다. 다온은 선풍기 바람을 성민을 향해 틀었다.

"이해하세요. 편집장님한테 미안해서 더 오버하는 거예요. 병원에서는 정해진 일만 하다가, 커피 빈 오더부터 직원 월급까지 챙기려니 스트레스가 장난 아닌가 봐요. 매니저가 있다고는 해도, 사장이라는 직책이 주는 부담감이 장난 아니잖아요. 게다가 매달 적자니…… 편집장님 뵐 면목이 없는 거겠죠."

"친구라고 편들기는…… 꿈보다 해석이 좋다. 너도 경은이 편들어 주고 있을 형편은 아닐 텐데? 너는 나한테 뭐 미안한 거 없어?"

"아!"

"아아?"

성마른 탄식에 성민이 장난스럽게 앞머리를 툭 하고 손가락으로 튕겼다. 혼자 떠나는 여행지에 대한 칼럼을 쓰라고 권유한 사람이 성민이었다. 다만 여행을 떠나게 되면, 간간이라도 무사히 잘 있다는 메시지만 전해 달라고 부탁했었다. 지금은 그걸 지키지 않았다고 비난받고 있었다.

"죄송해요. 경은이랑은 계속 연락하고 있었는데……."

"너도 알다시피, 요즘 을이 계속 갑질 중이시라."

"죄송해요."

사과를 받자는 건 아닐 것이다. 그가 원하는 대답이 따로 있다는 것을 알면서도, 다온은 미안하다는 말로 얼버무렸다. 성민은 한쪽 어깨를 으쓱하더니, 이내 무심한 표정으로 주스를 건네주고는 거실로 나갔다.

한쪽은 밀어내고, 한쪽은 계속 당기고. 어느 한쪽도 당겨질 생각이, 밀려날 생각이 없었다. 두 사람은 끝이 날 것 같지 않은 줄다리기를 하고 있는 중이었다. 다온은 함께 갈린 얼음이 밑으로 가라앉기 시작한 수박 주스를 들이켜며 성민의 뒤를 따랐다.

"괜찮겠어?"

성민은 비좁은 거실을 차지하고 있는 이삿짐들을 둘러보았다. 아무렇게나 쌓인 상자들 때문에 더 어수선해 보였다.

"그럼요. 겨우 박스 몇 개에 나가떨어질 체력은 아니거든요."

"진짜 괜찮겠어?"

낮게 가라앉은 목소리에 신중함이 묻어났다. 어느새 성민은 진중한 눈빛으로 그녀를 살피고 있었다. 다온은 비교적 가벼운 상자를 유리창 아래 벽 쪽으로 밀며 시선을 회피했다. 위로 말려 올라간 커튼 아래, 활짝 열린 유리창 너머로 보이는 바깥세상. 키 낮은 건물들이 옹기종기 모여 있는 오래된 동네였다. 하지만 얼마 떨어지지 않은 주택가 너머로 울창한 아파트 숲이 도사리고 있었다.

나무보다는 콘크리트 건물이 작은 숲을 이루는 도시. 도망치기 급급했던 곳으로 다시 돌아왔다. 예전에 그녀가 활동하던 중심부에서 한참 벗어난 변두리라고는 해도 지금 그녀가 서 있는 이곳은 분명 서울이었다. 성민은 태율이 없는 서울로 돌아올 준비가 되었느냐고 묻고 있었다.

"그럼요. 보시다시피."

다온은 씩씩하게 대답하고는 욕실 문을 열었다.

"경은이 샴푸를 여기 뒀다고 했는데……."

다온은 정신이 딴 데 팔린 사람처럼 욕실 수납장을 뒤지기 시작했다. 감정 처리가 서툰 초짜 연기자였다. 능숙하지 못한 거짓말에서 벗어나기 위한 명분이 필요했다.

"편집장님, U마트 쇼핑 봉투 못 보셨죠? 분명 경은이가……."

"여기. 이삿짐들 사이에서 찾았어."

성민이 샴푸며 생활용품이 들어 있는 노란색 봉투를 욕실 입구에 놓았다. 파란색 상자들 속에서 유일하게 자체 발광하며 존재감을 빛내던 녀석이었다. 못 본 척 지나치려 해도 놓칠 수 없는 조합이었다.

"준비되는 대로 내려와. 참, 김아영 대리가 오늘 퇴근 전까지는 원고 마무리해서 메일로 보내 달래. 아니면 직접 찾아오겠다고 엄포를 놓더라고 전하래. 난 내 임무 다했다. 나중에 보자."

판단력 좋은 성민이 허둥거림의 이유를 모를 리 없었다. 조용히 문을 닫고 나가는 성민을 보며 다온은 거친 숨을 내쉬었다. 후끈거리는 열기가 온몸을 점령했다. 땀에 젖어 달라붙은 앞머리를 타고 끈적거리는 땀방울이 볼을 타고 흘러내렸다.

'이 조그마한 머리에는 무슨 생각이 그리도 복잡한지…….'

'입술에 침이나 바르고 거짓말해. 넌 얼굴이 열일하는 타입이라.'

눈앞에 거울이 있었다. 거울은 장시간의 야외 활동으로 건강하게 그을린 모습을 비추고 있었다. 겉모습만으로 사람을 판단한다면, 그녀는 충분히 괜찮아 보였다. 삭둑 잘려 나간 긴 머리 대신 짧은 커트 머리가 갸름한 얼굴을 감싸고, 규칙적인 산행으로 그 어느 때보다 밝고 생기가 넘쳤다.

뺨이 실룩거렸다. 다온은 입술을 사리물었다. 거짓말. 눈꺼풀을 비스듬히 내려뜨며 거울에 비친 시선을 외면했다. 한쪽으로 묘하게 틀어진 입가에 스스로를 향한 조롱이 담겨 있었다.

실은 괜찮지 않다. 불쑥불쑥 찾아오는 환청은 아직 이별의 과정이 끝나지 않았음을 말하고 있었다. 실연의 아픔은 지울 수 없는 상처와 그리움을 남겨 놓았다. 마음 붙일 곳을 찾지 못한 심장은 매일 밤 떠돌이처럼 기약 없는 방황을 하고 있었다. 병적인 그리움은 공허하게 변해 버린 영혼을 아프게 할퀴었다. 여전히 그녀는 혼자 살아남는 법을 터득하느라 과거와 힘든 싸움을 벌이고 있었다.

시간이 지나면서 달라진 거라고는, 사람들 앞에서 거짓말하는 횟수가 늘어 가고 있다는 것이었다. 아무렇지 않은 척, 실연의 아픔은 시간과 함께 자연스럽게 흘려보내는 것처럼.

그러나 자신감이 결여된 거짓말은 쉽게 들켰다. 서투른 아마추어였다. 호수처럼 잔잔한 눈망울에 비친 공허함은 어떤 거짓말로도 감춰지지 않았다. 그녀 스스로를 속일 자신도 없는데, 건조하고 삭막한 심장으로 생기발랄한 눈빛까지 연기할 자신이 없었다. 그녀를 잘 아는 성민에게 단박에 탄로 날 거짓말이었다.

"난 괜찮아질 거야."

괜찮아져야만 했다. 그녀는 혼자가 아니었다. 그녀를 걱정하고 응원하는 가족과 친구들을 위해서라도 두 발을 땅에 딛고 단단히 일어서야만 했다.

손가락으로 젖은 머리칼을 옆으로 넘겼다. 땀으로 번들거리는 이마에 새겨진 분홍색 상처 자국을 가만히 쓸어 보았다. 넘어지며 바위에 부딪쳐 찢겨진 자국이었다. 다섯 바늘이나 꿰맸다. 새살이 돋아나며 바늘 자국이 연해졌다. 그날 느꼈던 아픔조차 망각의 시간 속에 묻혀 가물가물해졌다. 한 달 후에는 아마 희미한 흔적만 남아 있을 것이다.

"시간이 약이다, 시간이 약이다."

버릇처럼 주문을 걸었다. 시간에 희망을 거는 중이었다. 시간이 지나면, 상처에 새살이 돋고, 상처 자국은 연해지기 마련이었다. 고장 난 심장도 마찬가지였다. 시간이 지날수록 기억은 희미해지고, 감정은 무뎌질 것이다. 아직은 시간이 좀 더 필요할 뿐이었다.

다온은 냉수를 틀고 샤워기를 잡아당겼다. 더위에 미지근해진 물을 흘려보내자, 얼음처럼 차가운 물이 주변의 공기까지 차게 식혀 주었다.

'바보지? 찬물 샤워는 샤워 후에 체온이 올라가서……'

"시간이 약이다, 시간이 약이다."

마법의 주문을 중얼거리며 다온은 샤워기를 머리 위로 힘껏 치켜들었다.

※ ※ ※

"사장님, 마지막으로 주문하신 클럽하우스 샌드위치 나왔습니다."

다온이 주방 카운터에서 고개를 길게 빼고 목청을 높였다. 오후 타임을 맡고 있는 알바생이 늦게 출근하는 바람에, 주방에서 샌드위치 만드는 일을 돕고 있었다. 말이 좋아 돕는 거지, 숫제 끌려 들어온 거나 진배없었다. 다행히 이것이 마지막 샌드위치 주문이었다. 빵이 떨어져 더 이상 샌드위치 주문을 받을 수 없었다.

"사장님, 이제 퇴근해도 되겠습니까?"

"그래. 수고 많았어."

카운터 앞에 줄 선 손님을 상대하느라 경은은 정신이 없어 보였다. 손님이 샌드위치를 찾아가는 것을 보며 다온은 앞치마를 벗었다. 찜통 같은 무더위를 피해 시원한 곳을 찾는 손님들로 카페 안이 제법 북적거렸다.

"누님, 수고 많으셨어요. 여기 시원한 아이스아메리카노 대령입니다."

"어, 고마워."

카페 한쪽 구석에 마련된 일인용 테이블에 앉자, 알바생이 눈치껏 커피를 내려놓고는 사라졌다. 지각한 것이 미안했는지 한 시간째 과하게 굽실거렸다. 다온은 싱긋 웃으며 진하게 내린 아이스커

397

피를 쭈욱 들이켰다. 오늘 중으로 원고를 마무리하려면 카페인은
필수였다.

똑똑. 한참 노트북 화면에 고개를 파묻고 있을 때였다. 길고 단
정한 손가락 두 개가 나무 테이블을 두드렸다.

"꼬맹이, 오랜만이다."

중저음의 부드러운 목소리에 다온은 고개를 번쩍 들었다. 태민
오빠. 날카로운 아픔이 심장을 한차례 긁고 지나갔다. 두꺼운 겨울
코트를 입고 있던 그를 본 것이 마지막이었다. 한 계절을 훌쩍 건
너뛰고 다시 만난 그는 반가움보다는 끊어 내지 못한 그리움을 먼
저 떠올리게 했다. 착 가라앉으려는 목소리를 과장되게 끌어 올렸
다.

"이 동네는 어쩐 일이에요? 근처에 볼일?"

"너 만나러."

"나를?"

"엄마가 그러시던데. 너 오늘 이사할 거라고. 가서 도와주고 오
라는 명령을 받았거든."

"그런 차림으로?"

다온이 미심쩍다는 표정으로 한쪽 눈썹을 치켜떴다. 법원이나
구치소에 자주 드나드는 직업의 특수성 때문인지, 태민은 출근할
때 주로 정장 차림을 고수했다. 무더위에도 긴팔 와이셔츠를 입고
재킷을 한 팔에 걸친 모습은 시원한 에어컨이 빵빵하게 터지는 사
무실에나 어울리는 복장이었다.

자신의 옷차림을 내려다보던 태민이 머쓱한 미소를 짓더니, 옆
자리 손님에게 양해를 구하고는 비어 있는 의자를 끌어다 건너편
에 앉았다.

"자식. 이게 바로 잘나가는 현직 변호사와 백수의 차이점이겠지. 너는 도와준다는 의미를 몸으로 때운다로 해석하는 모양인데, 나에게 도와준다는 이걸로 때운다는 의미거든."

태민이 자연스럽게 손바닥을 아래로 꺾어 엄지와 검지를 동그랗게 말아 쥐고, 한쪽 눈을 찡긋 감았다 떴다. 장난기 가득한 제스처에 다온은 싱거운 웃음을 흘렸다. 자연스럽게 웃어 줄 수 있어 다행이라고 생각했다.

"현미 이모는 잘 계시죠? 엄마 말로는 대상포진으로 한동안 고생하셨다고 하시던데."

짧은 침묵이 흘렀다. 태민은 쉽사리 말을 꺼내지 못했다. 어딘가 달라 보였다. 항상 장난기로 반짝거리던 눈동자가 이른 아침에 자욱이 깔리는 안개처럼 우수에 젖어 있었다. 다온은 나무 테이블 모서리를 손톱으로 긁었다. 항상 눈을 보고 말하던 태민의 시선이 불안하게 움직이는 그녀의 손동작에 고정되어 있었다.

"대상포진으로 고생을 좀 하셨어. 면역력이 많이 약해지셨는지, 치료 후에도 재발을 해서 힘든 시간을 보내셨어. 요즘은 어깨 통증으로 잘 못 주무셔. 프로즌 숄더라고, 흔히들 오십견이라고 하던데, 진통제가 몸에 맞지 않으신지, 밤마다 힘들어하셔. 몇 개월째 겨우 두세 시간밖에 못 주무시니 정신적으로도 많이 힘드신가 봐. 그렇다고 치료에 적극적이지도 않고."

"어떡해."

걱정으로 낯빛이 금세 어두워졌다. 일부러라도 그쪽 소식은 듣지 않으려 노력했다. 항상 활기차게 집 안을 누비던 이모가 침대에만 누워 있는 모습을 상상하자 마음이 돌덩이에 깔린 것처럼 무거워졌다.

"그렇다고 그런 울 것 같은 표정은 하지 말고. 다행히 요즘은 조금 달라지셨어. 네가 서울로 이사 온다는 소식을 들으시고는 병원도 열심히 다니시고, 재활 운동도 시작하셨어. 그래서 너한테 고맙다는 말도 전할 겸, 겸사겸사 온 거야. 너도 보고 싶었고."

태민은 무릎 위에 올려 둔 재킷 안주머니에서 하얀 봉투를 꺼냈다. 의아해하는 다온의 시선이 봉투를 향했다.

"너한테 많이 미안해하시거든."

남녀가 사귀다 헤어지는 것에 다른 누군가가 대신 죄책감을 가질 필요는 없었다. 원인이 무엇이든 책임은 두 사람의 몫이었다. 두 사람 모두 성인이고, 그들이 한 행동에 책임이 따른다는 것을 알고 있었다.

"누구의 탓도 아닌데요, 뭘. 그 두툼한 봉투는 뭐예요?"

"이사한 집에 뭐가 필요한지 몰라서. 냉장고를 사도 좋고, 가구를 사도 좋고."

냉장고와 가구를 살 정도라면 꽤나 큰돈이었다. 과한 선물은 선물의 경계를 넘어 마음의 짐이 될 뿐이었다.

"신경 써 줘서 고마워요. 냉장고는 이미 샀고, 필요한 가구도 다 있어요. 받은 걸로 칠게요. 그걸로 이모가 좋아하시는 케이크나 사다 드려요. 뭘 통 안 드시는지, 볼 때마다 말라 가는 것 같다고 엄마가 걱정하시던데…… 아니다. 그럴 게 아니라, 여기 디저트 케이크 맛있는데…… 어, 경은아."

"취향을 몰라서요."

갑자기 화분 뒤에서 나타난 경은이 서글서글한 미소와 함께 아이스아메리카노와 아이스라떼가 채워진 두 개의 유리잔을 테이블에 내려놓았다. 그러고는 말릴 틈도 없이 하얀 봉투를 집어 안의 내용물을 확인하더니, 앞치마 호주머니에 찔러 넣었다.

"야, 그걸 왜 네가 챙겨."

"이 돈으로 케이크 사라며? 케이크는 내가 알아서 챙길 테니, 넌 빠져 있어."

두 사람의 대화를 듣고 있었던 모양이었다. 그럼 태민이 태율의 형이라는 것도 알 텐데. 다온이 손을 뻗어 호주머니에서 봉투를 집으려 하자, 경은이 탁 하고 손등을 쳐 냈다.

"인사가 늦었습니다. 여기 주소 알려 달라고 문자 보내셨죠? 문자 받은 사람이 저예요. 전에 장례식장에서 한번 뵌 적이 있기는 한데…… 다온이 베프 홍경은이라고 합니다. 여기 카페 사장이기도 하구요."

"아, 몰라봐서 죄송합니다. 그때는 제가 경황이 없어서……."

"당연히 그러셨겠죠. 누구든 한 사람만 기억하고 있으면 되죠."

태민이 자리에서 일어서서 정중하게 인사를 주고받았다. 악수와 명함이 오가는 와중에도 경은은 호주머니에 든 봉투는 악착같이 사수했다.

"장난 그만하고 봉투 이리 줘. 그 돈이 한두 푼도 아니고……."

"통장에 달랑 20만 원 남은 주제에 찬물, 더운물 가려 가며 마시는 프리랜서한테 꼭 필요한 돈이지. 이걸로 에어컨이랑 침대는 해결됐다. 고맙습니다. 다온이랑 어려서부터 오빠, 동생 하는 사이라면서요? 그럼 이 정도는 동생 집들이 선물로 딱히 부담 없는 거죠?"

"물론이죠. 필요한 곳에 써 주세요."

"오빠분 완전 쿨하시다. 딱 제 타입이에요. 그럼 말씀 나누세요. 부탁하실 일 생기면, 언제든지 문자 주시고요."

"사장님의 화끈한 성격도 딱 제 타입입니다."

주거니 받거니, 다온은 아예 없는 사람 취급이었다.

"홍경은. 너 자꾸 이럴래? 나 다른 곳으로 이사……."

"시끄럽고. 출출해서 앞집에서 비빔국수 배달시켰어. 너 좋아하는 김치만두도 같이 주문했으니까, 이야기 마치는 대로 주방으로 와. 국수 불면 맛없어. 알지?"

경은은 이사 나가겠다는 협박에는 콧방귀도 뀌지 않았다. 오히려 태민에게 대충 할 얘기 한 것 같으니, 그만 가라고 돌려 말하고 있었다. 처음부터 그가 누구인지 알아보고, 쫓아낼 목적으로 다가온 것이 분명했다.

"나보고 이제 가라는 말 같지?"

경은이 카운터 뒤에 가더니 이쪽을 흘겨보았다. 태민은 눈치껏 떠날 채비를 갖췄다.

"미안해요. 원래 저렇게 예의 없는 친구가 아닌데…… 제가 요즘 변변치 못하게 굴어서, 친구가 자꾸 과보호를 하려고 하네요. 대신 사과할게요."

"왜, 난 좋아 보이는데. 오히려 안심이다, 저렇게 든든한 친구가 네 옆에 있어서."

"이해해 줘서 고마워요. 보시다시피, 난 잘 지내고 있어요. 그러니까 현미 이모한테 내 걱정 마시라고 전해 주세요."

"고맙다, 잘 버텨 줘서. 지금처럼만 버텨 줘. 시간이 모든 것을 해결해 줄 거야. 우리한테 조금만 더 시간을 줘."

다온은 눈을 반달로 만들며 예쁘게 웃었다. 태율의 빈자리를 느끼는 사람이 그녀 혼자가 아니라는 사실에 위안을 받았는지도 모른다. 힘든 시간을 견디고 있다는 동지애가 보호막처럼 세워 놓은 경계심을 허물었다.

"항상 믿고 의지할 수 있는 좋은 오빠였어요. 지금도 마찬가지고. 선물은 감사히 받을게요."

"짧은 머리도 잘 어울린다고 내가 말했나?"

"아니요."

"잘 어울려."

커다란 손이 다정하게 정수리를 토닥였다. 온기가 결여되었던 눈동자에 따뜻한 빛이 차오르고 있었다. 잘 사는 그녀를 보고 안심했다는 속마음을 굳이 감추지 않았다.

"국수 불기 전에 가 봐. 네 친구 눈에서 레이저 나오기 전에 나도 가 봐야겠다."

※ ※ ※

택시가 퀘벡의 올드타운으로 들어섰다. 자동차와 현대식 건물로 채워졌던 도시가 일순간 작은 유럽의 도시를 연상시키는 전경으로 바뀌었다. 다온은 눈을 동그랗게 뜨고 택시가 지나는 길을 주시했다. 단풍이 아름답게 물든 계절이었다. 차창 밖으로 보이는 거리는 상점의 진열품을 구경하고, 오래된 건물로 이루어진 관광지를 방문하는 관광객들로 붐볐다.

택시가 비좁은 오르막길을 올라갔다. 키가 낮은 건물들 사이에서 초록 지붕이 위풍당당한 거대한 고성의 외관이 나타났다. 퀘벡의 랜드마크. 가슴이 두근두근 요동쳤다. 드디어 도착인가. 오래된 꿈 하나가 현실로 이루어지는 순간이었다.

다온은 택시 운전사가 트렁크에서 꺼내 준 캐리어 가방을 직접 끌고 고풍스러움이 느껴지는 회전문을 통과해 넓은 로비로 들어갔다. 금색으로 정교하게 도배된 화려한 인테리어는 고급스러움에 압도당했다는 표현이 어울릴 정도로 우아하고 웅장했다. 호텔 내부 전체가 박물관이자, 세월의 흐름을 그대로 간직하고 있는 살아 있는 역사의 현장이었다.

흥분을 감추지 못한 다온은 핸드백에서 카메라를 꺼내려다, 생각을 고쳐먹었다. 서울에서부터 끌고 온 커다란 캐리어는 거추장스러운 짐이었다. 짐부터 해결하고 자유로운 몸이 되는 게 중요했다. 그러기 위해서라도 우선은 체크인이 먼저였다.

"Good afternoon. Welcome to Fairmont Le Chateau Frontenac. How may I help you?"

"Hello. I have a reservation. My name is Da On Kim."

"Can you please spell that for me?"

"Sure. My last name is Kim. K, I, M……."

"어디야?"

등 뒤를 스쳐 지나가는 귀에 익은 목소리. 다온은 얼어붙었다. 고개가 저절로 뒤를 향했다. 그녀의 등 뒤로 정장을 차려입은 한 무리의 사람들이 담을 쌓듯 서성이고 있었다. 한 손에 캐리어를 들고 체크인을 하기 위해 기다리는 사람들이었다. 관광이 목적이라기보다는 호텔에서 열리는 비즈니스 콘퍼런스에 참석하기 위해 방문한다는 인상을 심어 주었다. 영어로 수군거리는 사람들 중에 동양인으로 보이는 사람은 없었다.

토론토 공항을 통해 퀘벡까지 오는 동안에 꽤 많은 한국 관광객을 만났다. 택시를 타고 호텔까지 오는 동안에도, 붐비는 호텔 로비에서도, 한국인으로 보이는 관광객들이 꽤 눈에 띄었다. 낯선 땅에서 들리는 모국어가 반가웠다. 익숙한 언어를 좇아 고개를 돌리다 보면 시선은 저절로 그녀와 비슷한 외모를 가진 한국 사람을 찾고 있었다.

"Are you okay? Is there something wrong?"

체크인을 돕던 직원이 주의를 환기시켰다. 다온은 당황스러웠다. 분명 태율의 목소리를 들었다고 생각했다. 귓가에 울리던 속삭임과 분명 달랐다. 낯선 환경에 오니, 환청이 진화라도 하는 건가.

"Hello, Ms."

형식적이기는 하지만 친절한 미소를 유지하던 직원의 표정이 살짝 굳어 있었다. 각 나라의 언어가 뒤섞인 로비에서 귀에 익은 한국어가 간간이 들렸다. 퀘벡은 메이플 시럽으로 유명한 고장이었다. 10월은 단풍이 절정을 이루는 계절이었다. 도시 전체가 단풍을 보러 온 한국 관광객으로 북적이고 있었다. 그 여파는 호텔까지 이어지고 있었다. 착각한 거야. 어제까지만 해도 런던에서 뉴스를 전하던 사람을 여기서 만날 리가 없었다.

"I am sorry. My name is……."

다온은 서둘러 체크인에 필요한 인적 사항을 전달했다. 신분 확인 절차까지 끝났다. 직원은 방 번호가 적힌 카드 키를 전해 주며 몇 가지 지시 사항을 알려 주었다. 다온은 캐리어를 끌고 체크인 수속을 위해 늘어선 줄을 피해 옆으로 나왔다. 오른쪽으로 돌아가면 복도에 엘리베이터가 있다고 했다. 직원이 가르쳐 준 방향을 따라 걸어가던 다온은 엘리베이터에서 나오는 젊은 여자의 외침을 듣고 그대로 굳어 버렸다.

"강 선배!"

모든 장면이 슬로우 모션처럼 눈앞에서 천천히 움직였다. 연갈색 트렌치코트에 스카프를 화려하게 두른 최수빈이 환하게 웃으며 남자를 향해 손을 흔들었다. 남자는 NandC 방송국 로고가 붙은 취재용 점퍼를 입고 있었다. 못 본 사이에 눈매는 깊어지고, 베일 듯 날카롭게 뻗은 턱선이 눈에 박혔다. 여전히 잘생기고, 여전히 사람들의 시선을 자연스럽게 흡수하는 남자.

눈길이 마주쳤다. 꿈에서는 세상 모든 이치를 안다는 표정으로 거만하게 웃던 남자가 지금은 얼이 나간 표정으로 그녀를 바라보고 있었다. '다온아,' 태율이 소리 없이 그녀의 이름을 불렀다고 생각했다. 그 순간 최수빈이 그의 품으로 뛰어들었다. 그러고는 얼음조각처럼 서 있는 그에게 최수빈이 유럽식으로 양쪽 볼을 번갈아 가며 마주 대며 인사를 건넸다.

지끈. 가슴 안쪽에 금이 가기 시작했다. 완전하게 아물지 못한 상처 위에 새로운 상처가 덧대어지고 있었다. 배신자. 기껏 이런 모습이나 보여 주려고……. 질투와 분노. 날카로운 이빨을 드러낸 감정이 신경을 갉아먹기 시작했다. 다온은 무너지려는 감정을 다 잡기 위해 캐리어 손잡이를 있는 힘껏 쥐었다.

"봉쥬르. 프랑스에서 보다, 여기서 보니 느낌이 새로운걸."

장난스럽게 인사를 건네던 수빈은 뒤늦게 뭔가 이상하다고 느꼈다. 매번 귀찮아하며 떼어 내던 반응과 달랐다. 감각 없는 몸은 돌부처처럼 뻣뻣하게 경직되어 있었다. 귀신에라도 홀린 듯한 시선은 앞쪽을 향한 채 움직이지 않았다. 수빈은 그녀 뒤로 고정된 시선을 따라 천천히 몸을 돌렸다.

허옇게 질린 얼굴을 하고도 태율의 시선을 당당하게 받고 있는 여자. 장례식장에서 본 적이 있었다. 수빈은 본능적으로 느꼈다. 오래전부터 강태율의 심장을 움켜쥔 여자. 헤어졌지만, 단 하루도 그의 심장에서 지워 본 적이 없는 여자였다. 그녀가 끼어들 자리가 아니었다. 속은 뭉그러질망정, 자존심은 지키고 싶었다.

"신기한 우연이네, 이런 데서 아는 사람을 다 만나고. 팀원들이랑 아래층 커피숍에서 기다릴게요. 늦어질 것 같으면 연락 줘요."

수빈은 다온이 서 있는 반대편으로 걸어갔다. 눈웃음으로 인사를 해 왔으나, 다온은 딱딱하게 고개만 한 번 끄덕일 뿐이었다.

"오랜만이다. 잘 지냈어?"

형식적인 질문. 다온은 코웃음을 쳤다. 사귀던 연인이 헤어질 때에도 예의가 필요했다. 그 기본적인 상식마저 철저하게 무시한 사람은 바로 태율이었다. 때문에 둘은 형식적인 인사를 나눌 정도로 예의를 갖춰야 할 사이도 아니었다.

"여기까진 어떻게 온 거야? 여행? 출장? 동행은……."

당연히 동행이 있을 거라고 생각했는지 태율이 그녀의 뒤를 살폈다.

"저 여자랑 사귀는 사이야?"

너무나도 직접적인 질문에 태율의 시선이 흔들렸다. 전혀 예상치 못한 질문이었는지, 곧바로 나오는 대답에 날이 섰다.

"아니. 앞으로도 그럴 일은 절대 없어."

"됐어, 그럼. 나는 죽을 만큼 힘들었는데, 당신은 희희낙락거렸으면 안 되는 거잖아."

다온은 차갑게 응시하고 태율을 지나쳐 갔다. 태율이 따라오며 팔을 붙잡았지만 그대로 뿌리치고 걸었다.

"희희낙락거리지 않았어."

"그러니까 됐다고. 내일 아침에 일찍 체크아웃할 거야. 다시는 부딪치는 일 없어. 부딪치더라도 알은척하지 마."

마침 로비에 도착한 엘리베이터의 문이 열렸다. 승객이 내리고 비어 있는 엘리베이터를 향해 걸음을 옮기려는 다온을 막아서며 태율이 팔을 붙잡았다. 다온은 붙잡힌 팔을 거칠게 빼냈다. 격한 몸짓에 짧게 자른 머리가 흐트러지며 마른 얼굴을 둥그스름하게 감쌌다. 그렇지 않아도 작은 얼굴이 소멸할 것처럼 작아 보였다. 태율의 눈빛이 흐려졌다.

　"나 때문이라면 그럴 필요 없어. 내가 다른 호텔을 알아볼게."

　"상관없어. 어차피 이 호텔은 오늘 하루만 예약했어. 예정대로 내일은 올드타운 밖에 위치한 호텔로 이동할 거야."

　걱정이 스며 있는 말투에 다온은 냉정하게 대답했다. 어긋나 버린 관계. 새삼 배려하고 걱정하는 모순은 사절이다.

　"그냥 내 말대로 해."

　"내가 왜 당신 말대로 해야 하는데? 당신이 나한테 그렇게 말할 권리가 있어?"

　다온은 취재용 점퍼에 새겨진 명찰을 노려보았다. 그는 여전히 최태율이 아닌 강태율로 살고 있었다. 거짓말쟁이. 태율은 그녀의 눈가에 어린 비난을 단박에 알아차렸다. 심장이 뻐근해졌다.

　"내일 시리아 난민 유입에 관한 문제로 캐나다 이민부 장관의 발표가 국회 의사당에서 있을 예정이야. 캐나다는 미국과 유럽에 비해 난민 문제에 상당히 우호적인 편이야. 그래서인지 요즘 들어 난민 유입에 반대하는 보수 세력의 움직임이 심상치 않아. 내일 국회 의사당 앞에서 보수파들의 항의 집회가 있을 거라는 정보를 들었어. 무력 집회가 될 가능성도 배제할 수 없어. 가능하면 그 주변은 가지 마."

　끝까지 변명 한마디 늘어놓지 않는다. 뻔히 들통날 거짓말로 사람을 기만해 놓고 그 흔한 사과 한마디 없었다. 격양된 감정을 주체하지 못한 다온의 입술이 짓이겨졌다.

"퀘벡에는 며칠이나 묵을 예정인지 모르지만, 내가 예약한 방에서 지내면 될 거야. 내 짐 정리해서 내려……."

"비겁한 거짓말쟁이, 생양아치, 야비한 건달."

다온은 낮은 목소리로 욕을 했다. 한국말을 이해하지 못하는 외국 사람들도 억눌린 목소리에 담긴 분노를 느꼈는지 시선이 몰려들었다. 태율은 얼굴색 하나 변하지 않았다. 오히려 차분하고 강단 있는 모습으로 다온의 손을 잡아끌고 때마침 닫히려는 엘리베이터에 올라탔다.

"기다리란다고 기다릴 너도 아니지. 차라리 같이 올라가자. 짐 정리해서……."

"나쁜 시베리아 샤방새. 싸가지로 쌈 싸 먹은 것으로도 모자라, 번개 대신 지랄맞은 놈. 얍상구리 저질. 동네 양아치보다도 못한 사기꾼에 건달보다도 못한 허잡꾼에……."

경은이 입버릇처럼 하던 말들이었다. 다온은 생각 없이 입에서 나오는 대로 중얼거렸다. 태율은 묵묵히 듣고만 있었다. 어떻게든 상처 주고 싶은 그녀의 심정을 충분히 이해한다는 것처럼. 엘리베이터가 버튼을 누른 층수에 도착했다. 태율이 캐리어 손잡이를 잡고 끌어당겼다.

"내리자."

싫다고 거부할 줄 알았던 다온이 순순히 따라나섰다. 씩씩대던 숨결이 조용하게 가라앉고 있었다. 두 사람은 침묵 속에 복도를 걸었다. 한참을 걸어, 그가 묵고 있는 방문 앞에 도착했다. 태율이 점퍼 호주머니에 손을 넣어 카드 키를 찾았다. 카드 키를 찾는 손이 헛손질을 계속하고 있었다.

방금 전에 허탕 치고 나왔던 호주머니에 또 손이 들어갔다. 평상시의 그라면 상상조차 할 수 없는 일이었다. 생각이라는 것을 하지 못할 만큼 긴장하고 있었다. 또다시 빈손으로 나오는 태율의 팔꿈치를 다온이 잡아당겼다.

"여기까지만 해."

그 어느 때보다도 정돈되고 평온한 말투. 태율의 맥박이 빠르게 요동쳤다. 차라리 조금 전처럼 화를 내고 욕이라도 해 주기를 바랐다. 화를 낸다는 건 최소한 그에게 감정이 남아 있다는 증거니까.

"오빠를 죽이고 싶을 정도로 미워하고 싶었는데, 안 됐어. 받은 게 너무 많아서 차마 미워하지도 못하겠더라…… 다시 만나면 어떤 모습으로 오빠를 대할까 상상해 봤어. 욕이라도 잔뜩 해 줄까. 왜 뻔히 들통날 거짓말로 날 기만했냐고 따져 물을까."

태율은 차마 뒤돌아 그녀를 마주 보지 못했다. 미칠 듯이 보고 싶던 그녀가 같은 공간에서 숨을 쉬고 있었다. 로비에서 그녀를 본 순간 너무나 그리운 나머지 환상을 보는 거라고 착각했었다. 당장이라도 끌어안고, 달콤한 살 내음에 코를 박고 싶은 유혹을 힘들게 누르고 있었다.

"욕은 실컷 했으니 됐어. 투정도 부렸으니 됐어. 왜 거짓말했냐고 묻지는 않을게. 나는 누구보다 오빠를 잘 안다고 생각했는데…… 아니었나 봐. 보고 싶은 것만 보고, 믿고 싶은 것만 믿었나 봐. 그런 나한테도 잘못은 있었으니까."

"……."

목이 잠겼다. 태율은 아무 말도 하지 못했다. 알고 있었다. 그가 유럽 특파원으로 TV에 모습을 나타내면, 다온이 혼란스러워하리라는 것을. 그리고 그가 애써 감추고자 했던 진실에 그녀가 조금은 가까워지리라는 것을. 다온이 겪어야 했을 배신감도 이해했다. 비겁하다는 것도 알고 있었다.

하지만 잊혀지는 게 두려웠다. 그에게도 하루하루를 버텨 나갈 명분이 필요했다.

"비겁했어."

"상관없어. 그때는 무슨 말을 해도 받아들이지 못했을 테니까. 도망치듯 떠나야만 할 사정이 있었겠지. 돌아오지 못할 사정도……."

"……."

"힘들었지만, 이젠 살 만해졌어. 처음에는 오빠 없이 못 살겠더니, 또 어찌어찌 살아지더라. 감정도 느슨해지고, 기억도 흐릿해지고."

"다온아."

"얼마 전에 박성민 편집장님한테 프러포즈받았어. 바닥까지 굴러떨어진 나를 기다려 주고, 보듬어 주신 고마운 분이야. 여행에서 돌아가는 대로 대답하겠다고 약속했어. 나, 편집장님이랑 시작해 보려고…… 예전처럼 나를 돌봐 주려고 하지 마. 그러면 내가 그분한테 미안해지잖아."

태율은 어금니를 사리물었다. 온몸은 찬물 한 바가지를 뒤집어쓴 것처럼 차갑게 식어 가는데, 머리는 둔탁한 뭔가에 맞은 것처럼 아득해졌다.

"이제 진짜 이별이다. 이별에도 예의가 필요한 법이라고 가르쳐 준 사람은 오빠였어. 우리 이번에는 제대로 헤어지자."

태율은 아주 천천히 돌아섰다. 가늘고 고운 손이 눈앞에 있었다.

이를 앙다문 턱이 부서질 듯이 아팠다. 저 손을 잡고 놓지 않으면 어떻게 될까. 이대로 도망치면 어떨까. 다른 어느 누구도 저 손을 잡을 수 없게, 멀리멀리 데리고 도망친다면. 잡아 볼까? 순간의 이기심이 그를 흔들었다.

하지만 유혹은 그를 송두리째 흔들어 놓지는 못했다. 한쪽 어깨에 지고 있는 업보처럼, 태율은 어머니를 떠올렸다. 앞으로 뻗어나가려는 손이 힘없이 아래로 떨어졌다. 하루하루 힘겨운 나날을 보내고 있는 어머니를 외면하고 행복해질 자신이 없었다. 어머니가 불행한 시간을 보내고 있는 동안은 그도 불행할 수밖에 없었다.

그는 용서를 빌고 있었다. 어머니의 용서를 받아야만 그도 사람다운 삶을 살 수 있었다.

"나는 잘 살 거야. 그러니 오빠도 잘 살라고 말해 주고 싶었어. 안녕."

이별을 고하는 다온의 얼굴은 담담하고 초연했다. 심장이 무너져 내렸다. 속마음을 속이지 못하는 다온이었다. 그녀의 마음에서 그가 사라지고 있었다.

거세게 흔들리는 눈빛을 감추기 위해 고개를 떨어뜨리는데, 가냘픈 손이 다가와서 그의 손에서 캐리어를 가져갔다. 공기를 타고 온 그리운 향기. 그 향기가 심장을 아프게 움켜쥐었다. 욱신거리는 심장의 고통은 꺼질 줄을 몰랐다.

다온이 멀어져 간다. 시야에서 사라져 가는 그녀를 보는 태율의 눈에서 빛이 사라졌다. 눈앞에 그녀를 두고 잠깐이나마 기쁨으로 활개 치던 영혼은 또다시 혹독하게 추운 겨울에 갇혀 버렸다.

※　※　※

　— 김다온. 너는 꼭 내가 자른다고 협박 문자라도 넣어야 전화하더라. 계속 배짱 튀길래?

　"잘 도착했다고 공항에서 문자드렸잖아요. 편집장님, 잠깐만요."

　핸드폰 너머에서 들리는 불평에 '또 시작이구나.' 싶어 다온은 슬며시 미소 지었다. 매번 여행을 떠날 때면 반복되는 일련의 과정이었다. 사정이 이렇다 보니 대처하는 법도 능숙해졌다. 작은 수첩과 펜을 든 종업원이 테이블로 다가왔다.

　다온은 귀에 붙인 핸드폰을 내려놓고 메뉴판에 적힌 메뉴를 손가락으로 가리켰다. 애피타이저, 샐러드, 메인 엔트리에 디저트까지. 혼자 소화하기에는 다소 과한 양이라 종업원이 살짝 놀라는 표정을 짓고는 사라졌다.

　"방금 저녁 메뉴 주문했어요. 회사에 청구해도 된다고 해서, 먹고 싶은 것 다 시켰어요. 괜찮죠?"

　— 말 돌리기는…… 잘했어. 뭐든지 직접 경험해 봐야, 독자들에게 여행에 대한 꿀팁을 제대로 전달하지. 내일은 뭐 할 거야?

　"올드타운 마저 돌아보고, 오후에 짐 찾아서 두 번째로 예약한 호텔에 체크인하려고요."

　— 진짜 그 호텔에서는 하루만 지낼 거야? 여행사와 잡지사에서 공동으로 협찬한다고 했잖아. 비용 신경 쓰지 말고 여행 마칠 때까지 거기서 지내. 며칠 더 연장할 수 있지? 내가 직접 해?

　협찬이라 해도 지출로 정해진 선이 있었다. 미리 짜 본 예산만으로도 이미 예정된 상한선을 초과하고 있었다. 초과된 지출의 비용은 성민이 책임지려 할 것이 뻔했다.

"그러지 마요. 성수기라 방 예약은 이미 끝났을걸요. 그리고 지금 시즌에는 하루 숙박비가 얼마인데요. 협찬 없이 자비로 여행하는 평범한 여행객들에게는 너무나 비상식적인 금액이에요. 꿀팁을 제공하려면 고가 여행, 저가 여행 두루두루 경험해 보아야죠. 대중교통 이용하려면 올드타운에서 벗어나는 게 편리하기도 하구요."

— 시내버스 타고 폭포 구경 가고, 패스트푸드점에서 푸틴으로 한 끼 때우고, 발품 팔아서 저렴하게 쇼핑할 수 있는 시장도 알아보고, 그럼 된 거 아닌가. 굳이 좀 더 저렴하다는 이유로 번거롭게 호텔까지 바꿀 필요가 있을까?

"저렴하다고 해도 여기 성수기 호텔값 장난 아니에요."

— 그러니까. 굳이…… 굳이 이런 말을 하고 있는 내가 한심하다. 어차피 너는 네가 하고 싶은 대로 할 거지?

"네."

허어. 핸드폰 너머로 포기했다는 듯한 깊은 한숨 소리가 울린다 싶더니, 문이 열리는 소리와 함께 사람들의 말소리가 점점 커져 갔다. 기획회의를 위해 회의실로 팀원들이 하나둘 모여드는 모습이 머릿속에 그려졌다.

— 이만 끊어야겠다. 회의 시작해야 해.

주문을 받았던 종업원이 양손 가득 접시를 들고 다가왔다. 다온은 테이블에 올려 두었던 취재 수첩과 펜을 의자로 내려놓았다.

"팀원들한테 안부 전해 주세요. 그리고 저, 편집장님……."

— 왜, 무슨 할 말 있어?

가장 정신없이 바쁠 시간이었다. 그런데도 그녀의 부름에 대답하는 목소리가 조금은 들떠 보였다. 미안함이 겹겹이 쌓이니 마음에 담고 있기도 벅찼다.

"죄송해요."

— 뭐야, 사람 겁나게. 너 요즘 뻔뻔해져서 웬만큼 사고 치지 않고서는 사과 안 하잖아. 나한테 미리 사과해야 할 만큼 대단한 잘못이라도 저지른 거야?

되묻는 목소리에 장난기가 가득했다. 기다란 회의용 테이블 상단에 걸터앉아 개구쟁이처럼 씨익, 웃고 있을 모습이 눈에 선했다.

"그냥, 이것저것……."

— 됐어. 속 썩인 것이 어디 하루 이틀이야. 뭔지 몰라도 용서해 줄 테니, 대신 내일 이 시간에 다시 전화해. 문자만 달랑 하나 보내는 건 소용없어. 목소리 들려줘. 그래야 혼자서도 잘 지내고 있구나, 안심이 되니까.

"네."

음식이 담긴 접시가 테이블에 세팅되기 시작했다. 다온은 핸드폰을 재킷 호주머니에 넣었다. 애피타이저로 고른 치즈와 바게트가 나무 접시에 담겨 나왔다. 사이드로 주문한 가든샐러드가 작은 볼에 담겨 나오고, 오븐에서 막 구운 치즈피자가 둥그런 접시에 담겨져 나왔다.

그 뒤를 이어 키가 크고, 덩치가 그녀의 두 배는 되어 보이는 종업원이 양손에 접시를 들고 다가왔다. 해물이 들어 있는 스파게티와 얇게 썰어진 토마토와 바질이 얹어진 치즈피자. 뭔가 착오가 생긴 것이 분명했다. 린넨 냅킨에 쌓인 포크와 나이프 세트를 꺼내던 다온은 다급하게 종업원의 주의를 끌었다.

"Excuse me. I didn't order……."

"내가 주문한 거야."

무표정한 남자 종업원 뒤로 익숙한 목소리가 들렸다. 불안을 감지한 심장은 미친 듯이 펌프질을 시작했다. 상황을 모르는 종업원은 차례대로 접시를 내려놓았다. 뒤에서 들리는 목소리가 와인을 주문했다. 남자는 곧 준비하겠다는 말만 남겨 놓고 사라졌다.

남자가 사라진 자리에는 이제 회색 롱코트를 멋들어지게 차려입은 태율이 서 있었다. 여전히 사람의 심장을 들었다 놓을 만큼 멋있고, 매력적인 모습으로. 비어 있는 앞자리에 스스럼없이 앉는 태율을 보며 다온은 불쾌한 낯빛을 숨기지 않았다.

"나는 합석하겠다고 한 적 없어."

"테이블마다 꽉 찼어. 여기서 쫓겨나면 갈 데가 없어. 오늘 처음으로 먹는 끼니야. 달랑 한 끼 먹는 건데, 사정 좀 봐줘."

"네가 왜 오빠 사정을……."

그녀의 의견 따위는 듣지도 않았다. 태율은 치즈가 흘러내리는 피자 한 조각을 집어 입으로 가져갔다. 이 상황에 음식이 목에 넘어가나. 여유작작한 태도에 화가 났다. 종업원을 불러 따져 물으려던 다온은 손님으로 꽉 들어찬 실내를 한 번 둘러보고는 이내 인상을 찌푸렸다. 여기서 쫓겨나면 진짜 갈 데도 없었다.

"내가 여기 있는 것은 어떻게 알았어? 여긴 호텔에서도 한참 떨어진 장소라서 우연히 만난다는 것은 불가능해."

의구심으로 다온의 눈초리가 가늘어졌다. 밤이 되자 기온이 확 떨어졌다. 가을이라고는 하지만 한국의 겨울 날씨를 연상시킬 만큼 바람이 매섭고 차가웠다. 호텔에 들러 재킷 안으로 두툼한 스웨터를 껴입었다.

호텔 근처의 맛집도 서치해 두었지만, 태율을 만날지도 모른다는 생각에 일부러 멀리까지 걸어 나왔다. 같이 취재 온 동료도 없

416

이 혼자 이 레스토랑까지 왔다는 건 말이 되지 않았다. 호텔에서부터 따라온 것이 분명했다.

"대답할 필요 없어. 내가 일어날게."

다온은 식당을 나가기 위해 가방에서 지갑을 꺼냈다.

"그대로 있어. 지금 나갔다가는 비만 쫄딱 맞을 거야. 우산 안 챙겨 왔지?"

태율이 의자 옆에 세워 둔 커다란 우산을 가리켰다. 입구를 보니 식당 밖으로 나가지 못하고 서성이는 사람들이 있었다. 퀘벡은 변덕이 심한 날씨로도 유명했다. 언제 화창했나 싶게 하늘에 검은 구름이 몰려들었다. 해가 지는 시간이라 어두컴컴하게 변해 버린 가을 하늘의 변화를 미처 알아차리지 못했다.

"뭐라도 먹고 얘기해. 하루 종일 돌아다녔으면 배고플 거 아냐."

"난 오빠랑 같이 앉아서 밥 먹을 생각 없어."

"먼 타국에서 우연히 만났어. 밥 한 끼도 같이 못 먹을 사이는 아니잖아. 박 팀장님도 충분히 이해해 주실 거라고 믿어."

지독히도 차분하고 거만한 말투. 어떻게 아무렇지도 않은 얼굴로 성민을 입에 올릴 수 있지. 최수빈과 함께 있다는 사실만으로 질투에 사로잡혀 유치하게 굴었던 못난 자신을 떠올렸다. 태연하게 피자를 삼키는 그를 보며 다온은 아랫입술을 짓이겼다.

"내가 한 말 무슨 뜻인지 몰라? 우리 헤어졌잖아. 난 헤어진 남자랑 다정하게 밥 한 끼 같이 먹을 만큼 쿨한 성격이 못 돼."

"다정하게 먹자고는 안 했어."

"말장난하지 마. 이별을 원한 건 오빠였어. 이럴 거라는 걸 예상 못 했어?"

"확대 해석 하지 마. 밤늦게 혼자 돌아다니는 게 걱정돼서 따라

왔고, 온 김에 밥이나 같이 먹자는 거야. 어떻게 하겠다는 게 아니야. 긴장 풀어."

탁. 다온은 손에 든 에나멜 지갑을 나무 테이블 위에 소리 나게 올려놓았다.

"젠장! 헤어졌잖아. 그럼 된 거잖아."

태율의 얼굴에 희미한 미소가 어렸다. 그녀를 자극하고, 그 자극에 움찔하는 반응을 즐기고 있었다.

"그렇게 웃지 마. 오빠는 여전히 내가 우습지?"

"전혀."

"거짓말."

다온이 씁쓸하게 읊조렸다. 태율의 한쪽 입꼬리가 비틀렸다. 비틀린 미소에 다온의 심장마저 비틀리고 있었다.

덩치 큰 종업원이 와인병을 들고 돌아왔다. 남자가 테이블에 놓인 와인글라스에 붉은빛 와인을 따라 태율의 앞으로 내밀었다. 다온은 성난 눈으로 와인을 시음하는 태율을 노려보았다. 위선자. 술은 입에도 대지 못한다는 것조차 거짓말이었다.

힘들게 이성이라는 끈으로 묶어 놓았던 감정이 넘실대고 있었다. 가슴 밑바닥에서부터 끓어오르는 분노가 밖으로 튀어 나갈 기회만 엿보고 있었다.

"아니. 오빠는 내가 우스워. 단 한 번도 나를 오빠와 동등한 위치에 두고 바라봐 준 적이 없었어."

와인글라스에 레드와인을 채운 남자가 어색한 미소를 짓고는 물러갔다. 공기 중에 팽팽하게 번져 가는 긴장감을 눈치 빠르게 캐치했다.

"내가 제일 화나는 게 뭔지 알아? 오빠는 이렇게 되리라는 것을 처음부터 알고 있었다는 거야."

태율의 얼굴이 굳어졌다. 반박하지 않는 그를 보며 다온은 추론이 맞았다는 것을 확신했다.

"TV에 나온 오빠를 보면서 많이 혼란스러웠어. 그래서 머리를 쥐어짜며 생각이라는 것을 해 봤어. 오빠가 왜 극단적인 방법으로 이별을 선택했는지, 강윤성의 아들로 살고 싶지 않다는 의미가 무엇인지, 왜 현미 이모는 오빠를 떠나보내고 한 번도 찾지 않는 건지. 현미 이모의 사람을 욕심내서는 안 된다던 오빠의 말이 무슨 뜻인지…… 서서히 그림 조각이 맞춰지더라."

"김다온, 내 말부터 들어 봐."

그녀를 달래야 할 필요가 있으면 태율은 항상 이렇게 말을 시작하곤 했었다. 다온은 강하게 고개를 저었다.

"더 이상 오빠 말은 듣고 싶지 않아. 거기엔 항상 진실이 배제되어 있었으니까. 9년이라는 긴 시간이 있었어. 나한테 진실을 말할 기회는 충분히 있었다고 봐. 내 말이 틀려?"

나직한 한숨 소리가 대답을 대신했다.

"나한테도 기회를 줘 보지 그랬어. 나에게 나눠 줄 생각은 없었어? 나에게 기대 볼 생각은 없었어? 죽이 되든 밥이 되든 나에게도 뭔가를 할 수 있는 기회는 줬어야지. 사랑은 우리 두 사람이 하는 거잖아. 그런데 왜 나는 내 사랑의 방관자가 되어 있어야 하지? 내가 그렇게 우습니? 내 사랑을 지킬 기회조차 빼앗아 갈 만큼 내가 그렇게 아무것도 아냐?"

"그렇지 않아."

"난 우리가 같은 곳을 바라보며 달리고 있다고 생각했어. 그래서 내 모든 것을 걸고 전력 질주를 했어. 넘어지는 것 따위는 두렵지 않았어. 다시 일어서서 뛰어가면 되니까……. 그런데 오빠는 달랐어. 날 사랑한다던 모든 순간에도, 오빠는 이별을 예감하고 있었어."

격한 감정에 목소리가 탁해졌다. 다온의 가슴이 들썩였다. 오랜 시간 꾹꾹 눌러 담은 원망을 고스란히 쏟아 내고 있었다. 태율은 초조하게 손가락으로 머리를 쓸어 넘겼다. 뭔가를 해 볼 기회조차 주지 않았다는 비난이 뾰족한 독침이 되어 그를 아프게 쏘아 대고 있었다.

"여기까지 날 따라온 이유가 뭐야?"

태율은 대답에 앞서 손에 쥔 와인글라스를 툭 하고 흔들었다. 눈앞에서 붉은 물결이 회오리바람을 일으키며 물결치다 순식간에 잠잠해졌다. 조금 전에 억지로 먹은 피자가 명치에 걸려 꽉 막혀 있었다. 답답한 가슴이 조금이나마 뚫리기를 바라며 피처럼 붉은 와인을 꿀꺽 삼켰다.

눈이 짓무르도록 그리워하던 그녀가 기적처럼 눈앞에 나타났다. 그러고는 헤어지자는 말을 남기고, 홀연히 사라졌다. 같은 하늘 아래 그녀가 있다는 사실 하나만으로 태율은 정상적인 사고를 할 수 없었다. 안 볼 때는 그리움을 숙명처럼 안고 살았는데, 한 번 보고 나니 미치게 더 보고 싶었다. 눈앞에서 보지 않으면 심장이 터져 버릴 것 같았다.

"왜 아무런 말이 없어. 갑자기 꿀 먹은 벙어리라도 된 거야?"

"불안해서 미칠 것 같아서. 눈앞에라도 두고 봐야 마음이 놓일 것 같아서. 네 앞에 나타날 자격이 없다는 것도 아는데……."

"알면 됐어."

더 이상 들을 필요도 없었다. 다온은 자리를 박차고 일어났다.

"분명히 말해 줄게. 당신은 아웃이야. 두 번 다시 내 인생을 멋대로 휘두르게 두지 않을 거야. 우연을 가장한 만남이든, 의도적인 만남이든, 다시는 내 앞에 나타나지마."

자격이 없다는 말은 태율을 침묵하게 만들었다. 다온이 지갑에서 현금을 꺼내 테이블에 올려놓고, 소지품을 챙겼다. 은은한 조명에도 붉어진 눈시울이 한눈에 들어왔다. 허리를 꼿꼿이 펴고, 입술을 아프게 사리물었다. 빈틈을 보이지 않으려 애쓰는 모습이 오히려 안쓰러웠다.

우산이라도 가져가지. 무거워 보이는 가방 때문인지 축 처진 어깨를 하고 문밖으로 나가는 다온을 바라보며 태율은 그저 드세게 쏟아지는 빗줄기만이라도 잦아들길 빌어 보았다.

✖ ✖ ✖

관광객이 자유롭게 활보하던 거리가 통제되고 있었다. 바리케이드를 친 도로는 차량 진입이 금지되었다. 차량이 다니던 도로는 피켓을 든 시위대가 점령하기 시작했다. 상점이나 식당들이 문을 닫기 시작하면서 쇼핑백을 든 관광객들의 숫자도 점차 줄어들고 있었다.

난민 수용 방침에 대한 캐나다 이민국의 발표가 있었다. 새로 바뀐 미국 행정부에서 난민 수용에 부정적인 입장과 반이민 정책을 내보이면서, 캐나다의 인도주의 차원에서 이루어진 적극적인 난민 수용 방침에 세계가 주목하고 있었다. 무슨 이유인지는 모르지만, 발표가 있던 날 국회 의사당 앞에서 열릴 거라던 극우주의자들의 항의 집회는 잠정 연기되었다.

대신 적극적인 난민 수용과 이민을 환영한다는 평화 시위가 도로를 점령하고 있었다. 경찰은 극우주의자들의 맞불 시위에 대비해서 인력을 늘렸다. 이미 한 번 맞불 시위가 무력으로 번진 전력이 있었기에 더욱 주의를 기울이고 있었다. 취재를 위한 각종 미디어 차량도 속속 시위 현장에 도착하고 있었다.

NandC 채널 보도국 팀도 시위 현장에 도착해 있었다. 안테나가 달린 중계 차량 주위로 사람들이 부산하게 움직이고 있었다. 카메라맨이 시위대의 모습이 한눈에 보이는 곳에 삼각대를 설치하고, 그 위로 카메라를 셋업했다. 조명과 음향 담당자들도 추위에 몸을 잔뜩 웅크린 채로 촬영을 위한 장비 세팅에 분주한 모습이었다.

"강 기자, 고개를 카메라 앞으로 돌려 봐."

카메라 뒤쪽에서 촬영장을 진두지휘하던 피디가 이어폰에 연결된 마이크로 태율에게 대화를 시도했다.

"강 기자, 내 말 안 들려? 수빈 씨, 가서 강 기자 귀에 꽂은 이어폰 수신 상태 확인 부탁해."

불러도 반응이 없자, 피디가 옆에 서 있는 최수빈에게 지시를 내렸다.

"네, 감독님."

수빈이 달려갔다. 태율은 카메라를 등지고 서 있었다. 군중이 모여 있는 곳을 뚫어지게 바라보고 있었다. 곧 있으면 카메라 앞에서 뉴스를 보도해야 할 사람답지 않게 어딘가 정신을 빼앗긴 모습이었다.

"선배, 무슨 일이야? 이어폰 작동 안 돼?"

수빈은 태율의 팔을 잡아당겼다. 몇 번이나 팔을 흔들어서야 마지못해 돌아서는 태율의 시선에는 미처 가름하지 못한 미련 같은 것이 남아 있었다. 그녀가 있구나. 태율이 바라보던 방향에 다온이 있다는 것을 여자의 직감으로 알 수 있었다. 칼칼한 뭔가가 목 아래로 차올랐다. 수빈은 취재용 점퍼의 지퍼를 목 끝까지 채워 올렸다.

"아우, 추워. 여기 바람 장난 아니다. 시위가 자정을 넘기지는 않겠지? 빨리 끝내고 호텔로 돌아가고 싶은데. 장갑을 꼈는데도 손끝이 저려."

"추우면 먼저 들어가."

태율이 손에 끼던 두툼한 스키 장갑을 벗어 주었다. 길고 정갈한 손 모양이 보기 좋았다. 영하의 날씨를 생각해서 거절할까 하던 수빈은 보기 좋은 손가락을 감싸고 있던 장갑에 욕심이 났다. 뭐라도 그와 연결 고리를 갖고 싶었다. 수빈은 손에 딱 맞는 가죽 장갑 위로 커다란 장갑을 꼈다.

"그래도 의리가 있는데, 나 혼자 살겠다고 먼저 가면 안 되죠. 여기가 지금 오후 4시 30분이니까, 녹화 뜨면 바로 아침 뉴스에 나가겠다."

"그래야겠지."

"두 사람 뭐 해? 강 기자, 이어폰에 문제 있어?"

끝내는 피디까지 다가왔다.

"죄송합니다. 문제없습니다."

"그럼 뭐가 문제야? 카메라 테스트 안 할 거야?"

"준비하겠습니다."

"강 기자, 왜 그래? 어제오늘, 얼빠진 사람처럼. 유럽 특파원이 여기까지 끌려왔다고 시위하는 거야?"

피디가 기어이 싫은 소리 한마디를 보탰다. 담당 특파원이 허리를 다쳤다. 하루가 멀다 하고 미국에서 발생하는 사건 사고가 미주 지역 특파원들의 발목을 묶고 있었다. 세계가 이슬람 극단주의 테러에 주목하고 있었다. 이슈가 되는 사안이다 보니 난민 문제에 정통한 태율에게 도움을 요청할 수밖에 없었다.

　유럽에서 뉴스를 전할 때는 냉철한 분석력으로 실수 한 번 하지 않던 사람이 이곳에서는 온통 딴 곳에 정신이 팔려 있었다. 퀘벡에 도착한 이후로 팀원들과의 식사 자리에는 코빼기도 보이지 않았다. 오기 싫은데 억지로 끌려와서 어깃장을 놓는 건가 싶어 피디의 불만도 쌓여 가고 있었다. 수빈은 입가에 사근사근한 미소를 띠우며 중재에 나섰다.

　"에이, 감독님까지 왜 이러세요. 런던이랑 시차도 있고, 요즘 유럽이 워낙 시끌시끌하잖아요. 난민 문제며 이슬람 극단주의 무장단체들의 테러 사건 때문에 하루도 쉴 날이 없이 강행군이잖아요. 강 선배도 인간인데, 피곤이 쌓이죠."

　"거기서는 안 피곤해? 칼 같던 사람이 여기 와서는 가을철 동치미 무처럼 구니까……."

　부우우웅. 콰쾅, 쾅, 펑, 탕, 탕, 탕.

　순식간이었다. 평화로웠던 정경이 일순간 아비규환으로 변했다. 바리게이트를 밀고 들어선 오토바이 한 대가 인도로 달려들며 폭발해 화염에 휩싸였다. 그 뒤를 따라 나타난 오토바이에서 총이 난사되기 시작했다.

　무슨 일이 벌어진 건지도 몰랐다. 태율은 보호막처럼 몸으로 수빈을 완전히 감싸 안고 바닥으로 굴렸다. 얼음처럼 차가운 손가락이 귀를 감싸 총성으로부터 그녀를 보호했다. 절규 어린 외침과 비명이 들렸다. 영어와 프랑스어로 테러와 도망치라는 외침이 공기 중에 퍼져 나갔다.

충격으로부터 정신을 추스른 태율이 일어났다. 총성에 놀라 머리를 감싸고 바닥으로 주저앉았던 사람들이 하나둘씩 고개를 들고 움직이기 시작했다. 공포에 질린 사람들은 연기가 나는 반대 방향을 향해 분산되기 시작했다. 태율은 도망치듯이 달려 나오는 사람들의 무리를 뚫고 아비규환의 한복판으로 달려가려 하고 있었다.

"선배, 안 돼요. 거긴 위험해요."

"이거 놔. 저기서 다온이를 봤어. 지금 당장 그 애를 찾으러 가야 해."

수빈은 다리를 붙잡고 악착같이 매달렸다. 태율을 사지로 보낼 수 없다는 절박한 심정과 이대로 보내면 영영 이별할 것 같은 불길한 예감에 사로잡혔다.

"절대 못 가요. 가면 죽는다구요."

"젠장, 모르겠어? 이대로 있어도 나는 죽어. 그 애가 없으면, 나도 죽은 거나 마찬가지라고."

태율은 절규했다. 반은 실성이라도 한 사람처럼 앞으로 나아가기 위해 몸부림을 쳤다. 손에서 옷이 빠져나갔다. 간신히 내동댕이쳐지기 전에 누군가 뒤에서 수빈을 붙잡았다.

"뭐 하는 거야. 정신 차려. 야, 강태율. 너는 어디 가?"

그녀를 지탱하고 있는 사람이 피디인지, 카메라 감독인지 분간이 되지 않았다. 태율이 멀어져 갔다. 생과 사가 엇갈리는 참혹한 현장 속으로 죽을힘을 다해 달려가고 있었다.

평화와 공전이 무너진 도시는 아수라장이 따로 없었다. 안전지

대를 찾아 정신없이 달려가는 사람들에 떠밀려 몸도 제대로 가누기 힘들었다. 팔이 붙잡힌 채 끌려가며 수빈은 몇 번이고 뒤를 돌아봤다.

수빈을 찾아왔던 태율의 메마른 눈빛을 기억한다. 삶에 대한 의지가 전혀 느껴지지 않아 처연해 보이기까지 했다. 최고의 스카우트 조건에도 눈 하나 깜짝하지 않고 버티던 그가 당장 해외 특파원으로 보내 달라는 조건 하나를 걸고 찾아왔었다. 거절할 이유가 없었다. 곧바로 공석이 있는 유럽 지사로 발령을 내 줬다.

특파원이 된 그는 감정 없는 기계처럼 일만 했다. 주말도 없었다. 취재 현장이라면 어디든 달려갔다. 위험이 남아 있는 테러 현장도 마다하지 않았다. 저러다 과로사나 사고사라도 당하지 않을까 걱정될 정도로 자신을 시험하고 있었다.

그녀를 잊기 위해서라고 생각했었다. 착각이었다. 살기 위해서였다. 그녀가 없는 시간을 버티기 위해 자신을 혹사시키면서까지 일에 매달린 것이었다. 그녀는 반드시 무사해야 했다. 그래야만 강태율도 살아갈 이유가 생긴다.

뒤돌아볼 여유조차 허락되지 않은 상황에서 수빈은 태율이 무사하기만을 간절히 기도했다.

※ ※ ※

아침 일찍부터 전화가 빗발쳤다. 지치지 않고 울려 대는 전화 소리는 끝내 현미를 거실로 불러들였다. 태민은 이미 출근했는지, 집 안에 사람의 온기가 없었다. 냉장고에 붙여 놓은 메모지만으로 태민이 내려왔다, 나갔다는 것을 알 수 있었다.

집 전화와 핸드폰이 동시에 울렸다. 벽시계는 아침 8시를 가리키고 있었다. 미간에 저절로 주름이 잡혔다. 뭔가 안 좋은 일이 생긴 것 같다는 불길한 예감에 사로잡혀 거실에 놓아둔 핸드폰을 찾으러 가려는데, 현관문이 열리면서 태민이 뛰어 들어왔다.

"엄마, 뉴스 보셨어요?"

"뉴스? 무슨 뉴스?"

놀라 파리하게 변한 현미를 먼저 소파에 앉히고, 태민이 TV를 켰다.

― 지금 퀘벡은 참담한 슬픔에 잠겨 있습니다. 현지 시간 오후 4시 30분경 발생한 테러로 인해 6명이 목숨을 잃고, 최소 30여 명의 부상자가 발생했다고 추정되고 있습니다. 부상자들의 상태는 전해지지 않고 있습니다. 부상자들은 인근 병원으로 이송해서 치료 중입니다. 이 중에는 생명에 위독한 치명상을 입은 환자들이 있어 사망자의 수가 늘어날 전망이라는 안타까운 소식입니다. 사상자 중에는 한국인 관광객들도 섞여 있는 것으로 나타났습니다……

"이게 무슨 소리야? 퀘벡이라면 다온이가 여행 갔다는 도시인데, 설마 그 아이가 다치기라도 했다는 말이니?"

"아직은 저도 잘 모르겠어요. 친구한테 연락이 왔는데, 태율이가 현장에 있었다고……."

"뭐, 태율이가?"

태민은 다급하게 채널을 돌렸다. 채널은 NandC 아침 뉴스에 맞춰졌다.

― 사건 현장에서 핸드폰으로 녹화된 영상입니다. 그 당시의 참혹한 광경을 잘 보여 주고 있습니다. 다리에서 피를 흘리는 부상자

를 부축해서 걸어 나오는 사람은 NandC 뉴스 특파원 강태율 기자인 것으로 확인되었습니다. 강태율 기자는 헬기에 의해 인근 병원으로 후송되었습니다. 현재 강 기자의 건강 상태에 대해서는 아직 파악되지 않고 있습니다.

화면은 피 묻은 태율의 모습을 클로즈업했다. 더 이상 볼 수가 없었다. 현미는 리모컨을 뺏어 TV를 껐다. 가슴이 벌렁거려 말소리가 제대로 나오지 않았다.

"태민아. 이게 무슨 일이냐. 태율이한테 무슨 일이라도 생겼으면……."

"걱정 마세요. 태율이 괜찮을 거예요. 두 다리로 멀쩡히 걸어 나왔잖아요."

태민은 곧 쓰러질 것 같은 현미를 옆에서 붙잡아 주었다. 덜덜 떨리는 손이 그의 소매를 움켜쥐었다.

"저 애가 왜…… 다 내 탓이야. 내가 저 불쌍한 아이를 사지로 몰아냈어. 세상에서 제일 불쌍한 아이를…… 저 아이가 다치기라도 했으면……."

"엄마, 진정하세요. 제가 지금 공항으로 가 볼게요."

"나도 같이 가자. 이대로는 불안해서 안 되겠다. 태율이가 무사하다는 것을 내 눈으로 직접 보고 확인해야 안심을 할 수 있을 것 같아."

무리해서 일어나려는 현미를 태민이 말렸다. 지금 상태로는 안방까지 걸어가는 것도 힘들어 보였다.

"지금 상태로는 무리예요. 진정하세요. 제가 장담할게요. 태율이는 무사해요. 그리 호락호락하게 당할 녀석이 아니에요. 아시잖아요, 그 녀석이 얼마나 특별난 놈인지. 다친 사람을 도와주다 옷에 피가 묻은 걸 거예요."

"그렇겠지? 태율이 무사하겠지? 내가 이렇게 시간 낭비하고 있을 때가 아니지. 간단하게 뭐라고 챙겨야겠다. 너는 당장 여권부터 들고 내려와."

"무리하지 마세요. 진통 때문에 어젯밤에도 못 주무셨을 텐데."

"지금 내가 잠 못 잔 게 대수니, 내 작은아들이 죽음의 문턱에서 살아 돌아왔는데."

작은아들. 오랜만에 불러 보는 호칭에 가슴이 벅찼다.

"뭐 해, 안 움직이고? 필요한 것은 가서 사고, 여권만 챙겨서 빨리 내려와."

엄마는 강하다고 했던가. 당장이라도 쓰러질 듯이 파리한 모습으로 떨고 있던 현미가 180도 돌변했다. 아니, 원래의 모습으로 돌아왔다. 위기 때마다 보여 줬던 강한 엄마의 모습으로. 불안으로 터질 것 같던 마음에 빛이 스며들기 시작했다. 끝이 보이지 않던 어두운 터널에 끝이 보이려 하고 있었다. 태민은 두말없이 계단을 뛰어 올라갔다.

태민이 2층으로 올라가고, 현미는 냉장고를 뒤적였다. 태율이 좋아하던 밑반찬이라도 싸서 보내 주고 싶은데, 안에는 남의 손을 빌려 들여놓은 반찬만 즐비했다. 아프다며 살림에서 손을 뗐더니, 그녀의 요리를 좋아하던 태율에게 보낼 수 있는 게 아무것도 없었다.

안방으로 들어간 현미는 공진단과 선물받은 산삼 상자를 챙겨 들고 나왔다. 몸에 좋은 거라도 먹여서 하루빨리 건강한 모습을 되찾게 하고 싶었다. 죽음의 현장에 서 있는 태율을 본 순간 현미의 머릿속에 든 생각은 단 한가지였다.

'내 아들이 저 사지에서 뭘 하고 있는 거지?'

그녀를 비참한 상황으로 몰고 갔던 잡념들이 순식간에 사라져 버렸다. 자신을 밑바닥까지 끌어 내린 남편의 불륜. 30년이라는 시간 동안 자신은 기만당하고 모욕당했다는 배신감. 땅으로 떨어진 자존심을 되새기며 스스로를 불행으로 옭아맸던 올가미가 부질없는 잡념이 되어 버렸다.

오로지 그녀와 태율만 생각했다. 얼마나 저 아이를 사랑했는지, 저 아이로 인해 얼마나 행복했는지. 수많은 추억들이 되살아났다. 학교 갔다 돌아오면 꼭 엄마부터 찾던 모습, 아프지 말라며 고사리 같은 손으로 어깨를 주물러 주던 모습.

"무슨 소식 있으면 바로 연락해."

"걱정 마세요. 소식 들리는 대로 바로바로 연락드릴게요."

"우리 작은아들 찾아서 꼭 집으로 데리고 와. 엄마가 걱정한다고 전해 주는 것 잊지 말고."

"그건 엄마가 직접 전해 주세요. 태율이가 가장 듣고 싶어 하는 말일 테니까."

태민이 왜소한 현미의 어깨를 안고 등을 토닥여 주었다. 건네준 작은 가방 안에 그녀가 전하고 싶은 진심이 담겨 있는 것 같았다. 암울했던 집안이 다시 사람의 온기로 가득 차기를 바라며 태민은 집 앞에서 대기하고 있던 택시에 올랐다.

10장. 끈질긴 사랑의 생명력

 띠릭. 키패드에 키를 꽂자 초록색 불이 들어왔다. 손잡이를 돌려 문을 연 태율은 싫다고 버티는 다온을 뒤에서 밀며 안으로 들어갔다. 테러 현장에서 살아 돌아온 두 사람은 전쟁터의 패잔병처럼 꼴이 말이 아니었다. 옷가지와 얼굴은 굳어 버린 핏자국과 숯검댕이 자국으로 엉망이었다.

 "도움 필요 없다는데 왜 여기까지 끌고 온 거야?"

 "네가 묵는 호텔은 출입 제한 구역에 묶여 있잖아. 도시 전체가 비상이야. 이제 와서 호텔방 구하기는 불가능해. 화상 자국에 물 닿지 않게 조심하라는 주의 사항 못 들었어? 씻고 싶다며?"

 "타월에 물 묻혀서 닦으면 돼. 한 손으로 충분히 할 수 있어."

 "머리는 어떻게 감을 건데? 갈아입을 옷은 있고?"

 다온은 붕대에 감긴 오른손을 내려다보았다. 화상은 심하지 않았다. 특별한 치료 없이도 시간이 지나면 저절로 나을 상처였다. 하지만 태율은 오토바이 폭발로 인해 날아온 파편에 다친 그녀를 혼자 둘 생각이 전혀 없었다.

단순하게 화상을 입었다는 육체적 상처 때문만은 아닐 것이다. 눈앞에서 사람이 총에 맞았다. 피를 흘리며 죽어 가는 사람을 직접 봤다는 것만으로도 정신적 트라우마를 가져올 수 있었다.

"내가 정 불편하면, 최수빈한테라도 도움을……."

"그건 싫어."

다온은 일언지하에 거절했다. 신세 지고 싶지 않았다. 보살핌을 받으면 미워할 권리조차 사라져 버릴 것 같았다. 옷뿐만 아니라 머리카락에서 나는 역한 냄새가 사고 당시의 끔찍했던 순간을 떠올리게 했다. 할 수만 있다면 당장이라도 샤워기 아래로 들어가서 그때의 공포를 깨끗이 씻어 버리고 싶었다.

간절함이 통했을까. 태율이 욕조에 물을 받았다. 다온은 병원에서 덮어 준 담요를 벗고 욕실로 들어갔다. 희생자의 피가 묻은 재킷은 병원 쓰레기통에 버려 버렸다. 다온은 터틀넥 스웨터와 바지를 벗었다. 한 손으로 불편해하는 그녀를 태율이 옆에서 거들었다. 태율의 손이 브래지어 후크에 닿았다. 싫다며 거절하려던 다온은 이내 마음을 바꿨다.

지독한 화염 냄새가 옷 사이에 스며들어 있었다. 말끔히 씻어 내고 싶다는 욕망이 더 강했다. 속옷이 차례대로 벗겨졌다. 벗은 몸으로 그 앞에 서는 것이 처음도 아니었다. 그녀의 몸을 그녀보다 더 속속들이 알고 있는 사람이 태율이었다.

다온은 의연하게 따뜻한 물이 흐르는 욕조에 몸을 담갔다. 붕대를 감은 팔은 욕조 밖으로 내놓았다. 태율은 따뜻한 물로 적신 수건이 붕대에 닿지 않게 조심하면서 얼굴과 몸을 닦아 나갔다. 가끔은 손가락이 부드러운 맨살을 스치고 지나갔다. 다온은 체온보다 높은 물의 온도에 감사했다. 따뜻한 물에 몸이 둔해져 손가락이 스치며 전해 주는 감각에도 무던하게 반응할 수 있어 다행이라고 생각했다.

태율이 머리에 물을 묻히고 샴푸를 했다. 짧아진 머리는 긴 머리에 비해 다루기 쉬웠다. 목욕을 마치자, 수건으로 젖은 몸을 말려 주었다. 태율이 꼼꼼하게 머리를 말렸다. 거울에 두 사람의 모습이 비쳤다. 커다란 목욕 수건으로 몸을 감싼 그녀를 바라보는 태율의 눈빛에 감정이 교차했다. 그리움과 미련. 다온은 애써 아픈 시선을 외면하고 욕실 밖으로 나갔다.

등 뒤로 샤워기에서 시원스럽게 떨어지는 물소리가 들렸다. 몸에 남은 테러의 흔적을 지우고 싶은 것은 태율도 마찬가지였다. 다온은 방 한가운데 놓인 킹사이즈 베드를 바라보았다. 안락한 침대가 그녀를 유혹했다.

다온은 옷장에 걸린 셔츠 하나를 꺼내 입었다. 흰색 셔츠가 무릎까지 내려왔다. 단추를 대충 채우고 침대 가장자리로 파고들었다. 뜨거운 물의 효력인지 몸과 마음이 노곤했다. 태율이 욕실에서 나올 때까지만이라도 지친 몸을 달래 보자는 생각으로 베개에 머리를 묻었다.

엎치락뒤치락. 몸을 뒤척일 때마다 매트리스가 진동했다. 태율은 번쩍 눈을 떴다. 잠시 무슨 일인가 생각을 정리하는데 신음 소리와 함께 또다시 매트리스가 출렁하고 움직였다. 태율은 침대 반대편으로 몸을 돌렸다.

"괜찮아?"

"미안해. 곤하게 자고 있는 것 같아서 깨우고 싶지 않았는데, 진통이 심해져서……."

꽤 긴 시간 아픔을 참고 있었던 모양이었다. 얼굴을 잔뜩 찌푸린 다온이 몸을 뒤척였다. 시간을 확인하니 침대에 들고 다섯 시간 정도 지나 있었다. 진통제가 필요했다.

"기다려. 내가 내려가서 진통제 사 올게."

다온은 침대에서 일어서려는 태율을 말렸다.

"소용없어. 약국에서 파는 진통제는 화상에 효과 없어. 대신 물 좀 줘."

태율은 물병을 찾아 냉장고로 달려갔다. 옆에서 사람이 아파하는지도 모를 정도로 곤하게 잤다는 사실에 스스로 놀라고 있었다. 잠에 빠져드는지도 몰랐다.

단지 같은 공간에 그녀가 숨을 쉬고 있다는 사실. 그것만으로도 지난 시간의 고통을 잊을 만큼 행복했었다. 잠들어 있는 그녀를 보고 또 들여다봤다. 달콤한 향기가 났다. 희미하게 내뱉는 숨소리조차 달콤했다.

기억 속에서 몇 번이나 되새겨 봤던 얼굴이었다. 위로 올라간 속눈썹과 오뚝한 콧날, 붉은빛이 도는 입술, 입술 아래 숨어 있는 작은 점까지. 한 군데도 빼놓지 않았다. 보고 또 봐도 결코 질리지 않았다. 영원히 기억의 저장 창고에 담아 두고 싶었다. 그리울 때마다 평생 꺼내 볼 수 있게.

감히 만지지도 못했다. 눈이 짓물러져도 좋았다. 그저 바라보는 것만으로 만족했다. 그것만으로도 좋았다. 죽음보다 견디기 힘들었던 그리움과 죄책감. 단 하루도 편안한 마음으로 잠자리에 들어 본

적이 없었다. 늦은 밤이 될수록 그리움과 죄책감은 그를 끝없는 나락으로 이끌었다. 피곤에 지쳐 눈이 저절로 감길 때까지 정신과 육체를 혹사시켰다.

그가 지옥의 시간을 보내는 것처럼 다온 역시 같은 고통의 시간을 버티고 있을 거라는 생각은 그를 더욱 비참하게 만들었다. 가장 지켜 주고 싶은 사람을, 가장 불행하게 만들었다. 뼈아픈 진실 앞에 스스로를 용서할 수 없었다.

그녀와의 사랑이 덜 소중해서가 아니었다. 생과 사의 갈림길 앞에서 그는 무력할 수밖에 없었다. 그의 태생으로 시작된 거짓말이 아니었더라도, 아버지가 그토록 허무하게 생을 마감했을까. 암에 걸렸다는 것을 알고서도 치료에 대한 강한 의지를 보이지 않았다는 것은 거짓의 무게에 짓눌렸다는 의미로밖에는 해석할 수 없었다.

하루아침에 남편과 자식을 동시에 잃어버린 어머니는 남들이 치열하게 바라는 생에 대한 의지가 전혀 보이지 않았다. 어머니마저 그런 식으로 떠나보낼 수는 없었다. 어머니가 원하시는 대로 떠나 주는 것이 자식으로 할 수 있는 마지막 도리라고 생각했다.

언젠가는 그녀도 그의 선택을 이해해 주는 날이 오지 않을까. 희망을 걸어 보았다. 뻔뻔하게 용서를 구하겠다는 의미가 아니었다. 버림받지 않았다는 것만은 알아줬으면 했다. 씩씩하게 잘 견뎌 주기를 바랐다. 그리고 씩씩한 그녀를 보니 마음이 편해졌다.

실로 오랜만에 느껴 보는 마음의 평안이었다. 마음이 평온해서였을까. 한국을 쫓기듯이 떠나고 처음으로 깊은 잠에 빠져들었다.

태율은 물병을 건넸다. 다온은 붕대를 감지 않은 팔로 물병을 받았다. 흰색 셔츠를 걸친 어깨가 희미하게 떨리고 있었다. 히터

덕에 방 안의 온도는 한여름을 생각나게 할 정도로 후끈거렸다. 태율이 이마에 손을 올려 체온을 확인했다. 창백한 이마는 얼음 눈꽃처럼 차가웠다.

"추워? 열은 없는데…… 많이 아파? 지금이라도 프런트에 연락해서……."

"그 사람, 괜찮겠지?"

가느다란 음색에 혼돈이 녹아 있었다. 태율은 그녀가 묻는 사람이 누구인지 단박에 이해했다. 태율이 구해 준 총상 환자. 뒤늦게 찾아온 테러의 환영이 그녀를 괴롭히고 있었다. 이럴까 봐 지켜보려 했던 건데.

"괜찮을 거야. 의사가 목숨이 위험한 상태는 아니라고 했으니까."

"누가 그랬을까? 왜 죄 없는 사람들을……."

"아직 명확한 것은 없어. 곧 밝혀질 거야."

새우처럼 웅크린 몸이 시트 속으로 파고들었다. 아픔 때문인지 이마는 여전히 찡그린 채였다. 태율은 어찌할 바를 모르고 침대 옆을 서성이고 있었다.

"미안한데, 등 좀 토닥여 줘. 엄마가 아플 때 그렇게 해 주면, 아픈 것을 잊고 잠들고는 했었어. 날카로워진 신경을 분산시키는 데 도움이 될 것 같아."

태율은 조심스럽게 침대 위로 올라갔다. 웅크린 몸을 껴안았다. 작은 몸이 품 안으로 쏙 들어왔다.

"다 괜찮을 거야."

"무서워."

다온은 겁에 질려 있었다. 화염과 총성이 남기고 간 상흔. 그녀만큼은 평생 보지 않았으면 했던 테러의 폐허들. 그에게는 어느덧 익숙한 장면이 되어 버렸지만 다온에게는 아니었다. 세상 반대쪽에서 매일 일어나는 일이지만, 눈앞에서 일어나지 않으면 세상은 평화롭고 즐거운 삶의 터전이었다. 태율은 부드럽게 등을 토닥여 주었다.

"여긴 안전해. 도시에 비상계엄령이 내려졌어. 경비가 삼엄해서 더 이상 테러는 없어. 내가 약속할……."

태율은 차마 말을 끝내지 못했다. 대신 지그시 입술을 깨물었다. 두 사람에게 약속의 말은 무의미했다. 평생 옆에 있어 주겠다고 약속하고 지키지 못했다. 행복을 약속하고 불행을 껴안겨 준 사람이 바로 그였다. 그가 내뱉는 어떤 말도 다온은 믿지 못할 것이다.

가볍게 등을 토닥이던 손이 척추를 따라 등줄기를 위아래로 쓰다듬었다. 아픔을 잊게 해 줄 수만 있다면 뭐든 할 수 있었다. 태율은 떨림이 잦아들 때까지 등을 쓰다듬던 손길을 멈추지 않았다.

얼마나 시간이 흘렀을까. 잠이 든 거라고 생각했다. 오르락내리락하던 숨소리가 차분해졌다. 잠을 깨우지 않게 조심스럽게 팔을 거둬들이는데, 붕대를 감은 팔이 목을 당겼다. 깜짝 놀라 허우적거리는 사이에 입술이 부딪쳤다.

실수인가 싶어 고개를 들려는데, 다온의 입술이 그를 덮쳤다. 실수가 아니었다. 부드러운 입술이 거칠게 포개졌다. 물어뜯을 것처럼 달려드는 자극은 전기 충격처럼 아찔하게 전신을 휘감았다. 아랫배가 순식간에 뜨거워졌다. 휘몰아치듯 퍼져 가는 감각에 머릿속이 아득해졌다.

자연스럽게 벌어지는 입술 사이를 비집고 물컹한 물체가 들어왔다. 태율은 대담하게 밀고 들어오는 혀를 망설임 없이 낚아챘다.

혀와 혀가 뒤엉켰다. 몸서리쳐지게 짜릿했다. 꿈에서만 허용되던 욕망이었다. 꿈인지 현실인지 분간이 안 가는 상황이었다.

오랫동안 참았던 욕망이 꿈틀꿈틀 기지개를 켜기 시작했다. 꿈이라도 좋았다. 태율은 혀를 깊게 빨아 당겼다. 촉촉하게 젖은 입 안에서 끊임없이 단물이 나왔다. 황폐한 사막에서 생명수를 발견한 것처럼 멈출 수가 없었다. 핥고, 빨고. 지치지 않고 입 안을 탐했다.

이미 얇은 반바지 안에 감춰진 아랫도리는 터질 듯이 부풀어 올랐다. 차가운 손이 아랫배를 지나 팽팽하게 당겨진 반바지 위를 훑었다. 태율은 겁도 없이 아랫도리를 매만지려는 손목을 잡아챘다. 짜릿한 감각에 취해 정신을 못 차리던 이성이 간신히 정신을 차렸다. 이건 정당하지 못하다고 뒤늦게 경고를 보내고 있었다.

"어디까지 가자는 거야?"

"기분이 엿 같아. 섹스가 하고 싶어. 그럼 몸이 아픈 것도, 마음이 아픈 것도, 잠시나마 잊을 수 있을 것 같아."

다온은 붙잡힌 손목을 뿌리쳤다. 고집스럽게 그의 목을 끌어안은 상태였다. 이대로는 순순히 물러설 것 같지 않았다.

"이게 무슨 뜻인지 알고 이러는 거야?"

"섹스를 하는데 무슨 의미가 있어야 하는 거야? 섹스는 섹스일 뿐이야. 단지 하룻밤 같이 잔다고 몸이 닳아 없어지는 것도 아니잖아. 남자랑 자는 게 처음도 아니고…… 밤새 뒤척이는 것보다는 이 방법이 낫겠어."

"김다온, 그런 식으로 말하지 마. 전혀 너답지 않아."

"나다운 게 뭔데? 섹스를 원하면 이상한 거야?"

"너는 지금 나한테 화가 나 있어."

"이건 감정이랑은 상관없는 거야. 오빠도 원하고 있잖아. 아니라고 하지 마."

차가운 손바닥이 반바지 안으로 불쑥 들어왔다. 그러고는 한껏 부풀어 오른 아랫도리를 거침없이 움켜쥐었다. 아찔한 자극이었다. 헉, 고삐 풀린 망아지처럼 신음 소리가 절로 터져 나오려 했다.

"반드시 후회할 거야. 너는 지금 판단력이 흐려졌어. 그런 널 이용하고 싶지 않아."

"오빠야말로 착각하지 마. 오빠가 아니라, 내가 오빠를 이용하는 거야. 나는 지금 이 엿 같은 기분을 섹스로 잊고 싶을 뿐이라구. 남들처럼 그냥 즐기면 그만이야."

"누구라도 상관없다 이거야?"

"맞아. 누구라도 상관없어."

다온이 내뱉는 모든 말들이 비수가 되어 심장에 꽂혔다. 그녀가 원하는 게 그를 자극하고 상처 주는 거라면, 완벽하게 성공했다. 함께 사랑했음에도, 헤어짐에 대한 권리조차 주어지지 않았다. 주체적이지 못했던 과거를 후회하며, 이제는 관계의 주도권을 빼앗기지 않겠다는 것을 증명받으려 하고 있었다.

위로 치켜뜬 눈이 도전적으로 그의 반응을 살폈다. 자신 없으면, 또 도망쳐 보라며 비웃고 있었다. 태율은 어금니를 악물었다. 몸은 이미 뜨거운 열기에 불타오르고 있었다. 부드러운 손바닥의 감촉이 부풀어 오른 물건을 움켜쥐고 위아래로 문지르며 몰아붙였다.

태율의 숨소리가 거칠어졌다. 다온은 어떻게 해야 그를 미치게 하는지 정확히 알고 있었다. 아찔한 감각이 척추를 타고 머리끝까지 내달렸다. 욕망이 분출되는 순간 화산이 터지듯, 머리에서 발끝까지 퍼지던 뜨거웠던 감각을 기억했다. 언제든 그 절정의 순간을 향해 달려갈 준비가 되어 있었다.

"마지막 경고야. 분명 후회할 거야."

"내 선택이야. 후회도 내 몫이야."

"좋아. 네가 시작한 일이야. 즐기고 싶다면, 철저하게 즐겨."

입술이 단단하게 얽혀 들었다. 심술궂은 말을 내뱉는 못된 입술에서 환희에 들뜬 신음 소리를 듣고 싶었다. 태율은 새우처럼 굽은 다온의 허리를 끌어당겼다. 벌어졌던 몸이 빈틈없이 묶이며 다리와 다리가 교차되었다. 흰색 셔츠를 허리 위까지 끌어 올리자, 산행으로 다져진 탄탄한 허벅지가 드러났다.

태율은 당장이라도 폭발할 것처럼 성난 아랫도리를 은밀한 허벅지 사이에 대고 비볐다. 그의 물건 끝에 매끈거리는 점액질이 묻어 나왔다. 그녀도 이미 그만큼이나 흥분한 상태였다. 다온이 허리를 뒤틀었다. 태율이 꿈틀거리는 엉덩이를 움켜쥐었다. 엉덩이가 움직일 때마다 성난 물건이 다리 사이의 갈라진 부위를 매끄럽게 따라 움직였다. 열에 들뜬 신음 소리가 흘러나왔다.

두 사람 사이에 작은 틈이 벌어졌다. 가느다란 손가락이 틈 사이로 들어왔다 싶은 순간, 그의 남성이 관능의 늪으로 그대로 빨려 들어갔다. 아랫배를 꽉 채운 열기가 단숨에 그를 집어삼켰다. 비좁은 공간은 그를 강하게 조이며 끌어당겼다. 더 안쪽으로, 더 깊숙이.

미칠 듯한 황홀감이 그를 덮쳤다. 죽어도 후회는 없다. 등이 활처럼 구부러졌다. 벌어진 셔츠 사이로 도톰한 가슴이 그를 유혹했다. 거추장스러운 셔츠를 단숨에 풀어 헤쳤다. 소복이 솟아 오른 가슴은 보는 것만으로도 감칠맛이 났다. 태율은 커다란 손으로 있는 힘껏 양쪽 가슴을 모으고, 앙증맞게 솟아난 붉은 돌기를 번갈아

440

가며 입 안으로 삼켰다.

테러가 있고, 이틀이 지났다. 다온은 화장품 파우치를 캐리어에 넣고 지퍼를 잠갔다. 한국에서 가져왔던 모든 물건은 다시 캐리어로 들어갔다. 격정의 밤을 함께 보내고, 태율이 그녀가 묵었던 호텔에서 가져다준 물건들이었다.

현실로 복귀할 시간이었다. 잠시 후면 호텔 문을 열고 태율이 들어올 것이다. 그를 대면할 생각을 하자 몸이 긴장했다. 후회는 없었다. 몸이 절실히 그를 원했다. 태율의 손가락이 척추를 쓰다듬을 때마다 잠들어 있던 감각이 하나씩 되살아났다. 손끝이 전해 주는 작은 터치에도 몸속 세포가 전율했다.

그를 통해 섹스의 즐거움을 배웠다. 절정에 오르는 과정과 절정 후에 느꼈던 황홀감을 다시 한 번 느끼고 싶었다. 어쩌면 예전의 그녀가 아니라는 것을 증명하고 싶었는지도 모른다. 전처럼 쉽게 겁먹고 도망치는 겁쟁이가 아니라고, 원하는 것은 당당하게 내 스스로 쟁취해 나가는 성인이 되었다고 증명하고 싶었는지도.

텐션이 불러온 긴장감은 온몸의 감각을 최고조로 끌어 올렸다. 그들이 나눈 것은 단순한 섹스 이상이었다. 그녀가 그를 향해 품고 있는 감정이 애증 그 이상인 것처럼. 슬프면서도 황홀한 밤이었다. 육체가 불러온 본능에 가장 충실한 순간이기도 했다. 이 밤이 영원히 끝나지 않기를 염원할 정도로.

하지만 육체적 절정은 시간이 지나면 사그라지기 마련이었다. 밤이 깊어 가고, 어김없이 새벽이 왔다. 잠에서 깨어난 다온은 후회하지 않는다고 대답했다. 감정의 교류가 없었으니, 얻을 것도 잃을 것도 없다면서. 스스로도 그렇게 믿고 싶었다.

아무것도 달라지지 않았다. 달라질 이유가 없었다. 흔히들 말하는 원나잇. 계획에 없던 사건에 휘말리면서 정해진 궤도에서 잠시 이탈했을 뿐이었다. 이제 한국으로 돌아가면, 그녀의 삶도 원래의 위치를 찾아갈 것이다.

똑똑.

짧은 노크 소리가 심장을 두드렸다. 몇 번의 심호흡으로 긴장을 다스렸다.

"잘 잤어?"

문 뒤에서 반갑게 웃고 있는 사람은 태율이 아닌 태민이었다. 알게 모르게 가슴에 차오르는 복잡 미묘한 감정을 외면했다.

도시가 비상 상황이라 퀘벡 공항은 마비 상태였다. 태민은 한국에서 날아오자마자, 토론토 공항에서 여덟 시간을 운전해서 퀘벡에 도착했다. 태율이 안전하다는 것을 눈으로 확인했으니, 바로 다시 한국으로 돌아가야 했다.

퀘벡 공항이 정상적인 시스템으로 돌아왔지만, 비행기 좌석을 구하는 것은 하늘의 별 따기였다. 장시간 운전이 될 테지만, 한국으로 돌아가기로 결정한 다온은 태민과 함께 토론토 국제공항까지 직접 차를 운전하고 가기로 되어 있었다.

"네. 오빠는요?"

"세 시간 정도?"

겨우 세 시간 눈을 붙인 사람치고는 겉모습이 말짱해 보였다. 다온은 긴장이 풀린 얼굴로 들어오라며 옆으로 물러났다.

"손은 좀 어때? 한 손으로 짐 싸느라 불편하지 않았어?"

"요령이 생겼어요."

다온은 입가에 잔잔한 미소를 머금었다. 실제 입은 부상 정도는 별거 아닌데 커다란 붕대 때문에 과보호를 받는 것 같아 어색했다.

"태율이는 급하게 방송 현장으로 불려갔어. 국회 의사당 앞에서 집회가 있나 봐. 특파원으로 왔으니 뉴스거리가 있으면 현장으로 달려가야지. 나 혼자 와서 서운한 것은 아니지?"

실망이었을까, 안도였을까. 스스로도 답을 내리기 어려웠다. 이것으로 태율과는 또 다른 이별이었다. 도와줘서 고맙다는 작별 인사 정도는 하고 싶었는데. 허전해진 마음은 이렇게 그럴싸한 핑계로 포장했다.

"저는 준비됐어요. 지금 출발하면 되는 건가요?"

"그렇게 서두르지 않아도 돼. 한두 시간 정도는 여유 있어. 태율이가 기다려 달라고 하던데…… 나랑은 작별 인사 했는데, 아무래도 헤어지기 전에 네 얼굴 한 번이라도 더 보고 싶은 모양이야. 아래층 커피숍에서 기다려도 되지?"

"오빠랑 인사했으면 됐어요. 일하는 사람 방해하기 싫어요. 준비됐으면 출발해요."

"그래도 다온아……."

다온은 다치지 않은 손으로 캐리어 손잡이를 길게 뺐다. 태민이 캐리어를 받아 들며 그녀의 얼굴을 살폈다. 뭔가 하고 싶은 말이 있어 보이는데, 신중한 성격답게 말을 아끼고 있었다.

"태율이가 뭐라고 안 해? 삼자의 입장에서 뭐라고 할 입장은 못 되지만…… 두 사람이 좀 더 대화를 나누다 보면……."

태민은 현미 이모가 보내서 왔다고 했다. 이모의 마음에 변화가 있었다는 뜻이었다.

"우리 사이는 변함없어요."

다온은 단호하게 대답했다. 다시는 어느 누구도 사랑하고 싶지 않았다. 이별은 너무나 뼈아픈 기억이었다. 사랑의 완성은 짧고, 그로 인해 치러야 할 고통의 시간은 너무나 길었다. 두 번 다시는 겪고 싶지 않을 만큼.

"오빠랑 나는 헤어졌어요. 헤어지고 나서야, 오빠와 내가 함께 한 시간들이 얼마나 특별했는지를 알게 되었어요. 나는 이제 오빠를 감당할 자신이 없어요."

"그건 태율이 잘못이 아니야."

그녀를 설득시키기 위해 성급하게 손을 내밀던 태민은 자신이 잡은 손이 다친 손이라는 것을 깨닫고는, 미안한 얼굴을 했다. 그녀가 보지 않는 곳에서 그는 항상 이런 표정으로 그녀를 보고 있었다. 그의 잘못도 아닌데.

"누구의 잘못도 아니에요. 내 문제예요. 난 다시는 오빠를 진심으로 사랑할 자신이 없어요. 한 번 호되게 앓아 봤기에, 잃는다는 것이 얼마나 끔찍한 것인지 알게 되었거든요. 사랑을 잃을지도 모른다는 불안감에 떨면서, 그 사람을 다시 만나고 싶지 않아요."

"다시는…… 아니다. 내가 너무 내 욕심만 앞선 것 같다. 두 사람 일이니, 두 사람이 알아서 해결해야지. 그래도 가기 전에 커피 한잔 마실 여유는 줄 거지? 카페인이 절실히 필요한 순간이거든."

태민은 조급해지려는 마음을 달랬다. 다온이 여기까지 얼마나 힘들게 왔는지를 상상해 본다면, 그녀의 상처받은 마음을 이해 못 할 것도 아니었다. 그럼에도 이곳에 혼자 남겨질 태율을 생각하면 마음이 급해졌다.

당장이라도 한국으로 데려가고 싶지만, 모든 일에는 순리가 있었다. 맡은 바 책임도 있고, 얼어 버린 다온의 마음을 녹일 시간도 필요하고. 하나하나 순리에 맞게 풀어 가다 보면 해결책이 나오겠지.

태민이 침대 위에 놓인 조그마한 가방을 캐리어 손잡이 위에 올렸다. 방을 한 번 둘러보니 꼼꼼하게 뒷정리를 마친 상태였다. 그들이 떠나고도, 태율이 한동안 머물 방이라고 들었다. 그녀가 남기고 간 그림자에 한동안 마음고생 꽤나 하겠지? 태민은 다시 한 번 설득해 보고 싶은 마음을 애써 눌렀다.

"바로 출발하자."

먼저 복도로 나간 태민이 문을 잡고 다온이 따라 나오기를 기다렸다.

"작은 가방은 내가……."

'기어이 가겠다 이거지. 한 시간만 기다려 주면 어디가 덧나? 갈수록 고집만 늘어서는…….'

서운함이 뒤섞인 투덜거림. 바로 옆에서 속삭이는 것 같았다. 문을 향해 걸어가는 발걸음이 잠시 흔들렸다. 다온은 굳게 닫힌 욕실 문에 기대 다리에 힘을 실었다. 태민이 무슨 일이냐며 궁금해하는 표정을 지었지만, 그저 싱긋 웃어 주며 호기심을 잠재웠다.

태율을 만난 후로 귓가에 들리는 목소리가 더욱 뚜렷해졌다. 그를 직접 보고 제대로 된 이별을 하면 환청에서 벗어날 수 있을 거라던 기대는 착각이었다. 마음 깊은 곳에 자리 잡은 그리움과의 전쟁은 아직 끝나지 않았다. 질척거리는 이별의 과정은 그녀를 쉬이 놓아줄 생각이 없었다.

지긋지긋해. 다온은 머릿속 생각과는 달리 자꾸만 뒤돌아보고 싶은 마음을 억누르며 복도로 나섰다.

✕ ✕ ✕

평상시와 다를 것 없는 평일 오전이었다. 커피보다는 샌드위치로 유명해진 경은의 카페는 아침 10시면 영업을 개시했다. 손님이 본격적으로 분비기 시작할 점심 전까지는 아직 한두 시간 정도의 여유가 있었다.

퀘벡에서 돌아오고 3주가 지났다. 계절이 겨울로 들어서려는지 추운 날씨가 계속되고 있었다. 자동문이 열릴 때마다 차가운 바람이 실려 들어왔다. 날씨가 추워져 안으로 들여놓은 화분에 물을 주던 다온은 실내 온도를 높였다. 요즘 들어 부쩍 추위를 탔다.

금세 실내는 따뜻한 온기가 퍼져 갔다. 첫 손님이 들어왔다. 다온은 주문받는 곳으로 달려갔다. 오전에 커피 주문을 받는 것은 경은이 주로 하는 일이지만, 경은은 아직 주방에 있었다. 앞 건물에 새로 들어온 회사가 개업식을 한다면서 점심으로 단체 샌드위치를 주문한 까닭이다.

알바생은 손님이 붐비는 점심시간에 맞춰 출근할 예정이었다. 다온은 혼자 주문을 받고 커피 만드는 일을 시작했다. 여름부터 해 오던 일이라 제법 손이 빨라졌다.

어느덧 실내는 조곤조곤한 말소리와 구수한 커피 향으로 채워졌다. 다온은 토스터기에서 막 꺼낸 베이글과 크림치즈를 접시에 담고 있었다.

"강태율 기자 아냐?"

누군가 던진 한마디에 조용하던 카페 안이 일순간 술렁거렸다. 등 뒤에서 느껴지던 공기의 흐름이 달라졌다.

달려가던 기차에 브레이크를 걸었다고 해야 할까. 짧은 정적이 흘렀다. 뒤이어 들리는 숨죽인 말소리는 확신에 가까웠다.

올 것이 왔구나. 다온은 차분하게 하던 일을 끝마쳤다. 아침 일찍부터 건물 앞에 눈에 익은 스포츠카가 주차되어 있었다. 현성이 다 정리한 줄 알았더니, 차는 아니었나 보다.

현미 이모가 모든 인맥을 동원해서 방송국 고위층에 압력을 넣을 거라고 들었다. 태율이 한국으로 돌아오는 것은 정해진 수순이었다. 후임자를 물색하고 인수인계까지는 어느 정도 시간이 걸릴 거라 생각했다. 그래서 이렇게 빨리 대면하게 되리라는 생각을 못했다.

"잘 지냈어?"

주방에 있던 경은이 홀로 나왔다. 태율을 보고 놀라던 얼굴은 이내 적대적으로 변했다.

"쉬는 시간이 언제야? 잠깐 시간 좀 내 줬으면 좋겠는데."

"오늘은 바빠서 쉬는 시간이 없을 예정인데요. 주문하실 거면 저한테 하시죠."

경은이 질문을 중간에서 가로채며 앞으로 나섰다. 양손을 허리에 올리고, 다온을 시야로부터 가리려는 시도가 가상했다. 태율은 형식적인 미소로 경은에게 인사를 건넸다.

"오랜만이다."

"그러게요. 다시는 못 볼 줄 알았더니, 살아 있으니 또 보게 되네요, 강 기자님."

경은은 여전히 강태율이라는 이름으로 살고 있는 그에게 시비를 걸고 있었다. 태율은 나름 유명 인사였다. 어쩌다 보니 테러 현장에서 사람의 목숨을 구한 영웅이 되어 있었다. 다온은 작은 한숨 소리와 함께 앞치마를 벗었다. 그렇지 않아도 손님들이 카메라를 이쪽으로 들이대고 있는데, 뭔가 사연이 있다는 식의 암시로 구설수에 오르고 싶지 않았다.

"경은아, 나 한 시간만 나갔다 올게. 점심때까지는 여유 있지?"

"미쳤어? 저 인간이랑 단둘이서 어디를 가려고?"

경은은 그녀만 들을 수 있게 입 모양을 가리며 속삭였다.

"그럼 여기서 얘기해?"

다온은 아래턱을 까닥하며 그들에게 집중된 시선들을 가리켰다.

"그런 건 아니지만, 괜히 네가 마음이라도 약해져서……."

"그럴 일 없어."

다온은 단호하게 대답했다. 싫다는 말을 못 해 끌려다니던 예전의 그녀가 아니었다. 도리에 어긋난다 싶으면 가차 없이 'No'를 외치는 그녀로 인해 당황스러운 적이 한두 번이 아니었다. 경은은 다온의 눈치를 살폈다. 심기를 건드리지 않기 위해서였다. 바쁜 점심시간에는 누구보다 그녀의 손길이 절실히 필요했다. 주문은 물론, 급하다 싶으면 샌드위치 배달까지 척척 해냈다.

"딱 한 시간이다. 늦으면 큰일 나. 누구 하나라도 지각하면, 개업식 샌드위치 배달, 내가 해야 한단 말이야."

"걱정 마. 점심 전에 돌아와."

다온은 태율에게 변변한 눈길 한번 주지 않았다. 태율도 이미 예상한 반응이었는지, 이렇다 할 표정의 변화가 없었다. 자기를 알아보는 사람들이 있다는 것을 인지하고 모자를 깊게 눌러써서인지 더욱 표정을 알 수 없었다.

다온은 카페를 나와 오른쪽으로 돌았다. 비상계단을 통해 건물 옥탑으로 올라갔다. 다른 선택이 없었다. 태율의 얼굴이 알려졌으니, 어디를 가더라도 관심의 대상이었다. 조용히 대화를 나누기에 적합한 장소는 그녀가 살고 있는 옥탑방밖에는 없었다.

옥탑방 문을 열고 안으로 들어갔다. 태율은 별다른 말 없이 뒤따라 들어왔다. 다온은 보일러를 켰다. 하루 종일 카페에 있을 거라는 생각에 보일러를 꺼 두었다. 서늘한 기운이 옷 속으로 파고들었다. 재킷의 단추를 앞으로 여몄다.

태율은 거실 한가운데 서서 집 안을 둘러보았다. 소파도 들어가지 않는 작은 사이즈의 거실에 앉을 데라고는 식탁 의자뿐이었다. 단출하다 못해 초라해 보는 세간살이였다. 다온은 전기주전자에 물을 담았다.

"집이 좁아. 편한 데로 앉아. 차 한잔 줄까?"

"괜찮아."

"태민 오빠한테 오빠가 한국으로 돌아올 거라 들었지만, 이렇게 빨리 발령이 날 줄은 몰랐어."

캐나다에서 함께 귀국한 후, 태민은 하루가 멀다 하고 그녀에게 연락을 취하고 있었다. 정신과 의사를 소개하고 정기적인 상담으로 테러의 후유증에 시달리지는 않는지 신경 쓰고 있었다. 이 과정에 태율의 입김이 작용했다는 걸 알고 있었다. 그래서 더 열심히 상담에 응했다. 꼬투리를 제공해서 만남으로 연결 짓고 싶지 않았다.

그럼에도 태율이 한국으로 들어오면, 한 번쯤은 과거를 대면해야 할 거라고 생각했다. 지금이 바로 그때였다.

"휴가를 받았어."

"그랬구나. 진짜 뭐라도 안 마실래?"

"할 말이 있어."

"말해."

다온은 무심하게 말했다.

"난 흔히들 말하는 혼외자야. 아버지가 외도를 해서 낳은 자식이지. 입양되고 얼마 되지 않아서 그 사실을 알았어. 어머니께 항상 죄를 짓는 마음이었지. 널 사랑하면서도, 쉽게 다가서지 못한 이유가 그 때문이었어."

잠깐의 망설임 끝에 흘러나오는 고백. 티백을 집는 손끝이 떨리고 있었다.

"언젠가 내 출생의 비밀을 어머니가 아시게 되면, 너와 헤어져야 할지도 모른다는 두려움이 있었거든. 하지만 너에 대한 사랑이 커지면서 그 두려움조차 잠식해 버렸지. 행복에 취해 정신을 차리지 못할 만큼."

"불행히도 완벽하게 행복하지 않았지. 오빠가 불안해하는 모습이 내 눈에 보일 만큼."

"그랬을 거야. 내 안에 행복이 커지면 커질수록, 눈에 보이지 않는 작은 틈새가 벌어져 비밀이 새어 나올까 초조했으니까. 할 수만 있다면 비밀을 무덤까지 가져가고 싶었어. 너에게 말해야 한다는 것을 알면서도 할 수 없었어. 내 입으로 내 태생의 비밀을 털어놓는다는 것 자체가 어머니께 죄를 짓는 기분이었거든. 어머니가 진실을 알고 상처를 받을까 봐 두려웠어. 어머니의 완벽한 세상이 나로 인해 깨어지는 게 죽을 만큼 싫었어."

"세상에 태어난 게 오빠 잘못은 아니잖아."

"나는 날 낳아 준 부모가 거짓말을 하고 있다는 것을 알고 있었어. 알면서도 그 거짓말에 동참했어. 아무것도 모르는 어머니를 철저하게 기만했지."

다온은 보이지 않게 어금니를 바짝 깨물었다. 어른들이 지은 죄에 휘말려 어린 나이에 죄책감에 시달렸을 그를 생각하자 심장이 지끈거렸다. 그가 현미 이모 앞에서만큼은 영원한 약자일 수밖에 없는 이유가 이해가 되었다.

하지만 지나간 일들을 붙잡고 잘잘못을 따지기에는 돌이킬 수 없는 시간들이 흘러 버렸다. 다온은 애써 무덤덤한 표정으로 그를 마주 보았다.

"이제 와서 이런 말을 하는 이유가 뭐야? 정식으로 사과라도 하고 싶은 거야?"

"미안해. 내가 잘못했어. 그렇게 잔인하게 남겨 두고 떠나는 것이 아니었어. 네가 힘들었을 것을 생각하면……."

"지난 일이야."

목소리가 떨려 나왔다. 다온은 일부러 시선을 돌려 벽시계를 보았다. 그가 떠난 날을 떠올리는 것만으로도 고통스러웠다. 기도가 막힌 것처럼 가슴이 조였다. 다온은 한쪽 허벅지를 손가락으로 꼬집었다. 거미줄처럼 뻗어 나가려는 감정을 잘라 내야만 했다.

"좋아. 사과는 받아 줄게. 나도 지난 일은 훌훌 털어 버리고 싶으니까. 그러니까 오빠는 더 이상 나한테 미안해할 것도, 죄책감을 가질 것도 없어. 실연의 아픔에서 벗어났고, 잘 살고 있어. 내가 말했지? 한국으로 돌아오면 팀장님이랑 시작하기로 했다고."

다온은 적당한 선에서 대화를 마치고 싶었다. 가면을 둘러쓴 불편한 자리에서 한시라도 빨리 도망치고 싶었다.

"가 봐야 해. 점심때 팀장님이 오시기로 했어. 오빠가 이렇게 내 집에 있다는 걸 알면 별로 좋아하지 않으실 거야. 실망시켜 드리고 싶지 않아."

"박 팀장님과 네가 아무 사이 아니라는 거 알아."

태율이 깊게 눌러쓴 모자를 벗었다. 조심스러운 말투지만 자신이 하는 말에 확신을 갖고 있었다. 오만한 판단을 비웃어 주고 싶었다. 하지만 시선이 이마에 붙인 커다란 반창고에 먼저 닿았다.

"다쳤어?"

이런 바보.

"걱정해 주는 거야?"

"그냥 물어본 거야. 스스로가 오만하다는 생각은 안 들어?"

도둑이 제 발 저리다고 욱하며 성질을 돋는 모습이 태율이 하는 말에 힘을 실어 주고 있었다.

"느낀 대로 말했을 뿐이야. 박 팀장에 대한 네 마음이 진심이었다면, 넌 그날 밤 날 받아들이지 않았을 거야."

"그날은 사귀기 전이었어."

"설령 그런 마음이 있었다고 한들, 그런 일이 있고, 넌 박성민 팀장한테 가지 못해."

태율은 정확히 꿰뚫고 있었다. 성민에게 다가갈 마음도 없었지만, 그런 일이 있고 난 후는 더더욱 아니었다.

"웃기지 마. 그날은 특수한 상황이었어. 그날 무슨 일이 있었는지 굳이 알릴 필요도 없지만. 안다고 해도, 팀장님은 충분히 이해해 주실 거야. 정상적인 사고를 할 상황이 아니었어. 큰일을 겪었고, 누군가의 위로가 필요했었어."

"임신했을 가능성도 있어."

"……."

말문이 막혔다. 아니라고 바로 부정했어야 했는데, 한 박자 반응이 느리게 나왔다. 그녀 역시 가능성을 염두에 두고 있었다. 다행히 며칠 전에 생리가 있었다. 스트레스가 많은 달이라 그런지, 했다는 흔적만 남기고 가볍게 지나갔다.

"그럴 일 없어."

"아무런 보호 장치도 없었어."

"내 몸은 내가 잘 알아. 아무 일도 일어나지 않았어."

"그건 누구도 장담할 수 없어. 그날 밤에 임신이라도 되었다면, 난 반드시 알아야 해. 우리 아이니까."

우리 아이. 우리라는 단어가 주는 친근함에 울컥하며 목이 잠겼다. 배신감마저 들었다. 우리를 깨뜨린 사람이 누군데.

"여자인 내가 잘 알아. 분명히 말하는데, 더 이상 우리로 엮일 일은 없어. 할 말 다 했지? 이제 진짜로 가 봐야 해. 가능하면 앞으로는 마주치는 일 없었으면 좋겠다. 잊고 살기로 했는데, 얼굴 보면 불편해."

보일러의 버튼을 껐다. 이것으로 대화는 끝내겠다는 뜻을 확실히 했다. 좁은 거실을 가로질러 현관으로 가던 다온은 뒤이어 들려오는 말에 고개를 홱 돌렸다.

"휴가는 한 달이야. 휴가 동안, 너랑 같이 보낼 생각이야."

"미쳤구나?"

"맞아. 단 하루도 제정신인 적은 없었어. 여기로 달려오고 싶은 것을 참느라 미친놈처럼 일만 했어. 어차피 너한테 나는 세상에서 제일 나쁜 놈이야. 밑으로 내려갈 바닥도 없잖아."

"진짜 미쳤어."

다온은 화를 내며 운동화를 구겨 신었다. 진짜 화가 났다. 제대로 뻔뻔해지기로 작정한 사람 같았다.

"미친놈이 된 김에 나 하고 싶은 대로 할 생각이야. 휴가가 끝나면 서울 본사로 출근할 거야. 출근하더라도, 시간 나는 대로 널 보러 올 생각이야."

"맘대로 해. 나도 더 이상 미친놈 상대할 생각 없어."

태율은 남의 집 거실 한가운데 서서 집주인이 나가는 모습을 구경만 하고 있었다. 마치 그녀의 집이 자기 집이라도 되는 것처럼.

쾅. 벽이 흔들릴 만큼 문이 세게 닫혔다. 혼자 남겨진 태율은 힘없이 벽에 몸을 기댔다. 간신히 끌어모은 용기가 바닥이 났다. 미움받는 것보다 무관심을 더 견딜 수 없을 거라고 생각했는데, 이 또한 오만이었다. 그를 향한 원망은 날카로운 화살촉처럼 심장으로 파고들었다.

퀘벡에서 그녀를 떠나보내고, 날마다 환영에 시달렸다. 테러 현장에서 봤던 그녀의 눈빛을 잊을 수가 없었다. 공포에 젖은 두 눈은 꿈에서조차 그를 내버려 두지 않았다. 걱정되고, 보고 싶어 미칠 것 같았다.

태율은 저릿한 왼쪽 가슴을 손바닥으로 문지르다가 미친놈처럼 비죽이 웃었다. 미친놈이라 욕먹어도 이상할 것이 없었다. 그래도 감정이 죽어 가던 때에 비하면 감정이 살아 팔팔 뛰는 지금이 좋았다. 보고 싶어 죽을 것 같던 때에 비하면, 눈으로 보고 욕이라도 실컷 들으니 숨을 쉴 수 있을 것 같았다.

"뻔뻔한 놈."

스스로에게 욕을 했다. 묘한 쾌감마저 느껴졌다. 세상 사람 모두가 욕해도 상관없었다. 이렇게라도 옆에 있을 수 있다면…… 날아오는 돌에도 기꺼이 몸을 내어 줄 각오가 되어 있었다.

※ ※ ※

"맛있게 드세요."

샌드위치를 받아 가는 손님에게 인사를 하던 다온의 시선이 바로 앞에 있는 테이블을 향했다. 무시하자 하면서도 쉽지 않았다. 3주째였다. 마치 중력의 법칙 같았다. 어디에 앉아 있던, 그가 앉은 자리는 항상 그녀의 시선을 끌어당겼다. 옆에서 커피를 만들던 경은도 책에 빠져 있는 태율을 힐끔거리고 있었다.

"저기도 서비스로 샌드위치 하나 가져다줄까?"

경은이 조심스럽게 물었다.

"죽을래?"

"저 정도 커피 팔아 줬으면 샌드위치 정도는 서비스로 줄 수도 있지, 뭘."

"됐어. 배고프면 알아서 챙겨 먹겠지."

"그렇겠지?"

경은은 빈 커피 잔들이 즐비한 테이블을 쳐다보았다. 하루도 빠지지 않고 카페를 찾는 그는 줄기차게 커피만 시켰다. 몇 시에 오는지, 정해진 시간은 없었다. 식사 때도 커피 외에 다른 음식을 주문한 적은 없었다. 한번 들어오면 몇 시간씩 앉아 책만 읽다 가기에 점심이나 저녁을 거르는 날들이 대부분이었다.

처음에는 신경도 쓰지 않았다. 하지만 지금은 사정이 달랐다. 태율의 가정사를 듣고 난 후부터였다. 매정하게 버리고 간 것은 용서할 수 없지만, 도망치다시피 떠난 사정은 또 이해가 되었다. 죄지은 사람은 발 뻗고 편히 잘 수 없다고 했다. 죄인도 아닌데 죄인처럼 살아왔을 그가 안쓰러웠다.

홀쭉하게 마른 얼굴도 그렇고, 항상 엄격해 보인다고 생각했던 눈에서 기름기가 쫙 빠졌다. 슬퍼 보이기까지 했다. 슬픔을 담은 눈빛에 마음이 약해져서인지, 오랜 짝사랑으로 마음고생을 하던 사촌 오빠 성민보다 강태율을 더 응원하게 되었다.

"어째 처음에 왔을 때보다 살이 더 빠져 보이는 것이⋯⋯."

"대충 점심 손님은 끝난 것 같지? 이걸로 나는 오늘 근무 끝."

더 이상 듣고 싶지 않은지 다온이 차가운 목소리로 화제를 돌렸다. 경은은 이해했다. 겉은 차갑지만, 속은 불처럼 끓고 있다는 것을 안다. 그녀의 사랑은 여전히 현재 진행형이다. 한 번도 멈춰 본 적이 없었다. 독하게 겪은 이별에 질려 다시 시작하는 게 두려울 뿐.

시간을 확인하니 오후 2시가 훌쩍 넘었다. 확실히 샌드위치를 주문하는 손님이 줄었다. 저녁때까지는 커피 손님도 많지 않으니 브레이크 타임이라고 봐도 무관했다.

"고생했어. 상담받으러 가려고?"

"응."

다온이 앞치마를 벗었다. 퀘벡에서 돌아온 후로 다온이 누군가를 만나러 나가는 경우는 드물었다. 테러의 후유증으로, 멀리서 오토바이 소리만 들어도 깜짝깜짝 놀랐다. 상담을 위해 정기적으로 나갔다 오는 것이 외출의 전부라면 전부였다. 경은은 걱정스러운 눈빛으로 앞치마에서 핸드폰을 꺼내 가방으로 옮기는 다온을 지켜보았다.

"상담 시간을 더 늘려야 하는 것 아닌가 모르겠다. 지금도 오토바이만 보면 긴장돼? 밤에 잘 못 자?"

"많이 좋아졌어. 어제는 푹 잔 것 같은데, 이상하게 몸이 노곤하고 피곤하네."

"가끔 그럴 때 있어. 네가 보통 큰일을 겪었어야지. 내가 사다 준 비타민은 꼬박꼬박 챙겨 먹고 있지?"

"갔다 와서 챙겨 먹어야겠다. 간다."

"조심해서 다녀와. 추워. 오토바이 소리에 놀라지 않게 꼭 택시 타고 와."

그녀가 바로 앞으로 걸어가는데도, 경은은 큰 소리로 주의를 주었다. 마치 누구보고 들으라는 것처럼. 다온은 주방으로 연결된 문을 열기 직전에 돌아보았다. 부릅뜬 눈으로 까불지 말라며 경고를 날리는데, 이쪽을 바라보는 태율을 발견했다. 덜컹. 왼쪽 가슴이 무리하게 뛰기 시작했다. 무표정이 대부분인 그가 가끔씩 짓는 애잔한 미소에 심장은 속절없이 반응했다.

'바보, 멍청이.'

혼잣말이 튀어나왔다. 입술 모양을 보고 오해한 태율이 한쪽 눈썹을 찡그렸다. 스스로에게 던진 비난이었는데 태율이 오해했다. 상관없었다. 자신을 바보로 만드는 그도 미웠으니까. 무시하자 다짐을 하면서도, 그 다짐을 맥없이 흔들어 놓는 그에게 시위하듯, 다온은 홱 고개를 돌렸다.

다온은 카페에서 나와 주택이 즐비한 골목길을 걸었다. 큰길로 나가면 버스 정류장이다. 퀘벡에서 돌아온 후로, 본업은 잠정 휴업 상태였다. 카페에서 알바해서 버는 돈으로는 생활비도 빠듯했다. 택시는 사치였다.

주택가를 벗어났다 싶을 때였다. 부릉. 오토바이 한 대가 시끄러운 엔진 소리와 함께 옆을 지나갔다. 순식간이었다. 뒤에서 나타난 태율이 그녀를 보호하듯 품으로 끌어당겼다. 귀는 이미 커다란 손바닥에 감싸여 있었다.

"괜찮아?"

두려움이 거짓말처럼 사라졌다. 태율은 그녀가 오토바이 소리에 공포심을 느낀다는 걸 알고부터는 항상 이렇게 따라다녔다. 그래서인지 전처럼 오토바이 소리를 듣고도 긴장하거나 놀라지 않았다. 그가 와 줄 걸 알았으니까.

심장이 쪼그라들 것처럼 놀라던 소음에 서서히 무감각해져 가고 있었다. 바로 옆에서 들리는 소리가 아니라면, 수많은 도시의 소음들 중에 하나처럼 자연스럽게 흘려보내는 여유까지 생겼다. 꿈속을 어지럽히던 그날의 기억도 점차 희미해져 갔다.

태율이 그녀의 삶에 돌아오고서부터 생겨난 여러 가지 변화들 중의 하나였다. 더 이상 환청도 듣지 않았다. 날마다 그를 본다는 것에 익숙해지면서, 가짜 목소리가 거짓말같이 사라졌다.

모든 것들이 천천히 제자리를 찾아가고 있었다. 그가 사라지기 전으로. 하지만 다온은 인정하고 싶지 않았다.

"신경 꺼. 내 일은 내가 알아서 해."

"말하는 품새하고는."

태율은 품에서 바스락대는 그녀를 한번 세게 안고는 놓아주었다. 버릇없이 구는 그녀의 행동에도 전혀 기분 나빠 하지 않는다는 표정이었다. 어찌 보면 반항기로 똘똘 뭉친 반응을 즐기는 것도 같았다. 툭 하고 건들면 파르르 덤벼드는.

입가로 퍼져 가는 미소가 마음에 들지 않았다. 버스가 다가왔다. 다온은 앞에서 웃고 있는 그를 밀치고 버스에 올랐다.

"심술 9단."

다온은 원망 섞인 비난을 무시하고 빈자리를 찾아 앉았다.

"김다온, 일어나야지."

부드러운 목소리가 수면을 방해했다. 몸을 흔들던 움직임이 멈췄다. 다온은 고개를 번쩍 들었다. 버스 안이었다. 태율이 바로 옆자리에 앉아 있었다. 분명 옆에는 나이 지긋하신 아주머니가 타고 계셨는데. 창밖을 보다 눈이 피곤하다고 느껴 잠시 눈을 감는다는 것이 깜빡 잠이 들었다. 그것도 태율의 어깨에 기대어 자고 있다는 것도 모를 정도로.

버스 안에는 두 사람밖에 남지 않았다. 창밖을 보니 종점이었다. 내려야 할 버스 정류장은 한참 전에 지나쳤다. 다온은 신경질적으로 앞으로 흘러내린 머리를 쓸어 올렸다.

"왜 이제야 깨워?"

"피곤해 보여서. 잠자는 널 구경하는 재미도 쏠쏠했고."

"오빠 때문에 약속 시간에 늦었잖아."

"언제는 신경 끄라며? 네 일은 네가 알아서 한다고."

"그거랑 이거랑 같아?"

"나는 같은 건 줄 알았지."

뭘 잘못했는지 모르겠다는 순진무구한 표정이지만 그녀를 놀리는 게 재미있는지 눈이 반짝거렸다. 다온은 그냥 입을 다물었다. 자극에 넘어가서 그를 기쁘게 해 주고 싶지 않았다. 얄미워. 다온은 무릎에 놓인 가방에서 핸드폰부터 찾았다.

"연락할 필요 없어. 상담은 그쪽에서 먼저 취소했어. 의사 선생님한테 급한 일이 생겼나. 너한테 연락이 안 된다고, 대신 나한테 연락이 왔더라. 핸드폰이 꺼져 있는 것 같다고."

"그럴 리가. 내가 분명 아침에 충전시키고……."

다온은 핸드폰을 확인했다. 그의 말대로 핸드폰은 꺼져 있었다.

배터리가 방전돼서 꺼진 것을, 충전시키고 다시 켠다는 걸 깜빡했다. 생전에 안 하던 실수인데. 근래 들어 몸이 피곤하다 싶었는데, 정신력까지 해이해진 모양이다.

"그럼 말을 했어야지. 괜히 시간 낭비했잖아."

"얘기 좀 하자는데, 계속 무시한 사람이 누군데."

"문자라도 보냈어야지."

"내 문자 씹는 게 취미인 사람이 할 소리는 아니지 않나? 핸드폰도 꺼져 있었다면서."

한마디를 안 진다. 모처럼 만의 대화에 신이 나서 떠들어 댄다. 다온은 심통이 났다.

"버리기 전에도 이래 보지. 단 며칠 만에 그렇게 쉽게 포기하지 말고…… 매달려도 보고, 애원도 해 보지. 이모한테도 최소 한 달은 빌어 보지 그랬어."

다온은 조롱 섞인 말투로 이죽거렸다. 태율의 표정이 단박에 굳어졌다. 옆으로 빗겨 난 시선은 싸울 의지가 사라졌음을 말하고 있었다.

"난 두 번 다시 오빠 안 믿어. 절대 안 믿을 거야."

"못되졌네, 김다온."

"이렇게 만든 사람이 누군데?"

대답 대신 태율은 지그시 그녀를 바라보았다. 한참 후에 입을 열었을 때는 목소리가 잠겨 있었다.

"이대로 앉아 있으면 버스가 다시 출발할 거야."

심술이라도 부려 상처를 주면 속이 시원해질 줄 알았는데 아니었다. 풀 죽은 목소리를 들으니 가슴 안쪽이 욱신거렸다.

"내일부터 출근이야. 복귀가 일주일 빨라졌어. 지금처럼 자주는 못 와. 시간 나는 대로 들를게."

태율이 목에 걸린 목도리를 벗어 그녀에게 둘러 주며 자리에서 일어났다. 기다란 손가락이 자연스럽게 볼을 쓰다듬고 지나갔다. 그가 떠난 자리에 금세 한기가 차오른다. 빈자리에 서운해하는 자신이 싫었다. 다온은 멀어지는 등에 대고 기어이 심술궂은 말을 덧붙였다.

"그럴 필요 없어. 시간 낭비야."

"심술 9단."

심술 9단. 요즘 들어 태율이 그녀를 부르는 호칭이었다.

"한동안은 바쁠 거야. 업무 파악도 해야 하고, 팀도 새로 꾸려야 하고. 깨워 줄 사람 없으니까, 버스에서 졸지 말고. 쉬는 시간 잘 챙기고. 밥때 놓치지 말고. 감기 조심하고. 간다."

주의 사항을 줄줄 읊던 태율이 마침내 버스에서 내렸다. 내리자마자 유리창 너머로 손을 흔드는 그를 보며 다온은 새치름하게 고개를 틀었다. 남이사 뭘 하든. 외면하자 하는데 강력한 자석 같은 게 뒤통수를 잡아당겼다.

남의 손에 이끌리듯 다시 고개를 돌렸을 때, 태율은 사라지고 없었다. 또다시 가슴 안쪽이 욱신거렸다. 잘됐네. 후련하다. 사실 후련하지 않았다. 머릿속 생각과 달리 시선은 미련스럽게 그가 사라진 방향을 따라 헤매고 있었다.

※ ※ ※

커다란 종이 상자 여러 개가 거실 입구 한쪽에 층층이 쌓여 있었다. 신발을 벗고 집 안으로 들어오던 태율은 종이 상자에 찍혀진 브랜드 이름을 보고 살짝 미간을 찌푸렸다. 그가 새로 이사 갈 집에 들여놓을 제품 같았다. 침구며 주방용품은 충분히 샀다고 생각했는데, 현미의 생각은 다른 모양이었다.

"다녀왔습니다."

태율은 맛있는 냄새를 솔솔 풍기는 주방을 향해 소리쳤다. 일찍 퇴근했는지, 태민이 2층 계단을 내려오고 있었다.

"빨리 왔네. 내일부터 정식 출근이라며?"

"응. 형도 일찍 왔네."

"엄마가 너 바빠지기 전에 가족끼리 저녁 한 끼는 먹어야 하지 않겠냐고 하도 닦달을 하셔서. 오늘도 카페로 출근했다 오는 길이야?"

"태율이 왔니?"

앞치마를 입은 현미가 주방에서 나왔다. 직접 요리할 정도로 몸이 회복된 것은 아니지만, 도우미 아주머니에게 요리법을 전수할 정도의 활기는 되찾고 있었다.

"혼자 왔어? 다온이는 오늘도 안 왔어?"

비어 있는 태율의 옆자리를 보는 눈에 서운함이 가득했다. 태민이 눈치껏 현미의 팔짱을 꼈다. 하루빨리 모든 것을 제자리로 돌려놓고 싶은 마음은 이해하지만, 상처받은 마음을 어루만지기 위해서는 시간이 필요했다.

"올 때 되면 오겠죠. 남녀 사이의 일은 당사자한테 맡겨 두세요. 저 상자들은 뭐예요? 또 태율이 줄 물건을 제 카드로 사신 건 아니죠?"

"가족 간에 네 카드, 내 카드가 어딨어. 나중에 계좌이체 할 거야."

"당연하죠. 나보다 돈도 더 많으신 분이……."

"이제 제 물건은 그만 사셔도 될 것 같아요."

두 사람의 실랑이를 지켜보던 태율이 딱 잘라 말했다. 현미가 겸연쩍은 표정을 했다. 하지만 개의치 않고 하고 싶은 말을 이어갔다.

"밥은 밖에서 주로 사 먹을 건데, 불필요한 주방용품이 너무 많아요. 침구도 두 세트면 충분해요. 더 이상은 낭비예요."

"그, 그래? 오랜만에 하는 쇼핑이라 그런지, 내가 주책을 부렸나 보구나."

냉정한 지적에 현미는 어쩔 줄 몰라 했다. 잠시 어색한 침묵이 이어졌다. 하지만 어색함 뒤에 감춰진 본심은 뿌듯함이었다. 태율이 달라졌다. 그녀의 말이라면, 뭐든 좋다고만 하던 예전의 그가 아니었다. 싫으면 싫다고 말하는 진짜 아들이 되려고 노력 중이었다. 태민이 툭 하고 태율의 어깨를 주먹으로 건드렸다.

"자식 많이 컸다. 엄마한테 대들 줄도 알고."

"대든 거라면 죄송해요."

태율이 빠르게 사과했다. 예의 바른 사과에 현미가 인상을 썼다. 겨우 가까워지려나 싶었는데 다시 멀어진 기분이었다. 속상한 마음에 죄 없는 태민의 옆구리를 찔렀다.

"그렇게 따지면, 너야말로 불효자야. 차민선이라는 친구를 한번 데리고 오라는데, 왜 이렇게 말을 안 들어?"

"민선이는 왜요? 걔는 그냥 동창이라고 했잖아요."

"그냥 동창이랑 호텔을 들락거려? 나도 믿을 만한 소식통이 있거든."

"누가 그런 모략을……. 그 엉터리 소식통이 누군데요?"

태민이 과장되게 펄쩍 뛰었다. 웨딩플래너 민선을 다온에게 소개시켜 줬다. 그걸 계기로 친구에서 연인으로 발전했다. 깊은 관계임은 확실했다. 그렇다고 결혼은 절대 안 하겠다는 여자를 엄마에게 인사시킬 배짱은 없었다.

피식거리는 웃음소리가 들렸다. 믿을 만하다는 소식통이 누구인지 쉽게 추리할 수 있었다. 태민이 발차기를 날렸지만, 태율은 간발의 차이로 사정거리에서 벗어났다. 현미가 중재에 나섰다.

"그만해. 나이가 몇인데 아직도 싸움박질이야. 태율이는 올라가서 편한 옷으로 갈아입고 내려와라. 저녁 거의 다 됐어. 현성이라도 오라고 해. 얼굴 본 지 오래됐다."

"네. 연락해 볼게요."

태율이 가벼운 발걸음으로 2층 계단을 뛰어 올라갔다. 태율의 모습이 사라질 때까지 현미는 계단에서 눈을 떼지 못했다. 학창 시절의 태율을 보는 것 같았다. 사이가 좋으면서도, 가끔은 아옹다옹하는 형제 덕에 집안은 항상 활기가 넘쳤다.

현미의 눈시울이 붉거졌다. 행복이 넘치던 때로 돌아간 것 같았다. 우는 건지, 웃는 건지. 격한 감정을 주체하지 못하는 현미를 태민이 뒤에서 살갑게 안아 주었다.

11장. 돌고 돌아 제자리로

"안녕히 가세요."

카페의 자동문이 미끄러지듯 열렸다, 닫혔다. 서늘한 겨울바람이 실내로 들어왔다. 짧은 순간이지만 텁텁한 실내 공기를 상쾌하게 환기시켜 주는 기분이었다. 다온은 무릎 위로 걸쳐 놓은 담요를 개어서 비어 있는 공간에 올려 두었다.

마지막 손님이 떠났다. 카페 문을 닫을 시간이었다. 경은이 빈 접시와 머그를 주방으로 날랐다. 설거지는 아침에 출근해서 하기로 했다. 다온은 앞치마를 벗고 퇴근 준비를 서둘렀다. 몸이 물에 젖은 솜뭉치처럼 무거웠다. 어서 빨리 침대에 눕고 싶다는 생각만이 간절할 때, 주방에서 나오던 경은이 입구를 향해 큰 소리를 냈다.

"죄송합니다. 영업시간이 끝났는데요."

"다온아."

나이 지긋한 목소리가 그녀를 찾았다. 다온은 단박에 입구로 달려가 찬바람을 등지고 서 있는 현미를 안으로 들였다.

"이모. 이 시간에 어쩐 일이세요?"

자정이 다 되어 가는 시간이었다. 이렇게 늦은 시간에 현미 혼자 그녀를 찾아왔다는 사실에 놀란 마음을 숨기지 않았다.

"일하는데 방해하고 싶지 않아서 기다렸어."

"무슨 그런 말씀을 하세요."

조심스럽게 눈치를 살피는 현미를 보자 다온은 속상했다. 여왕처럼 당당했던 이모는 온데간데없었다. 화장기 없는 얼굴에 흰머리도 많이 늘었다.

"앉으세요. 따뜻한 차를…… 아니다. 그럴 게 아니라 저희 집으로 가요. 마침 퇴근하려던 참이었어요."

"그래. 여기는 내가 알아서 정리할게. 지금쯤이면 보일러가 돌아가서 방이 더 따뜻할 거야."

가방을 챙겨 온 경은이 어서 가라며 등을 떠밀었다. 예상치 못한 방문에 누구인지 몰라봤다가, 장례식장에서 봤던 것을 기억해 낸 것이다.

다온은 서둘러 현미를 옥탑방으로 안내했다. 다행히 집 안에는 온기가 돌았다. 다온은 손바닥으로 거실 바닥을 짚어 보며, 가장 따뜻한 곳으로 현미를 이끌었다. 소파가 없어 불편하지 않을까 걱정했는데, 따뜻한 온돌이 몸을 녹여 주니 오히려 다행이다 싶었다.

"여기서 앉아 계세요. 제가 따뜻한 차를 만들어 올게요."

일어서려는 다온의 손을 현미가 꼭 쥐었다.

"번거롭게 그럴 것 없어. 그냥 이렇게 조금만 앉아 있다 갈게."

"그래도 뭐라도……."

"태민이가 데리러 올 거야. 오래는 못 있어."

누구에게 연락을 해야 하나 고민하던 중이었다. 태민이라는 말에 다온은 안도했다.

"미안하다, 다온아. 미안해. 이 죄를 어찌 다 갚아야 할지……."

까칠해진 얼굴만 보고도 알 수 있었다. 현미가 이 늦은 시간에 왜 그녀를 찾아왔는지.

"이모 잘못이 아니에요."

"내 잘못이야. 내가 어리석었어. 그때는 죽고 싶다는 생각뿐이었다. 남한테 모질지 않고 열심히 산 나한데 왜 이런 일이 생겼는지…… 누구라도 원망하고 싶었어. 그 모든 원망을 죄 없는 태율이한테 쏟아부었지."

하루아침에 세상의 전부였던 가족이라는 울타리를 잃었다. 상실감과 배신감에 힘든 시간을 보낸 것은 현미도 마찬가지였다. 누구라도 원망하고 싶었겠지. 결국에는 자신도 함께 상처 입는다는 것을 모른 채. 다온은 말없이 현미의 손을 토닥여 주었다.

"태율이한테 그랬어. 네가 떠나지 않으면, 내가 죽는다고. 너랑은 죽어도 못 헤어지겠다고 하더라. 그래서 내가 죽겠다며 곡기를 끊었다."

다온은 그대로 굳어 버렸다. 충격이었다. 목숨을 담보로 협박까지 했을 줄은 몰랐다.

"그때는 진짜로 죽을 생각이었다. 태율이도 내가 진심이라는 것을 알았을 거야."

그랬구나. 그래서 그렇게 도망치듯 떠났던 거야. 목 안으로 뭔가가 빠르게 차올랐다.

"왜 그러셨어요? 오빠 잘못도 아닌데."

저도 모르게 원망이 터져 나왔다.

"미안하다. 내가 미쳐 있었어. 너희 엄마마저 빼앗길까 봐……
제정신이 아니었어. 정신이 돌아서…… 너희들이 얼마나 힘들지는
생각도 못 하고……."

"……."

"나 하나 살리겠다고…… 그 불쌍한 아이가 사지에서 겪었을
고초를 생각하면……."

흐느낌에 간간히 말이 끊겨졌다. 다온은 선뜻 입이 열리지 않았
다. 둔탁한 뭔가에 머리를 한 대 얻어맞은 기분이었다. 정신이 아
득해졌다. 다온은 잡았던 손을 슬며시 놓았다.

태율은 그때 어떤 심정이었을까. 한국에서 쫓겨난 태율이 하루
하루를 어떤 마음으로 버텼을지 상상도 되지 않았다.

많이 아팠겠지? 차라리 사실대로 말해 주지. 그랬더라면 다시
만난 순간에 그렇게 못되게 굴지 않았을 텐데. 독하게 내뱉은 비난
은 부메랑이 되어 그녀의 심장으로 파고들었다.

"친아들처럼 키웠다고 자신했어. 그런데 진짜 엄마가 아니었나
봐. 20년도 넘게 키운 자식을 그렇게 내쫓는 엄마가 세상에 어디
있니…… 그 아이가 얼마나 힘들었을지……."

주름진 손이 허옇게 질린 다온의 볼을 쓰다듬었다.

"미안해, 다온아. 너와 네 부모님께 이 죄를 어찌 다 갚아야 할
지 모르겠다. 진즉에 너한테 와서 무릎 꿇고 빌었어야 했는데……
태율이가 말리더구나. 이런 나도 어미라고 감싸 주고 싶었나 봐.
모든 비난은 저 혼자 감당하겠다고……."

가슴 안쪽이 먹먹해졌다. 변명 한마디 없이 모든 비난을 묵묵히 받아들이던 태율. 버림받았음에도 끝까지 어머니를 지켜 주고 싶었던 것이다.

"나 때문이다. 모든 게 다 나 때문이야. 당장이라도 너희 부모님을 찾아가서……."

"그러지 마세요."

다온은 다급하게 말을 잘랐다. 태율이 옳았다. 우정과 자식에 대한 사랑은 별개였다. 하나밖에 없는 딸이 무너지는 모습을 지켜 봐야 했던 부모님은 결코 쉽게 현미를 이해하지 못할 것이다.

"오빠 말이 맞아요. 저희 부모님께는 아무 말도 하지 않는 게 좋겠어요."

"네 부모님이 태율이를 받아들이지 않으실 거다. 나라도 그럴 거야. 태율이가 널 버렸다고 믿고 계시니까."

"오빠가 감당하겠다고 했으니, 그렇게 할 거예요."

다온은 단호하게 대답했다. 현미가 조심스럽게 눈치를 살폈다.

"헤어질 생각은…… 아니지?"

바로 대답이 나오지 않았다. 현미의 얼굴이 급격히 어두워졌다.

"다시는 태율이가 너한테 상처 주는 일은 없을 거야. 내가 약속할게. 태율이가 친엄마를 찾아가겠다고 해도, 나는 간섭 안 할 생각이다. 그 아이가 나로 인해 받은 고통을 생각하면…… 다른 욕심 없어. 너희들만 행복해진다면 나는 아무것도 바랄 게 없어."

현미는 어느 때보다 간절해 보였다. 말 한마디마다 진심이 담겨 있다는 것을 의심치 않았다.

"태민이가 그러더구나. 지은 죄가 있으니, 네가 마음이 풀릴 때까지 무작정 기다려 주자고. 나도 아는데…… 태율이 혼자 먼 타국에서 외롭게 지냈을 날들을 생각하면…….”

"……."

"아직 태율이를 사랑하지?"

다온은 선뜻 대답하지 않았다. 아직 두 사람에게는 풀어야 할 과제가 있었다. 사랑과는 별개의 문제였다.

"내가 이렇게 빌게. 우리 태율이 좀 봐주면 안 되겠니?"

무릎이라도 꿇겠다는 말은 사실이었다. 현미가 무릎을 포개며 양손을 앞으로 모았다. 다온은 당황했다.

"이모, 이러지 마세요. 아직 몸도 불편하시면서…….”

"한 번만 더 기회를 주면 안 되겠니? 제대로 변명할 기회라도 주면 내 속이 이렇게 타지는 않을 거야.”

마른 몸 어디에서 그런 힘이 나는지. 다리를 잡아당겨도 꿈쩍을 안 했다. 현미 성격이라면 밤새도록이라도 무릎 꿇고 앉아 있을 것이다.

"알았어요. 오빠랑 얘기해 볼게요.”

"정말이지?"

"약속해요. 그러니 이제 편히 앉으세요. 태민 오빠라도 들어오면 어쩌려고…….”

때마침 유리창 너머로 검은 그림자가 스쳐 갔다. 키가 큰 그림자가 태민을 닮았다. 깊은 한숨 소리가 들렸다. 현미는 불편한 다리를 모으더니 자리에서 일어났다.

"태민이가 왔나 보다. 여기 있다는 말에 정신없이 달려온 모양이다. 나오지 마."

"차 타는 데까지라도 내려갈게요.”

"아니야. 감기 걸려."

위잉, 위잉.

핸드폰이 진동하기 시작했다. 현미의 가방에서 나는 소리였다. 문밖에 선 태민의 전화였다. 지금 나간다고 대답한 현미가 핸드폰을 가방에 넣더니 대신 사각의 벨벳 상자를 꺼내 내밀었다.

"이게 뭐예요?"

"주문한 주인이 찾으러 안 오니, 나한테 왔더라. 한국에는 안 들어온 디자인이라나. 외국 본사에서 공수해 오느라 시간이 걸렸나 봐. 다행히 태율이 얼굴이 알려져서 나한테까지 온 것 같아."

현미가 멍하게 서 있는 다온의 손을 잡고 작은 상자를 손바닥 위에 놓았다.

"너를 위해 주문한 것 같아서."

상자는 반지가 들어가기에 딱 적당한 사이즈였다. 작은 상자가 주는 무게감은 엄청났다. 다온은 그 무게에 짓눌려 꼼짝도 할 수 없었다.

"내용물이 마음에 안 들면 태율이한테 돌려주렴. 다만 이것을 주문했을 때의 태율이 심정이 어땠을지 한 번만이라도 헤아려 주면 고맙겠다."

현미가 떠났다. 다온은 디지털 도어의 록이 자동으로 잠기는 소리를 듣고도 한참을 거실에 앉아 있었다. 현미를 배웅해야 한다는 것도, 태민에게 인사를 전해야 한다는 것도 망각했다.

손이 저절로 움직였다. 딸깍. 보석 상자의 뚜껑이 열렸다. 반지는 상상한 것 이상으로 화려하고 아름다웠다. 다온은 영롱하게 빛나는 다이아몬드의 아름다움에 마음을 빼앗겼다.

모처럼 만에 반가운 해가 떴다. 우중충한 기운을 날려 버리는 햇살 덕에 거리로 나온 사람들의 행렬이 눈에 띄게 늘어났다. 주택가 뒤로는 등산로가 있었다. 산을 찾는 등산복 차림의 사람들도 많이 보였다. 덕분에 카페는 커피 손님들로 붐볐다.

오늘은 다온이 일주일에 하루 쉬는 날이었다. 점심때가 되어서야 느지막이 카페로 들어온 다온은 곧바로 커피를 내리고 있는 경은에게 다가갔다.

"시간 딱 맞춰서 왔네. 저기. 네가 부탁한 샌드위치랑 아이스커피."

"고마워. 잠깐만 나갔다 올게."

"그래. 쉬는 날인데, 천천히 놀다 와."

경은은 무심한 척 유리창 너머를 한번 쳐다보고는 곧바로 하던 일에 집중했다. 샌드위치를 들고 어디로 갈지 이미 알고 있었다. 골목길 한쪽에 태율의 자동차가 서 있다고 말해 준 사람이 경은이었다.

종이봉투와 테이크아웃 잔을 챙겨 든 다온은 카페를 나섰다. 그가 방송국에 다시 출근한 지 일주일이 지났다. 한동안 많이 바쁠 거라는 말은 사실이었다. 찾아오는 시간은 주로 점심시간이었다. 막상 찾아와도 카페가 바쁜 시간이라 다온에게 말 한마디 붙여 보지 못하고 그냥 돌아가는 경우가 대부분이었다.

운전석 옆자리로 다가간 다온은 유리창 안을 들여다보았다. 잠이 든 건가. 태율은 받침대에 머리를 기대고 눈을 감고 있었다. 다온은 유리창을 두드리다, 문손잡이를 잡아당겼다. 문이 열렸다. 다온은 망설임 없이 보조석으로 들어갔다.

"점심 안 먹었지?"

얼떨결에 샌드위치 봉투와 커피를 받아 든 태율은 놀란 눈으로 주위를 살폈다.

"어떻게 된 거야?"

"우선 샌드위치부터 먹어. 이 시간 놓치면 저녁까지 굶을 거잖아. 오빠가 좋아할 만한 걸로 주문했어. 먹고 난 다음에 얘기해."

다온은 단호했다. 그가 샌드위치를 먹지 않으면 한마디도 하지 않을 사람처럼. 태율은 내키지 않는다는 표정으로 샌드위치를 꺼내 베어 물었다. 표정만 봐서는 모래를 씹는 것 같았다. 그래도 다온은 그가 샌드위치를 다 먹을 때까지 기다렸다. 빈 샌드위치 봉투를 버리고, 차가운 아이스커피를 한입에 다 마시고 나서야 태율이 입을 열었다.

"됐지? 이제 말해. 무슨 일이야?"

"어젯밤에 현미 이모가 다녀가셨어. 오빠한테 변명할 기회를 한 번만 달라고 부탁하셨어. 난 그러겠다고 약속했고."

태율이 눈썹을 찌푸렸다. 놀라거나 당황하는 표정은 아니었다.

"기회를 줄게. 지금부터 나를 납득시켜 봐."

"어머니한테 무슨 말을 들은 거야?"

"오빠가 떠나지 않겠다고 매달렸다는 거? 죽겠다고 협박하는 이모를 살리기 위한 어쩔 수 없는 선택이었다는 거?"

태율의 얼굴이 굳어졌다.

"내가 화나는 게 뭔지 알아? 여전히 오빠 모든 것을 혼자만 감당하려 한다는 거야. 조금이라도 나한테 덜어 줄 생각은 없어? 내가 옹졸하게 평생 이모를 미워하기라도 할까 봐? 맞아. 듣는 순간 그렇게 좋기만 하던 이모가 원망스럽더라. 그렇더라도 모든 상황을 이해할 수 있는 기회는 줘야 하잖아."

"모든 것은 나로 인해 시작됐어. 내가 책임져야 할 부분이야."

"오빠와 내 문제야. 거기에서 내가 빠졌잖아."

"비겁하게 어머니한테 비난을 떠넘기고 싶지 않아."

"언제까지 잘난 척만 할래?"

다온은 끝내 버럭 소리를 질렀다.

"안 힘들어? 힘들다고 징징거리고 싶지 않아? 오빠 잘못 아니잖아. 그 집에 들어간 건 오빠의 선택이 아니었잖아, 왜 오빠가 모든 걸 책임져야 하는데? 억울하잖아, 화나잖아."

"화나지 않아."

어느새 태율은 평정심을 되찾고 있었다. 동요 없는 그를 보니 다온이 오히려 화가 났다.

"등신이니? 화가 왜 안 나? 나는 화가 나. 오빠가 그 집에서 평생 눈치 보며 살았다는 것도 화가 나고, 그 집에서 쫓겨난 것도 화가 나. 나한테 거짓말하고 떠난 것도 화가 나고, 지금도 바보처럼 나한테 당하고만 있는 게 화가 나. 그러니까 변명이든 뭐든, 뭐라도 하란 말이야."

"……."

"언제까지 나를 허수아비 취급 할 건데? 나한테 이해해 달라고 설득할 생각조차 없어?"

"네가 이렇게 오해할까 봐 그런 거야. 내가 어머니께 죄송스러운 마음을 갖는 것과 눈치 보는 것은 달라. 어머니 입장을 충분히 이해해. 믿었던 사람에게 배신당한 심정이 어떤 건지 너도……."

"멍청이."

야무지게 쥔 주먹이 태율의 어깨를 때렸다.

"배신한 주제에 잘도 지껄인다."

당황한 눈동자가 한순간 크게 흔들렸다. 자신이 무심코 한 말의 여파를 깨달은 것이다.

"미안해."

"이제 와서?"

"다신 안 버려."

"누가 버림은 받는데?"

"……."

국어사전을 통째로 외운 강태율이 할 말을 못 찾고 있었다.

"할 말 없어?"

"내가 잘할게."

당황한 태율은 앞뒤가 안 맞는 대화를 이어 간다. 입을 열다가도, 말이 막히는지 다시 닫아 버렸다. 이마에 작은 땀방울이 맺혔다. 어떻게든 마음을 풀어 주려고 애쓰는 게 보였다. 심술부린 것이 미안해질 정도로. 다온의 말투가 한결 누그러졌다.

"어떻게 잘할 건데?"

"앞으로는 큰일이든, 사소한 일이든 너한테 먼저 물어보고 결정할게. 내 인생에서 네가 소외되었다고 느끼는 일, 절대 안 만들어."

"진짜야?"

태율이 고개를 크게 끄덕였다. 다온은 별다른 말 없이 팔을 머리 위로 올렸다. 태율은 당황하며 움찔했다. 때리려던 것이 아닌데. 다온이 팔을 거두려 하자, 태율이 다급하게 손목을 잡았다.

"이건 무슨 뜻으로 해석해야 하는 거야?"

"좋은 쪽."

"그럼 내가 원하는 쪽으로 해석해도 되는 거야?"

목소리가 기대감으로 들떴다. 다온은 딱 잘라 선을 그었다.

"오해하지 마. 칭찬해 주고 싶을 뿐이야. 물론 내가 지금 칭찬해 주고 싶은 사람은 날 버리고 떠난 강태율이 아니야. 어른들 잘못 때문에 상처받은 꼬마 강태율이지."

"상처받지……."

팔이 아래로 내려오려 했다. 태율은 잽싸게 손목을 잡고 정수리 위로 올려 쓰다듬어 주는 동작을 취했다.

"계속해."

다온은 천천히 머리를 쓰다듬어 주었다. 지그시 바라봐 주는 눈빛에 심장이 간질거렸다.

"고생했어. 어린 나이에 마주한 진실만으로도 벅찼을 텐데. 어른들 상처까지 껴안아 주고……."

"……."

"정말 대견해. 잘 견뎠어. 나라면 오빠처럼 의젓하지 못했을 거야."

"……."

"그리고 미안해. 아무것도 몰라줘서. 힘든 것도 모르고, 철없이 굴어서. 최선을 다하는 사람한테 잘난 척한다고 악담이나 퍼부어서."

태율의 입매가 깊어졌다. 생각에 잠긴 표정으로 듣고만 있던 태율이 머리를 쓰다듬던 손을 잡아 자신의 왼쪽 가슴에 댔다.

"뭐지? 이 묘한 기분은. 여기가 빽빽한 것도 같고, 저릿한 것도 같고. 칭찬받아서 좋은 건가? 왠지 애가 된 기분인데."

진짜 어린아이가 된 듯 장난기 가득한 미소가 싱그러웠다. 그 미소에 다온은 오히려 마음이 아팠다. 이렇게 밝게 웃는 모습을 본 것이 언제였더라. 아저씨가 쓰러지시기 전이니 1년도 더 된 것 같았다. 그동안 태율은 몇 번이나 웃었을까.

그녀에게는 위로해 주는 가족도 있고, 친구도 있었다. 하지만 태율은 처음부터 끝까지 철저하게 혼자였다.

"웃지 마. 정들어."

핀잔과 함께 가슴을 밀어 냈다. 밀폐된 공간에 단둘이만 있다는 사실이 아직은 어색했다. 점심시간이 끝났다. 태율이 직장으로 복귀할 시간이었다. 이제는 쓰레기가 되어 버린 샌드위치 봉투와 빈 컵을 수거했다.

"늦었다. 이제 가 봐. 퇴근하고 올 수 있으면 와. 바쁘면 안 와도 그만이고……."

다온은 차에서 내리며 말끝을 흐렸다. 태율이 다급하게 그녀의 손을 붙잡았다. 이번에도 다온은 손을 잡힌 채 가만히 있었다.

"무슨 뜻이야?"

"엄마가 반찬거리를 보내 주셨어. 불고기랑 기본 반찬 종류로. 혼자 먹기에는 양이 너무 많아. 같이 먹어도 좋고."

"올게. 몇 시에 올까?"

태율이 냉큼 대답했다. 그녀가 변덕이라도 부릴까 내심 조바심을 내고 있다는 걸 알았다. 다온은 부드러운 말투로 확신을 주었다.

"장 보고, 계속 집에 있을 거야. 아무 때나 와."

"피곤하게 장 보러 나갈 필요 없어. 오는 길에 내가 사 올게. 뭐가 필요한지만 알려 줘."

"알았어. 그럼 문자로 리스트 보낼게."

손목을 붙잡은 손에 힘이 들어갔다.

"이번에는 내가 원하는 쪽으로 해석해도 되는 거지?"

"책임감으로 똘똘 뭉친 어른 강태율을 이해하려고 노력 중이야. 제대로 된 설명 없이 떠나 버린 오빠가 미웠어. 아니, 여전히 미워."

비난하고자 하는 의도는 아니었다. 다온은 서둘러 말을 이어 갔다. 그에게 다가가기 위해서는 자신에게 먼저 솔직해져야 했다.

"하지만 미운 것과는 비교할 수 없을 만큼 오빠가 그리웠어. 밉다는 감정에는 충분히 솔직했던 것 같아. 이제부터는 그리워했던 내 감정에 솔직해지고 싶어. 이제 가. 나 때문에 회사 잘렸다는 소리는 듣고 싶지 않아."

차 문이 닫혔다. 곧바로 유리창이 스르륵 내려갔다.

"붙잡으면, 안 갈 수도 있는데. 잡아 주면 안 돼?"

안도하는 표정과 아쉬움 가득한 표정이 교차했다. 당장이라도 차에서 뛰쳐나와 그녀를 안고 싶다는 얼굴이었다. 가면을 벗으니, 마음이 보였다.

쿵쿵. 심장이 빠르게 뛰었다. 새로운 시작에 대한 설렘. 더는 속일 것도, 감출 것도 없었다. 이대로 보내기 싫다. 솔직해지고 싶었다. 하지만 미치게 뛰는 심장을 다독여 줄 시간이 필요했다.

"안 돼. 빨리 가."

빙그르 몸을 돌렸다. 여기에 오기까지 힘든 과정을 겪었다. 천천히 가자, 천천히. 급하게 앞서려는 마음을 다독이며 다온은 천천히 집으로 향했다.

※ ※ ※

부지런히 움직이는 젓가락질에 반찬 그릇이 깨끗이 비워졌다. 다온이 평상시에 먹던 양보다 많이 준비해 놓는다 했는데도, 성인 남자의 기준에는 한참 부족했다. 불고기라도 더 구워야 하나. 밑반찬을 더 꺼낼까. 망설이는 사이에 태율이 빈 접시를 싱크대로 옮겼다.

"더 먹지, 왜? 불고기 남았어. 구워 줄게."

"배불러. 많이 먹었어."

키 낮은 싱크대 앞에 구부정하게 선 태율은 수세미에 세제를 묻혔다. 말려 볼까 싶다가도, 한번하기로 마음먹은 것은 반드시 할 사람이라는 생각에 포기했다. 대신 다온은 뒤에서 그가 설거지를 마칠 때까지 기다렸다.

물을 만지느라 걷어붙인 소매를 아래로 내리며 태율이 바로 맞은편 자리에 앉았다. 앞으로 조금만 고개를 숙여도 코끝이 닿을 정도로 비좁은 공간이었다. 어색한 기류가 흘렀다. 두 사람은 한동안 말이 없었다. 손끝이 조금만 스쳐도 긴장하게 되니 몸을 움직이기도 쉽지 않았다. 그나마 뭐라도 먹고 있을 때가 덜 긴장되었다 싶어 다온은 부리나케 냉장고를 열었다.

"디저트 먹어야지. 엄마가 보내 준 곶감이랑 식혜 있는데. 홍시도 있고. 카페에서 파는 조각 케이크도 있는데…… 먹을래?"

"응. 줘."

배가 꽉 찬 느낌에 숨 쉬는 것도 버거웠지만 태율은 거절하지 않았다. 어색해하는 다온을 편안하게 해 주고 싶었다. 케이크가 먼저 식탁에 올라왔다. 케이크는 적당히 달고 부드러웠다. 태율은 가벼운 화제로 대화를 시도했다.

"카페 일은 힘들지 않아?"

"익숙해져서 괜찮아."

"부모님은 건강하시지?"

"응. 재미 삼아 농사지으시는 게 도움이 되는 것 같아. 규칙적으로 움직이다 보니 운동도 되고."

냉장고에서 식혜를 찾던 다온이 콧잔등을 찡긋거렸다. 반찬 투정 하는 아빠에 대한 푸념을 늘어놓던 엄마와의 전화 통화가 생각나서였다.

"아빠 반찬 투정도 여전하셔. 그것만 아니면 두 분이 싸울 일도 없을걸."

"……나한테 화가 많이 나셨더라."

혼잣말처럼 낮게 중얼거리는 소리에 다온은 놀라 고개를 들었다.

"우리 집에 갔었어?"

"응."

"언제?"

"한국에 들어오고 세네 번 정도?"

"세네 번?"

어중간한 숫자였다. 의아해하는 그녀를 위해 태율은 설명을 곁들었다.

"한 번은 도저히 자신이 없어서 중간에 돌아왔거든."

그럼 최소 세 번은 찾아갔었다는 말이다. 다온은 처음 듣는 소리였다. 날마다 안부 전화를 드리는데, 내색 한 번이 없으셨다.

"다른 뜻은 없었어. 두 분 모두 나를 아들처럼 아껴 주셨는데…… 찾아뵙고 사과드리는 게 도리에 맞는다고 생각했어."

"몰랐어."

"네가 힘들어질까 봐 일부러라도 말씀 안 하셨겠지."

"엄마가 뭐래?"

"아무 말도. 먼 길 왔으니 밥은 먹고 가라는 뜻인지 식사만 차려 놓고는 안방으로 들어가셨어. 대문 밖에서 쫓아내실 줄 알았는데, 들어오라고 하셔서 의외였어."

"그러게. 의외네."

정말 의외였다. 평상시에 입버릇처럼 달고 다니시던 말이 있었다. 죄는 미워해도, 사람은 미워하지 말라. 하지만 내 딸을 울린 나쁜 놈한테는 절대로 해당이 안 된다고 못을 박으시더니…… 어려서부터 봐 온 정이 있어서 그러셨나.

"다음에는 나랑 같이 가. 자주 찾아뵈면, 언젠가는 용서해 주시겠지."

"내일은…… 시간 돼?"

하루라도 빨리 용서를 구하고 싶은 마음을 이해했다. 다온은 고개를 끄덕였다.

"될 거야. 사장님을 잘 구슬려 봐야지."

만족한 태율은 남은 케이크 조각을 마저 입에 넣었다. 아래턱이 어금니와 맞물려 움직였다. 섬세하면서 마른 얼굴선은 어느 때보다 날이 살아 있었다. 경은이 한 말이 맞았다. 태율은 처음 한국으로 돌아왔을 때보다 더 말라 보였다. 아마 엄마도 삐쩍 마른 얼굴을 보고 차마 대문 밖에서 내치지 못하셨을 것이다.

"케이크 더 줄까?"

"이걸로 충분해."

태율은 빈 접시를 바로 싱크대에 집어넣었다. 워낙 공간이 좁아서 팔만 조금 뻗으면 가능했다.

"여기서 생활하기 불편하지 않아? 외풍도 심한 것 같고. 여름이면 상당히 더울 것 같은데. 공간도 꽤 협소하고."

"대신에 월세가 싸. 지금 내 형편이 좀 그렇잖아."

태율은 대답 대신 미간에 주름을 잡았다. 잘 다니던 잡지사를 그만두게 한 장본인이니 할 말이 없었다.

"근처에 주택을 얻었어. 위층과 아래층의 생활공간이 완벽하게 분리되어 있어. 2층은 아직까지 비어 있는 상태고. 카페까지 걸어서 출근할 수 있는 거리야. 붙박이 냉장고도 있고, 에어컨도 있어. 겨울에는 따뜻하고 여름에는 시원할 거야. 공간도 여기보다는 넓어. 안락의자 정도는 들여놓을 수 있고, 안전적인 면에서도……."

유리창 너머로 어두운 그림자가 너울거렸다. 태율이 긴장했다.

"방범창이라 아무도 못 들어와. 아마 아래층 고양이일 거야. 밤에 자주 돌아다녀."

고양이 울음소리가 들렸다. 태율은 여전히 긴장을 풀지 않은 채 인상을 찌푸렸다.

"알았어. 이사할게. 인상 펴. 대신 월세는 많이 못 줘. 그 정도는 봐줄 수 있지?"

"……."

놀란 시선이 출렁거렸다. 다온은 피식, 여유로운 미소를 흘렸다.

"심술 9단이 웬일이냐고? 누구 덕에 밤새 전등을 켜 놓느라, 지난달 전기세 많이 나왔다고 집주인한테 혼났거든."

"알고 있었어?"

물론 알고 있었다. 그녀의 안전을 걱정한 태율은 늦은 밤까지 옥탑방 창문을 지켜보고 있었다. 그래서 매일 새벽빛이 밝을 때까지 집 안의 모든 전등을 켜 놓았다. 그가 안심할 수 있게.

"내가 바본가. 맨날 얻어 타고 다니던 차도 못 알아보게."

"착해졌네, 김다온."

태율은 잘 생각했다며 정수리를 토닥여 주었다. 쑥스러움에 다온은 슬쩍 얼굴을 붉혔다.

"예뻐. 칭찬해 줄게."

"내가 앤가. 무슨 칭찬을 그렇게……."

투덜대던 말이 끝나기도 전에 태율이 번쩍 다온을 들어 무릎 위에 앉혔다. 겨우 한 뼘 정도의 사이를 두고 얼굴이 마주했다. 달콤한 케이크의 잔향을 느낄 수 있을 정도로 가까운 거리였다. 눈동자가 바로 앞에 있었다. 숨결이 느껴졌다. 그녀를 담은 까만 동공이 안에서 불꽃을 피우기 시작했다. 쑥스러움에 고개를 숙이는 그녀를 태율이 붙잡았다.

"진짜 칭찬은 지금부터야. 기대해."

촉촉한 입술이 부드럽게 감겨 오며 까만 불꽃이 순식간에 그녀를 덮쳤다.

※ ※ ※

자동차 소리가 가까워지면서 담장 너머 진돌이가 짖기 시작했다. 핸들을 잡은 태율은 손에 땀이 차오르는지, 자꾸만 손바닥을 바지에 닦았다. 고속도로를 벗어나 동네 진입로에 들어서면서부터 바짝 긴장하는 게 안쓰러울 지경이었다. 다온은 안심하라는 의미에서 손을 꽉 잡아 주었다.

"걱정 마. 때리면 내가 막아 줄게."

"후우. 차라리 맞아서 해결될 일이면 좋겠다."

커다란 한숨 소리가 절박한 그의 심정을 대변했다. 파란 대문이 열렸다. 마당에 마중 나온 사람은 없었지만, 현관문이 삐죽이 열려 있었다. 다온은 씩씩하게 앞장섰다. 태율은 선물로 준비한 한우 세트와 과일 바구니를 들고 뒤를 따랐다.

썰렁한 환대와 달리 집 안은 명절 분위기를 내는 고소한 전 냄새로 가득했다. 부모님은 소파에 앉아 계셨다. 부모님은 큰절을 올리는 태율을 보고도 본척만척 말씀이 없으셨다. 태율은 대역 죄인이라도 되는 것처럼 거실 한가운데 무릎을 꿇고 앉았다.

"죄송해요. 오늘은 오빠랑 같이 왔어요. 오빠가 용서를 빌고 싶다고 해서…….."

"네가 뭐가 죄송해?"

아빠는 태율을 대신해 사과하는 다온에게 버럭 소리를 질렀다. 엄마가 침착하게 자리에서 일어나 거실 한쪽 구석에 놓인 한우 세트를 들고 주방으로 향했다.

"밥이나 먹고 가."

"그건 뭐 하러 들고 가? 속도 없어? 저런 녀석이 뭐가 예쁘다고 밥상을 차려 줘?"

"누가 예뻐서 이래요? 몇 시간이나 운전하고 온 애를 밥도 안 주고 쫓아내요? 다른 사람도 아니고 친구 아들을?"

"친구 아들은 무슨…… 에잇, 다들 못마땅해."

쾅. 아빠가 화를 내며 방문을 세게 닫고 안방으로 들어가셨다. 다온은 쫄래쫄래 엄마를 따라 주방으로 들어갔다. 갑작스런 문자 메시지에 놀라셨을 텐데도 음식까지 준비해 주시다니. 애교를 부리듯 허리를 껴안으며 등에 얼굴을 비볐다. 찰싹. 엄마는 허리를 껴안는 손등을 정말 찰싹 소리가 나게 때렸다. 다온은 손등을 비비며 과장되게 엄살을 부렸다.

"아파, 엄마."

"자존심이라고는 쥐뿔만큼도 없는 덜떨어진 것. 내가 너를 낳고 미역국을 먹었다. 몽둥이로 안 때린 것을 감사하게 생각해."

"미안. 그때는 오빠도 나름의 사정이……."

"시끄러워. 손 씻고 상이나 차려. 밥만 먹고 바로 가라고 해. 행여나 저 자식 따라갈 생각은 하지도 마."

어려서부터 봐 온 친구의 아들이라는 이유로 예의를 갖춘 것일 뿐, 엄마는 태율에게 화가 단단히 나셨다. 아빠보다는 엄마를 공략하기 쉬울 거라는 계산은 착각이었다. 다온은 눈치껏 바로 손을 씻고 냉장고를 열었다.

칼칼한 육개장과 명태전, 젓갈 종류가 식탁에 올라왔다. 다온은 차마 주방으로는 들어와 보지도 못하는 태율을 끌어다 식탁에 앉혔다. 엄마는 그의 맞은편에 앉았다. 점심시간을 한참 지났으니 이미 식사는 하신 상태였다.

태율은 얼어붙은 표정으로 수저를 들었다. 밥, 국, 반찬, 밥, 국, 반찬. 무슨 맛인지도 모르고 의무적으로 먹고 있다는 것이 눈에 보일 정도였다. 순서라도 정해 놓은 것처럼 손이 움직였다.

밥을 먹으라는 건지, 고문을 하는 건지. 밥 먹을 때만이라도 자리를 비워 주시지. 속으로 불평을 삼키며 갈치속젓에 밥을 비벼 먹던 다온은 갑자기 등을 내려치는 손길에 화들짝 놀랐다.

"아야. 또 왜?"

"김다온, 사실대로 말해. 너 혹시……."

"혹시 뭐?"

"너 원래 갈치속젓은 비리다고 쳐다도 안 봤어. 명태전 킬러가 명태전은 손도 안 대고. 육개장도 놔두고. 비린내 나는 갈치속젓에 밥만 비벼 먹고 있잖아."

"난 또 뭐라고. 나이를 먹으면 식성이야 변하기 마련이지."

무슨 큰일이라도 일어났나 싶었던 다온은 안심했다.

"식성이 한 달 만에 바뀌는 사람도 있냐? 비린 것은 입에도 안 대던 내가, 너 가졌을 때 줄기차게 찾던 게 갈치속젓이야."

"엄마는 무슨……."

다온은 깜짝 놀라 손사래를 쳤다. 임신이라니. 말도 안 되는 소리라고 호언장담을 하고 싶은데, 마지막 생리일이 언제였는지 딱히 떠오르지 않았다. 미세하게 변하는 표정의 변화를 감지한 엄마가 다온의 등을 손바닥으로 내리 때렸다.

"미쳤어, 미쳤어. 차였다고 울고불고할 때는 언제고……."

폭탄이라도 맞은 것처럼 멍하니 앉아 있던 태율이 움직였다. 언제 정신줄을 놓고 있었는지도 모르게 번개처럼 날아와 다온의 작은 몸을 품 안에 감쌌다. 이제 엄마는 다온이 아닌 태율의 등을 손바닥으로 때렸다.

"너는 자존심도 없어? 어디 세상에 남자가 태율이 하나뿐이야?"

"죄송합니다. 죄송합니다."

태율은 죄송하다는 말만 반복했다. 커다란 등짝은 몇 대를 맞아도 미동이 없었다. 때리는 사람 손만 아플 뿐이었다. 한동안 분을 참지 못해 씩씩대던 엄마는 낡은 김치냉장고 위에 올려 둔 핸드백을 어깨에 멨다.

"태율이 너는 당장 운전해. 다온이 너도 따라 나와."

"어디 가는데?"

여전히 태율의 품 안에 갇힌 다온은 고개만 빠끔히 내밀고 물었다.

"몰라서 물어? 당장 가서 확인해 봐야 할 것 아냐."

다온은 망설였다. 임신이라면? 왜 의심조차 안 했을까. 생각해 보면 몸 상태가 정상이 아니라고 느낀 적이 한두 번이 아니었다. 평상시보다 추위도 많이 타고, 소화가 안 된 것처럼 속이 거북한 날들이 많았다. 밤에 푹 자는데도, 낮이 되면 졸음이 쏟아졌다. 앞으로 굽혔던 몸이 자유로워졌다.

"괜찮아?"

안부를 묻는 목소리가 심각했다. 다온이 뒤를 돌아봤다. 등짝 한 대 맞았다고 큰일 나는 것도 아니었다. 태율이 그녀를 내려다보고 있었다. 정확하게는 스웨터 아래 가려진 아랫배를 내려다보고 있었다. 어찌 보면 그녀가 아니라 아직 존재조차 확인되지 않은 배 속 아이의 안부를 묻고 있는 것 같았다.

"혹시라도……."

"확실한 건 아무것도 없어."

"알았어. 나중에 얘기해. 어디 불편한 데는 없어? 우선은 옷부터 따뜻하게 입자."

태율이 겉옷을 챙겨 왔다. 조금씩 벌어지는 입술을 보며 다온은 집게손가락을 치켜들었다. 아무 말도 하지 말라는 경고였다. 당황해서 생각이 정리되지 않았다. 얼떨떨하면서도 기분 좋은 설렘으로 서서히 가슴이 벅차 왔다. 하지만 그것을 표현할 수는 없었다. 당장은 현관 입구에서 배신감에 떨고 있는 엄마를 달래 주는 것이 급선무였다.

옆을 보니, 날렵하게만 보이던 턱 근육이 실룩거렸다. 눈치를 주는데도, 옆으로 길게 늘어나는 입 모양은 자신도 어쩔 수 없는 모양이었다. 다온은 롱코트 소매에 팔을 집어넣으며 눈치 없이 구는 태율의 옆구리를 아프게 꼬집었다.

※ ※ ※

'축하합니다. 임신입니다.'

낮에 산부인과 병원에서 들었던 젊은 여의사의 목소리가 귓가에 생생했다. 침대가 삐걱거렸다. 다온은 뒤치락거리던 몸을 일으켰다. 임신이라는 진단을 듣고 집으로 돌아와서 낮잠을 잤다. 부모님과 태율의 성화에 억지로 잠자리에 들었던 것치고는 꽤나 곤하게 잤다. 그래서인지 지금은 머릿속이 또렷했다.

안방에는 부모님이 주무시고 계셨다. 술에 취한 아빠의 코 고는 소리가 그녀의 방까지 들렸다. 벽을 사이에 둔 거실에서는 태율이 잠들어 있었다. 아빠가 주는 술잔을 연거푸 받아 마시더니, 술에 취해 먼저 곯아떨어졌다.

저녁 식탁 자리에서는 벌써부터 그녀의 거처나 결혼식 날짜가 상의되고 있었다. 그녀가 낮잠을 자는 사이에 무슨 대화가 오갔는지는 정확히 알 수 없었다. 직접적으로 말은 안 하지만, 태율의 집안 사정을 대충 눈치채고 계셨다는 느낌을 받았다.

부모님은 이미 태율을 사위로 인정하는 분위기였다. 결혼식은 빠를수록 좋다는 결론이 날 정도로. 다행이다 싶으면서도 갑작스럽게 일이 진척되어 가는 상황에 정신을 차릴 수가 없었다. 임신했다는, 몸이 변화하고 있다는 사실을 받아들일 여유도 없었다. 기쁘고 설레면서도, 걱정이 앞섰다.

배가 불러 올 텐데, 앞으로 카페 일은 어떡하지. 아이를 낳고, 잡지사 일은 다시 할 수 있을까. 이대로는 쉽게 잠들 수 없을 것 같았다. 우유라도 마셔 볼까. 다온은 잠들기를 포기하고 침대에서 일어났다.

똑똑.

노크 소리와 함께 문을 열고 들어온 사람은 태율이었다. 그녀가 잠들지 못한 것을 알았는지 우유가 담긴 머그를 들고 있었다. 불과 몇 시간 전에 술에 취해 곯아떨어졌던 사람이라고는 상상할 수 없을 정도로 멀쩡한 모습이었다.

"들어가도 돼?"

다온은 대답 대신 조용히 안으로 들어오라며 손가락을 까닥거렸다. 부모님을 깨우고 싶지 않았다. 태율이 조용히 방으로 들어와 침대 앞에 섰다.

"잠을 못 자는 것 같아서. 이거라도 마셔. 도움이 될 거야."

우유는 따뜻했다. 태율은 우유를 다 마실 때까지 기다렸다가, 그녀 옆에 나란히 앉았다.

"말짱하네. 술에 취해 나가떨어진 것 아니었어? 인사불성이 돼서는 내일 아침까지도 못 일어날 줄 알았어."

"척한 거야."

분명 아빠가 권한 담금주는 알코올 농도가 진한 술이었다. 그 많은 잔을 넙죽넙죽 받아 마시고도 말짱하다고? 그럼 그 긴 시간 동안 술은 입에도 대지 못한다고 했던 것도 다 척이었다는 거네. 그것마저도 속았다는 생각에 눈이 새치름하게 가늘어졌다.

"도대체 나는 오빠에 대해 뭘 아는 걸까?"

"취한 척 안 했으면 아버님은 밤새도록 드셨을 거야. 아버님도 예전 같지 않으셔. 나이 드시면서 많이 약해지셨어."

"어련하실까. 흑기사는 괜히 했어."

술에 취해 실수라도 할까, 미리 조심할 수밖에 없던 사정을 이해했다. 그래도 투정 한번 부려 보았다. 흑기사 노릇 해 주다 술에 취해 꼬장 부리고, 그 꼬장 때문에 약점 잡혀 꼼짝 못 하고. 왠지 지난 과거가 억울했다. 태율은 이미 그녀가 무슨 생각을 하는지 안다는 얼굴로 씩, 웃더니 번쩍 안아 무릎 위에 앉혔다. 커다란 손이 잠옷 안으로 들어왔다.

"억울해할 것 없어. 앞으로 내가 평생 네 흑기사 해 줄 거니까. 마음껏 부려 먹어."

"그럴 거야. 나중에 딴소리나 하지 마."

"기분은 어때? 놀라지 않았어?"

"모르겠어. 스스로 인지하지 못했다고 생각했는데, 내 몸은 뭔가를 알고 있었나 봐. 그런 기분 있잖아. 감기 기운이 있는데, 왠지 약 먹기는 껄끄러워 피하게 되는. 아닐 거야 하면서도 혹시나 기대하게 되는……."

따뜻한 손바닥이 아랫배를 조심스럽게 쓰다듬었다. 작은 원을 그리는 손바닥은 아직은 제대로 된 형태조차 갖추지 못한 배 속의 아이를 느끼고 싶어 하는 것 같았다.

"신기해. 이 좁은 공간 안에 생명이 자라고 있다는 사실이…… 우리 아이가 여기서 자라고 있다는 말이잖아."

"좋아?"

"응. 좋아 미치겠어. 할 수만 있다면 너를 껴안고 미친놈처럼 팔짝팔짝 뛰고 싶어. 세상에 자랑하고 싶어 미칠 것 같아."

"그 정도야?"

"당연하지. 김아영 대리가 인터뷰 기사 한 번만 따자고 귀찮게 하던데, 이번 기회에 할까?"

"그건 안 돼."

"왜 안 돼? 이게 자랑할 일이지, 숨길 일은 아니잖아. 우리가 아직 결혼 전이라서? 그럼 내일 당장 혼인신고부터 하자. 음주운전으로 걸리면 안 되는데…… 택시를 부르는 게 낫겠지? 지금 몇 시야? 지금 출발하면 아침 9시에는 구청에 도착할 수 있겠지?"

확실히 태율은 평소보다 흥분한 상태였다. 알코올도 한몫했다. 다온은 그를 진정시켰다.

"그런 의미가 아냐. 모르는 사람들이 오빠가 나랑 결혼한 이유가 아기 때문이라고 오해하면 어떡해. 사람들은 우리가 사귀는 것도 몰랐을 텐데."

"우리랑 상관없는 사람들 생각이 뭐가 중요해? 우리를 아는 모든 사람들은 이미 눈치채고 있었을걸. 내가 오랫동안 너를 짝사랑하고 있었다는 걸 말이야. 그들이 증인이야."

"그런가? 그럼 다행이고."

다온은 안심했다. 갑작스러운 태율의 결혼 소식을 기사로 접하게 될 낯선 사람들의 반응을 걱정했었다. 여자들에게 유독 인기가 많은 태율이었다. 축복받아야 할 결혼 기사에 못된 악플이라도 달리면 어쩌나. 그걸 보신 부모님이 상처를 받으시면 어쩌나. 걱정이 앞섰다.

"이것도 호르몬의 변화 때문인가?"

태율이 목까지 채워진 잠옷 단추를 풀어 헤치더니 목과 어깨가 교차하는 지점에 얼굴을 묻었다. 입을 움직일 때마다 입술이 예민한 피부를 빨아 당겼다.

"다 말해 줘. 임신하고 달라진 증상들. 남편이자, 태어날 아이의 아빠인 내가 모든 걸 알고 있어야지. 잠이 많아지고, 입맛이 변하고, 추위를 잘 타고…… 남 평판에 예민해지고. 또 뭐가 있지?"

혀가 피부를 쓸어 댈 때마다 선정적인 자극에 움찔거렸다. 여기서 더 나갔다가는 위험했다. 다온은 일부러 샐쭉하게 반응하며 품에서 벗어났다.

"아직 남편은 아니거든."

태율이 그녀를 다시 끌어안으려 했다. 다온이 싫은 척 어깨를 밀어 냈다. 태율은 힘에 못 이겨 뒤로 쓰러지는 척하더니, 그녀의 허리를 잡고 함께 침대 위로 벌러덩 넘어졌다. 정수리와 이마에 무수한 입맞춤이 쏟아졌다.

"미치겠다. 너랑 자고 싶어서."

"참아. 우리 엄마한테 들키면 최소 사망이야."

"죽을 것 같아."

"죽는 것도 안 돼. 오빠는 나랑 우리 아기 옆에서 천년만년 살아야 해. 평생 내 흑기사 노릇 해 준다며."

"안 죽어. 우리 아이는 엄마, 아빠 사랑받으며 귀하게 자랄 거야."

태율이 고개를 숙여 입술과 배에 번갈아 가며 키스했다. 고개를 들었을 때 경이로움에 눈이 반짝거렸다. 조그마한 배 속에 새 생명이 자라고 있다는 것이 아직도 믿기지 않는 모양이었다.

"이왕 말 나온 김에 내일 당장 혼인신고부터 할까?"

이번에는 다온도 솔깃했다.

"그럴까? 올해를 넘기는 게 찜찜하기는 해. 천신녀가 그랬거든.

내 인생에 결혼 운은 딱 두 번뿐이라고. 스물여덟 살, 스물아홉 살. 스물여덟 살은 그냥 지나갔고, 스물아홉 살도 얼마 안 남았는데……."

"김다온."

갑자기 목소리가 낮게 깔렸다. 대충 무슨 말이 나올지 예상이 되었다.

"너는 팩트를 다뤄야 할 기자가……."

"미신에 휘둘린다는 게 말이 돼? 감성팔이 하려고 기자 됐어?"

다온은 천연덕스럽게 그가 했던 말과 말투를 흉내 내며 다음 대사를 이어 갔다. 두 사람은 동시에 웃음을 터트렸다.

"내가 그렇게 재수 없이 말했나?"

"아주, 꽤, 많이 재수 없이 말했어."

"그래서 싫어?"

"아니, 좋아."

느슨해진 입매에 미소가 어렸다.

"아닌 것 같은데?"

"내 마음을 그렇게 몰라? 나도 하루라도 빨리 오빠랑 같이 살고 싶다는 말이잖아. 이렇게 품에 안겨서 같이 잠들고, 같이 깨고. 평생 이렇게 딱 달라붙어 있을 거야. 사랑해."

다온은 자신이 한 말을 증명이라도 하듯, 품 안으로 파고들었다. 기분 좋은 살 내음이 났다. 항상 그립고, 삶의 일부처럼 익숙한 향기. 태율은 숨을 깊게 들이마셨다. 그리운 향기가 몸 안을 가득 채웠다. 하루 종일 그를 압박하던 긴장감이 기적처럼 사라지는 순간이었다. 살면서 처음이었다. 이토록 완벽하게 행복하다고 느끼는 순간은.

이보다 더 행복할 수 있을까? 그럴 거라는 확신이 들었다. 그녀와 함께라면 더 나은 내일이 기다리고 있을 거라는. 태율은 지그시 두 눈을 감았다. 특별한 기억의 저장고에 그가 느끼는 이 행복을 완벽하게 저장하고 있었다.

"나도 사랑해."

— *The end*

처음부터 다시

1판 1쇄 찍음 2018년 4월 23일
1판 1쇄 펴냄 2018년 4월 30일

지은이 | 빛가람
펴낸이 | 정 필
펴낸곳 | (주)뿔미디어

기획 · 편집 | 박경희, 문지현
표지 디자인 | 박현진

출판등록 | 2002년 9월 11일 (제1081-1-132호)
주소 | 경기도 부천시 원미구 소향로 17, 303(두성프라자)
전화 | 032)651-6513 / 팩스 032)651-6094
E-mail | scarlets2012@hanmail.net
블로그 | http://blog.naver.com/dahyangs
비북스 | http://b-books.co.kr

값 9,000원

ISBN 979-11-315-8991-5 03810